Nuova Narrativa Newton
362

Titolo originale: *O Último Segredo*
Copyright © José Rodrigues dos Santos/
Gradiva Publicações, S.A., 2011

Traduzione dal portoghese di Paola Vallerga
Settima edizione: luglio 2012
© 2012 Newton Compton editori s.r.l.
Roma, Casella postale 6214

ISBN 978-88-541-3975-6

www.newtoncompton.com

Realizzazione a cura di Massimiliano D'Affronto
Stampato nel luglio 2012 da Puntoweb s.r.l., Ariccia (Roma)
su carta prodotta con cellulose senza cloro gas provenienti da foreste
controllate e certificate, nel rispetto delle normative ecologiche vigenti

José Rodrigues dos Santos

Vaticanum
Il manoscritto esoterico

Newton Compton editori

Alle mie tre donne,
Florbela, Catarina e Inês

Chiedete e vi sarà dato, cercate e troverete,
bussate e vi sarà aperto.

Vangelo secondo Luca, 11:9

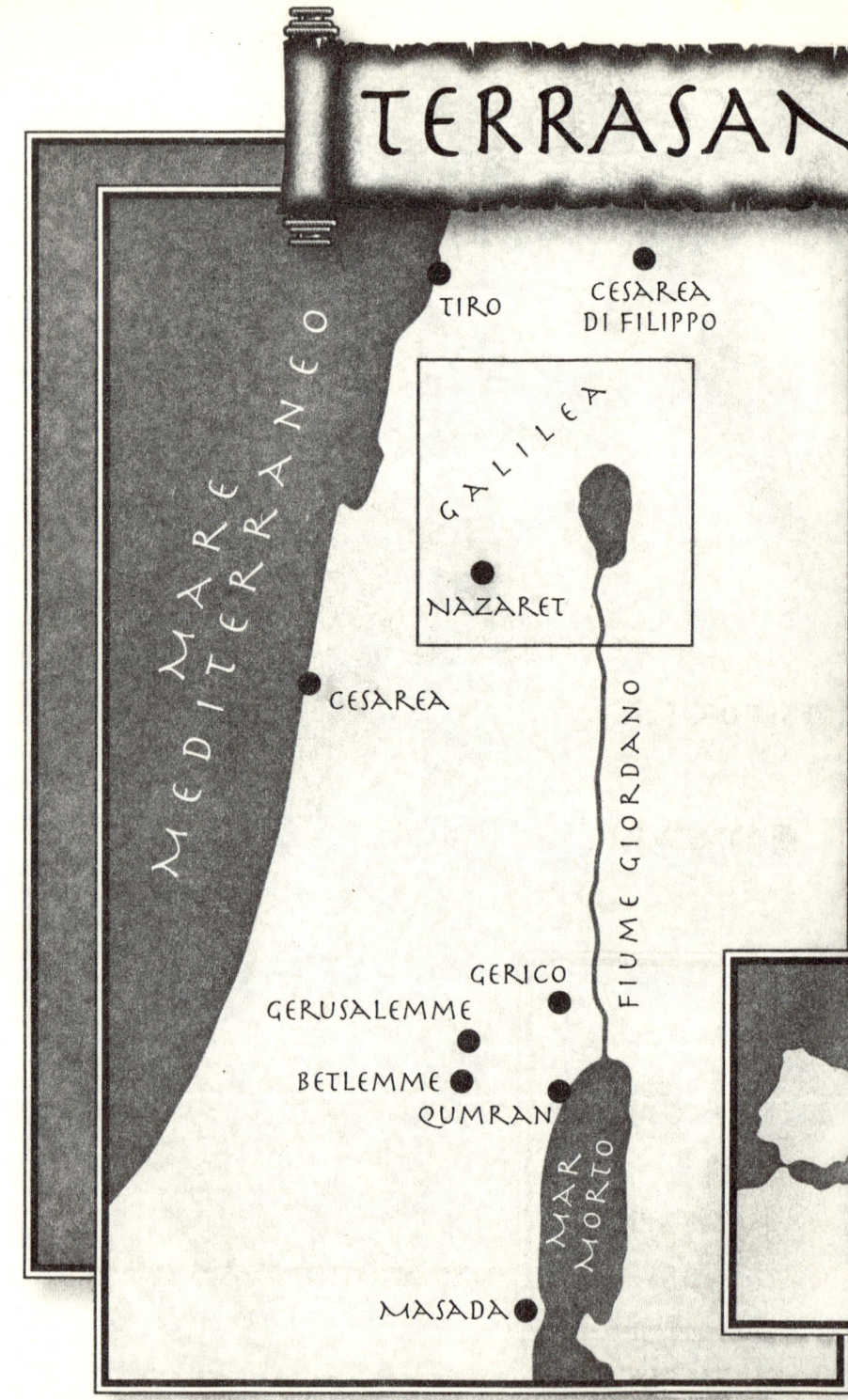

Nota dell'autore
Tutte le citazioni tratte da fonti religiose e le informazioni storiche e scientifiche contenute in questo romanzo sono autentiche.

Prologo

Un suono soffocato attirò l'attenzione di Patricia.
«Chi è?».
Il rumore le sembrava provenire dalla Sala Inventario Manoscritti, proprio accanto alla Sala Consultazione Manoscritti in cui si trovava lei, ma non notò niente di strano. I libri se ne stavano in silenzio sugli scaffali riccamente decorati di quell'ala della Biblioteca Apostolica Vaticana, come addormentati nell'ombra che la notte proiettava sui loro dorsi polverosi. La biblioteca in cui sedeva era probabilmente la più antica d'Europa, forse anche la più bella, ma di notte quel luogo aveva un'atmosfera lugubre, quasi intimidatoria, come se vi incombesse una minaccia occulta. «Mamma mia!», mormorò sussultando, mentre si sforzava di allontanare da sé la paura irrazionale che la coglieva di tanto in tanto. «Vedo troppi film!».
Sarà stato l'impiegato, pensò. Guardò l'orologio: le lancette segnavano quasi le ventitré e trenta. Non era certo un orario di apertura consueto, ma Patricia Escalona era diventata buona amica del prefetto della Biblioteca Vaticana, monsignor Luigi Viterbo, quando lo aveva ospitato a Santiago di Compostela durante l'Anno Giacobeo 2010. Colto da una crisi mistica, il porporato aveva deciso di compiere il cammino di Santiago e, grazie a un amico comune, si era trovato a bussare alla porta di quella studiosa di storia. Il caso era stato propizio, e lei lo aveva coperto di premure ospitandolo in casa sua, un bell'appartamento situato in una comoda stradina a due passi dalla cattedrale.
Ecco perché, recatasi a Roma per consultare un manoscritto, Patricia non aveva esitato a farsi restituire il favore.

Il prefetto della Biblioteca Vaticana si era dimostrato all'altezza delle aspettative e, ricambiando gli onori di cui era stato colmato a Compostela, aveva dato ordine di tener aperta la Sala Consultazione Manoscritti anche di notte, in modo che la sua amica galiziana potesse svolgere le proprie ricerche in assoluta tranquillità.

E non solo: le aveva addirittura procurato il manoscritto originale, affinché potesse consultarlo direttamente. «Caspita, non era il caso!», aveva reagito Patricia, quasi imbarazzata: i microfilm sarebbero stati più che sufficienti. Eppure monsignor Viterbo aveva insistito per trattarla con i massimi riguardi: una storica del suo livello, ripeteva, meritava solo l'originale!

E che originale!

La studiosa galiziana fece scorrere le mani inguantate tra i caratteri bruni, vergati con lo scrupolo di un devoto amanuense su fogli di pergamena invecchiati e macchiati dal tempo, che gli archivisti avevano conservato tra lastre trasparenti. La composizione del manoscritto le ricordava il *Codex Marchalianus* e il *Codex Rossanensis*. Con la differenza che quello che aveva tra le mani era molto più prezioso.

Inspirò a fondo e inalò l'aroma dolciastro. Oh, che meraviglia! Adorava il tiepido profumo che esalava la carta antica! Percorse con gli occhi pieni di ammirazione i minuscoli caratteri ordinati, senza fregi, né maiuscole, le lettere greche che si rincorrevano in linea continua, i grafemi arrotondati ed equidistanti, le parole senza soluzione di continuità, come se ogni riga fosse in realtà un unico verbo, interminabile e misterioso, un codice arcano insufflato da Dio nella genesi del tempo. La punteggiatura era rara, con spazi bianchi disseminati qua e là, dieresi, abbreviazioni dei *nomina sacra* e virgolette invertite per le citazioni dall'Antico Testamento, come aveva già visto nel *Codex Alexandrinus*. Ma il manoscritto che aveva davanti era il più prezioso che avesse mai tenuto tra le mani. Già il titolo incuteva rispetto: *Bibliorum Sacrorum Graecorum Codex Vaticanus* B.

Il *Codex Vaticanus*.

Stentava a crederlo, eppure era vero: il funzionario della Biblioteca Vaticana, su ordine del prefetto, le aveva adagiato sul tavolo il celebre *Codex Vaticanus*. Quel reperto, risalente alla metà del IV secolo, era il più antico manoscritto in greco della Bibbia – praticamente il testo integrale – cosa che lo rendeva il tesoro principale della biblioteca. E lo avevano affidato a lei: incredibile! Chissà se i suoi colleghi dell'università le avrebbero mai creduto...

Voltò pagina con cura infinita, come se avesse paura di rovinare la pergamena, benché fosse protetta dalla lastra trasparente, quindi si immerse immediatamente nel testo. Scorse il primo capitolo della *Lettera agli Ebrei*: ciò che cercava si trovava proprio in quelle pagine, all'inizio. Scrutò tra le righe, mentre le sue labbra mormoravano frasi in greco quasi come in una litania, finché non vide la parola che stava cercando.

«Eccola!», esclamò. «*Phanerón*».

Eccezionale. Aveva già sentito quella parola, ma un conto era pronunciarla al tavolo di una mensa universitaria, un altro avercela davanti agli occhi in piena Biblioteca Apostolica Vaticana, vergata a mano da un amanuense del IV secolo, più o meno all'epoca in cui Costantino abbracciava il cristianesimo e si teneva il Concilio di Nicea dove erano stati definiti i princìpi essenziali della teologia cristiana. Era in estasi. Oh, che sensazione! Bastava pensare che...

Un altro rumore.

Con un sussulto, Patricia si rianimò e rivolse nuovamente l'attenzione alla Sala Inventario Manoscritti, proprio lì a destra, da dove le sembrava ancora una volta che il rumore provenisse.

«C'è qualcuno?», domandò con voce tremante.

Nessuna risposta. La stanza pareva deserta, anche se non era facile dirlo con certezza, considerando la luce fioca e tutte le ombre che l'avvolgevano. Forse il rumore arrivava dalla Leonina? L'immenso salone della biblioteca era troppo lontano dalla sua visuale e Patricia non aveva modo di verificare. Sotto il manto della notte, quel luogo le metteva i brividi.

«Signore», chiamò a voce alta nel suo italiano con accento spagnoleggiante, cercando il custode che il prefetto aveva preposto alla sua assistenza. «Signore, per favore!».

Il silenzio era totale. Patricia valutò la possibilità di rimanersene seduta e continuare a consultare il manoscritto, nella densa atmosfera di quel luogo opprimente, ma quei rumori inaspettati e la pesante immobilità che aleggiava nella sala la innervosivano. Dove diavolo era il custode? Chi produceva quei suoni? Se era il custode, perché non rispondeva?

«Signore!». Ancora nessuna replica. Assalita da un'inquietudine che non riusciva a spiegare, la studiosa si alzò con movimento repentino, quasi sperando che quel gesto brusco dileguasse le sue paure. Doveva vederci chiaro. E poi, soggiunse tra sé, di sicuro era l'ultima volta che accettava di chiudersi da sola, di notte, in una biblioteca. Nell'oscurità tutto le appariva sinistro e minaccioso. Se solo ci fosse stato Manolo accucciato ai suoi piedi!

Fece alcuni passi e oltrepassò la porta, decisa a far luce sul mistero dell'assenza del custode. Entrò nella Sala Inventario Manoscritti, totalmente immersa nell'oscurità, e notò una macchia bianca sul pavimento davanti a sé. Abbassò lo sguardo per vedere cosa fosse. Era solo un foglio di carta caduto per terra.

Incuriosita, si inginocchiò e, senza raccoglierlo, ma chinandosi quasi volesse sentirne l'odore, studiò il foglio con aria affascinata.

"Che diavolo è?", si domandò.

Nello stesso istante vide una figura uscire dall'ombra e gettarsi su di lei. Per la paura, il cuore le si fermò ed era sul punto di urlare, ma una mano enorme le tappò la bocca con forza e Patricia riuscì solo a emettere un gemito di orrore, roco e soffocato.

Tentò di fuggire. Lo sconosciuto, però, era robusto e le bloccava ogni movimento. Lei si voltò per cercare di identificare l'aggressore. Non riuscì a vederlo in faccia, ma si rese conto, in modo confuso, che qualcosa scintillava nell'aria. Un attimo dopo, capì che era un coltello.

Non fece in tempo a riflettere su quello che stava accadendo perché sentì un dolore lancinante trafiggerle il collo e improvvisamente le mancò l'aria. Si sforzò di urlare, ma non aveva più fiato. Afferrò l'oggetto gelato che le affondava nel collo, nel disperato tentativo di tirarlo fuori, ma era stato conficcato con troppa foga, e ormai Patricia sentì che le forze le venivano meno. Un liquido caldo iniziò a scorrerle a fiotti lungo il petto e, rantolando in preda al panico, capì che era il suo sangue.

Fu l'ultima cosa che pensò, perché i suoi occhi si riempirono dapprima di luce e poi di oscurità, come se un interruttore li avesse spenti per sempre.

I

Il pennello spazzò via la terra accumulata sulla pietra nel corso dei secoli, insinuandosi nelle minime porosità. Non appena si fu dissolta la nube di polvere brunastra, Tomás Noronha avvicinò i suoi occhi verdi alla superficie, come fanno i miopi, esaminando con attenzione il lavoro.

«Accidentaccio!».

Bisognava togliere ancora del terriccio. Trasse un sospiro profondo e si passò il dorso delle mani sulla fronte, raccogliendo le forze per procedere a un'ulteriore pulizia. Non si poteva certo dire che quella fosse la sua attività preferita, ma si rassegnò, ben sapendo che nella vita non si può fare sempre ciò che si vuole.

Prima di riprendere, però, si concesse un attimo di riposo. Volse il capo e ammirò la luna piena, lassù, che proiettava un alone argenteo sulla maestosa colonna di Traiano. La notte era senz'altro il momento migliore per lavorare lì, nel cuore di Roma: di giorno, infatti, il traffico rendeva tutto caotico. Il frastuono dei clacson e il rombo furioso delle ruspe gli sembravano davvero infernali.

Guardò l'orologio. Era già l'una di notte, ma aveva tutta l'intenzione di approfittare della pausa che gli concedevano gli automobilisti romani per portarsi avanti più possibile con il lavoro. Sarebbe uscito di lì soltanto alle sei del mattino, quando le auto avrebbero iniziato a circolare e sarebbe ricominciato il concerto di clacson e ruspe. A quel punto, se ne sarebbe andato a dormire nel suo alberghetto su via del Corso.

Il cellulare squillò nella tasca dei pantaloni, suscitandogli un'espressione interrogativa. A quell'ora? Chi diavolo poteva mai chiamarlo all'una di notte? Controllò il display e, dopo aver identificato l'autore della telefonata, premette il tasto verde.

«Che succede?».

La voce di sua madre riecheggiò nell'apparecchio con il solito tono preoccupato.

«Quando rientri a casa, figlio mio? Guarda è tardi!».

«Ma te l'ho detto che sono all'estero, mamma!», spiegò Tomás, facendo appello a tutta la sua pazienza: era la terza volta in ventiquattr'ore che le ripeteva la stessa cosa. «Però la settimana prossima sono di ritorno, va bene? E vengo subito a trovarti a Coimbra».

«Ma dove sei, ragazzo?»

«A Roma». Avrebbe voluto aggiungere che glielo stava ripetendo per la millesima volta, ma si sforzò di contenere l'irritazione. «Stai tranquilla, mamma, appena torno in Portogallo, vengo da te».

«Ma che ci fai a Roma?».

"Sto spolverando sassi", gli venne voglia di risponderle. E non sarebbe neppure stata una bugia, pensò, lanciando un'occhiata rabbiosa al pennello.

«Sono qui per conto della fondazione Gulbenkian», finì per spiegarle. «Stanno partecipando al restauro delle rovine del foro e dei mercati di Traiano, qui a Roma, e sono venuto a seguire i lavori».

«Ma da quando in qua sei diventato un archeologo?».

Bella domanda! Sebbene l'Alzheimer a volte le offuscasse la memoria, la domanda di sua madre era tutt'altro che peregrina.

«Non lo so. Il fatto è che nel foro ci sono due grandi biblioteche e, sai com'è, quando ci sono di mezzo i libri antichi…».

La conversazione non durò molto e Tomás si sentì immediatamente in colpa per essersi un po' irritato durante la telefonata. La madre non aveva nessuna responsabilità per i momenti di amnesia provocati dalla malattia. A volte migliorava, altre peggiorava: ultimamente non se la passava benissimo e poneva le stesse domande mille volte. I suoi lapsus erano snervanti, ma bisognava avere pazienza.

Riprese in mano il pennello, si avvicinò alla pietra e continuò a ripulirla. Quando vide una nuvola di polvere sollevarsi dal reperto, pensò che, come un minatore, doveva già avere i polmoni pieni di quel maledetto pulviscolo marrone che si stava diffondendo ovunque. La prossima volta sarebbe stato meglio portarsi una maschera, come quella dei chirurghi. O, meglio ancora, interrompere il lavoro e dedicarsi ai rilievi che decoravano la colonna traiana. Alzò lo sguardo verso il monumento. Aveva sempre desiderato vedere le scene della campagna di Dacia scolpite sulla colonna, che aveva conosciuto solo attraverso i libri. Visto che era lì, perché non studiarle dal vivo e da vicino?

Sentì un certo trambusto alle sue spalle e si voltò. Il professor Pontiverdi, responsabile dei restauri, stava parlando a voce alta con un uomo in giacca e cravatta e si sbracciava mandandolo a quel paese con voce stridula. Poi si avvicinò a Tomás abbozzando un sorriso ossequioso.

«Professor Norona...».

«Noronha», lo corresse Tomás, divertito dal fatto che nessuno riuscisse ad azzeccare la pronuncia del suo cognome. «Con il suono *gn*, come nella parola bagno».

«Ah, certo! Noronha!».

«Proprio così!».

«Mi dispiace, professore, ma c'è lì un poliziotto che insiste per parlare con lei».

Lo sguardo di Tomás si posò sull'uomo in giacca e cravatta a una decina di metri da loro, fermo tra due muri in rovina. I proiettori collocati a illuminare il foro ne facevano risaltare il profilo: non sembrava un agente di pubblica sicurezza, forse perché non era in divisa.

«Quello è un poliziotto?»

«Della giudiziaria».

«E cerca me?»

«È una faccenda molto spiacevole. Chiaramente ho tentato di mandarlo via, dicendogli che non è orario per importunare la gente. È l'una di notte, per Dio! Ma quel cretino insiste che le vuole parlare e non so più cosa fare. Sostiene che è della massima importanza, che è urgente, e via dicendo». Poi abbassò la testa e socchiuse gli occhi. «Professore, se non desidera riceverlo, non ha che da dirmelo. Parlerò con il ministro, se necessario! Persino con il presidente! Ma lei non dev'essere disturbato da nessuno». Con un gesto pomposo indicò il paesaggio circostante. «Traiano ci ha lasciato quest'opera straordinaria e lei ci sta aiutando a restaurarla. Che sono mai le faccende insignificanti della polizia davanti a questa meraviglia?». E poi, con l'indice quasi incollato al naso di Tomás, ribadì: «Parlerò con il presidente, se necessario!».

Lo storico portoghese ridacchiò. «Calma, professor Pontiverdi! Non ho nessun problema a parlare con la polizia. Ci mancherebbe!».

«Lo vede quello, professore? Lo vede?», disse con voce alterata puntando energicamente il dito verso l'uomo in giacca e cravatta. «Guardi che non ci metto niente a mandare al diavolo quell'imbecille, quel cretino, quello stronzo!».

Il poliziotto in borghese si irrigidì.

«Imbecille a me? A me?».

L'archeologo italiano si volse in direzione dell'agente, il cui corpo fremeva di indignazione sacrosanta, le braccia gesticolavano frenetiche, con il dito accusatore puntato di nuovo contro di lui.

«Proprio a lei, razza di energumeno! A lei! A lei! Imbecille! Cretino!».

Vedendo che la discussione iniziava a degenerare, Tomás trattenne il professor Pontiverdi. «Calma! Calma!», disse con il tono più conciliante possibile. «Non c'è nessun problema, professore. Gli parlo io. Non c'è motivo di farne un dramma».

«A me nessuno mi chiama imbecille», protestò il poliziotto, paonazzo di rabbia, agitando in aria il pugno minaccioso. «Nessuno!».

«Imbecille!».
«Calma!».
«Stupido!».

Rendendosi conto di non riuscire ad arginare la furia dell'archeologo e vedendo il poliziotto sempre più alterato, Tomás si affrettò in direzione dell'uomo in giacca e cravatta. Sottraendosi alla pioggia di insulti tra i due come a una corrente invisibile che fendeva l'aria, afferrò il poliziotto e lo trascinò fuori.

«Voleva parlare con me?», gli chiese mentre lo sospingeva per le spalle, cercando di interrompere il flusso della discussione. «E allora prego, da questa parte».

Il poliziotto lanciò ancora un paio di insulti al professor Pontiverdi, mentre sbraitavano e si sbracciavano tutti e due, ma si lasciò portar via.

«Porca miseria!», esplose, volgendosi verso il portoghese. «Ma chi cazzo si crede quello... quello scemo? Ma s'è mai visto? Mamma mia, che ritardato!».

Non appena si sentì a distanza di sicurezza, senza pericolo che si riaccendesse la lite, Tomás si fermò vicino a via Biberatica e si rivolse all'agente: «Ecco, mi dica. Che cosa vuole da me?».

Il poliziotto respirò a fondo e riprese fiato, cercando di ricomporsi. Estrasse dalla tasca un blocchetto e diede una scorsa agli appunti, mentre si sistemava il bavero della giacca.

«Lei è il professor Tomás Noronha, della università Nova di Lisbona?»

«Sì, sono io».

L'agente guardò la scalinata di legno che collegava le rovine del foro di Traiano alla strada, posta al livello superiore, e con la testa gli fece segno di incamminarsi.

«Ho ordine di accompagnarla in Vaticano».

II

Una folla inattesa si affaccendava in piazza Pio XII, proprio davanti a piazza San Pietro e alla sua imponente basilica illuminata. Sebbene in genere a quell'ora della notte fosse un luogo tranquillo, un viavai frenetico animava lo spazio prospiciente il Vaticano. In piazza Pio XII erano parcheggiate varie auto azzurre della polizia e un'ambulanza, con i lampeggianti blu che giravano senza sirena sui tettucci, come fari accelerati. Nell'andirivieni generale si distinguevano alcuni carabinieri e quelli che sembravano paramedici.

«Che succede?».

L'agente in borghese ignorò la domanda, come aveva fatto nel corso del breve tragitto lungo le vie deserte di Roma. Evidentemente l'alterco con il professor Pontiverdi tra le rovine del foro di Traiano lo aveva messo di malumore e non aveva nessuna voglia di chiarire i dubbi del suo accompagnatore.

L'anonima FIAT della polizia accelerò lungo via di Porta Angelica e, con una frenata brusca, si fermò ai piedi delle alte mura del Vaticano, nei pressi del varco. Il poliziotto aprì la portiera ed emise un grugnito, accennando a Tomás di seguirlo. Quest'ultimo scese e alzò lo sguardo verso l'enorme mole illuminata che si ergeva sulla sinistra: la grande, inconfondibile cupola della basilica di San Pietro, che si stagliava nella notte come un gigante addormentato.

Si avviarono entrambi verso il complesso del Vaticano, nella zona del Belvedere, l'italiano davanti, con passo frettoloso, e il portoghese dietro, senza capire esattamente cosa stesse succedendo. Il poliziotto fece il saluto militare a un uomo alto che li aspettava vicino a Porta Angelica. Indossava un vistoso abito a strisce gialle e azzurre, simile a un vessillo, e un basco nero. Era forse un pagliaccio? Lì?

«Professor Noronha», disse lo sconosciuto dall'abbigliamento sgargiante, salutandolo. «Prego, mi segua». Stordito dal vertiginoso susseguirsi degli eventi, Tomás si maledisse a denti stretti. Come poteva aver confuso una guardia svizzera con un pagliaccio? Stava proprio dormendo in piedi! Quegli abiti, che un attimo prima gli erano parsi così bizzarri, erano stati disegnati da uno dei massimi pittori della storia: Michelangelo. Come poteva essere tanto stupido? Colpa dell'ora tarda, certamente.

«Dove andiamo?»

«Dove la attendono».

Buona questa, pensò Tomás. Una risposta che non diceva nulla.

«Questi costumi», buttò là il portoghese, in vena di provocazione. «Ve ne andate sempre in giro vestiti così?».

Lo svizzero gli lanciò uno sguardo infastidito.

«No», ribatté con il tono contrariato di uno che non ha nessuna intenzione di giustificarsi per il suo abbigliamento vistoso. «Stavamo facendo un'esercitazione di parata al Portone di bronzo, che a quest'ora è chiuso, quando mi hanno convocato d'urgenza».

Il suo disappunto era evidente, perciò Tomás si strinse nelle spalle, rassegnato, e accompagnò in silenzio la guardia svizzera attraverso i cortili e i corridoi del Vaticano, mentre i loro passi echeggiavano freddamente sul selciato. Percorsero una cinquantina di metri, dopodiché sbucarono in un chiostro circondato dall'opulenta architettura vaticana, contrassegnata da una torre tondeggiante che lo studioso riconobbe immediatamente: la vecchia sede del Banco Ambrosiano, ora occupata dall'Istituto per le Opere Religiose. Costeggiarono un posto della polizia vaticana – corpo diverso dalla guardia svizzera, con una vaga aria da gendarmeria francese – e proseguirono sulla destra, fino alla farmacia.

«Siamo arrivati», annunciò la guardia svizzera.

L'uomo introdusse il visitatore attraverso una porta seminascosta. Salirono alcune rampe di scale e giunsero in un atrio, circondato da ampie vetrate, in cui erano allestiti i sistemi di sicurezza. Subito dopo, si apriva un salone dalle pareti piene di libri. I due passarono i controlli di sicurezza, entrarono nel salone e, osservando gli scaffali con lo sterminato assortimento di antichi volumi, Tomás capì di trovarsi nella Biblioteca Vaticana.

Le finestre si affacciavano sul Cortile del Belvedere, ma la sua attenzione era attirata soprattutto dal continuo andirivieni fuori e dentro il grande salone della Leonina. C'erano due guardie svizzere, tre carabinieri, due religiosi e alcune altre persone in borghese; parlavano a bassa voce, muovendosi con circospezione, accanto ad altri individui dall'aria smarrita o inerte.

La sua guida lo affidò a un uomo in borghese, che lo condusse lungo la Leonina fino a una donna di spalle, in tailleur grigio scuro, da manager, china su un tavolo e intenta a studiare quella che sembrava una grande pianta dell'edificio.

«Ecco il sospettato, ispettrice».

Sospettato?

Tomás stava per voltarsi, nel tentativo di identificare la persona a cui si riferiva il tizio, ma capì immediatamente che il sospettato era proprio lui. *Lui*. Il fatto che quel termine venisse usato riferito a se stesso lo sciocco. Sospettato? Sospettato di cosa? Che stava succedendo? Cosa significava tutto ciò?

L'ispettrice si girò a guardarlo e lo studioso ebbe un secondo shock, stavolta di natura diversa. La donna aveva i capelli castani, ricci e lunghi fino alle spalle, il naso all'insù e occhi azzurri, profondi e limpidi, alla Jacqueline Bisset. Non era truccata, ma gli parve incantevole.

«Che succede?», gli domandò la giovane, notando la sua espressione stupita. «Che è quella faccia? Mi guarda come se avesse visto il diavolo!».

«Non il diavolo», replicò Tomás, sforzandosi di ricomporsi. «Un angelo».

L'ispettrice schioccò la lingua, contrariata. «Ah, povera me!», esclamò, alzando gli occhi al cielo. «Mi è toccato il corteggiatore! E io che credevo che i dongiovanni ci fossero solo in Italia!».

Tomás arrossì e abbassò lo sguardo. «Mi scusi, non ho resistito».

La donna introdusse la mano nella tasca interna della giacca e ne estrasse un biglietto che mostrò al nuovo arrivato.

«Mi chiamo Valentina Ferro», si identificò in tono professionale. «Sono un'ispettrice della polizia giudiziaria».

Lo studioso sorrise. «Tomás Noronha, corteggiatore. Nel tempo libero insegno anche alla università Nova di Lisbona e sono consulente della Fondazione Gulbenkian. A che debbo l'onore di quest'invito a incontrarci in un luogo tanto esotico e a un'ora così compromettente?».

Valentina fece una smorfia.

«Qui le domande le faccio io, se non le dispiace», lo riprese bruscamente. Gli puntò gli occhi addosso come una gatta fissa la preda, osservando la sua reazione alle proprie parole. «Conosce per caso la professoressa Patricia Escalona?».

Quel nome sorprese Tomás.

«Patricia? Ma sì, certo. È mia collega all'università di Santiago di Compostela. Simpaticissima. Viene dalla Galizia. Galiziani e portoghesi sono popoli gemelli, sa?». Guardò l'italiana, con improvvisa inquietudine. «Perché? Che c'è? È successo qualcosa?».

L'ispettrice lo scrutò a occhi socchiusi, come a voler accertare il significato e la sincerità della sua espressione. Rimase un attimo in silenzio, mentre valutava la prossima mossa e decideva se fosse o meno il caso di aprire il gioco.

Alla fine si decise.

«La professoressa Escalona è morta».

Tomás sgranò gli occhi e arretrò di un passo, sul punto di perdere l'equilibrio sotto l'effetto di quel colpo.

«Patricia? Morta?». Rimase qualche istante a bocca aperta, sforzandosi di assimilare la notizia. «Ma... ma... è assurdo! Come... com'è... Cos'è successo?»

«È stata uccisa».
Altro colpo.
«Cosa?»
«Stanotte».
«Ma... ma...».
«Qui, in Vaticano».

Sconvolto, Tomás vacillò e si lasciò cadere su un'enorme sedia accanto al tavolo su cui era spiegata la grande pianta dello Stato pontificio.

«Patricia? Uccisa? Qui?». Parlava lentamente, scuotendo la testa, come se la cosa non avesse alcun senso e gli risultasse difficile persino comprenderla. «Ma... ma chi? Perché? Come? Cos'è successo?».

L'ispettrice si avvicinò piano e gli posò una mano sulla spalla, in un gesto di comprensione.

«È proprio per capirlo che sono qui», disse. «E anche lei».

«Io?».

Valentina si schiarì la voce, come per prepararsi a formulare la domanda successiva.

«Sa, in un'indagine per omicidio ci si concentra su una figura cruciale per la soluzione del caso», disse. «Si tratta dell'ultima persona che la vittima ha incontrato o con cui ha parlato».

Tomás era talmente inebetito che a quelle parole reagì a malapena.

«Ah sì?»

«Si dà il caso che abbiamo controllato l'elenco delle telefonate sul cellulare della professoressa Escalona nelle due ore prima della morte», soggiunse, con deliberata lentezza. «Indovini qual è stato l'ultimo numero che ha chiamato?».

"Com'è possibile che Patricia sia stata uccisa?", continuava a chiedersi Tomás. La notizia era talmente assurda che quasi non riusciva a seguire quello che gli diceva l'ispettrice.

«Ebbene?».

Valentina inspirò a fondo.

«Il suo».

III

L'aria fredda di Dublino accolse il passeggero solitario sceso dal piccolo, lussuoso Cessna Citation x appena atterrato. Erano da poco passate le due di notte e l'aeroporto si apprestava a chiudere per alcune ore; era l'ultimo volo e il successivo, il primo del giorno seguente, era previsto per le sei del mattino.

Il passeggero solitario aveva solo un bagaglio a mano: una ventiquattrore di pelle nera che non era stata neppure controllata, perché il piccolo bimotore a reazione era stato noleggiato apposta per lui ed era decollato da un campo d'aviazione secondario. L'uomo seguì direttamente le indicazioni per l'uscita e quando lo fecero transitare per la dogana protestò contrariato: aveva volato all'interno dello spazio aereo dell'Unione europea e non vedeva la necessità di esibire i documenti. Tuttavia la sua apprensione si rivelò superflua, perché il funzionario doganale irlandese gettò a malapena un'occhiata insonnolita e indifferente al passaporto del nuovo arrivato.

«Provenienza?»

«Roma».

L'irlandese, di certo cattolico praticante, sospirò nostalgico, come se un viaggio in quella città fosse la meta dei suoi sogni. Probabilmente invidiava il passeggero appena sbarcato, il che non gli impedì di abbozzare un debole sorriso mentre gli faceva cenno di passare.

Giunto nella hall del terminal, il visitatore riaccese il cellulare. Una musichetta segnalò la riattivazione dell'apparecchio. Digitò il codice di accesso e il telefono si mise immediatamente alla ricerca della rete. Furono necessari più di due minuti, durante i quali il nuovo arrivato prelevò del denaro da un distributore automatico, ma alla fine il cellulare agganciò una rete irlandese che inviò una serie di messaggi di benvenuto e gli comunicò le tariffe in roaming.

Ignorando quelle informazioni irrilevanti, l'uomo compose a memoria un numero internazionale e attese risposta. Furono sufficienti due squilli.

«Sei arrivato, Sicarius?».

Il passeggero varcò le porte automatiche dell'aeroporto e sentì la frizzante aria campestre della notte atlantica schiaffeggiargli il viso e aviluppargli il corpo, aggressiva.

«Sono io, maestro», confermò. «Sono atterrato pochi minuti fa».

«Il viaggio è andato bene?»

«Alla perfezione. Ho dormito come un bambino».

«È meglio che tu vada a riposarti. Poco fa ti ho prenotato una camera al Radisson, lì all'aeroporto, e…».

«No, vado subito».

All'altro capo ci fu una pausa e Sicarius sentì il respiro pesante del maestro.

«Sei sicuro? Il lavoro di Roma è stato impeccabile, ma non voglio che tu corra rischi inutili. È un incarico di responsabilità, che va svolto alla perfezione. Forse sarebbe meglio che ti riposassi un po'».

«Preferisco non perdere tempo», fu la risposta, priva di esitazioni. «Di notte si lavora sempre con maggiore tranquillità. E più l'operazione è rapida, minore il tempo di reazione del nemico».

L'interlocutore sospirò, sconfitto ma non del tutto convinto.

«Bene», concordò. «Se la pensi così…». Ci fu una pausa e si udì un fruscio di fogli. «Parlo con il mio contatto e ti richiamo».

«Resto in attesa, maestro».

Un'altra pausa all'altro capo del filo.

«Fa' attenzione».

E riagganciò.

IV

Il cadavere era disteso a terra, coperto da un lenzuolo bianco, e si vedevano solamente i piedi: uno era scalzo, sull'altro c'era una scarpa da donna con il tacco spezzato. Qua e là il pavimento era sporco di sangue e vari uomini, chini o in piedi, esaminavano i dettagli della scena; alcuni, in guanti bianchi, tenevano in mano una lente d'ingrandimento, evidentemente alla ricerca di indizi che potessero fornire ulteriori informazioni sull'accaduto. Ma soprattutto cercavano reperti, come capelli, macchie di sangue o impronte digitali, che portassero alla scoperta dell'identità dell'omicida.

Valentina si accovacciò accanto al corpo e si voltò a guardare Tomás, che si avvicinava timoroso.

«Pronto?».

Lo studioso deglutì e annuì. L'ispettrice della polizia giudiziaria afferrò un lembo del lenzuolo e lo ripiegò con un movimento delicato, scoprendo una parte del corpo.

La testa. Tomás riconobbe il viso di Patricia, su cui già si diffondeva una sfumatura livida, gli occhi paralizzati in un'espressione vitrea di terrore, le labbra aperte con la lingua ripiegata all'indietro e una macchia densa di sangue secco e scuro sul collo.

«Dio mio!», esclamò, tappandosi la bocca con la mano mentre fissava inorridito il cadavere della collega spagnola. «È stata... è stata strangolata?».

Valentina scosse la testa in segno di diniego e indicò la macchia sul collo. «Per essere precisi, è stata sgozzata», rettificò. «Come un agnello, vede?». Avvicinò le dita alla ferita che squarciava la pelle della vittima. «Hanno usato un coltello e...».

«Poverina! Che cosa orrenda! Com'è possibile?». Distolse lo sguardo, rifiutandosi di vedere altro: la morte sembrava spogliare la sua amica di ogni dignità. «Chi ha potuto farle una cosa simile?».

L'italiana ricoprì nuovamente il volto della vittima e si alzò con lentezza, fissando lo studioso.

«È proprio quello che stiamo cercando di capire. E per questo abbiamo bisogno del suo aiuto».

«Tutto», esclamò lui con enfasi, con la faccia ancora rivolta di lato. «Tutto l'aiuto necessario».

«E allora cominciamo dalla telefonata. Come spiega che l'ultima chiamata fatta dalla vittima fosse a lei?»

«Semplicissimo», disse Tomás, rivolgendole infine uno sguardo: sapeva che era una domanda cruciale, dal momento che quel particolare induceva la polizia a considerarlo un sospettato. «Sono qui per prendere parte ai restauri del foro di Traiano su richiesta della Fondazione Gulbenkian, di cui sono consulente. Anche Patricia fa... faceva delle consulenze occasionali per lo stesso ente e ci siamo conosciuti in occasione di alcune perizie che dovevamo portare a termine insieme. Era appena arrivata a Roma e, siccome evidentemente sapeva che anch'io ero in città, mi ha telefonato. Tutto qui».

Valentina si sfregò il mento, soppesando quanto aveva appena sentito.

«Come ha saputo la signora della sua presenza a Roma?».

Lo studioso esitò.

«Questo... questo non lo so».

L'ispettrice, che annotava le informazioni su un blocco, smise di scrivere e alzò gli occhi sul sospettato.

«Non lo sa?»

«Non lo so», ripeté lui. «Presumo che glielo abbia detto qualcuno della fondazione...».

«Lo sa, vero, che verificheremo tutto?».

Tomás accennò un'espressione candida.

«Faccia pure», disse, estraendo il cellulare dalla tasca. «Se vuole le do subito il numero dell'ingegner Vital, a Lisbona: è lui che di solito ha a che fare con me e con Patricia. Eccolo. È il 21...».

«Me lo dà dopo», lo interruppe Valentina, apparentemente convinta dalla spiegazione e già concentrata su altre questioni più impellenti. «Le ha detto che cosa era venuta a fare?»

«No. Mi è parsa addirittura un po' misteriosa al riguardo».

«Misteriosa?»

«Sì, non mi ha voluto anticipare niente per telefono. Ma ci eravamo accordati per pranzare insieme domani, e naturalmente me ne avrebbe parlato». Lo sguardo di Tomás vagò per gli scaffali riccamente decorati della Sala Consultazione Manoscritti. «Ora capisco che era venuta a fare una ricerca qui alla Biblioteca Vaticana...».

Valentina non sembrava ascoltarlo più, intenta a leggere attentamente alcune fotocopie piene di scarabocchi e annotazioni. Il portoghese sbirciò i fogli e vide con sorpresa che contenevano una sua vecchia foto. Si trattava di una relazione su di lui.

«Vedo che, oltre che storico, lei è anche crittanalista e perito in lingue antiche».

«Esatto».

L'ispettrice si spostò lateralmente di due passi e indicò un foglio di carta bianca sul pavimento.

«Mi sa dire cos'è questo?».

Tomás le si mise accanto e si chinò sul foglio, osservandolo da vicino.

ᚠᚹᚾᛏᚠ ⚹

«Strano!» mormorò. «Non somiglia a nessuna lingua o alfabeto che conosco...».

«Ne è sicuro?».

Lo storico si soffermò ancora per alcuni secondi ad analizzare quegli strani simboli, in cerca di piste che gli permettessero di risolvere l'enigma, quindi si rialzò.

«Assolutamente».

«Guardi bene».

Tomás si concentrò sull'enigma. Uno dei simboli, l'ultimo, attirò la sua attenzione: sembrava molto diverso dagli altri. Volendolo vedere da un'altra prospettiva, fece qualche passo e girò intorno al foglio. Si chinò di nuovo e riprese a studiare quel rebus. Dopo pochi istanti le labbra gli si aprirono in un sorriso e fece un cenno all'ispettrice.

«Venga a vedere».

Valentina si avvicinò e, chinatasi pure lei sul foglio, guardò l'enigma dalla parte opposta.

⚘ALMA

«Alma?», mormorò lei, senza staccare gli occhi dal foglio, che adesso era capovolto rispetto a prima. «E questo cosa diavolo significa?».

Lo storico chinò la testa.

«Ma come!», esclamò, indicando la parola. «Non lo sa?»

«In italiano, *alma* significa "spirito"...».

«Proprio come in portoghese, infatti».

«Ma in questo contesto, cosa diavolo vuol dire?».

Tomás increspò le labbra con aria interdetta. «Non so. Forse che l'assassino vuole spacciarsi per un'anima in pena? Vorrà forse insinuare che non lo prenderanno mai, perché si è dileguato come uno spirito?».

Valentina posò la mano sulla spalla dell'interlocutore e gli batté un paio di colpetti di incoraggiamento, palesemente impressionata.

«Lei è molto ferrato, non c'è dubbio», disse in tono di approvazione. Si sollevò e gli lanciò uno sguardo di sfida. «Chissà se riuscirà ad aiutarmi con un altro indovinello... Vuole vederlo?»

«Me lo mostri».

L'ispettrice gli fece segno di seguirla e, aggirando il cadavere disteso a terra, si avvicinò al tavolo di lettura, al centro della Sala Consultazione Manoscritti. Posato sul legno verniciato stava un enorme volume, aperto a una pagina verso la fine.

«Sa cos'è questo?».

Tomás la seguì, camminando con mille cautele per evitare di calpestare qualche macchia di sangue e interferire nel lavoro di raccolta degli indizi. Si avvicinò al tavolo, si chinò sul volume e comprese, dallo stato della pergamena, che si trattava di un documento molto antico. Lesse alcune righe e aggrottò le sopracciglia.

«Questo è san Paolo», riconobbe. «Un passo della *Lettera agli Ebrei*». Inalò l'aroma che si sprigionava dalla pergamena, cogliendo il profumo addolcito dai secoli. «Un originale della Bibbia, quindi. Scritto in greco, per inciso». Rivolse uno sguardo interrogativo all'italiana. «Che manoscritto è?». Valentina prese il volume e gli mostrò le lettere sulla copertina.

«Il *Codex Vaticanus*».

Nel vedere il titolo, lo studioso rimase a bocca aperta, ammirato, e tornò a fissare il manoscritto, stavolta con incredulità, come se gli paresse impossibile. Analizzò nuovamente la pergamena per accertarne l'antichità e poi si avvicinò per annusarla. La conferma lo lasciò stupefatto.

«Questo è il *Codex Vaticanus*? Il documento originale?»

«Sì, certo. Perché è così stupito?».

Come se il manoscritto fosse una reliquia che valeva tanto oro quanto pesava, Tomás lo strappò dalle mani dell'ispettrice e lo depositò con la massima cura sul tavolo di lettura. Si sarebbe detto che stesse maneggiando un delicatissimo candelabro di cristallo.

«Ma questo è uno dei manoscritti più preziosi esistenti al mondo!», disse in tono di riprovazione. «Non lo si può mica maneggiare come capita. Mio Dio, è una cosa unica! Non ha prezzo! È come... è come se fosse la Monna Lisa dei manoscritti, capisce?». Lanciò uno sguardo fiammeggiante verso la porta, come se lì presente ci fosse il papa e l'avesse rampognato per la negligenza con cui teneva un simile tesoro. «Non sospettavo neppure che autorizzassero con tanta facilità la consultazione dell'originale. È incredibile! Non si dovrebbe permettere una cosa simile! Com'è possibile?»

«Calma», lo placò Valentina. «Il prefetto della biblioteca mi ha spiegato che, in condizioni normali, nessuno ha accesso a questo manoscritto, ma solo alle sue copie. Sembra, però, che quello della vittima fosse un caso particolare...».

Tomás posò gli occhi sul corpo avvolto dal lenzuolo, nel passaggio tra le due sale, e represse la sua indignazione.

«Ah, va bene».

Se l'accesso all'originale del *Codex Vaticanus* era un'eccezione, ragionò, non c'era niente da ridire.

«Quello che volevo sapere è cos'ha di tanto speciale questo manoscritto».

L'attenzione dello storico tornò a concentrarsi sul codice sopra il tavolo di lettura.

«Di tutte le Bibbie risalenti ai primi anni del cristianesimo, il *Codex Vaticanus* è probabilmente quella di migliore qualità». Passò la mano sulla pergamena ingiallita da quasi due millenni di storia. «È del IV secolo e contiene la maggior parte del Nuovo Testamento. Dicono che sia stata donata al papa dall'imperatore bizantino». Fece scorrere il palmo della mano sopra il foglio e lo sfiorò con un movimento delicato. «Un tesoro. Non mi sarei mai sognato di poterlo toccare, un giorno». Sul volto gli si aprì un sorriso quasi beato. «Il *Codex Vaticanus*. Chi avrebbe mai potuto immaginarlo?».

«Non riesce a ipotizzare cosa stava cercando la professoressa Escalona tra queste pagine?»

«Non ne ho la minima idea. Perché non lo chiedete a chi le ha commissionato l'incarico?».

Valentina sospirò.

«Infatti, è uno dei problemi che abbiamo», ammise. «Non sappiamo per chi stesse lavorando. E, per di più, non lo sapeva nessuno, forse neppure il marito, a quanto pare. Sembra quasi che la professoressa considerasse questo lavoro come un segreto di Stato, capisce?».

Quell'osservazione accese la curiosità di Tomás. Un segreto di Stato? Lo storico guardò al manoscritto con occhi nuovi, senza più lasciarsi abbagliare dalla sua importanza come reperto, ma vedendolo come fonte d'informazioni potenzialmente rilevanti per il crimine appena commesso.

«Il codice è aperto alla pagina alla quale lo ha lasciato Patricia?»

«Sì, non lo ha toccato nessuno. Perché?».

Tomás non rispose, preferendo leggere il testo con rinnovata attenzione. Che cosa poteva esserci di interessante per la sua amica? Quali segreti erano racchiusi tra quelle righe? Tradusse mentalmente il testo fino a imbattersi nella parola fatidica. La pronunciò a voce alta:

«*Phanerón*».

«Scusi?».

Lo studioso indicò una riga del manoscritto.

«Lo vede cosa è stato vergato qui?».

Valentina osservò i caratteri arrotondati, uno dei quali le sembrava cancellato, e scoppiò a ridere scrollando la testa.

«Non capisco nulla. È cinese?».

Tomás batté le palpebre.

«Oh, mi scusi! A volte dimentico che non tutti leggono il greco». Tornò a guardare la riga che le aveva indicato. «Qui abbiamo una lettera di san Paolo, appartenente al Nuovo Testamento. Si tratta della *Lettera agli Ebrei*. Questo è il versetto 1:3 e la parola cancellata qui è *phanerón*. *Phanerón*, cioè "manifesta". In questa riga Paolo dice che Gesù "tutto manifesta con la sua parola potente". La maggior parte dei manoscritti della Bibbia, però, in questo passo utilizza la parola *pherón*, che significa "sostiene". Cioè: una cosa è dire che Gesù manifesta tutte le cose, un'altra che Gesù sostiene tutte le cose. Capisce? Il senso cambia».

Indicò la parola cancellata e alcuni scarabocchi a margine del manoscritto. «Vede qui?»

«Sì...».

«Consultando il *Codex Vaticanus* un copista lesse *phanerón* e pensò che fosse un errore. Che cosa fece, allora? Cancellò quella parola e la sostituì con l'espressione più comune, *pherón*. In seguito un altro copista si accorse della correzione, cancellò *pherón* e riscrisse *phanerón*, la parola originale». Indicò gli scarabocchi. «E qui a margine scrisse questo appunto: "Stupido ignorante! Lascia stare il vecchio testo, non alterarlo!"».

Valentina aggrottò le sopracciglia, sforzandosi di cavare da quella spiegazione qualcosa di sensato per il caso di sua competenza.

«Ah, molto interessante», disse, palesemente convinta del contrario. «E allora? Che cosa c'entra questo indovinello con l'indagine?».

Tomás incrociò le braccia e poggiò il mento su una mano, pensieroso, considerando le implicazioni di quel che aveva appena scoperto.

«È semplicissimo», disse. «Il *Codex Vaticanus* ci illustra uno dei massimi problemi della Bibbia». Inclinò il capo da una parte, come se gli fosse appena venuta in mente una cosa. «Voglio farle una domanda: secondo lei, la Bibbia riporta la parola di chi?».

L'italiana rise. «Che razza di domanda!», esclamò. «Di Dio, è chiaro. Lo sanno tutti!».

Lo storico non si unì alla risata. Alzò invece un sopracciglio, con un'aria teatralmente scettica. «Mi sta dicendo che è stato Dio a scrivere la Bibbia?»

«Be'... cioè... no», rispose Valentina, confusa. «Dio ha ispirato i cronisti... i testimoni... insomma, gli evangelisti che hanno redatto le Scritture».

«E che cosa significa questa ispirazione divina? Che la Bibbia è un testo infallibile?».

L'ispettrice esitò: era la prima volta che qualcuno la costringeva a considerare le cose sotto quella luce.

«Suppongo di sì. La Bibbia ci riporta la parola di Dio, no? In quel senso, penso si possa affermare che è infallibile».

Tomás lanciò un'occhiatina al *Codex Vaticanus* e fece schioccare la lingua.

«E se le dicessi che, a quanto pare, Patricia andava a caccia di errori del Nuovo Testamento?».

L'ispettrice accennò una smorfia interrogativa.

«Errori? Che errori?».

Lo storico sostenne lo sguardo della giovane donna.

«Non lo sapeva? La Bibbia contiene parecchi errori».

«Che?».

Tomás si voltò per accertarsi che nessuno lo ascoltasse. Dopotutto si trovava nel cuore del Vaticano e non voleva far scoppiare un incidente. Vide due sacerdoti accanto alla porta della Leonina, uno dei quali doveva essere il prefetto della biblioteca, ma concluse che la distanza era sufficiente e non vi era pericolo che qualcuno lo sentisse.

Comunque si chinò verso l'interlocutrice e, in posa da cospiratore, si apprestò a condividere con lei un segreto antico quasi duemila anni.

«Gli errori che contaminano la Bibbia sono migliaia», sussurrò. «Falsificazioni comprese».

V

Il silenzio della notte di Dublino fu turbato dallo squillo impaziente del cellulare. Erano già venti minuti che Sicarius aspettava quella telefonata in un angolo nascosto dell'aeroporto, lontano dai faretti e da ogni altra fonte di luce. Estrasse l'apparecchio dalla tasca e prima di rispondere verificò l'origine della chiamata.

«Ho l'informazione che ti serve», annunciò la voce dall'altra parte. «Sembra che il nostro amico si sia infilato alla Chester Beatty Library».

Sicarius trasse di tasca la penna e il blocco per appunti e iniziò a prendere nota.

«Ches… ter… Bi…», esitò. «Come si scrive la seconda parola?»

«B–E–A–T–T–Y», scandì il maestro. «Beatty».

«Library», completò Sicarius. Mise via il blocco e guardò l'orologio, che durante il volo aveva già regolato sull'ora di Dublino, una indietro rispetto a Roma. «Qui sono le due e mezza di notte. Il tipo se ne sta in biblioteca a quest'ora?»

«Abbiamo a che fare con degli storici…».

Sicarius scoppiò in una risata secca e s'incamminò, uscendo dal suo angolo buio e dirigendosi verso la fila dei taxi, duecento metri più in là.

«Ma com'è possibile? Mi capitano solo topi di biblioteca!», osservò. «Mi dia un riferimento nei paraggi».

«Un riferimento? Perché?»

«Non voglio indicare al tassista la Chester Beatty Library. Domani, quando la notizia comincerà a circolare, non bisogna che si ricordi di averci portato un cliente a queste ore della notte…».

«Ah, capisco». Tacque e si sentì un fruscio di fogli. «Sto verificando qui sulla pianta e... ma guarda, il castello di Dublino. La biblioteca rimane ai piedi del castello».

Sicarius prese nota del riferimento. «C'è altro?».

L'interlocutore si schiarì la voce.

«Ascolta, non pensavo che volessi procedere subito, perciò non ti ho parlato del modo per accedere all'edificio. Dovrai un po' improvvisare. Ma mi raccomando, massima prudenza».

«Stia tranquillo, maestro».

«In bocca al lupo!».

Sicarius rimise in tasca il telefono e raggiunse la fila di taxi. Fila per modo di dire, visto che era composta da due sole auto. I rispettivi conducenti sembravano addormentati, le teste sul volante, i finestrini chiusi per ripararsi dal freddo. Il nuovo arrivato bussò sul vetro del primo veicolo e il tassista si svegliò di soprassalto. Insonnolito, guardò il cliente e ci impiegò un po' per metterlo a fuoco, riprendersi e fargli cenno di salire.

«Prego!».

Il passeggero si accomodò sul sedile posteriore, accanto al finestrino, e si posò sulle ginocchia la ventiquattrore di pelle nera.

«Al castello di Dublino, per favore».

Il taxi partì, scivolando silenzioso in direzione della città. Le strade erano deserte e i lampioni proiettavano un alone spettrale sulla nebbiolina che li circondava.

Con circospezione, Sicarius aprì la valigetta e contemplò il gioiello che vi era custodito. La daga brillava come cristallo. Ispezionò il metallo e non trovò la minima traccia di sangue: era perfettamente pulita. Indugiò un lungo attimo ad ammirarne lo scintillio, quasi come un innamorato; la lama era un'autentica opera d'arte, ondulata e affilata, a dimostrazione di quanto i suoi antenati millenari, ispirati dalla grazia divina, sapessero forgiare alla perfezione i metalli.

Introdusse la mano nella valigetta e afferrò la *sica*; era sorprendentemente pesante. Fece scorrere il dito sul filo della lama e sentì quanto era tagliente; forse era persino in grado di dividere un foglio di carta come fosse burro. La lama scintillava cristallina, riflettendo le luci esterne come un diamante purissimo. Con la premura di un padre affettuoso che depone sul letto la figlioletta addormentata, Sicarius la ripose con cura all'interno della valigetta. Sapeva che la daga non sarebbe rimasta così immacolata tanto a lungo.

L'attendeva il sangue.

VI

L'espressione contrariata di Valentina Ferro era un segnale di allerta che Tomás colse immediatamente. L'ispettrice sembrava aver reagito male alla rivelazione che la Bibbia contenesse migliaia di errori e aveva preso un'aria impenetrabile, ergendo tra loro un'improvvisa barriera. Il portoghese sapeva bene che, tra gli argomenti più delicati, le convinzioni religiose erano certo quelli che richiedevano la massima cautela. Non era il caso di ferire la suscettibilità delle persone e offenderle, neppure dicendo loro la verità.

In cerca di una scappatoia, lanciò teatralmente un'occhiata all'orologio e ostentò la sua incredulità.

«Uh, com'è tardi!», esclamò. «Sarà meglio che me ne torni al foro di Traiano. I restauri proseguiranno fino all'alba e il professor Pontiverdi conta su di me».

L'ispettrice fece una smorfia insoddisfatta.

«Lei non va da nessuna parte finché non la autorizzo io», sentenziò con freddezza.

«Perché? Ha ancora bisogno di me?».

Valentina volse lo sguardo verso il corpo coperto dal lenzuolo, che i tecnici non avevano ancora rimosso.

«Devo far luce su un crimine e le sue competenze potrebbero rivelarsi utili».

«Ma cos'altro vuole sapere?»

«Voglio capire quali ricerche stava conducendo la vittima e com'erano collegate con l'omicidio. Posso ricavarne piste essenziali».

Lo storico scrollò il capo con fare enfatico.

«Ma io non ho mai detto che fossero collegate alla sua morte!».

«Lo dico io».

Quell'affermazione lo lasciò sorpreso. Guardò per un attimo il cadavere, poi l'ispettrice.

«Come?», domandò sbalordito. «Pensa che Patricia sia stata uccisa a causa delle sue ricerche? Perché dice questo?».

Altra espressione impenetrabile da parte di Valentina.

«Ho le mie buone ragioni», mormorò enigmatica. Posò la mano sul *Codex Vaticanus*, riportando la conversazione sull'argomento per lei centrale. «Mi spieghi un po' la storia degli errori della Bibbia che la professoressa stava cercando in questo manoscritto».

Lo storico esitò. Doveva proprio imboccare quel sentiero dalla destinazione incerta? L'istinto gli suggeriva di no. Sapeva che forse avrebbe dovuto dire cose offensive per un credente e non era sicuro che quella fosse una scelta sensata. Ciascuno aveva le proprie convinzioni: chi era lui per metterle in discussione?

Però bisognava anche tener conto dell'altro risvolto della questione. Dopotutto, una sua amica era stata assassinata e, se l'ispettrice incaricata delle indagini riteneva che le sue competenze potessero essere utili a risolvere il caso, perché mai avrebbe dovuto negarle il suo aiuto? Inoltre non doveva dimenticare che era considerato un sospettato. Tomás intuiva che, se non avesse collaborato, sarebbero potuti insorgere dei problemi.

Fece un respiro profondo, chiuse gli occhi per un istante, come un paracadutista pronto a lanciarsi nel vuoto, e compì il passo tanto temuto.

«Va bene», concordò. «Prima, però, mi lasci chiarire una cosa».

«Certo».

Gli occhi verdi di Tomás si tuffarono nell'azzurro celestiale di quelli di Valentina, come se volessero affondarci e arrivare fino in fondo per vedere ciò che li animava.

«Immagino che lei sia cristiana».

L'ispettrice di polizia giudiziaria annuì con un movimento discreto del capo ed estrasse da sotto la camicetta un sottile filo d'argento che teneva appeso al collo. «Cattolica romana», disse, mostrando un ciondolo a forma di croce. «Sono italiana, no?»

«Allora c'è una cosa importante che deve capire», affermò lui, poggiando il palmo della mano al petto. «Io sono uno storico. Gli storici non indagano sulla base della fede religiosa, ma traggono le proprie conclusioni sulla base dei reperti: resti archeologici o testi, per esempio. Nel caso del Nuovo Testamento, parliamo sostanzialmente di manoscritti, che sono una fonte importantissima di informazioni per sapere che cosa succedeva ai tempi di Gesù. Bisogna, però, utilizzarli con grande cautela. Uno storico deve capire le intenzioni e i condizionamenti dell'autore per scoprire cosa si nasconde dietro a ciò che è scritto. Le faccio un esempio. Se leggo in un articolo della "Pravda", risalente all'epoca dell'Unione sovietica, che è stata fatta giustizia di un servo dell'imperialismo perché aveva messo in discussione la rivoluzione, devo eliminare tutta la retorica ideologica e comprendere il fatto che sta dietro questa notizia: è stato ucciso un oppositore del comunismo. Intesi?».

Lo sguardo di Valentina si fece gelido.

«Sta forse paragonando il cristianesimo al comunismo?»

«Certo che no», si affrettò a chiarire. «Sto solo dicendo che i testi esprimono l'intenzione e i condizionamenti dei loro autori, e uno storico deve tenerne conto quando li legge. Gli autori dei vangeli non volevano solo riportare la vita di Gesù: volevano glorificarlo e convincere gli altri che era lui il Messia. Questa è una cosa che uno storico non può ignorare. Capisce?».

L'italiana fece un cenno affermativo.

«Ma certo, non sono mica stupida», disse. «In fondo è anche quello che fa un detective, no? Quando interroghiamo un testimone, dobbiamo interpretare quello che dice in funzione della sua posizione e delle sue intenzioni. Non bisogna prendere per oro colato tutto ciò che dice. Mi sembra ovvio».

«Proprio così», esclamo Tomás, soddisfatto di essersi fatto intendere. «Lo stesso succede a noi storici: siamo una specie di detective del passato. Ma è importante che si renda conto che, quando studiamo un grande personaggio storico, a volte scopriamo cose che forse i suoi ammiratori sfegatati non vorrebbero sapere. Cose che potrebbero risultare... sgradevoli, capisce? Pur essendo vere».

Fece una pausa per accertarsi che questo punto fosse stato perfettamente compreso.

«E quindi?», si spazientì Valentina.

«E quindi devo sapere se vuole ascoltarmi fino in fondo, sapendo che dirò alcune cose sulla Bibbia e su Gesù che potrebbero cozzare violentemente con le sue convinzioni religiose. Non voglio che si arrabbi con me per le rivelazioni che potrei farle. Se è così, preferisco tacere».

«Ma queste potenziali rivelazioni, è sicuro che siano vere?».

Tomás annuì.

«Per quanto possiamo sapere, sì». Abbozzò una risata senza allegria. «Chiamiamole... verità scomode».

«E allora, avanti».

Lo storico la scrutò attentamente, come se dubitasse della sincerità delle sue parole.

«Ne è sicura? Non è che alla fine mi arresta?».

La domanda ebbe il merito di rompere il ghiaccio.

«Non sapevo che avesse paura delle donne», sorrise Valentina.

Tomás rise.

«Solo di quelle bellissime».

«Ah, sì. Ci mancavano solo i corteggiatori», riprese la giovane donna, arrossendo. Prima che l'altro potesse controbattere, però, Valentina rimise la mano sul *Codex Vaticanus*, riportando in carreggiata la conversazione. «Mi dica, allora. Quali sono questi errori contenuti nella Bibbia?».

Lo storico la invitò a sedersi e si accomodò anche lui al tavolo di lettura, accanto al celebre codice del IV secolo. Tamburellò con le dita sul legno verniciato del tavolo, cercando di decidere da dove iniziare: le cose da dire erano talmente tante che la difficoltà stava proprio nello stabilire la rotta da seguire.

Alla fine alzò gli occhi e la fissò.

«Per quale motivo è cristiana?».

La domanda prese alla sprovvista l'ispettrice.

«Be'», azzardò titubante, «è una questione di... insomma, vengo da una famiglia cattolica, mi hanno educata così e... anch'io sono cattolica. Perché me lo chiede?»

«Mi sta dicendo che è cristiana solo per tradizione familiare?»

«No... cioè, certo che la tradizione ha la sua importanza, ma credo nei valori cristiani, credo in quello che ci ha insegnato Gesù. È questo che fa di me una cristiana».

«E quali sono gli insegnamenti che ritiene più importanti?»

«L'amore e il perdono, senza dubbio».

Tomás lanciò un'occhiata al *Codex Vaticanus*, testimone silente di quella conversazione.

«Mi racconti un episodio del Nuovo Testamento che considera il più emblematico in tal senso».

«Ah, la storia dell'adultera», disse Valentina senza esitare. «Mia nonna me la raccontava sempre, era la sua preferita. Immagino che la conosca bene, no?»

«Chi non la conosce? A parte le narrazioni della nascita e della crocifissione di Gesù, è l'episodio più famoso del Nuovo Testamento». Si accomodò meglio sulla sedia, come se stesse preparandosi ad assistere a uno spettacolo. «Ma mi dica: che cosa sa dell'episodio dell'adultera?».

Anche questo secondo quesito la colse di sorpresa.

«So quello che sanno tutti, o almeno credo», disse. «La legge ebraica prevedeva che gli adulteri fossero lapidati, giusto? Una volta i farisei hanno portato al cospetto di Gesù una donna colpevole di adulterio: volevano metterlo alla prova per vedere se rispettava la legge divina. I farisei gli ricordarono che la legge consegnata da Dio a Mosè ne prevedeva la lapidazione...».

«È nella Bibbia», intervenne Tomás. «In *Levitico*, 20:10, Dio dice a Mosè: "Se uno commette adulterio con la moglie del suo prossimo, l'adultero e l'adultera dovranno esser messi a morte"».

«Esatto», concordò Valentina. «I farisei ovviamente conoscevano quella prescrizione divina, ma volevano prima sapere quello che avrebbe detto Gesù in proposito. Doveva essere giustiziata per lapidazione, come imponeva la legge, o bisognava concederle il perdono, come predicava lui? Una domanda a trabocchetto, perché se avesse raccomandato la lapidazione, Gesù avrebbe contraddetto tutti i propri insegnamenti ma, se avesse consigliato di liberarla, avrebbe violato la legge divina. Che fare, allora?»

«Tutti conoscono la risposta a questo dilemma», sorrise lo studioso. «Senza sollevare il capo, e continuando a scarabocchiare sulla sabbia, Gesù disse che colui che era senza peccato le lanciasse la prima pietra. I farisei rimasero perplessi, perché evidentemente tutti avevano commesso dei peccati, anche minimi, e se ne andarono, lasciando l'adultera con Gesù. Rimasti soli, lui la congedò dicendole: "Vai e non peccare più"».

A Valentina rilucevano gli occhi.

«Non le sembra una trovata brillante?», chiese. «In un colpo solo, Gesù ha reso impossibile l'applicazione di una legge crudele senza revocarla. Geniale, no?»

«È una storia stupenda», concordò Tomás. «C'è dramma, conflitto, tragedia e, nel momento del climax, quando la tensione raggiunge l'apice e Gesù e l'adultera sembrano perduti, lei destinata alla lapidazione e lui a essere sbeffeggiato dai farisei, ecco che ci si presenta una soluzione sorprendente e meravigliosa, piena di umanità, compassione, perdono e amore. Basta ascoltare questa magnifica storia per comprendere la grandezza di Gesù e dei suoi insegnamenti». Fece una smorfia e alzò un dito, interrompendo il flusso di parole. «C'è solo un piccolo problema».

«Problema? Quale problema?».

Lo storico puntò i gomiti sul tavolo, poggiò il mento sulle mani e fissò intensamente l'interlocutrice.

«Non è mai accaduto».

«Come?!».

Tomás sospirò.

«La storia dell'adultera, mia cara, è falsa».

VII

L'illuminazione notturna che lambiva il castello di Dublino conferiva alle mura un aspetto vagamente fantastico, come se i lampioni fossero sentinelle che vigilavano su un corpo addormentato nel cuore della città. Un fitto manto di nebbia aveva avvolto l'edificio; sembrava che un velo argenteo fosse calato sulla notte, e dalle lampadine si sprigionava un alone di luce livida che proiettava strane ombre sui marciapiedi e le facciate di mattoni.

Non appena il taxi si fu allontanato, Sicarius si mise a perlustrare le strade intorno al castello, in cerca della sua destinazione. Ben presto, però, si rese conto che localizzare la Chester Beatty Library non era così semplice come credeva. Verificò sulla pianta, dove tutto appariva chiaro, ma la vera dimensione delle strade gli sembrava diversa, confondendolo. Finì per imbattersi in alcuni cartelli che lo condussero ai Dubh Linn Gardens, e da lì all'ingresso della biblioteca.

L'edificio lo lasciò leggermente sconcertato. Si aspettava un monumento imponente, all'altezza dei tesori inestimabili che custodiva nei suoi forzieri, mentre era tutt'altra cosa. Rispetto agli edifici antichi che la circondavano, la Chester Beatty Library aveva sede in un caseggiato inaspettatamente moderno, adiacente all'ottocentesca Torre dell'orologio.

Osservò per un po' la grande porta a vetri dell'ingresso e lo spazio circostante. Vide solo un barbone addormentato nel giardino con accanto una bottiglia di whisky: non costituiva un pericolo. Anche se era certo che nessuno lo avrebbe disturbato, si avvicinò con cautela.

La porta era chiusa, come c'era da aspettarsi a quell'ora della notte, ma notò delle luci accese dentro l'edificio. Doveva esserci come minimo un guardiano, ovvio. Forse più di uno. L'essenziale, però, era che ci fosse il visitatore, come gli aveva assicurato il maestro.

Il bersaglio.

Sicarius avvicinò il viso alla porta vetrata e vide un guardiano che sonnecchiava dietro a un bancone circolare. Studiò il sistema d'allarme installato dentro l'edificio, e capì che non sarebbe stato facile entrarci. L'ideale sarebbe stato poter contare su un complice, com'era successo in Vaticano grazie ai contatti del maestro, ma a Dublino lavorava da solo e a proprio rischio e pericolo. Tornò a esaminare il dispositivo d'allarme: c'erano spie rosse lampeggianti e videocamere installate in punti strategici lungo i muri. Senza aiuto, né una pianificazione fatta in anticipo gli sembrava quasi impossibile riuscire a entrare nella biblioteca senza farsi intercettare. Avrebbe dovuto improvvisare.

Dal momento che l'ingresso principale gli era precluso, considerò la possibilità di accedere da una finestra. Si trovavano a un livello rialzato, ma a prima vista gli sembravano accessibili. Le esaminò dalla strada, cercando di decidere se fosse il caso di procedere, ma finì per convincersi che, senza un adeguato lavoro di preparazione, i rischi che la sua intrusione venisse scoperta erano notevoli.

Definitivamente persuaso che non c'erano le condizioni per una buona riuscita dell'operazione, decise di non provare neppure a penetrare nella Chester Beatty Library. Cercò, invece, un angolo appartato nei pressi della biblioteca e si sistemò lì; quel posto gli sembrava perfetto, al riparo da ogni sguardo indiscreto.

Infilò i guanti neri e portò a termine i preparativi. Poi fece scattare la serratura della valigetta con un rumore sordo. L'interno era buio e impenetrabile, ma al centro di quella fitta oscurità scintillò un riflesso limpido, come lo sfavillio di un diamante: erano i fari di un'auto in transito che si rispecchiavano sulla lama cristallina.

Estrasse con delicatezza la daga e percepì il suo peso millenario. Era perfetta. Poi lanciò un'occhiata verso l'ingresso della biblioteca e delineò il piano. Per partire, mancava solo che il bersaglio desse un segno di vita.

Avrebbe provveduto lui a trasformarlo in morte.

VIII

«Un falso?».

Il volto di Valentina quasi si contrasse, sfigurato da un misto di sbalordimento e indignazione: quanto le era appena stato riferito sulla parabola dell'adultera, di gran lunga la sua preferita dell'intera Bibbia, l'aveva scioccata.

Tomás intuì la sua sorpresa e respirò a fondo: si odiava perché era stato lui il messaggero di una simile notizia.

«Temo di sì».

L'italiana era rimasta a bocca aperta e osservava il viso dello storico, cercando un indizio che si trattasse solo di uno scherzo di cattivo gusto. Non ne trovò.

«Come sarebbe, un falso?», titubò, con tono di profonda incredulità. «Guardi che non basta che lei affermi una cosa simile perché io ci creda. Per sostenerlo bisogna dimostrarlo!». Batté una manata furiosa sul tavolo di lettura. «Dimostrarlo, capito?».

Il professore rivolse un altro sguardo al manoscritto muto, come se il *Codex Vaticanus* potesse aiutarlo a placare l'ira di Valentina.

«Se vuole le prove, deve prima stare a sentire alcune cose», disse in tono sereno. «Tanto per cominciare: quanti sono i testi non cristiani del I secolo che riferiscono della vita di Gesù?»

«Parecchi, di sicuro!», esclamò Valentina. «È stato l'uomo più importante degli ultimi duemila anni, no? Non poteva certo essere ignorato!».

«E di quali testi si tratta?»

«Tutto quello che hanno scritto i romani».

«Tutto cosa?».

Di nuovo imbarazzo da parte dell'ispettrice.

«Be'… che ne so! Lo storico è lei…».

Tomás disegnò un cerchio con pollice e indice e lo sollevò all'altezza degli occhi dell'interlocutrice.

«Zero».

«Prego?»

«Non esiste un solo testo romano del I secolo che parli di Gesù. Né manoscritti, né documenti amministrativi, né certificati di nascita o di morte, né reperti archeologici, né allusioni *en passant*, né riferimenti occulti. Nulla. Sa che cos'avevano da dire su Gesù i romani del I secolo?». Ridisegnò il cerchio con le dita. «Niente di niente!».

«Non può essere!».

«Il primo romano a far riferimento a Gesù è Plinio il Giovane, che nel II secolo, in una lettera all'imperatore Traiano, accenna alla setta dei cristiani e dice che "venerano Cristo come un dio". Prima di Plinio, silenzio assoluto. C'è, però, uno storiografo ebreo, Flavio Giuseppe, che in un libro sulla storia ebraica scritto nell'anno 90 cita Gesù *en passant*. Per il resto, il deserto. Ciò significa che le uniche fonti sulla vita di Gesù di cui disponiamo sono cristiane».

«Non ne avevo la minima idea!».

Lo studioso posò lo sguardo sul *Codex Vaticanus*.

«E sa quali testi fanno parte del Nuovo Testamento?».

Valentina esitò nuovamente, cercando di capire se l'altro non stesse tentando di cambiare discorso. Finì per concedergli il beneficio del dubbio e, facendo uno sforzo per tenere a freno le proprie emozioni, decise di collaborare. Respirò a fondo e andò alla ricerca della risposta.

«Be', confesso di non averci mai fatto caso più di tanto», ammise con aria pensierosa. «Vediamo: i quattro vangeli, e cioè Matteo, Marco, Luca e Giovanni». Esitò. «E credo che ci sia ancora qualcosina, vero?»

«Vero», rise Tomás. «In realtà i testi più antichi del Nuovo Testamento non sono i vangeli. Sono le epistole di Paolo».

«Davvero?»

«Sì, le lettere di Paolo», ripeté lui, usando un termine meno ricercato. «Sa, per comprendere come sono nati i testi del Nuovo Testamento bisogna tener presente che i primi cristiani includevano nella Bibbia solo l'Antico Testamento degli ebrei. Il problema era come interpretare le Sacre Scritture alla luce degli insegnamenti di Gesù, una volta che le varie correnti dei suoi seguaci stavano imboccando strade diverse, talora anche contraddittorie, e invocavano continuamente il Messia per legittimare le proprie posizioni. Il capo di una di queste fazioni era Paolo, un ebreo molto attivo nel diffondere la parola di Gesù e che, a questo scopo, compì numerosi viaggi, in città lontane di tutto il Mediterraneo orientale, per convertire i pagani. Diceva che bisognava adorare solo il Dio degli ebrei, che Gesù era morto per i peccati del mondo e sarebbe tornato di lì a poco nel giorno del giudizio universale. A volte, nel corso di quei viaggi, gli giungeva notizia che i fedeli di una congregazione da lui fondata stessero adottando una catechesi discordante dalla sua, oppure che in un'altra comunità si registravano comportamenti immorali, o vari altri problemi. Per riportare i credenti su quella che riteneva la strada giusta, Paolo allora scriveva loro delle lettere, chiamate anche "epistole", piene di ammonimenti, perché i fedeli si erano allontanati dalla retta via, e di esortazioni a farvi ritorno. La prima di queste lettere, tra quelle giunte fino a noi, era rivolta alla congregazione di Tessalonica, l'odierna Salonicco, ed è nota come *Prima lettera ai Tessalonicesi*: è stata redatta nel 49 d.C., meno di vent'anni dalla morte di Gesù. C'è anche una lettera indirizzata alla congregazione di qui, la cosiddetta *Lettera ai Romani*, altre alla comunità di Corinto, chiamate *Lettere ai Corinzi*, e così via. È importante comprendere che, quando furono scritte, queste lettere non erano concepite per essere considerate parte delle Sacre Scritture, ma semplici lettere».

«Come le e-mail che ci scambiamo oggi?».

Tomás rise.

«Esattamente, anche se con un mezzo un po' più lento», scherzò. «A quell'epoca erano quasi tutti analfabeti, perciò le lettere finivano per essere lette a voce alta a tutta la congregazione. Lo stesso Paolo conclude la sua *Prima lettera ai Tessalonicesi* raccomandando che "sia letta a tutti i fratelli", il che dimostra quanto tale prassi fosse usuale. Con il tempo, e dopo successive copie e molte letture ad alta voce, queste epistole cominciarono a essere considerate un punto di riferimento e in un certo qual modo a costituire un vincolo comune a tutte le congregazioni. Il Nuovo Testamento consta complessivamente di ventuno epistole, scritte da Paolo e da altri capi spirituali, come Pietro, Giacomo, Giovanni e Giuda, ma sappiamo che ne furono scritte molte altre che non si sono conservate». Valentina lanciò un'occhiata incuriosita al *Codex Vaticanus*, come se si trattasse della Bibbia originale.

«E i vangeli? Anche quelli sono nati come lettere?»

«I vangeli hanno una storia diversa». Tomás indicò la croce d'argento che la giovane donna portava con discrezione al collo. «Inizia con la crocifissione di Gesù. Temendo di venir uccisi dai romani, i suoi seguaci fuggirono e si nascosero. Poi venne fuori la storia della resurrezione e loro cominciarono a dire che di lì a poco Gesù sarebbe tornato sulla terra per il giorno del giudizio. Per questo motivo si stabilirono a Gerusalemme e si misero ad aspettarlo. Nel frattempo, si misero a raccontare delle storie su di lui».

«Ah!», esclamò l'ispettrice. «Ed è così che furono scritti i vangeli».

«Niente affatto! Gli apostoli credevano che il ritorno di Gesù fosse imminente e non vedevano alcun motivo per mettere per iscritto quelle storie. E perché mai? Tra poco sarebbe tornato! Per di più va tenuto presente che i primi seguaci di Gesù era gente povera, priva di istruzione, e quindi analfabeti. Come avrebbero fatto a scrivere le parabole? Perciò all'epoca esistevano storie slegate, che gli storici definiscono "pericopi orali"».

«È così che si sono conservati i racconti sulla vita di Gesù?»

«Sì, ma non con questa intenzione», insistette Tomás. «Si ricordi che per loro Gesù era in procinto di tornare da un momento all'altro. Quelle storie venivano raccontate solo per illustrare situazioni utili a trovare una soluzione ai nuovi problemi che si andavano presentando. È un dettaglio importante, perché indica che questi narratori astraevano le storie dal contesto originale e le inserivano in uno nuovo, alterandone così in maniera sottile e inconsapevole il significato. Il problema è che, man mano che i primi seguaci invecchiavano e morivano senza che Gesù tornasse, ci si rese conto che era necessaria una raccolta scritta da leggere a voce alta nelle varie comunità, perché altrimenti se ne sarebbe persa la memoria. Le pericopi furono quindi redatte su fogli di papiro e lette al di fuori del loro contesto originale, mentre Gesù continuava a non tornare. Si giunse poi alla conclusione che, per sortire un miglior effetto sui fedeli, si potessero allineare le pericopi secondo un determinato ordine e raggrupparle: quelle che parlavano di miracoli, quelle sugli esorcismi, quelle che racchiudevano insegnamenti morali... Il passo successivo fu riunire tutti questi sottogruppi per formare delle narrazioni allargate, dette *protovangeli*, che raccontavano una storia completa. Questi protovangeli furono infine raccolti in un'unica narrazione e nacquero...».

«I quattro vangeli!», interruppe Valentina con un sorriso. «Affascinante!».

Tomás fece una smorfia.

«Per la verità non erano solo quattro», corresse. «Ce n'erano decine».

«Decine?»

«Più di trenta. I primi di cui abbiamo notizia furono il *Vangelo secondo Marco* e la *Fonte Q*, un vangelo andato perduto, la cui esistenza deduciamo a partire da altri vangeli, quelli di Matteo e di Luca, che sembrano attingere entrambi da una stessa fonte, la *Q* appunto».

«*Q*?» si stupì Valentina. «Ma che razza di nome è?»

«Q di *Quelle*, parola tedesca che significa "fonte". Ma ne esistono altre, come la M, usata solo per Matteo, e la L, cui si fa riferimento soltanto per Luca».

«Tutte perdute?»

«Sì», confermò lo storico. «Poi vennero fuori altri vangeli, come quello di Giovanni, Pietro, Maria, Giacomo, Filippo, Maria Maddalena, Giuda Tommaso, Giuda Iscariota, Tommaso... insomma, decine di vangeli diversi».

«Sì, confesso di aver già letto qualcosa sull'argomento», osservò la ragazza. «Ma ignoro cosa ne sia stato di quei vangeli...».

«In seguito, furono esclusi».

«Sì, ma perché?».

Era una bella domanda, e lo studioso lo sapeva.

«Vede, nessun vangelo è una semplice cronaca degli avvenimenti», spiegò. «Sono sempre ricostruzioni con un orientamento teologico».

«Che cosa intende dire con questo?»

«Semplicemente che ogni vangelo presentava una specifica teologia», chiarì, evitando altri dettagli controversi per non provocare un nuovo attacco di rabbia nell'italiana. «Questo, come può ben immaginare, seminò il panico tra i fedeli. Alcuni vangeli rappresentavano Gesù come figura esclusivamente umana, altri come esclusivamente divina, altri ancora come divina sotto sembianze umane. Alcuni sostenevano l'esistenza di segreti accessibili solo agli iniziati, altri che Gesù non era neppure morto. C'era chi teorizzava che esistesse un solo dio, chi due, chi tre, chi dodici, chi addirittura trenta...».

«Madonna! Che confusione!». Tomás annuì.

«In effetti, nessuno era d'accordo con gli altri», disse. «Si crearono vari gruppi dominanti di seguaci di Gesù, ognuno con i suoi vangeli. C'erano gli ebioniti, ebrei che dicevano che Gesù era solo un rabbino scelto da Dio per la sua onestà e conoscenza della legge di Mosè. Vi sono indizi che Pietro e Giacomo, fratello di Gesù, fossero considerati precursori di questa corrente. Poi emersero i paolisti, sostenitori della diffusione degli insegnamenti ai gentili: ritenevano che Gesù avesse caratteristiche divine e che la salvezza derivasse dalla fede nella sua resurrezione, e non dal rispetto della legge. C'erano pure gli gnostici, che lo vedevano come un uomo temporaneamente incarnato da un dio chiamato Cristo. Pensavano anche che alcuni esseri umani racchiudessero in sé una scintilla che solo l'accesso a conoscenze segrete avrebbe potuto sprigionare. Infine, c'erano i docetisti, sostenitori di un Gesù esclusivamente divino che si limitava a sembrare umano. Non pativa neppure il sonno o la fame, ma fingeva soltanto».

Valentina fece un ampio gesto con il braccio destro, che comprendeva la biblioteca del Vaticano e tutto ciò che la circondava.

«E quale di queste correnti è la nostra?».

Tomás sorrise.

«La nostra? Intende quella della Chiesa attuale?»

«Sì».

«I cristiani di Roma», sentenziò. «Furono loro a organizzarsi nel modo più efficiente, con gerarchia e strutture all'interno delle loro congregazioni: nacquero così le chiese. Gli altri gruppi erano regolati in maniera più informale. Inoltre, a Roma, beneficiarono del forte radicamento dei paolisti nel mondo pagano. Certo che il centro del cristianesimo continuò per un po' di tempo a essere Gerusalemme, dove si trovavano gli ebrei cristiani. Se non che, nell'anno 70, i romani ne distrussero il Tempio, che non poté più seguitare a essere il centro di gravità del cristianesimo. Dov'è che si trasferì, allora?».

L'italiana si strinse nelle spalle.

«E io che ne so!».

Lo storico puntò il dito verso terra.

«Ma qui, è ovvio! Non era forse questa la capitale dell'impero? E tutte le strade non portavano a Roma? La Chiesa attuale non si definisce forse cattolica apostolica *romana*? Chi poteva capeggiare il cristianesimo meglio dei cristiani che si trovavano qui? Occupavano una posizione privilegiata, che consentì loro di diventare dominanti, e la sfruttarono appieno. Con il tempo respinsero i vangeli dei vari altri gruppi, che etichettarono come eretici, e valorizzarono i testi che consideravano veritieri. Il loro giudizio aveva molto peso, perché questi cristiani si presentavano ben organizzati e con strutture gerarchiche rigide, capeggiate da vescovi, il che facilitava la trasmissione degli ordini. Inoltre, erano più facoltosi e davano istruzioni dalla capitale dell'impero. I vangeli considerati eretici smisero di essere copiati e a poco a poco la dottrina dominante passò a essere ricondotta ai quattro testi evangelici adottati dai romani: Matteo, Marco, Luca e, benché con una certa riluttanza iniziale, Giovanni».

«E fu così che i vangeli andarono ad aggiungersi alle lettere come testi di riferimento?»

«Esatto. Alcuni di questi testi, come il *Vangelo secondo Matteo* e la *Prima lettera a Timoteo* di Paolo, iniziarono a porre le parole di Gesù sullo stesso piano delle Sacre Scritture, capisce? Così insinuarono che avessero la stessa autorità dell'Antico Testamento, il che costituì un'importante novità nella teologia». Fece un'aria drammatica. «La parola di Gesù che valeva come quella delle Sacre Scritture?». Distese il volto. «D'altra parte, nella *Seconda lettera di Pietro* compare una critica agli "ignoranti e gli incerti" che "travisano, al pari delle altre Scritture", le epistole di Paolo. Cioè: le stesse lettere di Paolo sono già elevate qui alla categoria di Scritture! Di qui alla loro accettazione come canone, il passo fu breve».

«E quando successe?»

«Il canone venne definito pochi anni dopo l'adozione del cristianesimo da parte di Costantino», disse, con un gesto in direzione del *Codex Vaticanus*. «Più o meno quando fu scritto questo codice, nel IV secolo. Si stabilì allora che le nuove Scritture fossero costituite da ventisette testi: i vangeli di Luca, Marco, Matteo e Giovanni, che narravano la storia di Gesù, più le cronache della vita degli apostoli, chiamate appunto *Atti degli apostoli*, e le varie lettere stilate da loro. Inoltre, in chiusura, l'*Apocalisse* di Giovanni».

La donna poggiò il mento sul palmo della mano, con aria pensierosa, e rifletté su quanto aveva appena ascoltato. «Alcuni testi considerati eretici magari potevano essere veri», osservò dopo qualche istante. «Come facciamo a sapere che solo i quattro vangeli canonici erano corretti da un punto di vista storico?»

«È una domanda legittima», concordò Tomás. «Vige tuttavia un certo consenso tra gli accademici sul fatto che la scelta, nel complesso, sia stata sensata. I testi eretici, oggi chiamati apocrifi, sono troppo fantasiosi. In uno, Gesù bambino uccide altri ragazzi con delle magie, pensi un po'! In un altro, la croce si mette a parlare come fosse una persona. Una croce parlante! S'è mai vista? I cristiani di Roma erano poco inclini alle fantasie e respinsero quei testi. Di tutti gli apocrifi, sa qual è l'unico che può contenere materiale autentico?».

La domanda suscitò in Valentina uno sguardo vacuo.

«Non ne ho la più pallida idea».

«Il *Vangelo secondo Tommaso*», fu la risposta. «Già da tempo se ne conosceva l'esistenza, ma si pensava che fosse andato perduto per sempre, dopo che il suo autore era stato dichiarato eretico. Se non che nel 1945 a Nag Hammadi, in Egitto, furono accidentalmente scoperti vari volumi di manoscritti apocrifi, tra cui il *Vangelo secondo Tommaso*. Come può immaginare, la cosa destò grande agitazione, tanto più quando se ne lesse il contenuto».

La rivelazione attizzò la curiosità dell'ispettrice.

«Ah sì? E perché?»

«È un manoscritto molto interessante perché non contiene nessun racconto. Niente di niente. Si limita a registrare centoquattordici insegnamenti di Gesù, molti dei quali compaiono anche nei vangeli canonici, e altri insegnamenti che non compaiono da nessuna parte, ma che possono essere degli *agrafa*, vale a dire citazioni autentiche non canoniche. D'altronde, certi accademici ritengono che le citazioni contenute nel *Vangelo secondo Tommaso* siano più vicine alle parole realmente pronunciate da Gesù rispetto a quelle che si trovano nei quattro evangelisti. Ecco perché alcuni lo chiamano *il quinto vangelo*».

«Se è così, perché è stato escluso dal canone?»

«Perché alcuni insegnamenti possono essere interpretati come gnostici», spiegò Tomás. «È una cosa che i cristiani romani, aderenti all'ortodossia, volevano evitare a tutti i costi. Ma il *Vangelo secondo Tommaso* è un documento che contiene informazioni storiche pertinenti, benché su questo punto non ci sia accordo tra gli esperti. In ogni modo, la sua scoperta consolidò il vecchio sospetto che la *Fonte Q*, il manoscritto perduto su cui si sarebbero basati Matteo e Luca, fosse anch'essa composta di sole parabole».

Valentina fece un cenno affermativo ed emise un suono di apprezzamento.

«Molto curioso, davvero», disse. «Ma dove vuole arrivare con tutto questo?».

Lo studioso si sistemò sulla sedia e volse lo sguardo agli scaffali carichi di libri della Biblioteca Vaticana.

«Voglio arrivare a porre questa domanda», disse, voltandosi verso l'interlocutrice. «Dove sono gli originali di tutti i testi canonici che compongono il Nuovo Testamento?».

Con un movimento quasi istintivo, gli occhi azzurri dell'ispettrice seguirono la panoramica di Tomás all'interno della Sala Consultazione Manoscritti.

«Be', qui in Vaticano», rispose lei. «Magari proprio in questa biblioteca». Sentì lo sguardo indagatore dello studioso che la esaminava e, intuendo di aver dato una risposta sbagliata, esitò. «No?».

Tomás scrollò la testa.

«No», disse con enfasi. «Non ci sono originali».

«Come?»

«Gli originali del Nuovo Testamento non esistono».

IX

Studiare un manoscritto sullo schermo di un computer era un compito impegnativo per chiunque, ma continuare fino all'alba si rivelò una vera pazzia. Alexander Schwarz si stropicciò gli occhi stanchi e iniettati di sangue e raddrizzò la schiena, sentendo le articolazioni che gli dolevano. Stava seduto in quella posizione da troppo tempo, portando l'attenzione dallo schermo al blocco per appunti in cui registrava man mano le sue annotazioni.

«Basta così!», mormorò in quel momento. «Non ne posso più!».

Chiuse il file del manoscritto e spense il computer. Volse lo sguardo dietro di sé e vide la sala deserta e immersa nel buio, dove la luce della lampada accanto a lui si rifletteva tra le ombre. Sopra al bancone c'era anche un lampadario, in fondo alla stanza, e Alexander lanciò un'occhiata in quella direzione. Voleva chiamare l'addetto dalla biblioteca incaricato per quella notte di assisterlo, ma non lo scorse. Doveva essere andato in bagno, pensò.

Raccolse le carte, inghiottì in un sorso il resto di caffè nel bicchiere di carta, ormai freddo, e infine si alzò. Al primo passo vacillò, il corpo intorpidito dall'immobilità prolungata al tavolo di lavoro. I muscoli sembravano arrugginiti, anche se dopo tre passi camminava normalmente. Giunse accanto all'accettazione e guardò in ogni direzione, ma non vide traccia del ragazzo.

«Dove diavolo è finito?», si chiese a bassa voce. Lo cercò in bagno, senza trovarlo. Gli venne in mente che poteva essere andato a bere qualcosa e arrivò fino alla macchinetta del caffè, ma non c'era anima viva.

«Scusi?», lo chiamò a voce alta. «Scusi?».

Nessuno rispose. La Chester Beatty Library faceva parte di un edificio moderno, ma la notte, con le sale buie e le rare fonti di luce che proiettavano strane ombre sul pavimento e sulle pareti, la biblioteca aveva un'atmosfera inaspettatamente lugubre. E, quel che era peggio, quell'ambiente sinistro lo stava già suggestionando.

«Scusi? C'è nessuno?».

La voce riecheggiò nella sala e si spense nel silenzio. L'impiegato era decisamente scomparso. Alexander decise di non aspettarlo oltre e s'incamminò lungo il corridoio. Il problema era che il resto del piano era immerso nell'oscurità e lui non sapeva dove fosse l'interruttore della luce. Camminava lentamente, tastando le pareti e immaginando il percorso, più che vederlo. Il buio iniziava a dargli sui nervi e, senza riuscire a controllarsi, avvertì una punta di terrore insinuarsi dentro di lui.

«Che sciocchezza!», disse tra sé, sforzandosi di tranquillizzarsi. «Devo solo trovare l'uscita, nient'altro!».

Al buio, però, era difficile. Avanzò con cautela e oltrepassò un angolo. Fu allora che si accorse di una sagoma che fendeva un alone di luce diffusa e si rese conto di non essere solo in quel corridoio.

«Chi è là?», chiese, spaventato.

Sentì il respiro di una persona.

«Sono io».

«Io chi?».

Si sforzò di distinguere la figura che gli si stava avvicinando nell'oscurità, ma non ci riuscì. Aveva bisogno di luce. Così, nel buio, si sentiva stupidamente vulnerabile.

«Io».

La sagoma si fermò davanti ad Alexander, che rimase un attimo indeciso sul da farsi. Si udì un piccolo scatto, e immediatamente il corridoio si illuminò. Dinanzi a lui stava un ragazzo spettinato, con gli occhi azzurri cerchiati da occhiaie.

Il dipendente della biblioteca.

«Ah!», esclamò Alexander, sollevato. «Ma dove diavolo era finito?».

Il ragazzo alzò la mano e mostrò il cellulare.

«Sono andato a telefonare alla mia fidanzata», rispose. «Sono uscito dalla sala per non disturbarla». Guardò verso il fondo del corridoio. «Ha già terminato?»

«Sì, sì. Ho spento il computer e tutto. Sono stanco morto». Sbadigliò, come a rafforzare la sua affermazione. «Come si esce di qui?».

Il ragazzo indicò il lato opposto del corridoio.

«Vada da quella parte, attraversi le gallerie e scenda le scale. Il resto lo sa già, vero?».

Alexander lo salutò e proseguì nella direzione indicata.

Attraversò una galleria e lanciò uno sguardo ammirato ai tesori che racchiudeva: i manoscritti antichi. Lì c'erano gli originali che aveva consultato al computer, ma anche altri reperti preziosi, come i frammenti dei manoscritti del Mar Morto, splendide copie illustrate del Corano e antichi testi buddisti e induisti. L'aveva già visto migliaia di volte, ma ogni volta che attraversava quel corridoio si sentiva ugualmente affascinato. Com'era possibile che simili rarità fossero finite in una collezione privata?

Il corridoio successivo conteneva altre meraviglie, tra cui libri di giada cinesi, piccoli scrigni giapponesi detti *inro*, belle miniature indiane della dinastia Moghul e altre, magnifiche, provenienti dalla Persia. Uno splendore, ma per Alexander non erano così preziose e interessanti quanto i tesori conservati nella Sala Manoscritti.

Scese le scale e giunse nel moderno atrio. Il guardiano notturno dormicchiava dietro il bancone e al suono dei passi sussultò. Si alzò e andò ad aprirgli la porta per lasciarlo uscire.

«Buonanotte, sir».

Alexander ricambiò il saluto e, immergendosi nell'aria fredda della strada, si incamminò. Era stanco, ma soddisfatto del lavoro svolto. Le ricerche erano andate bene e considerò che gli sarebbe bastato un altro giorno di lavoro in biblioteca per portare a termine il compito per cui era andato a Dublino. Stava rientrando all'hotel, ma si sentiva così esaltato e motivato che non sarebbe riuscito a rimanere troppo a lungo lontano dai manoscritti tanto interessanti. Al risveglio, dopo colazione, sarebbe tornato subito alla Chester Beatty Library. In fin dei conti, doveva ancora…

In quel momento avvertì una presenza alle sue spalle.

X

Nella Sala Consultazione Manoscritti, il *Codex Vaticanus* era di nuovo al centro dell'attenzione. L'ispettrice Valentina Ferro lo fissò, quasi come se il vecchio codice posato sul tavolo di lettura fosse colpevole di quanto le era appena stato detto.

«Non esistono originali del Nuovo Testamento?».

Tomás tracciò in aria un gesto vago.

«Non li ha mai visti nessuno», disse. «Puf!», soffiò, come a mandar via dei granelli di polvere. «Scomparsi! Svaniti col tempo!».

«Ah, sì?», si stupì Valentina, indicando il manoscritto davanti a lei. «Abbiamo solo queste... queste copie?».

Nuovo cenno di dissenso dello studioso.

«Neppure».

L'italiana corrugò la fronte.

«Non abbiamo copie?»

«No».

La ragazza posò la mano sul *Codex Vaticanus*. «E allora questo cos'è? Un fantasma?»

«Quasi», replicò Tomás, sul cui volto si disegnava un abbozzo di sorriso. «Mi ascolti: non abbiamo gli originali del Nuovo Testamento, e neppure le relative copie. In realtà, non abbiamo le copie delle copie, e neppure le copie delle copie delle copie». Posò la mano sul manoscritto accanto a lui. «Il primo dei vangeli che conosciamo è quello di Marco, scritto intorno all'anno 70, cioè ancora nel I secolo. Ora, il *Codex Vaticanus*, pur essendo uno dei più antichi manoscritti conservati con il testo del Nuovo Testamento, risale alla metà del IV secolo! In altre parole, questo codice è di trecento anni più recente dell'originale del *Vangelo secondo Marco*, il che ne fa l'ennesima copia della copia degli originali scritti dagli autori dei testi ora considerati canonici».

«Madonna!», esclamò l'altra. «Non ne avevo idea!».

Tomás si accomodò meglio sulla sedia, in cerca di una posizione più confortevole, pur mantenendo lo sguardo puntato su di lei.

«E questo, come avrà intuito, costituisce un problema».

Valentina annuì; era un'investigatrice e sapeva bene quanto fosse importante aver accesso alle fonti primarie. «Come possiamo essere sicuri che l'ennesima copia sia uguale all'originale?»

«Bingo!», esclamò lo storico, con una manata sul tavolo. «Una volta mi è successo di raccontare una storia a un'amica, che l'ha riferita a un'altra persona, la quale a sua volta l'ha detta a una terza, che poi è venuta a raccontarmela. Quando la storia è arrivata a me, dopo essere stata filtrata attraverso tre soli passaggi successivi, era già cambiata. Immagini ora che cosa significa parlare di una storia copiata innumerevoli volte dagli scrivani, di cui i primi erano certamente amanuensi poco qualificati. Quali alterazioni ha subìto?»

«Parecchie, presumo».

Il professore riportò l'attenzione alla pagina a cui era aperto il *Codex Vaticanus*.

«Ecco perché quella nota a margine che Patricia stava consultando, in cui lo scrivano rimprovera il copista, è così importante», disse, indicando l'annotazione scarabocchiata sul manoscritto. «"Stupido ignorante! Lascia stare il vecchio testo, non alterarlo!". Tutto perché qualcuno aveva cambiato *phanerón* in *pherón*». Sfogliò cautamente il codice. «E non si tratta di un caso isolato, qui nel *Codex Vaticanus*. Guardi quello che c'è scritto nel *Vangelo secondo Giovanni*». Cercò il passo. «Giovanni, 17:15. Eccolo qui. Gesù implora Dio in favore dell'umanità». Il testo era scritto in greco, ma Tomás lo tradusse a braccio. «"Non chiedo che tu li liberi dal male"». Lo studioso rivolse uno sguardo interrogativo all'interlocutrice. «"Non chiedo che tu li liberi dal male"? Gesù domandava a Dio che il male continuasse ad affliggere l'umanità? Ma che roba è?».

Valentina gli restituì l'occhiata con un'espressione smarrita, non sapendo come interpretare quella strana frase.

«Sì... non capisco bene».

Tomás picchiettò il dito sull'antica pergamena.

«Si tratta dell'errore di un copista!», esclamò. «La frase originale è "Non chiedo che tu li tolga dal mondo, ma che li liberi dal male". Ma il copista del *Codex Vaticanus* ha saltato inavvertitamente una riga e ha copiato "Non chiedo che tu li liberi dal male". Questo tipo di errore si chiama *parablepsis*, detto anche "salto dallo stesso allo stesso", e si verifica quando due righe di un testo terminano con le medesime parole o lettere. Il copista sta ricopiando una riga, abbassa gli occhi per scrivere, e quando li rialza guarda la stessa parola nella riga seguente, invece che nella precedente, e senza accorgersi salta il testo tra le due parole uguali». Fece un gesto verso il manoscritto. «E stiamo parlando del *Codex Vaticanus*, considerato una delle migliori opere amanuensi del mondo antico! Immagini allora quanti errori saranno mai contenuti nell'intera Bibbia, dato che gli originali sono scomparsi e abbiamo solo copie delle copie delle copie delle copie delle...».

«Sì, ho capito», si spazientì Valentina. «E con questo? Che io sappia, una rondine non fa primavera! Perché trova un erroretto o due, non è mica detto che tutto il Nuovo Testamento non sia valido!».

Tomás fece un'aria scandalizzata.

«Un erroretto o due? Ha idea di quanti ne sono già stati identificati negli oltre cinquemila manoscritti antichi della Bibbia giunti fino a noi?».

La giovane donna si strinse nelle spalle e prese una bottiglietta d'acqua minerale che le aveva appena portato un poliziotto.

«Non lo so», disse svitando il tappo. «Quanti? Venti? Trenta errori? E allora?».

Poi si portò la bottiglia alla bocca, quasi indifferente alla risposta. Lo storico si chinò verso di lei, osservandola mentre beveva, e le sussurrò il numero all'orecchio: «Quattrocentomila».

L'acqua le andò di traverso, colandole lungo il mento, e Valentina tossì e si girò per non risputarla sul *Codex Vaticanus*. Si asciugò col dorso della mano e fissò Tomás, incredula.

«Quattrocentomila errori nella Bibbia? Ma vuole scherzare!». Lo storico fece un cenno affermativo, a conferma del numero.

«Quattrocentomila», ripeté. «Di più, in realtà».

«Ma... ma... ma non può essere! La Bibbia contiene più di quattrocentomila errori? È assurdo!».

«È vero che per la stragrande maggioranza si tratta di piccole cose», concesse Tomás. «Parole copiate male, righe saltate, sviste accidentali di questo genere». Sollevò un sopracciglio. «Ma ci sono altri errori fatti di proposito. Parti inventate dagli autori dei vangeli, per esempio».

«Che sciocchezza!», ribatté l'ispettrice. «Come può sapere se una certa cosa scritta nel Nuovo Testamento è inventata o meno? Era forse presente?»

«No, certo, ma proprio come voi investigatori, anche noi storici disponiamo di metodi per accertare la veridicità dei fatti».

«Quali metodi? Di che sta parlando?»

«Sto parlando del metodo di analisi storica, basato su criteri di critica testuale». Tomás aprì il palmo della mano, mostrando le dita. «Cinque princìpi».

«Scusi, ma non vedo come si possa, tramite la semplice analisi del testo, determinare quello che c'è di vero o di falso, e tanto meno nella Bibbia, a prescindere dal numero di criteri che si seguano».

«Mi stia a sentire prima di giudicare», insistette lo studioso. «Se ben applicati, questi princìpi sono affidabili. Il primo è quello dell'antichità: quanto più un manoscritto è antico, maggiore è la nostra fiducia nel suo rigore. Questo perché, per forza di cose, il testo di una copia antica è stato meno corrotto di una più recente.

Il secondo criterio è l'abbondanza delle fonti: quante più fonti tra loro indipendenti dicono la stessa cosa, maggiore è la sicurezza che sia un fatto realmente accaduto. Dobbiamo, però, accertarci che le fonti siano davvero indipendenti. Per esempio, un'informazione che compare nei vangeli di Luca e di Matteo non è necessariamente indipendente, dal momento che i due evangelisti si rifanno spesso alla stessa fonte, il manoscritto Q. Il terzo criterio è quello della versione più complessa. In latino si dice: *proclivi scriptioni praestat ardua*, e cioè, "la lettura più difficile è meglio di quella facile". In altre parole: quanto più un'informazione risulta imbarazzante, più certezza abbiamo che sia vera».

«Un'informazione imbarazzante?», si stupì Valentina. «Che intende dire?»

«Le faccio un esempio tratto dal Nuovo Testamento», propose Tomás. «I vari vangeli narrano che Gesù sia stato battezzato da Giovanni Battista. Si tratta di un'informazione imbarazzante per i cristiani, perché si riteneva che la persona che battezzava fosse spiritualmente superiore a quella che veniva battezzata. Quindi l'episodio presenta Gesù in una situazione di subalternità spirituale rispetto a Giovanni. Com'è possibile questo, se è il Figlio di Dio? Inoltre il battesimo serve a purificare una persona dai suoi peccati. Se Gesù si è battezzato, ciò significa che anche lui era un peccatore. Di nuovo: come può essere, se era il Figlio di Dio? È altamente improbabile che gli autori dei vangeli abbiano inventato questo episodio, se risulta così imbarazzante. Perché mai dovrebbero averlo fatto, se mette in discussione la superiorità e la purezza di Gesù? Perciò gli studiosi ritengono che sia realmente avvenuto. È un fatto storico».

«Ah, capisco».

«Il quarto criterio è quello del contesto: le informazioni riportate da un vangelo si inseriscono o meno in tale epoca? Il quinto criterio, infine, è quello della struttura intrinseca del testo, cioè il suo stile di scrittura, il vocabolario utilizzato e anche l'orientamento teologico del suo autore. Per esempio, se in un brano compaiono parole che non si trovano da nessun'altra parte, è altamente probabile che si tratti dell'aggiunta di un copista. Attenzione, però: questi criteri non devono essere applicati meccanicamente. Magari un testo più antico di altri, dove non compaiono determinati elementi imbarazzanti o ci sono particolari fantasiosi, ci induce a credere che si tratti di una copia deteriore rispetto a uno più recente. Insomma, bisogna valutare bene ogni aspetto».

L'altra annuì.

«Sì, è un lavoro da investigatore», osservò. «Ma dove vuole andare a parare?»

«Ai falsi episodi del Nuovo Testamento». Si zittì per un istante, per ottenere un effetto drammatico. «Come, per esempio, la storia dell'adultera».

Valentina quasi cadde dalla sedia.

«Ah, giusto! Mi ha detto che mi avrebbe dato le prove della falsità di questo episodio, ma ancora non ho visto nulla!».

Il professore le lanciò un'occhiata piena di biasimo.

«Guardi che non si tratta solo di quello. Ce ne sono altri».

«Quali?».

Tomás respirò a fondo, improvvisamente stanco. Aveva impiegato l'ultima mezz'ora a spiegare all'ispettrice italiana nozioni elementari sui testi biblici. Ma il peggio doveva ancora venire. E sapeva che era così, perché andava a toccare elementi centrali della teologia cristiana. Lo studioso tamburellò con le dita sul tavolo di lettura senza osare guardare la giovane donna, quando finalmente prese coraggio e rispose alla sua domanda: «La storia della resurrezione di Gesù, per esempio».

«La storia della... della resurrezione?», si allarmò Valentina. «Perché, cos'ha?»

«È un altro falso».

XI

L'erba dei Dubh Linn Gardens era rorida per via dell'umidità gelata rilasciata dalla nebbia, ma Paddy McGrath pareva insensibile a quel tipo di disagio. E perché mai gli sarebbe dovuto importare? A cinquantadue anni si ritrovava senza un lavoro, la moglie lo aveva lasciato e si considerava l'uomo più infelice del mondo.

Si distese sul manto erboso verde e sollevò la bottiglia di whisky: il liquido color caramello la riempiva per un terzo, e quindi gliene restava ancora una discreta quantità in cui affogare i ricordi dell'anno terribile che si era lasciato alle spalle.

«*And it's all for me grog, me jolly jolly grog*», canterellò a bassa voce. «*All for me beer and tobacco. Well I've spent all me tin with the ladies drinking gin...*[1]».

Il whisky lo rendeva felice per poche ore, o se non altro lo anestetizzava appena dall'amarezza dei ricordi, perciò mandò giù un altro sorso e riprese a intonare la canzone che aveva accompagnato tante sue follie di gioventù. Paddy aveva sprecato quasi trent'anni a lavorare per la pubblica amministrazione. Trent'anni! Poi, d'improvviso, era arrivata la crisi, che aveva colpito anche le banche: il governo le aveva sostenute economicamente, il deficit pubblico ne aveva risentito, poi era subentrato il Fondo monetario internazionale con i conseguenti licenziamenti a catena. Paddy era stato trascinato nel vortice dei tagli di personale ed era rimasto senza impiego da un giorno all'altro.

---

[1] "È tutta per me questa bumba, per me questa dolce dolce bumba. [...] Birra e tabacco sono tutti miei. Be', ho speso fino all'ultimo soldo con le donne a bere gin".

Chi l'avrebbe mai assunto, a cinquant'anni suonati? Sentendosi uno straccio, aveva iniziato ad affogare i dispiaceri nella Guinness del Mulligan's, il pub dietro casa sua. Tutte le notti rincasava barcollando e vomitando. In capo ad alcuni mesi la moglie, quella megera dalla voce stridula e dalla lingua biforcuta, lo aveva lasciato e se n'era tornata a Limerick.

«Strega!», ringhiò ripensando a lei. «Che crepi pure nel suo veleno!».

Poi era stata la volta delle banche, che si erano prese la casa perché non era riuscito a pagare il mutuo.

«Razza di avvoltoi, quelli delle banche!», aggiunse, non sapendo neppure lui se stava parlando con se stesso o se qualcuno lo stava ascoltando. «Dovrebbero marcire nella loro melma, quei porci!».

Paddy, però, sapeva benissimo che quello che marciva era lui, lui che era diventato un senzatetto e che dormiva all'addiaccio. Erano ormai quattro mesi che i Dubh Linn Gardens erano diventati la sua camera da letto. C'erano posti peggiori, considerò passandosi una mano sui capelli arruffati. Il giardino poteva essere scomodo per dormirci, specie nelle fredde e umide notti invernali, ma se non altro era bello. Inoltre aveva dei vicini prestigiosi, come il castello e la biblioteca. E silenziosi, per di più. In fondo, di che si lamentava?

Lanciò un'occhiata quasi affettuosa verso la Chester Beatty Library, come per cercare conferma delle qualità che le aveva appena attribuito. Perciò rimase sorpreso vedendo che la porta d'ingresso si apriva e il guardiano notturno salutava un uomo alto e magro, dall'aria distinta.

«Toh, guarda! Qualcuno a quest'ora?».

Si sentiva intorpidito dall'alcol e bevve un altro sorso, come se fosse il modo migliore per ritornare sobrio. Poi vide l'uomo alto e magro che si allontanava. Fece per stendersi sul prato, ma un movimento inatteso lo trattenne.

Da un'ombra in lontananza emerse una sagoma che prese ad

avvicinarsi velocemente all'uomo appena uscito dalla biblioteca. Avanzava a passi rapidi ma furtivi, e con un'agilità fulminante balzò addosso alla vittima. Per un istante i due rimasero uniti, i contorni dei corpi sfumati nell'oscurità. Poi la sagoma emise un urlo pieno di sconforto e fuggì via di corsa, lasciando l'altro disteso a terra.

Colto di sorpresa da un evento così rapido e particolare, Paddy si sfregò gli occhi con forza e li riaprì di nuovo. Fissò il punto in cui si era svolta la scena e per un attimo pensò di aver sognato, ma ben presto individuò il corpo steso sul marciapiede e capì che i sensi non lo avevano ingannato: aveva effettivamente visto quel che pensava di aver visto.

Si alzò barcollando dall'erba e con la sua voce da ubriaco iniziò a chiamare aiuto.

XII

La bella ragazza dai capelli ricci castano scuro e dagli occhi azzurri scrollava energicamente il capo, rifiutandosi con ostinazione di accettare quanto le era appena stato rivelato.

«Adesso non è più solo la storia dell'adultera a essere falsa?», chiese a denti stretti, dominando a stento l'irritazione che la inveleniva. «Anche la resurrezione di Gesù? Ma che mi viene a dire? Mi prende in giro o cosa?».

Aveva un tono così aggressivo che a Tomás scese una goccia di sudore lungo la tempia, zigzagando come una lacrima. Aveva forse fatto male a dirglielo? Iniziava a nutrire seri dubbi sull'opportunità di riferire a una cattolica devota le informazioni storiche su Gesù che gli studiosi avevano ricavato dai reperti esistenti. Ma, una volta imboccata quella strada, sapeva di non poter tornare indietro. Non poteva gettare il sasso e poi nascondere la mano senza affrontare le estreme conseguenze. Ormai era troppo tardi per pentirsi...

«Calma», raccomandò. «Non si innervosisca».

«Sono calma, capito?», quasi gridò lei. «Non mi innervosisco facilmente! Non sono fatta così, anche quando ne avrei motivo. Ad esempio, quando mi tocca ascoltare certe fesserie...».

«Temo proprio che non siano fesserie. Sono cose che...».

«Ah no?», lo interruppe lei. «Fa dichiarazioni simili senza presentare la minima prova e che cosa si aspetta? Che le rispondiamo amen? E grazie per aver illuminato noi zotici? Vorrebbe che la ringraziassi? Cosa si aspetta?».

Lo sguardo di Tomás si indurì.

«Mi aspetto che mi ascolti», disse, con inaspettata veemenza.

Puntò il dito contro Valentina. «Mi aveva detto che mi sarebbe stata a sentire senza arrabbiarsi, giusto? E allora lo faccia!».

Valentina chiuse gli occhi, sussurrò un'incomprensibile litania in italiano, respirò a fondo e si volse nuovamente verso Tomás, stavolta tenendo perfettamente a bada i nervi. «Mi dica, dunque», concesse, con un tono di assoluta tranquillità che sorprese l'interlocutore: una trasformazione così istantanea pareva davvero impossibile. «Quali sarebbero, alla fin fine, queste prove che deve presentarmi?».

Tomás la guardò sfiduciato, in dubbio sulla sincerità della ragazza. Avvertendone l'esitazione, lei batté le ciglia ed esibì un sorriso talmente incantevole e luminoso da strapparne uno anche a lui.

«La prima cosa da capire è che nella Bibbia ci sono errori intenzionali», disse cauto Tomás, nonostante tutto. «Gli errori accidentali sono molto più numerosi, è chiaro. Ma purtroppo esistono anche quelli intenzionali».

«Le prove, professor Noronha».

«Guardi, ecco qui il secondo versetto del *Vangelo secondo Marco*», indicò. «Dice il testo: "Come sta scritto nel profeta Isaia: 'Ecco, dinanzi a te io mando il mio messaggero: egli preparerà la tua via'". Il fatto è che l'autore del vangelo si è sbagliato, perché quella citazione non è di Isaia, ma è tratta da *Esodo*, 23:20. Molti copisti si sono accorti di questo errore e lo hanno corretto così: "Come sta scritto nei profeti". Ora, questa è un'alterazione fraudolenta del testo originale».

Valentina increspò le labbra.

«Sì, ma non mi sembra grave».

«È un'alterazione intenzionale e non è fedele al testo originale», insistette Tomás. «E contrariamente a quanto possa sembrare a prima vista, è una modifica importante. L'errore mette a nudo alcuni limiti teologici dell'evangelista. E, cancellandolo, si altera la percezione della qualità di chi l'ha commesso».

L'italiana inclinò leggermente la testa da un lato, convenendone con lui.

«Sia pure», concesse. «Ma non mi ha ancora presentato le prove della falsità della storia dell'adultera e della resurrezione...».

Tomás alzò la mano, come a voler rallentare.

«Un attimo di pazienza», disse. «Voglio che prima si faccia un'idea più chiara del tipo di alterazioni intenzionali che hanno apportato i copisti nel corso dei secoli». Indicò con gli occhi il codice posato sul tavolo. «Legga quel che c'è scritto in Matteo, 24:36. Gesù profetizza la fine dei tempi e dice: "Quanto a quel giorno e a quell'ora, nessuno lo sa, né gli angeli del cielo né il Figlio, ma solo il Padre". Questo versetto solleva ovvi problemi rispetto al concetto di Santissima Trinità stabilendo, tra le altre cose, che Gesù è Dio. Se è Dio, è onnisciente. Tuttavia, in questo versetto, ammette di ignorare il giorno e l'ora del giudizio finale. Com'è possibile? Gesù non è Dio? Non è onnisciente? Per ovviare a questo scomodo paradosso, molti copisti hanno eliminato l'espressione "né il Figlio" e hanno risolto il problema». Picchiò l'indice sopra il tavolo. «Ecco, mia cara, una tipica alterazione intenzionale apportata per motivi teologici. Non essendo stata fatta senza un motivo, non è neppure priva di conseguenze, come certamente capirà».

«Ma questa alterazione perdura tuttora?»

«È stata denunciata e, dopo grandi polemiche, i traduttori più fedeli hanno deciso di ripristinare il testo originale. Così facendo, mantengono il paradosso, nella speranza che i fedeli non lo colgano. Ma il fatto principale è che i copisti non commettono solo errori accidentali: tante alterazioni sono intenzionali. Per esempio, quando in una storia trovavano piccole differenze da una copia all'altra, molti le eliminavano e uniformavano i testi, modificando così volutamente ciò che copiavano. Arrivarono al punto di inserire storie non contenute nei vangeli che stavano copiando». Fece un'altra piccola pausa a effetto. «Come nel caso dell'adultera e dell'episodio della resurrezione nel *Vangelo secondo Marco*».

«Ah-ha!», esclamò Valentina. «È stata dura, ma ce l'abbiamo fatta! Alla fine siamo arrivati alla parte interessante!».

Tomás rise.

«La parte interessante va ben al di là di queste due storie, mi creda».

«Questo non lo so», rispose. «Quel che so è che lei ha messo in discussione due episodi fondamentali della Bibbia e, che io sappia, non ha ancora addotto una sola prova!».

«Vuole le prove?»

«Non aspetto altro...».

Avvertendo un dolore all'altezza dei reni a causa della scomodità della posizione, lo studioso si raddrizzò e si riempì d'aria i polmoni, come se dovesse usarli a tutti i costi. «Il primo concetto da avere ben chiaro è che, sebbene sia conosciutissima, la parabola dell'adultera si trova in un solo passo, nel *Vangelo secondo Giovanni*. Più esattamente, dal versetto 7:53 all'8:12».

Valentina sgranò gli occhi.

«Mamma mia!», esclamò colma di ammirazione. «Sa a memoria persino i numeri dei versetti! Che testa!».

«Ma io sono uno storico, mia cara», sorrise lui. «Però è fondamentale rendersi conto che in origine tale episodio non era incluso in questo vangelo. Né in questo, né in nessun altro, d'altronde. È stato aggiunto dai copisti».

L'italiana sfregò indice e pollice, come a reclamare qualcosa di concreto.

«E le prove?»

«Semplicissimo», riprese Tomás. «L'episodio dell'adultera non compare nei manoscritti più antichi del Nuovo Testamento, considerati più fedeli al testo originale. Viene fuori solo nelle copie posteriori. Inoltre, lo stile di scrittura differisce in maniera marcata dal resto del *Vangelo secondo Giovanni*, compresi i versetti immediatamente precedenti e successivi. Infine, l'episodio contiene un gran numero di parole ed espressioni che non vengono utilizzate nel resto del vangelo in questione. Per tutte queste ragioni, il mondo accademico concorda nel ritenere che il brano sia stato aggiunto. Si tratta di una falsificazione».

«Ah!», disse in un fiato, consapevole di non avere modo di controbattere. «Questa, poi!». Guardò il *Codex Vaticanus*. «E com'è che è andato a finire lì dentro?»

«Non lo sa nessuno. Potrebbe essere stato inserito da teologi cristiani che, in un dibattito con gli ebrei sulla legge divina, erano in imbarazzo per via delle regole stabilite da Dio nel *Levitico*. Non trovando nulla, tra quanto aveva detto Gesù, che contestasse l'ordine di lapidare gli adulteri, potrebbero aver inserito questo episodio nel *Vangelo secondo Giovanni*».

«Ma... ma lo facevano così, come se niente fosse?»

«Attenzione: è solo una teoria. A quel tempo, la gente pensava che certe credenze religiose balenate all'improvviso fossero vere perché erano state ispirate dallo Spirito Santo. In Marco, 13:11, si cita Gesù: "E quando vi condurranno via per consegnarvi, non preoccupatevi prima di quello che direte, ma dite ciò che in quell'ora vi sarà dato: perché non siete voi a parlare, ma lo Spirito Santo". Quindi credevano che, quando gli veniva in mente un qualsiasi concetto teologico, fosse lo Spirito Santo a dettarglielo. Se non fosse stato per ispirazione divina, come avrebbero potuto concepire simili idee? Da lì a inserire il racconto dell'adultera, che molto opportunamente revocava un ordine scomodo stabilito da Dio nel *Levitico*, è un attimo». Tomás serrò le labbra. «Un'altra ipotesi è che uno scrivano avesse annotato l'episodio a margine di un manoscritto, basandosi su una qualche tradizione orale relativa a Gesù. A decenni di distanza, un altro amanuense intento a copiare il manoscritto potrebbe aver pensato che la nota a margine facesse parte della narrazione e l'avrebbe inserita nel testo del vangelo. È curioso notare che l'episodio dell'adultera compare in punti diversi nei vari manoscritti – in alcuni casi in Giovanni 8:1, in altri in 21:25 – il che conferisce una certa credibilità a tale ipotesi». Si strinse nelle spalle. «Comunque sia, è dimostrato che questa parabola è una falsificazione della Bibbia».

Valentina emise un sibilo soffocato. «Chi l'avrebbe mai detto!», esclamò scuotendo la testa. Inarcò le sopracciglia, improvvisamente preoccupata. «E la resurrezione? Perché dice che è falsa?».

Lo storico sfogliò con attenzione il *Codex Vaticanus*, in cerca del brano preciso.

«Per gli stessi motivi», fece lui. «In questo caso stiamo parlando del *Vangelo secondo Marco*, e più precisamente degli ultimi versetti. In genere, la conclusione di questo vangelo non è un brano particolarmente familiare alla gente, ma ha grande peso nell'interpretazione biblica, come vedrà». Si fermò sull'ultima pagina. «Eccoci!».

Con gesto quasi automatico, anche l'ispettrice si chinò sul manoscritto, ma il testo era in greco e, quasi delusa, dovette attendere la spiegazione del suo interlocutore.

«Alla fine del suo vangelo, Marco parla della morte di Gesù», spiegò Tomás. «Fu crocifisso e, come sa, quando morì Giuseppe di Arimatea ne richiese il corpo e andò a deporlo in un sepolcro scavato nella roccia, chiudendone l'ingresso con una pietra. All'alba della domenica Maria Maddalena, Salomè e Maria madre di Tommaso si recarono al sepolcro per ungere il cadavere di olio, secondo la tradizione. Ma quando vi giunsero, trovarono l'ingresso aperto e, dentro, un giovane in tunica bianca seduto sulla destra, che disse loro: "Voi cercate Gesù Nazareno, il crocifisso. È risorto, non è qui". Le tre donne fuggirono tremanti dal sepolcro "e non dissero niente a nessuno, perché erano impaurite"».

Valentina si spazientì. «Dov'è la falsificazione?».

Il professore posò l'indice in un punto del *Codex Vaticanus*, proprio alla fine del vangelo.

«Nei dodici versetti seguenti», disse. «Qui, dal 16:9 al 16:20, Marco riporta che, dopo la fuga delle tre donne spaventate dal sepolcro, Gesù resuscitato apparve prima a Maria Maddalena e poi agli apostoli. E disse loro: "Andate in tutto il mondo e proclamate il Vangelo a ogni creatura. Chi crederà e sarà battezzato sarà salvato, ma chi non crederà sarà condannato". Poi Gesù fu elevato in cielo e sedette alla destra di Dio».

La poliziotta corrugò le sopracciglia, mentre i suoi occhi azzurri, improvvisamente offuscati, manifestavano la loro irritazione.

«Sta forse insinuando che questo racconto della resurrezione è un falso?».

Tomás spalancò le braccia in segno di resa.

«Non sto insinuando nulla», si affrettò a chiarire. «Il fatto che Gesù sia resuscitato o meno è questione di fede, nella quale non vado certo a intromettermi. Mi interessa solamente ricavare la verità storica del testo, applicando un'analisi critica ai documenti di cui disponiamo, secondo i cinque criteri che le ho già esposto».

«Però, se ho ben capito, sta mettendo in discussione la validità di questi versetti che parlano della resurrezione...».

«Infatti è così».

Valentina lo guardò con la fronte corrucciata, per fargli capire che aspettava delucidazioni.

«Dunque?»

«È un falso», sentenziò. «I versetti della resurrezione di Gesù sono assenti dai due manoscritti meglio conservati e più antichi che contengono il *Vangelo secondo Marco*».

La poliziotta strabuzzò gli occhi.

«Cosa?»

«Una situazione che ricalca in tutto e per tutto quella dell'adultera», proseguì lo studioso. «Oltre a non essere contenuti nei testi più antichi, e quindi più prossimi all'originale, il loro stile differisce da quello del resto del vangelo. Per di più, molte parole ed espressioni utilizzate in questi dodici versetti sulla resurrezione non si trovano in altre parti del testo di Marco». Picchiò insistentemente col dito sulla pergamena del *Codex Vaticanus*, quasi a voler rafforzare l'idea. «Cioè, il racconto della resurrezione non appartiene al testo originale ed è stato aggiunto successivamente da uno scrivano». Puntò gli occhi in quelli dell'ispettrice, come un giudice nel momento di un terribile verdetto. «È un imbroglio».

Valentina distolse lo sguardo, quasi imbarazzata nell'udire queste parole in riferimento alla Bibbia, e osservò il sommesso viavai nelle due sale attigue della Biblioteca Apostolica Vaticana. I suoi sottoposti analizzavano ancora dei reperti e i paramedici erano stati autorizzati a portar via il cadavere disteso a terra, ed erano impegnati nei preparativi per la rimozione. «E tutto a causa della ricerca che stava conducendo la sua amica», mormorò, quasi risentita.

Tomás evitò di guardare il fermento che d'un tratto si era scatenato intorno al corpo di Patricia all'arrivo dei paramedici, preferendo concentrarsi sul vecchio manoscritto a mezzo metro da lui.

«Andava a caccia di errori nel Nuovo Testamento», disse. «Il fatto di aver lasciato aperto il *Codex Vaticanus* proprio a questa pagina lo dimostra con certezza».

L'ispettrice rimase alcuni istanti a riflettere, considerando i punti in sospeso nella sua indagine. Si ricordò che c'era una cosa importante che non aveva ancora chiarito, e accennò al passaggio tra le due sale.

«E che mi dice del rompicapo che abbiamo trovato per terra?», domandò. «Crede che abbia un qualche collegamento con tutto questo? O è solo uno scherzo?».

Tomás riportò l'attenzione sul foglio posato sul pavimento in marmo della biblioteca e rifletté. Sì, che ruolo aveva l'enigma in quella sordida faccenda? Fissò gli occhi sul pezzo di carta e si concentrò sul messaggio in codice.

⚹ ALMA

Che cosa significava quell'*alma?* Era forse uno scherzo? Un riferimento al mondo degli spiriti? E lo strano segno che precedeva la parola? Somigliava a una piccola forca. Oppure a un... un...

«Un giglio?!».

Lo studioso si risollevò con un movimento brusco, che spaventò l'ispettrice.

«Gesù!», esclamò la ragazza, sobbalzando sulla sedia. «Che c'è? Cosa è successo?».

Tomás fece due passi in direzione del passaggio tra le due sale e puntò con veemenza il dito verso il foglio di carta per terra.

«Ho capito!», sbottò, improvvisamente agitato. «Ho capito di cosa si tratta!».

Valentina fissò il foglio, cogliendo infine la ragione di quell'entusiasmo. «Ah sì? E cos'è?».

Il professore si era chinato, vicino all'enigma, osservandolo con occhi nuovi, quelli di chi finalmente comprendeva ciò che vedeva.

«Il segreto di Maria», esclamò. «La Vergine che vergine non era».

XIII

Correre al buio è difficile per chiunque, naturalmente, ma farlo con in corpo i due terzi di una bottiglia di whisky si rivelò un'impresa pressoché impossibile per Paddy McGrath.

«Aiuto!».

L'ubriaco cadde per due volte sull'erba bagnata dei Dubh Linn Gardens, ma entrambe le volte si rialzò, riprendendo a correre. Una corsa stentata, barcollante, a zigzag, quasi a capitomboli, con i polmoni in affanno e la gola secca, mentre il mondo gli vorticava intorno.

Però correva.

«Aiuto!».

Raggiunse il corpo riverso a terra e si fermò, ansimante. L'uomo ai suoi piedi si muoveva, ma non riusciva a parlare, limitandosi a emettere qualche gorgoglìo. Ma la parte peggiore era la pozza di sangue sotto la sua testa.

Paddy lo guardò, sconvolto, senza sapere come procedere. Voleva aiutarlo, ma esitò. In che modo? Cosa doveva fare? Che ne sapeva di primo soccorso?

«Aspetti», si sbracciò enfaticamente. «Resista!». Si guardò intorno, confuso. «Aiuto!», gridò. Non arrivava nessuno e guardò impotente il ferito agonizzante. «Vado... vado a chiamare i soccorsi. Aspetti un attimo. Torno subito!». Si guardò di nuovo intorno. «Aiuto!».

L'unica risposta fu una raffica di vento. Paddy lasciò il ferito e, disorientato, si allontanò di qualche passo, finché vide un edificio illuminato e si mise a correre in quella direzione.

Giunto dinanzi alla porta, iniziò a battere freneticamente sul vetro.

«Aiutò!», sbraitò. «Aprite! Qualcuno mi aiuti!». Subito nell'atrio della biblioteca comparve il guardiano, con un'espressione poco cordiale. Si avvicinò alla porta a vetri e squadrò Paddy, facendogli perentoriamente segno di andarsene.

«Apra!», insistette lui, ricominciando a battere sul vetro con più forza di prima. «Aiuto!».

Il guardiano parve irritato. Sfilò il manganello dalla cintura e aprì la porta con fare aggressivo.

«E allora, che vuoi?», ruggì, brandendo il manganello. «Smammare! Alla svelta!».

Paddy fece segno verso sinistra.

«Là!», disse. «Là c'è un uomo che ha bisogno di aiuto! È ferito! Per favore».

Il guardiano scrutò in quella direzione e distinse una figura a terra che si contorceva. Perplesso e insospettito, prese il walkie-talkie.

«Phoenix chiama Eagle».

Un paio di secondi e una voce rispose all'apparecchio.

«Che c'è, Phoenix?»

«Ho un problema alla porta di Chester», fu la risposta. «Ora esco e mi rimetto in contatto fra trenta secondi».

«Resto in attesa, Phoenix. Chiudo».

Il guardiano sprangò la porta dietro di sé e s'incamminò a passo rapido verso l'uomo steso a terra, assicurandosi però che il barbone puzzolente si mantenesse a distanza di sicurezza. Sapeva di dover usare prudenza e prendere tutte le precauzioni del caso, perché poteva trattarsi di una messa in scena per entrare con la forza nella biblioteca.

Quando, però, raggiunse l'uomo a terra, i suoi dubbi si dissolsero, e il guardiano riconobbe immediatamente lo studioso che aveva accompagnato all'uscita solo pochi minuti prima.

Fu allora che vide il sangue.

«*My God!*».

S'inginocchiò accanto a lui e individuò la ferita: era al collo, e a prima vista sembrava grave. Troppo grave perché lui, da solo e con un'infarinatura di primo soccorso, potesse essergli d'aiuto. La vittima sussultava convulsamente, come in preda a febbre altissima. Serviva l'intervento di un professionista. E in fretta.

Il guardiano notturno si portò alle labbra il walkie-talkie.

«Phoenix chiama Eagle».

«Che c'è, Phoenix?»

«Ho un ferito grave alla porta di Chester», disse. «Chiamate subito un'ambulanza. È urgente».

Poi si chinò di nuovo sul moribondo, in preda a un tremito incontrollato. Gli pose le dita sul collo e cercò di localizzare il taglio da cui grondava tutto quel sangue, sperando di bloccarlo. In quel momento il liquido rosso smise di sgorgare e i tremiti cessarono. La prima reazione del guardiano fu di sollievo; poi, però, guardò il volto della vittima e comprese il motivo per cui erano cessati l'emorragia e il tremore.

L'uomo era morto.

XIV

I due paramedici si misero in posizione, uno alle spalle e uno ai piedi del cadavere, contarono fino a tre e, con movimento simultaneo, lo trasferirono sulla barella. Poi coprirono di nuovo il corpo col lenzuolo e sollevarono la barella, trasportandola verso l'uscita.

Accovacciato nel passaggio tra le due sale manoscritti, Tomás vide la barella passargli davanti e scomparire dietro alla porta che conduceva verso l'uscita. Rimase un lungo istante a fissare la porta deserta; sembrava ipnotizzato, ma in realtà si accomiatava in silenzio dall'amica galiziana.

«Cos'è questa storia di Maria?», chiese Valentina, interrompendo la solennità opprimente della circostanza. «Perché l'ha chiamata "la Vergine che vergine non era"?».

Lo studioso indicò il rompicapo sul foglio abbandonato sul pavimento.

ℳ ᴀʟᴍᴀ

«È quanto ci rivela questo enigma».

L'ispettrice guardò con espressione interrogativa il messaggio incomprensibile, nel tentativo di capire dove mai il professore portoghese potesse vederci un riferimento alla Vergine Maria. Per quanto analizzasse quegli scarabocchi, non riusciva a trovare il minimo collegamento.

«Come mi ha detto prima, qui c'è scritto *alma*», ricordò. «Che io sappia non vi è nessun riferimento alla madre di Gesù».

Tomás indicò il primo carattere, che precedeva la parola *alma*.

«Vede questo simbolo che assomiglia a un tridente?», chiese. «È la chiave della decodifica del messaggio».

«Perché? Cos'è?»

«Il disegno stilizzato di un giglio». Inarcò le sopracciglia per sottolineare il significato della scoperta. «Il simbolo della purezza della Vergine Maria».

«Ah, allora la Madonna è ancora vergine!», esclamò ironica Valentina. «Mi era parso che avesse detto che...».

«Calma!», invitò Tomás, reprimendo un sorriso. «Il giglio serve solo a orientare l'interpretazione della parola seguente: *alma*».

La giovane donna puntò i suoi occhi azzurri in quelli verdi di Tomás.

«Allora *alma* non si riferisce agli spiriti?»

«Non quando è accompagnata dal giglio: in questo caso rimanda alla Vergine Maria».

Lo storico, accovacciato, raddrizzò il tronco per mantenersi meglio in equilibrio.

«Sa dov'è contenuta questa informazione sulla verginità della madre di Gesù?»

«Nella Bibbia, immagino».

Tomás tracciò una v con le dita.

«In due soli vangeli», disse. «Matteo e Luca. Marco tralascia completamente la nascita di Gesù e Giovanni, 1:45, dice: "Gesù, il figlio di Giuseppe, di Nazaret", cioè riferisce che Giuseppe ne è il padre, il che implica una contraddizione con le affermazioni di Matteo e Luca». Alzò un dito. «Ma la cosa più importante è la testimonianza di Paolo, ben più antica dei vangeli. Nella *Lettera ai Galati*, 4:4, riporta: "Dio mandò il suo Figlio, nato da donna". Paolo, che scriveva in un'epoca di poco successiva ai fatti, evidentemente si è dimenticato di dire che la suddetta donna era vergine. Mi pare impossibile che lo abbia ritenuto un dettaglio irrilevante: una vergine che dà alla luce un bambino non è cosa di tutti i giorni, no? Se fosse successo a Maria, di certo Paolo non si sarebbe dimenticato di precisarlo. Ora, se non lo menziona, è perché nessuno glielo ha mai riferito. E perché? Perché probabilmente in quell'epoca tale tradizione ancora non esisteva. È stata inventata in seguito».

Valentina sgranò gli occhi.

«Inventata? Lei è incredibile! Dovrebbe finire dritto all'inferno! Come può affermare una cosa simile, Dio mio?».

Tomás indicò il foglio sul pavimento.

«Per via di questa parola», spiegò. «*Alma*».

La giovane donna abbassò gli occhi verso il rompicapo e li risollevò, persa in quell'argomentazione.

«Non capisco. Che cosa intende dire?»

«La risposta ce la danno Luca e Matteo. Nel *Vangelo secondo Luca*, 1:35, un angelo dice a Maria: "Colui che nascerà sarà santo e sarà chiamato Figlio di Dio". E in 1:22 e 1:23, Matteo, menzionando le ragioni per le quali Gesù nacque da una vergine, chiarisce: "Tutto questo è avvenuto perché si compisse ciò che era stato detto dal Signore per mezzo del profeta: 'Ecco, la vergine concepirà e darà alla luce un figlio: a lui sarà dato il nome di Emmanuele, che significa Dio con noi'"».

Lo studioso tacque, lasciando che l'interlocutrice assimilasse le implicazioni delle due citazioni del Nuovo Testamento, ma Valentina gli restituì uno sguardo vacuo, di una che non aveva ancora compreso niente.

«E con questo?»

«Non capisce? Luca mette in relazione il fatto che Gesù sia nato da una vergine con l'affermazione che è il Figlio di Dio. La cosa più importante è che Matteo lo attribuisce a "ciò che è stato detto dal Signore per mezzo del profeta"». Fece un'altra pausa. «Detto dal Signore? Per mezzo del profeta?». Piegò il capo verso di lei, rivolgendoglisi direttamente: «Il profeta rivelò che il Messia sarebbe nato da una vergine? E si sarebbe chiamato Emmanuele? Quale profeta scrisse una cosa simile?»

«Be' presumo si tratti di un profeta dell'Antico Testamento, no?»

«Certo che è un profeta dell'Antico Testamento! La domanda è: quale profeta delle Scritture previde che il Messia sarebbe nato da una vergine e si sarebbe chiamato Emmanuele?».

Valentina si strinse nelle spalle.

«Che ne so!»

Tomás si alzò e fece cenno all'ispettrice di seguirlo. Sedettero entrambi di nuovo al tavolo di lettura, e con infinita attenzione lui sfogliò l'antico *Codex Vaticanus*.

«In realtà, consultando l'Antico Testamento si scopre che di fatto esiste un profeta che fece la previsione a cui si riferisce Matteo», affermò sfogliando le pagine del codice del IV secolo. «Si tratta di Isaia». Arrivò al passo che stava cercando. «Eccolo! Senta cosa dice in... in 7:14: "Pertanto il Signore stesso vi darà un segno. Ecco: la vergine concepirà e partorirà un figlio, che chiamerà Emmanuele"».

La ragazza spalancò di nuovo gli occhi.

«Ma allora... allora Matteo aveva ragione!», esclamò lei, entusiasta. «La nascita di Gesù era stata effettivamente prevista da un profeta dell'Antico Testamento! E questi annunciò che il Messia sarebbe nato da una vergine, come di fatto è successo!».

Tomás la guardò lentamente, nemmeno ne studiasse il volto. In realtà, stava solo cercando di decidere in che modo spiegarle l'enigma biblico racchiuso in quel rompicapo.

«Sa in che lingua fu scritto originariamente l'Antico Testamento?», le chiese di punto in bianco.

«In latino, forse?».

Lo studioso sorrise.

«Non mi prenda in giro», disse. «Che lingua parlava Gesù?»

«Be'... ebraico, credo».

«Aramaico», la corresse il professore. «È vero che l'aramaico è una lingua molto vicina all'ebraico». Abbassò lo sguardo per qualche istante e fissò il *Codex Vaticanus*. «E la Bibbia? In che lingua pensa sia stata scritta in origine?»

«Be', se Gesù parlava aramaico, mi sembra naturale che i vangeli siano scritti in aramaico...».

Tomás annuì.

«In effetti, l'Antico Testamento fu scritto in aramaico e in ebraico», confermò. Indicò le parole greche allineate nel manoscritto del IV secolo. «Ma il Nuovo Testamento, costruito intorno alla figura e agli insegnamenti di Gesù, fu originariamente redatto in greco». Puntò l'indice verso l'enigma sul pavimento, vicino al passaggio tra le due sale. «Il che spiega molte cose, non le pare?»

«Non vedo quali!».

Lo storico puntò il dito su una parola a metà di una riga del *Codex Vaticanus*.

«La parola-chiave dell'enigma è questa», indicò. «*Parthenos*, ossia "vergine" in greco». Rilesse la frase vergata sul codice. «"La vergine concepirà e partorirà un figlio"».

Valentina guardò la riga scritta in greco, incuriosita e affascinata. Le lettere erano arrotondate ed eleganti.

«È in questa riga che Isaia profetizza la nascita di Gesù, figlio della Vergine Maria?»

«Lo sarebbe», ribatté Tomás, «se non fosse per il fatto che Isaia non ha mai predetto niente di simile!».

«Come può dirlo?», protestò lei, indicando il *Codex Vaticanus*. «La profezia non è forse chiarissima? Il Messia nascerà da una vergine: ecco cos'ha previsto Isaia».

Tomás picchiettò di nuovo con l'indice sulla parola *parthenos*.

«Questo è quanto profetizza Isaia nella traduzione dell'Antico Testamento in greco», disse. «Ma si dà il caso che l'Antico Testamento sia stato scritto in ebraico e in aramaico, e quel libro in particolare è in ebraico. Adesso la mia domanda è: qual è la parola utilizzata da Isaia in riferimento alla donna che avrebbe dato alla luce il Messia?»

«Be', suppongo che sia "vergine" in ebraico!».

«È questo il problema!», esclamò lui. «Il fatto è che la parola utilizzata da Isaia nell'originale ebraico non era "vergine"».

«E qual era?»

«*Alma*».

Lei spalancò gli occhi per la terza volta.

«Prego?»

«La parola originale di questo versetto è *alma*, che in ebraico significa "giovane donna". Ovvero, in origine Isaia scrisse: "La giovane donna concepirà e partorirà un figlio"». Tornò a battere l'indice sulla parola *parthenos* del *Codex Vaticanus*. «È successo che, nell'antichità, il traduttore dell'Antico Testamento in greco si sia sbagliato su questo versetto, e abbia reso "giovane donna" come "vergine". Ora, i due evangelisti Luca e Matteo lessero questa rivelazione in greco, non nell'originale ebraico e, volendo associare Gesù alle profezie bibliche per legittimarlo come Messia e Figlio di Dio, scrissero che Maria era vergine, cosa peraltro mai riferita da Marco, Giovanni e Paolo. Inoltre, non va dimenticato che Gesù ebbe vari fratelli. In Marco, 6:3, si dice: "Non è costui il falegname, il figlio di Maria, il fratello di Giacomo, di Ioses, di Giuda e di Simone? E le sue sorelle, non stanno qui da noi?". Se la madre di Gesù era vergine, come sostengono Luca e Matteo, in che modo avrebbe potuto concepire tutta quella prole? Sempre per opera dello Spirito Santo?».

Valentina si portò la mano alla bocca, stupefatta.

«Madonna!», esclamò. «Mi hanno imbrogliata per tutto il tempo!». Strizzò gli occhi. «E la Chiesa? Cosa dice di questi fratelli?».

Tomás sorrise.

«Si sente in imbarazzo, chiaro!», esclamò. «I teologi cristiani diedero sfogo alla loro fantasia e tirarono fuori le scuse più varie. Una è che i fratelli siano in verità fratellastri, tutti figli di Giuseppe ma non di Maria. Un'altra è che non si tratti di fratelli, bensì di cugini. Un'altra ancora è che la parola "fratelli" fosse da intendersi in senso lato e potesse riferirsi a semplici amici».

«Ah, questo spiega tutta la figliolanza!».

Lo storico scosse enfaticamente la testa.

«No, mia cara», disse. «Dalla frase di Marco – "Non è costui il falegname, il figlio di Maria, il fratello di Giacomo, di Ioses, di Giuda e di Simone? E le sue sorelle, non stanno qui da noi?" – dal contesto emerge con evidenza che è riferita a fratelli di sangue. Il resto altro non è che una serie di sforzi disperati di adeguare i fatti alla teologia». Si portò l'indice alle tempie. «Se lo ficchi bene in testa: Maria non era vergine. Il racconto della sua maternità verginale deriva da un errore di traduzione dell'Antico Testamento in greco e dalla volontà, da parte di Luca e Matteo, di ricollegare Gesù alle profezie di Isaia per rafforzare l'idea che fosse il Figlio di Dio. E senza sapere che il passo che stavano leggendo in greco era alterato da un errore di traduzione».

Valentina sbuffò.

«Sì, è plausibile».

«E il peggio è che questo errore scatenò una serie di falsificazioni del testo biblico nel corso dei secoli», aggiunse Tomás quasi d'un fiato. «Per esempio, quando Luca racconta che Giuseppe e Maria portarono il figlio al Tempio e Simeone lo riconobbe come il Signore, in 2:33 scrive: "Il padre e la madre di Gesù si stupivano delle cose che si dicevano di lui"». Lo storico fece una smorfia. «Suo *padre*? Come può Luca affermare che Giuseppe è il padre di Gesù, se questi è nato da una vergine? Di fronte a tale problema, molti copisti hanno cambiato il testo in "Giuseppe e sua madre si stupivano...". Lo stesso succede qualche versetto più avanti, in 2:43, quando Luca riferisce che mentre lui e Maria "riprendevano la via del ritorno, il fanciullo Gesù rimase a Gerusalemme, senza che i genitori se ne accorgessero". *Genitori*? Qui il falegname è presentato un'altra volta come il padre. I copisti corressero nuovamente il testo, scrivendo "senza che Giuseppe e la madre lo sapessero". In 2:48 Maria rimprovera il figlio piccolo per essersi trattenuto a Gerusalemme, dicendo: "Tuo padre e io, angosciati, ti cercavamo". I copisti hanno cambiato in: "Ti abbiamo cercato", evitando così un'altra volta di definire Giuseppe padre di Gesù». Sorrise. «Insomma, abbiamo davanti una caterva di alterazioni del testo originale, nate da un semplice errore di traduzione di *Isaia* dall'ebraico al greco».

«Incredibile!», esclamò Valentina. «Assolutamente incredibile!». Inarcò le sopracciglia. «Ma era frequente che gli evangelisti commettessero errori di traduzione di questo tipo?»

«Più di quanto vorrebbero i teologi cristiani», ribatté il professore. «Nel *Vangelo secondo Giovanni* è riportata una conversazione tra Gesù e un fariseo di nome Nicodemo. In 3:3 gli dice: "Se uno non è nato di nuovo, non può vedere il regno di Dio". Al che l'altro, nel versetto seguente, gli risponde: "Come può un uomo nascere quando è vecchio? Può egli entrare una seconda volta nel grembo di sua madre e nascere?". Gesù chiarisce che non sta parlando di un secondo parto, ma di una nascita di origine divina. Tale equivoco da parte di Nicodemo è del tutto naturale, dato che in greco l'espressione "una seconda volta" ha un duplice significato: vuol dire anche "dall'alto". Nicodemo pensava che Gesù avesse usato la parola nell'accezione di "nascere una seconda volta", ma il Messia chiarisce che intendeva "nascere dall'alto", cioè da Dio. Ma, se mai è avvenuta, questa conversazione deve per forza essersi tenuta in aramaico, la lingua di Gesù. Il problema sta nel fatto che in quella lingua la parola corrispondente non ha un doppio significato, cosa che accade solamente in greco. Così com'è raccontata, una simile conversazione non può aver avuto luogo. È un'invenzione».

Valentina sembrava sbalordita.

«Ma com'è possibile che nessuno mi abbia mai spiegato tali cose a messa?».

Lo studioso si strinse nelle spalle.

«Questo non lo so», disse, lanciando un'occhiata di sguincio al contorno del corpo di Patricia, tracciato con il gesso nel punto in cui era stato rinvenuto il cadavere. «E non è quanto ci interessa nell'indagine. Il vero problema è capire perché il rompicapo affronti l'equivoco sulla verginità di Maria».

L'italiana fece un respiro profondo, lasciando svanire l'irritazione per aver scoperto solo allora tutta una serie di cose sulla propria religione che nessuno le aveva mai spiegato. Tomás aveva ragione e lei lo sapeva; doveva concentrarsi sull'essenziale. Date le circostanze, l'essenziale era risolvere il mistero di quel delitto commesso nella Biblioteca Apostolica Vaticana. Tutto il resto erano solo distrazioni.

«La risposta a questa domanda dipende da chi ha ideato l'enigma», replicò. «Se è stata la vittima o l'omicida. Ho già richiesto una perizia calligrafica per stabilire se l'abbia scritto la sua amica o meno». Tomás annuì, soffermandosi su un dettaglio che ancora non gli era chiaro.

«C'è una cosa che dovrebbe spiegarmi».

«Cosa?»

«Prima mi ha detto che esiste un rapporto tra l'omicidio e la ricerca che stava conducendo Patricia», ricordò. «Ma non mi ha detto quale». Valentina indicò lo spazio vuoto dove fino a poco prima era disteso il cadavere della studiosa spagnola. «L'assassino è entrato qui al solo scopo di uccidere la sua amica».

«E questo come lo sa?».

L'ispettrice indicò gli scaffali carichi di codici e incunaboli.

«Abbiamo verificato il catalogo e non manca niente», disse. «Perciò il movente del delitto non era il furto». Indicò la porta. «Inoltre abbiamo trovato un dipendente della biblioteca privo di sensi nel bagno riservato al personale. Evidentemente l'omicida non voleva ucciderlo, ma solo neutralizzarlo. Questo significa che è venuto espressamente con la missione di uccidere la professoressa».

«Ah, capisco».

«E poi c'è l'omicidio vero e proprio».

«E cioè?»

«La sua amica è stata sgozzata, ricorda?». L'altro sussultò.
«Per favore, mi risparmi questi dettagli!».
«Sono dettagli importantissimi», affermò l'ispettrice. «In Italia, come pure nel resto d'Europa, la maggior parte degli omicidi sono portati a termine con l'uso di armi da taglio. Le vittime vengono uccise a coltellate».
«Quindi Patricia è stata vittima di un delitto comune...».
Valentina scosse la testa in segno di diniego.
«Non per forza», disse con lentezza. «Sa, nonostante la frequenza degli omicidi commessi per mezzo di armi da taglio, la verità è che non è facile uccidere qualcuno sgozzandolo. Le vittime lottano a lungo, oppongono molta resistenza, creano enormi difficoltà e ostacolano le manovre necessarie. È difficile tagliare la gola a una persona. Per questo lo sgozzamento costituisce una modalità rara di delitto. Talmente rara, peraltro, che in genere si riscontra solo in una situazione davvero specifica».
Fece una pausa, per stuzzicare la curiosità di Tomás.
«Quale?»
«Ricorda che le ho detto che la sua amica è stata sgozzata come un agnello?», chiese. «L'immagine, benché indiscutibilmente di dubbio gusto, è molto efficace perché esprime con esattezza la natura di questo tipo di reato».
Tomás inarcò le sopracciglia, senza afferrare bene dove volesse andare a parare l'ispettrice.
«Non capisco».
Valentina lo fissò intensamente.
«Il fatto è che lo sgozzamento in genere è indice di un omicidio rituale».
«Che?»
«L'uccisione della sua amica non è stata un semplice omicidio», sentenziò. «È stato un atto rituale».
«Ma... ma...».
L'ispettrice indicò il *Codex Vaticanus*.
«Ecco perché sono convinta che sia collegato alla ricerca che

stava conducendo la vittima». Puntò il dito verso di lui. «Ed ecco perché il suo aiuto è prezioso. Sono certa che potrà condurmi a delle piste che porteranno alla soluzione del delitto».

«Io? Ma non vedo come io possa ancora...».

Una voce li interruppe.

«Permette, ispettrice?», domandò un uomo robusto che si era avvicinato con un cellulare in mano.

Valentina si volse verso di lui.

«Sì, Vittorio. Che c'è?»

«Abbiamo appena ricevuto una comunicazione dalla polizia irlandese», disse. «A quanto pare c'è appena stato un omicidio e vogliono parlare con lei».

L'ispettrice lo guardò, sorpresa.

«Con me? La polizia irlandese? A quest'ora?»

«Sembra che sia successo poco fa...».

L'ispettrice scoppiò in una risata secca.

«Questa è bella: come se non avessi nient'altro da fare!». Con un gesto della mano, allontanò Vittorio. «Gli dica che sono occupata. Che ci mandino un rapporto, come si fa normalmente in questi casi».

Il poliziotto in borghese non si mosse e mantenne lo sguardo fisso sul suo superiore.

«Pare che questa notte a Dublino sia stato ucciso uno storico», affermò laconico. «La polizia irlandese ha visto il rapporto preliminare che abbiamo inviato all'Interpol e ha notato delle analogie con il nostro caso. Gli irlandesi ritengono indispensabile la sua collaborazione. Vogliono che vada a Dublino il prima possibile». L'ispettrice corrugò la fronte.

«Mamma mia!», esclamò. «Sono veloci, questi irlandesi». Abbozzò un gesto di indifferenza. «Benissimo, la stessa notte sono stati uccisi due storici, uno al Vaticano e l'altro a Dublino. E allora? Forse in Irlanda non hanno mai sentito parlare di coincidenze?». Altro cenno della mano per allontanare il subalterno. «Vada, li mandi a farsi un giro. Ho altro da fare».

Vittorio rimase completamente immobile, come se non avesse neppure sentito.

«Lo storico ucciso stanotte a Dublino stava facendo delle ricerche sui manoscritti antichi della Bibbia», rivelò nel suo tono monocorde. «È stato sgozzato. Accanto al corpo la polizia ha trovato un foglio con una strana scritta».

«Come, strana?».

Il poliziotto inarcò le sopracciglia, sottolineando l'ultima informazione che stava per comunicare.

«Un altro enigma».

XV

Una luce plumbea colorava la mattinata di sfumature tristi. Il cielo era carico di nuvole e il chiarore diffuso del giorno conferiva un azzurro cupo e deprimente a quell'angolo verdeggiante nel centro di Dublino.

«Non so neppure come mi sono fatto trascinare fino a qui!», protestò Tomás. «Dovrei occuparmi delle rovine del foro di Traiano!».

Valentina Ferro lo censurò con un'occhiata. «Ancora lì a lagnarsi?», chiese. «Gliel'ho già spiegato mille volte che la sua collaborazione è essenziale per il successo delle indagini. Il modo in cui mi ha aiutato a risolvere le piste bibliche è stato brillante», disse, sottolineando l'affermazione con la mano in un gesto molto italiano. «Bril-lan-te!».

«Va bene, ma il mio lavoro non è questo...».

«Il suo lavoro è collaborare con la giustizia», sentenziò la poliziotta. Guardò lo studioso e addolcì il tono delle parole, cambiando chiaramente tattica persuasiva. «Non vuole trovare l'assassino della sua amica galiziana? Non crede di doverglielo?».

Tomás sapeva bene che si trattava di un'argomentazione finalizzata, ma era pur sempre valida. Di fatto lo doveva, a Patricia. Come amico, il minimo che potesse fare era aiutare la polizia a trovare l'assassino. Che razza di amico sarebbe stato se non fosse stato disposto neppure a questo? Se la polizia sollecitava la sua collaborazione, era suo preciso dovere fornirgliela. Come avrebbe potuto rifiutarsi?

«Ha ragione», concesse infine, adeguandosi alla situazione. «È solo che...».

«Ispettrice Ferro?».

Un uomo dai capelli brizzolati e in impermeabile beige – l'immagine sputata di un investigatore – si avvicinò ai due con una cartellina verde in mano.

«Sì, sono io», disse Valentina. «E questo è il professor Tomás Noronha, che ci sta aiutando nelle indagini sull'omicidio in Vaticano».

Lo sconosciuto tese la mano in segno di saluto. «Sono il sovrintendente Sean O'Leary», si presentò. «Ispettore del NBCI, il National Bureau of Criminal Investigation della An Garda Síochána, la polizia della Repubblica d'Irlanda. Sono stato io a richiedere la vostra presenza qui a Dublino. Benvenuti!», soggiunse con un sorriso accogliente. «Avete viaggiato bene?»

«Nella norma», ribatté Valentina con indifferenza: aveva di meglio da fare che dare spago alle conversazioni di circostanza. «A quanto mi è stato riferito, il vostro caso presenta straordinarie analogie con il nostro. Pensa che siano addirittura collegati?».

Il sovrintendente O'Leary le rivolse un'occhiata, come se considerasse scontata la risposta.

«E lei che ne pensa?».

L'italiana si strinse nelle spalle.

«Non so. Mi spieghi cos'è successo e poi glielo dico». Il sovrintendente del NBCI indicò con il pollice l'edificio alle sue spalle: era una costruzione moderna, incastonata tra due palazzi dalle linee classiche.

«Questa è la Chester Beatty Library, fondata grazie alla donazione di un magnate del settore minerario», disse. Dalla cartellina verde estrasse la foto di un uomo sui sessant'anni, dall'aria elegante e con gli occhi chiari. «Uno storico olandese, tale Alexander Schwarz, professore di archeologia all'università di Amsterdam e collaboratore della "Biblical Archaeology Review", è venuto qui a consultare alcuni antichi manoscritti biblici». Fece un cenno con la testa verso l'edificio. «A quanto pare, in questa biblioteca ci sono alcune cose di un certo valore...».

A questa osservazione, Tomás sorrise.

«Alcune cose?», ripeté sarcastico. «Il fondo biblico della Chester Beatty Library è meglio di quello vaticano!».

«Come?», si stupì Valentina. «Vuole scherzare!».

«Sul serio!», insistette lo storico, indicando il palazzo. «Guardi, questa biblioteca custodisce due grandi tesori: uno è il *P45*, il più antico esemplare quasi completo del Nuovo Testamento mai trovato. Si tratta di un testo su pergamena scritto in lettere minuscole, e risale al III secolo. Il *P45* è ancora più antico del *Codex Vaticanus*!».

«Dio mio!».

«Inoltre, c'è anche il *P46*, la copia più antica di quasi tutte le epistole di Paolo. Una pergamena redatta nell'anno 200, pensi un po': significa che il *P46* fu scritto a poco più di cent'anni dalla morte di Paolo. È forse il testo più antico del Nuovo Testamento giunto sino a noi». Fece un gesto in aria. «Riesce a calcolare il valore di simili gioielli? In assenza degli originali e delle copie iniziali, queste pergamene sono ciò che abbiamo di più prossimo ai primi manoscritti del Nuovo Testamento».

Il poliziotto irlandese si schiarì la voce, come a indicare che aveva cose più importanti da dire.

«È interessante che abbia parlato di questi due documenti», osservò, levandosi dalla tasca un blocchetto per gli appunti. «Sono proprio quelli che è venuto a consultare il professor Schwarz». Verificò tra le sue note i riferimenti ai testi. «Ha passato la notte al computer a studiare le riproduzioni del *P45* e aveva richiesto in consultazione il *P46* oggi pomeriggio».

«E poi?», si spazientì l'italiana. «Che cosa gli è successo?».

Il sovrintendente O'Leary diede una scorsa agli appunti.

«Invocando l'urgenza, il professor Schwarz aveva ottenuto l'autorizzazione a lavorare di notte, al di fuori del normale orario d'ufficio. Verso le tre del mattino ha finito di consultare il *P45* e ha salutato l'impiegato incaricato di assisterlo. Il guardiano notturno gli ha aperto la porta e lo ha fatto uscire. Poi è tornato alla sua postazione e dice di non aver visto nulla di anomalo». Girò il foglio. «Un minuto dopo ha visto un homeless che gridava e bussava furiosamente alla porta a vetri, e si è avvicinato per mandarlo via. È stato allora che ha notato il corpo del professor Schwarz a terra». Indicò un punto circondato dal nastro di protezione messo dalla polizia. «Lì. Gli si è avvicinato e ha capito che era ancora vivo. Ha chiesto aiuto alla centrale dell'agenzia di sicurezza, ma quando è arrivata l'ambulanza non c'era più niente da fare. Il professore era morto».

«E questo homeless», disse Valentina, attenta ai dettagli, «ha visto qualcosa?»

«Sembra di sì». Sfogliò il blocco, cercando gli appunti sul testimone. «Al personale dell'ambulanza continuava a ripetere la stessa frase: "È stato un incidente", ha detto. "È stato un incidente"».

«Un incidente? Come un incidente?»

«Ai paramedici ha detto così».

«E a voi? A voi, cosa vi ha detto?».

L'irlandese arrossì e abbassò gli occhi.

«Be'... insomma, non abbiamo ancora parlato con il testimone».

L'ispettrice italiana aveva un'aria perplessa.

«E che cosa aspettate?».

L'agente del NBCI rimase in imbarazzo, senza riuscire a guardarla in faccia.

«Si è addormentato», mormorò. «Sembra che fosse ubriaco. I paramedici hanno insistito per portarlo in ospedale e potremo interrogarlo solo oggi pomeriggio».

Valentina annuì. Rifletté un attimo e indicò il punto dov'era stramazzato il professor Schwarz.

«E la vittima? Qual è la causa della morte?».

Il sovrintendente O'Leary si passò la mano attraverso la gola con un gesto universale.

«Sgozzamento».

Tomás e Valentina si scambiarono uno sguardo. Tutto stava a indicare che si trattasse di un nuovo omicidio rituale, in circostanze simili a quelle della notte precedente nella Vaticana. In effetti, non poteva trattarsi di una coincidenza.

L'ispettrice della polizia giudiziaria sospirò.

«Allora siamo davanti a un serial killer», osservò riflettendo a voce alta. «Uno che uccide gli studiosi impegnati specificatamente in ricerche su antichi testi biblici. E che sente la necessità di compiere omicidi rituali». Mosse la mano a imitare una pistola. «Potrebbe limitarsi a spargli: veloce, facile e pulito. E invece no: li sgozza come agnelli». Guardò il suo omologo irlandese. «Perché?».

O'Leary fece il gesto di uno che non ne sa niente.

«Non ne ho idea», disse. «Speravo che potesse aiutarmi lei. Ho visto la relazione preliminare che avete mandato all'Interpol e ho capito che eravamo alle prese con lo stesso caso. Penso che, per risolverlo, sia necessario cooperare».

«È evidente», concordò Valentina. «Mi hanno detto che, proprio come in Vaticano, anche qui avete rinvenuto un foglio con un rompicapo. È vero?».

L'irlandese tirò fuori un'altra foto dalla cartellina verde.

«Si riferisce a questo?».

I due nuovi arrivati si chinarono sull'immagine. La foto mostrava un foglio spiegazzato con una sfilza di cifre alternate – uno e quattro – scritte in nero.

14 14 14

«Esattamente come in Vaticano», constatò Valentina. «Adesso c'è un nuovo messaggio».

«Che significa?», s'informò l'irlandese.

«La notte scorsa ho avuto parecchi dubbi sull'enigma che abbiamo trovato nella Biblioteca Vaticana», spiegò l'ispettrice.

«Poteva essere uno scherzo della vittima, una cosa scritta mentre lavorava e caduta a terra quando è stata uccisa. Oppure la firma lasciata dall'omicida». Indicò la foto. «Ma se lo stesso tipo di enigma compare alcune ore più tardi sulla scena di un omicidio simile perpetrato a migliaia di chilometri di distanza, può significare solo che la risposta giusta è la seconda».

O'Leary guardò l'immagine che aveva in mano. «Cioè, questa è la firma dell'omicida».

Tomás si mise accanto al sovrintendente irlandese, in modo da poterla osservare meglio. Gli bastarono due secondi per farsi un'opinione.

«O un'altra cosa ancora», suggerì, intervenendo nella conversazione. «Un messaggio».

I due poliziotti si voltarono verso di lui, le facce contratte in un'espressione inquisitoria.

«Ha quest'impressione?», chiese l'italiana. «Un messaggio? Si sente in grado di decifrarlo?».

Lo storico prese la foto e analizzò attentamente la sequenza di cifre.

«L'ho già fatto».

«Ah sì? E cos'è?».

Tomás analizzò l'immagine per qualche altro secondo. Poi alzò la testa e sorrise timidamente, quasi vergognandosi di essere il portatore di una nuova rivelazione che l'italiana non avrebbe di certo apprezzato.

«Ancora una faccenda imbarazzante del Nuovo Testamento, temo».

XVI

Il traffico all'ingresso in città risultò intenso, ma scorrevole. I condomini sembravano veri e propri scatoloni grigi e monolitici, con un'aria vagamente decadente, tipica delle costruzioni di epoca sovietica. Inoltre aleggiava un vago odore di olio bruciato, abbastanza sgradevole, e il baccano proveniente da fuori era spiacevolmente invadente.

Infastidito, Sicarius premette il pulsante su cui era disegnata una freccia e l'alzacristalli elettrico dell'auto emise un ronzio prolungato mentre il finestrino si chiudeva. Isolato finalmente dai rumori e dagli odori esterni, accostò, prese il cellulare e digitò il numero.

«Sono arrivato, maestro!», annunciò non appena ottenne risposta. «Sono in attesa d'istruzioni».

La persona all'altro capo emise il suono della masticazione: probabilmente stava mangiando.

«Hai fatto buon viaggio?»

«Lungo».

Si udì un tintinnio di posate sulle stoviglie e poi un fruscio di carta.

«Ho informazioni sul nuovo bersaglio», disse il maestro, andando dritto al punto senza altre divagazioni. «È entrato in facoltà alle nove in punto del mattino per fare lezione. A mezzogiorno finisce e va direttamente a casa, dove rientra a mezzogiorno e ventidue».

«Rincasa a mezzogiorno e ventidue?», si meravigliò Sicarius. «Non un minuto dopo? Come può esserne così sicuro?».

La voce scoppiò in una risata.

«A quanto pare, il nostro amico è un tipo molto abitudinario», spiegò. «Certi suoi colleghi di università regolano l'orologio quando passa lui. Tutto quello che fa è prevedibile».

Sicarius tirò su col naso.

«Perfetto», disse. «Così è più facile».

«Sapevo che ne saresti stato contento», gongolò la voce al telefono. «Ma non essere facilone, capito? Assicurati che non ci siano complicazioni. Voglio che tutto vada liscio com'è stato finora. Procedi solo quando sei sicuro».

«Stia tranquillo, maestro».

«Buon lavoro!».

Sicarius concluse la chiamata e rimise il telefono nella tasca dei pantaloni.

Prese il quaderno, consultò gli appunti, trovò l'indirizzo che gli serviva. Era a Stariot Grad, la città vecchia. Identificò il posto sulla mappa, quindi inserì l'indirizzo nel navigatore GPS a bordo dell'auto.

Poi mise la freccia a sinistra, segnalando l'intenzione di riprendere la marcia e osservando il traffico attraverso lo specchietto laterale: arrivavano parecchie macchine e non era possibile immettersi subito.

Perciò ebbe il tempo di lanciare un'occhiata alla ventiquattrore di pelle nera posata sul sedile accanto a lui. Era aperta ed esibiva il proprio contenuto come un passeggero silenzioso.

La daga sacra.

XVII

Un delizioso aroma di spezie e una calda fragranza di caffè si sprigionavano nello spazio adiacente all'atrio, occupato dal bar della Chester Beatty Library. I tre visitatori si accomodarono a un tavolino nel dehors del Silk Road Café, situato nella Torre dell'orologio, e Tomás apprezzò la splendida vista sul giardino del castello di Dublino. Ordinarono camomilla, dolcetti *baklava* e *kataifi* e focaccine libanesi farcite con noci e cocco, caldamente raccomandate dal cameriere, ma la vera specialità che li aveva attratti lì era il delitto commesso durante la notte davanti all'ingresso della biblioteca.

Non appena il cameriere si fu allontanato, lo studioso portoghese accennò verso la cartellina verde che Sean O'Leary aveva posato a terra, accanto alla sedia.

«Mi mostri la foto del rompicapo».

L'irlandese si chinò, la prese e ne trasse la fotografia, che consegnò a Tomás. In quel momento comparve un poliziotto in divisa che chiamò O'Leary. Il sovrintendente scambiò poche parole con l'uomo e si volse verso gli ospiti.

«Vi chiedo scusa», disse. «Il dovere mi chiama».

O'Leary si allontanò, lasciando soli Tomás e Valentina.

Il professore analizzò la foto e si soffermò a lungo sulla sequenza alternata di uno e di quattro, come a voler confermare la propria conclusione preliminare.

/4/4/4

«E allora?», si spazientì Valentina. «Che roba è?».

Toccò a Tomás chinarsi e tirar fuori da un sacchetto di plastica un grande tomo che aveva comperato all'arrivo in una libreria dell'aeroporto di Dublino. L'italiana guardò la copertina e lesse il titolo.

La Bibbia.

«Gli unici vangeli che riportano la genealogia di Gesù sono quelli di Matteo e di Luca», disse lo storico, sfogliando il volume. «La cosa interessante è che entrambe sono tracciate a partire dalla linea genealogica di Giuseppe. Intrigante, non crede?»

«In effetti sì», ammise lei. «Se Giuseppe non era il padre biologico di Gesù, come questi due vangeli stabiliscono, per quale motivo la genealogia è stata tracciata a partire da lui?». Indicò la Bibbia. «Non ne esiste una che segue la linea di Maria?»

«No, solo di Giuseppe», chiarì Tomás. «L'altro aspetto interessante è che le genealogie presentate da Matteo e Luca, pur risalendo agli antenati di Giuseppe, differiscono tra loro». Fissò il libro aperto alla prima pagina dei vangeli. «Ma noi ci occuperemo solamente di quella delineata nel *Vangelo secondo Matteo*».

«E perché?».

Il professore indicò la fotografia lasciata loro dal sovrintendente O'Leary.

«Perché ci porterà a decifrare il messaggio lasciato dall'assassino». Si schiarì la voce e guardò la riga iniziale del testo. «Il primo versetto di questo vangelo comincia così: "Genealogia di Gesù Cristo figlio di Davide, figlio di Abramo"».

«Figlio di Abramo?», si sorprese Valentina. «Ma non era Giuseppe?»

«Ci arriviamo», ribatté Tomás, facendole segno di pazientare. «Il secondo versetto traccia la discendenza a partire dal patriarca biblico. "Abramo generò Isacco, Isacco generò Giacobbe, Giacobbe generò Giuda e i suoi fratelli...", e così via, fino ad arrivare a Iesse, di cui racconta che generò Davide. Poi ricomincia, tracciando la discendenza a partire dal re d'Israele: "Davide generò

Salomone da quella che era stata la moglie di Uria, Salomone generò Roboamo...", fino ad arrivare alla deportazione a Babilonia. Il testo riprende la discendenza e la serie di nomi arriva a Giacobbe, e lì finisce: "Giacobbe generò Giuseppe, lo sposo di Maria, dalla quale è nato Gesù, chiamato Cristo"».

«E così si fa discendere Gesù da Davide e da Abramo».

«Già», mormorò lo studioso, concentrato sul testo biblico. «E adesso guardi cosa c'è scritto nel versetto 17 di questo primo capitolo del *Vangelo secondo Matteo*: "In tal modo, tutte le generazioni da Abramo a Davide sono quattordici, da Davide fino alla deportazione in Babilonia quattordici, dalla deportazione in Babilonia a Cristo quattordici"».

Sollevò il viso e fissò la sua interlocutrice, nella speranza che traesse da sola le sue conclusioni. Valentina distolse lo sguardo, puntandolo sulla foto del rompicapo rinvenuto accanto al corpo della vittima della notte precedente.

«Quattordici, quattordici, quattordici», ripeté le ragazza, con la cadenza meccanica di un automa. Alzò la testa e guardò lo studioso a occhi spalancati. «Incredibile! L'ha risolto un'altra volta!», applaudì sorridendo. «Bravo!».

Sulla faccia stanca di Tomás si aprì un largo sorriso. «Grazie».

«L'omicida voleva attirare l'attenzione su questo versetto del Nuovo Testamento!», osservò Valentina. Scemato l'entusiasmo iniziale, però, l'ombra di un dubbio le attraversò lo sguardo. «Bene, ho capito il collegamento tra il rompicapo e la Bibbia. Ma lasciando questo enigma vicino al corpo della vittima, che voleva dire precisamente il nostro uomo? Cosa significa tutto ciò?».

Il dito dello storico batté sul testo che riproduceva il *Vangelo secondo Matteo*.

«Questi versetti si riflettono sulla numerologia dell'ascendenza di Gesù», disse. «Guardi: qui abbiamo quattordici generazioni tra Abramo e Davide, il più grande re d'Israele. Seguono altre quattordici generazioni tra questi e la schiavitù degli ebrei a Babilonia, corrispondente alla distruzione del primo Tempio. Poi altre quattordici generazioni tra tale episodio e Gesù».

«E allora?»

«Non capisce? Matteo ci sta dicendo che, ogni quattordici generazioni, c'è un evento trascendente di grande importanza nella vita degli ebrei. Alla fine della prima serie di quattordici generazioni arriva re Davide, alla fine della seconda è distrutto il primo Tempio e c'è la cattività babilonese. Ciò implica che anche Gesù, arrivando quattordici generazioni dopo Babilonia, è un avvenimento trascendente di grande importanza».

«Il che è evidente», affermò Valentina. «Gesù *è* un avvenimento trascendente».

«Non metto in discussione la fede di nessuno», dichiarò Tomás. «Ma mi permetto di evidenziare svariati errori commessi da Matteo. Primo: l'ultima serie di quattordici generazioni consta solo di tredici. Si vede che Matteo non sapeva contare. Il secondo errore è che il calcolo di Matteo non collima con quello dell'Antico Testamento. Matteo, 1:8, dice che Ioram è il padre di Ozia». Tomás in un colpo tornò indietro di centinaia di pagine sulla sua copia della Bibbia. «Ma consultando le *Cronache* dell'Antico Testamento, scopriamo in 3:10 che Ioram non è il padre di Ozia, bensì il suo trisnonno! Cioè, Matteo ha fatto scomparire tre generazioni».

Valentina prese la Bibbia e contò quelle nel *Primo libro delle cronache*. Poi verificò quanto c'era scritto nel *Vangelo di Matteo*.

«Ha ragione», confermò. «Perché è successo?»

«Non è evidente?», chiese lui, con fare retorico. «Se avesse incluso tutte le generazioni, Matteo non avrebbe avuto modo di dimostrare che ogni quattordici si verificava un evento trascendente di grande importanza. E allora cos'ha fatto per risolvere il problema? Ha truccato i conti».

La giovane donna fece schioccare la lingua, seccata. Evidentemente l'abbinamento della parola *truccato* con la Bibbia non era di suo gusto.

«Su, non dica così!».

«Non dobbiamo avere paura delle parole solo perché stiamo parlando della Bibbia», insistette Tomás. «Matteo ha alterato intenzionalmente il conteggio delle generazioni per avere un effetto numerologico forzato. Bisognava che la somma fosse pari a quattordici generazioni, e per ottenerla ha eliminato quelle di troppo».

Non c'era modo di controbattere, cosicché l'ispettrice decise di ignorare quell'argomento. Accennò alla foto lasciata da O'Leary.

«Pensa che l'omicida volesse dimostrare questo? Che nel *Vangelo di Matteo* la genealogia di Gesù è... sì, insomma, è pasticciata?»

«Sì, ma per altre ragioni. Sa, nella Bibbia il sette è considerato un numero perfetto. Dio non si è forse riposato nel settimo giorno? E che cos'è il quattordici se non sette per due? In ambito genealogico, il quattordici è la perfezione doppia».

«Capisco».

Tomás riportò l'indice sui versetti iniziali del primo vangelo.

«La genealogia di Matteo si propone di sottolineare lo status di Gesù come re d'Israele, previsto dalle Scritture. Nel *Secondo libro di Samuele*, 7:16, i cronisti ebrei affermano che Dio disse a Davide: "La tua casa e il tuo regno saranno saldi per sempre davanti a te, il tuo trono sarà reso stabile per sempre". Ossia: il trono sarebbe sempre stato occupato da un discendente di Davide. Tuttavia, a causa delle vicissitudini storiche, tale erede non era più sul trono. Dio, però, aveva promesso che ci sarebbe stato. Come risolvere questo paradosso? Matteo fornisce una soluzione: Gesù. E chi è il Gesù presentato dall'evangelista? Discende da Davide attraverso due serie di quattordici generazioni, il doppio numero perfetto». Prese una penna e si mise a scarabocchiare su un tovagliolo di carta con il logo del Silk Road Café. «Nelle lingue antiche, le lettere dell'alfabeto avevano valore numerico ed erano numerate. In ebraico, per esempio, le prime tre lettere sono *alef*, *bet* e *ghimel*: *alef* vale uno, *bet* due e *ghimel* tre, e così via.

Ciò viene definito *ghematrià*». Riprese la penna. «Il nome ebraico *David* si scrive così».

Sul tovagliolo scrisse D-V-D, suscitando perplessità nell'ispettrice.

«*DVD*?», si stupì. «Mancano due lettere!».

«In ebraico non si scrivono le vocali», chiarì lo storico. «*David* diventa *DVD*». Attribuì alle lettere i rispettivi numeri: «Il valore di D, *dalet* in ebraico, è quattro, quello di V, o *vav*, è sei, quindi D-V-D è pari a quattro-sei-quattro. Quanto danno questi tre numeri sommati insieme?».

«Quattordici».

Tomás confermò il conteggio sul tovagliolo, tracciando alla fine un 14 bello grosso, e mostrò il risultato. «Ovvero la *ghematrià* di *David* è quattordici, doppio numero perfetto», annunciò. «Ecco perché Matteo ha suddiviso la genealogia di Gesù: l'ha voluto associare a Davide con legami di sangue, compiendo così la promessa divina contenuta in *Samuele II*». Alzò un dito, come se gli fosse venuta un'idea. «C'è poi da notare un'altra cosa: in tutto il Nuovo Testamento, Gesù viene chiamato "Figlio di Dio". Che cosa significa questa espressione?».

Valentina fece uno sguardo stupito, come se la risposta fosse ovvia.

«Non è evidente?», chiese. «Figlio di Dio significa che Gesù è Dio figlio».

Lo studioso sorrise e scosse la testa.

«In effetti, questa espressione oggi è associata all'idea che Gesù è Dio in terra, ma in origine non aveva tale significato. La troviamo originariamente nei *Salmi*, che secondo la tradizione sono ascrivibili a Davide. Nel versetto 2:7 si dice: "Voglio annunciare il decreto del Signore. Egli mi ha detto: 'Tu sei mio figlio, io oggi ti ho generato'". Cioè, senza minimamente rivendicare alcuno status divino, Davide si presenta come il Figlio di Dio. E allora gli evangelisti che fanno? Chiamano Gesù "il Figlio di Dio". Con questa formula non vogliono dire che Gesù sia un dio, o il Dio figlio, come si afferma adesso, bensì un discendente di Davide, condizione essenziale per reclamare il trono d'Israele. È in tale accezione che gli evangelisti lo chiamano così».

Le dita di Valentina picchiettavano ritmicamente sul tavolino mentre lei traeva le conseguenze di quanto le era appena stato rivelato.

«Questa parte l'ho capita», affermò. «Adesso, però, mi chiarisca una questione: cosa voleva dire veramente l'omicida lasciando quel rompicapo? È questo che non mi è chiaro!».

Lo studioso piegò la testa di lato e le lanciò uno sguardo di finto stupore.

«Ancora non capisce?», domandò. «Il nostro amico sta segnando gli omicidi con piste sui falsi contenuti nel Nuovo Testamento».

L'ispettrice alzò gli occhi al cielo, sforzandosi di contenere l'irritazione.

«Madonna!», protestò. «Ecco di nuovo quelle parole... sgradevoli. Di che tipo di... insomma, di problemi della Bibbia stiamo parlando, adesso? Altri errori?».

Rigirandosi la penna tra le dita, Tomás ponderò la domanda.

«Non sono propriamente errori», disse lentamente, come se dovesse ancora rifletterci. Fece una breve pausa. «Sa, per poterle spiegare il significato profondo della questione sollevata dall'enigma devo farle un'altra rivelazione che la scioccherà».

Se avesse avuto una cintura di sicurezza, in quel momento Valentina l'avrebbe allacciata. Alla luce di quanto aveva già sentito, intuiva che quanto stava per arrivare non era piacevole.

«Mi dica».

Il professore accarezzò la copertina della sua Bibbia.

«Non esistono testi firmati da chi ha conosciuto personalmente Gesù».

L'italiana sbarrò gli occhi.

«Ah no? Questa poi! E allora i vangeli di Marco, Luca, Matteo e Giovanni?», controbatté. «Non furono forse testimoni degli avvenimenti?».

Tomás si grattò la punta del naso e abbassò gli occhi, come se si sentisse in imbarazzo a far cadere un mito.

«Mia cara», disse, «contrariamente a quel che c'è scritto nella Bibbia, Marco, Luca, Matteo e Giovanni non scrissero i vangeli». Fece una pausa. «E la maggior parte dei testi che compaiono nel Nuovo Testamento sono pseudoepigrafi».

«Pseudo... che?»

«Pseudoepigrafi», ripeté lo studioso. «Un nome pomposo cui ci si è appellati per non chiamare le cose con il loro nome. Parlando di *pseudoepigrafia*, in riferimento alla maggior parte dei testi biblici, si evita di usare una parola molto più spiacevole».

«Quale?».

Tomás la fissò negli occhi sforzandosi di mantenere un'espressione il più neutra possibile.

«Falsi».

XVIII

Il centro della città era di una bellezza sconcertante, con superbi promontori rocciosi che aprivano verdi squarci nell'intricato tessuto urbano, esteso e pianeggiante. Un piccolo fiumicello serpeggiava tra i palazzi, ma erano le montagne a richiamare l'attenzione: parevano castelli che si ergevano dalla pianura, imponenti e maestose, veri e propri gioielli che coronavano l'abitato.

Sicarius abbassò il finestrino dell'auto e interpellò un passante.

«Dov'è la Stariot Grad?».

L'uomo, un vecchio dalla lunga barba bianca e il corpo piegato dagli anni, indicò il promontorio centrale.

«Lì», disse. «Sul monte».

Sicarius proseguì in quella direzione, comprendendo quello che il GPS non riusciva a spiegargli: la sua destinazione era sopraelevata. Tentò di imboccare la strada che saliva su per la montagna, ma era troppo ripida, e oltretutto c'era un segnale di divieto di transito. Allora fu costretto a fare inversione di marcia e a parcheggiare l'auto ai piedi del promontorio.

Proseguì a piedi, con la ventiquattrore di pelle nera che gli dondolava in mano. Si inerpicò lungo la strada, stretta e scoscesa, ma era in ottima forma e non gli fu difficile affrontare il dislivello e penetrare nella Stariot Grad. Gli edifici avevano una struttura molto originale, con il primo piano più ampio del pianterreno e sostenuto da travi di legno. Gli elementi balcanici, intrecciati ad altri ottomani, erano più che mai evidenti.

Il visitatore si perse nell'intrico di vicoli della città vecchia, e dovette consultare l'indirizzo che aveva annotato su un foglietto. Si diresse verso un'edicola.

«La Casa di Balabanov?».

La giovane edicolante gli indicò un edificio all'angolo, vicino a una stradina angusta e molto ripida.

«Eccola là».

Sicarius si avvicinò subito alla casa e ispezionò la facciata dipinta di bianco e bordeaux, con tante finestre dalla sommità stondata e il primo piano con gli *erker*. L'architettura era quella tradizionale, tipica delle costruzioni antiche di Stariot Grad. L'uomo valutò la possibilità di introdursi in casa attraverso una finestra, o addirittura la porta, ma constatò che la città vecchia era una zona tranquilla e decise quindi di restarsene fuori.

Guardò l'orologio: mezzogiorno e un quarto. Scelse allora un grande albero accanto alla Casa di Balabanov e si sedette all'ombra, vicino al tronco. Aprì la valigetta e, con estrema delicatezza, ne estrasse la daga, sulla cui punta sfavillò una scintilla cristallina. Sicarius ne fu estasiato: era come se il Signore gli avesse mandato un segno.

Sbirciò di nuovo l'orologio: mezzogiorno e diciannove. Percorse la via con lo sguardo e, giù in fondo, vide un uomo che iniziava la scalata. Ne osservò le fattezze e riconobbe quelle delle foto contenute nel dossier consegnatogli dal maestro. Carezzò allora l'estremità della daga, tastandone la superficie vellutata.

L'ora era giunta.

XIX

Quella parola fece quasi infuriare Valentina.

«Falsi?», protestò, paonazza di rabbia. «Ecco che di nuovo se ne viene fuori con questi paroloni sprezzanti! E che diamine! Pare che lo faccia apposta!».

Tomás si strinse nelle spalle.

«E io cosa ci posso fare?», chiese. «Vuole che le nasconda i fatti?». Indicò la fotografia del foglio lasciato dall'omicida di Dublino. «Se non le spiego, non capirà mai il significato di questo enigma. E se non lo capisce, non potrà mai risolvere i casi».

L'ispettrice si guardò intorno, in cerca di aiuto da parte del sovrintendente O'Leary, ma l'irlandese non era ancora tornato. Allora emise un lungo sospiro rassegnato. L'angoscia che le serrava lo stomaco le toglieva tutta la voglia di resistere.

«Cosa non mi tocca fare per lavoro», sbuffò. Abbozzò un gesto di resa con la mano. «E va bene, mi racconti che succede in questi vangeli».

Lo studioso sfogliò la Bibbia fino al primo vangelo del Nuovo Testamento, quello di Matteo.

«Innanzitutto, bisogna sapere che sono testi anonimi», disse. «Il primo a essere scritto fu quello di Marco, tra il 65 e il 70, cioè quasi quarant'anni dopo la crocifissione di Gesù. Alcuni apostoli erano ancora vivi, ma dovevano essere vecchi. I testi di Matteo e Luca furono stilati una quindicina d'anni dopo, tra l'80 e l'85, e quello di Giovanni un decennio più tardi, tra il 90 e il 95, quando oramai la prima generazione di discepoli era quasi certamente morta. Questi vangeli circolavano tra le comunità di fedeli senza che se ne conoscessero gli autori. Anzi, attribuire loro una paternità li avrebbe addirittura screditati. Essendo privi di firma, invece, il punto di vista soggettivo era annullato e i testi apparivano portatori della verità assoluta, oggettiva e anonima. Quasi come se fossero direttamente la parola di Dio».

«Vuol dire che nessun evangelista afferma di aver scritto i vangeli…».

«Esatto», confermò Tomás. «Se qualcuno ha imbrogliato, non sono stati sicuramente loro, ma chi in seguito attribuì loro abusivamente la paternità dei vangeli. Ma la cosa più importante è che di sicuro i due discepoli, Matteo e Giovanni, non scrissero quei testi. Il *Vangelo secondo Matteo*, per esempio, si riferisce a Gesù e agli apostoli come "loro", non come "noi": ciò dimostra che l'autore del testo non era un apostolo, mentre Matteo lo era. Inoltre, in 9:9 ci si riferisce all'apostolo Matteo in terza persona: perciò non può essere lui l'autore dell'omonimo vangelo. È una mistificazione successiva da parte della Chiesa».

Valentina alzò di nuovo gli occhi.

«Mistificazione?», disse. «Ecco che usa di nuovo questi termini polemici!».

«La cosa è ancor più chiara nel *Vangelo secondo Giovanni*», riprese lo storico, ignorando la protesta. «Alla fine del testo, l'autore parla del "discepolo che Gesù amava", per poi affermare negli ultimi versetti: "Questi è il discepolo che testimonia queste cose e le ha scritte, e noi sappiamo che la sua testimonianza è vera". Cioè l'autore stesso ammette di non essere un apostolo, ma solo uno che ha parlato con un apostolo. Quindi l'autore non può essere Giovanni».

«E gli altri evangelisti?»

«Marco non era un discepolo, ma un compagno di Pietro, e Luca era compagno di viaggio di Paolo. Ciò significa che né Marco, né Luca furono testimoni diretti degli avvenimenti. E abbiamo già visto che Matteo e Giovanni non hanno scritto i vangeli a loro attribuiti». Tomás lanciò uno sguardo penetrante all'ispettrice, domandandole: «Stando così le cose, che conclusione ne trae?».

Quella sospirò, sconfitta e piuttosto avvilita.

«Non abbiamo testimoni».

Il professore strizzò gli occhi.

«Peggio», aggiunse. «Sembra esserci una grande distanza tra gli apostoli e gli autori dei vangeli. Tenga presente che di sicuro Gesù e i discepoli erano persone di bassa condizione sociale e vivevano in Galilea. Ora, si calcola che in quell'epoca solo il dieci percento degli abitanti dell'Impero romano sapessero leggere; una percentuale ancora più bassa riusciva a vergare frasi rudimentali, e solo un'infima minoranza era in grado di redigere narrazioni complete. In quanto persone non istruite, i discepoli erano analfabeti. D'altronde, gli *Atti degli apostoli*, 4:13, descrivono esplicitamente Pietro e Giovanni come *agràmmatoi*, ovvero "illetterati". Gesù sarebbe stata un'eccezione. Luca, 4:16, ce lo presenta mentre legge nella sinagoga, ma da nessuna parte lo vediamo scrivere».

«Nell'episodio dell'adultera», si affrettò a far presente Valentina, «Gesù sta scrivendo per terra».

«Il problema di tale passo è che è un falso, come le ho già spiegato. Nelle copie più antiche del Nuovo Testamento non c'è».

La ragazza si batté una mano sulla testa.

«Ah, giusto!».

Tomás tornò alla copia della Bibbia sul tavolino del Silk Road Café.

«Insomma, i discepoli di Gesù erano analfabeti, di estrazione umile, parlavano aramaico e vivevano nelle campagne della Galilea», ricapitolò. Posò la mano sulla Bibbia. «Invece leggendo i vangeli ci rendiamo subito conto che quelli che li hanno scritti non sono a malapena alfabetizzati: con l'eccezione di Marco, che scriveva in un greco popolare, gli autori sono tutti grecofoni di estrazione sociale elevata che vivevano fuori dalla Palestina».

«Come fa a essere sicuro di tutti questi particolari?»

«Per molte ragioni di ordine linguistico e tecnico, oggigiorno il mondo accademico è concorde nell'affermare che tutti i vangeli siano stati originariamente scritti in greco, e non nella lingua di Gesù e dei suoi discepoli, cioè l'aramaico», spiegò. «Per esempio, sappiamo che Matteo copiò parola per parola varie storie di Marco nella versione greca. Se in origine Marco avesse scritto in aramaico, queste vicende non sarebbero state trascritte esattamente con le stesse identiche parole del testo greco».

«Ah, capisco».

«Inoltre, la complessità stilistica dei vangeli, che comprendono parabole e altri artifici letterari, implica che i loro autori fossero persone molto istruite. E, per di più, non si trattava di ebrei o gentili che vivevano in Palestina: lo deduciamo dal fatto che gli autori danno prova di una certa ignoranza in fatto di usanze giudaiche. Per esempio, Marco, 7:3, afferma che "i farisei, infatti, e tutti i giudei non mangiano se non si sono lavati accuratamente le mani, attenendosi alla tradizione degli antichi", il che è falso. A quell'epoca, gli ebrei in generale non avevano ancora acquisito l'abitudine di lavarsi le mani prima dei pasti: se l'autore di questo vangelo fosse vissuto in Palestina, l'avrebbe certamente saputo e non avrebbe scritto una simile baggianata. Perciò abbiamo motivo di concludere che gli autori dei vangeli fossero di lingua greca, di elevata classe sociale e che non vivessero in Palestina: cose che contrastano con i discepoli di lingua aramaica e umili origini che abitavano in Galilea. Essendo lontani da essi dal punto di vista linguistico, sociale, geografico e culturale, possiamo affermare con certezza che i veri autori dei vangeli non siano gli apostoli, ma persone che non avevano partecipato, né assistito ai fatti da loro narrati».

Valentina si appoggiò alla spalliera della sedia e riprese a guardarsi intorno, come se chiedesse aiuto. Il sovrintendente irlandese, però, seguitava a essere trattenuto dai suoi impegni professionali. Era evidente che da lui non sarebbe giunto alcun soccorso.

«Aspetti un attimo!», esclamò, tornando combattiva. «Ma allora da dove viene l'attribuzione della paternità dei vangeli? Sono saltati fuori così, di punto in bianco, per opera dello Spirito Santo?».

Tomás rise.

«Quasi», scherzò. «È frutto della tradizione. Nonostante le prove che Matteo e Giovanni non siano gli autori dei testi loro attribuiti, e gli indizi per cui non lo sono neppure Marco e Luca, la tradizione più antica della Chiesa ne assegna la paternità a Matteo e a Marco».

«Ah-ha!», esclamò Valentina in tono di trionfo. «Sapevo che c'era un qualche fondamento!».

Lo storico rise un'altra volta.

«Calma, non è mica una gara», disse. «Sa, la fonte più antica di questa tradizione è un autore di nome Papia. In un'opera della prima metà del II secolo, avrebbe detto di aver parlato personalmente con dei cristiani che conoscevano persone chiamate "gli anziani". Questi ultimi affermavano di aver conosciuto alcuni discepoli. Papia avrebbe scritto, e cito più o meno a memoria: "L'anziano diceva: 'Marco, divenuto interprete di Pietro, scrisse accuratamente, ma non in ordine, tutto ciò che ricordava delle cose dette o fatte dal Signore. Non era Lui, infatti, che Marco aveva visto o seguito, ma, come ho già detto, fu più tardi Pietro. E quest'ultimo impartiva i suoi insegnamenti secondo le necessità del momento, senza dare una raccolta ordinata dei detti del Signore, di modo che non fu Marco a sbagliare scrivendone alcuni così come li ricordava. Di una sola cosa, infatti, egli si dava pensiero nei suoi scritti: non tralasciare niente di ciò che aveva udito e non dire niente di falso". Sull'altro evangelista, Papia avrebbe scritto: "Matteo raccolse i detti nella lingua degli ebrei"».

Valentina era raggiante, come se quelle parole fossero una musica celestiale.

«Vede?», esultò. «Vede?»

«Guardi però che ci sono alcuni problemi...».

«Problemi?», disse lei, esaltata. «Quali problemi? Mio Dio, come complica le cose, lei!».

Lo storico ignorò di nuovo la protesta.

«Il primo problema è che non abbiamo il testo originale di Papia», spiegò. «Abbiamo ciò che ha scritto un antico storico cristiano di nome Eusebio. Cioè, tutto quello che sappiamo su Marco è che qualcuno dice che qualcuno ha scritto che qualcuno ha conosciuto qualcuno che ha conosciuto alcuni discepoli che avevano conosciuto l'evangelista. In altri termini, Eusebio sostiene che Papia abbia scritto di aver conosciuto dei cristiani che a loro volta dicevano di aver incontrato degli anziani, i quali affermavano di aver conosciuto dei discepoli che sostenevano di aver conosciuto Marco». Contrasse il viso. «Un po' tirata per i capelli, diciamocelo. Sono fonti di quarta mano, con tutte le conseguenze che ciò comporta. Inoltre, altre informazioni attribuite a Papia vengono ritenute errate dagli storici, e la fonte risulta quindi scarsamente attendibile. Ma anche se fossero rigorose, niente ci garantisce che il vangelo di Marco cui si riferisce Papia sia quello giunto a noi».

«E per Matteo?»

«Peggio ancora. Eusebio non precisa quale sia la fonte di Papia, e le poche informazioni che ci dà su di esso decisamente non corrispondono al nostro *Vangelo secondo Matteo*. Papia avrebbe indicato che il vangelo di Matteo era costituito da una raccolta di massime, come quello di Tommaso e, si presume, la *Fonte Q*. Invece il nostro Matteo ci fornisce un racconto di senso compiuto, non una semplice raccolta di massime. Come se non bastasse, il Matteo di Papia sarebbe stato scritto in ebraico, mentre è dimostrato che il nostro Matteo è stato redatto in greco. Ecco perché Papia sembra riferirsi a un vangelo andato perduto».

«E allora come mai sono stati attribuiti a quegli autori?»

«Il primo riferimento certo ai quattro vangeli canonici fu quello di Ireneo, un capo cristiano di origine galla, e risale all'anno 180», rispose Tomás. «A quell'epoca, c'era già la curiosità di sapere quali fossero gli autori dei testi considerati più affidabili dalla gerarchia, dal momento che circolavano parecchi vangeli scritti da discepoli, come Maria Maddalena, Pietro, Tommaso e altri. Rifacendosi a tradizioni orali, uno fu ricondotto a Matteo e l'altro a Marco. Le altre attribuzioni furono più arbitrarie: si dedusse che l'autore del terzo vangelo avesse scritto anche gli *Atti degli apostoli*, dove Paolo è una figura di primo piano, perché si pensò che dovesse essere legato all'apostolo, e allora fu scelto il suo compagno di viaggio Luca; mentre il nome di Giovanni fu messo in relazione con il quarto vangelo, benché l'anonimo autore di quel testo affermi esplicitamente di non essere un discepolo».

«Quindi questi nomi non compaiono da nessuna parte a rivendicare la paternità dei vangeli canonici».

«Esatto. Ciò significa che gli autori di questi testi non sono stati testimoni di nulla. I vangeli furono scritti decenni dopo gli avvenimenti che riportano, da persone che non avevano conosciuto Gesù, non parlavano la sua lingua, avevano una diversa cultura e un diverso grado d'istruzione, e vivevano in un altro Paese. Con tali premesse, quanta fiducia possiamo riporre in quello che hanno scritto?».

Valentina emise un lungo sospiro, delusa.

«Fortuna che il Nuovo Testamento non è composto soltanto dai vangeli», sbuffò. «Ci sono pur sempre altri testi, no?».

Una simile osservazione provocò un'esitazione in Tomás. Doveva affrontare i problemi insiti in questa domanda oppure no? Considerò una volta di più la possibilità di lasciar correre, ma tenuto conto che tutte le informazioni sarebbero potute risultare rilevanti per risolvere i due casi, doveva continuare a spiegarle fino all'amaro epilogo.

«Purtroppo anche gli altri testi sollevano gravi problemi», disse, quasi intimorito. «Anzi, ben più gravi di questi...».

«Cosa?»

«Dei ventisette testi del Nuovo Testamento, solamente otto sono di sicura paternità», rivelò, «e cioè le sette epistole di Paolo e l'*Apocalisse* di Giovanni, che però non c'entra niente con l'omonimo apostolo. Gli autori degli altri diciannove testi sono incerti. Un caso analogo è la *Lettera agli Ebrei*, testo anonimo attribuito a Paolo, ma quasi certamente di un altro autore. Anche la *Lettera di Giacomo* è autentica, ma a scriverla non fu Giacomo il fratello di Gesù, come pensò erroneamente la Chiesa quando approvò questo testo. Gli altri, mia cara, sono falsi belli e buoni».

L'italiana scosse la testa, scoraggiata.

«Ancora!».

«Mi spiace, ma la verità va detta», insistette lo storico. «Varie epistole di Paolo sono probabilmente dei falsi. La *Seconda lettera ai Tessalonicesi* contraddice la prima e sembra un testo posteriore scritto per correggere certe cose dette in precedenza e mai accadute; la *Lettera agli Efesini* e quella ai Colossesi sono state redatte in uno stile diverso dal solito e affrontano problemi non esistenti al tempo di Paolo. E l'apostolo non scrisse neppure le due *Lettere a Timoteo*, né la *Lettera a Tito*, dal momento che anch'esse trattano problematiche inesistenti all'epoca del presunto autore. Inoltre, un terzo delle parole presenti in queste epistole non sono mai state impiegate da Paolo, ed erano in massima parte termini tipicamente usati dai cristiani del II secolo. Come se non bastasse, Giovanni non è l'autore delle tre *Lettere di Giovanni* e Pietro non lo è delle due *Lettere di Pietro*: ricordiamoci che questi due apostoli erano analfabeti». Lo studioso le mostrò la Bibbia. «Ossia, la maggior parte dei testi che compongono il Nuovo Testamento non è stata scritta dagli autori cui sono attribuiti. Si tratta di falsi».

Valentina non smetteva di scuotere la testa. «Non ci posso credere!», mormorava. «Non ci posso credere!». Fissò per qualche attimo il giardino antistante la biblioteca, la mente persa in ciò che aveva appena saputo, finché si riscosse e guardò Tomás.

«La Chiesa lo sa?»

«Certo che lo sa».

«E allora… allora perché non ha ritirato quei testi dal Nuovo Testamento?»

«Se lo facesse, che cosa resterebbe? Sette epistole di Paolo e l'*Apocalisse* di Giovanni? Un po' pochino, non le pare?».

«Ma allora come giustificano la permanenza di questi testi nella Bibbia?».

Tomás sorrise. «Sono ispirati».

«Che?»

«I teologi hanno capito benissimo di aver a che fare con falsi o testi anonimi. La prima cosa che fanno, rispetto a questo problema, è evitare parole come "frode" o "falso": come le accennavo, parlano piuttosto di "pseudoepigrafi" e in questo modo mascherano la faccenda. Poi affermano che, sebbene gli autori non siano stati accertati, i testi sono sacri in quanto ispirati da Dio». Fece un gesto rapido con la mano, da illusionista. «E così, come per magia, il problema è risolto».

A questo punto, Valentina stava già fremendo, irritata dal modo in cui la Bibbia si disfaceva in bocca a quello storico portoghese. Ma mantenne un contegno: dopotutto, aveva ancora qualche asso nella manica.

«Può dire quel che vuole», controbatté, «ma una cosa è indiscutibile: i testi del Nuovo Testamento raccontano tutti la stessa storia. Il che dimostra che almeno la storia di Gesù è vera».

«Si dà il caso che non sia così», rispose lui. «Ogni testo biblico racconta una storia diversa. E vari episodi sono inventati di sana pianta».

«Vuole scherzare!».

Tomás si grattò la testa.

«Per esempio, il fatto che Gesù sarebbe nato a Betlemme».

XX

Era da un bel po' che il professor Vartolomeev aveva in mente di cambiar casa, ma nel momento fatidico non trovava mai il coraggio per concretizzare il progetto. Dopotutto, viveva nella storica Casa di Balabanov, una costruzione novecentesca di Stariot Grad, edificata proprio sul promontorio dov'era nata la città vecchia. Solo un pazzo si sarebbe disfatto senza necessità di una dimora del genere in un posto come quello.

Ogni volta che iniziava a inerpicarsi lungo la strada di casa, però, gli tornava in mente quell'idea. Da quando aveva superato i cinquant'anni, percepiva dei mutamenti nel suo corpo, e non in meglio. La salita lungo la collina diventava ogni giorno più gravosa, i muscoli delle gambe si indurivano come pietre e i polmoni faticavano come se avesse corso una maratona. E tutto solo per arrivare in cima a un pendio! Per quanto tempo ancora sarebbe riuscito a farlo? Sapeva già che, non appena fosse rientrato in casa...

«Professore!».

...e si fosse disteso sul divano, quei pensieri si sarebbero dissolti come neve al sole. Ma non poteva andare così ogni volta. Era giunto il momento di convincersi che oramai la giovinezza era passata e che il suo corpo non aveva colpa delle indulgenze a cui cedeva lo spirito. Vivere a Stariot Grad era bellissimo, sì. Ma di fatto non era pratico. Bastava vedere...

«Professore?!».

Sentì una voce che lo chiamava e si fermò, attonito.

«Eh?»

«Sono io, professore», disse la voce alla sua destra. «*Zdraveĭ'te!*», lo salutò. «Oggi non prende la sua copia del "Maritsa"?».

Vartolomeev si voltò in quella direzione e vide la giovane edicolante porgergli il giornale con un sorriso luminoso.

«Ah, Daniela!». Fece due passi e si avvicinò al chiosco con una moneta in mano. «Ma dove ho la testa oggi, santo cielo? Certo che prendo il "Maritsa"! Certo!».

Lei gli consegnò il giornale e con un cenno gli mostrò un volumetto.

«La Hermes ha pubblicato uno di quei libretti che le piacciono tanto. Vuole anche questo?».

Il professore diede un'occhiata al titolo e alla copertina. «Domani», decise. «Oggi mi basta il giornale». Vartolomeev fece per andarsene, ma la ragazza lo prese per un braccio.

«Oggi ha visite».

«Visite? Io?».

Daniela indicò una sagoma laggiù in fondo, vicino alla casa.

«Uno che non conosco», sussurrò. «La sta aspettando».

Il professore lanciò uno sguardo interrogativo in quella direzione e riprese a salire, pieno di curiosità. Che gli avessero portato il risultato delle analisi dei campioni? Vartolomeev era più che certo che fosse possibile risolvere il problema dell'accorciamento dei telomeri, in tal modo mantenendo intatti i cromosomi. Forse gli ultimi esperimenti avevano avuto un esito positivo, chissà?

In effetti, si trattava di risultati cruciali per l'intera ricerca. Se fosse riuscito a risolvere quel colossale problema scientifico, era sicurissimo che stavolta il Nobel per la medicina non glielo avrebbe tolto nessuno.

Man mano che gli si avvicinava, la sagoma si trasformava in un uomo le cui fattezze lo scienziato ebbe difficoltà a riconoscere: lo sconosciuto stava all'ombra dell'albero e gli occhi del professor Vartolomeev, come il resto del corpo, non godevano più della salute di un tempo. Anche così, però, intuì che quel tizio nascondeva un oggetto nella mano, e le sue speranze si riaccesero. Che fosse una lettera? Un incarico? I risultati degli esperimenti, forse? Ah, che momento importante! Con l'ansia che gli chiudeva lo stomaco, lo scienziato aguzzò gli occhi per vedere meglio.

Fu in quel momento che lo sconosciuto gli corse incontro. Il professore si fermò, sorpreso. Ma fu lo spavento a prendere il sopravvento quando riconobbe l'oggetto che l'uomo teneva in mano. Non era una busta con i risultati degli esperimenti: era un coltello. Obbedendo all'istinto, lo scienziato si voltò, pronto a fuggire.

Troppo tardi.

XXI

Il cameriere del Silk Road Café non sarebbe potuto arrivare in un momento più opportuno. Servì il tè, le focaccine libanesi e i *baklava*, il che fu sufficiente a sciogliere la tensione e a riportare il sorriso sul bel volto di Valentina.

«È da quando ero piccola che mi raccontano sempre la stessa storia sulla vita di Cristo», disse mentre assaggiava deliziata il primo *baklava*. «Che razza di faccenda è questa? Gesù non è nato a Betlemme e ogni testo del Nuovo Testamento riporta una versione diversa? Le parole possono cambiare, è chiaro, ma che io sappia la storia è sempre la stessa».

Tomás riaprì la Bibbia.

«Lei crede?», domandò in tono di sfida mentre sfogliava il volume. «E allora, da dove vuole iniziare? Dalla nascita di Gesù? Dalla morte? Da dove?».

La giovane donna fece spallucce. «Per me è indifferente», disse. «Lei ha parlato di Betlemme, no? E se cominciassimo da lì?».

Al che lo storico andò direttamente all'incipit del primo vangelo.

«Betlemme ci riporta all'inizio», osservò. «Gli unici due vangeli che parlano della nascita di Gesù sono Matteo e Luca». Abbassò il tono di voce, come a voler aprire una parentesi. «Mantengo il nome degli evangelisti per una questione di comodità, è ovvio, perché sappiamo già che non sono stati loro i veri autori dei vangeli». Riprese il volume.

«Secondo Matteo, Maria è una vergine che concepisce per opera dello Spirito Santo e i re magi hanno seguìto una stella fino a

Gerusalemme in cerca del re dei giudei. Erode si informa e dice loro che in effetti ne era stata prevista la nascita a Betlemme. La stella cometa conduce i magi a una casa di Betlemme dove vive la famiglia di Gesù e dove offrono doni al neonato. Intimorito per la minaccia rappresentata dal re appena venuto al mondo, Erode ordina di uccidere tutti i bambini del paese, perciò Maria e Giuseppe fuggono in Egitto».

«Questa è esattamente la storia che hanno raccontato a me».

Tomás saltò decine di pagine fino ad arrivare al terzo vangelo.

«Anche la versione di Luca inizia con il racconto del concepimento verginale, quando Quirino era governatore della Siria, e poi dice che la coppia decide di andare a Betlemme, di cui era originaria la famiglia di Giuseppe. Gesù nasce in una mangiatoia, "perché per loro non c'era posto nell'alloggio", e i pastori vanno a rendere omaggio al bambino. Poi Gesù viene portato al Tempio, a Gerusalemme, per essere presentato a Dio. Infine la famiglia torna a Nazaret».

«Sì, è la... la stessa storia che conosco io».

L'altro alzò la mano destra come un vigile che ferma il traffico.

«Alt», disse. «Sono due storie diverse, ci ha fatto caso?»

«Be'... c'è qualche particolare che cambia, è vero, ma sono minuzie. Il succo è lo stesso».

Tomás puntò il dito verso la Bibbia.

«Mi scusi, ma sono due storie molto diverse! Matteo ambienta il concepimento a Betlemme, mentre Luca dice che è successo a Nazaret. Matteo fa svolgere gli eventi all'epoca di Erode, mentre Luca sostiene che fossero al tempo di Quirino, governatore della Siria dieci anni *dopo* la morte di Erode. Matteo sostiene che la famiglia viveva in una casa di Betlemme, mentre Luca parla di una mangiatoia. Matteo dice che il bambino ricevette la visita dei magi, mentre Luca menziona solo dei pastori. Matteo afferma che la famiglia fuggì in Egitto per sottrarsi a Erode, mentre Luca le fa visitare il tempio di Gerusalemme e la fa tornare a Nazaret». Le lanciò un'occhiata penetrante. «Sono due storie diverse!».

«No», argomentò lei. «Sono complementari».

«Complementari? Il concepimento avvenne a Nazaret o a Betlemme? Un'ipotesi elimina l'altra, non la completa! Accadde sotto Erode o sotto Quirino? Sono due epoche differenti e non possono essersi verificate in contemporanea! Gesù nacque in una casa o in una mangiatoia? Non può essere venuto alla luce in due posti allo stesso tempo! La famiglia fuggì in Egitto o tornò direttamente a Nazaret? Se partì per l'Egitto non andò subito a Nazaret, e viceversa! Che io sappia, una possibilità esclude l'altra, non possono coesistere ed essere vere entrambe! Capisce?».

Valentina si passò la mano sul viso massaggiandosi con la punta delle dita.

«Sì, in effetti...».

Lo storico riprese la Bibbia, brandendola a mo' di trofeo.

«Questo è un problema che ricorre in tutto il Nuovo Testamento», dichiarò. «Tutto quanto». Posò il libro e ricominciò a sfogliarlo. «Ci sono incoerenze e contraddizioni in ogni testo, ma non intendo torturarla con un'analisi episodio per episodio, perciò mi limiterò a mostrarle in che modo va a finire». Localizzò le parti che cercava. «Come sa, la vita di Gesù termina sulla croce, giusto? Marco, Luca e Matteo affermano che l'esecuzione avvenne il venerdì di Pasqua, mentre Giovanni la colloca il giorno precedente. Non può sicuramente essere stata sia il venerdì che la vigilia, è d'accordo? Ma andiamo avanti. I vangeli cosa dicono che accadde dopo? Tutti e quattro concordano che, il terzo giorno, Maria Maddalena si recò al sepolcro e lo trovò vuoto. Da qui in poi c'è una totale confusione».

«Questo non è vero!».

Lo storico fece un gesto enfatico indicando il libro.

«Legga lei stessa!», esclamò, puntando il dito sui versetti. «Giovanni sostiene che Maria Maddalena era sola, Matteo le mette accanto una seconda Maria, Marco aggiunge Salomè, mentre Luca la sostituisce con Giovanna e menziona anche "altre donne". Alla fin fine, insomma, quante erano? La Maddalena era da sola o con lei c'erano molte donne? E quante, di preciso? Chi erano? I vangeli si contraddicono a vicenda e non possono essere tutti e quattro giusti. La domanda seguente è: chi ha incontrato, o chi hanno incontrato, arrivando al sepolcro? Matteo parla di "un angelo", Marco lo definisce "un giovane", Luca garantisce trattarsi di "due uomini" e Giovanni non menziona nessuno. E allora, a che punto siamo? E dopo che cosa succede? In realtà non lo so, perché i vangeli si contraddicono di nuovo: Marco assicura che le donne "non dissero niente a nessuno", mentre Matteo afferma che "corsero a dare l'annuncio"». Fece una faccia perplessa. «Sono impazziti tutti?». Sfogliò il libro. «E se diedero la notizia, a chi la diedero? Matteo dice "ai discepoli", Luca "agli Undici e a tutti gli altri" e Giovanni afferma che "andò da Simon Pietro e dall'altro discepolo", che non nomina. Quindi quale vangelo dice la verità?».

Lo sguardo di Valentina era quasi intimorito.

«Non si riesce proprio a conciliarli?»

«È quello che hanno cercato di fare per tutto questo tempo i teologi cristiani», rispose lui. «Però non credo che ci si possa riuscire senza mutilare gravemente i testi o fingere che non ci sia scritto quanto c'è scritto. La verità è che Gesù o nacque al tempo di Erode o a quello di Quirino. E o morì di venerdì, o il giorno prima. Non esistono acrobazie in grado di risolvere simili contraddizioni». Alzò la mano in segno di avvertimento. «E guardi che mi sono limitato appena a sollevare il coperchio dalla pentola: se ci si mette a esaminare i vangeli episodio per episodio, di situazioni come queste ne troveremmo a bizzeffe. Glielo garantisco!».

L'ispettrice non sapeva bene cosa dire. Era vero che nei singoli esempi ciascun vangelo contraddiceva tutti gli altri a ogni versetto: lo aveva appena constatato lei stessa leggendo i vari passi.

«Che dire, allora...», balbettò. «Ciò significa che non si può avere nessuna certezza su Gesù!».

«Questo è vero per qualunque personaggio storico. In storia non si è mai assolutamente sicuri di niente, si calcolano solo le probabilità in funzione degli indizi esistenti. Per quanto riguarda

Gesù, ci sono alcune certezze relative: gli storici danno per certo che siamo di fronte a un rabbino di Nazaret vissuto in Galilea, uno dei figli del falegname Giuseppe e di sua moglie Maria, che fu effettivamente battezzato da Giovanni Battista ed ebbe un gruppo di seguaci composto da pescatori, artigiani e alcune donne della zona, cui predicava l'arrivo del regno di Dio. Intorno ai trent'anni partì per Gerusalemme, fu protagonista di un incidente al Tempio, fu arrestato, sottoposto a giudizio sommario e crocifisso. Tutte queste sono informazioni considerate sicure. Il resto… be', il resto è incerto».

«Ma come si fa a sapere se questi particolari sono veritieri? Come si arriva ad affermarlo?»

«Perché sono riportati da varie fonti, comprese le più remote», spiegò Tomás. «Le epistole di Paolo sono i testi più antichi del Nuovo Testamento, scritte con una decina o quindicina d'anni d'anticipo rispetto al primo vangelo, quello di Marco. Quest'ultimo, però, iniziò a godere di grande diffusione prima che tali epistole venissero copiate dalle congregazioni: pertanto Marco e Paolo di certo non si utilizzarono a vicenda come fonti. Quindi, se entrambi dicono una stessa cosa, la credibilità di quella determinata informazione viene rafforzata, perché ci troviamo davanti a fonti antiche e palesemente diverse. Per di più, molte di queste informazioni sono due volte credibili, perché sono imbarazzanti. Si ricorda di quel che le ho detto? Quanto più un'informazione risulta imbarazzante dal punto di vista teologico, tanto più dobbiamo credere che non sia frutto d'invenzione?»

«Sì, me ne ha già parlato».

«Prendiamo, per esempio, la vita di Gesù in Galilea. Nessuna profezia antica indicava che il Messia sarebbe vissuto in questa regione, e tanto meno a Nazaret, una località talmente insignificante che l'Antico Testamento non la nomina neppure. Quale cronista cristiano si sarebbe mai inventato un'informazione così inopportuna?»

«Però nacque a Betlemme. Per lei è un'invenzione?».

Lo storico prese la Bibbia e la sfogliò fino al testo dei due ultimi profeti dell'Antico Testamento.

«Ma certo che è un'invenzione», confermò. «La nascita a Betlemme non è altro che un episodio architettato per confermare una profezia delle Scritture. Il profeta Michea – riferendosi a Bet-Efrata, o Betlemme – dice in 5:1: "E tu, Betlemme di Efrata, così piccola per essere fra i villaggi di Giuda, da te uscirà per me colui che deve essere il dominatore in Israele". Di fronte a questo, che cosa fecero Matteo e Luca? Fecero nascere Gesù a Betlemme! Comodo, no? Ma le contraddizioni tra i due evangelisti rispetto alla nascita sono così numerose che si tradiscono a vicenda ed evidenziano la rispettiva finzione. Sapevano entrambi che Gesù era nativo di Nazaret, ma dovevano conciliare questa verità scomoda con la profezia di Michea. E allora cosa fecero? Ciascuno si inventò a modo suo una nascita a Betlemme. Attenzione, la verità è questa: se "il dominatore in Israele" nacque effettivamente in quella località, come profetizzato da Michea e garantito da Luca e Matteo, per quale motivo Marco e Giovanni non ne parlano? E nemmeno Paolo. Come hanno potuto ignorare un evento tanto rilevante, che confermava così palesemente l'antica profezia? La risposta può essere una sola: Matteo e Luca fecero nascere Gesù a Betlemme al solo scopo di seguire tale profezia e convincere gli ebrei che Gesù era effettivamente il re profetizzato da Michea nelle Scritture».

«Un po' come la storia della Vergine?»

«Esattamente! Sempre loro due scrissero che Maria concepì rimanendo vergine per cercare di assecondare quella che credevano fosse un'altra profezia biblica». Indicò la foto dell'enigma di Dublino. «La stessa cosa che abbiamo già visto con il 141414, il tentativo di far risalire la genealogia di Gesù a Davide, in modo da farla collimare con le profezie delle Scritture».

«Capisco».

«Questa, d'altronde, è una costante nei vangeli. Gli evangelisti tentarono in tutti i modi di addurre prove che i vari aspetti della vita di Gesù non fossero altro che profezie contenute nelle Scritture nei confronti del Messia. In questo modo cercavano di dimostrare agli ebrei che era il salvatore preannunciato dalle rivelazioni. E se i fatti non lo confermavano, se li inventavano. S'inventarono che Gesù era nato a Betlemme, che fu concepito da una vergine, e che era un discendente di Davide».

Valentina aggrottò la fronte.

«Sta insinuando che l'Antico Testamento non ha mai profetizzato la nascita di Gesù?».

Sul volto di Tomás si disegnò un sorriso.

«Non lo sto insinuando», disse. «Lo sto affermando».

XXII

Il medico esaminava il cadavere mentre due poliziotti vietavano l'accesso a quel settore della strada, tentando di convincere i curiosi ad allontanarsi. Un alito opaco di nebbia argentea offuscava quella tarda mattinata, colorando le stradine di toni cupi.

Aggrappata al lenzuolo e con gli occhi pieni di lacrime, Daniela non aveva ancora smesso del tutto di piangere. Un uomo magro la guardava con un'espressione di serena impazienza.

«Mi racconti cos'è successo».

Una lacrima spuntò all'angolo dell'occhio della ragazza, che però si sforzò di dominare i nervi.

«Non so neppure come fare a spiegarglielo, signor... signor...».

«Pichurov», si identificò l'uomo magro, mentre tutto in lui manifestava pazienza e nervosismo al tempo stesso. «Ispettore Todor Pichurov».

Nuovo singhiozzo da parte di Daniela.

«Il professore si è fermato da me, ha comprato il giornale e... è andato a casa». Indicò l'albero, quasi impaurita. «Laggiù c'era un uomo ad aspettarlo e...».

«Quale uomo, signorina Daniela?»

«Lo sconosciuto». Altro singhiozzo. «Stava aspettando il professore».

«Com'era?»

«Non ci ho fatto caso, l'ho visto di sfuggita. Ma mi sembrava un uomo giovane e ben piantato. Era vestito di nero».

L'ispettore prese nota.

«E poi cos'è successo?»

«Quando il professore si è allontanato, ho preso il telefono e ho chiamato Desi per via di alcuni libri che lei e Iveline volevano...».

«E chi sarebbero?».

La ragazza si soffiò rumorosamente il naso.

«Due mie amiche». Si pulì il viso arrossato e si asciugò le lacrime che le rigavano le guance. «Stavo ancora parlando quando... quando...».

Daniela ricominciò a piangere. Il poliziotto alzò gli occhi al cielo con un sospiro, sforzandosi di mantenere la calma. Odiava avere a che fare con parenti e amici delle vittime di omicidio: erano sempre un fiume di lacrime e i loro comportamenti ripetitivi e prevedibili. Lasciò che si calmasse, aspettando il momento giusto per incoraggiarla a riprendere la testimonianza.

«Quando cosa?»

«Quando ho sentito un grido».

Al ricordo angoscioso di quell'urlo infernale, il pianto sommesso dell'edicolante si trasformò in una specie di lungo ululato. L'ispettore Pichurov sbuffò; era di nuovo costretto ad aspettare. Approfittò della nuova pausa per prendere altri appunti e lasciò passare una trentina di secondi prima di intervenire ancora.

«Che cosa gridò il professor Vartolomeev?».

La ragazza teneva il viso affondato nel lenzuolo, ma fece segno di no con la testa.

«Non è stato lui. È stato lo sconosciuto».

«Lo sconosciuto?», si stupì il poliziotto, smettendo momentaneamente di scrivere. «Cioè il professor Vartolomeev è la vittima, ma quello che grida è lo sconosciuto?».

Daniela annuì.

«Era un grido di... di angoscia, di dolore... non so».

L'ispettore Pichurov fece una smorfia perplessa, ma prese nota dell'osservazione.

«E poi?».

Un singhiozzo.

«Ho guardato e ho visto lo sconosciuto che scappava e... e il professore steso a terra». Altre lacrime. «Sono corsa verso di lui e allora ho visto il sangue e...».

Scoppiò a piangere di nuovo, adesso in maniera convulsa, il corpo scosso da singhiozzi incessanti. Il poliziotto capì che doveva essere un po' più paziente e, per ingannare il tempo, diede un'occhiata intorno. Fu allora che notò un foglietto tenuto fermo da un sasso, ai piedi del cadavere.

S'inginocchiò e prese il pezzo di carta. Il contenuto gli parve bizzarro. Si alzò e si riavvicinò alla ragazza.

«Lei sa cos'è questo?».

$$\text{卌 } \Theta\Sigma$$

Daniela alzò gli occhi congestionati dal lenzuolo e li posò sugli scarabocchi, ma finì per scuotere la testa in segno di diniego.

«Non ne ho idea».

L'ispettore Pichurov riprese ad analizzare il foglio e rimase un lungo attimo a riflettere. Pensieroso, si passò le dita tra i capelli, che iniziavano a diradarsi sulla sommità della nuca, e strizzò gli occhi ricordandosi in quel momento di un'immagine contenuta nelle relazioni che aveva visto il mattino stesso sul computer, proprio prima di uscire per occuparsi di quel caso.

«A me invece ricorda qualcosa».

XXIII

Il sovrintendente O'Leary non aveva ancora dato segni di vita, ma Valentina e Tomás erano talmente immersi nell'analisi dei problemi sollevati dagli enigmi rinvenuti sui luoghi dei delitti che non facevano caso al tempo trascorso.

«Ho sempre sentito dire che la vita di Gesù era profetizzata nell'Antico Testamento», disse l'ispettrice. «Adesso arriva lei a garantirmi il contrario. Che storia è questa?».

Lo studioso fece un gesto vago con la mano in aria.

«Si metta nei panni della gente di quei tempi», suggerì. «Il grande problema dei primi seguaci di Gesù era convincere gli altri ebrei che il Messia promesso dai profeti delle Sacre Scritture era finalmente arrivato, e che era proprio quel poveraccio che era stato crocifisso dai romani». Prese la penna e scrisse sul tovagliolo "Messia". «Il termine viene da *mashia*, parola ebraica che significa "unto", in greco *christos*, espressione utilizzata nell'Antico Testamento per indicare persone prescelte da Dio, come re e sacerdoti. Abbiamo già visto che nell'Antico Testamento il Signore aveva promesso a Davide che sul trono d'Israele ci sarebbe sempre stato un suo discendente, promessa infranta con la cattività babilonese. A quell'epoca, le persone erano molto superstiziose: se tutto andava bene, attribuivano la fortuna alla grazia di Dio; se andava male, dicevano che il Signore li stava castigando perché avevano imboccato una strada sbagliata. Perciò i fedeli interpretarono la mancata realizzazione della promessa, per cui il trono d'Israele sarebbe sempre stato occupato da un discendente di Davide, come una punizione inflitta da Dio per essersi allontanati dalla retta via. Gli ebrei, quindi, aspettavano con ansia un discendente di Davide in grado di riconciliare il Signore con i suoi figli. Michea aveva profetizzato che a Betlemme sarebbe nato "il dominatore d'Israele" e avrebbe riunito Dio e il Suo popolo. Colui che era stato promesso. Il *mashia*».

«Cioè Gesù».

«Questo era ciò che sostenevano i suoi seguaci, ma non quello che pensava la maggior parte degli altri ebrei», ricordò. «Si dà il caso che la profezia di Michea non sia l'unica sul Messia. *Salmi*, 2:2, riferisce che "insorgono i re della terra e i principi congiurano insieme contro il Signore e il suo consacrato". La consacrazione spesso si faceva tramite l'unzione, e sappiamo che "unto" in ebraico si dice *mashia*, o Messia. In 2:7-9 si parla di un decreto di Dio: "Tu sei mio figlio, io oggi ti ho generato. Chiedimi e ti darò in eredità le genti e in tuo dominio le terre più lontane. Le spezzerai con scettro di ferro". I *Salmi* di Salomone prevedono anche che questo discendente di Davide avrà "forza così che possa spezzare i governanti ingiusti". E Daniele, 7:13, dice di aver avuto una visione in cui aveva visto "venire sulle nubi del cielo uno simile a un figlio di uomo" e che "il suo potere è un potere eterno, che non finirà mai". Già Esdra aveva avuto la visione di una figura che aveva definito "figlio dell'uomo", in cui aveva visto che "emise dalla sua bocca come un flutto di fuoco, e dalle sue labbra un soffio di fiamma". Questo significa che gli ebrei aspettavano un discendente di Davide talmente potente da spezzare le nazioni "con scettro di ferro" e "distruggere i governanti ingiusti", oppure un essere sovrannaturale, il cosiddetto "figlio dell'uomo", che governasse un impero eterno e dalla cui bocca uscisse "un flutto di fuoco"». Fissò la ragazza. «E ora le chiedo: chi le è venuto in mente?»

«Gesù».

«Un povero rabbino della Galilea, il cui esercito si riduceva a un pugno di pescatori e artigiani analfabeti, più alcune donne che passavano per delle poco di buono perché avevano abbandonato le proprie case. Era questo il discendente di Davide che avrebbe governato con scettro di ferro, scacciato i romani e distrutto i governanti ingiusti? Era questo il Figlio dell'uomo che avrebbe avuto "un potere eterno"? Questo... questo straccione? Gli ebrei si mettevano a ridere. Era incredibile! E il peggio fu che, invece di imporsi come re potente, in grado di riunire un grande esercito e di ristabilire la sovranità di Dio in Israele, Gesù fu arrestato, umiliato e crocifisso come un criminale comune. Un destino che nessun profeta mai vaticinò. In queste condizioni, quale ebreo avrebbe creduto che Gesù era il re predetto da Michea, il Messia previsto nei *Salmi*, il Figlio dell'uomo preannunciato da Daniele e da Esdra?».

Valentina si arrotolava i ricci intorno alle dita mentre seguiva la spiegazione.

«Sì...», ammise. «Era difficile da credere».

«Quando Gesù morì, i suoi seguaci ne furono profondamente sfiduciati: allora il loro capo non era il Messia! Poi, però, venne fuori la storia della resurrezione. Era un segno, la prova che egli godeva di un favore speciale presso Dio! Gesù era veramente il Messia! Erano tutti pieni di entusiasmo. Il problema è che gli altri ebrei non prendevano parte alla loro gioia, soprattutto perché il crocifisso non corrispondeva al profilo del Messia. Paolo stesso riconosce, nella *Prima lettera ai Corinzi*, 1:23, che il concetto di Messia crocifisso era uno "scandalo per i giudei". Che cosa fecero allora i suoi adepti? Iniziarono ad attribuire a Gesù elementi contenuti nelle antiche profezie, in modo da convincere gli altri ebrei. Gesù era di Nazaret, località mai nominata nelle Sacre Scritture? D'accordo, ma si trovò il modo di farlo nascere comodamente a Betlemme per seguire la profezia di Michea. Il padre di Gesù era un semplice falegname? Sì, ma si affermò che dopotutto era un discendente di Davide, come richiesto dai *Salmi*. La traduzione in greco delle profezie di Isaia diceva che la madre del Messia sarebbe stata vergine? Ecco che si improvvisò un concepimento verginale fatto su misura. Ma che fare con la crocifissione, mai preconizzata da nessuno e davvero imbarazzante per questa costruzione messianica, al punto da costituire uno "scandalo per i giudei"? Come risolvere un simile pasticcio? Gli evangelisti si misero all'opera e iniziarono a rileggere le Scritture con la lente d'ingrandimento. E cosa scoprirono? Che Isaia aveva scritto alcuni versetti sulla sofferenza di un servo di Dio rimasto anonimo».

La ragazza lanciò un'occhiatina alla Bibbia.

«Dove stanno?»

«In 53:3-6», indicò Tomás, apprestandosi a leggere il testo di Isaia. «"Disprezzato e reietto dagli uomini, uomo dei dolori che ben conosce il patire, come uno davanti al quale ci si copre la faccia; era disprezzato e non ne avevamo alcuna stima. Eppure egli si è caricato delle nostre sofferenze, si è addossato i nostri dolori; e noi lo giudicavamo castigato, percosso da Dio e umiliato. Egli è stato trafitto per le nostre colpe, schiacciato per le nostre iniquità. Il castigo che ci dà salvezza si è abbattuto su di lui; per le sue piaghe noi siamo stati guariti. Noi tutti eravamo sperduti come un gregge, ognuno di noi seguiva la sua strada; il Signore fece ricadere su di lui l'iniquità di noi tutti"». Il portoghese fece un respiro profondo e levò le mani al cielo con gesto teatrale. «Alleluia! La profezia della morte del Messia era stata trovata! Dio è grande!».

«Mi scusi, ma questa descrizione calza come un guanto alla passione di Gesù!».

Lo storico indicò le pagine aperte davanti a sé.

«La gente ci vede quello che vuole vederci», sentenziò. «La verità è che Isaia non dice da nessuna parte che il servo della sua profezia fosse il Messia. Gli storici pensano addirittura che questo testo si riferisca alla sofferenza degli ebrei a Babilonia. Ma che importanza poteva avere? Finalmente la profezia collimava con l'episodio della crocifissione. E vennero fuori anche alcuni versetti dei *Salmi*, 22:2, dove si menziona qualcuno che soffre. Iniziano con queste parole: "Dio mio, Dio mio, perché mi hai abbandonato?"; e in 22:8 concludono: "Si fanno beffe di me quelli che mi vedono, storcono le labbra, scuotono il capo". Allora i primi cristiani pensarono che fosse un testo profetico di quanto sarebbe accaduto a Gesù. Morale: anche i *Salmi* avevano previsto la sua morte!».

L'italiana si agitò di nuovo. «Aspetti un attimo!», intervenne. «Gesù sulla croce pronuncia quella frase, ne sono certa. "Mio Dio, mio Dio perché mi hai abbandonato?". Ha detto proprio così! L'ho letto io! Questa profezia è giusta!».

Tomás la guardò come un professore che aveva appena sentito una risposta sbagliata a un orale.

«Vedo che non ha capito quello che sto cercando di spiegarle», osservò. Sfogliò nuovamente la Bibbia. «Questa frase si trova alla fine di Marco, 15:34, quando Gesù è già sulla croce: "Alle tre, Gesù gridò a gran voce: '*Eloì, Eloì, lemà sabactàni?*', che significa: 'Dio mio, Dio mio, perché mi hai abbandonato?'". Una frase analoga compare anche in Matteo». Lo studioso sottolineò il versetto con l'indice. «Questo, mia cara, è un ulteriore sforzo da parte degli evangelisti per far corrispondere Gesù alle profezie. Gli attribuirono tale frase per poter dire che si compivano le parole delle Scritture, persuadendo così gli altri ebrei. Capisce?»

«Come può essere certo che Gesù non proferì quella frase?»

«Di certezze, mia cara, nessuno ne ha mai, quando si ha a che fare con la storia», le ricordò lui. «Tuttavia la somiglianza di questa frase con i versetti dei *Salmi* risulta altamente sospetta, è evidente. Tenga presente che nessun seguace di Gesù si trovava insieme a lui negli istanti finali, come ammettono gli stessi evangelisti. Tutti gli uomini "fuggirono", come spiega Marco, 14:50, mentre le donne, sempre secondo Marco, 15:40, "osservavano da lontano" la crocifissione. Nessuna di loro era sufficientemente vicino alla croce per udire le ultime parole del loro capo».

«Gli apostoli potrebbero aver interrogato in seguito un soldato romano che si era trovato nei pressi della croce…».

«Gli apostoli erano terrorizzati e avevano paura di essere messi a morte anche loro. L'ultima cosa che volevano era avvicinarsi ai soldati romani, dal momento che avevano l'abitudine di uccidere i capi che provocavano disordini, come pure i loro seguaci. Di questo abbiamo numerosi esempi. Ma ammettiamo pure che gli apostoli fossero riusciti a parlare con un soldato romano: quest'ultimo sarebbe mai riuscito a capire l'aramaico parlato da Gesù? E anche ammesso, sarebbe stato fedele nel riportare le ultime parole del condannato? La verità è che non abbiamo nessuna testimonianza diretta, e tutto si basa su "si dice che qualcuno abbia detto"». Fece un gesto vago nell'aria. «Del resto, il racconto della passione sembra costruito a posteriori rispetto a quanto è scritto nel *Salmo* 22, e non sulla base di testimonianze dirette».

«Ma allora è tutto collegato all'Antico Testamento...».

«Da cima a fondo!», confermò Tomás. «I vangeli traboccano di parole, frasi ed espressioni che ricordano le antiche Scritture. I *Salmi* parlano del Messia? I vangeli dicono che Gesù è il Messia. Daniele ed Esdra descrivono un Figlio dell'uomo? I vangeli lo chiamano "il Figlio dell'Uomo". I *Salmi* designano il re Davide come Figlio di Dio? I vangeli definiscono Gesù "il Figlio di Dio". E ancora i *Salmi* raccontano che Dio disse a Davide: "Tu sei mio figlio, io oggi ti ho generato"? Marco fa dire a Dio, rivolto a Gesù, dopo il battesimo: "Tu sei il Figlio mio, l'amato: in te ho posto il mio compiacimento". Descrivono qualcuno che soffre e dice: "Dio mio, Dio mio, perché mi hai abbandonato?", e Marco fa dire a Gesù sulla croce: "Mio Dio, mio Dio, perché mi hai abbandonato?". Tutto riconduce all'Antico Testamento!». Serrò le palpebre. «Compresi gli episodi della vita di Gesù».

«Che cosa intende dire?»

«Non ci ha fatto caso? L'*Esodo* riporta l'ordine emanato dal faraone di uccidere tutti i neonati maschi ebrei quando Mosè era piccolo, ha presente? E cosa ha fatto Matteo? Tira fuori un ordine simile emanato da Erode quando Gesù era piccolo. L'*Esodo* descrive la saga degli ebrei fuggiti dall'Egitto? Matteo riferisce l'avventura della famiglia di Gesù scappata nel Paese dei faraoni. Mosè va sulla montagna a ricevere le tavole della legge?

Matteo porta Gesù sulla montagna per commentare alcuni aspetti di quella stessa legge. Mosè separa le acque del Mar Rosso? Gesù cammina sulle acque del mare di Galilea. Gli ebrei vagano per quarant'anni nel deserto? Tre evangelisti lasciano Gesù per quaranta giorni nel deserto. Mosè trova la manna per sfamare gli ebrei? Gesù dà ai discepoli il pane della vita. Persino i miracoli e gli esorcismi, ampiamente descritti nei vangeli, hanno precedenti biblici in Elia e Isaia!». Indicò la Bibbia. «Gli autori del Nuovo Testamento non stavano scrivendo di storia: stavano cercando di convincere i loro contemporanei che Gesù corrispondeva alle profezie e possedeva i requisiti richiesti dalle Scritture. Né più, né meno».

I due rimasero per un lungo momento in silenzio, come se stessero meditando sulle implicazioni di tutte quelle faccende.

«Mi aiuti, Tomás», disse infine Valentina, cercando di recuperare un terreno sicuro in mezzo a quella valanga di informazioni. «Abbiamo due studiosi sgozzati mentre facevano ricerche su manoscritti antichi del Nuovo Testamento, e in entrambi i casi l'assassino ci ha lasciato messaggi enigmatici. Che cosa ci sta dicendo?»

«Non è ancora chiaro? Questo tizio ci sta evidenziando seri problemi esistenti nel Nuovo Testamento. Il primo rompicapo allude all'origine del mito della Vergine Maria». Indicò la fotografia lasciata loro da O'Leary. «Il secondo si riferisce agli sforzi compiuti dagli evangelisti per associare Gesù alle profezie delle Scritture sui vincoli genealogici tra il Messia e il re Davide». Le lanciò uno sguardo penetrante. «Il nostro uomo ci sta dicendo che il Nuovo Testamento altro non è che un collage fraudolento dell'Antico Testamento».

«Ma perché lo fa? Che collegamento c'è tra lui e i due omicidi?».

Lo storico alzò le spalle.

«È lei la poliziotta».

Proprio in quel momento, un manipolo di agenti invase la terrazza del Silk Road Café: in testa c'era Sean O'Leary, paonazzo e con un'aria compunta.

«Sovrintendente!», lo accolse Valentina con aria sorpresa. «Ma dov'era finito?».

L'irlandese fece un gesto vago verso la strada.

«Sono andato all'ospedale a interrogare il testimone».

«E allora? Ha detto qualcosa di interessante?».

O'Leary tirò fuori dalla tasca il blocchetto per gli appunti, goffo come sempre.

«Vuole sapere i dettagli?», chiese, mentre con gli occhi scorreva le annotazioni. «Si chiama Patrick McGrath, disoccupato; Paddy per gli amici. È un homeless e al momento del crimine stava cercando di prendere sonno nel giardino».

«È riuscito a identificare l'omicida?».

Il sovrintendente contrasse le labbra consultando gli appunti.

«Ha assistito all'omicidio al buio e da lontano», disse. «Purtroppo non è riuscito a vedere l'omicida in faccia e non ha notato neppure nulla di particolare nella sua fisionomia».

«Ah, peccato!».

Il poliziotto irlandese tirò su col naso, senza staccare gli occhi dal blocchetto.

«Però una cosa strana c'è. Gli ho chiesto se stamattina aveva detto davvero ai paramedici che la morte del professor Schwarz era stata accidentale, e lui me lo ha confermato. Anzi, insiste nel ripetere sempre la stessa cosa».

Valentina fece un gesto come a voler liquidare quella testimonianza. «È assurdo!», osservò. «Non si sgozza nessuno accidentalmente. Cosa lo induce a fare una simile affermazione?»

«Sostiene che, dopo essere caduto sopra il professor Schwarz, l'assassino si sia messo a urlare. Il nostro testimone dice che era un grido di agonia, una specie di lamento».

La poliziotta italiana scambiò con Tomás uno sguardo perplesso.

«Agonia? Lamento? Ma che intende dire?».

O'Leary pareva imbarazzato.

«Ma... non so. L'ho messo un po' alle strette su questo punto, ma lui garantisce che l'assassino ha pianto la morte del professor Schwarz lanciando un grido pieno di sofferenza».

Valentina scosse la testa. «Questo testimone aveva decisamente alzato il gomito», sentenziò. «Senta, a Roma i miei uomini stanno ricostruendo la vita della prima vittima, la professoressa Escalona, nel corso dell'ultimo anno. Avrei bisogno che facesse la stessa cosa per il professor Schwarz. Dobbiamo sapere dov'è andato, quando, a fare che... cose del genere».

«Già fatto. Domani le consegno una relazione preliminare».

«Sarà interessante incrociare le due ricostruzioni e vedere se esistono punti in comune negli spostamenti recenti delle due vittime, il che ci consentirà di...».

In quel momento squillò il cellulare del sovrintendente che, scusandosi, rispose subito.

«Sì?». Fece una breve pausa e all'improvviso si impettì, quasi sull'attenti. «Sì, sono io, sir». Seguì una pausa più lunga, durante la quale il poliziotto sgranò gli occhi. «Che cosa?». Altra pausa. «Dove? Questa mattina? Ma... ma com'è possibile?». Nuova pausa. «Immediatamente? Ma sono appena arrivati, sir!». Ennesima pausa. «Sì, sir. Riferisco subito. Molto bene, sir». Ci mancò poco che facesse il saluto militare. «Certamente, sir. Grazie».

Quando riagganciò, dalle sue guance era scomparso ogni colore: era livido, come se avesse visto un fantasma. Guardò i due ospiti con un'espressione di circostanza.

«Il nostro uomo ha colpito ancora!».

«Chi?»

«Il serial killer», disse con una punta d'impazienza. «Ha colpito ancora!». Valentina e Tomás fecero un salto sulla sedia.

«È morto qualcun altro?».

O'Leary annuì.

«In Bulgaria».

I due rimasero a bocca aperta, sbalorditi.

«Che cosa?».

Il sovrintendente fece un cenno verso il telefono, come se si trattasse di un'entità superiore, investita di un'autorità assolutamente indiscutibile.

«Vi vogliono sul posto il prima possibile».

XXIV

Una fitta foschia bianca ricopriva la città, avviluppandola in una coltre di luce celestiale. I picchi innevati del Vitosha, il vulcano inattivo che si ergeva in lontananza come una sentinella silenziosa, si innalzavano sopra la nebbia dando l'impressione di essere ricoperti da una cascata di yogurt, con la montagna spoglia ricoperta di venature innevate.

Sicarius colse i primi segni che gli confermavano di essere giunto a destinazione quando vide i grandi condomini di epoca sovietica che si affollavano nella periferia come formicai giganti in mezzo ad ampie distese verde crudo e grigiastre: facevano pensare a una bella idea mal realizzata. I cartelli in cirillico indicavano Grad, ma fu solo quando l'automobile si inserì nell'elegante groviglio di strade curate del centro, che circondavano bei palazzi in stile francese o balcanico, che il guidatore prese il cellulare e chiamò: «Sono arrivato a Sofia».

All'altro capo, il maestro sembrava ansioso.

«E la missione?», s'informò. «Tutto bene?»

«Come previsto».

La voce al telefono emise un sospiro di sollievo.

«Uff! Per fortuna è finita. Ero già in pensiero».

In contrasto con i dintorni, dove le tracce dello stile sovietico si mescolavano a linee moderne, il centro della capitale bulgara era improntato all'ordine e faceva sfoggio di un'architettura classica e di buon gusto. L'attenzione di Sicarius fu attirata in quel momento dalla chiesa russa, un edificio che sembrava essere uscito da un libro di fiabe, con cupole verdi e dorate che conferivano alla città un tocco da presepe moscovita.

«E adesso che faccio? Ha una nuova missione per me?».

Il maestro ridacchiò.

«Sei un automa, Sicarius», gongolò. «Un degno figlio di Dio. Per il momento, no. Tornatene a casa».

Quell'ordine parve deluderlo un tantino.

«Tutto finito? Non c'è più niente da fare?»

«Non ho detto questo», lo corresse il maestro. «L'operazione non è affatto terminata. Avrò ancora bisogno di te».

«Per fortuna».

«Ma non subito. Tornatene a casa. Hai fatto un lavoro inestimabile e sono certo che il guerriero abbia diritto al meritato riposo».

Sicarius inspirò a fondo, rassegnato.

«D'accordo. A presto».

E riagganciò.

In quell'istante, l'auto stava costeggiando la grande cattedrale di Aleksandr Nevski, con le sue spettacolari cupole bizantine. Sicarius rallentò per ammirarla meglio, quindi svoltò verso l'aeroporto. Percorse una strada stretta e trafficata, con i marciapiedi brulicanti di pedoni, che passeggiavano tranquilli o guardavano le vetrine. In alcune erano esposti dei prodotti bulgari, in altre marchi internazionali, mentre qua e là pulsavano le variopinte luci al neon dei casinò.

Fu allora che Sicarius avvertì un senso d'irritazione trafiggergli lo stomaco.

«Empi», borbottò tra i denti. «Impuri e peccatori».

XXV

Il sole batteva delicatamente sulle case quando l'automobile della polizia bulgara che trasportava Tomás e Valentina, atterrati poco prima all'aeroporto di Sofia, entrò finalmente nella cintura urbana. Un cartello segnalava l'arrivo a Plovdiv.

«Sapete da quanti anni esiste questa città?», domandò il conducente con palese orgoglio. «Seimila!». Si voltò a sorridere ai passeggeri sul sedile posteriore. «Seimila anni, vi rendete conto?». Tornò a guardare la strada. «Incredibile!».

Tomás teneva gli occhi incollati sui grandi condomini di architettura sovietica; conosceva bene quel posto dai libri di storia.

«Fu fondata nel neolitico», osservò con aria sognante. «È la città più antica d'Europa».

Non appena ebbero oltrepassato il fiume Maritsa, i blocchi di cemento della periferia lasciarono il posto a un centro arioso, con edifici di impronta tradizionale spesso incastonati fra vecchie rovine. La cosa più sorprendente era la visione delle colline verdi, dalle rocce scoscese e coronate da case che si ergevano all'improvviso nel bel mezzo della città.

Il conducente indicò il più alto di quei promontori, piantato proprio al centro, come se una pietra gigantesca fosse precipitata improvvisamente dal cielo.

«Stariot Grad», precisò. «La città vecchia».

I due passeggeri alzarono gli occhi verso la sommità del promontorio, affascinati da quell'immagine fantastica.

«È lì che furono costruite le prime abitazioni, seimila anni fa?», s'informò lo studioso.

«Esatto», confermò il bulgaro alla guida. «Ed è lì che ieri è stato commesso il delitto».

Agli occhi curiosi dei due nuovi arrivati, Stariot Grad si trasformò immediatamente da luogo storico in scena del crimine.

«È lì che stiamo andando?»

«A Stariot Grad?», si meravigliò l'autista. «No, ho ordine di lasciarvi sulla Glavnata».

La Glavnata si rivelò una strada pedonale, ampia e soleggiata, costeggiata da una fila di costruzioni pittoresche, con facciate chiaramente influenzate dallo stile francese, i piani superiori ornati da belle verande, e i negozi al pianterreno.

Valentina e Tomás furono condotti sulla terrazza di un locale dove un uomo magro si alzò immediatamente dalla sua sedia e andò loro incontro tendendo la mano.

«Todor Pichurov», si presentò. «Ispettore della polizia bulgara. Benvenuti a Plovdiv».

I nuovi arrivati si presentarono a loro volta e si accomodarono al tavolo. Ordinarono dei caffè e scambiarono un po' di convenevoli con l'ospite sulla bellezza della città e la gradevolezza del clima, in contrasto con la nebbia trovata all'atterraggio a Sofia quella mattina.

L'agente italiana, però, non voleva perdere tempo e alla prima occasione affrontò l'argomento.

«E allora, che succede?», chiese. «Mi hanno detto che avevate bisogno del nostro aiuto per via di un crimine. Che cos'è accaduto di preciso?».

Il poliziotto bulgaro aprì una valigetta posata sul tavolino circolare del locale e ne estrasse la foto di un uomo con una barba rada e brizzolata e lo sguardo intenso.

«Questo è il professor Petar Vartolomeev», disse. «Uno degli abitanti più in vista della città. Era titolare della cattedra di Medicina molecolare qui all'università di Plovdiv. Viveva in un edificio storico di Stariot Grad, la Casa di Balabanov. Ieri mattina, al ritorno dalla facoltà, è stato accoltellato da uno sconosciuto che lo aspettava davanti all'uscio. Mi hanno chiamato d'urgenza ma, quando sono arrivato sul posto, il professore era già morto».

Valentina approfittò della pausa per intervenire: «Professore di Medicina molecolare?»

«Uno dei più famosi del mondo nel suo campo», confermò Pichurov. «Ogni anno si diceva che avrebbe vinto il Nobel per la medicina».

La ragazza scosse la testa.

«Scusi, ma non capisco. Noi stiamo indagando su due crimini commessi nell'Europa occidentale ai danni di due storici che consultavano antichi manoscritti del Nuovo Testamento. Una era una paleografa ed è stata assassinata all'interno della Vaticana, l'altro, un archeologo, è stato ucciso davanti a una biblioteca di Dublino. Lei, però, mi sta parlando di un medico, e francamente...».

«Scienziato molecolare».

«Quello che è», riprese Valentina, sullo stesso tono. «Un cattedratico del settore medico, se preferisce. A tutti gli effetti, non era uno storico. Lei ci ha fatto attraversare l'Europa da un capo all'altro e venire nei Balcani per questo omicidio, ma cosa la induce a pensare che possa esserci un collegamento tra il suo caso e i nostri?».

L'ispettore bulgaro le mostrò una foto del cadavere, disteso a terra a pancia in giù e con la testa immersa in una larga pozza di sangue.

«Il professor Vartolomeev è stato sgozzato».

L'italiana diede un'occhiata all'immagine e inspirò a fondo, improvvisamente impaziente.

«È una cosa spiacevole», disse con freddezza. «Non so come funziona in Bulgaria, ma nel mio Paese gli sgozzamenti sono molto rari. Tuttavia, a parte il dettaglio raccapricciante, non vedo cosa possa avere in comune questo caso con quello su cui sto...», guardò Tomás e si corresse, «su cui stiamo indagando».

Pichurov si grattò il naso.

«Per una pura coincidenza, pochi istanti prima di essere avvisato dell'accaduto, stavo consultando il sito dell'Interpol, come ogni mattina, e mi sono imbattuto nella sua relazione preliminare sul delitto in Vaticano», disse. «Strano crimine, ne converrà».

«Molto».

«Mi sono interessato alla faccenda e mi sono accorto che, poche ore dopo, a Dublino è stato commesso un omicidio con caratteristiche simili. Essendo curioso per natura, ho dato un'occhiata al rapporto su questo secondo crimine e ci ho trovato di nuovo il suo nome, cosa che mi ha sorpreso. Ho capito che stava aiutando gli irlandesi insieme a uno storico portoghese».

Valentina lanciò uno sguardo complice a Tomás.

«Infatti è così», confermò. «E con questo? Dove vuole arrivare?»

«I due casi mi sono sembrati bizzarri», disse il bulgaro. «Gli enigmi lasciati dall'assassino mi hanno intrigato. Ma poi non ci ho più pensato, soprattutto quando sono stato convocato d'urgenza a Stariot Grad per occuparmi di un omicidio nei pressi della Casa di Balabanov. Una volta arrivato, mi sono accorto che la vittima era il professor Vartolomeev e che era stato sgozzato».

«E allora le sono venuti in mente i due casi su cui sto indagando».

L'ispettore scosse la testa.

«A dir la verità, no. Mi è sembrato strano, certo. Anche qui in Bulgaria gli omicidi per sgozzamento sono rari, e quando si verificano sono sempre di natura rituale».

«Come in tutto il mondo».

«Naturalmente mi sono posto delle domande: per quale motivo qualcuno avrebbe dovuto uccidere il professor Vartolomeev? E perché in quel modo? Un assassinio rituale? Qui, a Stariot Grad? E di uno dei nostri concittadini più rispettabili?». Accennò una smorfia. «Non ha senso».

«E allora cosa l'ha indotta a stabilire un legame tra questo omicidio e i nostri due casi?».

Il poliziotto bulgaro rimise mano alla valigetta.

«Una cosa che ho scoperto accanto al corpo», disse, estraendone una busta di plastica sigillata con dentro un pezzo di carta.

«Ecco».

Girò il foglio mostrandolo ai due interlocutori.

$$\text{\#} \; \Theta \Sigma$$

Tomás e Valentina si chinarono immediatamente sul reperto e afferrarono il ragionamento del poliziotto bulgaro.

«Ma è il nostro uomo!», esclamò Valentina, indicando il primo segno da sinistra. «Guardi: ha disegnato il simbolo della purezza della Vergine Maria, proprio come in Vaticano».

Lo studioso guardava l'enigma con aria perplessa, come se non avesse senso.

«Non può essere!».

«È il nostro uomo, le dico!», insistette l'ispettrice, ormai arresasi davanti all'evidenza. «È lui!».

«Lo so che è lui», concordò Tomás. «Ma il simbolo della purezza della Vergine Maria...». Scosse la testa. «Questo simbolo non ha senso accanto a quelli che ha disegnato subito dopo».

L'ispettrice era quasi indignata.

«Questa poi! Perché?». Con un gesto indicò il rompicapo. «Al contrario, ha senso eccome! Ha contrassegnato l'omicidio in Vaticano con il giglio stilizzato e lo ha usato di nuovo per firmare quest'ultimo delitto. A me sembra tutto chiaro. Perché tanta sorpresa?».

Il professore portoghese fissava l'enigma come ipnotizzato, sforzandosi di ricavarne un significato che gli sfuggiva. Perché diavolo l'assassino aveva tracciato quel simbolo proprio lì? Il contesto non corrispondeva di certo. Forse era quello che andava analizzato. In verità, rifletté, forse doveva iniziare a decifrare il resto dell'enigma. Allora, che cos'era? C'era una parola scritta in... in...

«Ci sono!», esclamò d'un tratto.

I due poliziotti si voltarono a guardarlo.

«Cosa c'è? Che succede?».

Lo storico si girò verso Valentina, poi verso Pichurov e poi di nuovo verso l'ispettrice, eccitatissimo, mostrando loro il foglio nella busta sigillata.

«Ci sono!».

L'attenzione dei due si concentrò sull'enigma.

«È riuscito a decifrarlo?», si meravigliò il bulgaro. «Di già?».

L'italiana gli sorrise e applaudì. «Bravo, Tomás!», esclamò, palesemente orgogliosa, quasi come se il portoghese fosse il suo eroe. «Bravo!».

Nel vederla così felice, Tomás si sentì in difficoltà. Istintivamente si ritrasse, abbassò la mano che brandiva la busta e chinò gli occhi pieni di imbarazzo.

«Non so se sarà così contenta anche dopo avermi ascoltato», disse a Valentina, quasi senza avere il coraggio di guardarla. «Penso addirittura che le verrà voglia di sgozzare anche me!».

«Io?!», si stupì la ragazza. «Che stupidaggine! Perché dice così?».

Lo sguardo dello studioso si posò sul rompicapo nella busta sigillata.

«Questo enigma ci riporta a un'altra falsificazione della Bibbia».

Valentina si incupì, come se improvvisamente sul viso le fosse calata un'ombra scura.

«Oh, no!», esclamò irritata. «Come sono ingenua! Avrei dovuto mangiare la foglia!».

Tomás si piegò sulla propria valigia e si mise a rovistare con la mano sinistra. Afferrò un oggetto e lo tirò fuori, posandolo sul tavolo: era la copia della Bibbia di cui si era già servito Dublino. Alzò gli occhi imbarazzati e li puntò finalmente su quelli della giovane donna.

«La falsificazione della divinità di Gesù».

XXVI

Il cameriere s'insinuò zigzagando tra i tavolini lungo la Glavnata, tenendo in equilibrio il vassoio e, avanzando con aria molto professionale, si avvicinò al tavolo a cui sedevano lo studioso portoghese e i due poliziotti. Distribuì i caffè, quindi si allontanò per servire i clienti che nel frattempo si erano accomodati al tavolo accanto.

Di nuovo a suo agio, Tomás prese la busta di plastica che proteggeva il foglio rinvenuto accanto al corpo del professore bulgaro e indicò i tre simboli disegnati.

«Questo enigma ci riporta a due questioni teologiche fondamentali del cristianesimo», spiegò. «Sono diverse, ma collegate».

L'ispettore Pichurov si agitò sulla sedia.

«Lei ha accennato alla divinità di Gesù», osservò, ansioso di andare direttamente al punto. «E ha detto che era un falso. Come fa questo scarabocchio a evocare una questione del genere?».

Lo studioso indicò i due simboli ΘΣ:

«Vedete questo? Sapete cos'è?».

I poliziotti esaminarono i due caratteri.

«Sembrano simboli alieni», scherzò Valentina. «Di quelli che si vedono disegnati sui dischi volanti degli extraterrestri nei film di fantascienza, tipo *Star Trek* o roba simile».

Tomás si mise a ridere.

«È vero, questi caratteri sembrano un po' strani», riconobbe. «Ma non sono simboli da navicelle spaziali alla E.T. Sono lettere greche scritte nella Bibbia».

I due spalancarono gli occhi, sorpresi.

«Davvero?».

Lo studioso annuì.

«Il simbolo centrale è un *theta* e quello di destra è un *sigma*», identificò. «Quando si trovano insieme in un manoscritto biblico e hanno una linea sopra, *theta-sigma* sono l'abbreviazione di uno dei *nomina sacra*».

«Che roba sarebbe?»

«Un nome sacro. In questo caso, *Deus*».

L'ispettore Pichurov corrugò le sopracciglia con aria scettica, come a dire che non se la beveva.

«L'assassino avrebbe lasciato il nome abbreviato di Dio ai piedi della vittima?», chiese. «E perché?»

«Lo vedremo tra poco», disse Tomás, ignorando il tono incredulo del bulgaro. «La cosa più interessante è che, alla luce di quanto il nostro serial killer ci ha già rivelato nei due messaggi precedenti, qui sta senza dubbio alludendo al *Codex Alexandrinus* e a un'astuta contraffazione inserita in quel manoscritto da un copista».

A Valentina parve di riconoscere un termine familiare.

«Si riferisce al documento antico che la professoressa Escalona stava consultando alla Vaticana?»

«Quello era il *Codex Vaticanus*», precisò lo studioso. «Invece questo nuovo rompicapo ci riporta al *Codex Alaxandrinus*, un manoscritto del V secolo offerto dal patriarca di Alessandria al re d'Inghilterra e ora custodito alla British Library. Anche in questo caso si tratta di uno dei manoscritti più antichi e completi della Bibbia: comprende la versione greca dell'Antico Testamento, cui mancano solo dieci pagine, e tutto il Nuovo, tranne trentuno pagine, che sono scomparse».

L'ispettrice indicò i due simboli ΘΣ:

«Come sa che questo *theta-sigma* si riferisce specificatamente a quel codice?»

«È un'ipotesi suffragata dal tipo di ragionamento sviluppato finora dal nostro uomo», spiegò lo studioso portoghese. «Abbiamo già capito che sembra essere ossessionato dalle falsificazioni del Nuovo Testamento. Ora, si dà il caso che nel *Codex Alexandrinus* sia presente un'anomalia, situata proprio in un riferimento abbreviato a Dio. Un riferimento costituito da un *theta* e un *sigma*».

«Non capisco...».

Tomás posò il foglio sul tavolo e prese la Bibbia, iniziando a sfogliarla.

«Uno dei problemi relativi alla divinità di Gesù deriva dal fatto che nei testi più antichi neppure lui si sia mai riferito esplicitamente a se stesso in tali termini», chiarì. «È solo nell'ultimo vangelo, quello di Giovanni, scritto intorno al 95 d.C., che Gesù indica chiaramente la propria natura divina. Giovanni, 8:58, cita questa sua frase: "Prima che Abramo fosse, Io Sono". È un chiaro riferimento a *Esodo*, 3:14, dove Dio dice a Mosè: "Io sono colui che sono". Ossia: il Gesù di Giovanni si presenta come il Dio delle Scritture».

«Ah-ha!».

«Curiosamente, però, Gesù non fa la stessa cosa nelle fonti anteriori a Giovanni», si affrettò a sottolineare Tomás. «Né Paolo, né Marco, né Matteo, né Luca, che scrissero i rispettivi testi prima dell'autore del *Vangelo secondo Giovanni*, fanno mai dire a Gesù di essere Dio». Fece un'aria ironica. «Che se ne siano dimenticati? Che lo abbiano ritenuto un dettaglio irrilevante? Sarà forse una cosa priva d'importanza?». Alzò un dito. «Più si torna indietro verso le fonti più antiche, e meno divino appare Gesù. Come abbiamo visto, il primo vangelo a essere stato scritto fu quello di Marco. E come viene presentato Gesù? Un essere umano che non rivendica mai la propria natura divina. Al massimo, in 14:62, mentre viene processato ed è incalzato dal sommo sacerdote che gli chiede se è lui "il Cristo, il Figlio del Benedetto", risponde:

"Io lo sono". Aggiungendo: "Vedrete il Figlio dell'uomo seduto alla destra della Potenza e venire con le nubi del cielo". Attenzione, però: nella cultura ebraica, il *mashia* non è il Signore, ma solo un eletto del Signore. In Marco, tuttavia, non vediamo mai Gesù affermare di essere Dio».

L'ispettore Pichurov, che assisteva per la prima volta a una seduta di analisi critica del Nuovo Testamento, cominciò a dimenarsi sulla sedia.

«Mi scusi, ma io di Bibbia ne capisco poco», disse. «Ma non è Marco che lo presenta come il Figlio di Dio?»

«Tutti i vangeli lo presentano come tale, e allora? Nella religione ebraica, l'espressione "Figlio di Dio" non significa Dio-Figlio, come si sostiene ora, ma discendente del re Davide, secondo quanto stabilito nelle Scritture. Nei *Salmi* il Signore dice a Davide, un essere in carne e ossa, che lui è il Suo figlio, cosa che conferma nel *Secondo libro di Samuele*. Dal momento che i vangeli presentano Gesù come discendente del re Davide, è naturale che lo chiamino "Figlio di Dio", il titolo che aveva quel sovrano. Attenzione! Il Figlio di Dio può essere anche la stessa nazione d'Israele, secondo quanto stabilito nell'Antico Testamento da *Osea*, 11:1, dove il Signore afferma: "Quando Israele era fanciullo, io l'ho amato e dall'Egitto ho chiamato mio figlio". Oppure in *Esodo*, 4:22: "Così dice il Signore: Israele è il mio figlio primogenito". Insomma, viene definito "Figlio di Dio" qualcuno che intrattiene un rapporto speciale con il Signore. Questo non significa che quel qualcuno sia Dio».

Valentina scoccò un'occhiata supponente al collega bulgaro, riducendolo al silenzio.

«Il professor Noronha me lo aveva già raccontato», disse. «Poi le spiego tutto io».

Pichurov si ritirò nel suo angolino e, intuendo che in quella discussione c'erano dettagli molto più grandi di lui, si zittì.

«Allora, dicevamo che Marco non afferma mai, e neppure insinua, che Gesù sia Dio», riprese Tomás. «I vangeli successivi furono quelli di Matteo e di Luca, e neppure loro hanno mai sostenuto che lo fosse. I tre evangelisti riportano addirittura che Gesù asserisce di non avere il potere di decidere chi siederà alla sua destra e alla sua sinistra, e di non conoscere il giorno e l'ora in cui giungerà il Regno di Dio. Quindi, al contrario di Dio, Gesù non è onnipotente, né onnisciente. Ma il grande dibattito tra questi tre evangelisti e Paolo non è sul fatto che Gesù sia o meno Dio – una questione che non viene neppure sollevata – bensì determinare *quando* Dio abbia attribuito a Gesù il Suo favore e lo abbia trasformato in un essere umano speciale. Marco fa intendere che sia accaduto nell'attimo in cui Giovanni lo ha battezzato. In quel momento "venne una voce dal cielo: 'Tu sei il Figlio mio, l'amato: in te ho posto il mio compiacimento'", come scritto in 1:11, frase ispirata a una citazione dei *Salmi* ebraici. Cioè, Marco considera che Gesù sia diventato Figlio di Dio durante il battesimo. Luca e Matteo, invece, sostengono che questo sia accaduto alla nascita, con la concezione verginale».

«E Paolo?»

«Lui ci presenta ancora un'altra versione. È interessante notare che negli *Atti degli apostoli* – testo che descrive le vicissitudini degli apostoli dopo la morte del Messia e che, come abbiamo visto, di solito è attribuito a Luca – non troviamo da nessuna parte un discepolo convinto che Gesù sia Dio. Gli apostoli si limitano a predicare che si tratta di una persona cui il Signore ha conferito poteri speciali. Addirittura, in 2:36, Pietro dice: "Dio ha costituito Signore e Cristo quel Gesù che voi avete crocifisso", mettendo implicitamente in relazione il titolo di Cristo con la crocifissione. Un concetto esplicitato in 13:33 da Paolo, secondo il quale Dio ha compiuto la Sua promessa "risuscitando Gesù, come anche sta scritto nel *Salmo* secondo: 'Mio figlio sei tu, io oggi ti ho generato'", insinuando così che quello status speciale gli sia stato attribuito non alla nascita, né al momento del battesimo, ma *oggi*, nel giorno della resurrezione. Ossia Paolo e Pietro sembrano persino suggerire che, in vita, Gesù non fosse neppure Figlio di Dio, e che questo si sia verificato solo con la sua morte». Gli occhi di Tomás si spostavano alternativamente tra i due poliziotti concentrati ad ascoltarlo. «Nei testi più antichi non si discute se Gesù sia Dio, ma solo di *quando* Dio gli abbia conferito lo status privilegiato di figlio, nell'accezione ebraica di discendente di Davide: nel concepimento? Nel battesimo? Nella resurrezione?»

«Se ho capito bene», osservò Valentina, «solo il più recente dei vangeli stabilisce che Gesù è Dio».

«Il *Vangelo secondo Giovanni*», confermò lo storico. «Ciò significa che, quanto più un testo è vicino nel tempo agli avvenimenti, tanto più umano è Gesù; quanto più se ne allontana, tanto più Gesù diventa divino. Il che sembra naturale: con il passare degli anni, la memoria storica dell'essere in carne e ossa si è andata perdendo, ed è stata sostituita da elementi mitici di elevazione del protagonista allo status di divinità. L'essere umano Gesù si trasforma a poco a poco in un essere umano speciale eletto da Dio e, in seguito, diventa egli stesso Dio. È una sorta di processo di costruzione divina. Ma la domanda è: perché dovremmo affermare che Gesù era Dio, se neppure lui lo fa nei primi libri del Nuovo Testamento?». Riprese a sfogliare la Bibbia. «I teologi cristiani hanno impiegato un bel po' di tempo a consumarsi sui testi per cercare di risolvere tale problema, finché si sono imbattuti in un importante riferimento in un'epistola di Paolo, la *Prima lettera a Timoteo*». Si fermò su una pagina. «Eccola». Cercò l'informazione. «Leggiamo il versetto 3:16: "Dio è stato manifestato in carne, è stato giustificato nello Spirito"». Guardò gli interlocutori con aria interrogativa, chiaramente chiamandoli in causa. «"Dio è stato manifestato in carne"? Quale Dio? A chi si sta riferendo Paolo?».

Valentina esitò, temendo di dire una sciocchezza, ma lo studioso le fece un cenno d'incoraggiamento e lei si lanciò.

«Il Dio che è stato manifestato in carne è Gesù, mi pare». Le venne un dubbio. «O no?»

«Ma certo che è Gesù!», confermò Tomás, tranquillizzandola.

«D'altra parte, questa è ancor oggi la tesi ufficiale della Chiesa: Gesù è Dio che si è manifestato in carne. Ma la questione essenziale non è questa. L'importante è che a scriverlo fu Paolo».

Cogliendo le implicazioni di questa constatazione, la giovane donna quasi balzò sulla sedia.

«Paolo è il primo degli autori del Nuovo Testamento!», esclamò. «Le sue lettere furono scritte tra i dieci e i quindici anni prima del vangelo di Marco! Questo vuol dire che l'autore più remoto nel tempo si riferisce a Gesù come Dio!».

Tomás sorrise.

«Trenta e lode alla signorina Valentina Ferro!», annunciò, come se le stesse dando un voto all'università. «Proprio così! Questa è una citazione fondamentale, perché significa che il più antico degli autori del Nuovo Testamento, e di conseguenza il più vicino agli avvenimenti, non fa riferimento a Gesù come a una semplice figura umana eletta in particolare da Dio: Paolo lo presenta come Dio vero e proprio. Con Gesù, "Dio si è manifestato in carne". Vero è che nelle altre epistole Paolo gli attribuisce uno status divino, ma solo dopo la resurrezione, e non in vita. Ecco perché questa frase è di importanza cruciale, dal momento che qui l'autore più antico espone una teologia che apparve solo più tardi, secondo la quale Gesù era Dio già durante la sua esistenza».

L'ispettrice, ormai abituata ai colpi di scena dello studioso, titubò. «Adesso lei di sicuro tirerà fuori un qualche problema», disse, improvvisamente cauta. «E penso di sapere già qual è: esiste un solo manoscritto in cui Paolo afferma una cosa simile».

Lo storico ritornò al passo che aveva appena letto.

«No, al contrario», assicurò. «Questo versetto della *Prima lettera a Timoteo* è presente nella maggior parte dei manoscritti antichi giunti sino a noi».

«E allora qual è il problema?»

«Il problema è che, se andiamo a consultare questo versetto nel *Codex Alexandrinus*, vediamo che la riga sopra il *theta-sigma*, l'abbreviazione di un *nomen sacrum*, è tracciata in un colore diverso da quello usato nel resto del testo. Esaminando meglio questa anomalia, ci si accorge che si tratta della successiva aggiunta di un copista, e quindi è un'alterazione fraudolenta che snatura il testo». Indicò la prima lettera greca della parola, Θ, contenuta nell'enigma. «Esaminando attentamente il *theta*, si nota che la riga orizzontale tracciata al centro della lettera non si trovava originariamente in quel punto, ma che prima era una macchiolina d'inchiostro sull'altra facciata della pagina, penetrata nella pergamena e comparsa lì accidentalmente».

I due poliziotti seguivano Tomás con grande attenzione, spostando di continuo lo sguardo tra lui e il rompicapo lasciato dall'omicida.

«E allora? Che cosa comporta una simile alterazione?»

«Le due lettere originali di questo versetto non sono *theta-sigma*, ovvero l'abbreviazione di "Dio", ma *omicron-sigma*, parola che significa "quello"». Su un foglio di carta tracciò i due caratteri dell'enigma e la traduzione: ΘΣ = "Dio", e sotto la nuova versione con il primo simbolo senza la lineetta interna e la rispettiva traduzione: ΟΣ = "quello". Poi riprese la pagina della Bibbia aperta sulla *Prima lettera a Timoteo*. «Cioè il testo originale trascritto dal copista del *Codex Alexandrinus* in 3:16 non è "Dio è stato manifestato in carne, è stato giustificato nello Spirito", ma "quello è stato manifestato in carne, è stato giustificato nello spirito". È una cosa completamente diversa, dal momento che in questo secondo caso Gesù smette di essere Dio». Richiuse il libro. «La faccenda seccante è che la stessa falsificazione intenzionale da parte dei copisti è stata identificata in altri quattro manoscritti antichi della *Prima lettera a Timoteo*, contaminando in tal modo le copie successive, in particolare quelle medievali, che hanno riprodotto e protratto l'alterazione».

«Quindi lei mi sta dicendo che in origine Gesù non viene equiparato a Dio».

«Esatto», confermò il professore. «Né lui probabilmente si è mai dichiarato tale, né così lo ritenevano gli apostoli. Si tratta di una costruzione successiva. D'altronde, come le ho già spiegato, i suoi stessi discepoli riferiscono degli elementi che rendevano impossibile equipararlo a Dio: per esempio, il battesimo. Marco, 1:5, rivela che gli ebrei andavano a incontrare Giovanni e "si facevano battezzare da lui nel fiume Giordano, confessando i loro peccati". Poi dice che anche Gesù si fece battezzare, in tal modo riconoscendo che aveva dei peccati da confessare. Se fosse stato Dio, sarebbe credibile che peccasse? E Matteo, in 24:36, quando Gesù predice la fine dei tempi, gli fa affermare: "Quanto a quel giorno e a quell'ora, nessuno lo sa, né gli angeli del cielo, né il Figlio, ma solo il padre". Ossia, Gesù non era onnisciente. Stando così le cose, domando io, potrebbe mai essere Dio?».

«E allora, i miracoli che compiva?», insistette Valentina. «Non sono forse la prova che lo era?».

Tomás rise.

«I miracoli non hanno nulla a che vedere con la presunta divinità di Gesù», ribatté. «Proprio come oggi nelle sagre, anche in quel tempo esistevano guaritori e persone dotate di poteri speciali, considerati miracolosi. L'antichità è piena di persone del genere. Apollonio di Tiana, noto filosofo, era anche guaritore ed esorcista. L'Antico Testamento pullula di miracoli portati a termine da Mosè, Elia e altri. Pure lo storico ebreo Giuseppe affermava di essere in grado di somministrare cure miracolose e praticare esorcismi. Anche in Galilea, una generazione dopo Gesù, viveva un famoso guaritore chiamato Hanina ben Dosa, al quale si attribuiscono dei miracoli. Alcuni decenni prima di Gesù, in quella regione c'era un uomo di nome Honi, celebre perché riusciva a far piovere. Apollonio, Mosè, Elia, Giuseppe, Hanina e Honi erano dichiaratamente in grado di compiere miracoli, ma nessuno pensava che fossero Dio. Si diceva semplicemente che avevano dei "poteri", niente di più».

«D'accordo, non sostengo che Gesù fosse Dio», gli concesse l'italiana, «ma deve convenire che, se era in grado di fare miracoli, almeno qualcosa di divino ce l'aveva!».

«Senta un po', che intende con "qualcosa di divino"? A quanto ne so, il cristianesimo si definisce una religione monoteista. I cristiani, come gli ebrei, sostengono che vi sia un solo Dio. Ciò significa che o Gesù è Dio stesso, oppure è un essere umano. Non può essere un dio minore, o un uomo dotato di caratteristiche divine. Capisce? Andrebbe contro con il monoteismo predicato dai cristiani».

L'ispettrice abbassò lo sguardo e annuì, sconfitta da quell'argomentazione.

«Sì, ha ragione».

Lo storico indicò il primo dei tre simboli dell'enigma di Stariot Grad.

«E questo è precisamente il problema sollevato da questo giglio».

«Si riferisce al simbolo della purezza della Vergine Maria?».

Tomás scosse la testa.

«In questo contesto, l'assassino non si sta più riferendo alla questione di Maria, come nell'enigma della Biblioteca Vaticana», corresse. «Si sta riferendo all'altro significato simbolico del giglio».

Valentina lanciò timidamente un'occhiata sorpresa.

«Il giglio ha più di un significato?».

L'altro annuì.

«È anche il simbolo della Santissima Trinità», precisò. «La più strana invenzione di tutto il cristianesimo».

XXVII

Il ritmo cadenzato di un rap fece irruzione nel dehors, interrompendo inaspettatamente la conversazione. Tomás si guardò intorno, un po' confuso, cercando di capire la provenienza di quella strana musica, e finì per notare il viso dell'ispettore Pichurov, soffuso di rossore. Con aria colpevole, il poliziotto mise la mano nella tasca dei pantaloni, sorridendo imbarazzato.

«Chiedo scusa», disse. «È il mio cellulare».

Rispose, mettendosi a parlare in bulgaro. Neppure mezzo minuto dopo, chiuse la conversazione, fece cenno al cameriere e posò una banconota sul tavolino.

«Andiamo», disse. «La vedova del professor Vartolomeev è appena rientrata dal Mar Nero, dov'era andata in vacanza. Dobbiamo andare a Stariot Grad per parlare con lei».

Tomás e Valentina si alzarono.

«Ah, certo!».

L'ispettore Pichurov si voltò verso la collega italiana.

«Dall'ufficio mi dicono anche che i suoi colleghi di Roma e la polizia irlandese ci hanno appena inviato dei documenti urgenti. Sono per lei».

«Quali documenti?»

«Sembra si tratti di ricostruzioni degli spostamenti delle vittime di Roma e di Dublino negli ultimi dodici mesi. Le ha richieste lei?».

«Sì. Dove sono?»

«Le ho fatte portare a Stariot Grad».

Uscirono dal caffè e si incamminarono lungo la Glavnata verso il parcheggio in cui l'ispettore Pichurov aveva lasciato l'auto di servizio. La tarda mattinata si rivelava davvero gradevole, con il sole che baciava l'ampia strada pedonale mentre il melodioso cinguettio degli uccellini deliziava i passanti.

Il poliziotto bulgaro portava in una mano il dossier del caso e nell'altra la busta di plastica sigillata con il terzo enigma. Valentina con un cenno si fece passare la busta, e mentre camminava di fianco a Tomás indicò gli scarabocchi sul foglio.

$$\text{⧼} \quad \Theta\Sigma$$

«Abbiamo già visto che il simbolo centrale e quello di destra sono il *theta* e il *sigma* dell'alfabeto greco e che sono collegati al problema della divinizzazione di Gesù», riepilogò. «Quello che non capisco è cosa ci sta a fare il giglio stilizzato sulla sinistra. Lei sostiene che, in un simile contesto, rappresenti la Santissima Trinità?»

«Esatto».

«Scusi, ma che c'entra la Santissima Trinità in tutto questo? Perché l'assassino vuol farvi riferimento?».

Tomás prese la busta. «Perché la Santissima Trinità è collegata direttamente all'attribuzione dello status divino di Gesù», spiegò.

«In che modo?».

Lo storico fissò il suo sguardo pensieroso sul selciato della Glavnata, mentre la percorrevano a passo lento.

«Vede, da quando il *Vangelo secondo Giovanni* iniziò a sostenere, nell'anno 95, che Gesù era Dio, venne a crearsi un grave problema teologico. In primo luogo, se Dio è Dio e anche Gesù è Dio, quanti dèi abbiamo?».

Pichurov, che faceva strada ai due ospiti, si voltò a guardarlo.

«Io ne conto due».

Lo studioso mostrò la sua copia della Bibbia.

«Ma le Scritture non dicevano che c'è un solo Dio? Come conciliare l'attribuzione dello status divino a Gesù con l'affermazione del monoteismo? In secondo luogo, se Gesù è Dio, ciò implica che non era un essere umano?»

«Ma certo che era un essere umano!», esclamò Valentina. «È morto in croce, ricorda?»

«E allora, se era un uomo, significa che non era Dio?».

La giovane donna lo guardò, presa alla sprovvista da quella domanda.

«Be'... era anche Dio».

«Uomo o Dio? Com'è la faccenda?»

«Per metà uomo e per metà Dio».

Tomás piegò le labbra con aria scettica.

«Mmm... sembra un po' dubbio, non credete? La verità è che furono proprio questi problemi a dividere i seguaci di Gesù. Un gruppo, quello degli ebioniti, riteneva che il dibattito sulla divinità fosse una stupidaggine. Per loro Cristo non era affatto un dio, ma un semplice essere umano prescelto dal Signore perché particolarmente rispettoso della legge, e nulla più. Altri gruppi, però, si misero a adorare Gesù come se fosse Dio. I docetisti lo consideravano un'entità esclusivamente divina che di umano aveva solo le sembianze: non sentiva la fame, non pativa il dolore, non sanguinava, benché il suo corpo sembrasse soffrire di tutto questo. Sostenevano che vi fossero due dèi: quello degli ebrei e Gesù, e che quest'ultimo fosse il più grande. E poi c'erano gli gnostici, che affermavano l'esistenza di molte divinità, tra cui Gesù, appartenente a una razza di esseri superiori a quella del Dio degli ebrei. Pensavano che fosse un uomo il cui corpo era stato temporaneamente occupato da un dio chiamato Cristo. Cristo era entrato nel corpo di Gesù al momento del battesimo, ed è per questo che proprio allora Dio aveva detto: "Tu sei il Figlio mio, l'amato: in te ho posto il mio compiacimento", e Cristo aveva abbandonato il corpo quando Gesù era sulla croce. Ecco perché aveva detto: "Mio Dio, mio Dio, perché mi hai abbandonato?"».

«Che casino!», osservò Valentina.

«I cristiani di Roma, che si orientavano verso l'ortodossia, si collocarono a metà strada, affermando che Gesù era contemporaneamente Dio e uomo».

«Una decisione davvero salomonica», constatò sorridendo l'ispettore Pichurov. «Metà Dio, metà uomo».

«No, no!», corresse Tomás. «Per differenziarsi dalla posizione degli gnostici, i cristiani di Roma stabilirono che Gesù e Cristo erano la medesima entità, al tempo stesso Dio e uomo; per allontanarsi dagli ebioniti, dissero che era al cento percento Dio; e per distinguersi dai docetisti, sottolinearono che era al cento percento umano. Ossia, Gesù è al contempo al cento percento uomo e al cento percento divino».

Il poliziotto bulgaro scosse la testa, senza capire.

«Al cento percento entrambe le cose? Ma questo non è possibile!».

«Però è quanto stabilirono. Come se non bastasse, l'ortodossia considerò che Dio-Padre era un'entità diversa da Dio-Figlio. Ambedue, però, sono Dio».

L'ispettore Pichurov si fermò nel bel mezzo della Glavnata e fece una smorfia, come se non avesse afferrato.

«E allora abbiamo due dèi».

«No, ce n'è uno solo: Dio-Padre e Dio-Figlio».

I poliziotti parevano confusi.

«Ma... ma fa due!».

«Non secondo la Chiesa», sorrise Tomás, con un gesto d'impotenza, come se nemmeno lui fosse in grado di capire quello che stava dicendo. «Dio-Padre e Dio-Figlio sono entità diverse, ma insieme fanno un unico Dio».

«Un attimo», disse Pichurov, sforzandosi di dare un senso a quanto gli veniva detto. «Per la Chiesa, Gesù è Dio?»

«Sì».

«E Dio-Padre è Dio?»

«Chiaro».

«Gesù è Dio-Padre?»

«No».

«Allora ci sono due dèi! Dio-Padre e Dio-Figlio!».

«Secondo la Chiesa, no. Sono due diversi, Gesù si siede alla destra del padre e tutti e due sono Dio, ma c'è un solo Dio».

Valentina inarcò un sopracciglio.

«Be', in verità non è che abbia molto senso», riconobbe. «Di sicuro questo concetto in seguito si è evoluto in qualcosa di più logico...».

«Si è evoluto solo nel senso che la Chiesa, non contenta di tutta questa confusione, decise di aggiungere ulteriormente una terza entità. E siccome in 14:16 il *Vangelo secondo Giovanni* ci presenta Gesù che descrive lo Spirito Santo come "un altro Consolatore perché rimanga con voi per sempre", dopo il suo ritorno in Cielo, la Chiesa pensò bene di istituire questa nuova entità dai tratti incerti, lo Spirito Santo, facendola diventare Dio». Fece un gesto pomposo. «*Et voilà*! Ecco a voi la Santissima Trinità!».

«Perché tanto sarcasmo?», protestò l'italiana. «Le tre entità sono tre espressioni differenti di Dio. Qual è il problema?»

«No!», corresse lo storico. «So che è difficile da capire, ma secondo la dottrina ufficiale sono tre entità completamente distinte tra loro. Tutte diverse, ma tutte Dio, benché ne esista uno solo. E Gesù è al cento percento divino e al cento percento umano: questa fu la tesi stabilita al celebre Concilio di Nicea, convocato nel 325 per risolvere tutte le dispute teologiche e unificare il cristianesimo, e in vigore ancora oggi». Seguì un gesto enfatico. «Ancora oggi!».

L'ispettrice di polizia scosse la testa, quasi sperando di incastrare in qualche modo i vari pezzi nella sua mente.

«Ci sono tre dèi diversi e sono tutti un unico Dio?», si chiese stupita. «Gesù è al cento percento divino e al cento percento umano? Davvero, qui i conti non tornano!».

«Infatti».

«E la Chiesa come ha risolto il problema?».

Tomás rise.

«Dicendo che era un mistero».

«Un mistero... come?»

«La Chiesa aveva capito l'assurdità di affermare che Gesù è al cento percento umano e al cento percento divino. Non ha senso! E ha intuito anche l'incomprensibilità della tesi per cui Dio, Gesù e lo Spirito Santo sono tre entità divine completamente distinte tra loro, ma che tuttavia esiste un solo Dio. Però non voleva recedere dalle proprie posizioni paradossali. E allora, che cos'ha fatto? Un salto in avanti. Incapace di risolvere tali contraddizioni, ma non volendo dar ragione agli ebioniti, agli gnostici o ai docetisti, si è limitata a dichiarare che fa tutto parte di un grande mistero». Tomás cambiò tono, come a voler aprire una parentesi: «E qui, d'altronde, non possiamo darle torto: è un mistero, perché non ha alcun senso». Riprese a parlare normalmente: «E così, come chi nasconde lo sporco sotto il tappeto fingendo che non esista, si è lavata le mani da questo imbroglio teologico che aveva messo in piedi da sola. Ed ecco, in tutto il suo splendore, il mistero della Santissima Trinità».

Nel frattempo, i tre avevano raggiunto l'automobile di servizio del poliziotto bulgaro. Quest'ultimo prese la chiave dalla tasca, ma senza entrarvi subito.

«Sicuramente ha un senso e siamo noi gli stupidi», osservò. «Piuttosto voglio capire che rapporto c'è tra questa faccenda e l'enigma lasciato dall'autore dei delitti su cui stiamo indagando».

Gli sguardi di tutti e tre scivolarono sull'oggetto in mano a Tomás: la busta trasparente con il foglio di carta rinvenuta accanto alla vittima di Stariot Grad.

«Per un qualche motivo che mi sfugge, in questo messaggio il nostro uomo ha voluto attirare l'attenzione sulle invenzioni intorno alla divinità di Gesù e alla Santissima Trinità», disse Tomás. «Se la seconda parte del rompicapo riguarda la falsificazione apportata al *theta-sigma* – con la trasformazione di Gesù in Dio –

forse anche il primo simbolo è collegato alle alterazioni del Nuovo Testamento in rapporto alla Santissima Trinità».

«Ci sono state manipolazioni anche lì?»

«Certo, basta leggere il Nuovo Testamento per capire che non si parla da nessuna parte della Santissima Trinità. Nemmeno nel *Vangelo secondo Giovanni*!». Tomás aprì la Bibbia. «Tranne chiaramente nella *Prima lettera di Giovanni*, 5:7-8, dove c'è scritto: "Poiché tre sono quelli che danno testimonianza: lo Spirito, l'acqua e il sangue, e questi tre sono concordi"».

Valentina gli lanciò uno sguardo sconsolato.

«Sta per dire che è falso».

«Doppiamente», confermò Tomás. «In primo luogo, le tre *Lettere di Giovanni* presenti nel Nuovo Testamento sono false. L'apostolo Giovanni, che negli *Atti degli apostoli* è definito "illetterato", non le ha mai scritte. Di fronte a questo problema, la Chiesa dice che l'epistola può anche non essere stata vergata da Giovanni, ciò nonostante il suo contenuto è comunque "ispirato" da Dio: è un modo per ignorare il problema imbarazzante dell'esistenza di testi canonici fraudolenti, benché all'epoca tale pratica non venisse considerata esecrabile. Anche accettando una simile finzione, resta il fatto che il versetto non faceva nemmeno parte della lettera originale. In nessun manoscritto greco compare in maniera analoga. Il testo è stato falsificato per inserirci a forza il riferimento al Padre, al Figlio e allo Spirito Santo: un chiaro esempio di adattamento dei fatti alla teologia».

«E lei dice che questo è l'unico riferimento alla Santissima Trinità contenuto nel Nuovo Testamento?»

«L'unico», ribadì lo studioso. «Ed è doppiamente falso». Soffiò, come a voler ridurre in polvere il versetto. «All'infuori di questo, non esiste niente». Tornò a sfogliare la Bibbia. «Resta la semplice constatazione di Marco, 12:29. Quando uno scriba chiese a Gesù quale fosse il primo di tutti i comandamenti, Gesù rispose così: "Il primo è: ascolta, Israele! Il Signore nostro Dio è l'unico Signore". Ossia, si limitò a proclamare lo *Shemà*, l'affermazione ebraica dell'esistenza di un solo Dio. Gesù non allude minimamente a una Trinità, né a uno Spirito Santo, e tanto meno alla possibilità di essere egli stesso Dio. In tutta la Bibbia, la parola "Dio" ricorre all'incirca dodicimila volte, ma nemmeno una in cui compare nello stesso versetto con i termini "tre" o "trinità". E da nessuna parte, quando Dio o Gesù parlano riferendosi a se stessi, dicono o insinuano "Io, i tre"».

Ci fu una pausa, durante la quale l'ispettore Pichurov aprì la macchina e fece accomodare gli altri due: Tomás accanto a sé, Valentina dietro. Il bulgaro inserì la chiave di accensione e, prima di girarla, si voltò verso il passeggero.

«Nella nostra indagine dove ci porta tutto ciò?», domandò.

Lo storico alzò le spalle. «Il nostro omicida è evidentemente molto ferrato in questioni teologiche», disse. «Sembra impegnato a dimostrare che quasi tutto quello che sappiamo su Gesù è una menzogna. E ho l'impressione che scopriremo cosa sta succedendo davvero soltanto se troveremo i punti in comune tra le tre vittime: saranno questi a portarci all'autore dei crimini».

I due poliziotti annuirono.

«Ha ragione», concordò Valentina. «Anche a me sembra che questo sia l'unico modo di risolvere i casi».

All'interno dell'auto si era raggiunto un consenso. Vedendo che era già tardi e deciso a non perdere altro tempo, Pichurov mise in moto, azionò la freccia sinistra, controllò sullo specchietto laterale di avere via libera e premette sull'acceleratore.

XXVIII

Dentro la Casa di Balabanov regnava un profondo sconforto. Salendo le scale di legno, Tomás udì il pianto soffocato della vedova al primo piano ed ebbe la tentazione di fuggire: si sentiva un intruso nella disgrazia altrui, come un avvoltoio che si nutre di carogne. Ma i poliziotti che lo accompagnavano non ebbero esitazioni: dopotutto, erano abituati a scene di quel genere. Rassegnato, lo studioso si calò nuovamente nel suo ruolo.

La scalinata dava in un grande salone al primo piano, ben illuminato da varie finestre. La grande stanza fungeva da collegamento tra vari ambienti, come un polipo che estendeva i suoi numerosi tentacoli, e i nuovi arrivati colsero un movimento in uno dei salottini d'angolo. Quasi certamente c'era la vedova, perciò si diressero là.

«*Dober den*», salutò l'ispettore Pichurov entrando nella stanza. «*Kak ste?*».

Una donna dal volto sciupato e dagli occhi congestionati, seduta su una sedia in un angolo, li accolse con uno sguardo interrogativo. Il poliziotto si rivolse a lei in bulgaro. Pochi istanti dopo, indicò l'italiana pronunciandone il nome; poi fu la volta dello studioso. Nel dialogo in slavo, Tomás colse il proprio nome, e capì anche la parola *portugalski*, ma tutto il resto gli sfuggì. Ma fu una conversazione breve, subito interrotta quando la vedova guardò i due stranieri e si rivolse loro in inglese.

«Benvenuti», disse con voce cantilenante. «Mi rincresce che siate arrivati in circostanze tanto penose. Vi offrirei volentieri un tè se mi sentissi in grado, ma...».

Una grossa lacrima corse lungo il viso rugoso della donna, mettendo in difficoltà Tomás.

«Oh, non si preoccupi», balbettò lui. Non sapeva mai cosa dire in quelle circostanze. Avrebbe dovuto farle le condoglianze, certo, ma non conoscendo né la vittima, né la moglie, gli sembrava che le formule di rito suonassero false. Tutto quello che riuscì a dire fu: «È terribile...».

Tomás lasciò in sospeso la frase, ma Valentina, esperta di simili circostanze, prese in mano la situazione.

«Troveremo il colpevole», le garantì, con la convinzione di chi aveva fatto di quel caso una faccenda personale. «La polizia italiana è impegnata a scoprire il criminale e contiamo su un aiuto internazionale». Indicò Tomás, come se l'"aiuto internazionale" fosse lui. «Ma prima abbiamo bisogno della sua collaborazione».

La vedova scosse tristemente la testa.

«Non so se sono in condizioni di aiutarvi», disse. «Quando ieri ho ricevuto la notizia, mi trovavo al mare, nella nostra seconda casa di Varna». Si posò la mano sul cuore. «Ah, che choc! Da quasi ventiquattr'ore sono sotto sedativi e mi sento piuttosto intontita».

«La capisco», affermò Valentina con calore, il ritratto stesso dell'empatia professionale. «Volevo solo sapere se ha notato niente di insolito negli ultimi tempi. Suo marito era preoccupato? Aveva ricevuto qualche minaccia? Era successo qualcosa di strano?».

La donna scosse la testa.

«No, niente. Andava tutto bene. Petar si occupava delle sue cose, certo. Sempre entusiasta, com'era lui. Passava la vita all'università, a fare lezione o ricerche. A volte partiva per dei viaggi all'estero, ma nulla di insolito».

«Ah, sì? Viaggiava? E dov'è andato negli ultimi tempi?»

«In questo momento non ricordo di preciso», disse la donna, gli occhi infossati pieni di stanchezza. «È stato a New York, in Israele, ha fatto un salto a Helsinki...». Fece uno sforzo di memoria. «Ah, sì, è passato anche dall'Italia!».

L'accenno al proprio Paese destò l'attenzione dell'ispettrice.

«Dove, in Italia?»

«Questo non lo ricordo. C'è andato per delle conferenze e cose del genere». Fece un gesto infastidito. «Forse è meglio se vi rivolgete alla facoltà. Sono loro che si occupano dei viaggi...».

L'ispettore Pichurov si avvicinò alla collega.

«I miei uomini sono già all'università per raccogliere informazioni», le sussurrò all'orecchio. «Se vuole, dopo le faccio avere i dettagli».

La vedova approfittò della pausa per alzarsi. Con aria sofferente, fece segno agli ospiti di lasciarla passare.

«Mi sento molto stanca», disse. «Se permettete, vado a riposarmi un po'».

«Ma certo», concordò Valentina. «Ho solo un'ultima domanda da farle, se non le dispiace».

La donna continuò a camminare, ma con dei passetti, come fosse piegata da un peso.

«Dica».

«Suo marito era religioso?».

La vedova si fermò, sorpresa dalla domanda.

«Nient'affatto. Petar non si occupava di queste cose. Tutto il suo interesse era concentrato sulla scienza, capisce?».

«Ma non leggeva la Bibbia, o altro? Non le ha mai parlato di manoscritti antichi e roba simile?».

La signora Vartolomeev fece una faccia attonita, come se non capisse la pertinenza di quella domanda.

«Ma signora», ribatté con una punta di acidità, «se le sto dicendo che non s'interessava di queste cose...». Raddrizzò la schiena, rigida, e riprese a camminare, ora con passi più decisi. «E adesso, se me lo consentite, mi ritiro in camera. Buonasera».

La vedova scomparve dietro la porta e lasciò i poliziotti nella saletta d'angolo, a scambiarsi degli sguardi. Valentina fece la faccia di una che aveva cercato di ottenere informazioni utili, ma i colleghi bulgari le risposero con espressioni fredde e distanti. Imbarazzata da quell'incidente, la giovane donna batté in ritirata, rintanandosi con Tomás nel salone centrale. L'ispettore Pichurov si trattenne un po' a parlare con i suoi sottoposti, ma poco dopo li raggiunse nel salone portando dei fogli di carta.

«Ecco i documenti che le hanno mandato da Dublino e da Roma», annunciò. «Sono i rapporti dei viaggi compiuti dalle altre due vittime negli ultimi dodici mesi».

L'ispettrice gli tolse di mano i fogli con impazienza e li lesse immediatamente. Il contenuto quasi la spaventò.

«Dannazione, la professoressa Escalona era una viaggiatrice incallita!», esclamò. Mostrò il documento a Tomás. «Guardi qui: più di quaranta trasferte!». Diede un'occhiata al secondo documento. «Che roba! Schwarz era anche peggio!». Gli fece vedere anche quello. «Quell'uomo doveva essere l'olandese volante! Madonna, una cinquantina di viaggi!».

Tomás guardò i due elenchi.

«In effetti sono parecchi», concordò. «Ma conviene concentrarsi solo sui posti in cui si sono trovati tutti e due contemporaneamente».

Valentina prese una penna e segnò le destinazioni comuni: sedici crocette. Poi verificò le date dei rispettivi viaggi, in cerca di coincidenze, e il numero si ridusse a cinque.

«Mmm, interessante», mormorò. «Sono stati entrambi a Roma nello stesso periodo. La Escalona consultava manoscritti in Vaticano e Schwarz era impegnato negli scavi al Colosseo». Fece una pausa. «Si trovavano in Grecia negli stessi giorni: lui alle rovine di Olimpia, lei alla biblioteca del monastero di Roussanou». Un'ulteriore pausa. «Un'altra destinazione comune è Israele: lui per ispezionare ossari presso la Israel Antiquities Authority, lei per partecipare a una conferenza sui manoscritti del Mar Morto».

«E fin qui, tutto normale», osservò l'accademico portoghese. «Il professor Schwarz era sempre impegnato in attività legate alla sua specialità, l'archeologia, e Patricia si occupava di manoscritti, come ci si aspetta da una paleografa del suo livello. Non c'è niente di insolito nelle altre due destinazioni comuni?»

«Parigi», disse l'italiana. «La professoressa ha condotto una perizia su due palinsesti».

«Niente di strano. E il professore?»

«Un semplice viaggio a scopo turistico». Puntò gli occhi azzurri su Tomás. «Ma è una rarità rispetto ai viaggi che faceva normalmente. Forse significa qualcosa».

«Può darsi», concordò lo storico, «o forse no. Scegliere Parigi come meta turistica mi sembra una cosa assolutamente normale». Portò l'attenzione sui documenti. «E l'ultima destinazione?».

Valentina controllò la crocetta rimasta.

«Erano tutti e due a New York nello stesso periodo. Lei di passaggio verso Filadelfia per andare a visionare un qualche manoscritto antico conservato là...».

«Dev'essere la pergamena *P1*, il primo frammento di papiro mai catalogato. Contiene versetti del *Vangelo secondo Matteo* e risale al III secolo. Un gioiello». Tomás consultò la lista dei viaggi del professor Schwarz. «E lui?»

«C'è andato per discutere un finanziamento destinato all'università di Amsterdam».

I due si scambiarono uno sguardo, aggrappati a una tenue speranza.

«Forse è stato qui che si sono incrociati», osservò Tomás. Fece un gesto verso la saletta attigua. «La signora Vartolomeev non ha parlato di New York in relazione al marito?».

A Valentina brillavano gli occhi.

«New York», ripeté, come se si trattasse di un nome magico. «Pensa che sia questo il punto in comune tra tutti e tre?».

Il portoghese alzò le spalle. «Potrebbe darsi, non crede? Qualcosa in comune devono pur avercelo, se sono stati uccisi nello stesso modo».

Erano entrambi immersi nelle varie ipotesi quando l'ispettore Pichurov, che si era allontanato per dare istruzioni ai subalterni, si riavvicinò.

«*Haide!*», disse in bulgaro, chiamandoli con un gesto della mano. «Ce ne andiamo. La vedova è molto scossa dall'accaduto e vuole un po' di silenzio».

«Ah, capisco».

I tre imboccarono le scale e iniziarono a scendere. I gradini di legno scricchiolavano a ogni passo, come se protestassero per il peso che erano costretti a sopportare.

«Poverina!», sbottò Pichurov. «A quanto pare, la signora Vartolomeev è rimasta molto turbata quando le hanno raccontato che l'assassino ha lanciato un grido, piangendo la morte di suo marito. Si è chiesta che razza di animale possa uccidere una persona e poi far finta di...».

«Cosa?», lo interruppe Tomás, fermandosi a metà scala come se fosse stato colpito da un fulmine. «Mi ripeta ciò che ha detto!».

I due poliziotti restarono a guardare lo studioso, sorpresi dalla sua reazione.

«Be', dicevo che la signora si è chiesta che razza di animale...».

«No, prima. Cosa ha detto prima?»

«Prima?», si meravigliò il bulgaro, senza capirci nulla. «Prima, quando?»

«Ha detto che l'assassino ha gridato?»

«Ah, sì. Abbiamo una testimone, l'edicolante: sostiene che l'assassino abbia lanciato un urlo, come se si lamentasse di aver ucciso il professor Vartolomeev. Strano, no?».

Tomás diede un'occhiata a Valentina, che aveva appena capito il motivo della sua reazione.

«Si ricorda del testimone di Dublino?»

«Ha ragione!», esclamò lei. «L'ubriaco ha riferito la stessa cosa. Anche il killer di Dublino ha gridato, come se piangesse la morte del professor Schwarz». Esitò. «Cosa vorrà dire?».

Lo storico aveva un'aria pensierosa. Teneva gli occhi bassi, fissi sul legno della scala, ma nel suo cervello scorrevano pagine e pagine delle migliaia di libri di storia letti nel corso degli anni.

«I *sicarii*!», esclamò all'improvviso. «Sono i *sicarii*!».

L'italiana aveva un'aria interrogativa.

«I... cosa? Di che diavolo sta parlando?».

Tomás ammiccò verso i documenti in mano all'ispettrice, con l'elenco dei viaggi delle due prime vittime.

«Ora so cosa hanno in comune le nostre tre vittime».

«Davvero? Cosa?».

Tomás guardò la porta che dava sulla strada, come se non ci fosse altro tempo da perdere.

«Gerusalemme».

XXIX

Il sole batteva forte in cima al muro, ma l'ombra disegnava una linea retta sugli enormi pietroni, riparando i fedeli dal caldo inclemente. Dopo essersi coperto il capo e le spalle con il *tallit* ed essersi assicurato che la *tefillàh shel rosh* fosse legata strettamente intorno alla testa, e che le estremità degli *zizit* fossero ben annodate, come prescritto dalle Sacre Scritture, Sicarius prese il rotolo di pergamena.

Fece un passo in avanti, avvicinò la testa alla pietra fredda, aprì il rotolo e iniziò a mormorare le sacre parole dei *Salmi* delle Scritture.

«"A te, Signore, elevo l'anima mia, Dio mio, in te confido: non sia confuso! Non trionfino su di me i miei nemici! Chiunque in te spera..."».

Il suono del cellulare irruppe inopinatamente dalla tasca, calamitando su Sicarius gli sguardi di riprovazione dei fedeli immersi in preghiera. Imbarazzato, infilò svelto la mano in tasca e, a tastoni e a memoria, localizzò il tasto rosso e lo premette, spegnendo il telefono. Tornò la quiete.

«"Chiunque in te spera non resti deluso"», recitò, riprendendo la lettura sacra. «"Sia confuso chi tradisce per un nulla"».

Sicarius rimase una mezz'ora a recitare i *Salmi* a voce bassa dinanzi al grande muro di pietra, facendo dondolare il busto avanti e indietro, mentre le dita srotolavano la pergamena. Poi mise la mano in tasca, ne estrasse i foglietti che aveva preparato con i versetti del *Cantico dei cantici* e li inserì nelle piccole fessure tra le gigantesche pietre.

Poi si ritrasse rispettosamente e iniziò a prepararsi per andarsene. Mentre attraversava l'enorme spianata riaccese il cellulare, identificò la telefonata che aveva interrotto le sue preghiere e richiamò.

«Mi scusi se non ho potuto rispondere, maestro», esordì. «Ero in preghiera all'*HaKotel HaMa'aravi*».

«Ah, scusami. Non sapevo che fossi andato a pregare al Muro del Pianto. C'è tanta gente?».

Sicarius si guardò intorno.

«Il solito». Piegò le labbra. «Mi ha chiamato per chiedermi questo?»

«No, lo sai bene. Volevo solo avvertirti che mi sono giunte all'orecchio certe voci...».

«Quali voci?»

«Lo so io», disse enigmatico. «Volevo accertarmi che fossi pronto per un'altra operazione».

Sicarius sentì il cuore balzargli in petto.

«Certo, maestro. Dove devo andare?»

«Non ci sarà bisogno di spostarsi», riprese la voce per telefono. «L'operazione si svolgerà qui, a Gerusalemme».

«Qui?», si meravigliò il killer. «Quando?».

Il maestro fece una pausa prima di rispondere.

«Tra poco. Tieniti pronto».

XXX

Il bar dell'American Colony aveva un'aria un po' lugubre, da tugurio, come se fosse stato ricavato dai sotterranei di una cupa fortezza medievale. Del resto a Tomás sembrava l'ambiente giusto per un incontro con l'ispettore capo della polizia israeliana.

«Shalom!», li accolse l'uomo non appena i due varcarono la porta del bar dell'albergo. «Sono Arnald Grossman, sezione omicidi della polizia israeliana. Potete chiamarmi Arnie. Benvenuti a Gerusalemme!».

Era un uomo sulla sessantina, alto e robusto, con occhi chiari e capelli brizzolati, che tradivano il biondo ormai svanito di quand'era giovane. Offrì un whisky a Tomás e un Martini a Valentina e iniziò a chiacchierare sugli infiniti problemi di sicurezza del proprio Paese.

Dopo alcuni minuti di conversazione di circostanza, l'ispettrice della polizia giudiziaria ritenne che fosse ora di affrontare l'argomento che li aveva portati lì.

«Siamo convinti che qui in Israele si trovi la soluzione a una serie di delitti verificatisi tre giorni fa in Europa», disse. «Nell'arco di ventiquattr'ore, sono stati uccisi tre professori universitari in tre diversi Paesi. Abbiamo motivo di credere che la chiave dei casi sia qui».

Grossman socchiuse gli occhi, come un giocatore di poker che studia gli avversari.

«Sono al corrente dell'accaduto», dichiarò. «Ho letto le relazioni dell'Interpol e il materiale che ci avete spedito con la richiesta d'urgenza. Ma non capisco bene i motivi che vi inducono a credere che la soluzione di questi casi sia qui».

«Be'... Le tre vittime erano state in Israele nello stesso periodo», spiegò Valentina. «La professoressa Patricia Escalona era una paleografa molto nota ed è venuta qui tre mesi fa per prendere parte a una conferenza sui manoscritti del Mar Morto. Il professor Alexander Schwarz si trovava a Gerusalemme in quel periodo per analizzare gli ossari protocristiani conservati presso la Israel Antiquities Authority, in vista di un articolo che stava scrivendo per la "Biblical Archaeology Review". Negli stessi giorni, il professor Petar Vartolomeev ha tenuto un seminario all'Istituto scientifico Weizmann».

Il poliziotto israeliano osservò i due con aria furba, come se li stesse sezionando.

«Questo lo so già», disse infine, con il tono di chi vuol far intendere che non si lascia imbrogliare facilmente. «Cari amici, non sono nato ieri. Non mi avete raccontato tutto».

«Perché lo dice?».

Arnie Grossman sospirò, come se dovesse fare scorta di pazienza.

«La presenza contemporanea delle tre vittime in Israele è indubbiamente una pista interessante», ammise. «Ma non costituisce alcuna certezza. È solo un indizio, un fatto circostanziale». Si piegò in avanti, puntando occhi indagatori sulla collega. «C'è sicuramente qualche altra cosa che vi ha convinti che la chiave degli omicidi debba trovarsi qui».

Valentina abbozzò uno sguardo traboccante di innocenza angelica.

«Non so a cosa si stia riferendo. Noi ci limitiamo a seguire una pista. Le tre vittime sono state qui in Israele nello stesso periodo: è una coincidenza sospetta che richiede di essere approfondita. Vogliamo sapere se si sono incontrati e dove. Solo questo».

Il massiccio poliziotto israeliano scosse la testa.

«Peccato, non riusciamo a capirci!», dichiarò a voce bassa, in tono lievemente minaccioso. «Se volete il nostro aiuto, dovete giocare pulito». Batté con l'indice sul tavolinetto di fronte a loro.

«O mi raccontate tutto quello che sapete, e con tutti i dettagli, oppure della vostra indagine io me ne frego». Incrociò le braccia e si mise in attesa. «Decidete voi».

Valentina scambiò un'occhiata con Tomás. Lo storico alzò le spalle con indifferenza: non sapeva a cosa servissero quei giochini tra poliziotti, né ci teneva a saperlo. La professionista era lei, lei sapeva cosa sarebbe stato il caso o meno di rivelare agli altri colleghi. A lei toccava decidere.

L'ispettrice colse il messaggio. Fece un respiro profondo e guardò in faccia il collega israeliano.

«Va bene», cedette. «In effetti, un ulteriore elemento ci ha fermamente convinti che la soluzione di questo mistero si trovasse qui in Israele».

Grossman tirò fuori il blocco per gli appunti e la penna e si preparò a scrivere.

«Sono tutto orecchi».

«Le nostre tre vittime sono state sgozzate».

«L'ho notato. Il che significa che ci troviamo davanti a omicidi rituali».

«Proprio così. Per il secondo e terzo crimine abbiamo dei testimoni oculari: in entrambi i casi, ci hanno raccontato che l'assassino ha emesso un grido angosciato, come se piangesse le vittime, non appena le aveva uccise».

A questo punto, il poliziotto smise di scrivere e alzò gli occhi, sconcertato.

«Un assassino che piange le vittime?»

«Esatto. Questo dettaglio ha attirato l'attenzione del professor Noronha, che mi assiste nelle indagini».

Valentina si voltò verso Tomás, come invitandolo a prendere la parola.

«A dire il vero, queste due testimonianze mi hanno fatto ricordare una faccenda in cui mi sono imbattuto studiando il periodo compreso tra la morte di Gesù, intorno all'anno 30, e la distruzione del Tempio di Gerusalemme per opera dei romani, nel 70».

Si rivolse a Grossman, che aveva ripreso a scrivere. «Come lei ha osservato poco fa, gli omicidi per sgozzamento sono in genere pratiche rituali. L'ispettrice Ferro me ne aveva già parlato la notte del primo omicidio in Vaticano, e aveva osservato anche che la vittima era stata uccisa come un agnello. In quel momento, però, non ci avevo fatto molto caso: non mi era parso rilevante. Ma quando ho realizzato che l'omicida lanciava terribili lamenti al termine di ogni esecuzione, nella mia mente si è fatta luce».

«*Yehi or!*», mormorò quasi automaticamente il poliziotto, enunciando in ebraico la celebre espressione biblica. «Sia la luce!».

«È quel che è successo a me. *Yehi or!* Come se fossi stato investito da un lampo, mi ricordai in quel momento delle pratiche di una setta di omicidi giudei esistita qui in Israele nei decenni seguenti alla crocifissione di Gesù, e che...».

«Non verrà a parlarmi degli zeloti, vero?», lo interruppe Grossman con un'espressione perplessa.

Tomás smise di parlare e spalancò gli occhi, come un bambino colto in flagrante con la mano nel barattolo di marmellata.

«In effetti, sì», finì per ammettere. «Mi sono proprio ricordato degli zeloti, che a quell'epoca avevano una fazione estremista conosciuta come *sicarii*».

Il robusto israeliano fece un gesto infastidito.

«Ma è stato duemila anni fa! Gli zeloti, o *sicarii*, se preferisce, non esistono più! State andando a caccia di fantasmi, diamine!».

«So che i *sicarii* non esistono più», riconobbe lo storico. «Però le pratiche di omicidi rituali sono le stesse! I *sicarii* accoltellavano pubblicamente i romani con le loro *sicae*, le daghe sacre che nascondevano sotto il mantello, e subito dopo si mettevano a lanciare forti lamenti verso il cielo, come se fossero costernati, fingendo così di non aver nulla a che vedere con l'accaduto, per poi scomparire tra la folla e non farsi catturare da nessuno».

«Ma sono storie vecchie!».

«Può darsi. La pratica, però, è la stessa. Inoltre, due delle nostre vittime sono storici impegnati in ricerche sui manoscritti del

Nuovo Testamento, che trattano proprio degli eventi occorsi nella stessa parte del mondo e nello stesso periodo storico. Adesso aggiunga gli sgozzamenti e i lamenti rituali tipici dei *sicarii* al fatto che tre mesi fa le tre vittime si trovavano tutte in Israele: le coincidenze sono un po' troppe, non le pare?».

Arnie Grossman analizzò la questione, come se stesse valutando la pertinenza di quell'argomentazione.

«Ha ragione», finì per ammettere. «In effetti, come coincidenze sembrano un po' troppe!».

«È quello che abbiamo pensato anche noi», disse lo studioso, e con un gesto ampio indicò il bar dell'American Colony. «Perciò eccoci qui».

Valentina, che era rimasta in silenzio per dar modo a Tomás di sviluppare un ragionamento che li aveva portati ai *sicarii*, sembrò riprendere vita e guardò il suo omologo israeliano.

«Le abbiamo già esposto la nostra teoria», fu la premessa. «Adesso spero di poter contare sulla sua collaborazione...».

«Ma certo», assicurò Grossman, sfogliando all'indietro alcune pagine nel suo blocco. «Ho qui le informazioni che mi avete chiesto per iscritto. Non so se vi saranno di aiuto, ma spero di sì».

Toccò a Valentina prendere la penna e prepararsi a riportare i dati.

«Mi dica».

«Le sue tre vittime hanno alloggiato in alberghi diversi», indicò. «La professoressa Escalona è stata al King David, forse l'hotel più famoso di Gerusalemme».

«Tipico di lei», osservò Tomás con un sorriso. «Patricia amava molto il lusso».

«Il professor Schwarz alloggiava al Mount Zion Hotel, proprio sul monte Sion», proseguì imperturbabile il poliziotto, «e il professor Vartolomeev era al Ritz». Girò pagina e continuò a leggere. «Sono venuti qui per ragioni diverse e, per quanto ci è stato possibile accertare, hanno seguito itinerari separati». Richiuse il blocco e accennò a un sorriso conclusivo. «E questo è tutto».

Gli altri due rimasero a guardarlo, delusi.

«Tutto qua?»

«Temo di sì».

«Ma... ma...», disse Valentina, titubante, «non c'è possibilità che si siano mai incontrati?».

Arnie Grossman sospirò a lungo.

«Sa, nessuno può garantire niente!», rispose. «Gerusalemme è una città grande, ma non poi così grande. Magari si sono scontrati alla porta di Damasco, per esempio? Chissà! Se questa fosse un'indagine prioritaria, mobiliterei tutte le risorse e potete star certi che, se si fossero incontrati, finiremmo per saperlo. Ma come certo capirete, questo problema è insignificante nel nostro ordine di priorità. Abbiamo a che fare ogni giorno con faccende ben più gravi. Stando così le cose, ho potuto riservare al caso solo un uomo per una mezza giornata».

«E ora come facciamo?»

«Abbiamo a disposizione due investigatori a tempo pieno. Questo ci permetterà senz'altro di venire a capo di qualcosa».

«Davvero? Sono persone competenti?».

Il poliziotto fece un ampio sorriso e, preso il bicchiere di whisky, si appoggiò alla spalliera della sedia, rilassato.

«Questo non lo so», rise, facendo un gesto verso gli interlocutori. «Ce li ho davanti».

Tomás e Valentina si guardarono.

«Sta parlando di noi?».

L'ispettore capo Grossman mandò giù in un sorso solo il liquido dorato e poggiò con forza il bicchiere sul tavolino. Poi incrociò le gambe e si mise comodo, con un'incontenibile aria soddisfatta negli occhi.

«Credevate di essere venuti a Gerusalemme per farvi una vacanza?».

XXXI

La solenne facciata in calcare bocciardato rosa dell'Hotel King David incuteva rispetto, ma Tomás e Valentina erano talmente preoccupati dalla necessità di trovare degli indizi che li portassero sulla pista giusta che non si fermarono neppure a contemplare l'edificio storico. Fu solo quando varcarono la porta girevole e attraversarono la hall che percepirono davvero lo splendore di quel posto.

«Che hotel!», esclamò Tomás, ammirando l'ingresso. Lungo il corridoio che collegava le due ali, sul pavimento era inserita una lunga fascia bianca con i nomi e le firme degli ospiti famosi. Si chinò e ne lesse uno: «Churchill ha alloggiato qui!».

«Lui e un sacco di altre celebrità», aggiunse l'italiana, anche lei impegnata a leggere le firme sul pavimento: si vedevano i nomi scarabocchiati di Elizabeth Taylor, Marc Chagall, Henry Kissinger, Simone de Beauvoir, del Dalai Lama, di Kirk Douglas, di Yoko Ono e un'infinità di altri personaggi pubblici. Poi lanciò uno sguardo di apprezzamento agli arredi. «Mmm... ma che bello!».

La hall dell'albergo aveva l'imponenza dell'antica Babilonia, con grandi colonne riccamente lavorate e vistosi archi azzurri che sostenevano il soffitto, in uno spazio ornamentale pieno di elementi decorativi ispirati ai vari stili della regione, comprese l'arte fenicia, egizia, greca e assira. Un ingresso decisamente maestoso.

Un dipendente in uniforme si avvicinò.

«Posso esservi d'aiuto?».

Come se si fosse preparata, Valentina gli mostrò subito il distintivo e un documento che le avevano consegnato le autorità israeliane.

«Sono della polizia italiana e cerco informazioni su una vostra cliente», spiegò. «Vorrei parlare con il direttore, per favore».

Il dipendente fece un lieve inchino e si dileguò con la stessa rapidità con cui era comparso, ritornando due minuti dopo in compagnia di un uomo basso in giacca e cravatta. Quest'ultimo porse la mano agli ospiti con un sorriso professionale.

«Sono Aaron Rabin, direttore del King David. In cosa posso essere utile?».

Anche Valentina si presentò. Dopo che il direttore ebbe verificato distintivo e documento, mettendosi a loro disposizione, l'italiana estrasse dalla borsa la foto a colori di una donna sorridente.

«Questa signora si chiamava Patricia Escalona, era spagnola ed è stata uccisa pochi giorni fa», disse. «Ci risulta che tre mesi fa abbia alloggiato in questo hotel e vorremmo sapere se qualcuno del personale si ricorda di lei».

Il direttore prese la fotografia e la osservò per alcuni istanti: evidentemente, quel viso non gli era familiare. Si scusò e andò alla reception a parlare con gli impiegati. Questi guardarono la foto e chiamarono il *concierge*, che la esaminò a sua volta. Dietro il banco si era ormai riunito un gruppetto di persone e altre furono chiamate, compresi due fattorini, fino a quando parve manifestarsi un consenso, e varie teste annuirono.

Il direttore tornò infine accompagnato da un uomo calvo che teneva in mano la foto della vittima.

«Vi presento Daniel Zonshine, dell'agenzia Jerusalem Tours», annunciò il direttore, indicando chi gli stava accanto. «Credo che potrà esservi d'aiuto».

Valentina e Tomás lo salutarono e Zonshine, dopo le formalità di rito, mostrò loro un ufficio nell'area commerciale del pianterreno dell'hotel.

«La mia agenzia ha una succursale qui al King David». Mostrò la foto. «In effetti, questa signora è stata nostra cliente. Mi ricordo di lei perché parlava molto male l'inglese e aveva bisogno di una guida che conoscesse lo spagnolo e che, oltre a portarla dove le serviva, potesse fungere da interprete in caso di necessità».

L'italiana s'illuminò.

«Ah! E dov'è questa guida?».

Zonshine guardò l'orologio.

«Mohammed prenderà servizio tra poco». Indicò due poltrone. «Perché non aspettate qui? Appena arriva, lo porto da voi».

I due si accomodarono sull'elegante terrazza del ristorante dell'albergo, circondata da un muretto ricoperto di fiori e con vista sulla piscina e il giardino. In lontananza, si estendevano le mura della città vecchia, nei pressi della porta di Jaffa. Malgrado il caldo, ordinarono un tè alla menta e rimasero a osservare il passaggio nella hall, dove giovani coppiette di ebrei ortodossi flirtavano con infinito pudore, commentando l'arredamento e il valore storico dell'edificio. Tomás raccontò che proprio lì al King David aveva avuto sede l'amministrazione del mandato britannico dopo il crollo dell'impero ottomano. Ecco perché il movimento ebraico *Irgun* aveva fatto esplodere una bomba in quell'hotel nel 1946, accelerando il ritiro britannico, che due anni dopo aveva portato alla proclamazione dello Stato d'Israele.

«Come vede», osservò Tomás, «il King David è un hotel pieno di storia, e...».

La conversazione fu interrotta da Daniel Zonshine, che comparve in compagnia di un ragazzo magro, con i baffi neri e una camicia su cui spiccava il logo della Jerusalem Tours.

«Questo è Mohammed», lo presentò. «È stato lui che ha accompagnato la signora».

«*Salam aleikum!*».

«*Aleikum salam*», ricambiò Tomás, facendo mostra del suo arabo. «È lei che ha fatto da guida alla professoressa Escalona?»

«Sì, signore».

«Si ricorda dei posti che è andata a visitare?»

«La *señorita* ha visitato un po' la città vecchia e alcuni enti collegati con la ricerca storica, almeno credo», rivelò. «Ma la maggior parte del tempo lo ha trascorso a un congresso all'Università ebraica di Gerusalemme. A quanto ricordo, si trattava di una serie di seminari sulle scoperte di Qumran».

«I manoscritti del Mar Morto?»

«Sì».

«E ci andava da sola?»

«All'inizio, sì. Poi ha incontrato degli amici e mi ha congedato».

Tomás e Valentina si scambiarono un'occhiata.

«Degli amici?»

«Sì, degli occidentali che la *señorita* aveva conosciuto alla Fondazione Arkan. Li ho accompagnati ancora il giorno dopo per una visita alla Israel Antiquities Authority, ma poi non ha più avuto bisogno di me e non l'ho più vista».

«Ricorda il nome degli amici della professoressa?».

Il palestinese scosse la testa.

«No, vedete, è successo tre mesi fa. E poi avevano nomi strani. Penso di non averli memorizzati nemmeno allora...».

L'ispettrice tirò fuori un paio di fotografie e gliele mostrò. Erano immagini di Alexander Schwarz e Petar Vartolomeev.

«Erano loro?».

Vedendo le foto, Mohammed strizzò gli occhi, frugando negli archivi della propria memoria.

«Come ho detto, è successo tre mesi fa e non ho passato molto tempo con loro», rispose esitante. «Con così tanti clienti, non è facile ricordarsi di tutti quelli che vediamo». Si concentrò di nuovo sulle foto e alla fine fece segno di sì con la testa. «Mah, sì. Credo che fossero loro».

«Ne è sicuro?».

La guida diede un'ultima occhiata alle immagini, per essere sicuro di non sbagliarsi.

«Quasi. Man mano che li guardo, mi sembrano sempre più familiari».

«Dove ha detto che li ha incontrati la professoressa Escalona?»

«Alla Fondazione Arkan».

«Cos'è?».

Mohammed esitò e il suo superiore, che fino a quel momento aveva assistito in silenzio al dialogo, rispose per lui.

«È un'istituzione molto prestigiosa qui in Israele», sottolineò Daniel Zonshine. «Svolge attività in diversi ambiti e ha sede nel quartiere ebraico della città vecchia».

Valentina e Tomás si scambiarono un'altra occhiata, questa volta con un'aria di trionfo. Alla fine avevano trovato la pista che cercavano.

La Fondazione Arkan.

＃ XXXII

Nel quartiere ebraico della città vecchia regnava un'aria di calma totale. Le strade erano quasi deserte, con l'eccezione di un paio di persone che camminavano lungo il Muro del Pianto o si dirigevano verso piazza Hurva. Il cinguettio degli uccelli risuonava per le viuzze come una melodia serena e le parole dei rari passanti erano poco più che mormorii.
In quella cornice, il rumore secco dei passi di Tomás e Valentina che risuonavano sul selciato sembrava ancor più forte, ma i due non se ne davano pensiero. Consultando la pianta del quartiere, lo studioso verificò l'ubicazione delle sinagoghe sefardite e indicò una stradina laterale.
«Per di qua».
Si avviarono in quella direzione, ma Valentina sembrava procedere con il pilota automatico, limitandosi a seguire il compagno. Teneva gli occhi fissi nei documenti che le erano stati spediti quella mattina da Roma e sapeva che doveva leggerli tutti prima di arrivare a destinazione.
«È strana questa fondazione», osservò in tono ambiguo; forse stava parlando tra sé, ma non si poteva esserne certi. «Molto strana, direi...».
«In che senso?».
La ragazza impiegò alcuni secondi prima di rispondere. Andò avanti a leggere ancora per un po' e solo alla fine, abbassando i fogli, guardò Tomás.
«Tanto per cominciare, ha interessi molto vari, ed è attiva in ambiti diversissimi», disse. «La fondazione investe parecchio nella

ricerca storica, dall'archeologia alla paleografia. Naturalmente, il suo settore di specializzazione è il Medio Oriente, in particolare la Terrasanta; a quanto pare, possiede anche una collezione di reperti d'epoca biblica. Ma svolge ricerche anche in vari ambiti scientifici, e ha istituito laboratori specializzati in settori tanto diversi quanto la fisica delle particelle e la ricerca medica, per esempio».

Fece un fischio di ammirazione. «Dio mio, è tutto un mondo!».

«Ma a quale filosofia si ispira? La ricerca pura?».

Valentina gli mostrò l'intestazione di una delle pagine che stava leggendo. Era un logo accompagnato da una frase in grossi caratteri gotici.

«"*Über allen Gipfeln*"», lesse a voce alta, «"*ist Ruh, in allen Wipfeln spürest du kaum einen Hauch; Die Vögelein schweigen im Walde. Warte nur, balde. Ruhest du auch*"».

Tomás rimase per un lungo istante imbambolato a sentirla leggere.

«Che diavolo vuol dire?»

«"Su ogni cima è pace"», recitò lei, «"in ogni chioma senti appena un alito. Nel bosco anche gli uccelli, tutto tace. Aspetta, presto anche tu troverai la pace"».

Lo storico fece una faccia incredula.

«Lei conosce il tedesco?».

La ragazza rise e gli mostrò il documento arrivato da Roma.

«C'è la traduzione in italiano», disse. «Vede? È qui sotto».

Stavolta fu Tomás a sorridere.

«Ah, d'accordo!». Aveva l'aria di apprezzare. «Bei versi, davvero. Chi li ha scritti?»

«E chi dovrebbe averli scritti secondo lei?», ribatté la ragazza. «Il principale autore tedesco: Goethe».

«Oltre a essere bello, è un testo pacifista. Se questo è il motto della Fondazione Arkan, penso che ci troviamo davanti a un'istituzione animata da buone intenzioni».

Valentina fece una smorfia e alzò il dito, come a voler raccomandare cautela.

«*Se!*», sottolineò. «Sa, diffido sempre di quelli che passano la vita a pregare per la pace. A volte sono i peggiori. Dietro una facciata inoffensiva spesso si nascondono progetti sinistri...».

Il professore portoghese si fermò davanti all'edificio anonimo a metà della strada e controllò il numero civico. Poi sopra il campanello vide una targhetta dorata con la scritta "Fondazione Arkan" incisa nel metallo.

«Adesso lo verificheremo», annunciò. «Siamo arrivati!».

Premette il pulsante e il ronzio elettrico del campanello risuonò all'interno dell'edificio. Attesero per alcuni istanti fino a sentire che qualcuno, oltre il portone, si stava avvicinando per aprire. Ne sbucò una ragazza con i capelli neri e lo sguardo curioso.

«*Shalom!*».

«*Good afternoon!*», ricambiò Tomás, segnalando così che non avrebbe parlato ebraico. «Abbiamo un appuntamento con il presidente Arkan. C'è?».

Dopo essersi accertata dell'identità dei due visitatori, la ragazza li fece accomodare in una sala e offrì loro due bicchieri d'acqua. Poi, con un cortese "un istante, prego", li lasciò soli. Ricomparve poco dopo, pregandoli di seguirla, e li accompagnò al primo piano. Batté lievemente a una porta, e dall'altra parte si udì una voce maschile rispondere in ebraico. La ragazza fece loro segno di entrare.

«Benvenuti», li accolse un uomo alto, dalle sopracciglia folte, alla Brežnev, andando loro incontro. «Sono Arpad Arkan, il presidente della fondazione. A cosa debbo il piacere di una visita da parte della polizia della *bella Italia*?», chiese, pronunciando le due ultime parole in italiano.

«Scusi il disturbo», disse Valentina. «Stiamo indagando sulla morte recente di tre professori universitari europei in circostanze a dir poco bizzarre».

A queste parole, lo sguardo vivo di Arkan si offuscò.

«Ah, l'ho saputo!», esclamò, prendendo a parlare lentamente, quasi meditabondo. «È terribile! Sono rimasto davvero scioccato quando me l'hanno detto!».

«Le indagini sui tre casi ci hanno portato qui in Israele. Ci siamo resi conto, infatti, che le tre vittime si sono incontrate qui». Fece una pausa, studiando la reazione dell'interlocutore. «Abbiamo appena saputo che il luogo esatto dell'incontro è stato proprio questo». Indicò il pavimento. «Alla Fondazione Arkan».

Tacque, in attesa che Arkan dicesse qualcosa in proposito. Intuendo che le sue reazioni venivano passate al vaglio, il presidente respirò a fondo, quasi imbarazzato, volgendo lo sguardo verso la finestra.

«Questo non lo sapevo», affermò. «Ma che io li conoscessi è un fatto. Li ho invitati io alla fondazione». Sfogliò l'agenda aperta sulla scrivania. «L'altroieri facevano tre mesi, guardi un po'. Nessuno si sarebbe immaginato la tragedia che stava per travolgerli!».

L'ispettrice ponderava ogni sua parola in cerca di contraddizioni, lacune o doppi sensi, come un giocatore di scacchi che valuti ogni mossa dell'avversario.

«Si può sapere cosa sono venuti a fare qui?».

Arpad Arkan fece un gesto verso i papiri e le pergamene incorniciati sulle pareti dello studio. Parevano antichi, con i caratteri greci ed ebraici in *scriptio continua*, i bordi strappati e buchi qua e là.

«La fondazione possiede un pregiato fondo manoscritti», spiegò. «Si tratta di alcune parti della Bibbia e di altri documenti antichi redatti in ebraico, aramaico o greco. Ne ho commissionato una perizia alla professoressa Escalona». Accennò a quello che sembrava un vaso grezzo posato a terra, accanto alla scrivania. «E abbiamo anche alcuni ossari protocristiani, per le cui perizie mi era stato consigliato il professor Schwarz».

«E il professor Vartolomeev? Lui non era uno storico…».

«Ah, lo scienziato bulgaro? La fondazione ha istituito un centro di ricerca avanzata nel settore molecolare e mi hanno detto che era un'autorità a livello mondiale. A quanto pare, ogni anno veniva fatto il suo nome come possibile vincitore del Nobel per la medicina. L'ho invitato a collaborare con noi e lui ha accettato». Scosse la testa, afflitto. «Temo che la sua scomparsa rappresenti una grande perdita per la Fondazione Arkan. Nutrivamo grandi speranze nel suo lavoro».

«Sono stati tutti e tre insieme qui alla fondazione?»

«Sì, erano insieme. Benché appartenessero a settori diversi, ho parlato con tutti e tre contemporaneamente».

«È così che si sono conosciuti?»

«È probabile», ammise. «In effetti, non ho avuto l'impressione che si conoscessero da prima».

Valentina aveva un'aria pensierosa, come se stesse valutando in che modo formulare la domanda successiva.

«Come spiega che tre persone che si sono conosciute qui nel suo studio siano state uccise tre mesi dopo in meno di ventiquattr'ore?».

La domanda parve prenderlo alla sprovvista.

«Sì... insomma, non so come spiegarlo», esitò. «È davvero... cioè, è una coincidenza». La parola gli venne in soccorso come un salvagente al quale si precipitò ad afferrarsi. «Tutto qui. Una triste coincidenza».

L'italiana scambiò un breve sguardo con Tomás e tornò a fissare l'interlocutore, gli occhi azzurri divenuti glaciali.

«Per la polizia non esistono coincidenze, dottor Arkan».

Il presidente si irrigidì.

«Cosa sta insinuando?»

«Non sto insinuando niente», replicò lei, senza lasciarsi intimidire. «Le sto dicendo che, nella scienza del crimine, le coincidenze devono essere considerate altamente sospette. Tre accademici che si sono conosciuti qui nel suo studio sono stati uccisi tre mesi più tardi in circostanze quanto meno strane. Non so se questa si possa definire una coincidenza».

Arpad Arkan raddrizzò il corpo robusto e indicò con decisione la porta.

«Fuori!», gridò. «Fuori subito!».
Valentina e Tomás si immobilizzarono sulla sedia, stupefatti da quella reazione. L'insinuazione dell'italiana era sgradevole, lo sapevano, ma la reazione dell'israeliano sembrava del tutto sproporzionata.
«Sta commettendo un grave errore».
«Me ne infischio!», ruggì l'uomo dalle folte sopracciglia, continuando a indicare la porta dello studio. «Vi voglio immediatamente fuori dalla mia fondazione! Fuori!».
Il tono inopportuno del presidente irritò Valentina, che si erse minacciosa e si piazzò a un palmo dal viso di Arkan.
«Cristo! Ma con chi crede di parlare?»
«Uscite immediatamente o chiamo la polizia! Fuori di qui!».
«Stupido! Cretino! Imbecille!».
«Fuori, ho detto! Fuori di qui!».
I due sbraitavano faccia a faccia, paonazzi, sputacchiando in tutte le direzioni. Rendendosi conto di avere a che fare con delle teste calde e vedendo che la situazione rischiava di degenerare, Tomás agguantò l'ispettrice e la trascinò fuori dallo studio.
«Andiamo via», disse in tono calmo. «Non ne vale la pena».
«Fuori!», strillava Arkan, fuori di sé. «Io vi butto fuori! Pensate di poter venire a insultarmi in casa mia? Eh? Fuori di qui!».
«Imbecille! Scemo!».
Le porte si chiusero fragorosamente e, con la stessa rapidità con cui era stata turbata, la quiete tornò nella sede della fondazione. Ancora ansante, Arkan si allentò la cravatta, slacciò il bottone della camicia e si allargò il colletto. Poi si lasciò cadere pesantemente sulla poltrona e respirò a fondo, riprendendo il controllo delle emozioni.
Gli occhi si posarono sul telefono all'angolo della scrivania. Esitò un attimo, quasi lottando contro l'impulso che cercava di prevaricare la sua volontà. Con un sospiro di resa, si rassegnò all'inevitabile e sollevò il ricevitore.
«Pronto? Sei tu?».

XXXIII

«Sì, maestro. Sono io. Che succede?»
Seduto sulle vestigia dell'antica muraglia, con i piedi a penzoloni sul precipizio e sui resti del palazzo di Erode, distribuiti su tre gradoni scavati lungo il ripido pendio settentrionale del promontorio, Sicarius contemplava l'arida estensione del deserto della Giudea, interrotta dalla chiazza azzurra del Mar Morto, come se il grande lago salato fosse un'oasi. Sentì il vento caldo e secco soffiare lungo il pendio del massiccio roccioso e carezzargli il viso mentre gli percuoteva i lembi della tunica.
«Oggi sono un po' nervoso», confessò la voce dall'altra parte. Fece un sospiro profondo. «Ricordi la nostra ultima conversazione?»
«Quando pregavo all'*HaKotel HaMa'aravi*?»
«Sì», confermò il maestro.
«Ti ho detto di tenerti pronto». Tacque per un attimo. «Lo sei?»
«Sempre».
Un'altra pausa.
«È ora».
Il vento sollevò un'improvvisa nuvola di polvere e Sicarius si sistemò il *tallit* che gli copriva il capo, posizionandolo in modo da proteggersi meglio gli occhi. Laggiù la vallata si estendeva in una sconcertante sinfonia di colori e tonalità lungo le rive sinuose del Mar Morto, passando dal bruno della terra all'oro della sabbia, poi all'orlo bianco del sale, al verde opalino dell'acqua, che diventava azzurro turchese e poi blu scuro, fino a svanire sull'altra

riva, oltre la foschia, tra il grigio giallastro delle montagne e delle gole della Giordania.

«Il bersaglio chi è?»

«Due investigatori mandati dalla polizia italiana. Sono appena arrivati a Gerusalemme e si sono messi in mezzo». Schioccò la lingua. «È il momento di passare all'azione».

«Dove alloggiano?»

«All'American Colony».

«Mmm... l'hotel delle spie. Mi sembra adeguato».

«Molto. Sono in coppia».

«Mi occupo di entrambi?»

«Lascia stare la donna. È un'ispettrice della polizia italiana, non vogliamo metterci contro quella gente. La persona di cui devi occuparti è il tizio che l'accompagna. È uno taciturno».

«Sono i più pericolosi...».

«Questo qui è uno storico e, a quanto pare, è in grado di interpretare gli enigmi che abbiamo distribuito in giro. Si chiama Tomás Noronha, è portoghese. Ti mando via e-mail una foto che gli abbiamo scattato oggi pomeriggio senza che se ne accorgesse. Ti darò anche istruzioni dettagliate sul da farsi, compreso il messaggio che dovrai lasciare».

«È lui il mio bersaglio prioritario?».

La voce del maestro si fece profonda, come succedeva sempre quando impartiva ordini importanti.

«Sì».

Al telefono si fece silenzio, come se dopo quella conferma non avessero più niente da dirsi.

«C'è altro?»

«È tutto. Sai già cosa devi fare». Il maestro cambiò tono di voce, che divenne quasi inquisitorio. «Quando conti di agire?».

Le labbra sottili di Sicarius si mossero in quello che sembrava un accenno di sorriso.

«Oggi».

Sicarius spense il cellulare e diede un'ultima occhiata verso destra, contemplando il deserto della Giudea, con in mezzo la macchia azzurra del Mar Morto, e poi verso sinistra, dove si allineava la catena di montagne, gole e rupi che costeggiavano la vallata. Il sole tramontava all'orizzonte, fiammante di arancione e rosso, così basso da accentuare le ombre interrotte dai segni di quanto restava dei vari accampamenti romani che un tempo avevano circondato il promontorio, con le strutture tracciate sul terreno come resti di labirinti squadrati. Era un panorama mozzafiato, uno scenario di maestosa bellezza, la prova che Dio aveva benedetto quella terra. Il silenzio era ritemprante: si udiva solo il soffio del vento e il cinguettio malinconico degli storni che volteggiavano sullo sperone roccioso.

Con inattesa agilità, Sicarius balzò in piedi e voltò le spalle a quel panorama grandioso. Iniziò a camminare verso la porta del Sentiero del serpente. Il sole calante lo riscaldava e la bellezza gli baciava il volto ardente, arruffandogli i capelli e rinfrescandogli la pelle, ma presto le raffiche cessarono e l'aria s'incendiò. Sicarius sapeva che il vento soffiava solo lungo la parete nord: sul resto del promontorio non c'era un filo di vento. Sul viso iniziarono a scendergli grosse gocce di sudore, la tunica si inzuppò sotto le ascelle, la pelle era infuocata e il suolo si fece talmente luminoso da essere accecante.

Passò tra i resti degli alloggi degli zeloti e lanciò un'occhiata orgogliosa alle vestigia ancora intatte della sinagoga: era stato certamente in quello stesso luogo che Eleazar Ben Yair aveva radunato i *sicarii* per l'atto finale della tragedia che si era consumata quasi duemila anni prima. Quelle rovine sulla cima del massiccio roccioso erano le più sublimi che i suoi antenati gli avessero lasciato. Adesso stava a lui dimostrarsene all'altezza.

Era stato lì, a Masada, che i *sicarii* avevano compiuto l'ultimo e il più eroico atto di resistenza contro gli invasori romani. Quando i soldati della Decima legione erano finalmente riusciti a sfondare le linee di difesa, i duemila *sicarii* avevano preferito morire piuttosto che consegnarsi al nemico. Avevano incendiato Masada e avevano scelto dieci uomini incaricati di uccidere tutti e poi di suicidarsi. Soltanto due donne erano sopravvissute e avevano raccontato la storia.

Camminando tra le rovine, Sicarius si sentì portare lontano nel tempo. Udiva le grida della discussione risuonare tra le pietre, la voce di Eleazar proclamare: «Scegliamo la morte, ma non la schiavitù»; i pianti angosciati dinanzi a quella decisione, le voci rassegnate dei *sicarii* che approvavano la scelta fatidica del capo, e poi le urla nella carneficina, i padri che uccidevano i figli e poi le donne, e infine che si uccidevano tra loro, finché il silenzio si abbatté sopra il promontorio e si udirono solo gli storni svolazzare sulla fortezza caduta, testimoni muti del dramma che i romani scoprirono, attoniti, quando il mattino seguente varcarono il muro di cinta e si aggirarono tra i cadaveri stesi sul terreno intriso di sangue.

Posò la mano sulla daga sacra che portava alla cintura e ne tastò la superficie liscia. La *sica*, scoperta durante gli scavi di Masada, era stata utilizzata in quella grande mattanza finale. Era successo quasi duemila anni prima, quando i pagani avevano distrutto il Tempio e avevano espulso il popolo dalla terra promessa. Duemila anni.

Era giunta l'ora della vendetta.

XXXIV

La risata risuonò nella hall dell'American Colony e fu talmente forte da attirare gli sguardi dei dipendenti e dei clienti dell'albergo che passavano di lì.

«Le fa venir voglia di ridere?», domandò Valentina con una punta di risentimento. «A me, invece, non sembra affatto divertente!».

L'ispettore capo della polizia israeliana sembrava di buon umore. Arnie Grossman aprì le braccia, come se si stesse stiracchiando, e si passò le manone sui capelli brizzolati e ondulati, pettinandoli all'indietro.

«Buona questa!».

«Non è una barzelletta», insistette l'italiana, senza alcuna voglia di ridere. «È stato spiacevolissimo!».

«Mi scusi, ma buttar fuori la polizia richiede una certa *chutzpah*!», osservò Grossman, ancora divertito. «Il nostro Arpad Arkan potrà anche essere un furfante patentato, ma non c'è dubbio che sappia il fatto suo! Al solo immaginare la scena mi vengono quasi le coliche!».

Il poliziotto israeliano si contorceva dalle risate, per l'esasperazione di Valentina. La ragazza ribolliva di irritazione sul divano, ma Tomás, che si era appena seduto dopo aver chiesto alla reception la chiave della camera, si mostrava indifferente, e anzi comprendeva la reazione di Grossman. Da un certo punto di vista, quanto era successo quel pomeriggio aveva in effetti un lato divertente. Poteva darsi che, col tempo, lo cogliesse anche la bella ispettrice.

«Comunque non ha nessuna importanza», tagliò corto Valentina, ansiosa di procedere verso altri aspetti che riteneva più rilevanti. «La nostra indagine ci ha portati fino a questo punto, e da qui in avanti non ho più alcuna autorità per intervenire. Ho bisogno di sapere cosa può fare adesso la polizia israeliana».

Già ricomposto, Grossman aprì il palmo delle mani, come a chiedere una tregua.

«Uh! Calma!», esclamò. «Rallentiamo un attimo». Si piegò in avanti e smise di sorridere, come se avesse finalmente deciso di affrontare seriamente la questione. «Procediamo per gradi. Che conclusione ha tratto dall'incontro alla fondazione?»

«Che è tutto molto sospetto», rispose lei. «Quell'uomo ci sta evidentemente nascondendo qualcosa».

«Perché dice questo?»

«Primo, a causa dell'inopportuno scoppio di rabbia quando gli ho chiesto della coincidenza degli studiosi assassinati tre mesi dopo essersi incontrati alla fondazione. La reazione sproporzionata di Arkan dimostra quanto la faccenda lo innervosisca. E sappiamo che chi non ha nulla da nascondere non ha nulla da temere. Secondo, perché la sua spiegazione non torna. Consideriamo i fatti: le vittime non si conoscevano, Arkan le ha invitate a un incontro in cui ha affidato una perizia ai due storici e un incarico istituzionale allo scienziato, e come per magia questi tre sconosciuti diventano inseparabili. Secondo la guida, il giorno dopo le nostre vittime si sono ritrovate per andare alla Israel Antiquities Authority. Poi la professoressa Escalona si è sentita talmente a suo agio con i nuovi amici che ha persino congedato la guida». Fece una faccia perplessa. «Perché inseparabili? Per un incontro senza importanza alla Fondazione Arkan? Come può una semplice conversazione accademica aver prodotto un simile effetto?»

«Per la verità...».

«E per quale motivo, se i tre scienziati appartenevano a settori e aree disciplinari tanto diversi, Arkan li ha ricevuti in contemporanea? Non sarebbe stato più logico riunirsi prima con uno, poi con l'altro e infine con il terzo? Perché tutti e tre insieme?»

«Valentina ha ragione», osservò Tomás, che fino a quel momento era rimasto in silenzio. «Tutto questo non ha senso».

Ma l'italiana aveva in mente anche dell'altro.

«Se li ha riuniti tutti insieme è perché il presidente della fondazione voleva discutere con loro un argomento di interesse comune. Di che si tratta? Perché Arkan ce lo sta tacendo? Quali faccende inconfessabili ci sta nascondendo? Questo incontro misterioso quale rapporto ha con i tre omicidi? Come diavolo…».

L'ispettore capo annuì brevemente. «E va bene», intervenne, interrompendo il ragionamento della collega. «Questa storia zoppica, è chiaro. Non mi meraviglierebbe che Arkan fosse implicato in qualche piano dai contorni fumosi. Ma dobbiamo procedere con cautela».

All'udire queste ultime parole, l'italiana quasi esplose.

«Come, procedere con cautela?». Puntò l'indice verso la porta, nemmeno il presidente della fondazione fosse lì presente. «Quell'imbecille ci sta nascondendo qualcosa! Ha una qualche responsabilità in questi omicidi! E noi che facciamo?». Aveva un'aria caricaturale, come se stesse scimmiottando l'interlocutore. «Procediamo con cautela!».

«Si calmi», insistette Grossman. «Arpad Arkan è un uomo potente. Ha molte conoscenze in ambito politico e le mani in pasta in interessi che vanno ben al di là di noi». Sfregò tra loro il pollice e l'indice. «Ci sono di mezzo un bel po' di soldi, e non solo qui in Israele. Quel tizio si muove con molta facilità in certi ambienti della finanza internazionale. Inoltre, la fondazione si presenta come un'istituzione serissima, con tutta la retorica connessa sulla pace, che fa bella figura nell'economia e nella politica internazionali. D'altronde, il suo motto è significativo, pieno di…».

«Si riferisce alla poesia di Goethe?».

L'israeliano sgranò gli occhi, sorpreso.

«Ah! La conoscete già?»

«Abbiamo fatto i compiti…».

«Sì, la poesia che hanno scelto come motto è un inno alla pace e si è rivelata incredibilmente utile alla fondazione. Quel tema fornisce una copertura perfetta per le sue attività poco chiare. Ecco perché bisogna procedere con la massima attenzione».

Valentina si spazientì.

«Ispettore Grossman, tutto questo sarà anche vero, ma noi siamo poliziotti, no? Quindi dobbiamo comportarci come tali. Anche in Italia la mafia è un tema sensibile, con agganci con l'alta finanza e l'alta politica, ma non per questo si rinuncia ad affrontarlo».

«Sì, però...», mormorò l'israeliano, lasciando in sospeso la frase. «Indagare sulla Fondazione Arkan può rivelarsi un lavoraccio. A dire il vero, è già da un po' che la tengo d'occhio e so bene di cosa parlo».

«La tiene d'occhio?», si stupì l'ispettrice. «Perché?».

L'ispettore capo tacque per un attimo, come se stesse riflettendo su che cosa rivelare o meno.

«Diciamo che ho buoni motivi per sospettare delle sue attività», affermò. «Non abbiamo ancora messo le mani su niente di concreto, ma a volte girano voci preoccupanti».

«Voci? Quali voci?».

Altra esitazione da parte di Grossman.

«Voci», ripeté. «Fermiamoci qui».

I tre si guardarono, come giocatori di poker intenti a nascondere le proprie mosse per cercare di indovinare la mano degli avversari. Valentina era la più impaziente e nervosa, perciò era naturale che fosse lei a infrangere l'imbarazzante silenzio che per alcuni istanti era calato tra loro.

«E allora, cosa suggerisce?».

Il poliziotto israeliano fece un gesto vago con la mano.

«Non fate niente», raccomandò. «Ci dormo sopra e domattina vi dico qualcosa, d'accordo?»

«Mi sembra giusto».

Grossman si volse verso Tomás.

«Intanto, professor Noronha, forse lei può aiutarmi a collegare alcuni punti in sospeso di questo caso».

Questa richiesta meravigliò lo studioso.

«Cosa desidera sapere?».

L'ispettore capo fece tamburellare le dita sul bracciolo del divano, come considerando la modalità di esposizione del problema. Con il pollice indicò il bar.

«Si ricorda che nel nostro primo incontro mi ha detto di sospettare il coinvolgimento dei *sicarii* in questa faccenda?»

«Certo. Le esecuzioni rituali delle nostre tre vittime presentano caratteristiche simili a quelle perpetrate dai *sicarii* duemila anni fa: in particolare, quel dettaglio del grido di dolore nel momento dell'uccisione della vittima. Perché?».

Grossman fece una smorfia, si passò la mano sul mento e volse gli occhi da un lato, con aria pensierosa.

«I rapporti che mi avete mandato quando avete chiesto il nostro aiuto mi hanno incuriosito», disse. «Ho letto la parte relativa ai tre enigmi lasciati dall'assassino sul luogo del delitto e l'interpretazione che ne ha dato. Se ho capito bene, lei pensa che quei rompicapi indichino delle falsificazioni nel Nuovo Testamento».

«È vero», confermò lo storico. «Ma dove vuole arrivare?»

«Il problema è questo: che interesse potrebbero avere i *sicarii*, un'organizzazione ebraica, nei confronti delle falsificazioni presenti nella Bibbia cristiana?»

«Lo vuole proprio sapere?»

«Sono tutto orecchi».

Tomás si sporse in avanti, come sul punto di rivelare un grande segreto.

«Il fatto è che Gesù una religione ce l'aveva già».

«Prego?».

Il portoghese si riappoggiò alla spalliera del divano, incrociò le gambe e sorrise, mentre con sguardo divertito osservava le facce attente di Arnie Grossman e di Valentina Ferro.

«Era ebreo».

XXXV

L'American Colony godeva fama di essere l'hotel delle spie. Comodamente seduto sul divano e avvolto dall'atmosfera intima che lo circondava, Tomás ne comprendeva il motivo: era un luogo perfetto per parlare con un po' di discrezione. Non che lui avesse niente da nascondere, ma l'indagine in cui era coinvolto richiedeva, in effetti, una certa dose di riservatezza, considerando la natura dei crimini commessi.

Il problema era che aveva appena fatto un'affermazione esplosiva per le orecchie teologicamente sensibili di Valentina, e intuiva che l'italiana sarebbe stata tutt'altro che discreta nella reazione alle sue parole. Non fu necessario attendere un secondo per capire che la sua intuizione era giusta.

«Come sarebbe a dire che Gesù era ebreo?», si meravigliò Valentina, quasi offesa. «Dio mio, non è stato lui a fondare il cristianesimo?».

Tomás scosse la testa.

«Mi rincresce doverglielo dire», mormorò. «Però Gesù non ha fondato il cristianesimo».

«Madonna!», protestò lei, fremente di sacrosanta indignazione. «Che stupidaggini! Ma certo che lo ha fondato! Il termine "cristianesimo" viene da "Cristo"! Gesù *Cristo*! È sulle parole e gli insegnamenti di Gesù che si fonda la religione! Come le viene in mente di dire una cosa simile? Come può affermare che Cristo non ha fondato il cristianesimo? Quali assurdità ci sta raccontando?»

«Gesù era ebreo», ribadì il professore portoghese. «Se non

assimiliamo questa verità fondamentale, non capiremo niente di lui. Gesù era ebreo. I suoi genitori erano ebrei, avevano un figlio ebreo che avevano fatto circoncidere e con cui vivevano a Nazaret, un villaggio di ebrei nella Galilea degli ebrei. Gesù parlava aramaico, una lingua imparentata con l'ebraico e parlata dai giudei dell'epoca. Ricevette un'educazione ebraica, pregava il Dio ebraico, credeva in Mosè e nei profeti ebrei, rispettava le leggi ebraiche. Era talmente ferrato nelle Scritture ebraiche e nella legge di Mosè che addirittura le insegnava e ne discuteva. La gente lo chiamava "rabbino". Quest'espressione, per esempio, è impiegata da Marco, 14:45: "*Rabbì*". Duemila anni fa rabbino significava "maestro". Dice Marco in 1:21: "Subito Gesù, entrato di sabato nella sinagoga, insegnava". Cioè, il sabato frequentava la sinagoga, pratica tipicamente ebraica, e per insegnare le Scritture applicava una classica tecnica rabbinica: le parabole. Inoltre, aveva abitudini da giudeo e vestiva come tale».

«E lei come lo sa? Lo ha visto in fotografia?»

«Basta leggere i vangeli. Matteo, 9:20, riferisce che una donna "toccò il lembo del suo mantello" e Marco, 6:56, che i malati "lo supplicavano di poter toccare almeno il lembo del suo mantello". Lembo del mantello? Di che cosa parlavano? Ovviamente del *tallit*, il manto da preghiera utilizzato dagli ebrei, con le sue frange, o *zizzit*, disposte secondo quanto stabilito nel libro dei *Numeri*, nell'Antico Testamento. Cioè, Gesù si vestiva da ebreo».

«Lei mi parla di usi e costumi», commentò Valentina. «Posso ammettere che fossero completamente giudaici. Dopotutto, viveva tra gli ebrei, questo è vero. Ma ciò che lo distingueva da loro erano i suoi insegnamenti!».

Tomás indicò la Bibbia. «Contrariamente a quanto pensa lei, gli usi e i costumi giudaici costituiscono la parte centrale degli insegnamenti di Gesù», rispose. «I vangeli lo ritraggono spesso mentre discute nel dettaglio problemi legati a tale ambito. L'abbigliamento è solo un esempio. In Matteo, 23:5, Gesù critica i farisei perché "allargano i loro filatteri e allungano le frange", lasciando intendere che invece i propri filatteri, o *tefillin*, fossero stretti e le frange del suo manto, o *zizzit*, fossero corte».

«Ah! Allora Gesù era in disaccordo con gli ebrei!».

«Valentina, quella era una discussione del tutto normale tra ebrei! Gli ebrei discutevano, e tuttora discutono, molto appassionatamente su questo genere di cose! C'è chi pensa che gli *zizzit* debbano essere lunghi, altri corti. Gli uni ritengono che le strisce di pergamena su cui si scrivono frasi tratte dalle Scritture, i suddetti filatteri, debbano essere larghe, per una questione di devozione, mentre altri sostengono che debbano essere strette, per ragioni di modestia. A un romano o a qualunque altra persona che non fosse ebrea, non passava neanche per l'anticamera del cervello di mettersi a discutere sugli *zizzit* di un ebreo, o sui filatteri che dir si voglia, o su qualche altra minuzia bizantina di questo tipo: è una cosa che faceva solo un ebreo. Capisce? Il fatto che Gesù discutesse di problemi simili costituisce per l'appunto la prova che era ebreo dalla punta dei capelli alle unghie dei piedi!».

L'italiana alzò l'indice, come se le fosse appena venuta un'idea.

«Un momento! C'erano usanze ebraiche che non rispettava! Per esempio, l'alimentazione. Mi pare che Gesù abbia rinnegato le Scritture quando dichiarò che non esistevano cibi impuri...».

Tomás cercò nella Bibbia.

«Si trova in Marco, 7:18», disse identificando il passo. «Gesù dice: "Non capite che tutto ciò che entra nell'uomo dal di fuori non può contaminarlo, perché non gli entra nel cuore ma nel ventre e va a finire nella fogna?". Così facendo dichiarava puri tutti gli alimenti».

«Proprio così. Gesù contraddice le Scritture o no?»

«Forse, ma non necessariamente», ribatté lo storico. «È importante sottolineare che esistono buone ragioni per dubitare che Gesù abbia davvero dichiarato puri tutti gli alimenti, invalidando così l'Antico Testamento».

«Questa, poi! Perché dice così?»

«Perché la dichiarazione di purezza non compare all'interno di una citazione di Gesù, ma di un commento di Marco. Inoltre, tale commento entra in contraddizione con altri passi del Nuovo Testamento». Identificò un brano. «Per esempio, in Matteo, 15:17, Gesù chiede: "Non capite che tutto ciò che entra nella bocca, passa nel ventre e va a finire nella fogna? Invece ciò che esce dalla bocca proviene dal cuore. Questo rende immondo l'uomo". Come vede, l'evangelista non conclude che Gesù abbia dichiarato puro ogni alimento». Avanzò di alcune pagine. «Ma la cosa più importante la dice Luca negli *Atti degli apostoli*, 10:14, quando, dopo la morte di Gesù, una voce ordina a Pietro di cibarsi di un alimento impuro e l'apostolo risponde: "No davvero, Signore, poiché io non ho mai mangiato nulla di profano e di immondo!". Ossia, l'apostolo si atteneva all'alimentazione *kasher*. Se Gesù avesse mai stabilito che tutti gli alimenti erano puri, anche Pietro li avrebbe mangiati senza problemi, invece non lo faceva. Quindi non li assumeva neppure Cristo».

«E allora come spiega il fatto che Marco descrivesse Gesù mentre annulla le regole alimentari prescritte dall'Antico Testamento?»

«È una retroazione».

«Una retro... che?»

«Il dibattito su cosa si potesse o non si potesse mangiare era tipico del tempo in cui l'autore del *Vangelo di Marco* scrisse il suo testo. Il messaggio cristiano non aveva attirato gli altri ebrei, a cui sembrava ridicolo voler identificare il Messia preannunciato dalle Scritture con un rabbino povero della Galilea crocifisso come un volgarissimo criminale; però sedusse molti gentili. Il che sollevò un nuovo problema: questi gentili sarebbero stati obbligati a rispettare tutte le regole dell'ebraismo? Le tre questioni fondamentali nella comunità cristiana iniziarono a essere la proibizione di consumare alimenti impuri e di lavorare il sabato e l'obbligo della circoncisione. C'erano gruppi di ebrei cristiani che insistevano per il mantenimento delle regole giudaiche, mentre altri dicevano che si potevano anche non seguire. È chiaro che parecchi gentili apprezzavano la carne di maiale, volevano lavorare di sabato, e soprattutto non erano minimamente disposti a farsi tagliuzzare il pene con delle lame, e quindi insistere sul rispetto di queste tre regole serviva solo a scoraggiarli dall'aderire al movimento. Il problema è che, senza di loro, il movimento non aveva modo di espandersi, dato che gli ebrei non avevano aderito. Divenne quindi fondamentale eliminare le regole così sgradite ai gentili. Ecco perché l'obbligo della circoncisione e la proibizione di consumare alimenti impuri e di lavorare di sabato finirono per essere annullati. Ma come lo si poteva legittimare ideologicamente? Il modo migliore, è chiaro, era attribuire l'ordine a Gesù stesso. È quanto fece Marco».

Valentina arcuò le sopracciglia.

«Gli evangelisti potevano farlo?».

Tomás rise.

«Le retroazioni sono normalissime nei vangeli», confermò. «Per esempio, Luca, 21:20, dice: "Ma quando vedrete Gerusalemme circondata da eserciti, sappiate allora che la sua devastazione è vicina". Ora, i romani assediarono e distrussero la città nell'anno 70, cioè prima che Luca scrivesse il suo testo. Sapendo di questo evento traumatico, l'evangelista fece in modo che Gesù lo profetizzasse. Si tratta di una retroazione. Quando le profezie vengono scritte a posteriori, vaticinio e realtà dei fatti tendono naturalmente a coincidere, no? Ecco perché Gesù nei vangeli fornisce risposte a problemi che non appartenevano al suo tempo, ma a quello degli evangelisti».

«Come nel caso del dibattito sugli alimenti puri?»

«Precisamente. Tale argomento non appartiene al tempo di Gesù, ma a quello degli autori dei vangeli. Nella *Lettera ai Galati*, Paolo descrive la sua discussione con Pietro proprio a causa dell'alimentazione *kasher*. Così dice in 2:12: "Prima che giungessero alcuni da parte di Giacomo, egli prendeva cibo insieme ai pagani; ma dopo la loro venuta, cominciò a evitarli per tenersi in disparte, per timore dei circoncisi". Pietro si giustifica in 2:15: "Noi che per nascita siamo giudei e non pagani peccatori". Ciò significa che il secondo, molto vicino a Gesù, insisteva sul rispetto delle leggi alimentari ebraiche, quindi ci fa supporre che anche quest'ultimo le rispettasse».

L'italiana aggrottò la fronte: le era venuta in mente un'obiezione. «D'accordo, Pietro rispettava le regole dell'alimentazione *kasher*», ammise. «Ma Paolo no, eppure era un apostolo anche lui. Perciò, se quest'ultimo non rispettava la regola della purezza alimentare, perché non ammettere che era lui a seguire l'esempio di Gesù?».

Lo storico sorrise e scosse la testa.

«Perché Paolo non lo aveva mai conosciuto».

«Oh, ecco un'altra delle sue storie!», esclamò lei. «Ma se era un apostolo!».

«Lo era, infatti, ma Paolo è l'unico apostolo a non averlo mai incontrato di persona», spiegò. «Paolo si convertì in seguito a una visione di Gesù, a crocifissione avvenuta. Quello fu il loro unico presunto contatto, e fu ciò che gli permise di rivendicare lo status di apostolo. In seguito, partì per Gerusalemme e conobbe Pietro e il fratello di Gesù, Giacomo. Perciò, tutto quello che sapeva di lui in carne e ossa l'aveva appreso per bocca di Pietro e di Giacomo, non per esperienza personale. Ciò significa che, quando entrò in disaccordo con Pietro, la sua posizione probabilmente è più lontana da quella di Gesù. Se Pietro si sentiva a disagio mangiando con i gentili e Paolo no, allora probabilmente anche Gesù si sarebbe sentito a disagio. D'altra parte, è interessante notare che, in questo confronto, Paolo non cita l'esempio diretto del Messia. Se avesse saputo che Gesù non rispettava le leggi della purezza alimentare, avrebbe certamente invocato questa argomentazione per convincere Pietro. Invece non lo fece, a riprova che non conosceva la posizione del Messia in proposito, oppure ne era consapevole e sapeva che sarebbe stato contrario».

Grossman, che fino a quel momento aveva assistito alla conversazione in silenzio, si mosse sul divano.

«Sì, abbiamo capito che Gesù rispettava le leggi dell'alimentazione *kasher*», disse, desideroso di far proseguire la conversazione. «Ma che cosa sta cercando di dimostrare?»

«Vi sto dicendo che le principali dispute descritte nei vangeli tra Gesù e i farisei riguardano la proibizione di consumare alimenti impuri e di lavorare il sabato, curiosamente due dei tre problemi principali in discussione nella comunità dei cristiani all'epoca in cui quei testi furono scritti».

«E pensa che non sia una coincidenza?»

«Certo che no! Se simili polemiche prevalgono all'interno dei vangeli, non significa necessariamente che riflettano i dibattiti del tempo di Gesù, ma piuttosto quelli successivi, scaturiti quando i gentili aderirono al movimento. Gli evangelisti stavano cercando di tranquillizzarli, attribuendo a Gesù affermazioni che consentivano loro di lavorare il sabato e di mangiare alimenti impuri, com'erano abituati a fare. Se fossero state mantenute le proibizioni ebraiche, probabilmente la grande maggioranza dei gentili avrebbe abbandonato il movimento».

«Capisco».

«Gli evangelisti riempirono i propri testi di tutte le storie possibili nelle quali Gesù sconfessasse le Scritture su questi due punti. Il problema è che nelle tradizioni non trovarono granché. Da nessuna parte, se si eccettua quella retroazione di Marco sull'alimentazione *kasher*, vediamo Gesù mettere in discussione la legge. Si limita a fare quello che facevano tutti gli ebrei del suo tempo, e che tuttora fanno quelli odierni: cioè discute solo le interpretazioni nell'applicazione della legge, non la legge stessa. Gli evangelisti cercano a ogni costo di polemizzare su delle minuzie, nel disperato sforzo di aggrapparsi a ogni elemento. Lo hanno fatto con l'alimentazione impura, ma anche con la questione del sabato».

«Già, il sabato!», esclamò Grossman. «Lei dice che Gesù non mise in discussione la proibizione del lavoro del sabato?»

«Certo che no. Attenzione, l'*Esodo* proibisce il lavoro di sabato, ma di quale *lavoro* si parla? È qui che cominciano le divergenze. Come sa, alcuni ebrei dicono che raccogliere spighe per mangiare non è lavoro, mentre altri pensano di sì. Proprio come tutti gli altri giudei, Gesù aveva le proprie convinzioni in proposito. Marco descrive i suoi discepoli che raccolgono spighe di sabato, fatto che suscitò perplessità nei farisei. In 2:25, Gesù rispose sollevando un'eccezione fornita dalle Scritture: "Non avete mai letto che cosa fece Davide quando si trovò nel bisogno ed ebbe fame, lui e i suoi compagni?". Si riferiva a un episodio in cui il re e i suoi uomini lavorarono di sabato perché erano affamati. Ossia, Gesù non mise mai in discussione il fatto che il sabato fosse un giorno sacro: mise in discussione solo ciò che si poteva o non si poteva fare. Ma è importante sottolineare che tra gli ebrei era accettabile discutere di queste piccole regole. Persino i farisei erano in disaccordo tra loro sul lavoro di sabato e non concordavano con i sadducei su questa e altre leggi. Ci sono testi di autori giudei, come Filo, che discutono su cosa si possa o meno fare di sabato. Per quanto a noi oggi possano sembrare bizantini e irrilevanti, questi dibattiti erano del tutto normali tra gli ebrei».

«E il divorzio?», intervenne Valentina, riprendendo il filo della discussione. «Le Scritture lo accettano, ma Gesù lo proibisce. O lei vuole negare anche questo?»

«No, non nego niente», replicò Tomás, tornando a sfogliare la Bibbia. «È vero, Gesù proibì il divorzio, ma lo fece esclusivamente nel quadro delle Scritture stesse. Basta vedere come pone il problema Marco quando Gesù viene interrogato in 10:2-9: "E avvicinatisi dei farisei, per metterlo alla prova, gli domandarono: 'È lecito a un marito ripudiare la propria moglie?'. Ma egli rispose loro: 'Che cosa vi ha ordinato Mosè?'. Dissero: 'Mosè ha permesso di scrivere un atto di ripudio e di rimandarla'. Gesù disse loro: 'Per la durezza del vostro cuore egli scrisse per voi questa norma. Ma all'inizio della creazione Dio li creò maschio e femmina; per questo l'uomo lascerà suo padre e sua madre e i due saranno una carne sola. Sicché non sono più due, ma una sola carne. L'uomo dunque non separi ciò che Dio ha congiunto'". Quindi Gesù afferma che Mosè consentì il divorzio solo "per la durezza del vostro cuore", non lo ha posto come qualcosa di intrinsecamente sacro. Considerando che la questione metteva in discussione la volontà di Dio, Gesù stabilì che era l'unione benedetta dal Signore, non il diritto al divorzio, a essere sacra. Questa, ancora una volta, è un'interpretazione perfettamente ebraica. I manoscritti del Mar Morto mostrano che gli esseni, un altro gruppo di ebrei, avevano punti di vista analoghi sul matrimonio e divorzio. C'erano ebrei che avevano un'interpretazione più elastica e altri più conservatrice. In questo caso, Gesù ha optato la seconda».

Valentina accavallò e liberò nuovamente le gambe con un movimento rapido e impaziente.

«Va bene, va bene», disse tra i denti, con voce piena di riluttanza. «Gesù era ebreo nelle usanze. Lo accetto. Ma il messaggio che ci ha trasmesso non si limita a questi problemi sull'alimentazione e sul fatto di lavorare di sabato, no?»

«Certo che no», ammise lo storico. «È vero che tali argomenti dominavano i dibattiti con i farisei nei vangeli. Ma è evidente che Gesù affrontò anche altri problemi, alcuni dei quali si rivelarono importantissimi in termini etici e teologici».

«Ah!», esclamò la ragazza, trionfante. «È quello che dico io! Gesù affrontò questioni fondamentali. E fu proprio su questi problemi che ruppe con gli ebrei e fondò il cristianesimo!».

Tomás fece un respiro profondo e guardò Grossman, che si era trincerato nuovamente nel silenzio. Poi tornò a fissare la giovane, riflettendo su come avrebbe potuto formulare una replica alla sua ultima osservazione. Sarebbe potuto essere gentile e diplomatico, ma la cosa avrebbe richiesto un gran lavoro di fantasia, che a quell'ora non si sentiva in grado di fare. La cosa migliore era una risposta breve e diretta, anche a rischio di risultare brutale.

«Mia cara», disse. «Non ha ancora capito qual è la conseguenza definitiva del giudaismo di Gesù?»

«Un ebreo che ha fondato il cristianesimo».

«No», insistette Tomás con una vena d'impazienza. «È che Cristo non era cristiano».

XXXVI

La notte era ormai calata su Gerusalemme. Con il favore delle fitte tenebre, Sicarius si avvicinò con cautela alla finestra e, facendo attenzione a non farsi vedere, guardò dentro. Scorse tre persone che chiacchieravano, sedute sui divani, e le osservò. Una era una donna, l'altra corrispondeva alla fotografia che il maestro gli aveva mandato via e-mail.

«Tomás Noronha», mormorò.

Il suo bersaglio.

Dopo essersi assicurato che lo storico non fosse in condizioni di interferire, Sicarius si ritrasse nell'ombra. Attraversò la strada, costeggiò la stretta scalinata verso la libreria, che a quell'ora era chiusa, e si addentrò nei corridoi dell'American Colony.

«Quindici», mormorò tra sé e sé. «Stanza quindici».

Camminò nel buio in cerca della porta della camera di Tomás. Ottenerne il numero era stata la cosa più facile del mondo: era bastato mettersi vicino alla reception nel corso del pomeriggio, sedersi in posizione strategica e osservare il bersaglio che rientrava e chiedeva la chiave della stanza: il portiere gli aveva consegnato la numero quindici.

Muovendosi nell'oscurità, Sicarius identificò la tredici, poi la quattordici, e infine arrivò alla quindici. Si guardò intorno assicurandosi di non essere osservato. Con movimento rapido, estrasse dalla tasca il passepartout, che aveva trafugato dal ripostiglio delle pulizie dopo essere salito, e lo inserì nella serratura. La porta si aprì immediatamente.

Senza perdere tempo, entrò nella stanza, richiuse la porta e accese la pila. La luce balenò da una parte all'altra, perquisendo la stanza. Era la prima volta che vedeva una camera dell'American Colony e rimase sorpreso: non la immaginava così ampia.

Esaminò metodicamente lo spazio, passando in rassegna ogni angolo. Ispezionò il bagno, l'armadio, il balcone e persino il piccolo frigorifero. Doveva scegliere il nascondiglio adeguato. Qual era il migliore? Il fascio luminoso balzava di qua e di là, come se fosse la luce, e non l'intruso, a essere indecisa.

«Maledizione!», borbottò. «Me n'ero dimenticato!».

Si avvicinò al grande letto, ai cui piedi era ripiegata la coperta, e lo ispezionò. Diversi guanciali gonfi gli conferivano volume. Dalla tasca dei pantaloni, Sicarius estrasse il foglio di carta piegato. Lo aprì, illuminandolo con la pila, per accertarsi di aver preso quello giusto.

Era proprio quello.

Fece un passo verso il letto e lo posò sul comodino, accanto alla piccola abat-jour. Indietreggiò, osservandone la collocazione, e la giudicò ottima. Era meglio disporre tutto con calma: dopo aver fatto ciò che si accingeva a fare, ci sarebbe stata troppa confusione. Gli sembrava importante risolvere in anticipo la questione del messaggio.

Consultò le istruzioni che si era stampato dopo averle ricevute via e-mail dal maestro. Non voleva commettere errori e perciò doveva memorizzare per bene tutto.

Poi tornò al centro della stanza e riprese a illuminarla in ogni angolo. Dove diavolo poteva nascondersi? Qui? Lì? Laggiù? E se...

«Ho capito!».

Aveva appena trovato il posto giusto. Diamine, più che giusto! Che bella sorpresa avrebbe trovato quel Tomás Noronha entrando in camera! Ah, con quanta ansia aspettava quel momento! Non c'erano dubbi: quel nascondiglio era... era...

Perfetto.

XXXVII

Valentina puntava il dito infuriata verso Tomás, tremando d'indignazione, come una vittima che in tribunale denunci al giudice il proprio aguzzino.
«Lo sa cos'è lei?», ruggì. «L'Anticristo!».
Lo storico si fece una bella risata.
«Io?»
«Sì. L'Anticristo!». Alzò al cielo gli occhi azzurri, come se volesse comunicare direttamente con l'Altissimo. «Dio mio, perché mi hai mandato una creatura così sciagurata? È una provocazione? Vuoi mettere alla prova la mia fede? Quest'uomo... questo eretico... questo demonio sembra essersi messo in testa di demolire tutto quello che mi è stato insegnato! Adesso mi viene a dire che Cristo non era cristiano!». Nuovo sguardo verso l'alto, e poi un gesto teatrale verso l'interlocutore. «Padre, allontana da me questo calice!».
Nonostante il tono esageratamente drammatico, sembrava dire sul serio. In dubbio sul comportamento da tenere, Tomás bevve un altro sorso; gli sembrò più prudente prendere con humour quella sfuriata.
«Se preferisce, posso stare zitto».
«Alleluia!», esultò la ragazza, alzando le braccia al cielo come per ringraziare. «Alleluia!». Guardò Tomás. «In effetti, è meglio se sta zitto! Uffa, non ne posso più!».
Seduto al suo posto, Arnie Grossman parve agitarsi.
«Ehi!», esclamò, come un avvocato che sollevava un'obiezione. «Così non va! Ho bisogno di sapere che interesse avrebbero i

sicarii nel segnalare le falsificazioni del Nuovo Testamento. Può essere cruciale per identificare i mandanti degli omicidi...».

Lo sguardo indeciso di Tomás passò da uno all'altra.

«E allora, cosa devo fare?», chiese. «Vado avanti o smetto? Decidetevi!».

Valentina sospirò, sconfitta, con un gesto di resa.

«Prosegua».

Lo storico fece una pausa per riorganizzare i pensieri e scegliere la direzione da prendere.

«Be', prima della spiegazione è fondamentale rendersi conto che Gesù era ebreo al cento percento».

«Solo nelle usanze», lo interruppe Valentina. «In fatto di etica e di teologia introdusse innovazioni che, le piaccia o meno, fondarono il cristianesimo».

Tomás le rivolse uno sguardo penetrante.

«Quali innovazioni? Sa qual era la credenza fondamentale di Gesù?»

«Ama il prossimo tuo».

Lo storico si voltò verso Grossman.

«Qual è la credenza fondamentale degli ebrei, la preghiera alla base della vostra religione?»

«Indubbiamente lo *Shemà*», rispose subito lui. A mo' di esempio, il poliziotto israeliano si coprì gli occhi con la mano destra e intonò la supplica, come faceva tutti i sabati in sinagoga o davanti al Muro del Pianto. «"Ascolta, Israele: il Signore è il nostro Dio, il Signore è uno solo. Tu amerai il Signore tuo Dio con tutto il cuore, con tutta l'anima e con tutte le forze"».

Mentre Grossman recitava lo *Shemà*, Tomás sfogliava la Bibbia in cerca di un passo.

«Lo *Shemà* è annunciato in *Deuteronomio*, 6:4-5», precisò. «Adesso leggerò quel che c'è scritto nel *Vangelo secondo Marco*, 12:28-30: "Allora si accostò uno degli scribi che li aveva uditi discutere, e, visto come aveva loro ben risposto, gli domandò: 'Qual è il primo di tutti i comandamenti?'. Gesù rispose: 'Ascolta, Israele: il Signore è il nostro Dio, il Signore è uno solo. Tu amerai il Signore tuo Dio con tutto il cuore, con tutta l'anima e con tutte le forze'"». Picchiò con l'indice sul versetto. «Ossia, interrogato sulla propria credenza fondamentale, Gesù non parla dell'amore per il prossimo. La sua credenza fondamentale è lo *Shemà* ebraico, l'amore verso Dio e la fede nel monoteismo. Questa è la credenza basilare di Gesù. Ed è la credenza di un ebreo al cento percento».

Valentina gli prese di mano la Bibbia e controllò il testo.

«D'accordo, qui dice che lo *Shemà* viene prima di tutto», riconobbe. «Ma lei non ha letto tutto il passo! Guardi cosa afferma dopo: "E il secondo è questo: 'Amerai il prossimo tuo come te stesso'. Non c'è altro comandamento più importante di questi"». Aveva un'aria trionfale. «Vede? Vede? È vero che Gesù ha posto l'amore verso Dio in cima a tutto il resto, come gli altri ebrei. Ma subito dopo ha introdotto un'innovazione teologica, stabilendo l'amore per il prossimo come il secondo comandamento più importante! Questa è una novità! Ed è su questa idea che si fonda il cristianesimo!».

Lo studioso continuava a guardarla.

«Ne è sicura?»

«E come no? Gesù insegnò l'amore per il prossimo. È questo l'insegnamento che distingue il cristianesimo dall'ebraismo! Il Dio degli ebrei è crudele e vendicativo, mentre il Dio di Gesù è benevolo e compassionevole. L'Antico Testamento parla della giustizia di Dio, il Nuovo Testamento ci porta il suo amore! È questa la grande rivoluzione di Gesù! L'amore di Dio, l'amore per il prossimo». Con un gesto ampio indicò le persone all'intorno. «Lo sanno tutti!».

Tomás riprese a sfogliare la Bibbia.

«Ah sì?», domandò con una punta d'ironia. «Vediamo allora cosa c'è scritto nell'Antico Testamento degli ebrei». Identificò il passo. «In *Levitico*, 19:18, Dio dice a Mosè: "Non ti vendicherai e non serberai rancore contro i figli del tuo popolo, ma amerai il tuo prossimo come te stesso. Io sono il Signore"». Sollevò la testa. «E allora?».

Valentina osservava confusa le pagine della Bibbia.

«Be'... cioè, insomma...».

«Lei ha detto che la grande novità di Gesù era l'amore. Però anche le Scritture ebraiche parlano già di amore. Come mai? Gesù ha innovato o si è limitato a ripetere un comandamento della legge mosaica?»

«Sì... va bene», balbettò lei. «Ma... ma le Scritture degli ebrei non danno all'amore l'importanza che gli dà Gesù. La novità è questa».

Lo storico richiuse la Bibbia e se la posò in grembo.

«Quale importanza?», domandò. «Lo sa quante volte compare la parola "amore" nel *Vangelo secondo Marco*? Solamente qui! La frase riportata in Marco, 12:31, è l'*unico* punto di questo vangelo in cui Gesù parla dell'amore per il prossimo!».

«Ma... ma non è stata questa l'innovazione di Gesù?».

«Quale innovazione?», insistette lui. «Lei deve comprendere che si limitava a fare quanto faceva, e tuttora fa, qualsiasi ebreo». Indicò il libro. «Sa, nell'Antico Testamento ci sono testi per tutti i gusti. Alcuni ebrei privilegiavano certe letture, altri altre. Gesù fece le sue scelte. Ma l'importante è capire che non innovò proprio niente: tutto quello che diceva rientrava esclusivamente nell'ambito dell'ebraismo. Gesù privilegiava l'amore? Alla luce di quanto sta scritto nel *Vangelo secondo Marco*, il più antico dei vangeli, questa affermazione è alquanto discutibile. Anche qualora l'accettassimo, è importante sottolineare che altri ebrei privilegiavano l'amore. Il famoso rabbino Hillel riduceva le Scritture a questa osservazione: "Non fare agli altri quello che non vuoi che sia fatto a te; tutto il resto è commento: leggi e impara". Gesù era un ebreo che viveva secondo gli usi dei suoi correligionari, credeva nel Dio ebraico e insegnava la legge ebraica. Non si spostò dal giudaismo neppure di un millimetro!».

L'italiana scosse la testa, rifiutandosi di accettare quell'idea.

«Ma non è vero!», esclamò. «Le predicazioni di Gesù entrarono in rotta di collisione con l'ebraismo! Sono sicurissima! Lui revocò determinati aspetti della legge ebraica!».

Vedendo che c'era bisogno di ricorrere all'artiglieria pesante, Tomás riprese la Bibbia.

«Lei crede?», domandò. «E allora guardi che cosa dice nel *Vangelo secondo Luca*, 16:17: "È più facile che abbiano fine il cielo e la terra, anziché cada un solo trattino della Legge". Cioè, Gesù difendeva l'applicazione della legge ebraica fino all'ultimo trattino! Nel *Vangelo secondo Giovanni*, 10:35, afferma: "La Scrittura non può essere annullata". Cioè: l'Antico Testamento non è revocabile, né abrogabile! E nel *Vangelo secondo Matteo*, 5:17-18: "Non pensate che io sia venuto ad abolire la Legge o i Profeti: non sono venuto per abolire, ma per dare compimento. In verità vi dico: finché non siano passati il cielo e la terra, non passerà neppure uno iota o un segno dalla legge, senza che tutto sia compiuto". Cioè, non solo sostenne che non veniva a revocare la legge ebraica, ma insistette che bisognava rispettarla fino all'ultimo iota!». Guardò intensamente Valentina. «Ora io le chiedo: lei ritiene che queste siano le parole di qualcuno che vuole cambiare la legge ebraica?».

L'ispettrice di polizia giudiziaria si rilasciò sullo schienale del divano, in un atteggiamento di resa incondizionata.

«Sì, in effetti...», mormorò. Scosse la testa, non per contraddire, ma come se tentasse di incastrare tutte le tessere del mosaico. «Ma se è così, il cristianesimo su cosa si basa? Non capisco...».

«La strana verità è che il cristianesimo non si basa sulla vita di Gesù, né sui suoi insegnamenti», disse. «Gesù era un ebreo che rispettava e predicava la legge ebraica. In essa c'erano punti indiscutibili, ma altri rimanevano aperti alle interpretazioni. I giudei più aperti li interpretavano in un modo, i più conservatori in un altro. I farisei, per esempio, erano integralisti».

«E Gesù?»

«Anche lui lo era. Per questo entrò in competizione con i farisei:

entrambi discutevano su chi interpretasse la legge nel modo più rigido. Loro privilegiavano un'interpretazione alla lettera, mentre lui prestava attenzione anche allo spirito. Lo si vede bene nel *Discorso della montagna*, dove Gesù cita la legge e poi ne enuncia quello che considera esserne il senso. Per esempio, non solo le persone non devono uccidere, e neppure adirarsi; non solo non devono commettere adulterio, ma evitare anche il semplice desiderio; non solo devono amare il prossimo, ma anche il loro nemico. È come se Gesù fosse in competizione con gli altri ebrei. Non gli interessava solo la legge alla lettera: la prendeva talmente sul serio che arrivava al punto di voler rispettare anche l'intenzione al di là della sua applicazione fedele».

Valentina aveva un'aria pensierosa.

«Ecco perché non si adirava mai e viveva in grande austerità».

Tomás la fissò per un paio di secondi, in dubbio se contraddirla o meno. Finì per decidere di dirle la verità fino in fondo.

«Mi dispiace deluderla ancora, ma Gesù era tutt'altro che austero», disse. «In Matteo e in Luca c'è un punto in cui paragona la sobrietà di Giovanni Battista con la propria elasticità. In Matteo, 11:18, dice: "È venuto Giovanni, che non mangia e non beve, e hanno detto: 'Ha un demonio. È venuto il Figlio dell'uomo, che mangia e beve', e dicono: 'Ecco un mangione e un beone, amico dei pubblicani e dei peccatori'". Ossia, Gesù ammette che gli piaceva il vino e che era anche una buona forchetta!».

La ragazza rise. «Chiamalo scemo!».

«E ci sono indizi che, sebbene predicasse di non adirarsi, capitava anche a lui».

Il sorriso di Valentina si spense. «Cosa? Questa non l'ho mai sentita!...».

Tomás trovò il relativo passo sulla Bibbia.

«È un versetto del *Vangelo secondo Marco*», disse. «Per la precisione 1:40-41: "Allora venne a lui un lebbroso: lo supplicava in ginocchio e gli diceva: 'Se vuoi, puoi guarirmi!'. Mosso a compassione, stese la mano, lo toccò e gli disse: 'Lo voglio, guarisci!'».

«Non vedo alcuna traccia d'ira», osservò la poliziotta. «Al contrario, fu mosso a compassione».

«Questa traduzione utilizza una parola greca che compare nella maggior parte dei manoscritti: *splangnistheis*, ovvero "mosso a compassione". Il problema è che altri manoscritti riportano la parola *orgistheis*, cioè "adirato"».

«Ma lo capisce anche lei che definirlo adirato alla vista di un lebbroso non ha senso», argomentò la giovane donna. «Mentre ne ha dire che fu mosso a compassione».

«È vero», ammise Tomás. «Così come è vero che la maggior parte dei testi riporta "mosso a compassione". Il problema è che l'aggettivo "adirato" compare in uno dei manoscritti più antichi esistenti, il *Codex Beaze*, del V secolo. Più importante ancora è il fatto che la medesima parola è presente anche in tre testi in latino tradotti da copie del II secolo, mentre "mosso a compassione" viene fuori per la prima volta nei manoscritti della fine del IV secolo. Davanti a questo vicolo cieco, qual è la lettura peggiore per i cristiani?»

«Be'… la parola più imbarazzante è "adirato"».

«*Proclivi scriptioni praestat ardua*», recitò lui. «La lettura più difficile è meglio di quella più facile: questo è un principio elementare dell'analisi storica dei documenti. È più naturale che un copista cristiano trasformi un "adirato" in un "mosso a compassione" che viceversa. Se il copista ha mantenuto la parola "adirato", benché imbarazzante, è perché probabilmente era quella la parola originariamente scritta dall'autore del *Vangelo secondo Marco*. È impossibile esserne sicuri, è chiaro, ma questa interpretazione è rafforzata dal fatto che Matteo e Luca hanno ricopiato il passo di Marco parola per parola, limitandosi a sopprimere la reazione di Gesù. I due evangelisti, cioè, non dicono se Gesù era mosso a compassione o adirato: omettono la sua reazione. Un indizio del fatto che non avrebbero apprezzato la parola utilizzata originariamente da Marco per descrivere la reazione di Gesù nei confronti del lebbroso. Se la parola fosse stata "mosso a compassione", non si vede per quale motivo avrebbero dovuto essere in difficoltà arrivando perfino a decidere di eliminarla. Ma se, invece, la parola fosse stata "adirato", si sarebbe capito benissimo perché l'avessero soppressa». Richiuse la Bibbia. «Del resto, questo non è l'unico punto in cui Gesù si arrabbia: basti ricordare la furia che lo colse a Gerusalemme quando visitò il Tempio, per esempio, episodio ben documentato nei vangeli».

Arnie Grossman guardò l'orologio e, accorgendosi dell'ora, si batté sonoramente le cosce con il palmo della mano e si piegò in avanti, muovendosi lentamente per alzarsi.

«Be', amici, si è fatto tardi!», esclamò, già in piedi. «Che ne dite di continuare la conversazione a cena?». Puntò il dito verso Tomás. «Lei però non ha ancora risposto alla mia domanda: che intenzioni hanno i *sicarii* lasciando quegli enigmi accanto ai cadaveri?».

Anche Valentina e Tomás si rimisero in piedi. Lo storico si strinse nelle spalle e indicò la compagna.

«Per quanto mi riguarda, avrei risposto direttamente alla sua domanda», gli disse. «Il problema, però, è che lei non capirebbe la risposta, se prima non avesse afferrato una serie di problemi».

«Io?», si stupì l'ispettrice. «Adesso è colpa mia?».

Tomás la ignorò e guardò l'israeliano.

«Si avvii verso il ristorante», gli fece. «Io faccio un salto in camera a cambiarmi e la raggiungo subito».

«Vado su anch'io», si affrettò ad aggiungere Valentina, prendendo la borsetta. Agitò l'indice verso Tomás. «Spero che, strada facendo, risponderà alla mia domanda».

«Quale?»

«Se il cristianesimo non si basa sulla vita di Gesù e neppure sui nuovi insegnamenti relativi alle Scritture», ricordò, «su che cosa si basa, in fin dei conti?».

Tomás indicò il piccolo crocifisso d'argento che la ragazza portava al collo.

«Si basa sulla morte di Gesù».

Con un gesto quasi istintivo, la ragazza portò la mano al collo e accarezzò la piccola croce.

«Sulla morte? Scusi, ma questo è solo un aspetto del cristianesimo».

Prima di voltarsi verso la porta della hall e salire in camera, lo storico le rispose: «La morte di Gesù, mia cara, è tutto».

XXXVIII

La notte di Gerusalemme era calda e secca, senza un filo d'aria. Tomás e Valentina uscirono dalla hall dell'American Colony ritrovandosi all'aperto, in un piccolo passaggio privato, e cercarono le luci giallognole delle stanze dell'hotel. Le camere erano situate dall'altra parte della strada, nel verde.

«Non capisco quel che mi ha appena detto», osservò la ragazza. «"La morte di Gesù è tutto"? Cosa significa?».

Tomás alzò gli occhi al cielo, apprezzando la miriade di stelle di cui erano intessute le fitte tenebre, come polvere di diamanti sparsa su un mantello di velluto nero.

«Avrà certamente già sentito i sacerdoti durante la messa dire che Gesù è morto per salvarci».

«Ah, sì. Certo. Chi non l'ha sentito?».

Lo storico strinse le palpebre, sottolineando l'importanza della domanda successiva.

«Ma per salvarci da cosa?»

«Be'... salvarci da... da... da tutto».

«Tutto cosa?»

«Dal male, dal peccato... che so».

«Quand'è così, Gesù è morto in croce e noi siamo salvi dal male e dal peccato?».

Gli occhi di Valentina vagarono imbarazzati nello spazio circostante, come se cercassero la risposta in qualche angolo della strada occultato dalla notte.

«Cioè... sì, penso».

«Quindi nel mondo non esiste più il male? E neppure il peccato?»

«Insomma... certo che ci sono. Ci sono ancora».

«Ma Gesù non era morto per salvarci dal male e dal peccato? E allora per quale ragione esistono ancora?».

L'altra sbuffò e si chinò leggermente, come un palloncino che si stesse sgonfiando.

«Oh, che ne so», si arrese. «Che casino!».

Soddisfatto di essere riuscito a dimostrare la sua teoria, Tomás s'incamminò attraversando la stradina.

«La storia di Gesù morto per salvarci mi ha sempre confuso», dichiarò. «Ogni volta che sentivo quella frase pronunciata in chiesa, mi chiedevo: è morto per salvarmi? Ma salvarmi da cosa? *Cosa?* Questa idea non aveva alcun senso per me, era solo una di quelle espressioni misteriose che mi limitavo a ripetere come un pappagallo a catechismo, ma senza capirla». Abbassò lo sguardo sulla Bibbia che aveva in mano. «Solo quando ho studiato l'ebraismo finalmente ho compreso cosa significasse».

«Ah, sì?», si stupì Valentina. «La risposta sta nell'ebraismo?»

«Mia cara, tutto ciò che riguarda la vita e la morte di Gesù ha a che fare esclusivamente con l'ebraismo», sentenziò lui. «Tutto».

«Ma in che senso?».

Costeggiarono la breve scalinata che portava alla libreria dell'albergo. In una vetrinetta, era esposta una guida turistica sulla cui copertina era disegnata una ricostruzione del Tempio di Gerusalemme.

«Lo vede, lì, il Tempio?», chiese, additando l'immagine. «Gli ebrei ritenevano che fosse il luogo dove la presenza fisica di Dio si avvertisse maggiormente». Indicò un'area al centro del complesso religioso. «E, più esattamente, in questa sala. Pensavano che fosse il luogo più sacro di tutti e lo chiamavano il *Sancta sanctorum*. Conteneva l'arca dell'alleanza, con le tavole della legge consegnate da Dio a Mosè. Era chiusa da una tenda in cui nessuno poteva entrare. Con un'eccezione: ogni anno, in occasione dello Yom Kippur, il sommo sacerdote del Tempio vi penetrava e compiva un sacrificio. E sa perché?».

Valentina alzò le spalle.

«Lo ignoro».

«Lo Yom Kippur è il giorno dell'espiazione. Gli ebrei pensano che Dio scriva il destino di ognuno in un libro, il libro della vita, e aspetti lo Yom Kippur per dettare il verdetto. Nell'arco di un determinato periodo, ognuno confessa i peccati commessi nel corso dell'anno, tenta di ottenerne il perdono e si riconcilia in tal modo con il Signore. La riconciliazione avviene nello Yom Kippur mediante il sacrificio di un animale. Nel giorno dell'espiazione, il sommo sacerdote entrava nel *Sancta sanctorum* e uccideva un agnello, riparando dapprima ai propri peccati e poi a quelli del popolo. Anche nel periodo pasquale tutti gli ebrei convergevano a Gerusalemme per uccidere un agnello, benché tale sacrificio non fungesse da espiazione come quello dello Yom Kippur. Siccome molti venivano da lontano e non sarebbe stato facile portarsi dietro gli animali per il viaggio e poi sacrificarli a Gerusalemme, preferivano comprarli dai mercanti che avevano montato le loro tende alle porte del Tempio. Era più pratico. Ma con quale denaro potevano pagare? Le monete romane erano inaccettabili, poiché vi era incisa l'immagine di Cesare, e questo era considerato un affronto alla sovranità di Dio. Per questo, venne istituita una moneta del Tempio. I pellegrini portavano con sé la valuta romana, e la scambiavano con le monete del Tempio, con cui acquistavano gli animali».

«Usanze curiose», osservò lei, senza comprendere la rilevanza della spiegazione. «E allora?»

«Adesso torniamo indietro di duemila anni», propose lo storico. «Gesù e i suoi seguaci, tutti ebrei, erano arrivati a Gerusalemme nel periodo della Pasqua ebraica, o *Pesach*. Che cosa erano venuti a fare? A partecipare al pellegrinaggio pasquale, chiaro. Ma Gesù era, sia detto senza offesa, un cafone di provincia».

Valentina storse gli occhi, irritata.

«E ti pareva!».

«Dico sul serio! Veniva dalla campagna! Se legge attentamente i vangeli, noterà che Gesù aveva passato tutta la vita in Galilea. I centri abitati che frequentava erano piccoli villaggi di provincia, come Cafàrnao, Corozaim, Betsaida e altri, dove abitavano solo persone semplici. Non andava nelle grandi città. Le due principali della Galilea, Seforis e Tiberiade, non sono neppure nominate nel Nuovo Testamento!».

«Va bene, ho capito. Andiamo avanti».

«Di modo che, quando vide il sistema di scambio di monete e vendita di animali sacrificali istituito alle porte del Tempio, Gesù ne fu offeso. Pensava che si stesse facendo mercato alle spalle di Dio». Tomás cambiò tono di voce, come aprendo una parentesi. «Il che, d'altra parte, era vero, benché fosse un sistema ben più pratico di obbligare la gente a percorrere centinaia di chilometri con gli animali al seguito. Ma a molti ebrei questo commercio non piaceva. I manoscritti del Mar Morto rivelano che gli esseni pensavano che il Tempio fosse corrotto. A dimostrazione che criticare quel sistema era una pratica normale tra gli ebrei». Riprese con voce normale. «Vedendo quel mercato, cosa fece Gesù? Protestò, rovesciò alcuni banchi di monete e gabbie con i colombi, anch'essi in vendita per i sacrifici, e scagliò varie minacce. Magari uno dei suoi seguaci avrà detto che era il re degli ebrei, in modo da dare credibilità alla sua protesta. Forse Gesù stesso aveva profetizzato che un giorno quelle pratiche avrebbero indotto Dio a distruggere il Tempio. Niente di troppo serio, è chiaro, ma sufficiente per attirare l'attenzione delle autorità. Gerusalemme traboccava di gente e qualunque alterco sarebbe potuto degenerare in un tumulto generalizzato, cosa che il sommo sacerdote e i romani volevano evitare a tutti i costi, com'è comprensibile».

«Ecco perché l'hanno fatto arrestare».

«Devono aver chiesto qualche informazione in giro e concluso di avere di fronte un tipo sbandato che avrebbe potuto dare dei problemi. Tanto valeva mettere preventivamente a tacere quel potenziale focolaio di disordini in un momento così delicato come la Pasqua. Lo arrestarono e lo sottoposero a giudizio sommario, come prescriveva la legge».

«E fu allora che le cose si misero male», osservò l'italiana. «Gesù disse di essere il Figlio di Dio, un'affermazione blasfema punibile con la morte. Ecco perché lo giustiziarono».

Lo storico fece una smorfia. «Non andò proprio così», rettificò. «Questa è la versione dei vangeli, è vero. Marco descrive il dialogo cruciale tra il sommo sacerdote e Gesù durante il processo, in 14:61-64: "Di nuovo il sommo sacerdote lo interrogò dicendogli: 'Sei tu il Cristo, il Figlio di Dio benedetto?'. Gesù rispose: 'Io lo sono! E vedrete il Figlio dell'uomo seduto alla destra della Potenza e venire con le nubi del cielo'. Allora il sommo sacerdote, stracciandosi le vesti, disse: 'Che bisogno abbiamo ancora dei testimoni? Avete udito la bestemmia; che ve ne pare?'. Tutti sentenziarono che era reo di morte"».

«Esattamente», insistette Valentina. «È stata la blasfemia a farlo condannare a morte».

Tomás scosse la testa. «Non è possibile», disse. «In primo luogo, nessuno degli apostoli presenziò a questo processo: seppero tutto per sentito dire. In secondo luogo, una persona che affermasse di essere il Messia non si macchiava di una blasfemia punibile con la morte. In terzo luogo, e quel che più importa, la pena per tale reato veniva eseguita mediante lapidazione. Gesù, però, non fu ucciso a sassate, vero?».

L'ispettrice indicò il crocifisso che portava al collo.

«Fu crocifisso, lo sa benissimo».

«E qui sta il *busillis*. Ora, si dà il caso che la crocifissione fosse una modalità di esecuzione romana, e non ebraica. E che fosse riservata ai nemici dell'Urbe». Tomás indicò il crocifisso della sua interlocutrice. «Se Gesù fu crocifisso, significa che non fu ucciso per blasfemia, ma perché i romani lo consideravano una minaccia. Marco, 15:25-26, ci fornisce una pista: "Erano le nove del mattino quando lo crocifissero: e l'iscrizione con il motivo della condanna diceva: 'Il re dei giudei'". Cioè, avevano pensato che quel titolo costituisse una sfida all'autorità di Cesare, l'unico investito del potere di designare il reggente della Giudea. È per questo che fu crocifisso! Perché i romani avevano creduto che stesse sfidando Cesare!».

«Ah, ora capisco...».

Ripresero a camminare verso i corridoi dell'albergo. Tomás sfogliò la Bibbia e si fermò sotto un lampione per poter leggere il testo.

«Adesso senta come Marco descrive la sua morte in 15:37-38», disse, cercando la pagina. «"Ma Gesù, dando un forte grido, spirò. Il velo del Tempio si squarciò in due, dall'alto in basso"». Alzò gli occhi sulla ragazza. «Il velo del Tempio si squarciò? A cosa si sta riferendo Marco?»

«Alla tenda che isolava il *Sancta sanctorum*, presumo».

«E dice bene. Veniamo ora alla domanda più importante: per quale motivo Marco mette in relazione la morte di Gesù con il momento dello squarcio della tenda?».

Valentina piegò le labbra, abbozzando un'aria di totale ignoranza.

«Non lo so».

«La risposta a questa domanda si trova nel *Vangelo secondo Giovanni*. In 1:29, si descrive così l'incontro tra il Battista e il Messia: "Il giorno dopo, Giovanni vedendo Gesù venire verso di lui disse: 'Ecco l'agnello di Dio, ecco colui che toglie il peccato del mondo!'"». Lo storico alzò gli occhi e fissò l'italiana. «Ha capito?»

«Mmm... no».

Tomás espirò a fondo, quasi scoraggiato. Dopo tutto quello che le aveva appena spiegato, si trattava solo di unire i puntini.

«Il sommo sacerdote sacrificava un agnello il giorno dello Yom Kippur per espiare i suoi peccati e quelli degli ebrei, affinché tutti fossero salvi. Gesù morì durante la Pasqua, quando gli ebrei sacrificavano l'agnello. Giovanni chiama Gesù "l'agnello di Dio, colui che toglie il peccato del mondo"».

«Ah, capisco!».

«Quello che ci stanno dicendo gli evangelisti è che Gesù era l'agnello sacrificale dell'umanità! Morendo, espiò i peccati di tutti, nello stesso modo in cui il sacrificio degli agnelli lavava i peccati degli ebrei. È in questo senso, e solo così, che la sua morte significa la salvezza di tutti noi. La sua interpretazione si comprende solo nel quadro di riferimento della religione ebraica. Al di fuori del giudaismo, la sua morte come atto salvifico perde ogni significato. Bisogna comprendere lo Yom Kippur, la Pasqua e la religione ebraica per capire perché i suoi seguaci, tutti giudei, interpretarono la morte di Gesù come la salvezza».

«Sì, adesso è tutto chiaro!», esclamò lei. Ebbe un'esitazione. «E la tenda del *Sancta sanctorum*? Perché salta fuori questa storia?»

«È un altro riferimento teologico di grande importanza che si comprende solo nel quadro dell'ebraismo», chiarì lo storico. «La tenda separava il *Sancta sanctorum* dal resto del Tempio: cioè, divideva Dio dai suoi figli. E il suo perdono si otteneva soltanto quando, nello Yom Kippur, il sommo sacerdote varcava la soglia ed entrava nella camera per sacrificare un agnello. Ma morendo durante la Pasqua, durante il sacrificio dell'animale, Gesù stesso si trasformò nell'agnello di Dio. Quando Marco dice che il velo si squarciò nel momento del suo trapasso, sta affermando che in quel preciso istante cessò la separazione tra Dio e i suoi figli. La rottura della tenda significa che Dio divenne direttamente accessibile, e non solo attraverso i sacrifici al Tempio durante lo Yom Kippur. La morte di Gesù estese l'espiazione a tutta l'umanità».

Le porte delle stanze erano a pochi metri e i due vi si diressero. Valentina camminava, ma non aveva ancora smesso di parlare: «La tenda del *Sancta sanctorum* si squarciò davvero?».

Tomás rise.

«Certo che no», rispose. «Non esiste traccia storica di tale fenomeno. Questa è una teologia, sono gli evangelisti che tentano di ricavare un significato dalla morte improvvisa di colui che ritenevano il Messia. L'importante è che la fine di Gesù si capisce solo all'interno di un contesto ebraico. È proprio l'interpretazione di tale morte da parte dei suoi seguaci che determina la prima rottura tra ebraismo e cristianesimo. Ecco perché avevo detto che la vita e gli insegnamenti di Gesù non fondarono il cristianesimo. Molto probabilmente, non gli passò neppure per l'anticamera del cervello di fondare una nuova religione. Era ebreo fino al midollo».

«In tal caso», ricapitolò lei, «ne deduco che il cristianesimo non si fondi sulla vita e sugli insegnamenti di Gesù».

«No, infatti. Si fonda sulla sua morte».

Erano arrivati davanti alla porta della camera di Valentina. L'italiana prese dalla borsa la scheda plastificata che fungeva da chiave e la inserì nella serratura. L'uscio si aprì e, prima di entrare, la giovane donna si voltò.

«È davvero molto interessante», disse. «Adesso, però, vado a prepararmi. Ci troviamo tra un quarto d'ora al ristorante?»

«Sì», confermò lo storico. «Il nostro amico israeliano ci sta aspettando all'Arabesque».

«Allora, a tra poco».

Tomás si appoggiò allo stipite della porta con un'espressione maliziosa.

«Non mi invita a entrare?».

Lei stava per chiudere, ma s'interruppe e trattenne un sorriso.

«Vede la mia camera?», chiese, facendo segno con il pollice verso l'interno. «È il *Sancta sanctorum*». Sfiorò la porta. «E questa è la tenda». Gli puntò l'indice in mezzo al petto. «E che io sappia, lei non è il sommo sacerdote, vero? Perciò, faccia il bravo!».

Il portoghese fece un'aria da cane bastonato e si voltò per andarsene, ma le lanciò un ultimo sguardo girandosi di nuovo.

«Si metta qualcosa di carino», suggerì con un sorriso d'intesa. «E di sexy».

Valentina si finse offesa.

«Che scemo!».

E sbatté la porta.

XXXIX

La camera era buia e Tomás, non appena ebbe richiuso la porta, tastò la parete per localizzare e premere l'interruttore. Si sentì un *clic*, ma la luce non si accese.

«Accidenti!», esclamò sottovoce, pieno d'indignazione. Si era dimenticato di inserire la chiave della stanza nell'interruttore: finché non lo faceva, sarebbe rimasto al buio. Sempre a tastoni, lo studioso identificò nuovamente l'interruttore e vi inserì la tessera. E, come nella *Genesi* biblica, luce fu.

Un uomo.

La prima cosa che vide Tomás fu un uomo fermo davanti a lui. Sobbalzò per lo spavento e indietreggiò di un passo, appoggiandosi alla porta. Solo allora ne vide il volto. Era lui. O meglio, la sua immagine riflessa nello specchio appeso all'entrata.

«Uff!», sbuffò. Il cuore gli martellava in petto come un rullo di tamburi. «Che spavento!». Guardò ancora lo specchio e rise di se stesso, il corpo appiattito contro la porta come un animale braccato.

«Porca miseria, sono nervoso!».

Si ricompose e andò in bagno a fare pipì, ma pensando che bastasse la luce della stanza, non l'accese anche lì. Se ne pentì, perché l'illuminazione era scarsa e il bagnetto era immerso nel buio più totale. Ma Tomás non aveva voglia di tornare indietro, anche perché era angosciato, e preferì cercare il wc a tentoni.

Mirò verso quello che presumeva essere il punto centrale: il gorgoglio del liquido nel liquido gli indicò che aveva colto in pieno il bersaglio. Alla fine azionò lo sciacquone e, sempre al buio, andò a lavarsi. Aprì il rubinetto e immerse le mani nell'acqua fresca.

In quell'istante, avvertì una presenza dietro di sé.
«Cosa c'è?», domandò, voltandosi bruscamente. «Chi è?».
Nessuno rispose.
Allarmato e col cuore in gola, Tomás balzò verso la porta e premette finalmente l'interruttore. La luce si accese immediatamente: il bagno era deserto.
Lo storico respirò a fondo.
«Che roba!», mormorò, tra l'irritato e il sollevato. «Non sono mica un bambino, che diamine!». Scosse la testa. «Questo caso mi sta dando sui nervi!».
Tornò in camera a scegliere i vestiti per la cena. Si diresse verso l'armadio e lo aprì con un movimento rapido. La maggior parte del mobile era immerso nell'oscurità, ma non ci fece caso. C'erano tre capi appesi alle grucce e lui scelse un blazer blu scuro.
Voleva fare colpo su Valentina e pensò che, di sera, la giacca avrebbe messo in risalto il suo fascino mediterraneo. Avrebbe messo anche una cravatta verde che si intonava alla perfezione ai suoi occhi. L'italiana non avrebbe potuto resistergli. È vero, doveva attenuare un po' quel modo crudele con cui sezionava il Nuovo Testamento. Credente com'era, l'ispettrice non avrebbe potuto accettarlo. Ma, dopotutto, lui cosa poteva fare? Mentirle? Indorare la pillola? La diplomazia non rientrava tra le sue qualità e aveva sempre pensato che la verità andasse accolta come una donna che ti si getta tra le braccia: nuda. E più era cruda, più era vera.
Prese il blazer e la cravatta dall'armadio e poi pensò alla camicia. Ne scelse una di seta bianca, ma constatò che non c'erano i bottoni dei polsini. Posò gli abiti sulla spalliera del divano, attento a non stropicciarli, e si avvicinò al comodino. Aveva l'impressione di averci messo i gemelli che il signor Castro, vecchio amico e titolare del negozio presso cui si serviva in Avenida da Liberdade, gli aveva regalato per Natale. Fece per aprire il cassetto, ma la sua attenzione fu catturata da un foglio vicino all'abat-jour.
«E questo cos'è?».

Non si ricordava di aver lasciato lì nessun foglio. Che fosse una nota da parte degli addetti alle pulizie? O forse un messaggio recapitatogli dalla reception in sua assenza. Lo prese e lo guardò. Il contenuto lo lasciò a bocca aperta.

Veritatem dies aperit

I:XV

«*Veritatem dies aperit?*», si chiese. «Cosa diavolo significa?».

Osservò a lungo il messaggio, tentando di recepirne il significato. Capiva che in quel foglio c'era qualcosa di estremamente familiare e disturbante. Ma cosa? Il suo ragionamento fu lento e rapido al tempo stesso: lento perché durò per due lunghi secondi, rapido perché, in due soli secondi, ritornò in sé e comprese finalmente ciò che teneva in mano. Era un enigma, simile agli altri che aveva interpretato negli ultimi tempi per la polizia e che erano stati trovati accanto ai cadaveri.

Gli enigmi dei *sicarii*.

In quell'istante, il letto parve sollevarsi. Una sagoma nera si erse all'improvviso dalle lenzuola, come una gigantesca molla scaturita dal materasso, e balzò su Tomás a braccia spalancate.

«Empio!».

Dapprima lo storico sentì l'urto con lo sconosciuto. Perse l'equilibrio e batté la schiena contro il muro, stramazzando a terra e rovesciando un mobile. Cadde un vaso, che andò in pezzi sul pavimento.

La seconda cosa che percepì, disteso sulla superficie fredda e dura, fu il peso e l'agilità del suo aggressore. Lo sconosciuto si aviluppò sulla sua vittima come una rete elastica. Tomás cercò di liberarsi, ma l'uomo era paurosamente agile e riusciva a bloccargli ogni gesto. Come se fosse stato imprigionato in una camicia di forza, il professore si accorse di non riuscire più a muoversi.

«Senta», disse, nel tentativo di apparire il più ragionevole possibile. «Scambiamo due parole».

L'aggressore lo aveva immobilizzato, spalle a terra, e gli teneva la faccia voltata verso il pavimento di marmo gelato. Tomás non riusciva a vederlo, ma avvertiva il calore del suo fiato sul collo.

«Ti è già capitato di sognare con il ghigno della morte?», domandò l'uomo che lo sovrastava, con voce bassa e rauca. «O preferisci parlare nell'anticamera dell'inferno?».

Aveva un tono intenso, quasi da esaltato, ma il fatto che parlasse, pur dicendo cose assurde, sembrò a Tomás vagamente incoraggiante. Sarebbe mai riuscito a convincerlo a liberarlo? Non che lo ritenesse probabile, specie alla luce dei tre cadaveri che quell'assassino si era lasciato sulla sua strada, ma valeva la pena di tentare. In fin dei conti, cosa aveva da perdere?

La vita?

«Non è necessario ricorrere alla violenza», mormorò, in tono talmente sereno che se ne meravigliò lui stesso. «Mi dica cosa vuole e sono sicuro che troveremo un accordo».

Riecheggiò una risatina.

«Dimmi», gli sussurrò all'orecchio lo sconosciuto. «Quali tentazioni solleticano la trascendenza della mia anima?»

«Non lo so». Si sforzò di ridere anche lui, in modo da nascondere il terrore che gli gelava il sangue e gli strozzava la voce. «Non dev'essere il denaro...».

Gli giunse all'orecchio un'altra risatina sussurrata. «Voglio un agnello».

Tomás sentì il cuore che gli cedeva. Date le circostanze, non era la frase che avrebbe voluto sentire.

«Un... un agnello?»

«Sì, un agnello», confermò la voce bassa e rauca. «Ho peccato e devo espiare. Il sacrificio di un agnello mi riconcilierà con il

Signore». Lo sconosciuto riavvicinò le labbra all'orecchio destro della vittima. «Mi hanno detto che la tua carne è tenera, come un agnellino...».

La situazione si stava aggravando.

«Senta, si calmi», implorò lo storico, sentendo il tempo sfuggirgli tra le mani. «Queste degli agnelli sono storie vecchie che adesso non...».

«Storie vecchie?», ruggì l'aggressore, con voce improvvisamente adirata. «Come osi?»

«Si calmi!».

Lo studioso sentì un movimento rapido sopra di sé e subito dopo si vide comparire davanti agli occhi una daga dalla lama curva. Lo sconosciuto gliela stava mostrando.

«E questa? Anche questa ti sembra storia vecchia?».

La lama era enorme e lucente come cristallo, e rifletteva in mille scintille la luce della camera.

«La metta via», lo implorò. «Qualcuno potrebbe farsi male!».

L'aggressore scoppiò in una risata, stavolta sonora e franca, e gli avvicinò la lama gli occhi.

«La vedi questa?»

«Fin troppo bene. Non potrebbe allontanarla un po'? Soltanto un po'...».

«Ha duemila anni», sussurrò minaccioso. «Se ne servivano i miei antenati per i sacrifici dello Yom Kippur. Poi fu utilizzata per affrontare i legionari pagani». Fece una pausa. «Adesso la userò io per riscattare di nuovo il mio popolo. E tu, povera creatura smarrita, non sei che un agnello. L'agnello datomi da Dio per espiare i peccati del mio popolo».

Non appena ebbe pronunciato quella frase, l'assalitore cambiò presa sulla daga, brandendola con fare molto aggressivo. Allora Tomás si rese conto che l'uomo si preparava a usarla, e che gli rimanevano solo pochi secondi per reagire.

«Aiuto!», gridò, agitandosi con forza.

Lo sconosciuto perse per un attimo l'equilibrio e, all'improvviso, Tomás si sentì più svincolato nei movimenti. Allora cercò di liberarsi completamente, ma l'aggressore si riprese e tornò a ghermirlo.

«Muori, agnello sacrificale!».

Gli puntò la lama sul collo e premette. Tomás si sentì pizzicare la pelle di lato e fu preso dal panico. Come un animale braccato, con uno sforzo titanico riuscì a liberare la mano destra. La daga gli scorticava già il collo e un dolore acuto lo accecava; allora lui afferrò la lama e la levò con forza, cercando di bloccarla.

«Mollami!».

L'aggressore parve colto di sorpresa da quel movimento. Tomás riuscì ad allontanare la daga dal collo, ma sentì una sgradevole sensazione di freddo sul palmo della mano. Con la coda dell'occhio, vide il sangue scorrergli lungo il braccio e capì che la lama gli stava squarciando la mano destra. Provò un istinto quasi irrefrenabile di lasciarla andare per proteggere la mano ferita, ma la volontà ebbe il sopravvento. Era meglio farsi lacerare la mano piuttosto che il collo.

L'aggressore reagì ancora. Riuscì a strappargli la daga e, con uno slancio, gli immobilizzò di nuovo il braccio destro. Con la vittima finalmente domata, riprese a puntargli la lama a lato del collo e premette. Non troppo, per non reciderlo subito, ma quel tanto che bastava perché gli tagliasse la pelle e Tomás capisse di essere perduto.

Lui si contorse in un ultimo sforzo, girandosi su se stesso e dando una gomitata con il sinistro all'assalitore. Quello gemette, ma mantenne salda la presa.

«Saluta Belzebù da parte mia!».

E fece forza.

XL

Il primo spintone fece tremare la porta, che però non cedette. Subito dopo venne il secondo, accompagnato da un rimbombo ancora più forte. Ma l'uscio resistette alla violenza dei colpi.

«Aprite!», gridò una voce. «Polizia!».

Sicarius stava ancora immobilizzando la vittima, ma interruppe i movimenti chirurgici della daga. La lama era insanguinata e dalla punta colavano dense gocce rosso vivo. Senza esitare, come se avesse già compiuto quel gesto migliaia di volte, la pulì rapidamente sui pantaloni di Tomás, macchiandoli di sangue. Rendendosi conto che la porta stava per cedere da un momento all'altro, balzò in piedi.

Si udì uno sparo.

L'aggressore attraversò di corsa la stanza verso il balcone. Sentì un secondo sparo dietro di sé, poi un tonfo sordo, e capì che la porta era stata abbattuta, ma non si voltò neppure: non ne valeva la pena, sapeva benissimo che si sarebbe trasformato in un bersaglio.

«Fermo!», gridò una voce di donna alle sue spalle. «Non si muova!».

Sicarius era già sul balcone e si stava lanciando tra gli arbusti del giardino, sul retro della camera. Sentì un altro sparo e la pallottola che fendeva l'aria fischiando sopra di lui, ma si era già tuffato nelle tenebre del giardino e sapeva di essere al sicuro.

Con la pistola in pugno, Valentina vide Tomás steso a terra, sulla sua sinistra, ed ebbe un attimo di esitazione. Doveva dar la caccia all'aggressore o soccorrere la vittima?

«Tomás?», lo chiamò. «Tomás?!».

Lui non rispose e l'ispettrice si sentì svenire. Era arrivata troppo tardi? Attanagliata dall'angoscia, corse a chinarsi verso il ferito. C'era sangue dappertutto, sembrava di essere in una macelleria.

«Oddio!», esclamò disperata, senza quasi sapere cosa fare. «Tomás?». Vide il taglio al collo e si sentì mancare. «Oh, no!». Lo scosse nel tentativo di rianimarlo. «Tomás?! Risponda, per amor di Dio!».

Gli prese la mano destra per sentire il polso, ma si accorse che il palmo insanguinato era ferito e vacillò. Come poliziotta era abituata a trovarsi davanti a scene del genere, ma non le era mai capitato di avere a che fare con una persona che conosceva, e soprattutto che le piaceva.

«Tomás!».

Lo studioso mosse la testa ed emise un lamento.

«Ahi...».

L'italiana si gettò sopra di lui abbracciandolo, piena di sollievo, mentre le lacrime le scorrevano lungo il volto pallido e delicato.

«Ah, Tomás!», mormorò, avvicinandosi a lui e sentendolo tremare. «Grazie a Dio! Grazie a Dio! Ho avuto tanta, tanta paura!».

Il portoghese si voltò con difficoltà, facendo attenzione a non farsi male ma neppure ad allontanare la donna che lo stava abbracciando, e infine la guardò.

«Ho sempre pensato che alla fine si sarebbe gettata tra le mie braccia», disse, sforzandosi di sorridere. «Ma non pensavo così in fretta».

Questa volta fu lei a ridere.

«Che scemo!», esclamò. «Stavo morendo di paura. Pensavo di essere arrivata troppo tardi...».

Il ferito allontanò leggermente la testa, in modo da ottenere una visuale migliore, e contemplò la ragazza china su di lui. Valentina era seminuda, in mutande e reggiseno. Per il resto, solo pelle chiara e nuda, e forme scultoree che sotto i vestiti si indovinavano appena.

«Caspita!», disse Tomás, ammirato. «So che le avevo chiesto di indossare qualcosa di sexy, ma lei mi ha preso troppo sul serio, eh?».

L'italiana, che gli carezzava teneramente i capelli, arrossì e si ritrasse, portandosi le mani sul reggiseno.

«Oh, non scherzi!», implorò. «Sta bene?».

Lui fece una smorfia di dolore.

«Ho la mano che mi brucia e questa ferita al collo non aiuta, ma penso che quel tizio non sia riuscito a sgozzarmi». Fece scorrere lo sguardo sul suo corpo. «Mi spieghi un po' questa *mise*!».

La ragazza si alzò in piedi e a disagio, mezza nuda com'era, indietreggiò fino a scomparire nel bagno.

«Mi stavo cambiando quando ho ricevuto una chiamata da Grossman», spiegò. «A quanto pare, qualcuno ha telefonato alla polizia israeliana per dire che lei era in pericolo». Dal bagno, la voce di Valentina si sentiva appena. «Lui mi ha chiamato... insomma, non ho avuto tempo di vestirmi».

«Qualcuno ha telefonato alla polizia? Chi?».

L'italiana ricomparve avvolta in un asciugamano dell'albergo e con in mano un secondo, che aveva inumidito.

«Non lo so», disse avvicinandosi. «Capirà bene che in tutta quella confusione non ho avuto il tempo di fare domande». S'inginocchiò accanto a lui e con l'asciugamano bagnato iniziò a pulirgli la ferita al collo. «Sono corsa subito qui».

«Da sola?».

L'ispettrice indicò una pistola posata sul letto.

«Mi sono portata la Beretta».

Tomás allungò il collo per facilitarne la pulizia.

«Peccato che non le abbiano telefonato mentre stava facendo il bagno», osservò. «Così sarebbe arrivata qui ancora più bella!».

Valentina gli lavò la ferita al collo e poi passò alla mano destra, dove, nonostante il sangue, si vedevano vari tagli.

«Che razza di stupido mi è capitato!», lo rimproverò dolcemente. «Io sono qui a preoccuparmi per lei, e lei pensa solo a... insomma, solo quello».

Si udì il suono di una sirena, e in quello stesso momento il profilo massiccio di Arnie Grossman fece la sua comparsa sulla porta. Aveva una pistola in pugno e lo seguiva un poliziotto in uniforme con una Uzi spianata, pronto a sparare.

«Allora?», domandò Grossman, scrutando attentamente in tutte le direzioni, in cerca di minacce nascoste. «Tutto bene?».

Valentina non si voltò neppure, preferendo rimanere inginocchiata vicino a Tomás per pulirgli le ferite sulla mano.

«Perché ci ha messo tanto?», chiese.

Grossman si avvicinò ai due mentre l'altro agente ispezionava la stanza.

«Ho chiamato rinforzi e siccome non arrivavano sono andato sul retro a cercare di intercettare il sospettato», rispose. «Ma penso di essere arrivato tardi. Era già fuggito». Si piegò verso Tomás e gli guardò il collo. «Uh, che brutta ferita! Fa male?».

Il portoghese fece una smorfia di dolore.

«No, è piacevolissima», ironizzò. «Certo che fa male! A lei è già capitato di beccarsi una coltellata al collo? Guardi che è una cosa che ti rovina la serata!».

Il poliziotto continuava a fissare la ferita.

«A quanto pare, hanno dato l'allarme appena in tempo, eh? Ancora un minuto...».

«Chi è stato a chiamare?»

«Una telefonata anonima in centrale. Hanno avvisato il mio dipartimento, che mi ha contattato».

«E perché non è venuto subito?».

Grossman arrossì e distolse lo sguardo, con la faccia di uno che è stato colto in fallo.

«Il fatto è che in quel momento ero... insomma, ero nel bagno dell'Arabesque», disse a bassa voce, quasi sussurrando. Dopo quella rivelazione imbarazzante, guardò il ferito. «Non avevo modo di correre fuori in quelle condizioni, no? S'immagina che spettacolo?». Fece un gesto verso Valentina. «Sapendo che la signora Ferro aveva la stanza proprio accanto alla sua, le ho telefonato immediatamente».

L'ispettrice alzò lo sguardo sul collega israeliano, in piedi dietro di lei.

«Anch'io non ero pronta per uscire, certo», disse guardandosi. «Solo che, al contrario di lei, non me ne sono preoccupata. Sono venuta così come stavo».

«Ah, ma lei è in condizioni molto migliori delle mie», ribatté Grossman, quasi impettito. «Nel mio caso, era molto più imbarazzante!».

Valentina non rispose. Aiutò invece il ferito ad alzarsi, cosa che questi fece con evidente difficoltà. Ancora avvolta nell'asciugamano, l'italiana si assicurò che stesse bene e poi prese la pistola che aveva lasciato sul letto e fece dietrofront, dirigendosi a passo deciso verso l'uscita.

«Vado nella mia stanza», annunciò dando loro le spalle. «Devo rendermi presentabile».

Scomparve oltre la porta, che ormai era stata sfondata, e Tomás rimase solo con i due poliziotti israeliani: Grossman e l'uomo in uniforme che faceva la guardia sul balcone.

«Cosa state facendo per prenderlo?».

L'ispettore capo abbozzò un gesto verso la finestra e oltre. «Abbiamo circondato l'isolato e stiamo passando al vaglio tutto il quartiere», spiegò. «Ma se devo essere sincero, non credo che si farà prendere. Il nostro uomo ha avuto tutto il tempo di mettersi in salvo. A quest'ora, sarà già all'altro capo della città, se non è scappato a Ramallah, Betlemme o Tel Aviv».

«Credo anch'io».

Grossman indicò la ferita al collo.

«Eravate proprio vicini. Com'è fatto?».

Tomás tese la mano circa quattro dita sotto la propria testa.

«È alto più o meno così», precisò. «È magro e agile, ma forte.

Deve aver avuto un addestramento militare. Mi ha completamente immobilizzato, mi sembrava di stare in una morsa. Aveva delle braccia di ferro».

«E la faccia com'è?»

«L'ho visto a malapena. Mi ha colto di sorpresa e mi ha tenuto la testa sul pavimento, per non farsi vedere. Mi sono reso conto soltanto che era tutto vestito di nero e aveva i capelli a spazzola, come un soldato». Ebbe un tremito. «Un tipo losco».

«Le ha detto qualcosa?».

Il portoghese annuì.

«Mi ha chiamato "agnello" e mi ha detto che gli ero stato indicato per il sacrificio dell'espiazione». Rivide mentalmente le immagini impresse nella memoria. «C'è stato un particolare curioso: aveva una daga rituale e sosteneva che fosse stata usata dai suoi antenati nei sacrifici dello Yom Kippur e per uccidere i legionari pagani».

«Legionari?», si stupì il poliziotto. «Si stava evidentemente riferendo alla grande rivolta di duemila anni fa che portò alla distruzione di Gerusalemme e all'espulsione degli ebrei dalla Terrasanta».

«Senza dubbio. E sa quale fu uno dei gruppi più attivi in quella rivolta?».

Grossman contrasse le palpebre.

«I *sicarii*».

La stanza piombò nel silenzio, mentre entrambi prendevano coscienza del significato di quella conclusione. Proprio allora furono interrotti da due uomini in camice bianco, entrati nella stanza con una barella e l'aria indaffarata di chi aveva una missione da compiere.

«Il morto?», s'informarono.

Sorridendo, Grossman indicò Tomás.

«Eccolo qui», disse. «Ma siccome è cristiano e siamo a Gerusalemme, si vede che è già resuscitato».

Alla vista della vittima viva e vegeta, i due lì per lì parvero delusi, ma subito si ripresero notando le ferite al collo e alla mano destra. Non si erano scomodati invano.

«Bisogna farlo visitare», disse immediatamente quello che sembrava il capo. «La portiamo in ospedale per farla medicare. Venga!».

L'uomo in camice bianco prese Tomás per un braccio, ma lui si divincolò bruscamente.

«Solo un attimo».

«Dove va?», domandò stupito l'infermiere. «L'ambulanza è fuori che l'aspetta...».

Lo studioso andò al comodino e prese il foglio accanto all'abatjour. Verificò che fosse quello che cercava e tornò vicino ad Arnie Grossman.

«Il nostro uomo ci ha lasciato un altro messaggio».

Il poliziotto israeliano prese il foglio e lesse la scritta vergata in inchiostro nero.

«*Veritatem dies aperit*?», ripeté sorpreso, alzando gli occhi verso il suo interlocutore. «Che diamine significa?»

«È latino».

«Che è latino l'ho capito! Ma cosa vuol dire?».

I due paramedici ripresero Tomás per un braccio e stavolta lui non oppose resistenza. Si lasciò trascinare fino alla porta ma, prima di scomparire, lanciò un ultimo sguardo a Grossman, che stava ancora aspettando la risposta alla sua domanda.

«Il tempo rivela la verità».

XLI

Dalle bocche degli attori che si muovevano sullo schermo televisivo scaturiva un drammone dall'accento carioca: una telenovela brasiliana trasmessa in Israele. Tomás era disteso su un letto dell'ospedale Bikur Holim con una vistosa medicazione al collo e la mano ingessata, ma seguiva con divertita curiosità il dialogo sottotitolato in ebraico tra due bellezze tropicali sulla spiaggia di Ipanema.

Valentina e Grossman lo sorpresero in quel momento di relax.

«E allora, come sta il nostro agnello?», scherzò l'ispettrice entrando nella stanza. «Pronto per la macellazione?». Figuriamoci se si lasciava sfuggire l'occasione...

«Io sarò anche l'agnello», ribatté lui con aria maliziosa, «ma è lei quella che mi è comparsa in camera tutta tosata!».

Valentina gli fece una boccaccia.

«Insomma, non si può neppure più fare una battuta!».

L'ispettore capo della polizia israeliana si schiarì la voce, volendo richiamarli a mantenere un contegno in sua presenza.

«Come pensavo, non l'abbiamo preso», annunciò. «Abbiamo setacciato tutto l'isolato, ma non l'abbiamo trovato». Consultò un blocchetto per appunti. «Però abbiamo rintracciato la telefonata anonima ricevuta in centrale. Veniva da un telefono pubblico». Si frugò nelle tasche e tirò fuori il foglio trovato sul comodino. «L'unica cosa rimasta è l'enigma che ci ha lasciato quel tizio».

Lo porse a Tomás, che lo prese con la mano sana.

«Vuole che lo decifri?».

Grossman fece un sorriso forzato.

«È lei lo specialista».

Lo studioso respirò a fondo e guardò il rompicapo, studiandolo con calma.

«La prima cosa da notare è che questo enigma è diverso da quelli trovati in Vaticano, a Dublino e a Plovdiv».

«Diverso?», si stupì Valentina, che oramai conosceva a memoria gli altri. «In che senso, diverso?».

Tomás indicò la frase in latino.

«È una citazione di Seneca», disse. «Si riferisce alla verità».

«E allora?»

«Gli altri enigmi, se ricorda, non erano incentrati sulla verità», spiegò. «Sottolineavano falsificazioni e frodi introdotte nel corso del tempo nel Nuovo Testamento».

«Ah, sì!», esclamò Grossman. «Il che ci riporta alla mia domanda, cui non ha ancora risposto: perché i *sicarii* volevano richiamare l'attenzione su quelle falsificazioni?»

«Non ho fatto altro che spiegarvelo», replicò lo studioso. «I *sicarii* sono, come sappiamo, un movimento zelota. Con i precedenti enigmi, volevano evidentemente dimostrare che il Nuovo Testamento, lungi dal rivelare il vero Gesù, lo nasconde. Per capire chi era veramente, bisogna sfrondare i vangeli dalle alterazioni, dalle falsificazioni e dalla retorica degli evangelisti. Il Messia dei cristiani non era altro che un ebreo conservatore». Alzò un dito per sottolineare quel concetto. «Un ebreo profondamente credente, come i *sicarii*».

«Era questo l'obiettivo dei primi tre enigmi?».

Tomás annuì.

«Secondo me, sì».

Valentina accennò al nuovo rompicapo che lui teneva in mano.

«E questo?»

«È diverso», sentenziò lo studioso. «Adesso ai *sicarii* non interessa più esporre le falsità contenute nel Nuovo Testamento». Agitò il foglietto di carta. «Qui non è in discussione la menzogna, ma la verità».

«La verità? Quale verità?»

«La verità su chi fosse realmente Gesù». Abbassò gli occhi sul nuovo enigma. «Infatti è questo il contenuto implicito della frase di Seneca: *Veritatem dies aperit*, cioè "il tempo rivela la verità". E proprio di questo parla il rompicapo».

L'ispettore capo della polizia israeliana ammiccò verso il disegno.

«E il leone? Che significato ha?»

«Non è un leone qualsiasi», osservò Tomás. «Ha notato che è alato?».

Grossman rise.

«Allora è un leone-angelo».

Lo storico scosse la testa in segno di diniego, gli occhi ancora fissi sul disegno.

«No, è Marco».

«Scusi?».

Tomás tese il braccio verso il comodino accanto al letto e aprì il cassetto. Ne estrasse una Bibbia piccola e spessa, stampata in ebraico e in inglese.

«Il *Vangelo secondo Marco*, 1:3, inizia parlando di una "Voce di uno che grida nel deserto". Questa voce, che è quella di Giovanni Battista, fu a lungo paragonata al ruggito di un leone. Perciò si stabilì che il leone alato fosse il simbolo di Marco».

Gli occhi dei due poliziotti erano fissi sul disegno.

«Questo leone simboleggia Marco?»

«Esatto». Indicò i caratteri vergati dopo il leone. «E I:XV è evidentemente un numero romano, e indica un determinato versetto del suo vangelo. Un versetto che dura nel tempo». Inarcò le sopracciglia. «Quello stesso tempo che rivela la verità».

Valentina e Grossman contemplavano affascinati l'enigma nelle mani dello studioso.

«Cioè», fece l'italiana, con la voce tremante di eccitazione, «l'assassino ci sta dicendo che la verità su Gesù è scritta in quel versetto?»

«Bingo!», fece Tomás. «Il versetto I:XV. Ovvero 1:15, nella numerazione moderna».

Le tre paia di occhi si posarono quasi contemporaneamente sulla Bibbia tra le mani del professore.

«Su», gli ordinò l'israeliano, «legga quel versetto!».

Tomás aveva il libro aperto alla prima pagina del *Vangelo secondo Marco*, da cui aveva appena letto il riferimento alla "Voce di uno che grida nel deserto", in 1:3, e gli bastò scendere di poche righe per arrivare al versetto 1:15.

«È una frase di Gesù», disse, preparandosi a declamarla: «"Il tempo è compiuto e il regno di Dio è vicino; convertitevi e credete al vangelo"».

I due poliziotti rimasero per un attimo ad aspettare il seguito, ma l'altro alzò la testa e guardò come se non ci fosse più niente da leggere.

«E il resto?», volle sapere l'italiana. «Dov'è il resto?».

Tomás sorrise con aria sorniona.

«Non c'è», disse. «Il versetto 1:15 è questo».

Con la fronte aggrottata e un'espressione interrogativa e delusa, Valentina guardò la Bibbia.

«Questo?», si stupì. «E sarebbe tutta qui la grande verità su Gesù?».

Lo storico fece segno di sì con la testa.

«La verità, bella e buona».

«Ma che cos'ha di speciale? Qual è la grande verità rivelata da questa frase così banale e innocua?».

Tomás prese la Bibbia e mostrò la pagina ai poliziotti, come un avvocato che presenti una prova fondamentale in tribunale.

«Questo, amici, è un versetto che molti teologi cristiani vorrebbero veder cancellato per sempre dal Nuovo Testamento!».

Valentina aveva un'aria incredula.

«Vuole scherzare...».

«Mia cara», esordì solennemente lui. «In questo breve versetto è racchiusa la strana verità su Gesù Cristo».

«Davvero? E qual è?».

Il professore portoghese posò il libro sul letto e incrociò le braccia, guardando ora Valentina, ora Grossman, come un torero che sta scegliendo quale bestia provocare.

«L'ultimo segreto della Bibbia».

XLII

Il sangue si era già seccato sulla lama quando Sicarius immerse la daga nell'acqua e cominciò a lavarla. Procedeva con cautela, addirittura con eleganza, insaponando il metallo con movimenti delicati ma metodici. L'acqua che scendeva nello scarico era tinta di rosso e l'uomo non poté reprimere un sorriso accennato: si sentiva come Mosè dopo che si era purificato da una delle dieci piaghe d'Egitto.

«"Dice il Signore: da questo fatto saprai che io sono il Signore; ecco, con il bastone che ho in mano io batto un colpo sulle acque che sono nel Nilo: esse si muteranno in sangue"», mormorò, salmodiando a memoria le Sacre Scritture in una litania ininterrotta. «"Aronne alzò il bastone e percosse le acque che erano nel Nilo sotto gli occhi del faraone e dei suoi servi. Tutte le acque che erano nel Nilo si mutarono in sangue. I pesci che erano nel Nilo morirono e il Nilo ne divenne fetido, cosicché gli egiziani non poterono più berne le acque. Vi fu sangue in tutto il Paese d'Egitto. Ma i maghi…"».

L'acqua ritornò trasparente e Sicarius tacque. La daga sacra era stata lavata. La tolse da sotto il rubinetto e l'asciugò nel *tallit*, il manto da orazione, in modo da garantirne la purezza rituale. Poi, con tutte le cautele, andò a depositare la *sica* nella valigetta di pelle nera e la chiuse in cassaforte.

Terminato il rituale, Sicarius prese il cellulare, compose il numero e attese. Una voce femminile irruppe in tono mellifluo ma monocorde.

«Il numero che avete chiamato non è al momento disponibile», disse la voce. «Lasciate un messaggio dopo il segnale».

Sicarius guardò con irritazione l'apparecchio.

«Maledizione!», sbottò. «Ma dov'è finito?».

Stava quasi per riagganciare di nuovo, come aveva fatto nei tre precedenti tentativi, ma ci ripensò. Il maestro era fatto così, lo sapeva, si disse tenendo a freno l'impazienza. A volte spariva dalla circolazione per un certo periodo senza lasciare traccia. La cosa migliore, pensò Sicarius, era lasciargli un messaggio.

Si sentì un *bip* e iniziò la registrazione.

«Maestro», disse esitante. Oh, come odiava parlare con una macchina! «L'operazione è stata portata a termine con successo». Altra pausa per cercare le parole giuste: era difficile fare un discorso fluido quando non c'era nessuno dall'altra parte a interagire con domande e risposte. «Come da ordini ricevuti via e-mail, non l'ho ucciso, ma solo ferito». S'interruppe. Era il caso di riprendere il maestro per il ritardo? Sì, dopotutto l'unica cosa che non era andata bene al cento percento era stata colpa sua. Perché non farglielo presente? «L'intervento della polizia è stato un po' tardivo e ho dovuto ingannare il tempo». Sospirò. «Ma insomma, è fatta». Un'ultima pausa. «Attendo istruzioni».

Riagganciò.

XLIII

Sebbene Tomás fosse ancora nel letto d'ospedale, la sua attenzione vagò qua e là per la stanza sino ad arrestarsi sugli occhi chiari di Arnie Grossman. I due poliziotti volevano capire il messaggio lasciato dall'aggressore nella sua camera d'albergo? E lui non li avrebbe delusi.

«Mi dica una cosa», gli chiese a bruciapelo. «Qual è la natura dell'alleanza stabilita tra Dio e il popolo ebraico?».

Colto di sorpresa dalla domanda, l'ispettore capo della polizia israeliana sbatté più volte le palpebre.

«Be'… Dio ci ha dato le tavole della legge», disse esitante. «Ci ha scelti come suo popolo e ci ha concesso la sua protezione, in cambio del nostro rispetto per le sue regole».

«Se è così, come spiega la distruzione delle Tempio nel 70 e le successive persecuzioni degli ebrei, come pure la cattività babilonese, l'espulsione dalla Terrasanta e l'Olocausto? Dopotutto, non è Dio stesso che vi garantisce la sua protezione? Com'è possibile che nel corso della storia vi siano successe così tante disgrazie, se potete contare sul suo favore?».

Di fronte a quel paradosso, Grossman si grattò la testa cercando di formulare una risposta.

«I nostri antichi profeti dicono che il male patito da Israele è conseguenza della disobbedienza degli ebrei al Signore», rispose infine. «Sono i nostri peccati che inducono Dio a punirci. Secondo loro, se diventassimo devoti, ci conformassimo fedelmente alla legge e tornassimo sulla via del Signore, Israele rinascerebbe in tutto il suo splendore».

«Cioè, la sofferenza è un castigo divino per i peccati commessi dagli ebrei».

«È quanto dicono i nostri profeti».

Tomás guardò fuori dalla finestra, verso i lampioni che illuminavano la strada e gli edifici davanti all'ospedale, ma fu solo per un attimo, perché subito dopo tornò a fissare i due poliziotti venuti a trovarlo.

«Questa la spiegazione tradizionale che si dà alle sofferenze del popolo ebraico», confermò. «Ora, però, all'epoca della rivolta dei maccabei, la repressione si intensificò e agli ebrei fu addirittura proibito dagli oppressori di rispettare la legge. Ogni disobbedienza era punita con la morte. Tale veto suscitò in molti la convinzione che le sofferenze non potessero essere interpretate come un castigo di Dio per i loro peccati. Se non potevano neppure rispettare la legge! D'altra parte, per quanto pii e zelanti fossero i fedeli nel rispetto della legge, le sofferenze continuavano. Da che cosa dipendeva? Emerse allora una nuova spiegazione: non era Dio che faceva soffrire la gente, era il diavolo. La cattività babilonese aveva introdotto nella cultura ebraica la figura di Baalzevuv, o Belzebù, a cui, con il tempo, fu attribuito tutto il male del mondo. Il diavolo aveva preso possesso della terra ed era il responsabile di ogni sofferenza».

«E Dio, allora?»

«Dio era in cielo», spiegò lo studioso, puntando il dito verso l'alto. «Per qualche ragione non meglio identificata, il Signore permetteva che Belzebù regnasse sul mondo e operasse tutto il male che qualsiasi essere umano sperimentava sulla propria pelle o vedeva intorno a sé. Molti ebrei, anche se non tutti, adottarono perciò una visione manichea della vita, fondata su questo dualismo tra bene e male. Dio comandava le forze del bene, aveva dalla propria parte la virtù e la vita, il benessere e la verità, la luce e gli angeli. Belzebù, invece, capeggiava le forze del male, e aveva accanto a sé il peccato e la morte, la sofferenza e la menzogna, le tenebre e i demoni. Queste due grandi forze cosmiche sottomettevano gli esseri umani alla propria volontà, e la gente doveva scegliere da che parte stare: o con Dio, o con il diavolo. Non esisteva una terra di mezzo». Tomás fece una pausa e spalancò gli occhi. «Ma attenzione: non sarebbe durato in eterno. Un giorno Dio sarebbe sceso sulla terra, avrebbe distrutto le forze del male e imposto il suo regno. Di che regno si tratta?».

Arnie Grossman strizzò gli occhi, riconoscendo quell'espressione.

«Il regno di Dio».

«Proprio così», confermò Tomás. «Alcune sette ebraiche iniziarono a credere che questo dualismo tra bene e male si sarebbe esteso anche nel tempo, divenendo così apocalittico. Nei giorni in cui stavano vivendo, c'era il regno di Belzebù, cosa che spiegava l'esistenza di tanto male e sofferenze sulla terra. Il mondo era immerso nel dominio del diavolo, dove comandavano peccatori e corrotti, alleati di Belzebù. I giusti e i virtuosi venivano repressi. Tuttavia, alla fine di questa età del male, si sarebbe verificato un grande cataclisma: c'era chi pensava che Dio avrebbe mandato un Messia per capeggiare la battaglia contro il male, mentre altri ritenevano che l'inviato sarebbe stata una figura diversa, che le Scritture chiamavano il Figlio dell'uomo. *Daniele*, 7:13-14, descrive questa visione profetica: "Ecco apparire, sulle nubi del cielo, uno, simile a un figlio di uomo; giunse fino al vegliardo e fu presentato a lui, che gli diede potere, gloria e regno; tutti i popoli, nazioni e lingue lo servivano; il suo potere è un potere eterno, che non tramonta mai, e il suo regno è tale che non sarà mai distrutto". Ossia, nella profezia di Daniele, l'inviato da Dio che sarebbe venuto a stabilire il Suo regno eterno è il Figlio dell'uomo. Comunque, che fosse tramite il Messia o il Figlio dell'uomo, fatto sta che Dio sarebbe intervenuto nel mondo, avrebbe neutralizzato le forze del male e si sarebbe stabilito sulla terra. I morti sarebbero resuscitati e tutti gli esseri umani sarebbero stati sottoposti a giudizio».

Il poliziotto israeliano riconobbe qui una delle più importanti profezie delle Scritture: «Il giorno del giudizio universale».

«Proprio così. Dopo quel grande processo, avrebbe avuto inizio una nuova era, senza più dolore o sofferenza, fame o guerra, odio o disperazione, e il Signore avrebbe governato in eterno: il regno di Dio».

Valentina ascoltava in silenzio, ma cominciava già a spazientirsi. Aveva in mano il foglio dell'enigma e, approfittando della pausa, lo mostrò allo storico.

«Molto interessante», disse. «Ma cosa c'entra tutto questo con la soluzione del rompicapo?».

Tomás aprì la Bibbia posata sul letto. «Non è evidente?», chiese. «Questo enigma ci riporta al *Vangelo secondo Marco*, versetto 1:15. Vi rileggo un attimo la frase di Gesù citata in quel passo». Si schiarì la voce: «"Il tempo è compiuto e il regno di Dio è vicino; convertitevi e credete al vangelo"».

All'improvviso, nella stanza d'ospedale calò il silenzio. La frase di Gesù era stata assimilata con tutte le sue implicazioni e conseguenze.

«"Il tempo è compiuto e il regno di Dio è vicino"?», ripeté Valentina, sforzandosi di trarre un senso da quanto aveva appena ascoltato. «Sta insinuando che Gesù avrebbe detto che il tempo di Belzebù si era compiuto e Dio avrebbe istituito il proprio regno?».

Tomás indicò il versetto.

«È quel che c'è scritto in questa frase, no?»

«Ma... ma cosa vuol dire?».

Lo storico guardò l'italiana con sguardo penetrante.

«Non è forse evidente?», chiese con aria retorica. «Gesù era un predicatore apocalittico!». Fece segno verso la finestra. «Non li ha mai visti là fuori, per strada, quegli svitati con la barba lunga e i cartelloni che dicono "Pentitevi! La fine è prossima!" e altre corbellerie simili? Li ha mai visti?». Indicò il piccolo crocifisso d'argento che la giovane donna portava al collo. «Be', Gesù era uno di quelli!».

«Mamma mia!», si scandalizzò lei. «Come può affermare una cosa del genere?»

«Ma è la verità!», insistette Tomás. «D'altronde, anche la sua famiglia pensava che non fosse del tutto a posto con la testa!».

Fu come se avesse affondato un'altra coltellata nel bel corpo di Valentina.

«Oh!», gemette. «Come osa? La Vergine... la Madonna... Maria Santissima non ha mai pensato una cosa simile di suo figlio! Sapeva che era... speciale. Gli è sempre stata devota!».

Lo storico si mise a sfogliare freneticamente la Bibbia.

«Ah sì?», fece. «Allora guardi cosa c'è scritto nel *Vangelo secondo Marco*». Identificò il passo. «Versetto 3:21: "Allora i suoi, sentito questo, uscirono per andare a prenderlo; poiché dicevano: 'È fuori di sé'"». Alzò gli occhi. «Gesù "è fuori di sé"? Questo pensavano di lui i suoi stessi parenti, che erano accorsi "per andare a prenderlo"? I familiari di Gesù pensavano che fosse impazzito? Che gliene pare?».

Valentina si piegò sul libro e lesse il versetto con i propri occhi.

«Be'... cioè... non avevo mai fatto caso a questo passo».

«E non era solo la sua famiglia a ritenerlo "fuori di sé". Lo pensavano anche gli abitanti di Nazaret». Avanzò di alcune pagine. «Adesso guardi che cosa scrive Marco, 6:5, quando lui tornò nel suo villaggio e affrontò i suoi compaesani nella sinagoga: "Ma Gesù disse loro: 'Un profeta non è disprezzato che nella sua patria, dai suoi parenti e in casa sua'. Ossia, qui ammette apertamente che i suoi parenti lo disprezzavano! E anche i suoi compaesani! E questo non succedeva solo a Nazaret: ovunque andasse, in Galilea, la gente rideva di ciò che diceva! Al punto che iniziò a minacciarli. Cito da Matteo, 11:21, dove lui, infuriato, esclama: "Guai a te, Corazin! Guai a te, Betsàida! Perché, se a Tiro e a Sidone fossero mai stati compiuti i miracoli che sono stati fatti in mezzo a voi, già da tempo avrebbero fatto penitenza, ravvolte nel cilicio e nella cenere. Ebbene io ve lo dico: Tiro e Sidone nel giorno del giudizio avranno una sorte meno dura della vostra. E tu, Cafàrnao, sarai forse innalzata fino al cielo? Fino agli inferi precipiterai!"». Tomás guardò i suoi interlocutori. «Come potrebbe essere più chiaro?».

Anche l'italiana lesse il passo del vangelo, per verificare che corrispondesse.

«Dio mio!», esclamò portandosi la mano sulla bocca. «Ma perché diavolo nessuno non me lo ha mai spiegato?».

Era evidentemente una domanda retorica e Tomás non si prese neppure la briga di rispondere. Riprese a sfogliare, invece, il *Vangelo secondo Marco*.

«L'avvento del regno di Dio costituiva, in buona sostanza, l'essenza del messaggio di Gesù», disse. «Non a caso, infatti, Marco inizia proprio da qui. Il suo vangelo esordisce con l'incontro tra Gesù e il Battista e l'episodio nel fiume Giordano. È importante ricordare che Giovanni andava gridando ai quattro venti che l'arrivo del regno di Dio era imminente e che, se volevano entrarvi, le persone dovevano pentirsi e lavare i propri peccati nell'acqua per purificarsi. Se Gesù andò da lui, è perché credeva in questo messaggio. Secondo Marco, non appena fu battezzato, purificandosi dei propri peccati come raccomandava Giovanni, dai cieli scese una voce che lo riconobbe come "il Figlio mio prediletto", dopodiché Gesù andò nel deserto e ci rimase per quaranta giorni. Quindi tornò in Galilea e Marco gli attribuì la frase fatidica del versetto 1:15, in realtà una semplice eco del messaggio apocalittico di Giovanni Battista: "Il tempo è compiuto e il regno di Dio è vicino; convertitevi e credete al vangelo"». Tomás sottolineò col dito l'ultima espressione. «A questo punto, vi domando: come si dice *vangelo* in greco?».

I due poliziotti si strinsero nelle spalle.

«Sono un po' arrugginito in greco», scherzò Grossman.

«*Euanghèlion*, cioè "buona novella"», rivelò Tomás. «Che in greco si dice appunto *euanghèlion*». Indicò il testo biblico. «Ecco qua il significato profondo e occulto dei vangeli: la buona novella dell'apocalisse e del conseguente avvento del regno di Dio!». Protese le braccia verso il cielo e fece un'aria allucinata, scimmiottando un predicatore apocalittico. «Pentitevi! Pentitevi e credete nella buona novella! Il mondo sta per finire e Dio imporrà il suo regno!». Riprese la sua espressione normale e fissò i due. «E questo, che ci crediate o meno, è il messaggio centrale dei vangeli».

Valentina scosse la testa, rifiutandosi di accettarlo.

«Non può essere!», mormorò. «Non può essere!».

«Lei crede? E allora, mi dica: qual è la preghiera principale dei cristiani?»

«Il *Padre nostro*, è ovvio».

«Me lo può recitare?»

«Il *Padre nostro*?», si sorprese la ragazza. Si schiarì la voce e iniziò a dire la preghiera come quando andava la domenica a messa. «Padre nostro, che sei nei cieli, sia santificato il tuo nome, venga il tuo regno, sia fatta la tua volontà, così in cielo, come in terra».

«Ha fatto caso a quel che ha appena detto?»

«Ma insomma! Sto solo recitando il *Padre nostro*...».

«Sì, ma si è resa conto di quello che ha detto? "Padre nostro che sei nei cieli". Ma in terra non c'è? E allora, in terra chi c'è? Il diavolo, chiaro. "Venga il Tuo regno". Quale? Il regno di Dio, è evidente. In questa preghiera, si chiede che il regno di Dio venga da noi. "Sia fatta la tua volontà, così in cielo, come in terra". Sia fatta in terra la volontà di Dio? Significa che qui non viene ancora fatta? Finora è stata fatta solo in cielo?».

Valentina sembrava confusa.

«Strano, non ci avevo mai fatto caso».

«Il *Padre nostro*, la preghiera centrale del cristianesimo, in verità è apocalittica! Sono gli ebrei che implorano Dio di scendere in terra per imporre "la tua volontà"! Volontà che ancora non opera sulla terra, dal momento che il mondo, vi ricordo, è in mano a Belzebù».

«Mamma mia! La prossima volta che pregherò farò più attenzione a quello che dico!».

«Gesù arriva perfino a descrivere in modo particolareggiato il giorno in cui si scatenerà l'evento apocalittico che preannuncia l'inizio della nuova era, che Marco e Luca chiamano "regno di Dio" e Matteo "il regno dei cieli"», aggiunse. «Guardate cosa dice Gesù, citato da Marco, 13:24-27: "In quei giorni, dopo quella tribolazione, il sole si oscurerà e la luna non darà più il suo splendore e gli astri si metteranno a cadere dal cielo e le potenze che sono nei cieli saranno sconvolte. Allora vedranno il Figlio dell'uomo venire sulle nubi con grande potenza e gloria. Ed egli manderà gli angeli e riunirà i suoi eletti dai quattro venti, dall'estremità della terra fino all'estremità del cielo"». Guardò i due poliziotti. «Qui Gesù sta elaborando la visione profetica di Daniele nelle Scritture».

Grossman, che in quanto ebreo conosceva bene l'Antico Testamento, annuì. «È evidente».

«Dio stabilirà il Suo regno sulla terra. Quali saranno le conseguenze sociali di questo grande evento?»

«Non ci saranno più disuguaglianze», sentenziò Valentina. «Non ci saranno più ricchi e poveri, potenti e oppressi, forti e deboli».

Tomás scosse la testa.

«No».

Quella negazione la sorprese.

«No?».

Lo studioso fece una pausa, per aumentare l'effetto drammatico.

«Occorre l'inversione dei ruoli!».

«L'inversione di che? Cosa intende dire?»

«Adesso chi comanda nel mondo è Belzebù, vero? E chi sono i suoi agenti? Chi trae vantaggio da questo mondo: i ricchi, i potenti, i corrotti. Siccome sulla terra comanda il diavolo, per forza di cose chiunque detenga ora il potere, per definizione, è un suo agente. E dove sono gli agenti di Dio? Sotto le grinfie di quelli di Belzebù. E chi sono? I poveri, gli oppressi, gli indifesi. E allora che cosa succederà quando il regno di Dio verrà stabilito sulla terra? Si invertiranno i ruoli!».

«Che cosa intende per *inversione dei ruoli*?», ripeté Valentina. «Che i deboli diventeranno forti?»

«E i forti diventeranno deboli e verranno sottomessi e umiliati».

«Ma il messaggio cristiano è un messaggio egualitario!», protestò lei. «Nessuno è sottomesso a nessuno!».

Tomás si volse verso la copia della Bibbia.

«A questa sua osservazione non risponderò io, ma Gesù stesso», controbatté. «In Marco, 10:31, afferma: "E molti dei primi saranno gli ultimi e gli ultimi i primi". In Luca, 6:24-25, dice: "Ma guai a voi, ricchi, perché avete già la vostra consolazione. Guai a voi che ora siete sazi, perché avrete fame". Ancora Marco, 9:35: "Se uno vuol essere il primo, sia l'ultimo di tutti e il servo di tutti". Matteo, 19:23-24, scrive: "Gesù allora disse ai suoi discepoli: 'In verità vi dico: difficilmente un ricco entrerà nel regno dei cieli. Ve lo ripeto: è più facile che un cammello passi per la cruna di un ago, che un ricco entri nel regno dei cieli". E sul giorno del giudizio, quando il Figlio dell'uomo scenderà dal cielo e siederà sul trono per giudicare l'umanità e porrà i potenti alla sua sinistra, ancora Matteo, in 25:41-43, riporta: "Poi dirà a quelli alla sua sinistra: 'Via, lontano da me, maledetti, nel fuoco eterno, preparato per il diavolo e per i suoi angeli. Perché ho avuto fame e non mi avete dato da mangiare; ho avuto sete e non mi avete dato da bere; ero forestiero e non mi avete ospitato, nudo e non mi avete vestito, malato e in carcere e non mi avete visitato'". Sempre Matteo, 13:40-42, cita Gesù: "Come dunque si raccoglie la zizzania e si brucia nel fuoco, così avverrà alla fine del mondo. Il Figlio dell'uomo manderà i suoi angeli, i quali raccoglieranno dal suo regno tutti gli scandali e tutti gli operatori di iniquità e li getteranno nella fornace ardente dove sarà pianto e stridore di denti"».

«Diamine!».

Lo studioso guardò in faccia Valentina.

«Capisce qual è il vero messaggio di Gesù? Ai potenti ha detto: "Patirete la fame!". Ha aggiunto che "è più facile che un cammello passi per la cruna di un ago, che un ricco entri nel regno dei cieli"! Ha spiegato che saranno "servi di tutti"! Li ha definiti "maledetti" e ha annunciato loro che finiranno "nella fornace ardente dove sarà pianto e stridore di denti"!». Serrò le palpebre. «Non mi sembra un messaggio molto cristiano, compassionevole ed egualitario, no?».

Colta del tutto alla sprovvista da questi versetti, Valentina era rimasta a bocca aperta. «Ma... ma...», balbettò sconcertata. «Gesù ha detto di porgere l'altra guancia! Ha detto di amare i nostri nemici! L'ha detto o no? Non è un messaggio di eguaglianza, questo?»

«No, mia cara», rispose Tomás. «Quando dice di porgere l'altra guancia e amare i nemici non sta trasmettendo un messaggio di eguaglianza, ma un messaggio di inversione dei ruoli. Non dimentichi che "molti dei primi saranno gli ultimi e gli ultimi i primi". Chi sono gli ultimi? Quelli che stanno in basso. I poveri, gli oppressi. In Matteo, 5:3-10, nel *Discorso della montagna* dice: "Beati i poveri in spirito, perché di essi è il regno dei cieli. Beati gli afflitti, perché saranno consolati. Beati i miti, perché erediteranno la terra. Beati quelli che hanno fame e sete della giustizia, perché saranno saziati. Beati i misericordiosi, perché troveranno misericordia. Beati i puri di cuore, perché vedranno Dio. Beati gli operatori di pace, perché saranno chiamati figli di Dio. Beati i perseguitati per causa della giustizia, perché di essi è il regno dei cieli"».

«Allora i potenti non possono fare niente per mantenere intatto il proprio ruolo nel regno di Dio...».

«Certo. Anzi, possono fare molto».

«E cosa?»

«Tanto per cominciare, pentirsi dei loro peccati. Questo era il messaggio di Giovanni Battista, abbracciato da Gesù, che conferma il ravvedimento come il primo passo da compiere. In Luca, 15:7, Gesù afferma: "Così, vi dico, ci sarà più gioia in cielo per un peccatore convertito, che per novantanove giusti che non hanno bisogno di conversione". Antepone i peccatori convertiti a quelli che non commettono peccati! Cosa sensata nella logica dell'inversione dei ruoli, secondo cui i primi prendono il posto degli ultimi, e gli ultimi dei primi».

«Significa che il pentimento è il miglior modo per conquistarsi il regno di Dio?»

«Per Gesù, sì. Ma i potenti possono anche rinunciare al proprio potere, rendersi deboli e aiutare. Non dimentichi, le ripeto, che ci sarà l'inversione dei ruoli. In Luca, 18:14, Gesù dice: "Chi si esalta sarà umiliato e chi si umilia sarà esaltato". Di conseguenza, i deboli diverranno forti. In che modo una persona può rimanere potente nel regno di Dio? Spogliandosi, diventando debole e umiliandosi nel regno di Belzebù. Ecco che cosa afferma in Marco, 8:35: "Perché chi vorrà salvare la propria vita, la perderà; ma chi perderà la propria vita per causa mia e del Vangelo, la salverà". È per questo che insiste sulla necessità che i suoi seguaci si spoglino, divengano schiavi degli altri e dedichino la vita ai deboli. La mortificazione arriva sino al punto che l'umiliato deve amare il proprio nemico».

«Ma questa è umiltà!».

Lo studioso indicò la Bibbia. «No», esclamò. «Quanto c'è scritto qui a noi oggi sembra l'apologia dell'umiltà. Tuttavia, nel contesto e nel significato all'interno del quale Gesù pronunciò queste parole, non stava raccomandando l'umiltà per il semplice desiderio di fare del bene. Contrariamente a quanto possa sembrare oggi, non si trattava di un atto puramente altruista, generoso, disinteressato e innocente. Al contrario, era improntato a un chiarissimo progetto di potere. Ciò che per noi oggi è umiltà era una modalità con cui in seguito le persone sarebbero divenute forti e avrebbero sottomesso chi prima deteneva il potere, e poi sarebbe diventato debole. Ma quando? Non appena si fosse stabilito il regno di Dio, chiaro».

«Mi scusi, ma così non va», argomentò Valentina, che si rifiutava di accettare quella lettura. «Era comunque un progetto altruista, generoso e disinteressato, perché si trattava di un progetto a lungo termine. La gente si sarebbe aiutata vicendevolmente per molto tempo, dato che il regno di Dio non si istituisce mica da un momento all'altro, no? Ci vuole tantissimo per...».

«Domani».

La giovane donna sbatté le palpebre.

«Scusi?».

Tomás la fissò intensamente, per sottolineare il significato delle proprie parole.

«Il regno di Dio sarà istituito a partire da domani».

XLIV

Tempestata da mille piccole luci, come un grandioso albero di Natale, di notte Gerusalemme sembrava quasi una città come qualsiasi altra. Quasi. La cupola dorata sul pendio, eretta dai musulmani in cima al monte Moriah e scintillante come un enorme faro tra la miriade di lucine arancioni e bianche che brillavano tremule nell'oscurità, rammentava a chi la osservava che quella non era una città come le altre.

Sicarius lo sapeva come nessuno. Seduto davanti alla finestra mentre aspettava notizie dal maestro, rimuginava sul significato profondo di quella maledetta cupola che risplendeva dinanzi ai suoi occhi. Ah, non c'era dubbio: era un insulto alla memoria dei suoi antenati!

Come ignorare l'affronto? Era stato proprio lì, in cima al monte Moriah e sotto quella cupola usurpatrice, che Abramo aveva offerto in sacrificio suo figlio; era stato sempre sulla sommità di quel monte che Salomone aveva eretto il suo Tempio e che Erode lo aveva ricostruito; e di nuovo lì si era innalzato il *Sancta sactorum*, proprio nel punto in cui sorgeva la cupola, il luogo del sacrificio di Abramo, la camera in cui Dio benedetto, Lui in persona, era presente sulla terra. Ma a volte il destino riservava di queste sorprese. I romani avevano distrutto il Tempio e i musulmani avevano costruito lì la loro cupola. Un duplice affronto per gli ebrei.

Ma l'ora si avvicinava. Occhio per occhio, dente per dente. La giustizia di Dio era inesorabile. Ah, il mondo avrebbe finalmente compreso la verità! E a lui, Sicarius, spettava l'onore supremo di essere il pugno di Dio, lo strumento della volontà divina, la *sica* che i figli restituivano nelle mani del Padre.

Si alzò di scatto e voltò le spalle alla finestra, irritato dall'immagine provocatoria della cupola dorata. Non poteva sopportarne la vista. Bruciante d'impazienza, prese di nuovo il cellulare e digitò ancora una volta il numero del maestro. Dopo due squilli partì la segreteria telefonica.

«Il numero che avete chiamato non è al momento disponibile», ripeté la voce femminile. «Lasciate un mess...».

Riattaccò, frustrato, prima della fine del messaggio registrato, e scagliò il cellulare sul tappeto.

«Ma dov'è finito?», ruggì. «Si è ritirato nel suo eremo proprio in un momento come questo? È impazzito?».

Non aveva senso. Respirò a fondo, ritornando padrone di se stesso, e raccolse il telefonino per verificare che non si fosse rotto. Funzionava. Camminò nervosamente su e giù davanti alla finestra, ma questa volta evitò di guardare l'irritante cupola dorata in cima al monte Moriah, che sembrava essere stata messa lì di proposito per oltraggiare i figli di Dio.

Improvvisamente gli venne un'idea.

E internet? Si diede una pacca sulla fronte. Come diavolo aveva fatto a non ricordarsene? Accese il computer portatile e attese con pazienza che si avviasse il sistema operativo e si stabilisse la connessione. Ci impiegò circa tre minuti, ma alla fine riuscì a entrare nella sua casella e-mail e andò direttamente nella cartella di posta in arrivo. Il messaggio era lì.

Cliccò sull'icona e il contenuto gli apparve sullo schermo.

Sicarius,
è andato tutto bene.

C'è stato solo un po' di ritardo nel lanciare l'allarme, perché ce n'è voluto per convincere la centralinista della polizia che ha risposto al telefono.

Non sarò raggiungibile per qualche tempo, ma ti chiedo di tener d'occhio la fondazione. Quando vedrai muoversi il bersaglio, seguilo discretamente fino a dove ti condurrà.

L'ora sta per giungere.

«"Ti chiedo di tener d'occhio la fondazione? Quando vedrai muoversi il bersaglio, seguilo discretamente?"».

Sicarius spense il computer e aprì la cassaforte, prendendo la valigetta di pelle nera che custodiva la *sica*.

Aveva una nuova missione.

XLV

«Domani?», s'interrogò Valentina, controllando la data sull'orologio. «Cosa intende dire con *domani*?».

Tomás rise.

«Quando dico che il regno di Dio verrà istituito domani, non lo faccio con la prospettiva di oggi», chiarì. «È con quella del tempo di Gesù. Egli riteneva che il regno di Dio fosse sul punto di essere instaurato, il che doveva succedere mentre lui stesso era in vita».

«Oh, che sciocchezza! Gesù non ha mai detto una cosa del genere!».

Lo storico aprì nuovamente la Bibbia alla prima pagina del *Vangelo secondo Marco*.

«Ah no? Legga di nuovo il versetto 1:15 di Marco, indicato dal mio aggressore nell'enigma che ha lasciato nella stanza», suggerì, abbassando gli occhi sul testo. «"Il tempo è compiuto e il regno di Dio è vicino; convertitevi e credete al vangelo"». Fissò l'interlocutrice. «Gesù qui dice che il tempo è compiuto! Che il regno di Dio è vicino! È questa la buona novella! Capisce?».

L'italiana gesticolò in aria. «Vicino, vicino... che vuol dire? *Vicino* è una parola molto vaga! Tutto dipende dai punti di vista, no? Nella prospettiva umana, un migliaio di anni è molto, ma in quella dell'universo è niente!».

«*Vicino* significa *imminente*», spiegò Tomás. «Gesù riteneva che la creazione del regno di Dio potesse accadere in qualunque momento. Domani, il mese prossimo, entro uno o due anni. Nella citazione di Marco, 9:1, spiega ai suoi discepoli: "In verità io vi dico: vi sono alcuni qui presenti che non moriranno prima di avere visto giungere il regno di Dio nella sua potenza"». Tomás li fissò in volto. «Cioè Gesù disse loro che alcuni sarebbero stati ancora in vita al momento della creazione del regno di Dio!». Girò tre pagine. «Questo messaggio è rafforzato più avanti, sempre in Marco, 13:30: "In verità io vi dico: non passerà questa generazione prima che tutto questo avvenga". Ovvero, la venuta del regno di Dio era imminente. Gesù arrivò a suggerire che la terra fosse la casa di Dio, e che il suo proprietario, fino ad allora assente, adesso fosse pronto a rientrare. In Marco, 13:35-37, dice: "Vegliate dunque: voi non sapete quando il padrone di casa ritornerà, se alla sera o a mezzanotte o al canto del gallo o al mattino; fate in modo che, giungendo all'improvviso, non vi trovi addormentati. Quello che dico a voi, lo dico a tutti: vegliate!"».

Valentina appariva sconcertata.

«È davvero così?».

Lo studioso portoghese le indicò per l'ennesima volta la Bibbia.

«È quello che sta scritto qui!», esclamò. «Legga lei stessa, se ha dei dubbi! Per esempio, quando Gesù fu giudicato dal sinedrio, che presumibilmente lo condannò a morte, ancora in Marco, 14:62, egli profetizzò al sommo sacerdote quanto segue: "E vedrete il Figlio dell'uomo seduto alla destra della Potenza"». Tomás fece una smorfia. «"Vedrete"? Gesù riteneva che la venuta del regno di Dio fosse così imminente da profetizzare che lo stesso sommo sacerdote, già di una certa età, sarebbe stato ancora vivo al momento in cui ciò sarebbe successo!».

«Ma cosa induceva Gesù a pensare che il regno di Dio fosse sul punto di arrivare?»

«Pensava che ci fossero dei segnali in tal senso. In Marco, 4:11, Gesù dice ai suoi discepoli: "A voi è stato dato il mistero del regno di Dio; per quelli che sono fuori invece tutto avviene in parabole, affinché guardino, sì, ma non vedano, ascoltino, sì, ma non comprendano, perché non si convertano e venga loro perdonato"». Serrò le palpebre e abbassò la voce, come parlando tra sé e sé. «Interessante, no? Gesù, il profeta del perdono, esprime il timore che le persone "che sono fuori" capiscano il suo messaggio e si convertano, per essere così perdonate. Per evitarlo, sceglie di spiegare le cose per parabole. In una di queste, paragona Dio a un contadino che sparge semi sul terreno. Alcuni daranno subito dei frutti: erano questi i primi segnali dell'arrivo del Suo regno».

«C'erano già dei segnali? Quali?»

«Consideri le guarigioni miracolose. Gli ebrei, legati a una visione escatologica, credevano che le malattie fossero opera di Belzebù. Ma, dato che Gesù era un guaritore e un esorcista capace di curare le persone, credeva che i suoi poteri fossero un primo segnale dell'intervento di Dio, nel cui regno la malattia non sarebbe esistita. Da qui l'importanza dell'episodio riferito da Matteo, 11:2, riguardo al Battista: "Giovanni, che era in carcere, avendo sentito parlare delle opere del Cristo, per mezzo dei suoi discepoli mandò a dirgli: 'Sei tu colui che deve venire o dobbiamo aspettare un altro?'. Gesù rispose loro: 'Andate e riferite a Giovanni ciò che udite e vedete: i ciechi riacquistano la vista, gli zoppi camminano, i lebbrosi sono purificati, i sordi odono, i morti risuscitano, ai poveri è annunciato il Vangelo'". Ovvero Gesù interpreta le guarigioni miracolose come un segnale della venuta del regno di Dio. Anche se Belzebù era responsabile delle malattie esistenti nel mondo, i ciechi già vedevano e gli storpi già camminavano. Non era questa la prova che l'intervento di Dio sulla terra stava cominciando?».

Valentina scosse la testa.

«Ma come sarebbe?», esclamò. «Ho sempre pensato che Gesù fosse, oltre che un Messia e il Figlio di Dio, un grande maestro di etica, che ci insegnava a vivere in maniera giusta e pacifica. Quel che lei mi sta dicendo mi giunge totalmente nuovo».

«Gesù insegnava un'etica», concesse Tomás, «ma non a lungo termine. Non era necessaria, perché riteneva che il mondo avrebbe presto subìto un cambiamento radicale. La morale che predicava serviva affinché le persone migliori si adattassero al mondo nuovo che sarebbe sorto da un momento all'altro, il paradisiaco regno di Dio, dove le ingiustizie, la fame, la malattia e le sofferenze dei deboli avrebbero avuto fine, mentre i potenti che non si fossero pentiti sarebbero stati puniti. Siccome ci sarebbe stata un'inversione dei ruoli, chiedeva alle persone di spogliarsi dei loro beni materiali e di impegnarsi ad aiutarsi reciprocamente, per essere ricompensate poi nel nuovo regno. Marco racconta che un uomo ricco si era avvicinato a Gesù e gli aveva detto di aver seguito i comandamenti, non avendo ucciso nessuno, né derubato, né commesso adulterio, né altre manchevolezze. Come doveva comportarsi dunque?». Lo storico sfogliò la Bibbia. «La risposta di Gesù arriva in 10:21: "Una cosa sola ti manca: va', vendi quello che hai e dallo ai poveri, e avrai un tesoro in cielo; e vieni! Seguimi!". Quando il ricco rifiuta di disfarsi della sua fortuna, Gesù osserva: "Quanto è difficile, per quelli che possiedono ricchezze, entrare nel regno di Dio!"». Tomás guardò i due poliziotti. «Quindi alla base della morale di Gesù c'è la preparazione per il regno di Dio. Quest'etica presupponeva il pentimento e la povertà. Insisteva talmente sull'indigenza da chiedere addirittura alle persone di abbandonare le proprie famiglie!».

«Ah, questo no!», protestò la donna. «Questo mai! Gesù difendeva la famiglia!».

«Lei pensa?»

«Lo sanno tutti!».

Tomás rivolse nuovamente l'attenzione alla sua Bibbia.

«Allora guardi cosa c'è scritto qui», propose. «In Luca, 12:51, Gesù dice: "Pensate che io sia venuto a portare pace sulla terra? No, io vi dico, ma divisione. D'ora innanzi, se in una famiglia vi sono cinque persone, saranno divisi tre contro due e due contro tre; si divideranno padre contro figlio e figlio contro padre, madre contro figlia e figlia contro madre, suocera contro nuora e nuora contro suocera"». Fissò Valentina. «Avrebbe potuto essere più chiaro di così? La verità è che incitava la gente ad abbandonare le famiglie! In Matteo, 10:34-37, afferma: "Non crediate che io sia venuto a portare pace sulla terra; sono venuto a portare non pace, ma spada. Sono infatti venuto a separare l'uomo da suo padre e la figlia da sua madre e la nuora da sua suocera; e nemici dell'uomo saranno quelli della sua casa. Chi ama padre o madre più di me, non è degno di me; chi ama figlio o figlia più di me, non è degno di me". E in Marco, 10:29-30: "In verità io vi dico: non c'è nessuno che abbia lasciato casa o fratelli o sorelle o madre o padre o figli o campi per causa mia e per causa del Vangelo, che non riceva già ora, in questo tempo, cento volte tanto in case e fratelli e sorelle e madri e figli e campi, insieme a persecuzioni, e la vita eterna nel tempo che verrà. Molti dei primi saranno ultimi e gli ultimi saranno primi"».

Essendo ebreo, Arnie Grossman era rimasto in silenzio fino a quel momento. Ma non riuscì più a trattenere un sorriso.

«Sembra un politico in campagna elettorale», scherzò, poi aprì le braccia come se parlasse davanti a una folla di elettori nel corso di un comizio. «Seguitemi! Votate per me! Vi prometto il Paradiso!».

A Tomás sembrò una battuta adatta, ma preferì non commentare per non ferire la suscettibilità di Valentina. «A Gesù, la famiglia e l'ordine sociale esistente non interessavano affatto», sentenziò lo studioso. «La fine del regno di Belzebù stava per arrivare e a breve tutto sarebbe stato messo in discussione. Ciò che gli importava era che la gente si preparasse per il mondo nuovo, il regno di Dio. Bisognava sovvertire tutto. In Marco, 2:22, dice: "Nessuno versa vino nuovo in otri vecchi, altrimenti il vino spaccherà gli otri, e si perdono vino e otri. Ma vino nuovo in otri nuovi!"».

L'italiana alzò la mano, come se volesse frenarlo.

«Aspetti, aspetti!», ordinò. «Mi sembra che lei stia facendo una gran confusione! Quando Gesù parlava del regno di Dio, era tutto metaforico e simbolico!».

«Si sbaglia!», la contraddisse Tomás. «Questa è un'interpretazione venuta fuori in seguito per giustificare la mancata realizzazione del regno di Dio. Ma quello di cui parlava Gesù non era né simbolico, né metaforico. Era un luogo reale. Era la terra trasformata in Paradiso perché il suo padrone, il Signore, sarebbe finalmente tornato e avrebbe posto fine alle iniquità di Belzebù. Il regno di Dio era reale, governato da leggi e persone in carne e ossa».

«Cosa?!», si meravigliò Valentina. «E dove sta scritta una cosa del genere?».

Come prevedibile, l'attenzione dello storico tornò ancora una volta all'esemplare della Bibbia che teneva tra le mani.

«Quanti erano gli apostoli?», le domandò.

«Facile. Dodici, lo sanno tutti».

«Contiamoli», propose Tomás, battendo su ogni nome con il dito. «Simon Pietro, Andrea, Giacomo e Giovanni, figli di Zebedeo, Filippo, Bartolomeo, Tommaso, Matteo, Giacomo figlio di Alfeo, Taddeo, Simone, Nataniele, Giuda fratello di Giacomo, Giuda figlio di Giacomo e Giuda Iscariota. Sono quindici».

«Quindici?! Ma li chiamavano "i dodici"...».

«Certo. Però, se sommiamo tutti i nomi citati dai vari evangelisti, ne abbiamo quindici. E Luca scrive in 10:1: "Dopo questi fatti il Signore designò altri settantadue e li inviò a due a due davanti a sé in ogni città e luogo dove stava per recarsi". Vale a dire che qui ne appaiono addirittura settantadue! Il che suscita un interrogativo: se gli apostoli non erano dodici, perché li chiamavano così?».

L'italiana aveva uno sguardo opaco.

«Non so».

Lo storico si voltò verso il silenzioso Grossman.

«Che significato ha il numero dodici per gli ebrei?»

«Sono le dodici tribù di Israele», disse senza esitazioni l'ispettore capo della polizia israeliana. «Quando l'Assiria conquistò il regno del Nord, Israele perse dieci di queste tribù. Ne restarono solo due. Il nostro sogno è ricostituire Israele, riunendo le dieci perdute alle due rimaste».

«Capite ora l'importanza di essere dodici apostoli? Essendo ebreo, Gesù voleva ricostituire Israele. Credeva che il vecchio sogno ebraico si sarebbe realizzato nel regno di Dio!».

Valentina storse il naso.

«Ma questa è una sua elucubrazione mentale! Una sciocchezza del genere non sta scritta da nessuna parte!».

Tomás sfoglio ancora una volta la Bibbia.

«Si sbaglia», disse. «Il *Vangelo secondo Matteo* riferisce un episodio curioso. Si tratta di una discussione tra Gesù e i suoi discepoli, descritta in 19:27-28: "Allora Pietro gli rispose: 'Ecco, noi abbiamo lasciato tutto e ti abbiamo seguito; che cosa dunque ne avremo?'. E Gesù disse loro: 'In verità io vi dico: voi che mi avete seguito, quando il Figlio dell'uomo sarà seduto sul trono della sua gloria, alla rigenerazione del mondo, siederete anche voi su dodici troni a giudicare le dodici tribù d'Israele'"». Ossia, ogni discepolo ne avrebbe governata una. Dodici apostoli per dodici tribù. Parlando di esse, Gesù dimostrava con chiarezza di credere che i tempi nuovi in arrivo avrebbero permesso il recupero delle dieci tribù perdute e la rifondazione di Israele nella sua interezza. Ciò è confermato negli *Atti degli apostoli*, 1:6, quando, dopo un passaggio sul regno di Dio, i discepoli chiedono a Gesù: "Signore, è questo il tempo nel quale ricostituirai il regno per Israele?". Ciò conferma che la restaurazione di Israele faceva parte della visione di Gesù. Il regno di Dio non era certo un concetto meramente metaforico, ma una concreta realtà politica!».

Valentina abbassò le spalle, come se la colonna che le sosteneva fosse crollata, poi fece un respiro profondo.

«D'accordo, va bene», mormorò, sconfitta. «Ho capito».

Grossman alzò in aria il pezzo di carta con l'enigma lasciato dall'aggressore nella stanza d'albergo.

«Aspettate un attimo! E questo qui a cosa ci porta? Cosa voleva dirci quel tizio con il rompicapo?»

«Richiamando la nostra attenzione sul versetto 1:15 del *Vangelo secondo Marco*», disse Tomás, «l'assassino inviato dai *sicarii* voleva sottolineare chi era il vero Gesù: un rabbino con abilità da guaritore ed esorcista, convinto che il mondo sarebbe cambiato da un momento all'altro, che Dio avrebbe creato il suo regno sulla terra e ripristinato la sovranità di Israele».

«Tutto qua?».

Il portoghese si morse il labbro inferiore, come se stesse valutando se parlare fino in fondo.

«Forse c'è dell'altro».

«Dell'altro? E cosa?».

Tomás si guardò la mano ingessata, come per assicurarsi che la terapia fosse stata somministrata in modo adeguato. Le dita erano ancora sporche di sangue secco, rimasto nelle unghie che sbucavano dal gesso.

«Abbiamo già visto che Gesù non fondò il cristianesimo». Carezzò la copertina della Bibbia evitando di guardare la donna. «Ma il suo messaggio non era neppure destinato a tutta l'umanità».

Valentina lo fissò con aria incredula.

«Cosa?!».

Solo in quel momento, Tomás trovò il coraggio di guardarla negli occhi.

«Gesù discriminava le persone».

XLVI

Il ruggito risuonò tra le pietre del quartiere ebraico, prima che un faro accecante si affacciasse sulla stradina, simile a un minaccioso unicorno. Si trattava di una moto giapponese molto potente, massiccia e di un nero lucido, con tubi di scappamento cromati che parevano vere e proprie canne di fucile. Anche l'uomo che la guidava era vestito di nero: una figura spettrale a cavallo di una macchina d'acciaio.

La moto rallentò e percorse lentamente la strada scura, come una pantera che faceva le fusa mentre scrutava i pericoli nascosti nell'ombra. Anch'essa rappresentava una minaccia, in attesa del minimo pretesto per attaccare. Ma non accadde. Il veicolo, invece, si fermò in un angolo, il motociclista spense il motore e scese. Nella stradina, immersa nel sonno tranquillo della notte, tornò la pace.

L'uomo appena arrivato aprì uno zainetto che portava in spalla e ne trasse una lunga tunica, vecchia e logora, ruvida come iuta. Se la infilò e, trasformatosi in un frate – il volto nascosto nella penombra del cappuccio – percorse dieci metri per allontanarsi dalla moto, diventata un mostro silenzioso e addormentato.

L'uomo dal volto coperto scelse una casa antica, in un angolo oscuro, dove l'illuminazione pubblica non arrivava, e verificò se da lì aveva campo libero sull'altro lato della via. L'edificio era decorato da una targa dorata dell'istituzione che aveva sede al suo interno.

La Fondazione Arkan.

Gli sembrò perfetto. L'uomo avvolto nella tunica indietreggiò di due passi e sedette su un gradino davanti alla porta della casa antica, esattamente di fronte alla fondazione, la sua presenza nascosta dal manto impenetrabile della notte.

Lo sconosciuto percorse a lungo la via con lo sguardo, soffermandosi sui dettagli, anche i più insignificanti. Voleva avere la certezza che non gli sfuggisse nulla. I dettagli erano la cosa più importante, lo sapeva. C'era anche chi affermava che Dio si nascondesse proprio in questi, sebbene lui ritenesse che prima vi fosse Belzebù. Ma la via era ancora tranquilla, le case sprofondate nel sonno, i marciapiedi deserti.

Dopo qualche minuto di attenta perlustrazione, cominciò a rilassarsi. Infilò la mano nella borsa e tirò fuori la sua vecchia copia delle Sacre Scritture. Magari aveva molto tempo davanti: tanto valeva occuparlo con il Signore. Aprì il libro e lo sfogliò con cura fino ad arrivare ai *Salmi*.

«Signore, ascolta la mia preghiera, a te giunga il mio grido di aiuto», intonò con un sussurro quasi inudibile. «Non nascondermi il tuo volto nel giorno in cui sono nell'angoscia. Tendi verso di me l'orecchio, quando t'invoco, presto, rispondimi! Svaniscono in fumo i miei giorni e come brace ardono le mie ossa».

Tacque e alzò lo sguardo, controllando l'ingresso della fondazione. Tutto sembrava tranquillo. Ispezionò nuovamente la via. Non stava accadendo nulla. Respirò a fondo, armandosi di pazienza. Un soldato di Dio doveva essere pronto a tutto, ma l'ora non era ancora giunta. Abbassò di nuovo gli occhi sul testo e, movendo le labbra come in un sospiro, riprese la lettura dei versetti sacri.

Sicarius sapeva di dover aspettare ancora.

Ma non per molto.

XLVII

«Gesù discriminava le persone?!».
Arnie Grossman si era avvicinato alla finestra della camera d'ospedale e guardava Gerusalemme immersa nella notte. Era tardi, ma la decodifica dell'ultimo enigma non era ancora conclusa.
«Certo», rispose Tomás, sempre steso sul letto. «Si ricordi che nacque da ebreo, visse da ebreo, morì da ebreo. Riteneva di appartenere al popolo eletto».
L'ispettore capo della polizia israeliana si voltò e lo fissò.
«Questo ce l'ha già spiegato», disse. «Ma cerchiamo di ragionare. Il cristianesimo si è diffuso nel mondo. Che storia è questa di Gesù che discriminava le persone? Il cristianesimo non è una religione universale?».
Tomás indicò col capo il rompicapo scarabocchiato sul foglio in mano a Grossman.
«Sa, le conseguenze finali dell'enigma lasciato dal mio aggressore ci conducono direttamente alla fondazione del cristianesimo».
«In che senso? Non capisco».
Lo studioso sospirò, come a riprendere fiato per la sua prossima spiegazione.
«Proviamo a fare un viaggio nel tempo», propose, indicando la città al di là della finestra. «Torniamo indietro di duemila anni. Ci troviamo a Gerusalemme, in un periodo compreso tra l'anno 30 e il 33. È la settimana della Pasqua ebraica, o *Pesach*, nel mese di Nisan. La città è piena di giudei arrivati da ogni parte per offrire un sacrificio al Tempio in espiazione dei propri peccati, come

richiesto dalle Scritture. I romani rinforzano la guarnigione, poiché sanno che è alta la possibilità di tumulti. Anche i sacerdoti del Tempio stanno in allerta, consapevoli che l'atmosfera, con così tanta folla, è sempre instabile. Tra i pellegrini, appare un gruppo appena arrivato dalla Galilea».

«Gesù con i suoi apostoli».

«Ovvero, un manipolo di provinciali. Credono, come tutti gli ebrei dell'epoca, che la fine del mondo sia vicina e che a breve Dio interverrà per imporre la propria legge e mettere termine alla sofferenza dei più deboli. Fino ad allora, il gruppo aveva avuto come palcoscenico i villaggi della Galilea ed era stato respinto dai sempliciotti della zona. Che cecità, quei contadini! Gerusalemme durante la Pasqua ebraica, comunque, è una grande opportunità. La città brulica di gente: più di due milioni di ebrei provenienti da tutta la Giudea. Quale posto migliore per ammonirli a pentirsi dei propri peccati e prepararsi a una nuova età dell'oro?».

Valentina, che era rimasta in silenzio dopo le ultime rivelazioni, arrivati a questo punto si rianimò. La storia dell'ultima settimana di Gesù era una delle sue preferite.

«Entrò a Gerusalemme in groppa a un asino, vero?»

«È quello che raccontano i vangeli», confermò Tomás. «Nell'Antico Testamento, il profeta Zaccaria, 9:9, scrive: "Esulta grandemente, figlia di Sion, giubila, figlia di Gerusalemme! Ecco, a te viene il tuo re. Egli è giusto e vittorioso, umile, cavalca un asino". Dunque Gesù entrò a Gerusalemme sulla groppa di un asino per sottintendere che lui era il re preconizzato nelle Scritture. Oppure gli evangelisti inventarono questo dettaglio per convincere i loro contemporanei che Gesù soddisfaceva i requisiti della profezia. Non sapremo mai con esattezza la verità, però abbiamo la certezza che questo particolare è collegato al testo di Zaccaria».

«D'accordo», assentì l'ispettrice. «Ma dopo viene la storia del Tempio».

«Sì. Gesù provoca un incidente nel Tempio e si mette a profetizzarne la distruzione, richiamando su di sé gli sguardi delle autorità. In seguito, viene catturato, giudicato, condannato a morte e crocefisso. Tutta questa storia è fin troppo nota».

«E poi?»

«Quello che conta non è ciò che succede a Gesù, ma il modo in cui i suoi apostoli interpretano gli avvenimenti».

Valentina scosse il capo.

«Non capisco...».

«Si metta nei panni degli apostoli: stiamo parlando di pescatori e artigiani analfabeti della Galilea, che avevano abbandonato tutto per seguire il rabbino che li aveva spaventati con l'annuncio della fine del mondo e prometteva loro la salvezza, se solo lo avessero seguito e avessero fatto quello che lui gli chiedeva. Il rabbino aveva perfino promesso loro che, quando fosse stato stabilito il regno di Dio, ciascuno di loro avrebbe guidato una delle dodici tribù d'Israele. E che gli ultimi, cioè loro, sarebbero diventati i primi. Era gente povera, ignorante e credulona. Pensavano che il rabbino, cui avevano visto compiere guarigioni miracolose, godesse della protezione divina e dicesse la verità. Poteva pur essere l'inviato di Dio! Ecco perché l'avevano seguito. Avevano girovagato in lungo e largo per la Galilea e infine erano approdati a Gerusalemme per annunciare la buona novella a tutti gli ebrei. Quel viaggio sarebbe stato una consacrazione: Israele si sarebbe arresa al rabbino Gesù e lo avrebbe riconosciuto come re. Allora Dio sarebbe sceso sulla terra e avrebbe instaurato il suo regno! Insomma, le aspettative degli apostoli erano molto alte. Però, invece di questa apoteosi con annessa consacrazione, che succede di fatto?»

«Gesù viene arrestato e giustiziato».

«Questo non era in programma! Invece di essere incoronato, il rabbino viene catturato, umiliato e ucciso. Cosa fanno gli apostoli? Scappano! Temono per la propria vita e si nascondono tra gli oltre due milioni di ebrei che affollano Gerusalemme per la Pasqua. Ciò dimostra che Gesù non gli aveva mai parlato di questa disfatta e che le parole che gli hanno messo in bocca nei vangeli, in cui profetizza la propria morte, sono state inserite in seguito dagli evangelisti. Cosa passa per la testa degli apostoli nel momento in cui Gesù viene crocifisso? Oltre alla paura, delusione. Alla fin fine, il rabbino non era il *mashia*! Avevano sbagliato! Avevano seguito un falso profeta! La delusione è totale. Eppure, tre giorni dopo la sua morte, appaiono alcune donne che gridano istericamente: "È resuscitato! È resuscitato!". Gli apostoli si rianimano. Cosa? Sarà vero? Vanno al sepolcro e trovano conferma che è vuoto». Tomás levò le braccia in aria, con un gesto teatrale. «Alleluia! Alla fine non era un falso profeta! È il *mashia*! È il *mashia*! L'eccitazione è enorme. Il rabbino è resuscitato!». Fece una pausa e fissò l'italiana. «Capisce il significato profondo della resurrezione per la mentalità ebraica, vero?».

Valentina esitò.

«Per la mentalità ebraica?»

«Deve sempre ricordarsi che si parla di ebrei», insistette lo storico. «Credevano che il mondo sarebbe finito e che ci sarebbe stato un grande giudizio. Subito prima, però, sarebbe successa una cosa: i morti sarebbero resuscitati. Ciò era fondamentale per essere giudicati. E cosa era appena successo? Gesù era resuscitato! Il primo morto a ritornare in vita! Cosa significava? Che a breve anche gli altri morti sarebbero resuscitati e che il giorno del giudizio universale era vicino! Alla fine, Gesù aveva ragione! La fine del mondo stava per arrivare! I morti cominciavano a tornare in vita e a breve ci sarebbe stato il grande giudizio! Separati gli empi dai puri, Dio avrebbe stabilito il suo regno sulla terra! Dovevano solo diffondere la buona novella! Il regno di Dio era prossimo a diventare realtà!».

I due poliziotti seguivano il discorso a bocca aperta, mentre assimilavano la spiegazione del contesto ebraico in cui la morte di Gesù era stata interpretata dai suoi seguaci.

«Aspetti un attimo», disse Valentina. «Lui riapparve agli apostoli dopo la morte».

Prima di rispondere, Tomás increspò le labbra.

«Guardi, questa è teologia», disse. «Come storico, ho a che fare solo con avvenimenti reali. Il soprannaturale non ha nulla a che vedere con la storia, ma con la fede. E io non posso affermare, né smentire un evento soprannaturale. Appartiene al dominio della fede. Non ho mezzi per stabilire se Gesù apparve agli apostoli dopo la sua morte. Ciò che posso stabilire è che gli apostoli affermarono di averlo visto». Fece una pausa. «Ricordi che stiamo parlando di gente ingenua e ignorante, già predisposta a credere nel soprannaturale. Non saprei dirle più di questo».

«Quindi ritiene che gli apostoli ebbero delle allucinazioni...».

«Né questo, né il suo contrario. L'unica cosa che so è che gli apostoli garantivano di aver visto Gesù resuscitato. Era la verità? Erano allucinazioni? Stavano imbrogliando la gente? Matteo arriva a riportare nel suo vangelo, 28:13, una voce che si era diffusa: "I suoi discepoli sono venuti di notte e l'hanno rubato". Non conosciamo la verità e mai la conosceremo. Sappiamo solo che gli apostoli si misero a diffondere la buona novella: i morti cominciavano a resuscitare, presto sarebbe arrivato il giudizio universale e alla fine si sarebbe insediato il regno di Dio sulla terra. Alcuni ebrei raccolsero questo messaggio».

«Come Paolo...».

«Curiosamente, non era uno di loro. All'inizio, perseguitò persino i seguaci di Gesù. Poi, però, ebbe una visione e cominciò a credere».

«Quindi diventò cristiano».

«Ancora non esistevano i cristiani», la corresse Tomás. «Erano tutti ebrei. Come le ho già spiegato, tra gli ebrei esistevano varie sette: farisei, esseni, sadducei e altri. Chi credeva che Gesù fosse il *mashia* profetizzato dalle Scritture faceva parte di una di queste numerose sette, quella dei nazareni. Notate bene che continuavano a rispettare le leggi ebraiche e il Tempio: a distinguerli, era la fede nella buona novella che il regno di Dio stava per arrivare, secondo cui la morte di Gesù era il sacrificio rituale per l'espiazione dei peccati del genere umano e la sua resurrezione il primo evento nel processo che avrebbe portato al giudizio universale. Nella *Prima Lettera ai Corinzi*, 15:20, Paolo scrive: "Cristo è risorto dai morti, primizia di coloro che sono morti"».

«Primizia?! Di che si tratta?»

«Il dizionario riporta varie possibilità: "primi frutti", "preludio", "primi effetti". Ossia, Paolo dice qui esplicitamente che la resurrezione di Gesù è l'inizio della resurrezione dei morti. Significa che credeva sinceramente che il mondo fosse prossimo alla fine e che sarebbe venuto il giudizio finale. Nella *Prima lettera ai Tessalonicesi*, 4:16-17, descrive come sarebbe stato quel giorno: "Perché il Signore stesso, a un ordine, alla voce dell'arcangelo e al suono della tromba di Dio, discenderà dal cielo. E prima risorgeranno i morti in Cristo; quindi noi, che viviamo e che saremo ancora in vita, verremo rapiti insieme con loro nelle nubi, per andare incontro al Signore in alto, e così per sempre saremo con il Signore". Ovvero, prima resusciteranno i morti e poi andranno i vivi. Questo messaggio è rafforzato nella *Prima lettera ai Corinzi*, 15:51: "Ecco, io vi annuncio un mistero: noi tutti non moriremo, ma tutti saremo trasformati, in un istante, in un batter d'occhio, al suono dell'ultima tromba. Essa infatti suonerà e i morti risorgeranno incorruttibili e noi saremo trasformati". Ecco la buona novella che Paolo si mise a diffondere. Solo che si scontrò con un grosso problema».

Tomás tacque, per ottenere un effetto drammatico.

«Cosa successe?», chiese l'italiana.

«Gli ebrei se la ridevano. Trovavano ridicola l'idea che quel poveraccio arrivato dalle campagne, umiliato e crocifisso dai romani, fosse il *mashia*. Per esempio, negli *Atti degli apostoli*, 17:2-5, si racconta che Paolo parlò con gli ebrei nella sinagoga di Tessalonica "e per tre sabati discusse con loro sulla base delle Scritture, spiegandole e sostenendo che il Cristo doveva soffrire e risorgere dai morti. E diceva: 'Il Cristo è quel Gesù che io vi annuncio'. Alcuni di loro furono convinti", ma la maggioranza no "e misero in subbuglio la città". Allora cosa fece lui davanti al rifiuto degli ebrei? Portò il messaggio ai gentili. Disse loro che stava per giungere il giudizio finale e coloro che avrebbero abbracciato la fede di Gesù si sarebbero salvati. Molti gentili, nel timore della fine del mondo, vollero aderire. Come abbiamo visto, in quel momento si generò un problema del tutto nuovo: i gentili avrebbero dovuto seguire tutte le pratiche ebraiche? Che fare? I discepoli di Gesù, come Simon Pietro, Giacomo e altri, storsero il naso all'abbandono di questi doveri. Erano imposti per legge e andavano rispettati. Secondo Matteo, lo stesso Gesù aveva detto in 5:17: "Non crediate che io sia venuto ad abolire la Legge o i Profeti; non sono venuto ad abolire, ma a dare pieno compimento"; e aggiunto poi in 5:19: "Chi dunque trasgredirà uno solo di questi minimi precetti e insegnerà agli altri a fare altrettanto, sarà considerato minimo nel regno dei cieli"».

L'animo ebraico di Arnie Grossman non riuscì a trattenersi: «Questo significa che di fatto Gesù rispettava la legge».

«Paolo, però, non aveva conosciuto di persona Gesù e, poiché era molto più colto dei suoi discepoli diretti, aveva finito per alterare i parametri teologici in modo da adattarsi alle obiezioni dei gentili. La salvezza non si otteneva con il rispetto della legge e con i sacrifici al Tempio. Scrive nella *Lettera ai Galati*, 2:16: "L'uomo non è giustificato per le opere della Legge ma soltanto per mezzo della fede in Gesù Cristo". Questo messaggio è ribadito in 5:4: "Voi che cercate la giustificazione nella Legge; siete decaduti dalla grazia"! Ovvero, contrariamente a quanto sosteneva lo stesso Gesù, la legge ebraica non salvava nessuno. Ora bastava credere nella sua morte come sacrificio di espiazione e nella sua resurrezione come "primizia", o preludio, del ritorno alla vita di tutti i defunti per il giudizio finale. Come pensa che i gentili reagirono a queste nuove condizioni?»

«Ne furono felici, ovvio», esclamò ridendo l'ispettore capo della polizia israeliana. «Non dovevano più circoncidersi e potevano mangiare carne di maiale a volontà».

«È evidente. In questo modo, aderirono in gran numero. I discepoli di Gesù, tutti ebrei, protestarono. Cosa ne sarebbe venuto da questa mancanza di rispetto della legge? Paolo andò a Gerusalemme a parlare con loro e gli disse che quella era la via da seguire. Gli ebrei non aderivano al messaggio, ma i gentili sì: bisognava quindi puntare sulla loro conversione. Sebbene con evidente riluttanza, i discepoli accettarono l'idea. Ma Simon Pietro, secondo quanto ammette lo stesso Paolo, continuò a evitare di mangiare alla stessa tavola con i gentili, a riprova che l'idea non gli piaceva granché. E gli altri nazareni insistevano nel dire che nulla di tutto questo era stato insegnato da Gesù e che la legge andava rispettata. Nella setta dei nazareni cominciarono a formarsi dei gruppi minori, alcuni filoebraici, altri composti da gentili. Quando furono stilati i primi tre vangeli – Marco, Matteo e Luca – il dibattito si era arroventato e si era già esteso oltre i confini della Giudea. Di qui lo sforzo degli evangelisti per riferire episodi della vita di Gesù in cui rinnegava il sabato e le leggi sulla purezza degli alimenti: non stavano raccontando cosa avesse fatto veramente, ma si appellavano alla sua autorità per risolvere i problemi dei tempi recenti».

Valentina alzò la mano.

«Fermo!», esclamò. «Prima è importante chiarire una cosa. Gli apostoli potevano avere delle riserve in merito ai gentili, posso capirlo. Ma Gesù no! Nonostante la sua teoria che non fosse cristiano, la verità è che Gesù si aprì al mondo e non discriminò nessuno. Su questo punto in particolare, Paolo aveva ragione».

Lo storico la fissò intensamente e si toccò le labbra con la punta dell'indice.

«Legga i movimenti delle mie labbra», le chiese. «Gesù era ebreo fino alla punta dei capelli!». Indicò la finestra. «Li vede quegli ebrei ultraortodossi che vanno per le strade di Gerusalemme, con la barba e vestiti di nero? Se fosse vivo, Gesù sarebbe uno di loro! Era un ultraortodosso che difendeva il rispetto della legge con zelo maggiore degli altri correligionari. Matteo, 5:20: "Io vi dico infatti: se la vostra giustizia non supererà quella degli scribi e dei farisei, non entrerete nel regno dei cieli". Era un ebreo zelante! E i giudei ritenevano impuri i gentili. Perciò Gesù non si mescolava assolutamente con loro! La verità è che li discriminava».

L'italiana sbarrò gli occhi per l'orrore. «Mamma mia! Come può affermare una cosa del genere? Gesù discriminava i gentili? È tremendo! Non avrebbe mai fatto una cosa del genere!».

Tomás rivolse ancora una volta la sua attenzione alla Bibbia.

«Se leggerà con attenzione il Nuovo Testamento, si accorgerà che Gesù quasi non interagì con i gentili. Su richiesta di alcuni ebrei, ebbe un breve contatto con un centurione romano, arrivando poi a sentirsi in obbligo di spiegare alla folla perché lo aveva fatto». Sfogliò il libro. «Gesù ordinò agli stessi apostoli di evitare i gentili nella loro diffusione della buona novella. Matteo, 10:5-7, riferisce che gli avrebbe detto: "Non andate fra i pagani e non entrate nelle città dei samaritani; rivolgetevi piuttosto alle pecore perdute della casa d'Israele. Strada facendo, predicate, dicendo che il regno dei Cieli è vicino". Ovvero, come qualunque altro ebreo zelante, Gesù si impegnava a ridurre al minimo i contatti con i gentili». Andò alla pagina successiva. «Una gentile andò da Gesù e gli chiese di esorcizzare la figlia, posseduta dal demonio. Sa quale fu la prima reazione di Gesù? Secondo Matteo, 15:23: "Egli non le rivolse neppure una parola". Gli apostoli intercedettero per lei. Sa cosa ribatté Gesù? Sempre in Matteo, 15:24, avrebbe risposto: "Non sono stato mandato se non alle pecore perdute della casa d'Israele". Poteva essere più chiaro di così? Solo la terza volta Gesù si degnò di ascoltarla!». Tomás andò avanti di alcune pagine. «Lo stesso Paolo, apostolo per i gentili, ha scritto nella *Lettera ai Romani*, 15:8, che "Cristo è diventato servitore dei circoncisi", riconoscendo così che predicava solo agli ebrei». Girò la Bibbia verso la sua interlocutrice. «Il suo messaggio non era certo rivolto a tutto il genere umano: era destinato solo ai giudei. Anche quando Marco gli fa dire a Gerusalemme che "la mia casa sarà chiamata casa di preghiera per tutte le nazioni", un messaggio apparentemente di portata universale, Gesù chiarisce, in 11:17, di limitarsi a citare ciò che "sta scritto", facendo riferimento alle profezie di Isaia. È qui, in 56:7, che si usa esattamente l'espressione "casa di preghiera per tutti i popoli"».

Rifiutandosi di credergli, Valentina lesse con i propri occhi i versetti di Matteo e di Marco, così come la frase di Paolo nella *Lettera ai Romani*.

«È incredibile!», mormorò stupita. «Non mi era mai stato raccontato tutto questo! Mai, mai!».

«Nel frattempo si verificò un cataclisma», disse il portoghese, riprendendo il racconto. «La rivolta degli ebrei e la distruzione di Gerusalemme da parte dei romani, nell'anno 70».

Grossman fece un cenno affermativo con la testa.

«Fu un trauma per il nostro popolo, non ci sono dubbi».

«E un avvenimento di grande portata anche per i nazareni», sottolineò Tomás. «I giudei erano caduti in disgrazia presso i romani, quindi essere ricollegati alla religione ebraica si fece sconsigliabile. Inoltre, gran parte di loro non accettava che Gesù fosse un *mashia* e i nazareni li accusavano di avere assassinato il Figlio di Dio. D'altro canto, questo regno divino proprio non compariva! Gesù aveva promesso agli apostoli che, quando il Signore avesse stabilito il proprio dominio sulla terra, loro sarebbero stati ancora in vita, ma non era andata così. Gli apostoli cominciavano a morire e non si verificava ancora nessun giudizio finale. Le domande scomode si moltiplicavano nella comunità. Allora, quando resusciteranno tutti? E quando ci sarà il giudizio finale? Arriva o no il regno di Dio?»

«Cosa fecero i capi della comunità?»

«Dovettero reinterpretare tutto. In conclusione, decisero che non era prossimo».

«Ma che base teologica dettero a questa idea?», volle sapere Grossman. «A quanto pare, Gesù era stato molto chiaro dicendo che la venuta del regno di Dio era imminente».

«Certo che lo era stato», riconobbe lo storico, «però, dovendo confrontarsi con una realtà in cui non si vedeva traccia di quel regno, i capi dei nazareni si misero a fare acrobazie con le parole. L'autore della *Seconda lettera di Pietro* si vide costretto ad affrontare il problema, in 3:8-9: "Davanti al Signore un solo giorno è come mille anni e mille anni come un solo giorno. Il Signore non ritarda nel compiere la sua promessa, anche se alcuni parlano di lentezza. Egli invece è magnanimo con voi". Questo passaggio è ispirato ai *Salmi*, dove si dice, in 90:4: "Mille anni, ai tuoi occhi, sono come il giorno di ieri che è passato". Ossia, gli evangelisti andarono a frugare nel Vecchio Testamento pur di trovare una base per affermare che Dio, alla fin fine, aveva una concezione diversa del tempo. Il messaggio apocalittico, molto forte nei primi testi dei nazareni quali le epistole di Paolo, il *Vangelo secondo Marco* e le fonti Q, L e M di Luca e Matteo, si andò gradualmente indebolendo fino a sparire del tutto nel quarto vangelo, quello di Giovanni, scritto attorno all'anno 95. Perché insistere con la venuta del regno di Dio, se non aveva modo di apparire?»

«Eppure, il messaggio apocalittico c'era ancora nei primi testi», osservò il poliziotto israeliano. «E quelli rimasero in circolazione. Come gestirono una simile situazione?»

«Il grande problema è che la parte più importante del messaggio di Gesù – l'annuncio della fine del tempo e della venuta del regno di Dio – era errata. Ma nessuno poteva ammettere che avesse sbagliato, no? Sarebbe stata una gravissima blasfemia. Che fare, allora? I capi della comunità si misero ad affermare che in sostanza era tutta una metafora e roba del genere. Il regno di Dio smise di essere reale e si trasformò in una metafora spirituale. Non era più questione di avere due epoche, quella di Belzebù e quella di Dio, ma due sfere, l'Inferno e il Cielo. E la nozione di resurrezione del corpo si trasformò nel dogma dell'immortalità dell'anima. Insomma, si trovarono soluzioni creative per aggirare un problema così scomodo».

«Cioè il discorso si adattò alla realtà».

«Proprio così. E mentre si faceva meno apocalittico, il messaggio dei nazareni divinizzò Gesù. Mentre il primo vangelo canonico, quello di Marco, lo presenta come uomo in carne e ossa, che a volte si arrabbiava perfino, il quarto, quello di Giovanni, ce lo mostra già come Dio. "Il verbo si fece carne e venne ad abitare in mezzo a noi", scrive quest'ultimo in 1:14. Inoltre – elemento di pari importanza – la setta dei nazareni si staccò dall'ebraismo fino a formare una religione distinta, quella dei cristiani».

«Ovvero, il cristianesimo nasce dalla negazione dell'ebraismo».

«Esatto. Per i cristiani la questione era molto semplice: se gli ebrei rifiutavano Gesù, Dio rifiutava gli ebrei. Ovvero, agli occhi dei cristiani, non erano più il popolo eletto. È interessante notare che l'attribuzione della colpa agli ebrei della morte di Gesù è maggiormente accentuata nei vangeli più tardi, man mano che il romano Ponzio Pilato viene sollevato dalle sue responsabilità. In Marco, Pilato non dichiara innocente Gesù. Nei due vangeli successivi, la situazione comincia a cambiare. In Matteo, 27:24, afferma: "Non sono responsabile di questo sangue". E in Luca dichiara tre volte l'innocenza di Gesù. Giovanni gli fa dichiarare ancora per tre volte l'innocenza di Gesù e lo fa consegnare per l'esecuzione non ai legionari, ma agli ebrei. In un passo, l'8:44, arriva perfino a mettere in bocca a Gesù l'affermazione che gli ebrei hanno "per padre il diavolo". L'allontanamento dall'ebraismo era totale. I cristiani di origine ebraica accusarono gli altri cristiani di eresia, ma la denuncia finì per ritorcersi contro di loro. I gentili convertiti al cristianesimo divennero predominanti e infine li eliminarono. Gli ebioniti, convinti che Gesù fosse un ebreo in carne e ossa, furono dichiarati eretici e ridotti al silenzio, e così i giudei diventarono bersaglio dell'odio dei cristiani. Certi autori cristiani del II secolo arrivarono a scrivere che la circoncisione serviva per segnalare chi dovesse essere perseguitato. Quando Costantino si convertì al cristianesimo, nel IV secolo, i cristiani acquisirono infine il potere di cui avevano bisogno per punire gli ebrei. Il resto è storia».

Grossman incrociò le braccia. «E fu così che arrivammo ai pogrom e alla shoah», osservò. «Comunque, per quello che ho appreso dalle sue parole, la religione cristiana di oggi non è quella originale di Gesù».

Tomás indicò il foglio che il poliziotto israeliano stringeva tra le dita.

«Ecco cosa, in ultima analisi, l'assassino ci ha voluto dire in tutti gli enigmi che ha lasciato», concluse. «Gesù Cristo non era cristiano».

Calò un improvviso silenzio nella stanza d'ospedale. Il portoghese ripose la Bibbia nel cassetto del comodino e si appoggiò sul guanciale.

«Tutto molto bello», osservò Valentina con aria contrariata, pensando palesemente il contrario di quanto aveva appena detto. «Ma cosa facciamo adesso? Dove ci porta la nostra indagine?».

L'ispettore capo le puntò gli occhi addosso.

«Mi dica una cosa, cara collega. Come è riuscito l'assassino dei *sicarii* a scoprire il vostro punto d'appoggio qui a Gerusalemme?».

L'italiana si strinse nelle spalle.

«Non ne ho la minima idea».

«Chi sapeva della vostra presenza in città?»

«Lei, ispettore, ovvio». Sbarrò gli occhi come se fosse stata colpita da un fulmine. «E... e... la Fondazione Arkan!».

Grossman sorrise.

«Strano, vero? Qualche ora dopo la vostra visita alla fondazione e la vostra accalorata discussione con il presidente, un assassino entra nella stanza del professor Noronha. Coincidenza interessante, non trova?».

Valentina ascoltò con attenzione il suo collega israeliano, quasi fosse ipnotizzata.

«Dio mio! Come mai non ci ho pensato?», esclamò, quasi rimproverandosi. «Più che una coincidenza, questo è un indizio sicuro!».

L'israeliano portò la mano alla tasca della giacca.

«Forse», ammise. «Ma ancora più sicuri sono i documenti che ho ricevuto poco fa e di cui non vi ho ancora parlato».

Mostrò loro dei fogli piegati. Il poliziotto cominciò ad aprirli, rivelando due pagine con il logo di un albero, con nomi, date e cifre.

«Cos'è?»

«Abbiamo analizzato il foglio di carta dove l'assassino dei *sicarii* ha scritto l'enigma e abbiamo avuto fortuna», spiegò. «Abbiamo scoperto che si tratta di una carta di qualità rara, prodotta da un'azienda di Tel Aviv». Agitò i due fogli. «Ecco la lista dei clienti che hanno ricevuto quel tipo specifico di carta. Sono solo quindici. E guardate chi appare al secondo posto…».

Grossman posò il pollice sulla riga corrispondente, situata al centro di pagina due, su cui si diressero gli sguardi di Valentina e Tomás. Quanto c'era scritto non lasciava spazio ai dubbi: «Fondazione Arkan».

XLVIII

La notte era stata fredda e sgradevole, ma simili quisquilie non avevano il potere di allontanare Sicarius dalla sua missione. Non aveva sopportato già innumerevoli notti all'aperto, in cima al promontorio di Masada, esposto al gelo notturno del deserto e dei monti? In confronto, cos'era passare la notte nel quartiere ebraico della città vecchia, proprio a due passi dal Muro del Pianto e dal luogo sacro del monte Moriah, dove un tempo si ergeva il Tempio con il *Sancta sanctorum*, la stanza dove risiedeva Dio? Era forse una sofferenza? No, se lo sentiva nelle viscere. Non si trattava di un sacrificio, una cosa del genere non avrebbe mai potuto procurargli un dolore.

Era un onore.

Aveva trascorso parte della notte a recitare i *Salmi*, le poesie sacre delle Scritture, mentre vigilava su quanto succedeva in strada. Ma era stata una notte calma. Ora che era sorto il sole, però, il quartiere ebraico si risvegliava e si sentivano porte che sbattevano, passi che risuonavano lungo le vie e l'occasionale suono del campanello di una bicicletta. La città vecchia di Gerusalemme si risvegliava alla luce del mattino, preparandosi ad affrontare un altro giorno. Il sole inondava di luce i tetti degli edifici millenari, sebbene fosse ancora troppo basso perché i suoi raggi toccassero il suolo.

Un ronzio lontano, inizialmente mescolato al rumore attutito del traffico oltre le mura, diventò un fragore crescente, distinto dal resto. Sicarius diresse lo sguardo in fondo alla strada e, dopo alcuni secondi, vide comparire con grande dispiego di forze tre moto e due automobili. Erano mezzi della polizia.

Il corteo si fermò proprio davanti ai gradini dove Sicarius aveva trascorso la notte, costringendolo ad aggiustarsi il cappuccio per nascondere meglio il suo sguardo vigile. I poliziotti in moto rimasero in sella, lanciando sguardi sospettosi in tutte le direzioni, compreso il frate che pareva dormicchiare su un gradino lì accanto. Intanto, gli uomini uscirono dalle auto con movimenti energici e si radunarono informalmente, scambiando qualche parola e sviando l'attenzione dal frate.

Poi il gruppo si diresse verso l'ingresso della fondazione e suonò il campanello. Erano in sei e Sicarius li riconobbe tutti: l'ispettore capo della polizia, Arnie Grossman, tre agenti in borghese e i due stranieri, l'ispettrice italiana e lo storico portoghese. Con il volto nascosto sotto il cappuccio, Sicarius sorrise notando la mano ingessata e la fasciatura al collo di colui che aveva aggredito il giorno prima.

Aveva fatto bene il suo lavoro.

Il gruppo restò per lunghi istanti davanti alla porta. L'ispettore capo Grossman suonava con insistenza il campanello, mentre i tre uomini cominciavano a ispezionare le finestre della fondazione, per verificare se all'interno c'era qualcuno. Lo storico guardava l'orologio e faceva qualche commento all'italiana. Sicarius la analizzò. Bella donna, concluse. Pareva una di quelle bellezze da cinema francese, con capelli scuri e occhi da gatta.

La porta si aprì.

XLIX

«Polizia!».

Il distintivo mostrato alla segretaria confermò la loro identità. La giovane donna con i capelli neri sbatté le palpebre, intimidita da tutto quell'apparato di agenti di polizia e macchine con le sirene all'ingresso della fondazione, e indietreggiò di un passo.

«Come posso aiutarvi?».

Arnie Grossman attraversò l'ingresso con l'atteggiamento di uno che domina la situazione.

«Vogliamo parlare con Arpad Arkan», annunciò. «È qui?»

«Un momento, per favore».

La segretaria andò al telefono e digitò un numero. Qualcuno doveva aver risposto dall'altra parte, perché lei cominciò a parlare in fretta, quasi con urgenza. Poi fece una pausa, annuì e concluse la chiamata. Si volse verso l'atrio e fece un cenno ai visitatori.

«Prego, seguitemi».

Salirono al primo piano, dove si imbatterono nella figura imponente del presidente della fondazione, che li aspettava con le mani sui fianchi in cima alle scale, le folte sopracciglia cariche di sospetto, nella posa di un soldato davanti al nemico. Si salutarono con freddezza. Arkan strinse la mano solo a Grossman, limitandosi a rivolgere agli altri un cenno del capo. Quando vide Valentina, proruppe in un grugnito di ostilità. Era evidente che l'italiana non era la benvenuta, ma lei non parve infastidita.

Il presidente condusse i visitatori al suo ufficio. Poiché c'erano solo due sedie e loro erano in sei, la segretaria andò a prenderne altre quattro. In quella confusione di persone che cercavano di capire chi si sarebbe seduto e dove, Tomás si mise ad ammirare i papiri e le pergamene incorniciati alle pareti, cercando di indovinarne la datazione. Lesse delle frasi in ebraico e greco che gli parvero passi dell'Antico e del Nuovo Testamento. Il rigore e la cura di una delle pergamene gli sembravano riflettere la professionalità della scuola alessandrina: significava che si trattava di un esemplare prezioso. Un altro manoscritto aveva l'aria di essere bizantino, più tardo e di minore interesse.

Tutti i visitatori si erano accomodati, quindi il portoghese si vide costretto a seguirne l'esempio, sistemandosi sull'unica sedia rimasta libera.

«Allora, a cosa debbo il piacere di questa nuova visita?», domandò Arkan, in poltrona, dietro la scrivania. «Suppongo che abbia a che fare con i tre professori universitari assassinati...».

Grossman si schiarì la voce. «Suppone bene», confermò. Ammiccò in direzione di Valentina. «Abbiamo recentemente ricevuto dalle autorità italiana, irlandese e bulgara una richiesta di assistenza per le indagini internazionali condotte dall'ispettrice Ferro, della polizia giudiziaria di Roma, con la collaborazione del professor Noronha, storico della Università Nova di Lisbona».

«Ci conosciamo già», mormorò il presidente della fondazione con tono irritato. «Erano qua l'altro giorno».

«Ne sono stato informato», fece l'agente israeliano. «Inoltre, sono stato informato della coincidenza per cui le tre vittime si sono conosciute proprio in questa sede, nel corso di un incontro con lei».

Grossman tacque e lasciò che il suo sguardo indagatore si soffermasse su Arkan, come fosse in attesa di conferma.

«È così, in effetti».

«Tre mesi dopo, quegli studiosi sono stati assassinati», aggiunse secco l'ispettore capo. Serrò le palpebre. «Strana coincidenza...».

Arkan si contorse sulla sedia, chiaramente a disagio per l'ultima osservazione.

«Eccovi di nuovo con le vostre insinuazioni ignobili», ringhiò, sforzandosi però di controllare il tono di voce. «Non ho nessuna colpa per quanto è successo. Mi dispiace che siano morti e, se potessi tornare indietro nel tempo, avrei evitato di invitarli».

«Forse è così», disse Grossman. «Il problema è che le coincidenze non si fermano qui». Indicò Valentina e Tomás. «Alcune ore dopo che i nostri colleghi sono stati qui per vederla, e dopo che lei li ha buttati fuori, il professor Noronha è stato aggredito da uno sconosciuto nella sua stanza d'albergo».

Il presidente sgranò gli occhi e osservò Tomás. Se non era sorpreso, fingeva bene.

«Cosa?!».

Il portoghese sollevò la mano destra, ingessata, poi allungò il collo per mostrare la medicazione e si sforzò di sorridere.

«Ecco le prove».

L'ispettore israeliano non staccava lo sguardo dall'interlocutore, come per studiarne le reazioni.

«Un'altra coincidenza, non le pare?», domandò, in tono sibillino. «Lei si è infuriato con loro, li ha cacciati dalla fondazione e poche ore dopo qualcuno li ha aggrediti».

Arkan balzò in piedi, le guance paonazze, le sopracciglia folte che fremevano per l'indignazione.

«Come osa?!», gridò fuori di sé. «Sta insinuando che io... che io abbia a che fare con tutto questo?». Indicò Tomás, come se *tutto questo* fosse lo storico. «Ma cos'è questa faccenda? È ammattito? Come potete pensare una cosa del genere? Con che diritto? Ora sarei colpevole di tutte le cose brutte che succedono nel mondo?».

Il presidente della fondazione sbuffava e tremava, ma Grossman non si mostrò intimidito. Restò seduto tranquillamente, le gambe accavallate, aspettando la fine della tempesta.

«Mantenga la calma», gli consigliò infine. «Nessuno la sta accusando di niente». Scavallò le gambe e si piegò in avanti verso il suo interlocutore. «Per ora». Tornò ad appoggiarsi alla sedia, molto compiaciuto, e accavallò nuovamente le gambe. «Il problema è che si è verificata una nuova coincidenza». Fece un segno al poliziotto seduto accanto a lui, che gli consegnò una busta. L'ispettore capo la aprì e ne estrasse un foglio di carta. «Lo riconosce?».

Si trattava dell'enigma che Tomás aveva decifrato la notte prima, nella stanza d'ospedale.

Arkan si piegò sulla scrivania per osservare meglio gli scarabocchi e fece un'aria innocente.

«Non ho idea di cosa sia».

«È un enigma che l'assalitore del professor Noronha ha lasciato sul luogo dell'aggressione», spiegò. «Un messaggio, del resto, molto simile a quelli trovati ai piedi delle vittime di Roma, Dublino e Plovdiv».

«Dunque?»

«Dunque, ho fatto analizzare questo foglio. Abbiamo identificato il fornitore di Tel Aviv e siamo stati informati che si tratta di un tipo di carta molto raro, che viene venduto solo a quindici clienti, tra cui la sua fondazione».

La bocca di Arkan si schiuse per la meraviglia.

«Cosa?!».

Grossman agitò il foglio dove era stato scribacchiato l'enigma.

«Questa carta arriva probabilmente dalla sua fondazione», disse con lentezza, quasi scandendo le sillabe. «Me lo sa spiegare?».

Gli occhi del presidente passavano dal foglio al volto dell'ispettore capo, come se lì potesse trovare la risposta alla domanda.

«Io... io non so...», titubò. «Questo è... è impossibile». Scosse la testa, con maggiore convinzione. «Non può essere!».

«Però è quello che afferma la ditta produttrice». Tenne gli occhi piantati in quelli dell'interlocutore. «Adesso faccia attenzione alla sequenza degli eventi: lei ha avuto un alterco con l'ispettrice Ferro e con il professor Noronha. Alcune ore dopo, lui è stato assalito. L'aggressore ha lasciato un enigma scribacchiato su un pezzo di carta di proprietà della sua fondazione. Mi dia una spiegazione, per favore!».

Arkan appariva sconcertato, come fosse incapace di formulare un discorso coerente.

«Dev'esserci uno sbaglio!», esclamò. «Una cosa del genere significa che... che...». Scosse di nuovo la testa. «No, non è possibile! Dev'esserci una qualche spiegazione!».

«Certo», concordò Grossman, sempre molto calmo. «E la prima spiegazione è collegata ai tre studiosi che lei ha ricevuto qui nella sua fondazione e che sono stati assassinati. Nessuno è ancora riuscito a capire con precisione la natura delle loro ricerche, da cui erano accomunati».

«Li ho assunti come consulenti», affermò Arkan. «Non c'è niente da spiegare!».

L'ispettore capo fece un altro cenno all'uomo al suo fianco. Il poliziotto gli consegnò una seconda busta, che Grossman aprì. Ne tirò fuori un documento su carta intestata con l'emblema dello Stato d'Israele.

«Se insiste con il suo silenzio, temo che dovrò invitarla a seguirci per ulteriori chiarimenti», disse, porgendogli il documento. «Controlli, è tutto in regola».

Arkan prese con esitazione la carta, un'espressione interrogativa negli occhi.

«Che cos'è?»

«Un mandato d'arresto», spiegò il poliziotto israeliano. «A suo nome».

«Come?!».

«Davanti alla serie di coincidenze che vedono coinvolta la sua istituzione in questo strano caso, il giudice ha acconsentito ad autorizzarci a consegnarle un ordine di arresto per la durata dell'indagine». Fece un sorriso. «Il che significa almeno due anni, finché la situazione non si sarà chiarita sotto tutti gli aspetti».

Il presidente della fondazione era talmente attonito da non riuscire neanche a leggere il testo del mandato.

«Due anni?!».

Grossman fece un cenno di assenso con il capo.

«Come minimo. La durata può essere prolungata di un anno».

Arkan si lasciò cadere all'indietro, poggiandosi sulla poltrona con aria sconfitta. Teneva ancora il mandato tra le dita, senza accorgersene.

«Mio Dio!».

L'ispettore capo si esaminò le unghie, come se in quel momento fosse preoccupato soprattutto per la sua igiene personale.

«A meno che lei non decida di tirarsi fuori da questo guaio e ci spieghi il motivo reale per cui ha convocato i professori Escalona, Schwarz e Vartolomeev per un incontro». Alzò gli occhi e li piantò in quelli del suo interlocutore. «Voglio sapere la vera ragione».

Il volto di Arkan era di un pallore cadaverico. Gocce di sudore gli scorrevano sul volto, mentre valutava le opzioni disponibili e il dilemma lo paralizzava. Passò lo sguardo sui cinque poliziotti davanti a lui, ma riuscì a trovare un po' di comprensione solo sul viso dello studioso portoghese, evidentemente più a disagio in quelle situazioni costrittive in cui un uomo è posto davanti alla terribile prospettiva di perdere la libertà. Che fare?

Sentì un tintinnio metallico e notò che uno dei poliziotti aveva già preparato le manette. Si accorse che il tempo a disposizione scarseggiava. Come in trance, il presidente della fondazione si sforzò di prendere una decisione e giunse alla conclusione che, al punto in cui erano arrivate le cose, doveva mettere i suoi interessi personali davanti a tutto il resto.

«Questa storia è andata troppo oltre», concluse. «Vi racconterò tutto. Ma non qui».

«Dove, allora?»

«Nel luogo in cui si svolgono le attività».

«Quali attività? Di cosa sta parlando?».

Arkan respirò a fondo, come un atleta che si prepari a iniziare la gara, poi si alzò.

«Del più straordinario progetto dell'umanità».

L

La porta della fondazione si aprì e da quel momento in poi tutto fu molto rapido. Sicarius vide Arpad Arkan abbandonare l'edificio in compagnia dei poliziotti israeliani, dell'ispettrice italiana e dello storico portoghese e salire a bordo delle rispettive automobili. Riaccendendosi improvvisamente, le moto degli apripista iniziarono a rombare, subito seguite dalle auto, benché con un ronzio più dolce.

L'uomo incappucciato, che se ne stava seduto su un gradino al lato opposto della strada, si alzò lentamente, per evitare di attirare l'attenzione. Lanciò uno sguardo infastidito ai veicoli e si stiracchiò. Quindi si mise a camminare in maniera all'apparenza oziosa verso la motocicletta nera parcheggiata a pochi metri di distanza.

Le vetture si misero in marcia. Per prime partirono gli apripista, poi le due automobili, e dietro l'ultima moto della polizia. Sicarius li vide passare, e solo allora si tolse la tunica con cui si era coperto. La infilò nello zaino che portava sulle spalle, montò sulla sua moto e accese il motore, che iniziò a rombare.

In fondo alla strada, il corteo della polizia stava già imboccando la curva.

«Si credono al sicuro?», mormorò, gli occhi fissi sulla parte posteriore dei veicoli. «Si sbagliano».

La moto partì strepitando e sfrecciò lungo la strada come una palla di cannone, sino a impennarsi per alcuni metri. Pochi istanti dopo, Sicarius riprese il contatto visivo con la colonna della polizia e rallentò: meglio essere discreti.

Il corteo procedette a zigzag attraverso la città vecchia e salì verso la Porta dell'immondizia, accanto al monte Moriah, in pieno quartiere ebraico, immergendosi nel traffico nervoso della Gerusalemme moderna. La circolazione era intensa, cosicché, nonostante gli apripista facessero strada, il corteo avanzava con relativa lentezza. Essendo in moto, Sicarius riusciva a districarsi nel traffico e si ritrovò attaccato alla colonna di veicoli.

«Così non va!», borbottò.

Si era reso conto di andare troppo veloce. Continuando così, in breve avrebbe superato il corteo. Fu quindi costretto a rallentare, ma poiché i mezzi della polizia continuavano ad avanzare molto lentamente, decise di fermarsi per una trentina di secondi, in modo che potessero guadagnare un po' di terreno.

Una volta fuori dalla città, il traffico migliorò notevolmente. La colonna procedette verso ovest, in direzione di Tel Aviv, e l'inseguitore dietro, pur facendo sempre in modo di tenersi a distanza di sicurezza e di lasciar passare qualche macchina tra lui e il corteo.

Il viaggio continuò per oltre due ore, senza eventi significativi. Prima di arrivare a Tel Aviv, i mezzi svoltarono verso nord e imboccarono l'autostrada transisraeliana. Mentre si avvicinavano all'uscita di Netanya, Sicarius si mise in allerta, ma il suo bersaglio ignorò le indicazioni per la città costiera e si mantenne lungo la strada principale, in direzione nord.

«Ma dov'è che vanno?», si chiese, stupito per il lungo viaggio. «Ad Haifa? Ad Acre?».

La risposta tardò poco ad arrivare, quando il corteo abbandonò la strada principale all'altezza dell'uscita del paese più famoso della Galilea. Nel momento in cui vide il cartello all'ingresso della città, Sicarius si accorse che, se avesse ragionato un attimo, avrebbe facilmente indovinato la destinazione. Come aveva fatto a non pensarci prima?

Il cartello annunciava "Nazaret".

LI

Prima che il corteo di mezzi della polizia salisse lungo la montagna ed entrasse nel perimetro urbano di Nazaret, l'auto in testa, a bordo della quale viaggiava Arpad Arkan, svoltò a destra e si avviò lungo una via secondaria. Anche le moto e la seconda macchina, in cui sedevano Tomás e Valentina, girarono a destra: era chiaro che il presidente della fondazione stava facendo strada.

Sulla sinistra apparvero vari edifici moderni, le cui sagome giganteggiavano tra la vegetazione. Il corteo varcò i cancelli del complesso dirigendosi verso l'ingresso principale del primo palazzo, ornato da due archi d'acciaio intersecati come colonne piegate da una forza colossale.

Le moto e le auto si fermarono dinanzi alla porta e l'attenzione di Tomás fu catturata da una grande targa che riportava il nome in inglese del complesso.

"Advanced Molecular Research Center".

Le portiere si aprirono e scesero i passeggeri. Dalla prima auto uscirono per primi i poliziotti e poi Arkan, che si girò verso gli ospiti.

«Benvenuti nel gioiello della corona della mia fondazione!», disse, palesemente orgoglioso. «Questo edificio si chiama Tempio». Indicò i due enormi archi che decoravano l'ingresso e lanciò un'occhiata a Tomás. «Professore, lei sa che cos'è, vero?».

Lo studioso annuì.

«Le porte del Tempio di Gerusalemme erano fronteggiate da due grandi colonne», disse. «Se questo edificio si chiama così, presumo che questi due archi rappresentino quelle colonne».

«Esatto». Indicò l'ingresso. «Quando varcherete la porta, ricordatevi che state entrando in un nuovo mondo». Spalancò le braccia in un gesto magniloquente. «Il mondo del Tempio».

Arnie Grossman fece un cenno ai suoi uomini.

«Andiamo!».

I poliziotti si diressero verso l'entrata dell'edificio, ma Arkan con tre passi rapidi sbarrò loro la strada.

«Signor ispettore», disse, «sono molto lieto di accogliere la polizia in visita ai nostri impianti, ma... senza armi. Mi rincresce, sono le regole in vigore nel Tempio».

L'ispettore capo si fermò, sorpreso da quell'obiezione.

«Che razza di stupidaggine è questa?».

Arkan lo fissò.

«Ha un mandato del giudice per entrare nell'edificio?»

«Ho un mandato di arresto per lei, se si rivelerà necessario».

«Di arresto, dove?»

«Be'... Nella sede della fondazione o sulla pubblica via».

Il presidente volse lo sguardo intorno, fingendo di accertarsi del luogo in cui si trovavano.

«Guarda, guarda», disse. «Non siamo né nella sede della fondazione, né sulla pubblica via, o sbaglio?».

Gli occhi del poliziotto sfavillarono e la sua voce divenne gelida, carica di velate minacce: «Vuole che vada dal giudice a farmi dare il mandato? Badi che...».

Arkan scosse la testa in segno di diniego.

«I signori sono i benvenuti qui al Tempio», si affrettò a chiarire. «L'unica cosa che vorrei evitare è la presenza di armi all'interno dell'edificio. Il nostro regolamento lo proibisce esplicitamente».

Grossman guardò i suoi uomini con espressione pensierosa e valutò la richiesta. Quindi si voltò verso l'interlocutore, con l'aria di aver già deciso.

«Nessuno disarma la polizia israeliana», sentenziò. «Ma, per dimostrarle la nostra buona fede, sono disposto a raggiungere un compromesso che mi sembra ragionevole. I miei uomini restano qui fuori e io entro da solo». Aprì la falda della giacca e mostrò una pistola allacciata al petto. «Armato».

Il presidente guardò la pistola e ponderò la proposta per alcuni istanti.

«Non può affidare l'arma ai suoi uomini?»

«Questa condizione non è negoziabile», mormorò Grossman. «E forse le ho già concesso fin troppo...».

Arkan si strofinò il mento, dubbioso. Perché no? L'alternativa era che i poliziotti si procurassero un nuovo mandato e lo arrestassero. La regola che aveva imposto nel suo Tempio proibiva la presenza di armi, ma in certe situazioni bisognava essere un po' elastici. E questa gli sembrava una di esse.

«Va bene», acconsentì, con un gesto di resa. «Lei entra armato, i suoi uomini restano fuori».

L'ispettore capo impartì le istruzioni del caso ai suoi subalterni e, chiarito il tutto, fece un cenno ad Arkan. Il presidente accedette finalmente nell'edificio, seguito da Grossman, Tomás e Valentina. Dopo essersi identificati in portineria, i visitatori passarono attraverso un metal-detector. Le due guardie all'ingresso non gradirono la presenza dell'arma, ma il capo fece loro segno che era tutto a posto e quelli lo lasciarono passare.

Superato l'ingresso, l'edificio era illuminato dalla luce naturale di un grande cortile interno. Due lunghi corridoi si estendevano in direzioni opposte, circondando il patio come tentacoli. In ogni corridoio si apriva una fila di porte sulla parete opposta a esso.

«Dove siamo?», si informò Grossman.

Con occhi porcini quasi nascosti sotto le folte sopracciglia, Arkan fece un'aria sorniona.

«Nel Tempio, gliel'ho già detto».

«Fuori non c'è scritto così», intervenne Tomás, indicando con il pollice verso l'ingresso. «La targa dice "Advanced Molecular Research Center". Non mi sembra un nome dalle grandi connotazioni religiose...».

Arkan scoppiò a ridere: l'irritazione con cui li aveva colti alla fondazione pareva aver lasciato il posto a una cordiale benevolenza.

«Ha ragione, professore!», esclamò. «L'edificio in cui ci troviamo ora si chiama Tempio, ma il complesso ha un nome scientifico, che ne rivela la vera missione. In verità, siamo al Centro di ricerca molecolare avanzata, il progetto più ambizioso e sofisticato della mia fondazione».

«Sì, ma cosa fate qui?»

«È un segreto».

L'ispettore capo esibì il mandato del giudice, confidando sulla sufficiente eloquenza del documento, e sorrise.

«Quand'è così, temo proprio che dovrà raccontarci tutto. Di che segreto si tratta?».

Arkan inspirò a fondo, preparandosi mentalmente a iniziare a rivelare ciò che sempre aveva nascosto al mondo, e inarcò le sopracciglia apprestandosi a rilasciare la sua dichiarazione solenne.

«È l'ultima speranza dell'umanità».

LII

Il soffio caldo dell'umidità artificiale accolse i visitatori che si addentravano nel grande salone situato nel complesso scientifico della Fondazione Arkan a Nazaret. C'erano piante ovunque, attraversate da sentieri come una foresta ordinata. Il tetto del salone era coperto da un vetro opaco che lasciava penetrare la luce del sole tra il verde che copriva l'intero perimetro.

Una serra, realizzò Tomás. Erano entrati in una serra gigante.

«Eden», annunciò Arpad Arkan con un ampio sorriso. «Questo settore si chiama Eden». Fece un gesto indicando le piante tutt'intorno. «È facile comprendere il perché, vero?»

«Ho capito cos'è», disse Grossman. «Ma a che serve una serra in un complesso scientifico come questo?».

Il presidente non rispose subito. Si diresse verso un uomo con il camice bianco, basso e magro, chino ad analizzare le foglie di una pianta, e lo salutò calorosamente. Si scambiarono alcune parole, impossibili da captare a distanza, ma era evidente che Arkan gli stava spiegando la situazione, visto che quello lanciò un'occhiata ai tre visitatori mentre ascoltava il suo capo. Alla fine fece un cenno di assenso con la testa e riaccompagnò il presidente della fondazione vicino ai poliziotti e lo storico.

«Questo è il professore Peter Hammans», lo presentò Arkan. «È il direttore del dipartimento di biotecnologia del nostro centro». Gli diede una pacca sulla schiena che quasi lo fece cadere a terra. «L'abbiamo rubato all'Università di Francoforte».

Il professor Hammans, con un volto magro solcato da rughe e una rada barba grigia che si riduceva ulteriormente sul mento, si mantenne in equilibrio e, con un sorriso impacciato, tese la mano agli sconosciuti.

«Molto piacere».

Tutti si scambiarono saluti e strette di mano, presentandosi con nome e funzioni. Terminati i convenevoli, compresa una rapida spiegazione sull'indagine in corso per i tre omicidi avvenuti in Europa, il direttore li portò in un angolo della serra e li invitò a sedersi intorno a un tavolo.

«Mi piacerebbe offrirvi qualcosa da mangiare», disse con un ghigno malizioso. «Volete assaggiare un cavolo geneticamente modificato o uno al cento percento naturale?»

«Un cavolo geneticamente modificato?», sbottò Grossman. «Non ci penso neppure! Fa male alla salute!».

Hammans andò verso il frigorifero e distribuì dei piatti con una foglia di cavolo a ciascuno dei tre visitatori.

«Allora provate il cavolo al suo stato naturale».

Valentina fece una smorfia.

«Io non ho fame...».

Lo scienziato indicò il cavolo. «Mangi!», insistette. «È importante per la dimostrazione che voglio fare».

I tre lanciarono uno sguardo sfiduciato alla foglia di cavolo che ciascuno aveva nel piatto. Era cotta, ma non aveva un aspetto normale. Tomás infilzò la forchetta nella sua e se la portò alla bocca. La masticò due volte e, subito dopo, sputò i pezzi che aveva assaggiato.

«Bleah! Che schifo!».

Il professor Hammans simulò un'aria stupita.

«E allora? Che le succede?».

Lo studioso fece una smorfia.

«Questo cavolo è immangiabile», disse. «Sa di... non so, ha un sapore amaro!».

I due poliziotti ne provarono un pezzettino, che mordicchiarono quasi intimoriti, e confermarono il verdetto.

«È veramente disgustoso!», sentenziò Grossman. «Che razza di cavolo è?».

Il direttore del dipartimento di biotecnologia ritornò verso il frigorifero e prese un altro cavolo cotto, lo tagliò in tre piccoli pezzi che distribuì nei piatti.

«Adesso provate questo e ditemi che ve ne pare...».

Stavolta Tomás esitò. Alla luce di quanto era appena successo, si chiedeva se doveva assoggettarsi a quell'esperimento. Analizzò la nuova foglia. Gli sembrava perfettamente normale, come quelle che si trovano al supermercato. Un cavolo verza. Con mille cautele, affondò la forchetta nella foglia portandosela alla bocca. Diede un primo morso e si fermò, in attesa che qualcosa di molto strano succedesse. Tutto sembrava normale. Diede un secondo morso, di nuovo in attesa di qualcosa di esplosivo. Niente. Riprese a masticare e mangiò il cavolo.

«E allora?», volle sapere il professor Hammans, guardandolo in attesa di una risposta. «Era buono?»

«Mmm, mmm», confermò lo storico, che stava ancora masticando. «Freddo, ma nella norma».

I due poliziotti, che prudentemente avevano preferito aspettare la reazione di Tomás, si misero in bocca la seconda foglia e la masticarono, annuendo.

«Sapete come sarebbe stato ancora più buono?», disse Valentina mentre assaporava il cavolo. «Con spaghetti, aglio e olio».

Il direttore del dipartimento di biotecnologia scambiò una rapida occhiata con Arpad Arkan e sorrise ai tre ospiti.

«Vedete questo primo cavolo?», chiese. «È al cento percento naturale e voi non siete riusciti a mangiarlo». Indicò la bocca dei suoi interlocutori. «Il secondo è geneticamente modificato e lo avete trovato delizioso!».

Grossman smise di masticare.

«Cosa?», si indignò. «Lei mi ha dato da mangiare un cavolo geneticamente modificato?»

«E vi è piaciuto moltissimo!».

L'ispettore capo girò la testa da un lato e sputò a terra tutto quello che aveva masticato.

«Che orrore!», esclamò. «Io non mangio di queste schifezze!».
Il professor Hammans fece finta di rimanere sorpreso.
«Che c'è? Non ha mai mangiato dei cavoli in vita sua?»
«Certo! Ma non ho mai mangiato cavoli geneticamente modificati! Mi rifiuto!».
Lo scienziato incrociò le braccia e lo fissò con interesse, come un professore in attesa che l'alunno corregga la risposta sbagliata. Poi sviò l'attenzione sulla foglia di cavolo che nessuno era riuscito a ingoiare.
«L'unico cavolo esistente al mondo che non sia mai stato alterato geneticamente è questo qui», disse. «E voi non l'avete voluto mangiare. Tutti gli altri, soprattutto quelli deliziosi che sono in vendita nei supermercati, come il cavolo verza e il cavolo rosso, sono stati manipolati».
«Cosa?»
«È proprio così», insistette il professor Hammans. «I cavoli naturali sono troppo amari per l'uomo. Il loro sapore sgradevole: ovviamente, si tratta di un sistema di difesa che hanno sviluppato per evitare di farsi divorare dagli animali. Ma per farli diventare commestibili, cosa ha fatto l'uomo? Ha iniziato a modificarli geneticamente, chiaro».
«In che modo?», polemizzò Grossman. «Sta forse insinuando che i cavoli che vendono nei supermercati sono stati realizzati in laboratorio?»
«Non in un laboratorio convenzionale, con batteri, ampolle, provette, piastre di Petri e così via. Però sì, i cavoli che consumiamo in un certo senso sono prodotti di laboratorio. O, per lo meno, sono frutto di una manipolazione genetica. Da quando l'uomo ha inventato l'agricoltura, più di diecimila anni fa, non ha fatto altro che modificare geneticamente. Da migliaia di anni gli agricoltori incrociano le piante in modo da produrre nuove verdure, più saporite e facili da coltivare».
«Oh, ma questa è un'altra faccenda!».
«No, no! L'incrocio di piante è una forma elementare di mani-

polazione genetica. I cavoli che mangiamo non esistevano così, allo stato naturale. Sono stati sviluppati nel corso di molto tempo con incroci successivi di piante. Gli agricoltori facevano esperimenti e, attraverso il sistema di tentativi ed errori, incrociando verdure diverse, hanno creato prodotti che non esistevano in natura. Molti sono in vendita nei supermercati e li mangiamo ogni giorno nella zuppa, nell'insalata o come frutta».

Arnie Grossman guardò verso Valentina e Tomás in cerca di sostegno, ma non l'ottenne. Chi avrebbe osato smentire uno specialista in biotecnologie su un tema simile? Vedendosi a corto di argomenti, il poliziotto israeliano fece un rapido gesto con la mano, come se stesse scacciando via una mosca.

«Va bene, e allora?», chiese, con una certa irritazione nella voce. «Con questo cosa vorrebbe dimostrare?».

Hammans sorrise.

«Volevo semplicemente dimostrare che la biotecnologia viene usata dagli esseri umani da millenni e che non c'è niente di male a farlo. Gli agricoltori sono abituati a incrociare diverse varietà di piante per ottenere nuove specie». Alzò il dito. «Del resto, è persino interessante notare che la natura stessa pratica la biotecnologia. E persino la clonazione! Le fragole, per esempio, liberano dei germogli che poi si trasformano in fragole. Queste nuove piante sono cloni dell'originale. I germogli di patata usati per piantare non sono veramente dei semi, ma cloni della patata da cui questi sono stati estratti. E quando strappiamo una foglia e poi la piantiamo, e quella si trasforma in una nuova pianta, siamo di fronte a un clone di quella originale».

«Ah, be'!».

«La questione che si pone è capire come funziona tutto questo. Se incrociassimo una pianta lunga con una corta, cosa verrebbe fuori da questo esperimento?»

«Caspita, questa sì che è facile!», esclamò Grossman. «Viene fuori una pianta media, chiaro!».

«Questo è quello che si era sempre pensato. Ma sicuramente

avrà già sentito parlare di Mendel, che fece l'esperimento con i piselli. E sa cos'è successo? Tutte le piante che nacquero da questo incrocio erano alte! Mendel rimase sorpreso. Allora decise di incrociare un baccello verde con uno giallo: tutte le piante nacquero verdi. Lo scienziato concluse che c'erano caratteri dominanti e caratteri recessivi. La pianta lunga era dominante, quella corta recessiva. Il baccello verde era dominante, quello giallo recessivo. Quando si incrociavano, la recessiva scompariva sempre». Hammans tirò fuori la lingua e l'arrotolò. «È come arrotolare la lingua. Chi riesce a farlo come me?».

Preoccupato di salvaguardare la sua dignità di poliziotto, Grossman si rifiutò di partecipare all'esperimento, ma Valentina e Tomás collaborarono. Il portoghese fu in grado di farlo, l'italiana no.

«Non ci riesco!», si lamentò lei. «Voi come fate?»

«È un'abilità innata», spiegò il professor Hammans.

Indicò i due. «Però, se lei rimanesse incinta di quest'uomo, i vostri figli avrebbero tutti la capacità di arrotolare la lingua. Infatti, questo è un carattere dominante».

Tomás e Valentina si scambiarono uno sguardo imbarazzato.

«Allora...».

«La stessa cosa succede con gli occhi. Quelli marroni sono dominanti, quelli azzurri recessivi. La visione a colori è dominante, la visione senza colori è recessiva». Si passò la mano sulla barba. «Dopo aver fatto questa scoperta, Mendel non si fermò certo lì. Prese le piante alte nate dall'incrocio e le incrociò di nuovo fra di loro. Cosa pensate che successe?».

Fu l'ispettrice a rispondere, nello sforzo di liberarsi dall'imbarazzo che le traspariva sul volto.

«Le alte non sono quelle dominanti?», domandò. «Quindi sono nate nuove piante alte».

Lo scienziato scosse la testa.

«Un quarto delle piante sono nate corte. Ossia, nella prima generazione le alte hanno dominato e le corte sono scomparse completamente. Ciò nonostante, nella seconda generazione le corte sono ricomparse. Erano rimaste latenti nella prima generazione, per poi ricomparire. Mendel concluse che nelle piante c'era qualcosa di speciale che ne determinava le dimensioni: il *gene*».

«Gene, da genetica?».

Il volto scarno del professor Hammans, dagli zigomi sporgenti e il pizzetto grigio, si aprì nuovamente in un sorriso.

«E da *Genesi*», disse. «Il testo della creazione».

LIII

Già da un po' Sicarius osservava a distanza gli edifici. Aveva visto il corteo varcare il cancello che introduceva nel complesso, ma non aveva osato avvicinarsi. E se uno dei poliziotti lo avesse visto in moto mentre attraversavano Gerusalemme? Notandolo anche lì avrebbe certamente tratto le sue conclusioni. Perciò era fondamentale disfarsi della moto.

Sicarius parcheggiò la sua due ruote nera a lato della strada, all'ombra dell'ulivo. Nascose il casco nello zainetto e mise il tutto nel portabagagli sopra la ruota posteriore. Poi si voltò e iniziò a camminare tranquillamente lungo il muro, verso il portone.

Giunto davanti al cancello, gettò un'occhiata all'interno del complesso. Si vedevano le tre moto della polizia e le due automobili parcheggiate accanto all'ingresso dell'edificio di fronte. Lì nei pressi c'erano alcuni uomini: tre in divisa e tre in borghese. I sei poliziotti erano rimasti fuori.

«Il maestro è in gambissima», mormorò Sicarius, senza nascondere un sorriso. «Un vero e proprio genio!».

Il suo mentore aveva trovato il modo di lasciare i poliziotti fuori dalla porta, concluse. Una cosa straordinaria, che gli avrebbe facilitato enormemente l'operazione.

«Desidera qualcosa?».

All'improvviso, una voce interpellò Sicarius. Quest'ultimo si voltò e scoprì, trasecolando, che accanto a lui c'era un custode del complesso. Non l'aveva proprio notato! Concentrato com'era sui poliziotti, aveva tralasciato quel particolare. Come aveva potuto essere così distratto?

«Sono un turista cristiano», si scusò. «È qui la grotta dove l'arcangelo Gabriele annunciò a Maria che avrebbe dato alla luce Gesù?».

Il custode rise.

«La Grotta dell'annunciazione si trova nella basilica», spiegò, indicando il centro abitato di Nazaret, in lontananza. «Deve andare verso la città vecchia».

Sicarius fece un gesto di saluto.

«Ah, grazie». Il segno della croce in aria. «Che Dio la benedica!».

Si allontanò a passo tranquillo, ma con la coda dell'occhio ispezionò il muro di cinta. Era alto, ma non troppo. Il problema maggiore sembrava il fil di ferro arrotolato sulla cima. E poi – era chiaro – doveva scegliere il punto migliore per scalarlo. L'ideale sarebbe stato girare intorno a tutto il perimetro e individuare il posto più discreto. Aveva già capito che il complesso era protetto da un dispositivo di sicurezza, ma niente di straordinario. Dopotutto, non doveva mica introdursi in una banca o in un supercarcere: le misure di protezione gli sembravano appena rafforzate rispetto a quelle di un normale palazzo. Nulla di insuperabile. In fin dei conti, non aveva già affrontato situazioni ben peggiori?

Lanciò un altro sguardo verso il muro. Che fare con quel filo spinato? Non sarebbe stato piacevole, ma nel bagagliaio della moto teneva un paio di pinze che avrebbero risolto il problema. Aveva anche delle corde, necessarie per scalarlo. Naturalmente anche l'oggetto fondamentale di quella missione era custodito nel bagagliaio.

La daga sacra.

LIV

L'edificio era sicuramente il più grande di tutto il complesso. Subito dopo che il gruppo fu uscito dall'Eden, Arkan e Hammans condussero gli ospiti verso una struttura gigantesca di forma tondeggiante, come un enorme catino. Vista da lontano, tra gli alberi, non sembrava così grande. Ma lì, da vicino, la vera dimensione della struttura diventò nuovamente visibile in tutta la sua ampiezza.

«E questo cos'è?», volle sapere Arnie Grossman, sbalordito dalle dimensioni della costruzione. «Sembra una nave».

«Lo chiamiamo "Arca"».

«Come quella di Noè?»

«Esatto», assentì il presidente della fondazione. «È l'edificio principale del nostro centro di ricerche. Una cattedrale della scienza, se volete».

I due condussero il gruppo all'interno dell'Arca. Nell'aria, aleggiava un vago odore asettico di alcol e formalina che sembrava permeare tutto. I visitatori attraversarono l'atrio e imboccarono un grande corridoio con pareti di vetro, oltre cui si vedevano vari laboratori. Una squadra di tecnici in camice bianco si affannava intorno a microscopi, provette, pipette e materiale vario, evidentemente impegnata a fare degli esperimenti.

Le pareti di vetro, dopo un centinaio di metri, furono sostituite da quelle in muratura. Il gruppo girò l'angolo del corridoio e il professor Hammans aprì una porta invitando tutti a entrare. Per prima passò Valentina, poi Tomás e Grossman. I tre si arrestarono, quasi spaventati, non appena si resero conto di ciò che c'era al di là dell'uscio.

Una stanza degli orrori.

La sala dove li avevano portati era un deposito pieno di recipienti di ogni dimensione disposti ordinatamente su scaffalature. L'odore di alcol e formalina qui era molto forte e denunciava il terribile spettacolo racchiuso dentro i contenitori. Cadaveri. C'erano centinaia e centinaia di corpi all'interno dei recipienti, e galleggiavano in una soluzione liquida. Si vedevano conigli, uccelli, topi, cani, capretti e scimmie. Tutti fluttuavano, con gli occhi vitrei e le membra in posizioni bizzarre; sembrava che in loro la vita fosse stata sospesa.

«Che orrore!», esclamò l'italiana. «Cos'è questa roba?».

Arpad Arkan contemplò le file di recipienti come un artista che ammira la propria opera.

«Sono i nostri esperimenti», disse. «Non dimentichi che ci troviamo nel Centro di ricerca molecolare avanzata».

«Uccidete gli animali e li mettete sotto vetro», fece lei, interdetta. «Che razza di lavoro è questo?».

I due ospiti scoppiarono a ridere.

«Il nostro lavoro non è uccidere animali», la corresse il professor Hammans. «È creare animali. E quando dico *creare*, non intendo creare allevamenti per la produzione alimentare, ma mi riferisco al significato biblico della parola».

«Biblico? Cosa vuol dire?».

Il direttore del dipartimento di biotecnologia aprì le braccia e indicò la struttura circostante.

«Questo edificio si chiama Arca, ricordate? Questo perché è coinvolto nell'atto della creazione». Indicò i recipienti disposti sugli scaffali. «Gli animali che vedete sono esperimenti falliti. Ma stiamo affinando la tecnica con un numero crescente di casi riusciti».

Tomás fece una smorfia di chi non capiva: niente di tutto ciò gli sembrava avere senso.

«Esperimenti su cosa? Riuscita di cosa?».

Rivolgendosi ai suoi ospiti, Arkan spalancò gli occhi, corrugando le folte sopracciglia, e si esibì in un ampio sorriso.

«Clonazione».

«Cosa?»

«È di questo che si occupa il nostro centro», chiarì il presidente. «Di clonazione».

Lo storico e i due poliziotti si scambiarono uno sguardo.

«Ma... ma... perché?».

Arpad Arkan continuò a sorridere, come un bambino che mostra i suoi giocattoli ai figli dei vicini e, rivolgendosi al suo sottoposto, disse: «Spiegaglielo, Peter».

«Tutto?»

«Quasi tutto. La parte finale lasciala a me».

Questa volta fu il professor Hammans a sorridere.

«Allora sarà meglio cominciare dal principio». Scrutò i tre visitatori. «Cosa sapete sul funzionamento dei geni?».

I tre esitarono. Chi avrebbe osato spiegare un tema come quello a uno specialista?

«Be'», disse titubante Tomás, «sono i geni che determinano ciascuna delle nostre caratteristiche. Gli occhi, i capelli, l'altezza... persino il nostro carattere, se saremo pazienti o irritabili, se avremo una predisposizione o meno verso questa o quella malattia. Insomma, tutto».

«Giusto», disse il direttore del dipartimento di biotecnologia. «Ma come funzionano?».

Il portoghese aveva un'aria persa.

«Sa, la mia materia è la storia...».

I due poliziotti continuavano a rimanere in silenzio distogliendo lo sguardo, come se improvvisamente trovassero di grande interesse il macabro contenuto dei recipienti allineati sulle mensole. Quella branca della conoscenza palesemente non era di loro competenza.

Il professor Hammans si aspettava già una simile reazione e si diresse verso una scrivania in un angolo della sala. Dietro c'era una lavagna bianca, come quelle delle scuole. Lo scienziato prese un pennarello blu e vi disegnò qualcosa che somigliava a un uovo fritto.

«Le cellule che costituiscono le piante e gli animali, compresi gli esseri umani, hanno la struttura di un uovo», spiegò. «Una membrana esterna circonda tutta la cellula e la mantiene unita e protetta. L'interno è formato dall'albume, detto "citoplasma", un fluido che svolge varie funzioni, e dal tuorlo, detto "nucleo"». Batté con la punta del pennarello sul "tuorlo" dell'uovo fritto e guardò gli ospiti. «A che serve il nucleo?»

«È il centro di controllo», rispose Tomás. Questo lo sapeva. «È lui che comanda la cellula».

«Il nucleo non comanda solo la cellula». Hammans fece un gesto ampio, come se volesse includere l'intero l'universo. «Controlla tutto. *Tutto*: la cellula, il tessuto, l'organo, il corpo... persino la specie! Il nucleo della cellula controlla la stessa vita sul nostro pianeta!».

Grossman alzò un sopracciglio, scettico. «Non starà un po' esagerando?».

Come se volesse dare una risposta, il professor Hammans si girò verso la lavagna e, partendo dalla struttura schematica della cellula, tracciò dei nuovi disegni, come degli ingrandimenti di una sezione della figura precedente. Poi scarabocchiò delle parole per identificare i punti chiave dello schema.

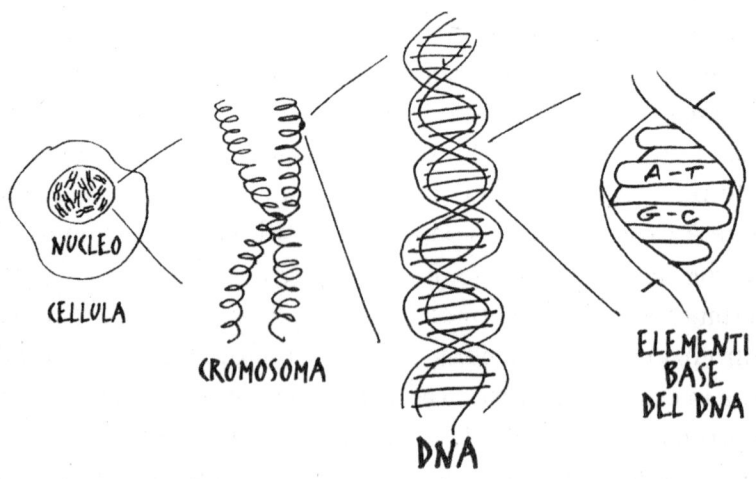

«Vediamo quello che succede nel nucleo di una cellula», propose. «Se ingrandiamo una sezione, scopriamo che il nucleo è formato da fili attorcigliati, detti "cromosomi". Se ingrandiamo ancor più questa sezione, verifichiamo che il cromosoma è costituito da due filamenti avvolti uno sull'altro in una lunga spirale, chiamati "acido desossiribonucleico", o DNA. Ingrandendo anche una sezione del DNA, ci rendiamo conto che i due filamenti sono legati da quattro elementi base: adenina, timina, guanina e citosina, o A, T, G e C». Scrisse le quattro lettere sulla lavagna. «Con esse è scritto il libro della vita».

«È questo il gene?»

«Il gene è una sezione del DNA. Una determinata combinazione di coppie A-T e G-C costituisce un gene. E che fa quando è attivato? Produce proteine che trasmettono gli ordini dei geni, mettendo le cellule a lavorare in un certo modo o in un altro. Le proteine prodotte dalle cellule degli occhi sono sensibili alla luce, quelle del sangue trasportano l'ossigeno... insomma, ognuna possiede le caratteristiche necessarie per svolgere le funzioni per cui è stata creata».

«Questo vuol dire che le cellule del cuore hanno determinati geni, quelle dei reni ne hanno altri, quelle della...».

«No!», interruppe il professor Hammans. «Ogni cellula del nostro corpo contiene all'interno del suo nucleo il DNA completo. Significa che è sparso in tutto il nostro corpo. Ma, a causa di un meccanismo ancora relativamente sconosciuto, solo determinati geni vengono attivati in un certo organo. Per esempio, le cellule del cuore usano solo il DNA necessario per le loro operazioni, quello rimanente resta latente. Uno dei grandi misteri ancora da svelare è proprio capire come fa ogni cellula a sapere qual è il gene che deve attivare. Ma il fatto è che la cellula *lo sa*. E, fatto altrettanto rilevante, scopriamo che un determinato gene produce un enzima specifico indipendentemente dall'animale o dalla pianta in cui è inserito. Se io inserissi in un animale il gene umano che produce l'insulina, quello inizierebbe a sua volta a produrne grandi quantità nel suo latte». Inarcò rapidamente le sopracciglia.

«Comprendete i vantaggi, vero?»

«Mamma mia!», esclamò Valentina, intuendo le prospettive che si aprivano con una simile innovazione. «Si potrebbero mettere gli animali a produrre insulina per i diabetici!».

«Questo, e molto di più! Vi ricordate quelle piante che avete visto nell'Eden? Lì abbiamo delle piantine di riso in cui abbiamo inserito un gene che produce vitamine: gli abitanti dei Paesi in via di sviluppo, quando lo mangeranno, avranno un pasto più ricco. Stiamo anche introducendo nel granturco un gene che ne riduce il bisogno di acqua: così sarà perfetto per le zone desertiche e, proprio come il riso ricco di vitamine, aiuterà nella lotta contro la malnutrizione nel Terzo mondo».

«Incredibile!».

Impaziente, Arnie Grossman guardò ostentatamente l'orologio.

«Tutto questo è molto bello», disse. «Però, come sapete, stiamo indagando su tre assassinii e un tentato omicidio. Per quale motivo considera rilevanti tali dettagli per la nostra inchiesta?».

Intervenne Arpad Arkan: «A causa della mancanza di sesso».

«Scusi?».

Il professor Hammans capì subito la necessità di non addentrarsi in dettagli troppo tecnici, affascinanti per lui, ma che probabilmente avrebbero infastidito un profano.

«Il nostro presidente si sta riferendo a una seconda funzione dei geni: la riproduzione», disse lo scienziato. «Oltre a produrre enzimi, i geni si riproducono. Questo non succede con il sesso, ma perché una cellula si divide. Quando se ne crea una nuova, cosa che nel nostro corpo si verifica circa centomila volte al secondo, i cromosomi di quella originale si duplicano. Un aspetto molto importante perché significa che, quando creiamo un essere vivente a partire dal materiale genetico di un altro, il DNA del nuovo sarà esattamente uguale a quello di chi ha fornito i geni».

«Come i gemelli?»

«Buon esempio! I gemelli omozigoti condividono lo stesso

DNA». Aprì le mani, come un illusionista che sta mostrando il suo ultimo trucco. «Cioè, sono cloni l'uno dell'altro».

Valentina si morse il labbro.

«E così arriviamo alla clonazione».

«Eh già», confermò il professor Hammans. «Quando cloniamo una pianta o un animale, stiamo sempre facendo una copia con il ricorso allo stesso DNA».

«Ma in che modo si realizza?»

«In una pianta il processo è semplice, come ben sa ogni agricoltore. Negli animali è già più complesso». Tornò al disegno dell'uovo fritto sulla lavagna. «Entriamo nella cellula di un ovulo appena prodotto e, con una pipetta, ne preleviamo il nucleo. Poi prendiamo una cellula dell'individuo che vogliamo clonare e la collochiamo vicino a quella dell'ovulo privato del nucleo. Togliamo i nutrienti, in modo da collocarle in una sorta di stato di sospensione, e applichiamo una scarica di elettricità: le due cellule si fondono in una sola. In seguito, ne diamo un'altra, imitando il flusso di energia che accompagna la fecondazione di un ovulo da parte dello spermatozoo. Ricordatevi che un ovulo, indipendentemente dalle sue dimensioni, è una cellula. Pensando di essere stata fecondata dallo spermatozoo, inizierà a dividersi, producendo un nuovo nucleo per ogni nuova cellula. *Et voilà!* L'animale clonato comincia a crescere!».

«È così che si clonano gli animali?»

«Proprio così», confermò lo scienziato tedesco. «Il primo esperimento fu effettuato nel 1902 da un mio compatriota, Hans Spemann, che riuscì a clonare una salamandra. Nel 1952 fu il turno di un rospo e nel 1996 è stata la volta del primo mammifero: la pecora Dolly. Tutto ciò ha aperto un nuovo mondo, come si può ben supporre. Se era possibile clonare mammiferi, immaginate le prospettive che si presentavano! Da allora sono stati clonati topi, maiali, gatti... e via dicendo!».

I visitatori posarono nuovamente lo sguardo sugli animali racchiusi nei recipienti allineati sugli scaffali della grande sala, e li osservarono non più con orrore, ma con stupore.

«Se è possibile clonare i mammiferi», mormorò Tomás, quasi timoroso di formulare la domanda, «perché non gli esseri umani?».

Il professor Hammans scambiò uno sguardo con Arpad Arkan, come a chiedergli cosa dovesse rispondere. Il presidente della fondazione fece un segno affermativo con la testa, dando al subordinato il via libera per la rivelazione. Lo scienziato indicò con la mano i macabri recipienti che riempivano la sala e fissò lo storico portoghese.

«E cosa pensa che stiamo facendo qui?».

LV

Il tronco di pino era naturalmente inclinato verso il muro, di sicuro piegato nel corso degli anni dalla forza del vento, e alcuni rami arrivavano a incagliarsi nel filo spinato che si avviluppava in cima. Con le mani sui fianchi, mentre contemplava l'albero e la sua posizione favorevole, Sicarius non riuscì a trattenere un sorriso.

«Che incompetenti!», mormorò soddisfatto. «Costruiscono un muro e si dimenticano di tagliare gli alberi che ti permettono di saltarlo!».

La perlustrazione aveva dato i suoi frutti: era bastato fare quattrocento metri intorno al perimetro del Centro di ricerca molecolare avanzata per individuare quella falla nel sistema di sicurezza del complesso. Sicarius non aveva dubbi che, se avesse continuato a ispezionare il muro, avrebbe facilmente localizzato altri punti deboli. Ma il tempo stringeva. Perché continuare a cercare se aveva già trovato quel che gli serviva?

Afferrò la corda e la lanciò sull'albero. Il primo tentativo fallì, ma al secondo riuscì ad agganciare un ramo saldo. La corda saliva, girava attorno al tronco su in cima e riscendeva giù, creando una specie di dondolo. Sicarius si legò una delle estremità alla vita e si guardò attorno, per accertarsi che nessuno lo stesse guardando. Il luogo era protetto da vari arbusti e offriva le condizioni adatte per un'operazione alla luce del sole.

Ghermì con fermezza l'altra estremità della corda e iniziò a issarsi. Sicarius era un uomo agile, il prodotto dell'allenamento rigoroso a cui si sottoponeva quotidianamente, e in pochi secondi fu sulla cima dell'albero. Si sistemò sul ramo più robusto del tronco e iniziò a ispezionare il complesso. Era come sospettava: non c'erano guardie lì; si limitavano a vigilare l'entrata. Era possibile che facessero delle ronde e lui avrebbe avuto bisogno di tempo per studiare le loro abitudini, ma era un lusso che non si poteva permettere in quelle circostanze. A ogni modo, concluse, ci sarebbe davvero voluto un bel po' di sfortuna per penetrare nel perimetro proprio durante una ronda.

Cercò anche eventuali telecamere di sorveglianza. Non ne aveva avvistata nessuna quando aveva sbirciato dal portone, venti minuti prima, e anche in questo momento non ne intravide traccia. Tuttavia era probabile che all'interno degli edifici ce ne fossero.

Dopo un'ultima occhiata al perimetro, saggiò la resistenza del tronco, per assicurarsi che avrebbe retto il suo peso, e fece un respiro profondo.

«Andiamo!».

Si fece scivolare lentamente lungo il ramo. Quella parte dell'albero si inclinò un po', curva sotto il peso dell'uomo che vi stava a cavalcioni, ma resistette. Sicarius avanzò con mille cautele fino ad avvicinarsi al muro. Il ramo si era leggermente piegato ma l'estremità superiore del muro era ancora a portata di mano. Tirò fuori le cesoie che aveva in tasca e incastrò le lame in un segmento del filo spinato.

Strinse con forza.

Clac.

Tagliò il filo spinato in un punto e proseguì nel segmento seguente. I *clac* secchi delle cesoie che mozzavano il filo si susseguirono, come se un giardiniere stesse potando una siepe, e in due minuti Sicarius si aprì un varco nella matassa che proteggeva la sommità del muro. Completata l'operazione, guardò di nuovo all'interno del complesso, assicurandosi di non essere stato avvistato. Tutto tranquillo.

Soddisfatto, si appese al muro e si issò sulla cima. Appollaiato là sopra, non perse tempo. Recuperò la corda e la gettò al suolo.

Poi si lanciò all'interno del perimetro. Fece un salto di tre metri, ammortizzato dall'erba soffice e dalla destrezza di una capriola fatta nell'istante in cui toccò terra. Rotolò sul manto erboso e si rimise immediatamente in piedi. Afferrò la corda, di cui probabilmente avrebbe avuto bisogno in seguito per uscire di lì, e corse verso l'arbusto più vicino.

Ormai era dentro.

LVI

La rivelazione lasciò i tre visitatori a bocca aperta. Tomás, in particolare, non ci credeva.

«State clonando esseri umani?».

Intuendo lo choc provocato dalla loro rivelazione, i due ospiti scoppiarono in una risata nervosa.

«Ancora no», rispose Arpad Arkan. «Non ci siamo ancora arrivati». Smise di sorridere e ritornò serio. «Ma, in ultima istanza, di fatto è questo l'obiettivo finale delle nostre ricerche. Vogliamo essere capaci di clonare esseri umani».

«Che intende con questo *vogliamo*?», rispose Arnie Grossman. «Se già si clonano pecore e topi e chissà cos'altro, cosa vi impedisce di farlo con gli esseri umani?».

Il professor Hammans, che per un attimo aveva smesso di parlare, fece un gesto verso il macabro contenuto dei recipienti.

«Questo», disse. «Li vede tutti gli animali qui conservati? Sono il risultato di vari esperimenti falliti. La grande verità è che la tecnica della clonazione richiede ancora una significativa messa a punto».

«Cosa significa?», insistette il poliziotto israeliano. «Se già si clonano gli animali, la messa a punto è bella che fatta!».

Il direttore scosse la testa in segno di diniego.

«Prima di produrre la pecora Dolly, più di duecento esperimenti sono andati falliti», rivelò. Prese il pennarello e scrisse il numero 277 sulla lavagna. «La clonazione di Dolly è riuscita solo alla duecentosettantasettesima volta. I test dimostrano che solo l'un percento circa degli embrioni clonati arriva a nascere. È chiaro che svilupperemo nuove tecniche e siamo convinti che, in un futuro più o meno prossimo, la percentuale di successo sarà molto più elevata».

«Abbastanza per clonare esseri umani?».

Il professor Hammans andò verso uno degli scaffali e si chinò vicino a un recipiente. All'interno, si intravedeva quello che sembrava il corpo di una scimmia in miniatura, fluttuante nella formalina.

«Ci sono ancora diversi problemi da risolvere», indicò. «Prima di arrivare all'uomo, abbiamo cercato di clonare altri primati e... non ci siamo riusciti. Solo qui, nel nostro Centro di ricerca molecolare avanzata, abbiamo effettuato più di mille tentativi negli ultimi tre mesi». Fece un gesto pieno di sconforto. «Non ha funzionato neanche uno. Di questi mille test, solo una cinquantina hanno dato un ovulo clonato che ha iniziato a sdoppiarsi, ma nessuno è arrivato alla fase di maturazione che permette la nascita». Indicò la scimmia all'interno del recipiente. «Questo è l'embrione che è andato più avanti».

«Ma perché?», volle sapere Tomás. «Qual è il problema?».

Lo scienziato si rialzò, fece una smorfia di dolore nel rimettersi in piedi e affrontò il gruppo.

«Le analisi che abbiamo fatto sugli embrioni abortiti mostrano che pochissime cellule di questi cloni non riusciti contenevano i nuclei con cromosomi. Invece di localizzarsi nel tuorlo dell'uovo, questi cromosomi clonati erano sparpagliati all'interno dell'albume. In molti casi, le cellule non avevano neanche il numero adeguato di cromosomi e per questo non riuscivano a funzionare. Curiosamente, e nonostante tutti questi problemi, alcune di queste cellule difettose hanno continuato a dividersi».

«Il problema che i cromosomi non fossero nel nucleo... si verificava anche con gli altri animali?».

Il professor Hammans indicò il recipiente con la minuscola scimmia.

«Solo con i primati», sottolineò. «Come potete supporre, abbiamo analizzato questa difficoltà e siamo riusciti a capire per quale ragione si verifica». Ritornò vicino alla lavagna e indicò l'uovo fritto che aveva disegnato. «Sapete, quando una cellula si divide in due, normalmente anche i suoi cromosomi si sdoppiano. Un gruppo va ordinatamente verso una cellula e l'altro è spinto verso un'altra cellula, in modo da comporre due nuclei uguali. Nel caso dei primati, invece, le cose non funzionano così: quando arriva il momento in cui i due gruppi di cromosomi vanno ognuno verso la propria cellula, non riescono ad allinearsi ordinatamente. Al contrario, si posizionano in modo caotico, e quindi finiscono nei posti sbagliati».

«Perché?»

«Le nostre analisi dimostrano che all'embrione clonato mancano due proteine. Sono quelle che organizzano i cromosomi. In genere, negli animali si trovano sparpagliate nell'albume ma, nel caso dei primati, abbiamo capito che sono concentrate vicino ai cromosomi degli ovuli da fecondare. Ora, quando si porta a termine una clonazione, la prima cosa che si fa è proprio prelevare questi cromosomi. Ma succede che, nel momento in cui si procede all'operazione nella cellula dei primati, si finisce anche col prelevare accidentalmente le proteine, così vicine ai cromosomi. Appena esse scompaiono, i cromosomi non riescono più ad allinearsi ordinatamente nel momento della divisione cellulare». Batté con la punta del pennarello sul disegno a forma di uovo fritto scarabocchiato sulla lavagna. «È precisamente questo problema che stiamo cercando di risolvere nei nostri laboratori».

La spiegazione tecnica fu seguita da uno sbadiglio annoiato di Arnie Grossman. L'ispettore israeliano spostò il peso su una gamba, impaziente di andare avanti nella conversazione e arrivare al punto che realmente gli interessava.

«Per favore, mi faccia capire!», disse. «Cosa ha a che fare tutto questo con gli omicidi su cui stiamo indagando?».

La domanda lasciò senza parole il professor Hammans: quell'argomento non era di sua competenza. Doveva essere il suo superiore a rispondere.

«Calma, adesso ci arriviamo!», fece Arkan. «Il nostro direttore vi ha appena esposto il principale problema connesso alla clonazione di primati che stiamo cercando di risolvere qui al Centro di ricerca molecolare avanzata. Per poter rispondere a una simile domanda, è importante capire l'esistenza di una seconda questione di natura tecnica, ancora da risolvere. Poiché siamo molto concentrati sulla soluzione del primo problema e abbiamo bisogno di velocizzare la ricerca, siamo ricorsi all'*outsourcing* per ovviare alla seconda questione. Abbiamo studiato il mercato per cercare un partner che ci aiutasse a far fronte a quest'altra difficoltà e abbiamo scoperto che esisteva un'istituzione che avrebbe potuto aiutarci. Si tratta dell'Università di Plovdiv, in Bulgaria, che è molto avanti nella ricerca di...».

«Il professor Vartolomeev!», lo interruppe trasalendo Valentina. «Ecco perché ha parlato con il professor Vartolomeev!».

Arpad Arkan annuì.

«Di fatto, è stata questa la vera ragione per cui l'ho contattato. Era a capo della sezione di Biotecnologia dell'Università di Plovdiv e aveva realizzato ricerche così innovative in questo campo che si vociferava persino di una sua prossima conquista del premio Nobel per la medicina. Attraverso i miei contatti, sono riuscito a fare in modo che l'Università ebraica di Gerusalemme lo invitasse per una conferenza. Quando il professore è arrivato in Israele, l'ho fatto venire in gran segreto alla fondazione e, dopo che gli ho spiegato il progetto nei minimi dettagli, lui ha accettato di coordinare le ricerche del suo dipartimento all'Università di Plovdiv con il lavoro del nostro centro». Sorrise. «Tutto ciò, chiaramente, anche in cambio di una generosa donazione al suo ateneo».

Tomás seguì attentamente la spiegazione. Percepiva, comunque, che c'era ancora un aspetto poco chiaro.

«Ha parlato di una seconda questione, che il professor Vartolomeev avrebbe dovuto risolvere. Di quale problema si tratta?».

Il presidente della fondazione rivolse lo sguardo verso Hammans: era lui a dover rispondere sulla questione tecnica.

«C'è una grave difficoltà con gli animali clonati», rivelò lo scienziato tedesco. «Di solito, si ammalano e hanno un'aspettativa di vita più breve del normale. La pecora Dolly, ad esempio, ha vissuto solo sei anni. Nonostante fosse giovane per la sua specie, soffriva di artrite e obesità e hanno dovuto abbatterla a causa di un'infezione polmonare progressiva. Il problema principale è che è invecchiata precocemente. Questa, d'altronde, è una delle caratteristiche degli animali clonati. Finché tale questione non sarà risolta, temo che non potremo passare agli esseri umani».

«Questo era il compito che avevamo assegnato al professor Vartolomeev», l'interruppe Arkan. «Ci saremmo potuti dedicare noi alla questione, chiaro. Il fatto è che le nostre risorse erano tutte rivolte alla soluzione del problema delle proteine attaccate ai cromosomi impedendo la clonazione dei primati. Poiché l'Università di Plovdiv era già molto avanti nella ricerca sull'invecchiamento precoce dei cloni, ho pensato che fosse meglio commissionare a loro tale indagine. Semplice gestione delle risorse».

«Aspetti un attimo», insistette Tomás, abituato a chiarire gli argomenti fino al più infimo dettaglio. «Per quale ragione gli animali clonati invecchiano tanto prematuramente?».

Il professor Hammans tornò alla lavagna e scrisse una parola: "Telomeri".

«Ne ha già sentito parlare?».

Lo storico fissò lo sguardo sulla parola. Cercò di suddividerla per cercare la sua radice etimologica e risalire al significato, ma non ci riuscì.

«Telomeri?», si interrogò. Scosse la testa. «Non ho la minima idea di cosa siano...».

Lo scienziato indicò l'estremità del cromosoma che, all'inizio della sua spiegazione, aveva disegnato sulla lavagna.

«Vede qui le estremità terminali dei cromosomi? Sono protette da strutture di DNA chiamate "telomeri". Quando i cromosomi si sdoppiano, i telomeri diventano un po' più piccoli. Poco fa vi ho detto che nel nostro corpo si verificano circa centomila duplicazioni cellulari al secondo, ricordate? Naturalmente, è un numero enorme. Se a ogni divisione di una cellula, e conseguentemente di un cromosoma, i telomeri si accorciano, immaginate che cosa succede dopo un certo tempo! I telomeri diventano talmente piccoli da non riuscire più a proteggere i cromosomi. È proprio in questo momento che la cellula muore».

«Quanto sta dicendo», riassunse il portoghese, «è che i telomeri funzionano come una specie di orologio biologico verso la morte...».

«Esattamente!», esclamò il professor Hammans, soddisfatto di essersi fatto capire al volo. «Ma non pensi a un orologio. Piuttosto a una clessidra che fa scorrere i suoi granelli di sabbia: quando l'ultimo cade, la cellula muore».

Tomás assentì.

«Capisco».

Il direttore del dipartimento di biotecnologia indicò i recipienti con i resti degli esperimenti falliti.

«Qual è il problema degli animali clonati?», chiese con fare retorico. «È che i cromosomi che usiamo per la clonazione provengono da una cellula che si è già duplicata migliaia di volte. Per questo i suoi telomeri nascono molto ridotti. E con i telomeri più corti, gli animali clonati iniziano la loro vita già più vecchi rispetto agli altri animali. È proprio questa la ragione per cui vivono meno».

«Ed è sempre per questo motivo che non vi arrischiate a clonare un essere umano».

«Chiaro! Abbiamo il problema tecnico di mantenere nella cellula clonata le due proteine che garantiscono la separazione ordinata dei cromosomi, e il dilemma etico di creare un essere umano che sarà malato e vivrà per breve tempo. Ecco le due questioni che impediscono la clonazione degli esseri umani.

Dobbiamo quindi risolverle per poter passare alla fase seguente del processo».

Grossman, in preda all'impazienza, approfittò della risposta per cercare di progredire nell'indagine.

«Ciò spiega l'ingaggio del professor Vartolomeev da parte della fondazione», osservò il poliziotto israeliano. «E le altre due vittime? Qual è il loro ruolo in tutto questo?».

Alle domande sugli omicidi rispondeva invariabilmente il presidente della fondazione.

«Cominciamo da Alexander Schwarz», propose Arkan. «Come sapete, era professore di archeologia all'Università di Amsterdam. In effetti, uno dei campi che stiamo studiando a fondo è proprio quello del DNA fossile».

«DNA fossile?», si stupì Tomás. «Ma non è roba da fantascienza?!».

Il professor Hammans andò di nuovo verso gli scaffali e si fermò accanto a un recipiente. All'interno galleggiava quello che sembrava un minuscolo pezzetto di carne.

«Vede questo feto?», domandò. «Lo sa cos'è?».

Il portoghese piegò all'ingiù il labbro inferiore.

«Un muscolo?».

Lo scienziato scosse il capo.

«È il risultato di un nuovo tipo di ricerca genetica che stiamo conducendo e per la quale avevamo bisogno della collaborazione del professore Schwarz, e soprattutto delle sue competenze nel settore dell'archeologia», disse. «È DNA antico».

«Antico, quanto?»

«Come quello di specie già estinte, per esempio».

Corrucciato, lo storico portoghese guardò nuovamente il recipiente indicato dal direttore.

«È un feto di una specie già estinta?»

«Giusto».

Tomás si avvicinò al contenitore e osservò con attenzione il minuscolo pezzetto di carne che galleggiava all'interno. Cercò di indovinarne le forme, ma si rese conto che era impossibile con un esemplare così prematuro.

«Che specie è?».

Il professor Hammans sorrise, con un lampo di soddisfazione nello sguardo malato.

«Un Neanderthal».

LVII

I movimenti dell'intruso erano precisi e furtivi, come quelli di un felino che insegue la preda. Nascosto dall'arbusto dietro cui si era rifugiato, Sicarius estrasse dalla tasca il piccolo localizzatore appositamente preparato per l'operazione, e consultò lo schermo. Il segnale indicava un punto lampeggiante a nord-nordest. Guardò da quella parte e identificò l'edificio più grande del complesso, fatto di strutture curve e aperte, come quelle di una nave gigante.

«Allora è là che si trova il maestro...», sussurrò.

Di lì a poco, avrebbe studiato meglio la struttura. Al momento, le priorità erano altre. Spaziò con lo sguardo all'orizzonte, per assicurarsi che ci fosse via libera.

Era così.

Poi calcolò la distanza che avrebbe dovuto coprire. Aveva di fronte a sé trecento metri buoni. Significava una corsa di circa quaranta secondi: gli sembrò troppo e gli parve imprudente farli tutti in una volta. Cercò dunque dei punti intermedi e scelse un albero e una siepe che gli parvero adatti. Avrebbe coperto la distanza in tre tappe, ciascuna di cento metri circa. Questo significava rimanere esposti solo dodici secondi per volta. Gli sembrava un rischio accettabile.

Come uno sprinter che scatta dai blocchi di partenza, Sicarius lasciò l'arbusto dove si era nascosto e corse verso l'albero con tutta la velocità di cui era capace. Arrivò all'ulivo e immediatamente sparì, appiattendosi contro il tronco contorto come se anche lui fosse un pezzo dell'albero. Aspettò alcuni secondi e poi si guardò intorno, prima di tutto per verificare di non essere stato avvistato, poi per accertarsi che il cammino fosse sgombro.

Tornò a ripetere il processo fino ad arrivare alla siepe dietro la quale si gettò. La linea di potatura degli arbusti era bassa e forniva giusto una protezione in senso orizzontale, ragion per cui si sarebbe dovuto sdraiare. Rimase alcuni istanti steso sull'erba per riprendere fiato. Poi alzò la testa e tornò a esaminare il terreno intorno per vedere se era possibile o meno concludere subito la terza tappa. Avvistò in quell'istante due uomini con il camice che attraversavano il giardino mentre chiacchieravano, a più o meno quaranta metri di distanza, e ritrasse il capo.

Una volta che le voci si furono allontanate, tornò a esaminare il perimetro. Via libera. Si alzò di scatto e coprì l'ultima tappa, addossandosi poi alla parete. Era arrivato all'edificio. Si celò in un angolo nascosto e tornò a consultare il localizzatore. Il segnale sembrava venire dall'altro lato.

«Ci siamo quasi».

Fece il giro della grande struttura, questa volta evitando i movimenti rapidi. Si sforzò di camminare piano e restare nell'ombra, lo sguardo a scrutare il prato come se stesse cercando delle erbacce. Chi l'avesse avvistato da lontano, non avrebbe notato nulla di sospetto: si sarebbe limitato a pensare che fosse un giardiniere e l'avrebbe lasciato in pace.

Avanzò così con discrezione, muovendosi a caso, in modo da dare l'impressione di sentirsi a suo agio e di integrarsi con disinvoltura in quello scenario. Qua e là lanciava un'occhiata dissimulata al localizzatore, orientando così il suo cammino. Il segnale andò crescendo d'intensità fino a un punto in cui iniziò a diminuire. Sicarius si fermò e si guardò indietro, cercando di identificare la posizione dov'era più forte.

«È qui».

Si trattava di un punto all'esterno dell'edificio dove non c'erano finestre, solo una grande parete di cemento. Calcolò la distanza in funzione dell'intensità del segnale e concluse che, in linea retta, il maestro si trovava a soli dieci metri da lì.

Dieci metri.

Si guardò intorno e riconobbe l'ingresso più vicino. Si trattava di una porta di servizio situata a una settantina di metri. È da lì che sarebbe entrato se il maestro fosse rimasto nel locale dove si trovava in quel momento e avesse lanciato i due *bip* concordati.

«Ehi! Tu!».

Sicarius si impietrì, quasi atterrito, i movimenti congelati, il cuore che batteva all'impazzata.

Lo avevano visto.

LVIII

«Chi ha visto il film *Jurassic Park*?».

Quando il professor Hammans fece questa domanda, era perfettamente consapevole che avrebbe inquadrato il tema dei loro studi in termini comprensibili per dei profani, e adeguati a descrivere le indagini che, sotto la sua responsabilità, si stavano svolgendo nel Centro di ricerca molecolare avanzata.

I due poliziotti alzarono subito le mani per rispondere, ma Tomás non si prestò al gioco.

«Non stiamo parlando di fantascienza», disse, quasi irritato per quello che gli sembrava un modo troppo frivolo di trattare un problema di quel genere. «Abbiamo a che fare con la scienza e con la realtà».

«Ma, mio caro professore», argomentò l'altro, «*Jurassic Park* affronta una questione scientifica reale».

Lo storico incrociò le braccia e assunse un'aria scettica, la testa inclinata di lato, come un adulto che fa vedere a un bambino di non essersi bevuto le frottole che gli ha raccontato.

«Clonare dinosauri?», polemizzò. «E la chiama una questione scientifica reale?».

Il tedesco esitò.

«Be', clonare dinosauri non direi», ammise. «Ma lei lo sapeva che sin dagli anni Novanta gli scienziati hanno cercato di prelevare il DNA di dinosauro?»

«Ed è possibile farlo?»

«Qualcuno pensa di sì», osservò lo scienziato. «Anche se prima bisognerà aggirare il problema della fossilizzazione. La ricerca si è focalizzata sul DNA che si trova nelle ossa dei dinosauri ma, come lei ben sa, la fossilizzazione implica che i componenti organici naturali delle ossa siano sostituiti da materiali inorganici, come calcio e silicio. Ciò significa che, a livello chimico, non si sta più lavorando con la stessa cosa, non è vero? Poiché la maggior parte delle ossa di dinosauro è fossilizzata fino al nucleo, il DNA originale ormai è andato perso. La nostra speranza è identificare delle ossa il cui nucleo non sia fossilizzato. Un'équipe dell'Università dello Utah dichiarò, nel 1994, di aver trovato del DNA nelle ossa di un dinosauro di ottanta milioni di anni, e durante l'anno successivo vennero fuori altri due studi che sostenevano di averlo isolato da un uovo del cretaceo. Purtroppo si è arrivati alla conclusione che il DNA scoperto non era di dinosauro, ma era un DNA moderno che aveva contaminato i campioni». Fece uno sguardo rassegnato. «Forse un giorno avremo fortuna».

Tomás gli lanciò un'occhiata tagliente, come a dire che la risposta non lo sorprendeva affatto.

«E cioè, non è possibile clonare i dinosauri».

Anche se di malavoglia, il professor Hammans finì per piegare la testa in segno affermativo.

«Così è, in effetti», ammise.

«Ho già affrontato questo problema in occasione di alcune perizie fatte per la Fondazione Gulbenkian», rivelò lo storico. «Mi hanno detto che il DNA si deteriora con il passare del tempo».

«Non è solo questo», spiegò lo scienziato. «Il problema della sua conservazione è legato anche alla temperatura e all'umidità nel luogo in cui è tenuto l'esemplare da cui viene estratto il campione. Il materiale genetico presenta spesso rotture e interruzioni, con pezzi di DNA che spariscono dalla sequenza. La sua stessa struttura chimica può subire delle alterazioni».

«Allora qual è l'ambiente più adeguato per trovare materiale genetico di qualità?»

«Quello degli esseri viventi, chiaro. Le cellule vive sono necessariamente intatte, giusto? Se si tratta di tessuto già morto, la situazione è diversa. In questo caso, si potrebbe stabilire come regola che, quanto più freddo e secco è l'ambiente circostante al campione con cui lavoriamo, migliore sarà lo stato di conservazione del DNA. Gli ambienti caldi e umidi, invece, sono purtroppo molto distruttivi».

«Ha qualche idea su quali siano i parametri di conservazione del DNA nei tessuti morti?»

«Io direi che, volendo essere realisti, possiamo calcolare più di centomila anni in situazione di *permafrost* e ottantamila per esemplari rimasti al freddo all'interno di grotte o in alta montagna. Quando i campioni sono conservati in luoghi caldi... insomma, la situazione è molto diversa. La speranza di conservazione al caldo si riduce a quindicimila anni e, in condizioni di intenso calore, a soli cinquemila».

Tomás alzò la mano sinistra e fece un cenno, come di commiato.

«E allora, addio dinosauri!».

Lo scienziato non si dette ancora per vinto e indicò il recipiente con l'embrione conservato in formalina.

«Ad ogni modo, non stiamo parlando esattamente di dinosauri, o no? Quello che c'è qui è un embrione di Neanderthal».

«E allora?»

«Caro professore, abbiamo lavorato su ossa di Neanderthal di trentamila anni e preservate in ambienti freddi. Queste condizioni rientrano perfettamente nei nostri parametri di adeguata conservazione del materiale genetico».

«Ma basta trovare delle parti di DNA per clonare un uomo di Neanderthal?»

«Chiaramente non bastano solo alcune parti», riconobbe Hammans. «Abbiamo bisogno dell'intero genoma della specie. Ma non deve dimenticare che ogni cellula nel corpo di un essere vivente – pianta o animale che sia – contiene tutto il suo codice genetico, genoma compreso. Quindi, ciò di cui abbiamo bisogno è trovare un nucleo completo o, anche se non è così, almeno che contenga un genoma da ricostituire. Oltre alle ossa, le ricerche si concentrano anche sui denti. Al di là del vantaggio di essere sigillata, la polpa dentaria si degrada lentamente, preservando il DNA. E bisogna anche considerare, ovviamente, il materiale genetico nei capelli».

Lo storico si accovacciò davanti al recipiente con l'embrione studiandolo più da vicino: sembrava un agglomerato di carne.

«E nel caso del Neanderthal?»

«Come vede, ci stiamo lavorando. Ancora non abbiamo avuto successo – lo dimostra il fatto che questo embrione non è sopravvissuto – ma sono convinto che sia solo questione di tempo». Anche lo scienziato si avvicinò chinandosi al recipiente, posando la mano sul vetro come se lo volesse accarezzare. «Questo embrione viene da un esemplare di Neanderthal scoperto a Mezmaiskaya, nel Caucaso russo. Il suo DNA è stato parzialmente sequenziato, ma l'esperimento non è riuscito. I nostri nuovi sforzi adesso sono concentrati su esemplari rinvenuti nella grotta di Vindija, in Croazia, e stiamo facendo ricorso alle sequenze del Progetto genoma Neanderthal».

Tomás si rialzò.

«Ma il Neanderthal non era un primate? Se ricordo bene, poco fa lei ha detto che esistono problemi tecnici correlati alla clonazione dei primati che non sono stati risolti...».

Il tedesco alzò un dito.

«Non ancora», sottolineò. «Non sono stati *ancora* risolti. Come le ho già spiegato, stiamo lavorando su questi problemi. La nostra idea è realizzare delle ricerche parallele sulla clonazione dei primati per preparare lo step successivo, ovvero la clonazione di esseri umani. Ma è evidente che passeremo a questa fase solo quando saranno risolte le questioni tecniche relative alle proteine che ordinano i cromosomi al momento della separazione dei nuclei e quelle legate ai telomeri che pregiudicano l'aspettativa e la qualità della vita degli animali clonati».

Tomás incrociò le braccia e lanciò un sguardo interrogativo verso lo scienziato.

«Cioè, l'obiettivo finale del lavoro in questo Centro di ricerca molecolare avanzata è clonare esseri umani».

Il professor Hammans stava quasi per rispondere, ma esitò e, insicuro su cosa dire, volse lo sguardo verso il suo superiore, quasi a chiedergli istruzioni.

«Anche», disse Arpad Arkan, incaricandosi di rispondere alla domanda. «Anche».

«Anche, in che senso?», chiese sorpreso lo storico. «Non è quello che state cercando di fare qui?»

«Senza dubbio!», confermò il presidente della fondazione. «Clonare esseri umani è uno degli obiettivi della nostra istituzione».

«*Uno* degli obiettivi? Cosa intende esattamente? Ce ne sono altri?»

«Certo!». Aprì le braccia, indicando tutto lo spazio circostante. «La nostra istituzione è molto grande e portiamo avanti vari progetti allo stesso tempo. Quello principale è più importante della semplice clonazione di esseri umani».

Tomás restò di stucco.

«Quale progetto può essere più importante di questo?».

Arkan sorrise e iniziò a camminare verso l'entrata della sala, facendo cenno al gruppo di seguirlo. «Venite», li invitò. «Vi porterò nel cuore del Centro di ricerca molecolare avanzata».

I tre visitatori si scambiarono uno sguardo, ma a un nuovo cenno finirono per seguire Arkan. Il professor Hammans si congedò, spiegando di avere del lavoro da fare in laboratorio, e il gruppo si addentrò nell'edificio.

Percorsero lunghi corridoi, attraversando altri laboratori. In due c'erano delle persone che lavoravano con maschere e tute bianche, come se stessero operando nello spazio siderale o sulla luna.

«È per evitare la contaminazione», spiegò Arkan di fronte allo sguardo inquisitore dei suoi ospiti. «In questi laboratori si opera su esemplari antichi in un ambiente completamente sterile».

Nel tragitto, videro la luce del giorno solamente quando passarono intorno a un cortile interno dov'erano sistemati dei tavolini all'aperto. C'erano tecnici in camice bianco che bevevano caffè o bibite, mangiando insalate o panini mentre conversavano in tono leggero. Ma subito i visitatori ritornarono alla luce artificiale e al labirinto di corridoi che caratterizzava l'interno della struttura.

Sbucarono in un piccolo atrio rivolto verso una parete cilindrica di cemento armato. Al centro, c'era una porta blindata, con un grande oblò nel mezzo, come quello di una navicella spaziale, e una guardia armata con una Uzi a protezione dell'ingresso.

«Siamo arrivati nel cuore dell'Arca», annunciò Arkan con orgoglio. «In verità, è qualcosa di più del centro dell'edificio». Posò la mano sulla porta blindata, «Ciò che si trova al di là di questa porta è il cuore di tutto questo complesso. Si tratta, se volete, della vera e propria *raison d'être* del progetto che alimenta il Centro di ricerca molecolare avanzata».

«Di cosa sta parlando?».

Il presidente inarcò le folte sopracciglia e strizzò gli occhi con aria enigmatica, addirittura misteriosa.

«Del segreto che abbiamo custodito meglio».

LIX

Sicarius ruotò lentamente il corpo e si voltò a guardare, consapevole di essere stato avvistato. Vicino all'ingresso di servizio vide un uomo in camice bianco che lo fissava: era stato sicuramente lui a chiamarlo.

«Dice a me?»

«Sì. Ho bisogno di aiuto per trasportare un sacco di fertilizzante fino all'Eden».

Per un attimo, Sicarius non seppe che fare. Doveva seguire gli spostamenti del maestro sul localizzatore, per non perdere la pista, ma non poteva dare nell'occhio. Se avesse rifiutato l'aiuto che gli veniva richiesto, come avrebbe reagito l'uomo che lo aveva interpellato? E d'altra parte, se gli avesse dato una mano, le cose potevano mettersi male. Chi gli garantiva che lo sconosciuto non avrebbe iniziato a fare domande scomode, finendo per smascherarlo? Restò nel dubbio per alcuni istanti, incerto su come procedere, ma l'addestramento ad affrontare gli imprevisti prese il sopravvento e lui finì per decidersi.

«Il sacco dov'è?»

«Nel magazzino del giardinaggio».

«Mi dia un quarto d'ora e mi faccio trovare lì, va bene? Sto dando la caccia a un topo che sta rovinando le aiuole!».

L'uomo rimase impalato per qualche secondo, come se stesse valutando la risposta. Sicarius sentì il cuore battergli forte e quasi trattenne il respiro. L'avrebbe bevuta? Lo sconosciuto finì per annuire e aprì la porta di servizio per rientrare.

«D'accordo», disse. «Ma non metterci troppo. Ehud è furioso perché qualcuno si è dimenticato di portargli i fertilizzanti!».

L'uomo scomparve all'interno dell'edificio e Sicarius fece un sospiro di sollievo. Guardò il localizzatore e vide che il segnale luminoso sul display si stava muovendo.

«Che diavolo!».

Esitò, non sapendo da che parte andare. Sinistra? Destra? Sforzandosi di pensare lucidamente, guardò lo schermo e attese che la nuova situazione si chiarisse. L'indicatore di potenza mostrava che il segnale iniziava a indebolirsi, indizio certo del fatto che il rilevatore segreto si stava spostando e cominciava ad allontanarsi.

«Dove stai andando, maestro?», mormorò con ansia, gli occhi fissi sul display. «Dove?».

Sicarius si mosse un po' verso sinistra e vide che il segnale si indeboliva ulteriormente. Invertì la direzione, spostandosi a passo svelto verso destra. L'intensità del segnale aumentò immediatamente, tranquillizzandolo: il rilevatore stava procedendo verso destra. Sicarius s'incamminò dalla stessa parte, avanzando parallelamente al muro esterno dell'edificio, sempre concentrato sulla forza del segnale che pulsava sullo schermo. Aumentò di intensità fino a raggiungere un valore massimo, dopodiché iniziò a diminuire. L'inseguitore fece dietrofront in cerca del punto in cui era più forte. Quando lo trovò, procedette al ricalcolo. In quel preciso istante, il rilevatore si trovava a quindici metri di distanza in linea retta verso l'interno dell'edificio.

Sicarius si guardò intorno, in cerca dell'accesso più vicino per entrare, una volta che avesse ricevuto l'ordine. Vide una radura nel manto erboso, a una decina di metri da lui, e andò a vedere. C'erano alcuni gradini che scendevano verso il seminterrato e conducevano a un'uscita di emergenza.

Perfetto.

L'intruso si accovacciò, fingendo di essere un giardiniere che strappava erbacce, e posò il localizzatore sul prato, sapendo che da un momento all'altro sarebbe dovuto passare all'azione.

Aspettava solo il *bip* del maestro.

LX

La porta blindata che sbarrava l'accesso alla grande stanza metallica aveva l'aria di essere incredibilmente solida. Il gruppo si avvicinò e Tomás si rese conto che, sotto la finestra circolare, simile agli oblò delle navi, la porta recava una lastra argentata con un'iscrizione in caratteri ebraici.

קֹדֶשׁ הַקֳדָשִׁים

Spinto dalla curiosità, lesse la scritta e sgranò gli occhi. Come un automa, pronunciò le due parole quasi sillaba per sillaba: «*Kodesh Hakodashim*».

Valentina notò lo sguardo attonito del portoghese e si voltò verso Arnie Grossman. Il poliziotto israeliano pareva anche lui stupito dalle informazioni che leggeva sulla porta.

«Cos'è?», chiese, improvvisamente inquieta. «Che significa?».

I due erano troppo sorpresi per rispondere subito, perciò fu Arkan che, con l'orgoglio stampato in volto, le tradusse l'espressione ebraica.

«Il *Sancta sanctorum*», disse solenne. «Il cuore del Tempio».

«Quale Tempio? Quello di Gerusalemme?»

«Chiaro. Ce ne sono altri?».

L'italiana scosse il capo.

«Non capisco», confessò. «Il Tempio non è a Gerusalemme? In che senso questo è il *Sancta sanctorum*?».

Fu Tomás che nel frattempo, ripresosi dalla sorpresa di vedere lì quella designazione, le rispose.

«Il *Kodesh Hakodashim*, o *Sancta sanctorum*, era una sala situata nella parte ovest del Tempio di Salomone, vicino all'attuale Muro del Pianto», spiegò lo storico. «Da qui la sua importanza per gli ebrei. Il *Sancta sanctorum* era protetto da un velo e conservava l'Arca dell'alleanza, ed era dunque il luogo in cui più si avvertiva la presenza di Dio sulla terra. Poi il Tempio di Salomone fu distrutto e l'Arca dell'alleanza sparì. Quando Erode costruì il secondo Tempio, dopo l'esilio degli ebrei a Babilonia, all'interno del *Sancta sanctorum* fu collocato un piccolo rialzo nel punto che era stato occupato dall'Arca, per simboleggiarne la presenza. Tuttavia gli ebrei sostenevano che Dio era ancora fortemente presente nella camera, per cui essa restò sacra».

Valentina seguiva la spiegazione con gli occhi incollati alla porta blindata.

«Capisco», disse. «Quest'espressione ha un significato metaforico. Significa che la cosa più importante di questo complesso è conservata lì dentro».

«Anche», annuì Arkan, «ma non solo».

«Cosa intende?».

Il presidente poggiò le mani sui fianchi e contemplò l'oblò al centro.

«Questa porta è il velo», disse, con aria improvvisamente solenne. «Al di là di essa, c'è il *Kodesh Hakodashim*». Fece una pausa, per ottenere un effetto drammatico. «Nel senso letterale del termine».

Questa dichiarazione indusse Tomás ad aggrottare le sopracciglia, e subito dopo ad alzare gli occhi al cielo, come se avesse esaurito la pazienza per ascoltare simili assurdità.

«Non la prenda in giro», osservò. «In senso letterale, significherebbe che Dio sta passeggiando al di là di questa porta. Ora, è evidente che una cosa del genere non è possibile».

«Ho detto che la stanza davanti a noi è il *Kodesh Hakodashim*», ripeté Arkan, sempre con fare magniloquente. «In senso letterale. Non ne dubiti».

Lo storico rise e indicò la finestrella circolare. «Dio è lì dentro?». Il tono della domanda era scherzoso. E Babbo Natale? C'è anche lui?».

L'altro non rispose. Fece un cenno alla guardia, che subito estrasse una chiave dalla tasca e aprì una porta. Il gruppo guardò dentro e vide uno spogliatoio con delle docce.

«Tutti a fare il bagno!».

L'ordine colse alla sprovvista i visitatori.

«Perché? Che succede?».

Il presidente della fondazione indicò la porta blindata.

«Fa parte del protocollo per poter accedere al *Sancta sanctorum*», si giustificò. «Chiunque entri là dentro deve essere totalmente sterilizzato, in modo da non contaminare la stanza».

La prima a lavarsi fu Valentina, seguita dai tre uomini. A Tomás toccò una doccia e venne insaponato dalla testa ai piedi con una soluzione speciale. Alla fine c'era il guardiano che lo aspettava con un asciugamano bianco, con cui si coprì.

Quando tornò nell'anticamera, vide Arkan aprire un armadio scorrevole lungo la parete. L'interno era pieno di enormi tute bianche, appese a dei ganci, e maschere con una visiera sigillate dentro a una grande plastica trasparente. Il presidente ne prese quattro, ruppe l'involucro protettivo e ne consegnò tre ai suoi compagni.

«Indossatele!».

Tomás stese l'indumento che gli era toccato e iniziò ad esaminarlo da capo a piedi. Si trattava di una tuta uguale a quelle che aveva visto utilizzare in alcuni laboratori della struttura.

«Che succede?», scherzò. «È carnevale o cosa?»

«Se la infili!», insistette l'altro, indicando la porta blindata con un cenno del capo. «Anche questo fa parte del protocollo per entrare là dentro».

Il gruppo obbedì e ciascuno si diresse a uno spogliatoio singolo. Lo studioso trovò maggiori difficoltà a entrare nella tuta a causa della mano ingessata, che non riuscì a infilare fino in fondo nel guanto e finì per sembrare una specie di imbottitura all'estremità del braccio.

Una volta che ebbero tutti finito di vestirsi, tornarono nell'anticamera, dove la guardia li aiutò a sigillare i visori. Provando una leggera sensazione di claustrofobia, Tomás si sentiva come un astronauta; respirava grazie a un circuito alimentato da due bombole fissate alla schiena, simili a quelle dei sommozzatori.

Dopo aver verificato che fossero tutti pronti, Arkan si avvicinò all'entrata e aprì uno sportellino, svelando una cavità all'interno della porta metallica. Proprio dietro di lui, il portoghese guardò oltre le sue spalle e capì che c'era una tastiera fissata alla base della nicchia, con una lettera o un numero per ogni tasto.

«Che cos'è?»

«Serve per inserire il codice segreto che sblocca la porta», rispose il presidente della fondazione. «Non dimentichi che stiamo per entrare nel *Sancta sanctorum*. Significa che saremo in presenza di Dio. Un luogo come questo dev'essere adeguatamente protetto, non le pare?».

Il modo in cui Arkan parlava faceva intendere di credere letteralmente a quanto diceva, il che confuse Tomás: iniziò a chiedersi se non ci fosse realmente qualche fondamento davanti a tanta certezza. Che quella stanza fosse davvero il *Sancta sanctorum*? Che si sentisse lì, fisicamente, la presenza di Dio? Com'era possibile? L'ipotesi più probabile era che Arkan fosse impazzito. Sicuramente stava delirando e soffriva di manie di grandezza. E tuttavia, se fosse stato questo il caso, si trattava di un'allucinazione che costava cara e implicava un grande spiegamento di mezzi.

Lo studioso si guardò attorno, come fosse un ispettore delle finanze. Quegli impianti, più le attrezzature, gli scienziati e tutto il personale che lavorava lì, avevano l'aria di essere davvero molto costosi. Di certo, se tutto questo non fosse stato altro che il frutto dell'assurdo vaneggiamento di un allucinato, nessuno avrebbe dato retta ad Arkan. E invece, ecco lì quell'enorme centro di ricerca.

Doveva dunque essere qualcosa di autentico. Ora, se non era follia, di cosa si trattava? Davvero Arkan poteva dire sul serio?

Con la curiosità a ribollirgli nelle vene, Tomás tentò di spiare attraverso l'oblò per capire cosa c'era dentro alla stanza. In quel momento, notò che sul vetro c'era una frase in caratteri gotici medievali di difficile lettura.

> **Über allen Gipfeln ist Ruh,**
> **in allen Wipfeln spürest du kaum einen Hauch;**
> **Die Vögelein schweigen im Walde.**
> **Warte nur, balde. Ruhest du auch.**

Si sforzò di decifrare quelle lettere complesse e capire cosa c'era scritto: comprese che si trattava di versi in tedesco e, dopo aver riconosciuto le prime parole, si rese conto che il testo gli era familiare.

«Su ogni cima è pace», recitò con improvviso piacere, «in ogni chioma senti appena un alito. Nel bosco anche gli uccelli, tutto tace. Aspetta, presto anche tu avrai pace».

Arkan si voltò e sorrise.

«È bello, non trova?», chiese. «È il motto della mia fondazione».

Inebriato dalla musicalità delle parole recitate in tedesco, Tomás assentì.

«È davvero una bella poesia», concordò. «Ma cosa ci sta a fare qui?».

Il presidente si voltò di nuovo e introdusse la mano guantata nella cavità dove si trovava la tastiera.

«Ha a che fare con il codice segreto che sblocca la porta», confessò. «Ho fatto scrivere la poesia su questo vetro per non dimenticarmelo».

Girò su se stesso, in modo da occultare la tastiera allo sguardo dei visitatori, e si mise a digitare il codice. La visuale era coperta dalle spalle di Arkan, ma Tomás sentì il suono della parola in codice perché, nel momento in cui veniva premuto, ogni tasto emetteva un *tic* elettronico.

Tic-tic-tic-tic-tic-tic.

Lo storico contò sei *tic* consecutivi e, con la sua mente da criptoanalista istintivamente in funzione, ne carpì subito il segreto. Arkan aveva detto che il codice era collegato al motto della fondazione? E i sei *tic* emessi dalla tastiera indicavano trattarsi di una parola di sei lettere? La risposta era di una semplicità puerile.

Goethe.

Il codice segreto che permetteva di sbloccare la porta blindata era il nome dell'autore dei versi che servivano d'ispirazione al lavoro della Fondazione Arkan. G–O–E–T–H–E. Sei lettere.

Il meccanismo di chiusura impiegò un breve istante per processare la parola-chiave inserita da Arkan. In meno di un secondo, la porta emise un suono metallico finale e si sbloccò con un suono lieve.

Bip.

LXI

Bip.
Per quanto lieve, il messaggio sul localizzatore risuonò nella testa di Sicarius con la forza esplosiva di un gong. Come se in quel preciso istante nel suo cervello fosse stato attivato un programma silenzioso, l'assaltatore afferrò il dispositivo e verificò la posizione e la forza del segnale emesso dal rilevatore. Rimaneva immobile a quindici metri di distanza in linea retta verso l'interno dell'edificio. E, comunque, gli aveva appena inviato il messaggio di attivazione della fase finale dell'operazione.

«Due minuti, maestro», sussurrò Sicarius. «Sarò lì tra due minuti!».

Con il cuore in tumulto e il corpo rivitalizzato per l'iniezione di adrenalina che quel *bip* gli aveva riversato nel sangue, si diresse con passi rapidi verso l'apertura scavata nel prato e scese le scale fino alla porta di emergenza. Varcò l'ingresso nascosto ed entrò nell'edificio da uno stretto corridoio. Il passaggio gli si presentò illuminato da luci bianche e soffuse, come quelle degli ospedali, e si udiva nell'aria un ronzio indefinito. A scandire quel brusio di fondo c'erano dei colpi violenti e ritmati, che nel giro di alcuni istanti l'intruso riconobbe come i battiti del proprio cuore.

Era entrato nella fase cruciale della missione. Aveva lavorato sodo per arrivare fin lì e aveva corso troppi rischi per lasciar perdere tutto ora. Non poteva permettere che la consapevolezza dell'importanza del momento e l'adrenalina che gli circolava nel sangue gli facessero perdere il controllo. Portò la mano alla cintura per sentire la presenza della *sica*. Il tocco della superficie della daga sacra gli ricordò la protezione divina che la lama gli conferiva e, come sedato, si rasserenò.

«Dio lo vuole!».

In quell'istante, l'addestramento prevalse sul suo corpo. Come in Vaticano, a Dublino, a Plovdiv e nella camera dell'American Colony, Sicarius da quel momento smise di essere un uomo e si trasformò in un automa, una macchina programmata per compiere la sua missione, a qualunque costo. Scivolò con agilità lungo il corridoio, con i sensi in allerta, l'attenzione sui dettagli, gli occhi vitrei per l'ossessione di concludere l'operazione.

Arrivò a un ampio androne e si fermò. Individuò una telecamera di sorveglianza in cima alla parete, giusto vicino al soffitto, ed esitò. Verificò la posizione del segnale sullo schermo del localizzatore: il suo rilevatore si trovava sulla destra. Diede un'occhiata in quella direzione e vide un nuovo corridoio che si apriva. Esaminò lo spazio nei dettagli e scorse una pianta dell'edificio fissata alla parete.

Respirò a fondo, le emozioni ormai dominate, e incominciò a camminare in scioltezza. Entrò nel corridoio con passo normale, come se facesse parte del gruppo che operava all'interno del complesso e fosse perfettamente a suo agio, e si diresse verso il pannello. La pianta segnalava il nome dell'edificio, Arca, e indicava i diversi percorsi, laboratori, compartimenti, magazzini e stanze presenti dentro la struttura, e anche la posizione dove si trovava lui.

Osservò il display e vide che il segnale iniziava ad affievolirsi, indizio che il rilevatore si era messo in movimento. Ne calcolò la distanza in linea retta e la confrontò con le posizioni disegnate sul tracciato della pianta per capire dove doveva dirigersi e qual era il tragitto da seguire.

Identificò la posizione del rilevatore sulla pianta dell'edificio e lesse il nome della stanza in cui si trovava.

«*Kodesh Hakodashim*», mormorò. «Il *Sancta sanctorum*». Vacillò, sorpreso dalla definizione, e si guardò intorno con aria interrogativa. «Cosa? Il Tempio?».

Ma non c'era tempo da perdere con gli indovinelli: oltretutto, non era sicuramente in quel momento che avrebbe trovato la risposta. Tornò a concentrarsi sulla missione. Confrontò la posizione del *Sancta sanctorum* con il punto in cui si trovava in quel momento e capì, seguendo con la punta del dito l'itinerario stabilito sulla piantina, che gli sarebbe bastato percorrere il corridoio e imboccare la seconda porta a destra.

Il suo bersaglio era là.

Definito il percorso, partì immediatamente. Attraversò il corridoio a grandi passi e, quando arrivò alla seconda porta a destra, si fermò. Consultò ancora una volta il localizzatore per assicurarsi di essere nel posto giusto. Il segnale si mostrò più forte che mai e Sicarius calcolò che il rilevatore si trovava a tre o quattro metri di distanza in linea retta. Era quella la destinazione finale. Respirò a fondo e avanzò.

Aprì la porta con attenzione e udì delle voci. Esitò. Doveva entrare o era meglio aspettare? A dire la verità, il maestro gli aveva intimato di passare all'attacco solo dopo aver ricevuto il secondo messaggio. Il primo – il *bip* che gli era appena stato inviato – non era altro che l'ordine di prepararsi, ciò che stava facendo in quel momento. Tuttavia, per eseguire adeguatamente quella prima disposizione aveva bisogno di capire cosa l'aspettava dall'altra parte. Era il caso di rischiare?

Con mille precauzioni, infilò la testa e sbirciò all'interno. C'era un'anticamera con davanti una parete cilindrica in calcestruzzo e una porta in acciaio massiccio aperta nel mezzo. Scorse alcune persone di schiena, vestite con una tuta bianca, che varcavano l'entrata e, per quanto non ne vedesse il volto benedetto, capì che una di loro era il maestro.

La porta blindata si chiuse dietro al gruppo con un tenue sibilo, mostrando all'esterno una lastra argentata su cui era scritto "*Kodesh Hakodashim*" in caratteri ebraici.

Se gli era rimasto qualche dubbio, si dissipò in quel preciso istante.

Era lì.

LXII

La porta blindata si era richiusa e i tre visitatori si guardavano intorno, con un misto di curiosità e cautela, mostrando un grandissimo rispetto per il luogo in cui si trovavano. Erano entrati in un'ampia stanza priva di finestre e provvista di vari passaggi con apparecchiature sofisticate e tavoli da lavoro. Sulle pareti si apriva una serie di porte bianche e lisce, come quelle dei frigoriferi. L'aria aveva una pressione leggermente superiore al normale, per impedire l'invasione di microrganismi e di una qualsiasi polvere indesiderata; un termometro digitale sul muro registrava un grado Celsius. In effetti, faceva freddo, ma le tute tenevano tutti al caldo.

«È questo il *Kodesh Hakodashim*?» s'informò Tomás, studiando la stanza con attenzione. «È proprio il *Sancta sanctorum*?».

Arpad Arkan fece un cenno affermativo.

«Vi ho già detto di sì».

Il gruppo rimase in silenzio per qualche secondo, in attesa, gli occhi proiettati su tutti i lati. Ma non accadeva nulla e Grossman, il più impaziente dei tre visitatori, non si trattenne: «Se questo è il *Kodesh Hakodashim*, dov'è Dio? Non dovrebbe essere fisicamente qui a camminare avanti e indietro?»

«Egli è qui», confermò Arkan. «Si trova in questa stanza. In persona».

Gli occhi dei visitatori tornarono a cercare vestigia della presenza divina, come se questa fosse un corpo materiale. Eppure non si vedeva niente di straordinario, a parte la strumentazione che quasi trasformava quella stanza in un labirinto. Magari esplorando tutti i suoi corridoi avrebbero trovato qualcosa.

«Dove?».

Arkan si infilò in uno dei passaggi e fece cenno agli altri che lo seguissero. File di armadi e apparecchiature facevano da parete al corridoio che, dopo un centinaio di metri, dava su un piccolo slargo. A metà di questo spazio aperto, c'era un tavolo con un microscopio, ampolle, siringhe e provette, ma la cosa più importante era quella che avevano di fronte.

Un enorme congelatore. Quel che lo distingueva dal resto era l'intrico di luci rosse che si intersecavano in tutte le direzioni, come una rete di linee rette. Per giustificare un dispositivo di sicurezza così sofisticato, senza dubbio quanto vi fosse conservato doveva essere prezioso.

Prima di iniziare a parlare, il presidente aspettò che tutti si disponessero a proprio agio nello spazio.

«Qualcuno di voi ha già sentito parlare di Armon Hanatziv?»

«Certo», replicò immediatamente Grossman, mettendo in mostra i suoi gradi di poliziotto. «È un quartiere che si trova a cinque chilometri circa dalla città vecchia di Gerusalemme, giusto ai piedi del monte Moriah. Cosa c'entra?»

«Lo sa come si chiamava anticamente?».

L'ispettore israeliano piegò le labbra con aria incerta.

«Non sapevo che Armon Hanatziv avesse un altro nome...».

Lo sguardo di Arkan si spostò su Tomás: voleva osservare l'espressione dello storico quando avesse pronunciato l'antico nome del quartiere.

«Talpiot».

L'accademico portoghese fece una smorfia indefinita, come se il nome gli suonasse vagamente familiare.

«Talpiot... Talpiot...», mormorò con uno sforzo di memoria. «In effetti, mi ricorda qualcosa...».

Arkan sorrise.

«Le do un aiuto», disse. «In una mattina di primavera del 1980, un bulldozer era all'opera nel quartiere di Armon Hanatziv per aprire uno spazio destinato alla costruzione di un nuovo progetto immobiliare. Durante i lavori, il bulldozer urtò inavvertitamente contro una struttura interrata nel suolo. Gli operai corsero a vedere di cosa si trattasse e si imbatterono in quella che sembrava una facciata di pietra appartenente a un'antica costruzione sotterranea. C'era un'apertura e uno strano segno scolpito sulla sommità della facciata, al di sopra del varco. Era una V rovesciata su un piccolo cerchio». Prese una penna e fece un disegno sopra a un foglio. «Così».

Tomás contemplò il disegno con aria da intenditore.

«Sembra il simbolo inciso sulla facciata della Porta di Nicanor, una delle entrate del Tempio», osservò. «Lo sappiamo grazie ad alcune immagini che appaiono sulle monete dell'epoca».

«E cosa significa?».

Lo storico assunse un'aria pensierosa.

«La Porta di Nicanor indicava il punto finale del pellegrinaggio a Gerusalemme», spiegò. «Questo simbolo rappresentava l'occhio della purezza, denominato anche "occhio dell'ascensione". Sa, il cerchio dentro a un triangolo è un simbolo paleoebraico. Letteralmente, è un occhio che sbircia da una porta».

«La definirebbe una scoperta interessante?».

Tomás fece enfaticamente di sì con la testa.

«Molto!».

«Già, anche gli operai lo trovarono curioso», disse Arkan. «Ma c'erano dei lavori da fare e dimenticarono in fretta la scoperta. I bulldozer ricominciarono a smuovere la terra, e venne nuovamente fatta esplodere la dinamite per spaccare le rocce».

«Aspetti un attimo!», lo interruppe Grossman. «Per legge, quando si fanno questo genere di ritrovamenti, tutti i lavori devono essere interrotti. Saranno ripresi solo dopo l'autorizzazione degli archeologi».

«La legge è molto bella, sissignore», registrò il presidente in tono ironico. «Ma, come sicuramente sa, ogni mese a Gerusalemme si fanno decine di scoperte simili. L'ultima cosa che i costruttori desiderano è interrompere i lavori ogni qualvolta appaiano delle anticaglie mentre stanno spianando un terreno per costruire nuovi palazzi. In fin dei conti, chi li rifonde dei danni subiti sospendendo i lavori per giorni e giorni, quando non per mesi?».

Il poliziotto israeliano annuì. Il problema era sin troppo noto in Israele.

«Eh sì, nessuno rispetta la legge».

«Accadde che, ripresi i lavori, dei bambini del vicinato si intrufolassero nell'apertura della facciata e trovassero dei crani all'interno della struttura sotterrata. Si misero addirittura a giocarci a palla. A osservare la scena c'era anche il figlio di un'archeologa: per via della professione della madre, sapeva che tutta la zona intorno al monte Moriah era ricca di reperti di grande valore».

«Non mi sorprende!», osservò Tomás. «Il Moriah era il monte dove era costruito il Tempio. Tutto quel che contiene dev'essere importante».

«Proprio così. Infatti il bambino avvertì la madre. L'archeologa chiese aiuto al marito e andarono entrambi sul posto. Ritrovarono i ragazzini che giocavano con i resti umani e iniziarono a gridare, mettendoli in fuga. Scacciati i bambini, ispezionarono le ossa che erano rimaste a terra. Si trattava almeno di due crani, già frantumati dai calci. L'archeologa e il marito li raccolsero e li riposero in sacchetti di plastica. Una volta rincasati, lei telefonò alla Israel Antiquities Authority, che inviò subito dei tecnici per analizzare il ritrovamento. Una squadra di tre archeologi si intrufolò nella stretta entrata della struttura sotterranea e ne ispezionò l'interno. Strisciarono per alcuni metri, poi si aprì un varco, permettendo loro di alzarsi in piedi. Erano giunti a una stanza inferiore, dove l'aria era stagnante e puzzava di gesso umido e di terra ammuffita. Puntarono le torce al suolo e si resero conto che era di colore rossiccio. Si trattava della famosa "terra rossa"».

«La conosco bene», fece Grossman con aria da intenditore. «È tipica di Gerusalemme».

«Gli archeologi rivolsero allora le torce verso la parete e rimasero esterrefatti. Quando il capo del gruppo realizzò cosa c'era là dentro, uscì di corsa dalla struttura sotterranea e ordinò di fermare tutti i lavori». Arkan fece una pausa e guardò le tre persone in ascolto. «Avete idea di cosa era stato appena scoperto?»

«L'Arca dell'alleanza?», scherzò il poliziotto israeliano. «O magari le Tavole della legge che Dio diede a Mosè?».

Arkan gli lanciò un'occhiata fulminante, dandogli chiaramente a intendere che avrebbe fatto anche a meno di quelle battute.

«Un importante mausoleo funerario», rivelò, leggermente irritato perché l'ispettore capo gli aveva rovinato il suo discorso a effetto. «C'erano sei nicchie scavate in tre delle quattro pareti della camera inferiore, e ciascuna, chiamata al plurale *kokhìm* in ebraico e *loculi* in latino, conteneva uno o più ossari. In tutto, la squadra contò dieci ossari ricoperti di "terra rossa". Furono prelevati uno a uno e affidati al deposito della Israel Antiquities Authority, benché uno di essi si sia perso per strada, sicuramente venduto a un qualche antiquario. Ad ogni modo, gli archeologi tornarono all'interno del mausoleo e ispezionarono in dettaglio la stanza inferiore. Scoprirono tre crani disposti a triangolo sul pavimento: una collocazione che dava l'impressione di essere la traccia di un qualche cerimoniale».

Arnie Grossman guardò l'orologio. L'impazienza era un vulcano che gli rigurgitava nelle viscere e minacciava di esplodere in qualunque momento.

«Senta, ma cosa ci interessa?», chiese, al limite dell'eruzione. «Stiamo conducendo un'indagine su un crimine e non ci importa niente di queste storie da archeologi! Perché non ci dice direttamente, e senza tanti giri di parole, quello che vogliamo sapere?»

«Ve lo sto dicendo», replicò Arkan con acidità. «Ma per capire ciò che ho da rivelarvi, e da mostrare, dovete prima conoscere questi dettagli. Senza, il resto non ha senso».

«Lei ha iniziato dicendo che questo era il *Sancta sanctorum* e roba del genere», esclamò. «È arrivato addirittura ad affermare – massima delle blasfemie – che Dio si trova fisicamente in questa stanza! E adesso salta fuori con questa storia degli ossari e non so che altro!».

«Calma», consigliò Valentina, poggiandogli la mano sulla spalla per trattenerlo. «Ascoltiamo prima tutto quanto, poi decideremo il da farsi. Se si tratta di una manovra dilatoria, basterà usare il mandato che il giudice ci ha concesso».

Frenato dalle argomentazioni della collega italiana, Grossman respirò a fondo e, quasi con il fumo che gli usciva dalle narici, tenne a freno l'agitazione.

«Prosegua».

Arpad Arkan non sembrava minimamente preoccupato, cosa che incuriosì Tomás. O era molto sicuro di avere una grande rivelazione da fare, oppure aveva un asso nella manica per poter scappare all'ultimo minuto.

«Arrivati al deposito della Israel Antiquities Authority, i nove ossari di Talpiot furono misurati, fotografati e catalogati con il codice IAA 80/500-509», disse il presidente, riprendendo il racconto con aria imperturbabile. «IAA si riferisce alle iniziali del nome inglese dell'istituzione, Israel Antiquities Authority, l'80 all'anno della scoperta, e il 500-509 al numero progressivo degli ossari nella lista dei manufatti catalogati nello stesso anno».

«Questi sono dettagli tecnici», lo interruppe Tomás. «Cos'avevano di speciale questi ossari?»

«Le rispondo con un'altra domanda», replicò Arkan. «Sa se gli ossari ebraici contenevano o meno dei nomi?».

Lo storico scosse il capo.

«Che io sappia, solo il venti percento degli ossari scoperti a Gerusalemme presentano delle iscrizioni».

Il presidente confermò.

«È così. Eppure, nel caso di Talpiot, sei dei nove ossari recavano di fatto dei nomi incisi sulla pietra. Già questo li rendeva rari.

Ma ciò che li trasformò in una scoperta davvero singolare furono i nomi che riportavano». Altra pausa per interpellare lo storico. «Riesce a immaginare quali erano?».

Tomás alzò le spalle.

«No».

«L'ossario IAA 80/500, il più grande, presentava un ornamento di rosette a petali ed era coperto di terra secca. Gli archeologi la pulirono e individuarono un'iscrizione in greco che diceva "*Miriamn-u eta Mara*". L'ossario 80/501 era anch'esso decorato con delle rosette e aveva l'iscrizione in ebraico "*Yehuda bar Yehoshua*". L'80/502 riportava, sempre in ebraico, il nome "*Matya*". L'80/504 diceva "*Yose*" e l'80/505 indicava "*Marya*", sempre in ebraico».

«Lei ci ha detto che sei ossari presentavano delle iscrizioni», considerò Tomás, attento ai dettagli. «Ma ne ha menzionati solo cinque».

Arkan sorrise.

«Ho già notato che lei è un buon osservatore», constatò Arkan. «Infatti, ho saltato l'80/503 di proposito. Non era scritto né in greco, né in ebraico. Era in aramaico. Le lettere si presentavano di difficile comprensione a causa di uno spesso strato di patina, non so se ha presente di cosa si tratta».

«Sì, è verderame», chiarì lo storico. «Un processo di mineralizzazione comune con il quale gli archeologi devono fare i conti con una certa frequenza».

Il presidente piegò il capo.

«Non mi dica che non è ancora arrivato al nome che si trova su questo sesto ossario di Talpiot...».

Con gli occhi socchiusi, Tomás cercava di stabilire delle relazioni tra le informazioni e i dati registrati nella sua memoria. All'improvviso sbarrò gli occhi, colpito in pieno dall'impatto della scoperta.

«Aspetti un attimo!», esclamò in tono alterato. «Adesso mi ricordo dov'è che ho sentito parlare di Talpiot! Ma non è il luogo dove hanno scoperto l'ossario di... di...».

Il presidente della fondazione incrociò le braccia e piantò gli occhi su Tomás, consapevole che in quella stanza era l'unico dei suoi interlocutori in grado di capire la portata della scoperta del nome iscritto sull'ossario IAA 80/503.

«*Yehoshua bar Yehosef*».

Il professore portoghese aprì la bocca, esterrefatto.

«Non è possibile!».

«Glielo garantisco».

«Dice sul serio?».

I due poliziotti notarono la sorpresa impressa negli occhi di Tomás e capirono che in quella conversazione c'era qualcosa che a loro stava sfuggendo.

«Che c'è?», chiese Valentina. «Cosa significa?».

Lo storico ci mise alcuni secondi per riprendersi dallo choc. Ancora stordito, si voltò lentamente verso l'italiana e la guardò come se avesse il cervello fumante.

«Eh?»

«Il nome iscritto in questo ossario», insistette lei. «Cos'ha di speciale?».

Tomás scosse la testa e, come se tornasse al presente, la mise a fuoco.

«*Yehoshua bar Yehosef?*», chiese. «Non sa cosa significa?»

«Certo che no! Me lo spieghi, per favore».

«Joshua, figlio di Giuseppe».

Valentina fece un'espressione vacua: era evidente che quel nome non le diceva niente.

«Joshua? E allora?»

«*Yehoshua* è un'antica forma per *Joshua*. Questo è il nome formale, chiaro, ma gli ebrei tendevano a usare dei diminutivi. Invece di dire *Yehoshua*, dicevano *Yeshu*».

La giovane donna continuava ad avere lo stesso sguardo vuoto. Niente di tutto ciò le sembrava minimamente degno di nota.

«E allora?».

Il portoghese lanciò un'occhiata ad Arkan, come per accertarsi di aver capito bene. L'espressione vagamente orgogliosa del presidente della fondazione gliene diede conferma. Tornò a fissare Valentina e infine le rispose.

«*Yeshu* significa Gesù», chiarì. «Capisce?».

Valentina sbarrò gli occhi.

«Prego?»

«Gesù, figlio di Giuseppe».

LXIII

Non appena la porta blindata si fu richiusa, l'uomo armato di guardia all'anticamera del *Kodesh Hakodashim* vide l'intruso scrutare dal corridoio e gli domandò: «Posso aiutarla?».

Non si può dire che Sicarius fosse stato colto di sorpresa: dopotutto, era addestrato per affrontare gli imprevisti, e farsi sorprendere in quel luogo era un'eventualità che aveva previsto in anticipo. Perciò si era già preparato una risposta.

«Mi hanno chiamato dalla manutenzione», disse entrando con disinvoltura nell'anticamera. «A quanto pare, avete dei problemi tecnici».

Si guardò con attenzione intorno, in tutte le direzioni. Dava l'impressione di cercare l'origine di un guasto, ma in realtà stava ispezionando il locale per raccogliere informazioni che gli consentissero di agire efficacemente. C'era una videocamera di vigilanza sul soffitto, puntata verso la porta blindata con l'oblò al centro.

«Dei problemi?», si stupì il guardiano. «Quali problemi? La centrale di sicurezza non mi ha detto niente».

«Questioni relative all'impianto elettrico», affermò Sicarius, gli occhi che spaziavano ancora ovunque per identificare potenziali minacce all'operazione. «Un corto circuito o roba del genere. Qui non si è fuso niente?».

Il guardiano prese il walkie-talkie che portava appeso al collo.

«Adesso verifico con la centrale», disse, sorpreso dalla situazione. «Dovevano informarmi».

Il walkie-talkie era un'altra minaccia, si rese conto Sicarius. E ancor più in quel preciso istante, quando il guardiano stava per chiedere informazioni alla centrale. Bisognava evitarlo: sarebbero potute saltare fuori delle domande cui era difficile rispondere.

«Questo non è l'Eden?», si informò Sicarius, ripetendo il nome che aveva sentito pronunciare dall'uomo che lo aveva interpellato in giardino. «Non ha rilevato nessuna avaria?».

Il guardiano inarcò le sopracciglia.

«Qui siamo nell'Arca!», annunciò. «Il guasto è all'Eden?»

«Così mi hanno detto».

«Allora è nel posto sbagliato».

L'intruso fece un'aria contrariata.

«Ah, che seccatura!», esclamò. «Ho un negozio di materiale elettrico a Nazaret e mi hanno chiamato d'urgenza per aiutarvi». Fece un gesto vago, simulando frustrazione. «Credo di essermi perso! Qui non c'ero mai venuto, è un posto enorme!».

L'uomo armato sorrise e, tranquillizzato, mollò il walkie-talkie. La spiegazione gli sembrava verosimile: il complesso era davvero enorme e lui stesso si era quasi perso la prima volta.

«La capisco», disse tirando fuori un foglio di carta da una tasca. Lo spiegò e mostrò una pianta della struttura, che posò sul pavimento per guardarla meglio. «Lo vede quest'edificio qui?». Indicò un punto sulla mappa. «Questa è l'Arca, dove siamo noi». Spostò l'indice verso un punto a lato. «Qui invece c'è l'Eden».

Sicarius si portò la mano al cuore, un gesto per ringraziarlo.

«Ah, grazie mille!».

Il guardiano lo accompagnò verso l'uscita e lo congedò. Rimase a guardarlo mentre si allontanava, quindi riguadagnò la propria postazione accanto alla porta blindata che introduceva al *Kodesh Hakodashim*. Ma non poteva sapere che, là fuori, "l'elettricista" non se n'era ancora andato. Anzi, aveva fatto dietrofront e in quel momento si trovava proprio accanto alla porta d'ingresso che dava sull'anticamera.

Sicarius si preparava a sferrare l'attacco.

LXIV

I tre visitatori guardavano Arpad Arkan con un'espressione stupita, come se non credessero a quanto avevano udito. Lui rispondeva con un sorriso, soddisfatto dell'impressione che aveva suscitato il suo annuncio.

«I nostri archeologi hanno trovato la tomba di Gesù?», gli chiese Arnie Grossman. Scosse la testa come se si volesse risvegliare. «Stiamo parlando di *Gesù Cristo?*».

Arkan continuava a sorridere.

«Conosce qualche altro Gesù, figlio di Giuseppe?».

Il poliziotto israeliano rivolse uno sguardo alla collega italiana, in cerca di aiuto.

«Mi scusi, ma non so se ho capito bene», disse Valentina, anche lei turbata. «Qualora questo ossario fosse di Gesù, del *nostro* Gesù, non dovrebbe esserci scritto "Gesù Cristo"?».

Stavolta fu Arkan a dirigere lo sguardo verso Tomás, come per ripetergli la domanda.

«Anticamente le persone non avevano il cognome», spiegò lo storico. «Avevano un nome proprio e in generale erano riconosciute tramite il nome del padre, o della terra di provenienza, o il mestiere che svolgevano. Si diceva, per esempio, "Giovanni, figlio di Pietro". Oppure "Giovanni il sarto". Nel caso di Gesù, poteva essere riconosciuto dal nome del paese di origine, Gesù di Nazaret, oppure dal nome del padre, Gesù, figlio di Giuseppe. In questo quadro, Cristo non era un nome: suo padre non si chiamava Giuseppe Cristo e la madre Maria Cristo. Cristo era un appellativo. "Messia" si pronunciava *mashia* in ebraico e in aramaico, e in greco si diceva *christos*. Siccome la setta dei nazareni si diffuse rapidamente tra i gentili, grazie a Paolo, e siccome la maggioranza dei gentili parlavano greco, si cominciò a dire "Gesù, il Messia", o "Gesù, il Cristo", espressione che Paolo presto contrasse in "Gesù Cristo". Lo stesso Gesù in vita non deve aver mai sentito la parola "Cristo"».

«Questo significa», concluse Valentina, «che sarebbe strano se il nome Gesù Cristo figurasse in un ossario ebraico».

«Esattamente».

«E crede davvero che tale ossario sia del nostro Gesù Cristo?».

Tomás rifletté alcuni istanti sulla domanda. L'ispettrice gli aveva appena chiesto un parere tecnico e gli sembrava il caso di andarci cauto.

«Questa è un'altra faccenda», disse. «Sarebbe necessario studiare meglio l'argomento prima di poter dare delle risposte definitive».

La considerazione dello storico provocò l'immediata reazione del presidente della fondazione. «Ma insomma!», si alterò Arkan, alzando la voce. «Come può dubitare di quello che le ho appena finito di dire? Pensa che stia mentendo? Pensa che vada in giro a imbrogliare la gente?».

Qualche giorno prima, nella sede della fondazione a Gerusalemme, Tomás aveva già avuto un breve e tumultuoso contatto con il volubile temperamento del suo ospite, quando lo aveva visto discutere in modo acceso con Valentina. L'ultima cosa che desiderava in questo momento era avviare una discussione animata sullo stesso tono.

«Non penso che lei voglia imbrogliare nessuno», si precipitò a chiarire, cercando di tranquillizzare Arkan. «Ma potrebbe essersi sbagliato».

Nel frattempo, il volto del presidente si era fatto paonazzo e la collera montava sbuffando come una locomotiva in corsa: quell'affermazione servì solo a farla aumentare ulteriormente.

«Come si permette?», protestò, scagliando inavvertitamente alcuni schizzi di bava contro il vetro della visiera. «Crede che sia un dilettante venuto qui per scherzare? Pensa che non mi stia attenendo rigorosamente alla scienza? Mi considera forse solo un principiante? Io?».

Tomás si rese conto troppo tardi che non era più possibile una rappacificazione. Ma nemmeno il confronto, come aveva constatato qualche giorno prima. Forse una via di mezzo era il modo migliore per affrontare il suo esaltato interlocutore.

«Penso di aver bisogno di prove», disse in tono neutro, come se prendesse parte a una piacevole chiacchierata. «Una questione così importante richiede una verifica attenta, non è vero?»

«Prove? Vuole delle prove?»

«Se le ha».

L'uomo titubò e, in fretta come si era adirato, si calmò.

«Che cosa vuole sapere di preciso?».

Il tono della discussione tornò sorprendentemente normale, e a Tomás questo non dispiaceva. Anzi, a dire il vero, gli sembrava il modo adeguato per continuare la conversazione, anche perché aveva un sacco di dubbi da chiarire.

«Tutto», puntualizzò lo storico. «Per cominciare, penso sia importante capire perché è così sicuro che la scoperta di Talpiot riguardi proprio Gesù di Nazaret».

Arkan gli rivolse uno sguardo meditabondo, come se stesse pensando a cose più importanti di quella che gli aveva chiesto. «Facciamo così», propose infine. «Le pongo una serie di domande chiave e sarà lei, con le sue conoscenze sull'argomento, che arriverà a conclusioni certe. Le va bene?».

Il suggerimento sorprese il portoghese. Soppesò l'idea e non vide motivo per non stare al gioco.

«Va bene», accettò. «Fuori la prima».

Il presidente continuò con la sua aria pensierosa, mentre valutava quale poteva essere il primo argomento con cui dare inizio al questionario. Delineò una strategia e, memorizzandola, alzò l'indice in aria.

«Allora cominciamo», disse. «Nonostante le iscrizioni, gli ossari non sono datati. Pertanto, come possiamo sapere se risalgono al periodo di Gesù?»

«Questa è facile», ribatté Tomás. «La legge ebraica stabilisce che i morti debbano essere sepolti prima del tramonto. Intorno al 430 a.C., la deposizione dei corpi in una camera sotterranea, in una grotta o galleria scavata nella pietra cominciò a essere considerata, a Gerusalemme, equivalente alla sepoltura in terra. Tra l'altro, l'uso degli ossari iniziò solo poco prima della nascita di Gesù e cessò nell'anno 70, quando i romani distrussero la città e il secondo Tempio. Pertanto, per definizione, qualsiasi ossario venga trovato a Gerusalemme deve essere stato necessariamente costruito poco prima, durante o poco dopo il periodo in cui è vissuto Gesù. Ed è proprio in questo breve arco di tempo che i corpi cominciarono a essere avvolti in sudari di lino, o di lana, e depositati in camere sotterranee per una prima sepoltura. Più tardi, dopo la completa decomposizione del corpo, si raccoglievano le ossa e si deponevano in ossari di famiglia costruiti nel frattempo. Questa era la sepoltura secondaria e definitiva».

Arkan annuì, soddisfatto della risposta.

«Ma quanti ebrei ricorrevano all'uso funerario degli ossari?», chiese, conoscendo perfettamente la risposta. «Tutti?»

«Oh, no. Solo una minoranza. La maggior parte degli ebrei continuò a inumare i propri morti, come voleva la legge». Lo storico ci pensò su e si mise a collegare elementi che fino a quel momento aveva considerato separatamente. «Vedete, gli ossari erano utilizzati soprattutto dagli ebrei apocalittici, che pensavano che il mondo stesse per finire. Credevano che presto Dio sarebbe disceso in terra per imporre il suo regno e che, quando ciò fosse accaduto, tutti sarebbero resuscitati nel giorno del giudizio universale. Deponendo i loro morti negli ossari, essi volevano facilitare la resurrezione. Ed è curioso che questi ossari fossero costruiti presso il Moriah, il monte dove si trovava il Tempio. Il fatto è che pensavano che Dio avrebbe regnato proprio da lì, perciò deponevano i cadaveri in quel modo, affinché si trovassero più vicini al luogo dove tutto avrebbe avuto inizio».

«Sta dicendo che Gesù e i suoi seguaci erano ebrei apocalittici?».

La domanda era precisa.

«Sicuramente», ammise Tomás, che capiva perfettamente dove voleva arrivare Arkan. «È molto probabile che usassero questo tipo di sepoltura». Esitò. «Addirittura, si ha ragione di pensare che sia stata utilizzata anche per il corpo di Gesù». Si guardò attorno, come se cercasse qualcosa. «Avete una Bibbia?».

Il presidente della fondazione aprì un cassetto e ne estrasse un libro voluminoso, che posò sul tavolo.

«Caro professore, siamo nel *Sancta sanctorum*», scherzò. «Qui c'è sempre una Bibbia».

Lo storico cominciò a sfogliare il volume.

«Ora sentite cosa scrive Marco in 15:43, parlando della sepoltura di Gesù», disse Tomás mettendosi a leggere il brano: «"Giuseppe di Arimatea, membro autorevole del sinedrio, che aspettava anch'egli il regno di Dio, con coraggio andò da Pilato e chiese il corpo di Gesù"». Sollevò la testa. «Ossia, Marco, dicendo che questo Giuseppe "aspettava il regno di Dio", afferma che anche lui era un ebreo apocalittico. È naturale che Giuseppe di Arimatea decidesse di seppellire Gesù secondo l'uso degli ebrei apocalittici, che Marco descrive in 15:46». Riprese a leggere. «"Egli allora, comprato un lenzuolo, lo depose dalla croce, lo avvolse con il lenzuolo e lo mise in un sepolcro scavato nella roccia. Poi fece rotolare una pietra all'entrata del sepolcro"». Premette la punta del dito sul testo. «Qui Marco descrive la prima sepoltura. Gesù non è stato esattamente inumato, ma deposto in una camera sotterranea scavata nella roccia. Si faceva quando si decideva di trasferire, in un secondo tempo, i resti nella sede definitiva, l'ossario, dove sarebbero rimasti fino alla resurrezione nel giorno del giudizio universale».

«Nel caso di Gesù, ci sarà stata una sepoltura secondaria? I suoi resti saranno stati trasferiti in un ossario?».

Tomás fece una smorfia.

«Dunque... se si crede ai vangeli, no. È resuscitato prima che avvenisse».

Arkan mantenne lo sguardo fisso sul suo interlocutore.

«Siamo sicuri?», domandò. «Adesso legga quello che scrive Matteo in 28,13».

Lo storico cercò il passo sulla Bibbia e lesse: «"I suoi discepoli sono venuti di notte e l'hanno rubato, mentre noi dormivamo"». Guardò il presidente. «Matteo dice che era una voce che gli ebrei avevano messo in giro per spiegare la sparizione del corpo di Gesù».

«Interessante questa notizia, non crede?», gli domandò Arkan. «Al punto che Matteo dovette raccontare che i romani avevano messo un soldato a guardia del sepolcro per tutta la notte, dettaglio che Marco non riferisce e che rappresenta evidentemente un modo per tentare di smentire la diceria che circolava insistentemente».

Tomás rilesse in silenzio il versetto di Matteo che riguardava gli avvenimenti successivi alla crocifissione.

«Devo convenirne», finì per ammettere. «La resurrezione di Gesù non è questione che riguardi la storia, bensì la fede. Appartiene alla sfera del soprannaturale. Se non si ritiene che sia il frutto di menti superstiziose, come peraltro mi sembra ovvio, è chiaro che il corpo di Gesù è stato trasferito in altro luogo. In tal modo, ci troviamo, di fatto, di fronte a un caso di sepoltura secondaria».

«E dove sarà stato trasferito?»

«Visto che qui si parla di ebrei apocalittici, mi pare evidente che possa trattarsi solo di un ossario presso il monte Moriah, per consentire al corpo di stare il più vicino possibile al Tempio in attesa della resurrezione nel giorno del giudizio universale».

Tenendo gli occhi fissi sul suo interlocutore, Arkan fece tamburellare le dita sul tavolo, come aspettando che Tomás arrivasse a una conclusione su ciò che aveva appena detto.

«Durante il I secolo, gli ossari venivano utilizzati dagli ebrei apocalittici come sepolture secondarie», ricordò il presidente. «Gesù e i suoi seguaci erano ebrei apocalittici del I secolo e la descrizione che i vangeli fanno degli eventi successivi alla sua morte coincidono con la prima fase di una sepoltura secondaria. Ossia, è molto probabile che i resti di Gesù siano stati deposti in un ossario presso il monte Moriah». Inarcò le folte sopracciglia. «Questo, inevitabilmente, ci riporta alla scoperta di Talpiot, non è vero?».

Tomás accarezzò la visiera con le dita, con fare pensieroso.

«È possibile», concesse. «Non dico di no». Valutò l'eventualità ancora per un istante. «Tuttavia, ci sono alcuni problemi che bisogna risolvere prima di ammettere di essere davanti al tumulo di Gesù di Nazaret. Il primo riguarda il fatto che tali ossari erano riservati a famiglie facoltose. Ora, Gesù era un poveraccio. A quanto se ne sa, la famiglia era nullatenente».

Arkan lo guardò in modo strano, come se sapesse qualcosa.

«Davvero? Qual era il mestiere di Giuseppe, il padre di Gesù?»

«Falegname», ribatté lo storico quasi automaticamente. «Lo sanno tutti».

«Dove è scritto?».

Tomás consultò di nuovo la Bibbia.

«Nel *Vangelo secondo Matteo*, 13:55», indicò leggendo il versetto. «"Non è costui il figlio del falegname?"».

«Questa è la traduzione ufficiale», fece notare Arkan. «Qual era la parola greca usata originariamente dall'autore di Matteo?»

«*Tekton*».

«E cosa significa esattamente *tekton*?».

Lo storico aprì e richiuse la bocca. Aveva appena capito cosa gli obiettava l'interlocutore.

«A rigore, significa "costruttore". La parola "falegname" non è, infatti, la traduzione corretta. *Tekton* è un uomo qualificato, che lavora in proprio nel ramo delle costruzioni».

«Ossia, un imprenditore del settore edile», semplificò il presidente. «Ai giorni nostri diremmo che Giuseppe è un costruttore edile. Le sembra un mestiere da poveri?».

Tomás si passò la mano sulla testa. Com'era possibile che non ci avesse mai pensato prima?

«Be'… non necessariamente», ammise. «*Tekton* è qualcuno che lavora con le mani. È vero che poteva essere un costruttore edile, ma in un paesino come Nazaret non doveva essere facoltoso. Poteva appartenere alla classe popolare».

«Si ricordi che il figlio, Gesù, era istruito. Conosceva le Scritture per filo e per segno e sapeva perlomeno leggere, il che all'epoca era abbastanza raro. Tutti indizi che non fanno pensare a una famiglia indigente che viveva nella miseria, non è vero?»

«Va bene», gli concesse il portoghese. «Ammettiamo che possedesse del denaro, anche se non ne abbiamo alcuna certezza. E se avevano dei mezzi, ne avevano abbastanza per un ossario? Non si dimentichi che tutto lascia pensare che Giuseppe sia morto presto e pertanto non poteva provvedere alla famiglia…».

«La morte prematura di Giuseppe è una pura supposizione», sottolineò Arkan. «Non vi è nulla nei vangeli che lo affermi esplicitamente. Stiamo solo parlando di una famiglia istruita che lavorava nel settore dell'edilizia. È assolutamente naturale che, se avessero creduto nella resurrezione dei morti e nel giorno del giudizio universale, i membri di questa famiglia avrebbero avuto i mezzi da investire in un ossario come quello di Talpiot. Ma, se anche non avessero avuto il denaro, glielo avrebbero potuto procurare alcuni suoi seguaci. Giuseppe d'Arimatea, per esempio. Non è Marco che dice che lui apparteneva al consiglio dei saggi che governava il Tempio, il sinedrio? Se era così, doveva per forza essere benestante. Inoltre, i vangeli dicono chiaramente che fu lui quello che si occupò dell'inumazione di Gesù». Si portò il palmo della mano al petto. «Mettiamoci al posto dei nazareni. Se io credessi che l'arrivo del regno di Dio è imminente e che Gesù è di fatto il *mashia* citato nelle Scritture, pensate che non riterrei un buon investimento fargli costruire un ossario? Sicuramente

Gesù, dopo la resurrezione nel giorno del giudizio universale, metterebbe una buona parola per me con suo Padre, Dio. Questo non mi sarebbe utile per entrare direttamente nel regno dei cieli?».

Tomás fece un cenno affermativo.

«Sì, ha ragione», ammise. «Anche se Gesù non avesse avuto il denaro, i suoi seguaci, per costruirgli un ossario, se lo sarebbero procurato. Chiunque sarebbe voluto entrare nelle grazie del Messia, soprattutto se stava avvicinandosi il grande giudizio».

«E allora mi dica», chiese Arkan cercando di concludere, «è o non è probabile che, una volta che non fosse avvenuta la resurrezione fisica del corpo di Gesù, i suoi resti fossero stati deposti in un ossario presso il monte Moriah, con vista privilegiata sul Tempio?»

«Sì, è probabile», assentì Tomás. «Il problema è quello di avere la certezza che l'ossario di Talpiot sia quello giusto».

«E perché non dovrebbe? Vuole che glielo dimostri?»

«Sono qua per questo...».

Per tutta risposta, Arkan aprì un cassetto del tavolo e ne trasse una cartellina contenente un fascio di documenti. La aprì e gli mostrò il primo foglio, con un codice di riferimento nella parte superiore e la fotografia di alcune lettere scolpite sulla superficie bianca di un ossario.

«Questa è l'iscrizione che si trova nell'ossario 80/503», disse. «È scritta in corsivo ed è difficile da decifrare. Tuttavia, la maggior parte dei calligrafi concorda sul fatto che dica "*Yehoshua bar Yehosef*", o "Joshua, figlio di Giuseppe". Come ho spiegato poco fa, Gesù, altrimenti *Yeshu*, è un diminutivo di *Yehoshua*, una delle varianti del nome *Joshua*».

I tre visitatori si chinarono sulla pagina ed esaminarono l'iscrizione incisa nell'ossario.

«Va bene, ma quanti *Joshua* esistevano a quel tempo?».

Arkan alzò un sopracciglio.

«Sta parlando dei Joshua che erano ebrei apocalittici e avevano mezzi, di famiglia o procurati dai seguaci, sufficienti per far deporre le ossa in una camera sotterranea con vista sul Tempio?». Sospirò profondamente. «Ce n'erano alcuni».

Lo storico tornò ad accarezzarsi il mento con la punta delle dita, cercando di valutare se era il caso di fare un'analisi statistica. Gli sembrò un terreno promettente.

«So bene che *Yehoshua* era un nome relativamente comune», osservò. «Ha verificato con quale frequenza appare negli ossari ebraici del I secolo?».

Il presidente si schiarì la voce.

«Negli oltre duecento ossari catalogati dalla Israel Antiquities Authority, il nome *Yehoshua* figura nove volte su cento e il nome *Yehosef* quattordici. Estrapolando questo dato dagli ottantamila uomini che sono vissuti a Gerusalemme durante tutto il periodo in cui furono in uso gli ossari, risulta che settemila si chiamavano *Yehoshua* e undicimila *Yehosef*».

«Deve convenire che stiamo parlando di due nomi molto comuni», fece notare Tomás. «Troppo comuni per farci credere che il *Yehoshua bar Yehosef* dell'ossario di Talpiot si riferisca a Gesù di Nazaret».

«Sì, ma è importante vedere quanti dei settemila *Yehoshua* di Gerusalemme potevano avere un padre chiamato *Yehosef*», ricordò Arkan. «E se moltiplichiamo le percentuali – lo 0,09 di *Yehoshua* per lo 0,14 di *Yehosef* per le ottantamila persone che rappresentano la popolazione maschile di Gerusalemme – otteniamo… otteniamo… mille. Vale a dire, in tutto questo periodo a Gerusalemme ci sono stati solo mille *Yehoshua* figli di qualcuno chiamato *Yehosef*».

«È un numero ben minore», sottolineò lo storico. «Ciò nonostante, mille uomini chiamati Gesù con un padre chiamato Giuseppe sono ancora troppi per poter affermare con sicurezza qualsiasi cosa riguardante i ritrovamenti di Talpiot».

Arkan assunse un'aria meditabonda.

«Vi sono altre considerazioni statistiche importanti di cui tener conto», aggiunse. «In particolare, la presenza di nomi differenti».

«E cos'hanno di speciale?»

«Questi nomi sono molto importanti», notò il presidente. «E poi, chiaramente, c'è sempre la faccenda del DNA».

Tomás era ancora più sorpreso.

«DNA? Quale DNA?».

Il presidente della fondazione sorrise, sapendo molto bene che stava per giocare la sua carta migliore.

«Non lo sapeva?», esclamò fingendosi sorpreso. «Nell'ossario 80/503 è stato rinvenuto del materiale genetico».

«Cosa?».

Lo stupore sul viso del professore portoghese, e quello sul volto dei due poliziotti che seguivano la conversazione, era grandissimo, cosa che riempì Arkan di immensa soddisfazione. Aveva appena fatto il *jackpot* dei *jackpot*.

«Abbiamo prelevato il DNA di Gesù».

LXV

La sagoma scura dell'"elettricista" fece irruzione nell'anticamera del *Sancta sanctorum*. Colto di sorpresa, l'uomo che stava di guardia alla porta blindata alzò l'Uzi e la puntò verso l'ingresso, pronto a fare fuoco. Riconoscendo l'intruso, abbassò la canna dell'arma automatica e tirò un sospiro di sollievo.

«Uff!», sbuffò. «Che spavento mi ha fatto prendere! Cosa ci fa qui? Non mi dica che si è perso un'altra volta!».

Sicarius teneva in mano una piccola bomboletta gialla di forma cilindrica, come quella degli insetticidi. Stese il braccio e, da un'angolatura al di fuori dal campo visivo della telecamera sul soffitto, lo puntò su di essa.

«Il guasto è qui», disse in tono tranquillo, come se stesse svolgendo una prassi quotidiana. «Bisogna ripararlo subito».

Senza capire bene cosa stesse succedendo, il guardiano lo vide premere il pulsante della bomboletta e osservò lo spray tingere di nero la telecamera, oscurando completamente l'obbiettivo.

«Cosa fa?», chiese, con gli occhi fissi sulla telecamera, tentando di capire il procedimento. «Che ha fatto all'obbiettivo?».

Senza neppure rendersi conto di quanto gli stesse capitando, si sentì scaraventare a terra, vide tutto quanto girargli intorno e, quando si fu un po' riavuto dalla sorpresa, si trovò disteso sul pavimento con l'intruso addosso. Tentò di puntargli addosso l'Uzi, ma l'altro gliela strappò immediatamente, e subito dopo il walkie-talkie.

«Ma che sta facendo?!», esclamò, senza raccapezzarsi. «È impazzito?». Tentò di rotolare sul pavimento, in un primo sforzo per liberarsi. «Mi lasci andare!».

Il guardiano, però, era completamente immobilizzato dalle braccia di Sicarius, e per quanto si agitasse, non riusciva a divincolarsi da quella presa ferrea. Capì che il suo aggressore doveva essere molto pratico di judo o lotta grecoromana, perché sembrava conoscere tutti i modi per immobilizzare un avversario.

«Tranquillo!», gli sussurrò all'orecchio Sicarius. «Non ti muovere!».

Il guardiano non avrebbe potuto farlo neppure volendo. Pensò che da un momento all'altro gli sarebbero venuti in soccorso dalla centrale, ma all'improvviso si ricordò che l'aggressore aveva spruzzato la vernice spray sulla telecamera e capì il significato di quella mossa: aveva oscurato l'obbiettivo e in centrale avrebbero pensato che si trattasse semplicemente di un guasto. Perciò era abbandonato a se stesso: non avrebbe ricevuto alcun aiuto.

«Cosa vuole?», chiese, allarmato all'idea di essere completamente alla mercé di quel tizio grande e grosso. «Perché lo fa?».

Sicarius continuava a tenere le labbra incollate all'orecchio destro del guardiano.

«Dammi la parola d'ordine», sussurrò in tono spaventosamente calmo. «Devo entrare».

«Ma è pazzo? Vuole entrare nel *Kodesh Hakodashim*?»

«La parola d'ordine».

Il guardiano scosse furiosamente la testa.

«Non la so!», esclamò. «Ce l'ha soltanto il presidente. Io faccio la guardia alla porta e basta».

Sentì l'aggressore muovere un braccio, e pochi attimi dopo vide la punta di una grossa lama balenargli davanti agli occhi.

«La parola d'ordine».

«Le ho già detto che non la so!», gridò di nuovo. «Sono solo il guardiano!».

Con un movimento brusco, Sicarius afferrò la vittima e la sollevò con uno strattone, obbligandola a sedersi. Prese la corda che teneva alla cintura e gliela legò intorno al torace, immobilizzandogli anche le braccia.

Una volta messo fuori combattimento il guardiano, Sicarius si alzò e andò alla porta. Verificò se ci fosse una chiave nella serratura e la girò, impedendo l'accesso all'anticamera. Poi prese una sedia e la bloccò contro la maniglia, rafforzandone così la chiusura. Fece due passi indietro e contemplò la sua opera. La porta non era blindata e una persona decisa a entrare l'avrebbe potuta abbattere. Tuttavia, in base alla valutazione pratica che aveva fatto mentalmente, quel sistema gli garantiva la tranquillità necessaria.

Ritornò accanto il prigioniero e lo guardò dall'alto in basso, con la *sica* tra le mani.

«Te lo chiedo per l'ultima volta», lo informò, indicando la porta blindata che immetteva nel *Kodesh Hakodashim*. «Qual è la parola d'ordine per entrare lì dentro?»

«Le già detto che non la so», fece l'altro in tono di sfida. «Sono solo il guardiano».

Sicarius estrasse dalla tasca dei pantaloni un rotolo bianco e ne prese un pezzo, tagliandolo con la daga. Era nastro adesivo. Lo avvicinò alla faccia del prigioniero e glielo incollò sulla bocca, imbavagliandolo. Il guardiano non poteva più parlare. Poi gli diede un calcio, costringendolo ad alzarsi di nuovo e si chinò per afferrargli un polso, che spuntava da sotto le corde.

Lo strattonò con forza, obbligandolo a mettere una mano sul pavimento, con il palmo rivolto verso il basso. Poi avvicinò la *sica* al dito mignolo e premette con forza. Il guardiano iniziò a gemere e a scalciare, ma non aveva modo di liberarsi, né di gridare. Con pochi movimenti rapidi, Sicarius procedette al taglio, mentre il sangue schizzava sul pavimento in fiotti.

«Mmm!», gemeva il guardiano, gli occhi sbarrati in una spaventosa smorfia di dolore. «Mmmm!».

Nel giro di pochi secondi il dito era stato amputato. La vittima ruggiva disperata, con gli occhi iniettati di sangue, il respiro ansante e la faccia madida di sudore, ma il nastro adesivo sulla bocca soffocava i suoi lamenti. L'aggressore attese alcuni istanti, lasciando che si calmasse e riprendesse fiato, per poi fissarlo con sguardo gelido.

«La parola d'ordine?».

L'uomo lo guardò negli occhi, esitante. Sicarius non aspettò. Stese un'altra volta la mano insanguinata sul pavimento e posò la lama sopra il pollice. La vittima ricominciò a gemere e a scalciare, in preda alla disperazione, sapendo fin troppo bene che cosa sarebbe successo, e l'aggressore lo fissò di nuovo.

«Mi dai la parola d'ordine, o devo tagliarti tutte le dita di questa mano, e poi dell'altra, e poi dei piedi? Cosa preferisci?».

Il guardiano si mise ad annuire con forza, come se avesse deciso di parlare. Sicarius afferrò il lembo del nastro adesivo e lo strappò via con un movimento brusco.

«Aaah!», gemette l'uomo. «Ho bisogno di... un medico». Ansimò. «Per favore!...».

«La parola d'ordine?».

L'uomo sospirò e, conscio di non avere alternative, scuotendo il moncherino insanguinato del dito e con il volto sfigurato dal dolore, rivelò il segreto che avrebbe permesso al suo torturatore di aprire la porta blindata e violare la sacralità del *Kodesh Hakodashim*.

LXVI

Le espressioni alterate dei tre visitatori all'interno del *Kodesh Hakodashim* riflettevano, con la limpidezza di uno specchio, lo stupore che si era impossessato di loro al momento della rivelazione di Arpad Arkan.

«C'era del materiale genetico negli ossari di Talpiot?».

Il presidente della fondazione annuì con entusiasmo e un lampo di eccitazione infantile gli baluginò negli occhi.

«Non è straordinario?».

Tomás guardò i suoi compagni, quasi stordito. Gli sembrava tutto incredibile, troppo per essere vero, e i due poliziotti erano altrettanto sorpresi.

«Ma... ma... è possibile?».

Il sorriso di Arkan si trasformò in una risata sonora.

«Perché no? Se siamo riusciti a estrarre il DNA da campioni di mammut e di uomini di Neanderthal di trentamila anni fa, per quale motivo non dovremmo ricavare materiale genetico da persone che sono morte solo da duemila? Non dimentichi quello che ci ha detto poco fa il professor Hammans. Alle temperature più calde, il DNA sopravvive circa cinquemila anni. E gli ossari di Talpiot sono ben più recenti!».

Lo storico provò la strana sensazione di un sogno a occhi aperti. Gli sembrava surreale. Respirò profondamente e fece uno sforzo per riordinare e schiarirsi le idee.

«E va bene, avete trovato del DNA nell'ossario 80/503», ripeté, parlando a voce alta per i compagni, ma anche per cercare di ragionare meglio. «E allora? Che importanza ha, se non si è sicuri dell'identità della persona di cui sono state rinvenute le ossa?».

Ma Arkan non sembrava avere il minimo dubbio in tal proposito.

«È Gesù di Nazaret».

«Come può affermarlo con tanta certezza?», obiettò lo storico. «Abbiamo appena visto che le probabilità che il *Yehoshua bar Yehosef* citato nell'ossario sia il *nostro* Gesù, figlio di Giuseppe, sono una su mille! Mi pare un indice di probabilità molto basso!».

L'interlocutore alzò la mano.

«Lo sarebbe se non vi fossero altri ossari nella stessa camera», rilevò. «E in essi compaiono nomi di persone che i vangeli associano a Gesù di Nazaret. E a questo punto, il calcolo delle probabilità cambia significativamente».

«Persone associate a Gesù? Di cosa sta parlando?».

Il presidente sfogliò il fascicolo che aveva posato sul tavolo davanti a sé e si fermò sulla seconda pagina. Come nella precedente, in questa vi erano un numero di riferimento e una fotografia con il dettaglio di un'iscrizione su un ossario.

סרי ח

«Iniziamo dall'80/505», suggerì Arkan. «Questo ossario porta il nome *Marya* in caratteri ebraici. Le è familiare?»

«Non dev'essere necessariamente la madre di Gesù», rispose lo storico, esaminando l'iscrizione. «Credo che anche Maria fosse un nome molto comune all'epoca...».

«Effettivamente, era il nome femminile più utilizzato a quel tempo. Su trecentoventotto riferimenti, sono state trovate settanta *Maryam*, nome ebraico che, nella versione latina, si pronunciava Maria o Marya».

Tomás fece un conto a memoria.

«Questo dà... mi lasci calcolare la percentuale... circa il venti percento di donne chiamate con questo nome. Vede? Ci sono un bel po' di Marie!».

«È vero. Il venti percento delle donne ebree si chiamava *Maryam*. Ma il Nuovo Testamento cita la madre di Gesù sempre come Maria, non *Maryam*. E quale nome appare in questo ossario? *Marya*. È quanto meno sconvolgente, deve ammetterlo».

«In effetti...».

Arkan passò alla terza pagina, anche questa con un numero di riferimento e la fotografia di un'altra iscrizione.

יוסח

«Adesso esaminiamo l'ossario 80/504», suggerì. «C'è scritto il nome *Yose*. Come sa, si tratta di un diminutivo di *Yehosef*. *Yose* sta a *Yehosef* come Peppe sta a Giuseppe».

Tomás fece un gesto enfatico di diniego con la mano.

«Non può essere il padre di Gesù!», affermò con grande convinzione. «I vangeli parlano di Giuseppe solo durante la sua infanzia, per questo si pensa che sia morto presto».

«E allora?», domandò il presidente della fondazione. «Non dimentichi che Talpiot è un sepolcro secondario, per le ossa. Cosa impediva ai familiari di Giuseppe di trasferire le sue nel mausoleo privato di famiglia con vista sul Tempio? Del resto, è persino naturale che lo facessero, se veramente credevano che il giorno del giudizio universale fosse imminente! O lo ritiene impossibile?».

Il portoghese vagliò quella possibilità.

«Ha ragione», ammise, vinto dalla forza dell'argomentazione. «Se la famiglia di Gesù fece costruire un sepolcro secondario, è normale che vi trasferisse le ossa del patriarca, soprattutto se pensava che così facendo tutti i membri della famiglia sarebbero rimasti uniti al momento della resurrezione nel giudizio universale».

«Oppure poteva trattarsi di altra persona legata a Gesù», osservò Arkan. «Mi legga, per favore, il versetto di Marco, 6:3».

Tomás aprì la Bibbia che teneva tra le mani e trovò il brano.

«"Non è costui il falegname, il figlio di Maria, il fratello di Giacomo, di Ioses, di Giuda e di Simone?"». Alzò gli occhi. «Sta insinuando che il *Yose* di Talpiot potrebbe essere Ioses, fratello di Gesù?»

«Perché no? Anche se *Yehosef*, o Giuseppe, era uno dei nomi più comuni all'epoca, sta di fatto che l'iscrizione *Yose* non è normale. Si tratta dell'unico caso in cui un ossario dell'epoca riporta questo diminutivo di *Yehosef*». Sollevò due dita. «Così noi abbiamo due parenti di Gesù chiamati Giuseppe: il padre e il fratello. L'ossario 80/504 poteva semplicemente appartenere a uno di essi».

«Mmm», annuì lo storico. «E gli altri ossari?».

Le dita di Arkan cercarono il quarto foglio del fascicolo.

Ancora un numero di riferimento, ancora una fotografia con un'iscrizione.

«Abbiamo l'ossario 80/500», indicò. «L'iscrizione riporta "*Mariamn-u eta Mara*"». Fissò lo sguardo sul suo interlocutore. «Sa cosa significa?».

Tomás annuì e socchiuse le palpebre mentre esaminava attentamente l'immagine, pensando a quali dubbi sollevasse quell'iscrizione.

«Questa dà da pensare», riconobbe. «*Mariamn-u* è una specie di declinazione di *Mariamne*, versione greca di *Miriam*, o *Maria*. *Mariamn-u eta Mara* significa letteralmente "di Maria, conosciuta come Signora". Signora, nel senso di sposa o padrona».

Arkan lo guardò abbozzando un sorriso, sempre come se conoscesse già la risposta alle sue domande.

«Ricorda qualche personaggio delle Scritture con questo nome, *Mariamne*?».

Lo storico sfogliò con aria pensierosa la Bibbia che gli pesava tra le mani. Quel grosso esemplare conteneva il Vecchio e il Nuovo Testamento, i testi apocrifi e centinaia di pagine di annotazioni e commenti. Cercò l'indice e fece scorrere lo sguardo sui titoli dei vari libri.

«Forse sì», finì per dire. «Ma non nei testi canonici». Indicò uno dei titoli dell'indice. «Il nome *Mariamne* appare nel *Vangelo secondo Filippo*, un apocrifo sulla vita dell'omonimo apostolo». Indicò un altro titolo. «E anche in frammenti greci del *Vangelo di Maria Maddalena*. Per non parlare degli scritti di Origene e Ippolito, che parlano di Mariamne».

«In questi testi, chi era questa Mariamne?».

Evitando di rispondere direttamente all'interrogativo, Tomás fece cenno di no col capo.

«No, non può essere!», esclamò. «Sta veramente correndo troppo! È inconcepibile!».

«E allora», insistette Arkan. «Chi è la Mariamne che compare negli apocrifi e negli scritti di Origene e Ippolito?».

Il professore abbassò le spalle e si arrese. Se gli facevano una domanda diretta e pertinente, con quale diritto poteva evitare di rispondere, anche se gli sembrava irreale?

«Maria di Magdala», disse, abbastanza riluttante. «Conosciuta anche come Maria Maddalena».

Un accenno di trionfo passò sul volto del presidente della fondazione.

«Curioso, non è vero?»

«Non significa niente!», tagliò corto Tomás. «I manoscritti apocrifi non sono stati redatti da persone che hanno conosciuto Gesù. La stragrande maggioranza di questi testi risale al II o III secolo. Tranne forse il *Vangelo secondo Tommaso*, le informazioni contenute negli apocrifi non sono attendibili».

«È vero», convenne Arkan. «Ma è anche vero che questi scritti a volte utilizzavano tradizioni tramandate. L'uso del nome *Mariamne* per indicare Maria Maddalena poteva essere una di queste».

«È plausibile. E allora?».

In risposta, gli occhi di Arkan si posarono sulla Bibbia che il suo interlocutore si rigirava nervosamente tra le mani.

«Questa copia contiene gli scritti apocrifi, non è vero? Allora mi legga il *Vangelo secondo Filippo*, versetto 32».

Tomás scorse con le dita le pagine e trovò il brano.

«"Erano tre, che andavano sempre con il Signore: sua madre Maria, sua sorella e la Maddalena, che è detta sua consorte. Infatti era 'Maria' sua sorella, sua madre e la sua consorte"».

«E adesso il versetto 55».

«"La consorte di Cristo è Maria Maddalena. Il Signore l'amava più di tutti gli altri discepoli e la baciava spesso sulla bocca"».

«Infine, il *Vangelo di Maria Maddalena*», chiese Arkan. «Legga il 5:5, che cita le parole di Pietro e della donna».

Lo storico saltò alcune pagine finché trovò il testo apocrifo richiestogli.

«"Sappiamo che il Signore ti amava più delle altre donne"».

Le sopracciglia folte di Arkan si alzarono e si abbassarono, come se parlassero.

«Curioso, eh?».

Tomás si strinse nelle spalle.

«L'unica cosa che è riuscito a provare è che si parlava molto della relazione tra Gesù e Maria Maddalena», affermò. «Ma non vi è nulla di storicamente accertato. È vero, Marco e Luca riferiscono che Gesù, nei suoi viaggi, era accompagnato da donne. Alcune erano benestanti e lo aiutavano, come per esempio Maria originaria di Magdala, un villaggio di pescatori sulle rive del Mar di Galilea, per questo chiamata Maria Magdalena, o Maria Maddalena. Luca, in 8:3, dice che serviva Gesù "con i suoi beni". In nessun passo si racconta che fosse una prostituta, reputazione attribuitale solo nel IV secolo da quella malalingua di papa Gregorio. I quattro vangeli canonici affermano che le donne furono le uniche tra i suoi seguaci ad assistere alla crocifissione e che rimasero fedeli a Gesù fino alla fine, e furono loro ad accorgersi della sparizione del corpo. Tra l'altro, nei testi più antichi non si accenna mai al fatto che Gesù fosse sposato o avesse un'amante.

«Nella *Prima lettera ai Corinzi*, Paolo dice che i fratelli di Gesù e gli apostoli erano sposati», controbatté Arkan. «Inoltre, raccomandando ai fedeli il celibato, l'apostolo si pone come modello, ma non lo fa con Gesù. Se fosse stato celibe, sicuramente avrebbe preso ad esempio il Messia, che aveva maggiore autorità. Perché non l'ha fatto? Sapeva che non era celibe?»

«È una pura illazione», sottolineò lo storico. «Sta di fatto che da nessuna parte c'è scritto che Gesù fosse sposato».

«Comunque, nel sepolcro di Talpiot c'è l'ossario di Mariamne, la Maria Maddalena di cui si parla nel *Vangelo secondo Filippo*, nel *Vangelo di Maria Maddalena* e negli scritti di Origene e Ippolito».

Lo storico fece una smorfia.

«Semplice coincidenza».

«E poi, questo ossario con il nome di *Mariamne* è stato trovato di fianco a quello con la scritta "Gesù, figlio di Giuseppe": uno accanto all'altra, come si fa quando si seppelliscono marito e moglie in un cimitero».

«Altra coincidenza».

Arkan sorrise, lo sguardo ironico.

«Ce ne sono un po' troppe», osservò, sfogliando il fascicolo alla ricerca della fotografia seguente.

«La prossima coincidenza riguarda l'ossario 80/501, appartenente a *Yehuda bar Yehoshua*. Mi può tradurre questo nome, per favore?».

Tomás controllò l'iscrizione nell'immagine.

יהודה בר יהושוע

«"Giuda, figlio di Gesù"».

«Curioso, non trova?»

«Nessun vangelo canonico fa riferimento al fatto che Gesù abbia avuto un figlio», ricordò Tomás. «Nessuno».

«I vangeli sono testi teologici, come ben sa», rispose il presidente della fondazione. «Non dicono tutto. Riferiscono solo quello che interessa agli autori per convincere i seguaci di Gesù ad avere fede».

«È vero», concordò lo storico. «Il fatto che nei vangeli non si parli di un figlio non significa che non fosse esistito. Ma neppure il contrario. La verità è che non ne sappiamo nulla».

«Appunto», concordò Arkan. «Per ultimo, l'ossario 80/502 porta il nome *Matya*, o Matteo».

Mostrò l'immagine contenuta nel fascicolo.

«Sta insinuando che si tratta dell'ossario dell'apostolo?»

«Non insinuo niente», affermò il presidente. «Questo è il nome che figura nel sepolcro di Talpiot. C'erano dei Matteo nella famiglia di Gesù? Come nel caso di un eventuale figlio, i vangeli non dicono nulla a tal proposito. Suggerisco, pertanto, di non tener conto di questi due nomi, Giuda e Matteo. E ciò dove ci porta?»

«A un sepolcro pieno di nomi comuni a quell'epoca», constatò Tomás, sminuendo il ritrovamento.

«Se togliamo quello di Giuda e di Matteo, restiamo con quattro ossari: due appartenenti ad altrettante Marie, di cui una con il nome ellenizzato di *Mariamne*, uno a Giuseppe e uno a Gesù, figlio di Giuseppe. Si dà il caso che la Palestina del I secolo fosse piena di persone chiamate Gesù, Giuseppe e Maria».

«È vero», riconobbe Arkan. «Ma dobbiamo aggiungere a questi un altro nome».

«Quale?»

«Si ricorda che avevo detto che erano stati ritrovati dieci ossari a Talpiot, ma uno era scomparso? Alcuni anni dopo, ne fu ritrovato uno che fece scalpore per un'iscrizione in aramaico: "*Ya'akov bar Yehosef akhui di Yeshua*"». Inarcò le folte sopracciglia. «Sa tradurre questa frase, vero?»

«"Giacomo, figlio di Giuseppe, fratello di Gesù"».

«Giacomo era il nome originale. Col tempo si è latinizzato in occidente e si è trasformato in Tiago».

Tomás frugò nella memoria.

«Mi ricordo», disse. «Ma questo ritrovamento non è stato considerato una truffa?»

«Questo è quanto sosteneva la Israel Antiquities Authority, ma l'accusa non è stata accolta dal tribunale», spiegò Arkan. «Contrariamente agli ossari di Talpiot, la cui autenticità è fuori discussione, quello di Tiago non ha origine archeologica certificata. Il proprietario diceva di averlo ritrovato a Silwan, un sobborgo di Gerusalemme, ma non riuscì a dimostrarlo. La Israel Antiquities Authority nominò un'équipe di quindici periti per esaminare il ritrovamento, i quali conclusero che l'ossario era autentico e che parte dell'iscrizione, quella che si riferisce a "Tiago, figlio di Giuseppe", era anch'essa autentica. Ma l'altra parte – "fratello di Gesù" – era probabilmente un falso, perché c'era il sospetto che in questa sezione dell'iscrizione la patina fosse stata applicata di proposito. Il proprietario fu arrestato per truffa».

«Ah! Ciò rende quell'ossario un falso!».

«Piano», disse Arkan, facendo capire che la storia non era finita. «Più tardi, durante il processo, il proprietario confessò di aver rubato l'ossario dal lotto ritrovato a Talpiot. Del resto, dalle analisi i resti di terra rossa di Tiago risultarono uguali a quelli degli ossari di Talpiot e le patine erano incredibilmente somiglianti. Raffronti simili con ossari di altri siti non avevano avuto lo stesso esito. Inoltre, le dimensioni di quello di Tiago corrispondevano grossomodo alle misurazioni fatte dagli archeologi sul decimo di

Talpiot prima che scomparisse, anche se nessuno si ricordava di avervi visto delle iscrizioni. Il processo durò cinque anni. Dopo più di cento udienze e la deposizione di circa centotrenta testimoni, un perito dell'Università di Tel Aviv ammise che la patina sul nome di Gesù non era stata falsificata e il verdetto fu segretato. Nella sentenza, pronunciata nell'ottobre 2010, il proprietario dell'ossario venne dichiarato non colpevole di falsificazione».

Tomás incrociò le braccia e lanciò un fischio pieno di ammirazione.

«E con questo?», si stupì. «Significa che forse il decimo ossario di Talpiot era veramente quello di Tiago, figlio di un Giuseppe e fratello di un Gesù. Quanto era diffuso il nome *Ya'akov* tra gli ebrei del I secolo?»

«Poco», specificò Arkan con una luce negli occhi. «Nell'ordine dell'un percento». Chiuse il fascicolo e lo ripose nel cassetto. «Abbiamo consultato periti statistici e ci hanno detto che, contrariamente a quello che potrebbe sembrare a prima vista, la presenza di tutti questi nomi in un unico sepolcro è davvero rara».

Il portoghese assunse un'aria sorpresa.

«Rara? Quanto? Ma se sono per lo più nomi comuni!».

«La rarità sta nel fatto che sono tutti riuniti in un unico sepolcro e sono legati a personaggi centrali del Nuovo Testamento. Vedete, abbiamo Gesù, Giuseppe, Maria, Mariamne e Tiago. E ancora, per Gesù si usa esplicitamente l'espressione "figlio di Giuseppe"; e Tiago viene identificato anche come "fratello di Gesù". Ciò coincide con quanto contenuto in varie fonti differenti del I secolo: vangeli, epistole di Paolo, testi di Josefo e tutto ciò è sufficiente a stabilire che Gesù di Nazaret ha avuto un padre chiamato Giuseppe, una madre di nome Maria e un fratello detto Tiago. Tra l'altro, è molto raro che in un ossario si faccia riferimento a un legame di fratellanza. Esiste un solo altro caso come questo. Il fatto che l'ossario di Tiago lo identifichi come "fratello di Gesù" si spiega solo se il fratello era famoso. E così abbiamo chiesto ai matematici specializzati in analisi statistica di fare un calcolo delle probabilità per verificare se, nel caso del sepolcro di Talpiot, ci troviamo davanti ai resti mortali di Gesù di Nazaret e della sua famiglia. Assumendo come dato di partenza la popolazione maschile di Gerusalemme vissuta nel corso del I secolo e il tasso di incidenza di ognuno di questi nomi in tutti gli ossari, assieme al rapporto tra loro, i matematici sono arrivati a determinare un numero che hanno chiamato *fattore P* o delle probabilità: uno su trentamila».

Il numero non meravigliò Tomás.

«Una possibilità su trentamila che si tratti di Gesù di Nazaret? Non mi sembra molto...».

Arkan fece una risata e scosse la testa.

«No», lo corresse mentre ancora sghignazzava. «Una possibilità su trentamila che *non* si tratti di Gesù di Nazaret. O, se preferite, ventinovemilanovecentonovantanove possibilità su trentamila che si tratti del *nostro* Gesù!».

Lo storico sgranò gli occhi.

«Cosa?»

«Il sepolcro di Talpiot *è* il sepolcro di Gesù».

Il presidente della fondazione parlava con assoluta convinzione. Non sapendo con quale argomentazione controbattere, Tomás incrociò lo sguardo dei due poliziotti, che seguivano tutta la conversazione in silenzio, e si rese conto che non sarebbero stati di nessun aiuto: non era decisamente il loro campo.

Ma, in definitiva, si chiese, perché mai aveva bisogno di aiuto? Il sepolcro di Talpiot era stato ispezionato da archeologi professionisti poche ore dopo la scoperta, nel 1980. Nove dei suoi dieci ossari erano stati trasferiti direttamente nei depositi della Israel Antiquities Authority e da lì non erano più usciti. Questo garantiva che il sepolcro non fosse falso. Cosa che, d'altronde, nessuno aveva mai messo in dubbio.

L'unico problema era stabilire se l'ossario con il nome di "Gesù, figlio di Giuseppe", quelli di Giuseppe e di "Tiago, figlio di Giuseppe, fratello di Gesù" e i due che citavano il nome di Maria appartenessero davvero al Nazareno e alla sua famiglia. I matematici avevano calcolato i vari fattori in gioco e, con margine ampissimo, avevano concluso che era possibile. Cosa ne sapeva lui di statistica? Con quale diritto metteva in discussione le conclusioni dei matematici? Di fatto, se Gesù non era fisicamente resuscitato, il suo corpo doveva essere stato per forza inumato nelle vicinanze. Che la famiglia o i suoi seguaci avessero pagato per un sepolcro con vista sul Tempio, dove credevano che Dio fosse sul punto di stabilire il suo regno, era una cosa che riteneva assolutamente naturale. Persino probabile. E allora, qual era il dubbio?

«Il DNA», disse improvvisamente. «Non ci ha ancora spiegato quella storia del DNA».

«Che cosa vuole sapere?»

«Tutto!», chiese Tomás. «A cominciare dall'essenziale, è chiaro. Dove sono i campioni?»

«Qui».

«Qui, dove? In Israele?».

Arpad Arkan indicò lo spazio attorno.

«Proprio qui», insistette. «In questa stanza».

I tre visitatori girarono la testa in tutte le direzioni, sorpresi dalla rivelazione.

«Come?».

La sorpresa degli invitati strappò un sorriso radioso al presidente della fondazione, pervaso da una sincera felicità. Arkan si voltò verso il grande congelatore protetto dal viluppo di luci rosse e digitò un codice sul tastierino nella colonnina di fianco alla porta. I fasci di luce si spensero immediatamente, disinnescando il dispositivo esterno di sicurezza.

Poi mise la mano sullo sportello del congelatore e lo aprì. Dall'interno, fuoriuscì una nuvola gelata che, quando svanì, lasciò intravedere un contenitore di vetro con una provetta. La serratura della piccola teca aveva un tastierino a dieci cifre.

«Ci troviamo nel *Sancta sanctorum*», ricordò. «Non vi avevo detto che Dio si trovava fisicamente qui? Chi è Gesù, nella teologia cristiana, se non Dio in carne e ossa? Se Gesù è Dio, e se qui è custodito il suo DNA, significa che il Signore si trova fisicamente in questa stanza».

Il presidente della fondazione digitò il codice numerico e, immediatamente, la teca emise il caratteristico suono digitale delle chiusure elettroniche che si aprono.

Bip.

LXVII

Bip.

Il messaggio comparve all'improvviso sul display del localizzatore. Sicarius lo aspettava già da un po'. Lo guardò per due lunghi secondi, per accertarsi di aver visto bene. Non c'erano dubbi: il maestro gli aveva appena dato l'ultimo comando.

All'attacco.

L'aggressore digitò sulla tastiera la parola d'ordine rivelatagli dal guardiano al termine del sanguinoso interrogatorio. Con un sibilo sommesso, la serratura si sbloccò e la porta blindata che conduceva al *Kodesh Hakodashim* finalmente si aprì. L'aria glaciale all'interno della stanza colpì il volto di Sicarius e gli avviluppò il corpo, cogliendolo di sorpresa.

«Brrr!», rabbrividì. «Che freddo!».

Si guardò intorno e osservò, dietro la porta socchiusa dell'armadio, le tute appese agli attaccapanni. Doveva indossarne una? Ne fu tentato, pensando che anzi sarebbe stato consigliabile, dato il freddo che proveniva dal *Sancta sanctorum*, ma alla fine scosse la testa. No, decise. Ci avrebbe impiegato un paio di minuti e il maestro gli aveva dato l'ordine di attaccare subito. Non aveva tempo da perdere. Doveva entrare, individuare il bersaglio e passare all'azione. Tutto il resto non aveva importanza. Aveva una missione da compiere e l'avrebbe portata a termine.

Era giunta l'ora.

Sfoderò la *sica* e fece un passo avanti, spingendo con una mano la superficie gelida della porta blindata. Con un incedere felino, scrutò all'interno della stanza ed esaminò lo spazio davanti a sé.

Nonostante l'equipaggiamento sofisticato e gli armadi all'ingresso del *Sancta sanctorum*, non vide anima viva. Tutto sembrava silenzioso e quella parte della stanza appariva deserta, il che lo tranquillizzò.

«Perfetto!», mormorò. «È veramente un genio! Ha pensato a tutto!».

L'iniziativa del maestro gli sembrava ingegnosa. Di sicuro era riuscito a far spostare tutti quanti in un altro settore della sala, in modo da lasciargli via libera per entrare e preparare l'agguato. Se lo spazio subito dopo l'ingresso del *Kodesh Hakodashim* era vuoto, Sicarius sarebbe potuto penetrare all'interno senza trovare ostacoli. Perciò c'erano tutte le condizioni per procedere – benché sempre con cautela – e nascondersi nel punto più adatto a sorprendere la vittima.

Lanciò un'ultima occhiata alle sue spalle, per accertarsi di aver lasciato ogni cosa al suo posto e di non aver dimenticato nulla. La telecamera sul soffitto era oscurata e la centralina dei sistemi di sicurezza del *Sancta sanctorum*, sulla parete, era già stata neutralizzata. La porta d'accesso all'anticamera era sbarrata e la maniglia era bloccata da una sedia. Sul pavimento giaceva il corpo inerte del guardiano, con la gola squarciata dalla daga sacra, mentre la pozza di sangue rosso scuro iniziava a seccarsi sul pavimento. Insomma, aveva fatto tutto come doveva.

Fiducioso, fece qualche passo e lasciò che la porta blindata si chiudesse automaticamente alle sue spalle.

La trappola era scattata.

LXVIII

Il contenuto della provetta sembrava liquido e di colore giallo-biancastro. Maneggiandola quasi con reverenza, Tomás la esaminò in controluce davanti a una lampadina, inclinandola lentamente per vedere come si comportava la sostanza all'interno. Mantenne la stessa forma, prova del fatto che si era solidificata nel congelatore.

«Lei dice che qui c'è del materiale genetico?», domandò Tomás, sussurrando affascinato. «E si tratta del DNA di... di Gesù?».

Gli occhi di tutti i presenti fissavano attoniti la provetta e la strana sostanza al suo interno.

«Esatto».

La luce della lampadina attraversava il prodotto congelato, ripartendosi in una miriade di minuscole stelle, come se la provetta di vetro contenesse di fatto la scintilla divina.

«È incredibile!».

I due poliziotti allungarono le mani per toccarla, ma Arpad Arkan li precedette e la strappò dalle mani dello storico.

«Attenti!», disse. «Il DNA è delicato».

Nessuno riusciva a staccare gli occhi dalla sostanza congelata contenuta nella provetta, quasi li dominasse tutti, neanche fosse il pendolo di un ipnotizzatore.

«Come avete fatto?», chiese Tomás. «Come siete riusciti a estrarre il DNA dall'ossario?».

Per la prima volta, il presidente distolse lo sguardo dal tubo di vetro e sorrise: era una delle storie che più gli piaceva raccontare.

«Vi ho detto che negli ossari è stata ritrovata della patina, ricordate?»

«Certo», annuì lo studioso portoghese. «La patina è un composto chimico col quale gli archeologi hanno spesso a che fare. Lo chiamano *verderame* e sembra che protegga i metalli dalla corrosione. E allora?»

«La patina si deposita a strati e, in pratica, è come un guscio protettivo. Si dà il caso che, se diventa sufficientemente spessa, possa conservare tracce di ossa e di sangue secco».

«È lì che avete trovato il DNA?!».

Arkan aveva uno sguardo luminoso.

«Esattamente!», esclamò. «I primi ricercatori hanno trovato resti di tessuto del sudario nella patina sul fondo degli ossari in cui figuravano i nomi *Yehoshua bar Yehosef* e *Mariamn-u eta Mara*. Il sudario conteneva tracce di fluidi corporei interni e schegge d'osso, non più grandi della dimensione di un'unghia. Questo materiale è stato inviato a un laboratorio in Canada specializzato in DNA antico, senza dare dettagli sulla sua origine per non influenzare i risultati. I tecnici hanno esaminato i resti e li hanno trovati molto secchi e ridotti. Hanno analizzato i campioni in una stanza simile a questa, dove si può lavorare solo con tute ermetiche, e hanno concluso che il DNA era molto danneggiato. Non è stato possibile estrarre materiale genetico dal nucleo delle cellule, per cui i periti hanno cominciato a concentrarsi sul DNA mitocondriale, che si trasmette di madre in figlio. Il laboratorio canadese è riuscito a isolare questo tipo di DNA, anche se era molto frammentato. Confrontandolo con vari marker, hanno rilevato differenze significative tra i due campioni nelle sequenze A-T e G-C, ossia adenina-timina e guanina-citosina, indizio sicuro di polimorfismo».

«Che cos'è?», domandò con impazienza Tomás. «Lo traduca in un linguaggio comprensibile, per favore».

«Variazione genetica», chiarì Arkan. «Le coppie A-T e G-C erano diverse».

«E allora?»

«I due individui sottoposti ad analisi genetica non erano figli della stessa madre. Ossia, non avevano legami di sangue, perlomeno in linea materna. Ecco perché, se occupavano lo stesso sepolcro e i loro ossari sono stati trovati l'uno accanto all'altro, probabilmente erano marito e moglie».

La fronte del portoghese si contrasse in una smorfia di incredulità.

«Come?», si stupì. «Il DNA mitocondriale ha provato che erano marito e moglie?»

«No, l'analisi genetica ha provato solo che non avevano la stessa origine in linea materna», spiegò il presidente. «Che fossero marito e moglie è solo una deduzione, alla quale si è arrivati osservando la disposizione degli ossari nel sepolcro di Talpiot».

«Capisco. C'è dell'altro?»

«È stato determinato che il DNA mitocondriale di Gesù coincideva con quello delle popolazioni del Medio Oriente».

I tre visitatori seguivano la spiegazione ipnotizzati, rivolgendo l'attenzione un po' alla provetta e un po' ad Arkan.

«Dio mio!», esclamò Valentina, rompendo il silenzio. «Michelangelo e tutti i pittori si sono sbagliati! Gesù non era biondo con gli occhi azzurri!».

«Assolutamente no».

«E... e queste analisi del DNA? Sono state fatte davvero?».

Il presidente della fondazione rise.

«Pensa che me lo sia inventato?», domandò ridendo. «Sono state eseguite nel 2005 nel laboratorio di paleo-DNA dell'Università Lakehead, nell'Ontario».

Tomás non staccava gli occhi dalla provetta nella mano inguantata dell'interlocutore.

«È stato là che hanno preparato questo campione?».

Arkan la guardò e poi se la rigirò nella mano.

«Questa? No, questa è un'altra storia».

«E allora come si è procurato il campione?».

L'uomo fece un lungo sospiro, con una leggera nuvola di vapore che per alcuni istanti gli appannò la visiera della maschera.

«Dopo le prime analisi realizzate in Canada, la Israel Antiquities Authority chiuse gli ossari nei suoi depositi a Bet Shemesh», spiegò. «Mentre accadevano questi fatti, io mi stavo occupando di alcuni progetti legati alla situazione in Medio Oriente. Il motto della mia fondazione, come sapete, è una poesia di Goethe sulla pace, e in quell'ambito le cose non si stavano mettendo per niente bene. Il processo di pace tra Israele e la Palestina veniva costantemente boicottato in vari modi e la guerra si stava estendendo al pianeta, con i fondamentalisti islamici che seminavano il terrore ovunque e gli americani che rispondevano alla cieca. Mi resi conto che solo un grande colpo di scena avrebbe permesso di sbloccare quell'orribile situazione. Ma quale? Niente sembrava approdare a risultati concreti e ogni speranza era perduta. Quando, un bel giorno, ero a casa a guardare la televisione e vidi un documentario sugli ossari a Talpiot».

«E fu così che le venne l'idea».

«Non subito. Trovai affascinanti quelle scoperte, è chiaro, e il mattino successivo, alla fine di una riunione con i miei collaboratori della fondazione, la conversazione cadde sul documentario. E fu allora che uno di loro, un cristiano, fece un'osservazione che accese una lampadina nella mia testa. Pensai: perché no? E così nacque l'idea».

«Quale idea?»

«Ve la spiego subito. Il primo passo è stato tentare di capire cosa si potesse fare con gli ossari. Da quello che avevo visto nel documentario, il metodo di raccolta dei campioni per l'estrazione del DNA lasciava molto a desiderare. Intanto, qui a Nazareth era già in funzione il nostro Centro di ricerca molecolare avanzata. All'epoca, l'unico edificio esistente era l'Eden, creato per gli esperimenti transgenici. Volevamo creare mais, grano e altre piante geneticamente modificate che potessero crescere senza avere bisogno di molta acqua. Ho sempre pensato che tra le ragioni della violenza nel nostro mondo c'erano povertà e fame, e la produzione di questi cereali transgenici avrebbe portato un prezioso contributo alla mia fondazione, nutrendo le popolazioni del Terzo mondo e contribuendo così alla pace tra gli uomini».

Arnie Grossman si spazientì: «Mi scusi, ma cosa centra questa favoletta con la scoperta di Talpiot?»

«Tutto», disse Arkan. «A capo del dipartimento di biotecnologia del centro c'era già il professor Peter Hammans che avete conosciuto poco fa. Gli chiesi se il nuovo progetto della fondazione fosse fattibile. Mi elencò le difficoltà, ma mi fece vedere anche la via per trovare delle soluzioni. Grazie ad alcuni miei contatti nel governo israeliano, riuscii a ottenere l'autorizzazione per visitare il magazzino della Israel Antiquities Authority a Bet Shemesh. Presi contatto con il professor Alexander Schwarz, dell'Università di Amsterdam, che mi era stato segnalato come uno dei migliori archeologi del pianeta ed esperto di archeologia biblica, e con lui e il professor Hammans andai a visitare il magazzino. Quando arrivammo là rimanemmo a bocca aperta: era un deposito gigantesco, pieno di scaffali e con oltre mille ossari, tutti numerati, datati e impilati dal pavimento al soffitto. Impressionante!».

Tomás friggeva dalla curiosità.

«Avete trovato gli ossari di Talpiot?»

«Li scovammo in un angolo nascosto del magazzino, disposti su tre ripiani. Le condizioni di conservazione, purtroppo, non erano quelle ideali, ma il professor Hammans si rese conto che vi erano altri frammenti di osso sotto la patina. Era una notizia eccellente, perché voleva dire che i campioni erano protetti: il DNA che si trova naturalmente all'aria non li aveva contaminati. Prendemmo l'ossario 80/503 e lo portammo qui a Nazaret, con la promessa di restituirlo entro una settimana».

«L'80/503 è quello con la scritta "Gesù, figlio di Giuseppe"...».

«Giusto. Lo portammo al laboratorio sterilizzato dell'Eden e cominciammo a tirare fuori i frammenti protetti dalla patina. Erano molto secchi e, così come era successo nel laboratorio canadese, l'estrazione del DNA dal nucleo delle cellule si rivelò davvero complicata. Per mesi girammo a vuoto, fino a quando non avemmo un incredibile colpo di fortuna. Una scheggia di osso avvolta in strati particolarmente densi di patina racchiudeva due cellule intatte: un vero e proprio miracolo. Con molta attenzione, riuscimmo a estrarre il DNA dai nuclei di queste cellule. Era frammentato e presentava alcune lacune, e ne restammo profondamente delusi».

«Non era possibile ricostruire il DNA completo».

«Questo era il vero problema. Fu allora che il professor Hammans confrontò i marker dei due nuclei e capì che le parti frammentarie e le lacune si trovavano in punti differenti. Quello che mancava in un nucleo, era presente nell'altro. La speranza si riaccese. Hammans mi disse che avevamo bisogno di una tecnologia d'avanguardia per ricostituire tutto il DNA contenuto, mettendo insieme i due nuclei. Era difficile e ci sarebbe voluto del tempo, ma non era impossibile. Indissi la riunione del consiglio dei saggi della fondazione e illustrai loro il progetto. Fu approvato e decidemmo di usare tutte le risorse a nostra disposizione per estendere alla sfera animale il campo di indagine del nostro Centro di ricerca molecolare avanzata. Costruimmo l'Arca a tempo di record e la dotammo delle attrezzature più sofisticate a disposizione, con laboratori ultramoderni. Cominciammo a clonare animali semplici, come le salamandre e le lucertole. Poi siamo passati ai mammiferi e subito dopo ai primati, ovvero la fase in cui ci troviamo adesso».

Valentina inarcò un sopracciglio.

«Perché queste ricerche?»

«Come vi ho già spiegato, abbiamo intenzione di clonare gli esseri umani», disse. «Sarà il passo successivo e, per riuscire a risolvere alcune difficoltà tecniche, avevamo chiesto la consulenza del professor Vartolomeev».

L'italiana indicò con un ampio gesto l'attrezzatura tutt'intorno.

«Perciò questa roba serve per clonare le persone...».

Il presidente della fondazione scosse la testa.

«No. Quello è solo il passo successivo».

«E allora cosa state tentando di fare? Qual è l'obiettivo finale di tutta questa attività?».

La domanda, per un momento, lasciò senza parole Arpad Arkan. Dietro alla visiera, i suoi occhi porcini, due spilli neri tra la lanugine delle folte sopracciglia, saltellavano da un interlocutore all'altro, cercando di capire come avrebbero reagito all'annuncio. Infine, sollevò la provetta che teneva in mano, mostrandola come se fosse un trofeo sportivo, e interruppe la breve pausa: «Cloneremo Gesù».

LXIX

Un ronzio.

Tutto ciò che si udiva all'interno del *Kodesh Hakodashim* era il ronzio monocorde e ininterrotto dei freezer e dell'aria condizionata. Sicarius si muoveva con grandissima cautela, i sensi in allerta per cogliere i minimi segnali, ma quel brusio monotono complicava la localizzazione del bersaglio.

«Maledizione!», borbottò tra i denti. «Ma dove sono?».

Il suono lo innervosiva, ma non c'era niente da fare e l'addestramento gli aveva insegnato che bisognava sempre adeguarsi alle circostanze. Sforzandosi di dominare l'irritazione, Sicarius s'introdusse lentamente nella camera, il corpo proteso in avanti in posizione d'attacco, gli occhi che scrutavano possibili pericoli, la *sica* in pugno, pronta all'uso.

Faceva un freddo tremendo, il termometro alla parete indicava un grado centigrado e dalle narici gli fuoriuscivano grossi sbuffi di vapore: sembrava un drago infuriato che emetteva fumo dal naso. Decisamente, non era preparato a quelle temperature estreme e forse aveva fatto male a non indossare la tuta. Ma ormai era tardi, lo sapeva: non doveva più pensarci. L'unica cosa importante era la missione.

Voci.

In lontananza udì delle voci ed emise quasi un sospiro di sollievo. Quei suoni erano un indizio certo che la sua presenza non era stata scoperta. Inoltre, avrebbe finalmente individuato la posizione del bersaglio. Perciò avrebbe avuto tutte le possibilità di scegliere il luogo dell'imboscata e il momento più propizio all'attacco. Poteva chiedere di meglio?

Seguì la direzione delle voci e procedette a passo lento lungo il corridoio, puntando lo sguardo a destra e a sinistra, impegnato a mantenersi invisibile. Man mano che avanzava, le voci aumentavano di intensità, facendosi sempre più vicine, fino a quando intravide la prima sagoma. Si immobilizzò, cercando di confondersi nella penombra. Fece cautamente un passo laterale e si appoggiò a un armadio pieno di ampolle e immerso nel buio.

Sentendosi protetto dall'oscurità, studiò attentamente la sagoma. Era in tuta bianca, ma la maschera, nascondendo il volto, rendeva difficile capire di chi si trattasse. Era nel pieno di una conversazione e, quando voltò la testa per dire qualcosa, Sicarius riuscì a identificarla: era il maestro. Rincuorato dalla conferma visiva della presenza del suo alleato, avanzò un po' cercando una nuova posizione altrettanto riparata, ma con una visuale più favorevole per osservare la scena.

Dal nuovo nascondiglio, il campo visivo si era allargato. Individuò un'altra figura, che capì essere quella dello storico portoghese. Poi riconobbe le altre due. Finalmente i bersagli erano tutti confermati e si trovavano insieme, cosa che gli facilitava il compito. Erano impegnati in un'animata discussione a circa sei metri da lui, accanto a un tavolo e un enorme frigorifero con lo sportello aperto. Sembrava che parlassero di qualcosa in cui c'entrava una provetta congelata che uno di loro teneva tra le mani.

Era *quello*.

Sicarius prese posizione e si preparò a sferrare l'attacco.

LXX

Non che la rivelazione cogliesse del tutto di sorpresa Tomás. Lo studioso aveva già unito i pezzi del puzzle e, sin da quando aveva ascoltato il professor Hammans spiegare gli esperimenti effettuati al Centro di ricerca molecolare avanzata, aveva intuito i contorni del reale progetto che alimentava quel complesso scientifico. Ciò nonostante vacillò, sconvolto, quando si confrontò con la cruda formulazione di quell'idea straordinaria.

«Clonare Gesù?», si chiese, stordito dall'effetto della rivelazione. «Questa è una pazzia!».

I due poliziotti accanto a lui facevano fatica a rimanere calmi, anche loro scossi dall'enormità di quanto avevano ascoltato, ma Arpad Arkan manteneva il suo sorriso innocente, come se godesse di tutto il turbamento che aveva appena suscitato.

«Non vedo perché».

Lo storico si voltò verso Valentina e Grossman, in cerca di appoggio.

«È una cosa... che so, incredibile!». Fece una smorfia piena di perplessità, come se fosse l'unico modo per esprimere lo stupore che frenava le parole. «Gesù clonato? Dove diavolo volete arrivare?».

Una serenità beata riempiva il volto del loro ospite.

«Vi ricordate che vi avevo parlato di un incontro alla fondazione dopo aver visto il documentario sugli ossari di Talpiot? In quel momento, eravamo molto scoraggiati dal modo barbaro in cui si svolgevano le relazioni internazionali. Il processo di pace israelo-palestinese non si sbloccava, Al-Qaeda ammazzava gente a destra e a manca, c'erano guerre in Iraq, in Afghanistan... e che so io! Fu in quel contesto deprimente che uno dei miei consiglieri disse una cosa che fece scattare un *clic* nella mia testa».

«Ce l'ha già raccontato», osservò Tomás, «ma non ha specificato cosa le disse».

«Lo ricordo come se fosse ieri. Il mio collaboratore affermò che, vedendo come si stavano mettendo le cose, solo Gesù sarebbe stato in grado di ristabilire la concordia sul pianeta. Stava scherzando, ovviamente, ma...».

Lasciò la frase in sospeso.

«Fu in quel momento che le venne l'idea».

«Proprio in quel momento! Registrai quell'osservazione e immediatamente pensai alla scoperta di Talpiot e al DNA che era stato trovato nell'ossario di Gesù!». Si diede una manata sulla fronte, come se stesse riproducendo così ciò che era successo in quel momento. «Bingo! I pezzi si incastrarono nella mia testa! E se fosse possibile recuperare il DNA completo di Gesù? E se si riuscisse a clonarlo? E se Gesù tornasse sulla terra? Cosa cambierebbe? L'umanità rimarrebbe indifferente al ritorno di colui che ha cambiato il mondo con le sue idee? Gesù sarebbe capace di farci vivere in pace? Era un'ipotesi... come potrei dire? Unica. Esplosiva. Grandiosa. Si trattava di un'epifania così straordinaria e stimolante che, da sola, aveva in sé il potenziale di alterare il corso della storia. Se Gesù ci ha cambiato in soli trent'anni di vita, riuscirebbe a cambiarci un'altra volta? Perché non tentare? Che cosa avevamo da perdere?».

Il ragionamento di Arkan stava diventando chiaro, e anche tutta l'attività della sua fondazione.

«Comincio a capire», mormorò Tomás. «Fu in quel momento che convinse il consiglio dei saggi ad andare avanti con il progetto».

«Prima di tutto, consultai Hammans in segreto, per valutare la fattibilità tecnica dell'idea. Poi andammo a cercare il professor Schwarz, anche lui ingaggiato con grande discrezione. Solo dopo esserci recati a Bet Shemesh, aver preso l'ossario 80/503 per le analisi di laboratorio e aver isolato due nuclei con i cromosomi di Gesù, riunii il consiglio dei saggi ed esposi loro la mia ipotesi. Inizialmente restarono sciocccati, come potrete immaginare, ma i consiglieri finirono per appoggiarmi senza riserve. Nacque così il *Progetto Yehoshua*».

«Ma perché l'avete tenuto segreto?», domandò lo storico. «Perché non avete condiviso questa scoperta con il mondo?»

«Attirando così l'attenzione di tutti i fanatici che lo popolano? Ed esponendosi ad atti di sabotaggio da parte di estremisti di ogni genere? Come avrebbero reagito i fondamentalisti islamici, gli ebrei ortodossi, i cristiani oltranzisti e chissà chi altro?». Scosse vigorosamente la testa. «No! Se avessimo voluto portare a termine il progetto, avremmo dovuto tenerlo segreto. Era essenziale. E fu quello che facemmo. Tutto il lavoro si svolse nella massima discrezione, garantendoci così la tranquillità necessaria per fare progressi».

«Avete ingaggiato il professor Schwarz perché era un esperto di archeologia biblica e il professor Vartolomeev per le sue ricerche in area genetica», disse Tomás. «E la professoressa Patricia Escalona? Era una paleografa. Perché avevate bisogno di lei?»

«Dovete capire che il *Progetto Yehoshua* era terribilmente complicato e andava sviluppato su diversi fronti», spiegò Arkan. «C'era una fortissima componente scientifica: fu per questo che venne costruita l'Arca e si cominciò a lavorare alla clonazione animale. Ma il professor Schwarz richiamò la mia attenzione su un particolare che non poteva essere trascurato. Immaginiamo di riuscire a risolvere il problema dei telomeri corti, responsabili dell'invecchiamento prematuro degli animali clonati, e quello delle proteine incollate ai cromosomi, che impediva la clonazione dei primati. Ipotizziamo di avere successo nella clonazione di esseri umani sani. Supponiamo, una volta superate tutte queste tappe, di essere finalmente nella condizione di clonare Gesù». Fece una pausa, lasciando che lo scenario si fissasse nella mente dei tre visitatori. «E se non fosse una divinità? E se il suo messaggio non fosse quello che noi pensavamo?». Fissò intensamente Tomás, poi Valentina e infine Grossman. «Chi era davvero Gesù?».

Lo storico annuì con grande enfasi.

«Ora è tutto chiaro», affermò. «Avevate bisogno della professoressa Escalona per rispondere a questa domanda».

«Il suo nome mi fu suggerito da Schwarz, che la teneva in grande considerazione. In quel periodo, l'Università ebraica di Gerusalemme stava organizzando una conferenza sui manoscritti del Mar Morto e convinsi gli organizzatori a invitarla. Il professor Schwarz fissò di proposito per gli stessi giorni una visita d'ispezione ad altri ossari presso la Israel Antiquities Authority, formalmente per un articolo per la "Biblical Archaeology Review". E trovammo il modo di far venire sempre in quei giorni il professor Vartolomeev all'Istituto Weizmann per tenere delle lezioni. Approfittando della presenza simultanea dei tre in Israele, li convocai alla Fondazione Arkan e facemmo una lunga chiacchierata. Schwarz e Vartolomeev sapevano dove stavano andando a parare, chiaramente, ma per la professoressa Escalona fu una totale novità. Le spiegammo alcune parti del progetto e lei accettò di unirsi a noi, promettendo la massima discrezione. Nel frattempo, quando cominciammo a discutere su chi fosse realmente Gesù, lei fece una risata e disse una cosa che... insomma, disse qualcosa che non dimenticherò mai».

«Cosa? Che disse?»

«Mi spiegò che il gruppo che originariamente seguiva Gesù, i nazareni, erano soltanto una delle varie sette dell'ebraismo. A quanto si sa, l'unico tratto che li distinse dalle altre sette ebraiche fu che uno dei suoi capi, Paolo, decise di estendere il messaggio ai gentili. Al contrario della maggior parte dei giudei, i gentili accettarono che Gesù fosse il *Messia* delle Scritture e si mostrarono disposti ad aderire al movimento, a patto di non dover rispettare una serie di precetti ebraici, come non lavorare il sabato, non mangiare alimenti considerati impuri e, soprattutto, essere circoncisi. La professoressa Escalona sottolineò che tali pratiche erano rispettate e predicate dallo stesso Gesù. Ma lui era morto e i nazareni non riuscivano a convincere i restanti ebrei che il loro capo crocefisso dai romani fosse il Messia. Che fare? Paolo venne a Gerusalemme intorno al 50 e persuase Pietro e Giacomo, il fratello di Gesù, a essere più elastici. Dopo aver discusso a lungo il problema, si accordarono affinché i gentili che aderivano al movimento fossero esentati dagli obblighi relativi al sabato, al cibo impuro e alla circoncisione. Senza più questi ostacoli, il messaggio dei nazareni si diffuse nell'Impero romano. Ebbe talmente tanto successo che, nel giro di pochi decenni, i seguaci di Gesù erano più gentili che giudei. I nazareni ebrei diventarono così minoritari e, soprattutto dopo la distruzione del secondo Tempio, nel 70, persero potere e passarono a costituire una mera setta all'interno del movimento cristiano».

«Erano gli ebioniti», disse Tomás, che conosceva bene quella storia. «Il loro nome deriva da *ebionim*, parola ebraica che significa "poveri"».

«Precisamente! La professoressa Escalona mi spiegò che i cristiani di origine e costumi ebraici cominciarono a essere chiamati proprio così. A quanto sembra, sostenevano che Gesù fosse un uomo in carne e ossa, nato da un normale rapporto sessuale e che Dio lo avesse scelto perché era molto devoto e conoscitore della legge. Oltre a Gesù, gli ebioniti veneravano suo fratello, Giacomo, e consideravano Paolo solo un apostata che aveva alterato gli insegnamenti originali. Infine, agli ebioniti successe una cosa incredibile. Nonostante fossero gli eredi dei fondatori del movimento e apparentemente i portatori del vero messaggio di Gesù, furono dichiarati eretici ed emarginati, finendo per sparire dagli annali della storia».

«Sì, ma cosa le disse di particolare la professoressa Escalona? Quale fu il commento che non avrebbe più dimenticato?».

Arkan sorrise.

«Mi disse che, se Gesù tornasse sulla terra, la Chiesa lo dichiarerebbe eretico!».

«Madonna!», protestò subito Valentina. «Come può affermare una cosa del genere? Gesù, eretico? Per l'amor di Dio!».

«Sto solo citando le parole della professoressa Escalona», le ricordò il presidente della fondazione. «"Se Gesù tornasse sulla terra, la Chiesa lo dichiarerebbe eretico": furono esattamente queste le sue parole. Sosteneva che l'attuale messaggio cristiano era molto differente da quello originale di Gesù, di cui si è perso il tono apocalittico e anche il contesto ebraico. Ma questo non era necessariamente un male, argomentò lei stessa in quell'occasione. La professoressa Escalona, ad esempio, pose l'attenzione sul fatto che Gesù era un ebreo ultraortodosso: non accettava neppure il divorzio, sostenendo che una donna divorziata, anche qualora si fosse risposata, avrebbe commesso adulterio. Ora, la legge ebraica prevedeva la lapidazione degli adulteri, punizione che Gesù non condannò mai. Chiaramente, ricordai subito all'Escalona l'episodio dell'adultera, nel quale Gesù disse che chi non aveva mai peccato scagliasse la prima pietra».

«Il problema è che questo episodio è falso», ricordò Tomás. «Non è incluso nei testi originali del Nuovo Testamento. È stato aggiunto in seguito».

«Fu appunto quanto mi disse anche lei. Ossia, il messaggio di Gesù era strettamente ebraico, nel bene e nel male. Ovviamente la lapidazione come punizione per l'adulterio era considerata dai gentili una pratica davvero barbara. Com'era possibile che Gesù non l'avesse condannata? Quindi sembra che un copista abbia inventato l'episodio dell'adultera, descrivendo il Messia che rifiutava la lapidazione. La professoressa Escalona disse anche che il messaggio universalista non era di Gesù, un ebreo che si rivolgeva specificatamente ai suoi correligionari, ma della Chiesa. E anche dell'amore, ora è al centro dell'insegnamento cristiano, si parla una sola volta nel primo vangelo. Ossia, il cristianesimo divenne, sotto certi aspetti, una religione più mite di quella predicata dallo stesso Gesù. Un aspetto che la professoressa considerava positivo». Sospirò. «Tuttavia, ai fini del nostro progetto, contava solo che ci trovassimo con un problema scottante tra le mani, non è vero?».

Lo storico fece una risata. «Comprendo bene la vostra difficoltà», osservò. «E se il Gesù clonato venisse fuori come un ultraortodosso?».

La sua risata lasciò Arkan esterrefatto.

«Lei ride?», gli chiese. «Ascolti, il problema era molto serio! Noi volevamo clonare Gesù per portare la pace nel mondo. L'intenzione era la migliore possibile. E invece chi ci trovavamo? Una storica che ci stava dicendo che l'idea ci si poteva ritorcere contro! L'uomo che volevamo clonare ragionava in modo diverso da quello che credevamo noi! Gesù era un profeta apocalittico che pensava che il mondo sarebbe finito da un momento all'altro! Sosteneva una versione ultraortodossa dell'ebraismo, e affermava addirittura che non era venuto per annullare le Scritture, ma per applicarle con ancora maggior rigore dei farisei stessi! E arrivava persino a discriminare i gentili!».

«M'immagino la vostra faccia!», disse Tomás. «Come reagiste a tutto quello che Patricia vi rivelò?»

«Eravamo sciocati, come si può ben supporre! Pensi alla nostra sorpresa! Non volevamo neanche credere a quello che stavamo sentendo!». Aprì le mani, imitando la propria reazione dell'epoca. «E ora? Che facciamo? Come risolviamo questo problema?». Riprese la sua postura normale. «Fu in quel momento che il professor Schwarz richiamò la nostra attenzione sul fatto che Gesù era il prodotto della cultura ebraica tipica della società in cui era nato e cresciuto. Se l'uomo che volevamo clonare fosse stato educato in un ambiente diverso, questo lo avrebbe certamente plasmato in altro modo. In fin dei conti, siamo ciò che siamo grazie ai nostri geni, ma anche per via delle condizioni che ci circondano».

«Verissimo».

«Perciò il *Progetto Yehoshua* rimase valido. Dovevamo, nel frattempo, essere cauti nel modo in cui avremmo allevato il clone. Avevamo bisogno di stabilire una strategia educativa adeguata alla sua personalità. Ma chi era? Era possibile determinarlo in anticipo con un minimo di rigore? La professoressa Escalona, una dei paleografi più qualificati del mondo, ci disse che forse era possibile saperlo. Secondo lei, il Nuovo Testamento contiene informazioni rilevanti e credibili sul Gesù storico, a patto di sottoporre i testi a un vaglio critico impietoso. Quello che dovevamo fare era identificare i manoscritti più antichi da cui estrarre informazioni più vicine agli eventi, in modo da ottenere un ritratto fedele di Gesù». Rimase per un istante in silenzio per osservare i suoi tre interlocutori. «Capite?».

Tomás annuì, lo sguardo sfuocato nell'attimo esatto in cui capì tutto.

«Avete deciso di procedere tirando fuori da tutti quei manoscritti le informazioni più autentiche possibili», concluse. «Ed era proprio questo che stavano facendo Patricia alla Biblioteca Vaticana e il professor Schwarz alla Chester Beatty Library».

Arpad Arkan respirò a fondo, come se enunciare quella missione bastasse a togliergli un peso di dosso.

«È proprio così!», esclamò. «Ma le cose si misero malissimo: la professoressa Escalona fu assassinata a Roma e il professor Schwarz a Dublino. Quando mi diedero la notizia, la mattina presto, devo essere invecchiato di dieci anni in un solo minuto. E il giorno dopo arrivò quella riguardante l'uccisione del professor Vartolomeev a Plovdiv. Fu come se il mondo mi stesse crollando addosso! Cosa stava succedendo? I membri della squadra del *Progetto Yehoshua* venivano sgozzati!? Ma da chi? E perché? Alla fondazione entrammo nel panico. Il progetto era sotto un attacco violentissimo, e noi non avevamo modo di sapere chi lo conducesse e quali fossero le sue motivazioni. Era evidente che l'informazione su quello che stavamo facendo era trapelata ed era caduta nelle peggiori mani possibili. Ma non ci era mai passato per la testa che le cose sarebbero arrivate fino a questo punto. Eravamo sprofondati nell'abisso».

Lo storico si appoggiò sull'altra gamba.

«Perché non ha raccontato tutto alla polizia?»

«Riunii il consiglio dei saggi della fondazione e ponderammo quest'ipotesi», ammise l'ospite. «Finimmo per respingerla perché pensammo che questo avrebbe fatto naufragare definitivamente il progetto. La Fondazione Arkan è un'organizzazione che ha come scopo la pace e che si sforza di promuovere azioni per porre fine ai conflitti nel nostro pianeta. Il *Progetto Yehoshua* è un nodo centrale di tale missione. Riportando Gesù sulla terra, avremmo prestato il migliore e più inestimabile dei servizi all'umanità. Se avessimo contattato la polizia per fornire queste informazioni, il progetto non sarebbe più stato segreto e la missione sarebbe stata irreversibilmente compromessa. Era lì il fulcro del nostro dilemma: dovevamo cooperare con la polizia e boicottare il progetto o tacere e tentare di salvare un piano potenzialmente fondamentale per la pace nel mondo? Cosa era più importante? Quale il nostro dovere prioritario?»

«Capisco il dilemma», osservò Tomás. «Non si trattava davvero di una posizione facile…».

«Per niente!», sottolineò Arkan. «Dopo una lunga discussione, concludemmo che la pace veniva prima di tutto e per questo decidemmo di mantenere segreto il progetto».

Indicò il portoghese e l'italiana. «Quindi, quando giorni fa siete apparsi alla fondazione, ho scelto di tacere la questione. Ma questo caso mi ha lasciato con i nervi a fior di pelle e… in definitiva, temo di essermi scaldato un po' durante la nostra conversazione. Spero che mi perdonerete».

Lo storico scambiò un sorriso complice con l'ispettrice.

«Oh, non c'è problema».

Lo sguardo di Arkan si spostò sulla provetta che teneva tra le dita.

«Chiaramente, ora c'è un'altra questione che…».

In quel momento, le sue parole furono interrotte da uno strano grido, lanciato con un misto sinistro di ferocia e pazzia. I quattro si girarono e videro apparire un uomo vestito di nero con in mano un oggetto scintillante.

E la morte negli occhi.

LXXI

Simile a un alone spettrale di luce tremolante nell'aria, la lama fendette lo spazio con la precisione di un proiettile e si piantò con un rumore secco nel braccio di Arkan. Il presidente della fondazione lasciò immediatamente la provetta ed emise un urlo di dolore e di terrore.

Subito dopo, il corpo di Sicarius, che era in volo e impugnava la daga, si abbatté con tutto il suo peso sopra la vittima. Sbilanciato dal dolore al braccio e dall'impatto inatteso, Arkan crollò sul congelatore aperto e sbatté la testa sul ghiaccio, perdendo coscienza.

La provetta cadde a terra e, per via della sua forma cilindrica, cominciò a rotolare sul pavimento. Rendendosi conto che l'oggetto stava sfuggendo, l'aggressore esitò una frazione di secondo sul da farsi. Il suo primo istinto fu di prendere la provetta, la priorità della missione, ma si fermò. Prima doveva neutralizzare le restanti minacce.

L'esitazione, però, fu tutto ciò di cui Tomás aveva bisogno per riprendersi dalla sorpresa e reagire. Il portoghese riconobbe i movimenti dell'aggressore: era di sicuro l'uomo che gli aveva teso l'imboscata nella sua stanza d'albergo e che lo aveva quasi decapitato. In quel momento, si era reso conto della sua grande destrezza e forza fisica, grazie alla quale non aveva dubbi che sarebbe stato in grado di ammazzarli tutti e quattro in meno di due minuti. L'unica possibilità era sfruttare la momentanea perdita di equilibrio dello sconosciuto e non dargli il tempo di recuperare.

Senza sprecare nemmeno un istante, e cosciente che la vulnerabilità dell'aggressore era passeggera, lo storico approfittò del fatto che fosse carponi sul corpo inerme di Arkan per sferrargli un forte calcio in faccia con la punta della scarpa.

«Beccati questo!».

Raggiunto dall'impatto brutale, l'aggressore diede una testata all'indietro e rotolò sul pavimento. L'attacco sarebbe stato sufficiente per lasciare chiunque fuori combattimento per alcuni minuti, ma non quell'uomo. Lo sconosciuto si rimise in piedi con un balzo e si toccò il volto dolente. Il naso era storto, sicuramente rotto, e gli scendeva sangue in abbondanza dalla narice sinistra. Si toccò la ferita, sentì un dolore lancinante e guardò il liquido rosso vivo che gli bagnava la punta delle dita. Lanciò immediatamente uno sguardo letale a chi lo aveva colpito, come se a partire da quell'istante quella non fosse più una semplice missione, ma una questione personale.

«Questa me la pagherai cara!».

Tomás si rese conto di aver perso quasi tutto il vantaggio. Aveva colpito l'aggressore con il massimo della forza di cui era capace e non lo aveva messo fuori combattimento. Era malconcio, certo, ma già in piedi, con il naso storto e insanguinato, e lo fissava con malcelato odio. Non vi erano dubbi che, sebbene ferito a quel modo, la sua capacità di combattere fosse infinitamente superiore a quella di qualsiasi altra persona nella stanza.

Tuttavia, un minimo vantaggio forse rimaneva ancora al portoghese: la provetta che rotolava sul pavimento. Fino a che punto il DNA di Gesù era prezioso per l'aggressore? Con un movimento rapido, Tomás si abbassò e prese l'oggetto congelato. Quando si rialzò, lo vide fare un passo nella sua direzione, con un'espressione inesorabile stampata sul volto.

Magari prendere la provetta non era stata un'idea così brillante come aveva pensato all'inizio, rifletté Tomás. Il tizio sembrava dare valore al contenuto di quell'involucro più che a ogni altra cosa: in fondo, era stato Arkan, che prima lo teneva in mano, a essere attaccato per primo. Se fino ad allora Tomás era stato solo un semplice ostacolo, sferrandogli un calcio e afferrando la provetta, era diventato definitivamente l'obiettivo da eliminare.

Lo studioso sentì che l'indecisione bloccava i due poliziotti davanti agli eventi inaspettati susseguitisi a una velocità stupefacente, ma sapeva di non avere tempo da perdere. Grossman e Valentina non avevano visto l'aggressore in azione e non potevano intuire quanto fosse pericoloso. Tomás, invece, aveva già provato sulla sua pelle l'attacco di quell'uomo e aveva piena coscienza del pericolo che correvano tutti. Prendendo la provetta congelata era diventato egli stesso inavvertitamente l'agnello sacrificale.

E fosse, pensò: l'importante era che Valentina si salvasse!

«Mi dia la provetta!», ordinò l'italiana, allungando la mano. «Subito!».

Questo era fuori discussione, rifletté il portoghese. Darle la provetta significava fare di lei l'obiettivo principale dell'aggressore. Non poteva permetterlo per nessuna ragione. La donna non avrebbe avuto alcuna possibilità, se l'aggressore avesse rivolto su di lei la sua attenzione.

Sapendo di non avere le capacità fisiche o l'addestramento militare per affrontare quella vera e propria macchina da guerra, che aveva appena fatto il secondo passo verso di lui, si voltò e cominciò a correre, con la provetta ben salda nella mano sinistra. Sentì la confusione dietro di sé, poi i passi e un respiro ansante. Non aveva bisogno di girare la testa per sapere che lo sconosciuto lo stava inseguendo.

«Stop!».

Il grido gutturale dell'uomo servì solo a spaventare ulteriormente Tomás. Lo storico si infilò nel corridoio formato da macchinari e altri congelatori, che certamente custodivano tutti diverse provette con materiale genetico rarissimo. Non era facile correre con il corpo avvolto in una tuta, due bombole sulle spalle e la visuale limitata dalla visiera. Ma l'adrenalina l'aiutò, dandogli ulteriori forze. Arrivato alla fine del primo corridoio, girò bruscamente a sinistra e poi a destra, e si infilò in un corridoio parallelo.

Voltò la testa da una parte, sforzandosi di localizzare il suo inseguitore attraverso la visione periferica che la visiera gli permetteva, ma non lo scorse. Sentì in quell'istante, senza averlo pianificato, che si trovava davanti all'opportunità della quale aveva bisogno. Doveva approfittarne.

Con un movimento rapido, si fermò vicino a uno scaffale con attrezzatura da laboratorio e infilò la provetta con il DNA di Gesù in una piccola struttura metallica contenente altri recipienti simili. Quale luogo migliore per nascondere il campione congelato che aveva avuto la sventurata idea di raccogliere da terra?

Senza perdere altro tempo, ricominciò a correre per il corridoio. A questo punto, già cominciava a rendersi conto di aver bisogno di un piano. Correre non era sufficiente: sarebbe arrivato un momento, prima o poi, nel quale il suo inseguitore lo avrebbe preso. Che fare? L'ideale sarebbe stato uscire da lì, era evidente. Ma come? La stanza era bloccata dalla porta blindata e per scappare doveva oltrepassarla.

Era vero che, in quel gruppo, solo Arpad Arkan conosceva la parola d'ordine che l'apriva, ma Tomás credeva di aver già scoperto il segreto. Perciò tutto si riduceva ad arrivare al varco e avere il tempo sufficiente per inserire la parola d'ordine e aprire la porta. Poi sarebbe fuggito e l'avrebbe lasciata spalancata, per permettere così al suo inseguitore di passare. Era il modo migliore per assicurarsi che non avrebbe attaccato i suoi tre compagni. Non che il portoghese fosse particolarmente preoccupato per Arkan o Grossman, era Valentina che lo riempiva di angoscia.

In fondo al corridoio, girò verso destra. Aveva un piano: ora doveva solo eseguirlo. Non sarebbe stato facile, ma non era impossibile. Per prima cosa, doveva arrivare alla porta blindata e aveva l'impressione che l'entrata si trovasse da qualche parte, nella direzione in cui stava correndo. Sarebbe riuscito a raggiungerla?

In quell'istante, realizzò di aver perso le tracce del suo inseguitore e rimase nell'incertezza, incapace di determinare se fosse un bene o un male. Sarebbe stato un bene, se avesse significato che lo aveva imbrogliato, ma venne assalito dai dubbi. Era vero che era fuggito grazie alla sua invidiabile velocità di reazione. Tuttavia, era cosciente che non era stato poi così rapido a mettersi in moto. Come spiegava, quindi, l'improvvisa scomparsa dell'aggressore?

Un volto si materializzò improvvisamente davanti a lui, tagliandogli la strada e rispondendo alla sua domanda.

«Ti sono mancato?».

Era l'aggressore, con la sua voce bassa, quasi rauca. L'ultima volta che l'aveva sentita era stato nella sua stanza dell'American Colony a Gerusalemme, uscita dalle sue labbra con un mormorio sinistro, e da allora gli era rimasta incollata all'orecchio in un abbraccio mortale. Questa volta le parole non erano sussurrate, ma gridate con l'arroganza e la tracotanza di un cacciatore, e la sua voce aveva sempre un timbro tenebroso.

Tomás tentò di arrestare la corsa e di voltarsi indietro, ma slittò sul fondo scivoloso della stanza come su una pista di pattinaggio e cadde sul pavimento freddo. Vide lo sconosciuto saltargli addosso e fu in quel momento che seppe di essere perduto.

LXXII

Lo sconosciuto gli piombò addosso e gli sferrò un forte pugno sull'addome, che, sebbene ammortizzato dalla tuta, colpì Tomás in pieno fegato e lo lasciò piegato in due sul pavimento, in posizione fetale, quasi senza aria e contorcendosi dal dolore.

«Questo era per fermarti», ringhiò l'aggressore. «E questa invece è la ricompensa per il calcio di poco fa».

Lo studioso sentì che la tuta veniva agitata con violenza e la visiera si aprì all'improvviso, esponendolo all'ambiente esterno. Una zaffata di aria freddissima gli avvolse il volto, seguita da un colpo brutale che gli fece sbattere la nuca contro una pedana su cui poggiavano dei bidoni di plastica. «Ahia!».

Sentì il dolore nascere tra lo zigomo sinistro e l'occhio, e realizzò di essersi preso un calcio in faccia. Si piegò istintivamente, raccogliendosi di nuovo in posizione fetale e coprendosi la testa con le braccia, in attesa di nuovi calci. Invece, una fitta sul cuoio capelluto, come se gli stessero strappando i capelli dalla radice, lo costrinse a sollevare la testa dalla conca protettiva formata dal suo corpo. Vide a poca distanza il volto dell'aggressore e capì che l'uomo lo aveva afferrato per i capelli.

«Spero che tu abbia gradito la ricompensa», sorrise Sicarius senza alcuna allegria, il naso storto e insanguinato. «Così dicono le Scritture, *Levitico* 24:20: "frattura per frattura, occhio per occhio, dente per dente; gli si farà la stessa lesione che egli ha fatto all'altro"». Il sorriso si trasformò in un ghigno minaccioso. «Dov'è la provetta?».

Tomás scosse la testa.

«Non lo so».

L'aggressore lo colpì senza preavviso con un pugno sullo zigomo sinistro, esattamente nel punto dove il calcio lo aveva raggiunto pochi istanti prima.

«Parla!».

Vedendo letteralmente le stelle, il portoghese sentì l'impatto doloroso del pugno sulla parte tumefatta del viso ed emise un lungo grido di dolore. Mi avrà fratturato lo zigomo? Il dolore era così forte e intenso che poteva solo presumere di sì.

«La provetta?», tornò a chiedere Sicarius, alzando di nuovo il polso per caricare ancora un altro colpo nello stesso punto. «Dov'è?».

Il primo pugno era stato talmente doloroso che per Tomás era fuori discussione continuare a rifiutarsi di rispondere. Gli indicò con un leggero movimento della testa il corridoio da dove era venuto.

«Là dietro», mormorò, ansimante e sofferente. «L'ho nascosta là dietro».

L'aggressore fissò il fondo del corridoio.

«Furbacchione», mormorò. Prese la sua vittima per il tessuto della tuta e lo costrinse a mettersi in piedi. «Alzati! Portami fino là e mostrami dove l'hai nascosta!».

Tenendo Tomás per la parte posteriore della tuta, in modo da assicurarsi che non gli sfuggisse, Sicarius lo spinse a ritroso lungo il corridoio. Lo studioso barcollava sotto l'effetto del calcio e del pugno che lo avevano colpito in faccia, ma riuscì a rimanere in piedi e, anche se inciampando, iniziò a camminare.

Tentò di vedere il corridoio davanti a sé, ma si rese conto che solo l'occhio destro funzionava come al solito. Lo chiuse per alcuni momenti, per determinare la capacità di visione del sinistro. Scorse solo una macchia indistinta e constatò che l'occhio gli si apriva appena. Era sicuramente gonfio, ma una paura maggiore lo ottenebrò. Ne avrebbe perso l'uso? Difficile dirlo, ma stava di fatto che i colpi erano stati molto forti. I versetti del *Levitico* parlavano di "occhio per occhio, dente per dente": in quel caso, era stato prima naso per occhio.

«Più in fretta!», ordinò Sicarius, spintonandolo. «Dov'è la provetta?».

Tomás aveva bisogno di un nuovo piano, e in fretta. Ma che poteva fare? Come poteva improvvisare una fuga in quelle condizioni, cieco dall'occhio sinistro e prigioniero di un nemico implacabile? C'era modo di dare una svolta alla situazione? Se almeno avesse avuto un'arma! E invece no. Disponeva solo delle mani, che erano l'ultima cosa che impensieriva il suo aggressore: Tomás non sarebbe mai riuscito a dargli un pugno per metterlo KO. Lo sapeva lui e lo sapeva anche l'aggressore. Forse avrebbe potuto sferrargli un colpo di sorpresa, ma poi sarebbe stato soggetto a una rappresaglia.

Mentre valutava le alternative e tentava disperatamente di elaborare un nuovo piano, arrivarono al punto in cui aveva nascosto il campione congelato. Si trovava lì, sopra uno scaffale, nella struttura metallica con le diverse provette. Una sola era quella che conteneva il DNA di Gesù. Doveva fermarsi e consegnargli il campione? O era meglio continuare? Ma cosa ci avrebbe guadagnato quando l'aggressore avrebbe capito che lo stava prendendo in giro? L'ematoma sullo zigomo e il gonfiore all'occhio sinistro avrebbero retto ad altri colpi?

«È qui», annunciò a voce bassa, in segno di resa. Indicò la struttura metallica con le provette e sospirò, chiaramente sconfitto. «È una di queste».

L'attenzione di Sicarius si spostò verso la fila di provette appese alla struttura.

«Quale?».

Tomás si voltò, in apparenza per indicare il campione giusto, ma gli sferrò improvvisamente un destro in pieno sul naso. In circostanze normali, sarebbe arrivata subito la sua risposta, magari mortale. Ma quelle non erano circostanze normali, e il portoghese lo sapeva bene. Il naso di Sicarius era rotto, cosa che lo rendeva particolarmente sensibile al minimo tocco, figurarsi a un pugno.

E che pugno! Sotto il guanto della tuta, la mano destra di Tomás era ingessata. All'ospedale di Gerusalemme, infatti, gli avevano medicato la mano dalla ferita che si era procurato stringendo il pugnale dell'aggressore durante l'agguato nella stanza d'albergo. Con le bende che gli avvolgevano la mano, il polso dello storico risultava particolarmente duro e pericoloso, era come se avesse un oggetto metallico nascosto nel guanto.

L'impatto si rivelò, perciò, brutale, soprattutto considerando che aveva colpito il naso rotto. Sicarius cadde all'indietro, steso sul pavimento, le mani che afferravano il volto ferito, il corpo che si contorceva dal dolore.

«Aaaaaah!», gridò. Fece uno sforzo erculeo e, nonostante la sofferenza, tornò ad alzarsi, anche se con equilibrio instabile e a occhi chiusi. «Ti ammazzo, cane!».

L'idea di Tomás era quella di lasciare il suo aggressore steso a terra e fuggire, ma l'uomo dimostrava una resistenza spaventosa e si era già rimesso in piedi. Nel giro di alcuni istanti, avrebbe ripreso il controllo e, non appena fosse successo, lo storico non sarebbe più riuscito a bloccarlo. Sapeva di essere perduto. Era una questione di secondi.

Ebbe la tentazione di correre verso l'esterno, ma istintivamente sentì che la fuga avrebbe solo ritardato l'inevitabile. Quando si fosse ripreso, l'aggressore lo avrebbe rincorso e questa volta niente l'avrebbe trattenuto dall'ammazzarlo. La situazione doveva essere risolta subito, mentre rimaneva sbilanciato dal dolore. Non ci sarebbe stata un'altra opportunità.

Il portoghese prese una provetta vuota e, con un colpo sferrato con la mano ingessata, la ruppe in due. La prese e contemplò i bordi rotti. Era diventata una lama vera e propria. Senza perdere tempo, e cosciente che in quel momento si stava giocando la vita con un ultimo asso nella manica, si voltò verso l'aggressore e con tutta la forza gli conficcò in gola la provetta spezzata.

I fiotti di sangue zampillarono dal collo di Sicarius. Dalla gola dell'aggressore uscì un gorgoglio, come se le vie respiratorie fossero state invase dal liquido rosso. L'uomo ricadde a terra, contorcendosi in uno sforzo disperato per respirare, dando calci incontrollati ai mobili che fungevano da pareti nel corridoio. Dopo alcuni secondi, i rantoli si fecero meno frequenti e, dopo un ultimo spasmo delle gambe, il sangue smise di sgorgare sul pavimento e il corpo rimase immobile.

Tomás si lasciò cadere sulle ginocchia, esausto per lo sforzo. Aveva appena ammazzato un uomo. Era la prima volta e guardò introspettivamente dentro di sé, tentando di capire cosa provava. Niente: aveva ammazzato un uomo e non provava niente. Era strano, ma quello che aveva fatto non lo infastidiva. Forse era per via della stanchezza e dei dolori al volto e alla mano. O forse perché sapeva di aver appena vendicato la sua amica Patricia Escalona, sgozzata come un agnello sacrificale da quell'assassino. O forse – perché no? – ciò che sentiva era sollievo per aver ucciso l'aggressore, che così non poteva più fare del male a Valentina.

Ma, prima di tutto, la morte dell'assassino voleva dire che quel maledetto incubo era finalmente terminato.

«Professor Noronha?».

La voce dell'ispettore capo Grossman pareva provenire dal fondo di un tunnel. Tomás rimaneva inginocchiato davanti al cadavere di Sicarius, il cuore che gli batteva con forza e il respiro ancora affannoso, liberandosi nello spazio in nubi di vapore, come un cavallo ansante dopo la corsa. Riprese contatto con il proprio corpo e verificò di aver recuperato un po' di forze. Poi si concentrò sulle parole che aveva appena udito. La voce del poliziotto israeliano proveniva da dietro le sue spalle. Dopo aver respirato profondamente ancora una volta, lo storico si rimise in piedi a fatica.

«Va tutto bene», disse. «Non ci farà più del male».

«Dov'è la provetta?».

Tomás si voltò lentamente e vide il corpo di Grossman incorniciato dalla luce in fondo al corridoio. In mano teneva un oggetto con una canna corta. Siccome gli funzionava solo l'occhio destro, impiegò alcuni istanti per capire che si trattava della pistola che il poliziotto aveva portato all'interno della struttura.

«È un po' tardi per usare un'arma, non crede?», gli chiese con aria sarcastica. «L'assassino è già morto». Ansimò, in un tentativo di normalizzare il respiro. «Mi avrebbe fatto comodo poco fa!».

In fondo al corridoio, Grossman tirò a sé un'altra figura e le puntò la pistola alla testa. Tomás sbatté la palpebra dell'occhio destro, cercando di capire se stava vedendo bene. Il poliziotto israeliano teneva l'arma puntata alla testa di una sagoma con indosso la tuta che, in quelle condizioni, era difficile riconoscere.

«La provetta?», tornò a chiedere Grossman. «Me la dà subito o ci vuole un altro cadavere?».

Dal tono minaccioso della sua voce, lo storico capì che l'ispettore capo non scherzava. Teneva una pistola puntata addosso a una persona e minacciava di ucciderla, se non gli fosse stato consegnato ciò che voleva. Vedere attraverso un solo occhio in un'atmosfera così fredda e con metà della faccia che bruciava di dolore era difficile, ma Tomás si sforzò di distinguere il volto dell'obiettivo di Grossman, nascosto dalla visiera.

«Faccia quello che dice», implorò la figura minacciata. «Per favore! Altrimenti mi ammazza!».

Nell'udire quella voce, il professore portoghese riconobbe finalmente la persona sotto tiro e in quel momento sentì il cuore che gli si riempiva di paura e angoscia.

Era Valentina.

LXXIII

Uno strano miscuglio di scoraggiamento, furia e disperazione si impossessò di Tomás non appena prese coscienza che Arnie Grossman minacciava di morte Valentina: la pistola puntata alla testa, i due corpi stagliati come ombre spettrali nella luce che inondava il fondo del corridoio.

«Che diavolo sta facendo?», domandò lo studioso, tentando di imporre un ordine razionale a quel caos. «Metta giù l'arma!».

Il poliziotto scosse la testa.

«Prima mi dia la provetta!».

Il portoghese aveva passato dei brutti momenti con l'aggressore in nero e aveva pensato che la sua morte avesse posto fine a quell'incubo. La scena di fronte a sé, invece, gli diceva che forse il peggio doveva ancora venire. Una cosa era affrontare e uccidere uno sconosciuto, un'altra era essere tradito da qualcuno di cui ci si fidava.

Che fare? Era una situazione del tutto inaspettata. Quanto stava succedendo gli dimostrava che il suo quadro di riferimento era sbagliato: Grossman non era un alleato, ma un nemico, e bisognava valutare il nuovo antagonista. Doveva obbligarlo a parlare: solo così avrebbe potuto ottenere delle informazioni utili per comprendere meglio come uscire da quella situazione.

«Come faccio a sapere che, se le do la provetta, lei non la ucciderà lo stesso?».

Grossman premette la pistola contro la testa dell'italiana, rafforzando la minaccia.

«Non si metta a fare giochetti con me», lo avvisò. «Il mio dito è impaziente di premere il grilletto!».

Tomás si girò a contemplare il corpo in nero steso dietro di lui e poi si voltò nuovamente verso il poliziotto; date le circostanze, il suo ragionamento non era dei più rapidi, ma era evidente che c'era un legame tra quei due.

«Anche lei è un *sicarius*?».

L'israeliano si mise a ridere.

«Lei è sempre stato molto perspicace», osservò. «La sua sfortuna è che le sue intuizioni non le serviranno più». Il suo volto s'indurì di nuovo. «La provetta?».

L'occhio gonfio cominciò a dolere con maggiore intensità; lo storico fece un sorriso sofferto e si accarezzò la ferita, come se così potesse riuscire a placare il dolore.

«Perché?», chiese. «Perché tutto questo? Perché ammazzare la professoressa Escalona e gli altri due? Perché attaccare me e Valentina? Che sta succedendo? Cosa volete?»

«Vogliamo la nostra storia», replicò Grossman con un tono improvvisamente adirato. «Vogliamo la nostra cultura! Vogliamo la nostra dignità! Vogliamo la nostra terra sacra!».

Tomás fece una smorfia senza capire.

«Ma qualcuno qui lo ha messo in dubbio?»

«Tutti i giorni! Voi, i cristiani, vi siete impossessati delle nostre Scritture, vi siete impossessati del nostro passato e ora volete impossessarvi del nostro futuro. Questo non lo permetteremo mai. I *sicarii* si sono organizzati come nel I secolo per affrontare la minaccia romana. Una nuova minaccia aleggia su Israele, ma non ci consegneremo mai senza lottare!».

«Ma cosa sta dicendo? Quale minaccia rappresentavano le vittime dei vostri attacchi? E io? Di che sta parlando?».

Il poliziotto israeliano fece un gesto a indicare lo spazio circostante.

«Tutto questo progetto è una minaccia!», esclamò. «Se dovesse continuare, sarebbe un'offesa agli ebrei e una minaccia per la sopravvivenza di Israele. Il nostro governo si rifiuta di vederlo, ma noi, i *sicarii*, così come i nostri antenati duemila anni fa, non lasceremo che venga usurpata questa terra che Dio ci ha dato!».

Tomás scosse la testa, come se nulla di quello che stava ascoltando avesse il minimo senso.

«Perché il progetto di clonare Gesù dovrebbe essere una minaccia per Israele? Mi scusi, ma non capisco!».

«Voi cristiani dovete capire una cosa», disse Grossman. «Dio ha scelto gli ebrei e ha stabilito con noi un'alleanza sacra. Duemila anni fa apparve un rabbino ebreo chiamato Yehoshua, o Gesù, che predicava il rispetto scrupoloso delle Scritture e della volontà sovrana di Dio. Cos'hanno fatto i suoi seguaci con i suoi insegnamenti? Li hanno travisati! Si sono messi a decretare l'abrogazione delle Scritture, cosa che in vita Gesù non fece, né autorizzò mai. Sono arrivati al culmine di trasformarlo in un dio, adorandolo come un idolo pagano e violando nella forma più vergognosa lo *Shemà*, la dichiarazione dell'esistenza di un unico Dio, lo stesso che proprio Gesù considerava il solo e che voi avete trasformato in una trinità. Come se questo oltraggio non bastasse, i cristiani si sono impossessati delle nostre Scritture e ci hanno depredato delle nostre tradizioni. E cosa volete fare ora con questo progetto folle? Volete ripetere tutto! Volete ricreare Gesù ed educarlo in modo che dica e faccia solo quello che voi considerate corretto. Ma non è ciò che voi pensate, è ciò che Dio ha deciso e ha fatto scrivere nelle Scritture, le stesse che Gesù rispettava fino all'ultima lettera! Con la pagliacciata di questo progetto volete cancellare dalla memoria il fatto che Gesù era ebreo e solo ebreo, e pianificate di fare di lui un cristiano, cosa che non era. Questo progetto non è altro che un teatrino, destinato a trasformare Gesù in una marionetta che scimmiotterà quello che interessa a un gruppo di persone. Cosa succederà a Israele nel frattempo? Sarà travolto da una tempesta! Voi volete mettere questo nuovo Gesù a decretare la pace nel mondo, come se si potesse imporre per decreto e problemi complessi si risolvessero con la magia. Seguendo la guida di un Gesù clonato e pacifista, l'occidente cristiano smetterà di appoggiarci e Israele resterà alla mercé del fondamentalismo islamico. Dietro alle buone intenzioni, ci sono piani che ci sprofonderanno nell'abisso».

«Se la pensa così, perché non ha denunciato il progetto? Perché non ha organizzato una campagna o non è ricorso ai tribunali? Non era meglio di tutti questi omicidi?».

Grossman scoppiò in una nuova risata senza allegria.

«Organizzare una campagna? Ricorrere ai tribunali? Pensa che sia stupido o cosa? Chi mi avrebbe ascoltato? Come certamente sa bene, la maggior parte delle persone ha un'idea sbagliata di Gesù. I cristiani non ammettono che Cristo non fosse cristiano! Se fossi apparso in pubblico a dire che qualcuno stava tentando di clonare Gesù per portare la pace sulla terra, chi avrebbe mai protestato? Probabilmente avrebbe suscitato un applauso generalizzato in occidente! Chi si sarebbe opposto? Le persone non hanno la minima idea di chi fosse realmente Gesù, né di quanto questo progetto sia pericoloso!». Scosse la testa. «No! La questione non si poteva risolvere così! Era necessario estirpare il male alla radice! Era necessario agire come i *sicarii* avevano fatto già duemila anni fa!».

«Ma l'alternativa è stata peggiore!», argomentò Tomás. «Vi siete messi a uccidere! Questo non è ben più grave?»

«Non si fanno frittate senza rompere le uova», rispose il poliziotto. «Quando ho saputo che il progetto era stato avviato, ho avvisato i miei superiori e ho cercato di convincerli a fermare una simile follia. Sa che hanno fatto? Si sono messi a ridere! Mi hanno riso in faccia, gli idioti! Anche così, ho trovato il modo di informare il governo. Sa cos'ha detto il primo ministro? Che si trattava di un'iniziativa positiva!». Si batté l'indice sulla fronte. «È tutto pazzesco! Le persone non hanno la minima idea di cosa significhi realmente questa storia di clonare Gesù. Se un'eventualità del genere si concretizzasse, le conseguenze sarebbero disastrose!». Scosse la testa con veemenza. «No! Non lo potevo permettere! E non l'ho permesso! Nello stesso modo in cui i *sicarii* si sollevarono nel I secolo a difesa di Israele, noi ci solleviamo adesso. Se nessuno lo voleva più fare, lo avremmo fatto noi. E lo abbiamo fatto!».

«*Noi* chi?»

«Noi, i *sicarii* rinati».

Tomás indicò il corpo disteso per terra.

«E lui?»

«Lev?», domandò Grossman. «Povero diavolo!». Guardò con aria malinconica verso il cadavere. «L'ho conosciuto in Libano, durante un'operazione sulle montagne contro gli Hezbollah. Apparteneva a un'unità speciale dello Tsahal ed era un asso con le armi da taglio. Una volta si infiltrò da solo in una grotta e, armato di macete, eliminò un intero plotone di *mujaheddin*. La guerra lo ha rovinato, poveretto. L'ho preso sotto la mia protezione, gli ho dato un'educazione religiosa e ho fatto di lui un *sicarius*». Alzò gli occhi verso Tomás. «Non so come lei abbia fatto ad ammazzarlo, e neanche mi interessa. Dio ha voluto così». Spostò la sua attenzione all'equipaggiamento installato in quella stanza. «Tocca a me porre fine a questo infelice progetto».

«Cosa farà?»

«Ci penso io». Allungò la mano. «Forza, mi dia la provetta!».

«Chi mi garantisce che, una volta in possesso del DNA di Gesù, lei non ucciderà Valentina e poi anche me?».

L'attenzione del poliziotto si spostò sull'italiana e poi tornò sul portoghese.

«Facciamo così», propose. «Lascio che la nostra bella, qui, si allontani. Ma lei rimane lì dov'è. Quando esce dal mio raggio d'azione, mi consegna la provetta. Le va bene?»

«Che garanzie ho che lei non mi ammazzerà e inseguirà Valentina?».

L'ispettrice, fino a quel momento immobile con la canna della pistola appoggiata alla testa, ruppe il silenzio.

«Non si preoccupi per me, Tomás», disse con una voce tranquilla, come se fosse padrona della situazione. «Non si dimentichi che sono una poliziotta e che sono addestrata al combattimento.

Se riesco ad allontanarmi, questo tizio non mi minaccerà di nuovo. Sono qui solo perché mi ha colto di sorpresa. Le garantisco che non avrà una seconda chance».

Lo studioso non poté non ammirare il suo coraggio e la sua serenità. Era straordinario come, con un'arma puntata alla testa, Valentina restasse tranquilla, senza mostrare neanche un briciolo di paura. La stava nascondendo o quell'ostentazione di sicurezza era autentica? Fosse quel che fosse, il sangue freddo di cui dava prova non poteva non impressionarlo.

«Ne è certa?».

L'italiana assentì.

«Nel modo più assoluto!», gli garantì. «Questa stanza è piena di sostanze chimiche altamente infiammabili, ha notato? Ho notato del materiale con cui posso fabbricare un'arma letale in appena trenta secondi. Mi dia mezzo minuto da sola e le assicuro che questo pazzo non riuscirà più a prendermi di mira».

Tomás ponderò tutte le informazioni e, a partire da quel momento, cominciò ad architettare un piano. Il problema era convincere Grossman. Che interesse poteva avere lui a lasciarli scappare?

«Molto bene», disse con un sospiro in direzione dell'israeliano. «Le consegno la provetta che contiene il DNA di Gesù, ma prima dovrà lasciare allontanare Valentina. Siamo d'accordo?».

Considerando quanto aveva appena finito di dire l'ispettrice, si preparò a un rifiuto di simili condizioni e a un negoziato difficile, ma, con sua immensa sorpresa, il poliziotto accettò subito.

«D'accordo». Grossman alzò leggermente l'arma, in modo appena sufficiente perché non fosse più appoggiata alla testa dell'italiana, e le fece segno di allontanarsi. «Può andarsene!».

Valentina indietreggiò di alcuni passi e, nel giro di pochi secondi, sparì dalla vista.

«Tutto bene?», domandò Tomás senza una meta, rivolgendosi evidentemente all'italiana. «Si trova in una posizione sicura?»

«Sì», rispose la sua voce, proveniente da un luogo incerto. «Tra un paio di secondi avrò anche pronta un'arma improvvisata. Ci vediamo vicino all'uscita».

Il portoghese fissò Grossman, che lo guardava con la pistola in mano. Era giunta l'ora della verità. L'israeliano aveva tenuto fede alla sua parte dell'accordo; ora toccava a Tomás fare la sua. E pregare di non beccarsi una pallottola non appena non fosse stato più utile.

«La provetta?», domandò il poliziotto. La pazienza non rientrava decisamente tra le sue virtù. «Subito!».

Tomás passò al setaccio con gli occhi lo scaffale e localizzò la struttura metallica con le provette in fila. Due erano cadute, raggiunte nella confusione del combattimento con Sicarius, ma quella con il materiale genetico di Gesù, con il suo caratteristico contenuto giallo-biancastro congelato, era rimasta intatta dove l'aveva lasciata. Allungò la mano inguantata e tirò fuori la provetta dalla struttura, mostrandola a Grossman.

«È questa», disse. «La metto qui».

La posò con attenzione sullo scaffale e indietreggiò di qualche passo. Il poliziotto avanzò nel corridoio, la pistola sempre in mano, fino ad arrivare vicino allo scaffale. Prese la provetta e la esaminò, accertandosi che fosse la stessa che aveva visto nelle mani di Arpad Arkan. Il colore del contenuto e il fatto che fosse congelata gli diedero la conferma che cercava.

Con un movimento rapido e inatteso, puntò la pistola alla testa di Tomás.

«Addio!».

E sparò.

LXXIV

A salvare Tomás fu un misto di intuizione, lungimiranza e prontezza di riflessi. Dopo aver risistemato la provetta sul ripiano, era tornato indietro lungo il corridoio fino a un punto in cui si apriva un passaggio laterale tra due scaffali pieni di bidoni di liquido, senza dubbio reagenti e altri composti necessari al lavoro di laboratorio.

Nel momento in cui Grossman stese il braccio per sparare, il professore si tuffò nel passaggio, riuscendo a sfuggire alla pallottola assassina, che ancora gli fischiava sopra la testa.

«Maledizione!», esclamò il poliziotto quando si rese conto di aver mancato il bersaglio. «Ti prenderò!».

Lo studioso si alzò e cominciò a correre, deciso a fuggire. Ma sapeva che non sarebbe stato facile. Quei lunghi corridoi costituivano un vero e proprio campo di tiro e, per colpirlo alle spalle, al poliziotto sarebbe bastato vederlo. Per questo motivo doveva zigzagare fra i passaggi e pregare di trovare Valentina, nella speranza che fosse pronta ad affrontare l'inseguitore con le sue armi improvvisate.

Pum.

Pum.

Due nuove esplosioni riecheggiarono con fragore nella sala, segno che il maestro dei *sicarii* lo aveva di nuovo sotto tiro. Tomás ritrasse istintivamente la testa e si chiese ancora se fosse stato colpito, ma si rese conto che era un dubbio idiota: continuare a correre costituiva la prova sufficiente del fatto che fosse ancora illeso.

Un improvviso bagliore giallo-rossastro, accompagnato da un boato e da una vibrazione dell'aria lo costrinse a guardarsi alle spalle. Una sfera di fuoco avanzava come un pallone nella parte del corridoio che aveva appena attraversato. Pensò ancora che si trattasse del tanto atteso contrattacco di Valentina, magari con bombe molotov o roba del genere, ma non la vide da nessuna parte. E il fatto che l'esplosione si fosse verificata proprio là gli suggerì cosa stava succedendo.

Almeno una delle pallottole sparate dal suo inseguitore aveva raggiunto un recipiente con materiale infiammabile. Gli scaffali che bruciavano erano pieni di bidoni e le fiamme sembravano tentacoli che si protendevano fino agli altri ripiani, dove c'erano ulteriori contenitori di combustibile. Si succedettero nuove esplosioni, quasi a catena. Sembrava che l'aria tremasse sotto i colpi delle continue deflagrazioni.

«Mio Dio!».

La nuova realtà si impose a Tomás. In un attimo, circa un terzo del *Sancta sanctorum* si era trasformato in una palla di fuoco e l'incendio si estendeva velocemente al resto della stanza, divorando un corridoio dopo l'altro, senza più controllo. Si era scatenata una corsa infernale: in breve tempo, la palla di fuoco avrebbe avvolto tutto.

Le opzioni a disposizione dello studioso, così come degli altri prigionieri di quella trappola fatta di fiamme e fumo, si riducevano a una: correre verso l'uscita e scappare, finché erano in tempo. Il problema era che una porta blindata bloccava il passaggio e Arpad Arkan, che era fuori combattimento, era l'unico a conoscere la parola d'ordine. A Tomás restava la speranza che il suo presentimento fosse corretto.

Il professore attraversò il *Sancta sanctorum* verso l'unica via di fuga possibile, entrando da un lato e scappando da un altro e continuando a schivare le fiamme che di tanto in tanto gli bloccavano la strada, fino a imbattersi in ciò che stava cercando.

La porta blindata.

L'ultimo corridoio in cui penetrò dava nella zona antistante la porta. Tomás arrivò di corsa e riuscì a frenare solo quando sbatté pancia e mani sul metallo che gli bloccava la fuga. La porta blindata aveva un piccolo oblò nel mezzo, ma era appannato dal vapore e dal fumo e non era possibile guardare attraverso il vetro.

«Sta bene?».

Lo studioso si guardò alle spalle e vide Valentina che lo fissava con i suoi grandi occhi azzurri. Si era tolta la parte superiore della tuta ed era a volto scoperto, cosa del tutto naturale: l'incendio aveva riscaldato la stanza e in quelle nuove circostanze non si poneva più il problema del freddo, né della contaminazione dei preziosi campioni conservati nel *Kodesh Hakodashim*.

Senza proferire una parola, Tomás la abbracciò e le baciò i capelli. Sapevano di fumo, ma che importava? Sentì il desiderio di ricoprirle il volto di baci e fermarsi solo quando fosse arrivato alle labbra, ma si trattenne: di certo quello non era il momento più opportuno. La priorità era un'altra.

La prese per le spalle e la guardò in faccia.

«Dobbiamo andarcene», disse, fissandola negli occhi. «Presto qui sarà tutto un rogo!».

Per la prima volta, si accorse che la giovane era spaventata. Non c'era da stupirsi: aveva già affrontato l'attacco del *sicarius* e il tradimento di Grossman e, come se non bastasse, ora si trovava coinvolta in quell'incendio immane. Il peggio era che le fiamme avanzavano in fretta, rendendo ancora più urgente abbandonare la stanza.

«Sì, ma come?», chiese Valentina. «La porta è bloccata. Conosce il codice?».

L'attenzione di Tomás si spostò sulla porta blindata.

«Non ne sono sicuro», disse, «ma credo di sì. Ricorda che quando siamo entrati il...».

Non fece in tempo a finire la frase. Di fronte a lui vide Arnie Grossman, a volto scoperto, che emergeva dal fumo con l'arma puntata su di lui. Lo studioso lanciò un'occhiata da ogni lato, in cerca di una via di fuga. Ma in quelle circostanze non c'erano scappatoie possibili. Se avesse voluto scappare, dove sarebbe potuto andare? Verso il fuoco che avanzava?

«La trappola è scattata!», ruggì il maestro dei *sicarii*, gustandosi il momento. «Alla fine i topi si fanno sempre prendere, non è vero?».

Il professore alzò le mani, con i palmi girati verso l'uomo armato, in gesto di resa.

«Cerca di calmarti», disse. «Siamo tutti sulla stessa barca!».

Il volto di Grossman si aprì in un sorriso grottesco.

«Io non divido la mia barca con i topi», grugnì. Puntò l'arma e armò il grilletto, preparandosi a sparare. «E ancor meno con qualcuno che sta per schiattare».

La situazione era disperata. Sempre con le mani alzate, Tomás indietreggiò di un passo e sbatté contro la porta metallica. Si trovava nella classica posizione del fucilato nell'attimo che precede lo sparo.

Sentendosi perduto, spostò lo sguardo su Valentina. Non era stata lei a dire di aver realizzato un'arma improvvisata, e che non si sarebbe fatta di nuovo sorprendere dal poliziotto israeliano? Se aveva un'arma, era il momento di usarla. Nella sua mente il professore non nutriva il minimo dubbio che, dopo averlo fatto fuori, Grossman avrebbe puntato la pistola su di lei per eliminarla.

Era arrivato il momento del tutto per tutto.

«Arnie, aspetta!».

L'italiana si diresse verso l'israeliano in un modo che suscitò una profonda delusione in Tomás. Nella sua testa molte perplessità si sovrapponevano. «Arnie, aspetta»? Che razza di ingenuità era quella? Valentina pensava davvero che una frase simile li avrebbe salvati? Dove diavolo era l'arma improvvisata? Perché non la usava?

«Cosa c'è?», chiese Grossman, senza spostare la pistola dal bersaglio. «Che succede?».

Un'altra sorpresa per Tomás. Alla fine quell'ultima risorsa, per quanto ingenua e inefficace fosse, stava funzionando! Evidentemente lei stava cercando di guadagnare tempo, di sicuro per usare l'arma.

«Hai tu il materiale genetico?» chiese Valentina.

«Naturalmente», rispose l'israeliano, estraendo la provetta dalla tasca interna della tuta, mostrandolo a mo' di prova. «Pensavi che l'avessi perso?»

«Era solo per assicurarmi che fosse tutto sotto controllo», spiegò lei. Fece un gesto con la testa indicando lo studioso. «Non ucciderlo adesso!».

Grossman corrugò le sopracciglia, con aria incuriosita.

«E perché mai?».

Valentina indicò la porta.

«Conosci il codice per uscire di qui?».

Il poliziotto guardò verso la parete metallica ed esitò: era evidente che non si era ancora posto quel problema.

«Dannazione!», esclamò. «E adesso?».

L'ispettrice della polizia giudiziaria fece un gesto in direzione di Tomás.

«Lui lo sa».

Grossman guardò il professore con occhi nuovi, come se quell'informazione avesse cambiato tutto. Esitò per un lungo momento e si grattò la testa, rianalizzando la situazione. Non c'era molto da riflettere: le alternative erano poche ed evidenti, e il tempo stringeva.

Il maestro dei *sicarii* fece due passi in direzione del suo bersaglio e gli appoggiò la pistola alla testa.

«Qual è la parola d'ordine?».

Tomás gli rivolse uno sguardo carico di disprezzo.

«Cosa faresti se non te lo dicessi?», chiese in tono di sfida. «Mi uccideresti?».

Il poliziotto valutò il problema. Era evidente che la sua vittima si sentiva perduta. Che motivo aveva il professore di rivelargli il codice per varcare la porta blindata, sapendo che poi sarebbe morto?

La realtà ebbe il sopravvento. Era necessario ricorrere a grandi mezzi. Ben sapendo che il tempo stringeva perché le fiamme avanzavano, Grossman si avvicinò a Valentina e le porse la pistola.

«Tienila tu!», chiese. «Devo fargli un bell'interrogatorio».

Tomás ebbe un tuffo al cuore quando vide il suo nemico consegnare l'arma a Valentina. Era assolutamente geniale, pensò, reprimendo il desiderio quasi irrefrenabile di saltare di gioia. Aveva voglia di abbracciarla di nuovo, stavolta senza rinunciare a baciarla sulla bocca! Ricorrendo esclusivamente all'astuzia e alla dissimulazione, la poliziotta era riuscita a ingannare l'israeliano inducendolo persino a consegnarle la pistola! Se non l'avesse visto con i suoi occhi, non ci avrebbe mai creduto! Straordinario! Si trattava di un capolavoro nell'arte della manipolazione delle menti!

Valentina l'afferrò e per qualche secondo studiò il meccanismo di sparo: si trattava di un'arma israeliana, che non era abituata a usare. Essendo una poliziotta, capì velocemente quello che doveva fare e la alzò: in fin dei conti, i meccanismi erano universali. Trattenendo a stento la voglia di porre fine a quella situazione insostenibile, Tomás aspettò che lei puntasse l'arma su Grossman, ma ciò che accadde lo lasciò sconcertato: invece di rivolgere l'arma verso l'israeliano, Valentina spostò la canna sulle gambe del prigioniero.

«Non muoverti», ordinò al professore. «Se provi a fare qualunque cosa, ti arriva una pallottola nelle ginocchia!».

Choc.

Vedere l'italiana rivoltarsi contro di lui fu uno choc totale. Fu in quell'istante di perplessità – trascinato in un'autentica montagna russa di emozioni, prima la disperazione assoluta, poi un'allegria quasi incontenibile, ora la completa disillusione – che Tomás prese infine coscienza dell'assurda e terribile verità.

Il nemico era Valentina.

LXXV

L'immagine di Valentina di fronte a lui con la pistola puntata sembrava troppo assurda per essere vera, ma era proprio ciò che stava succedendo. Tomás teneva fisso su di lei il suo occhio destro, guardandola e rifiutandosi di crederci. Non poteva essere! Valentina non poteva stare dalla parte dei *sicarii*! Era assolutamente impossibile! Inconcepibile! Incomprensibile!

Ma la realtà, per quanto dura e incredibile, appariva incontestabile: Arnie Grossman le aveva consegnato l'arma e lei non l'aveva rivolta contro il maestro dei *sicarii*, ma contro di lui. Per quanto cercasse spiegazioni e ricorresse agli argomenti più fantasiosi e inventivi per giustificare l'ingiustificabile, i fatti erano quelli: Valentina aveva la pistola tra le mani e l'aveva puntata su di lui.

«Che succede?», le chiese lo studioso, tentando di trovare un senso a tutto ciò che aveva visto e sentito negli ultimi istanti. «Perché non lo cattura? Cosa sta facendo?».

Con gli occhi socchiusi e l'arma che le ballava tra le mani, la ragazza abbozzò un sorriso malizioso, quasi provocatorio.

«Non sapevi che le donne sono delle dissimulatrici?»

«Che cosa?»

Valentina scosse la testa e schioccò la lingua con disprezzo.

«Sei anche stupido!», esclamò con condiscendenza, iniziando improvvisamente a dargli del tu. «Pensavi che avrei permesso a una pagliacciata simile di arrivare fino in fondo? Credevi che quegli occhi verdi e il fascino latino mi avrebbero incantata al punto da farmi perdere il senno?». Tornò a scuotere la testa. «Povero sciocco! Quanto sono cretini gli uomini!».

Arnie Grossman rimestava nella tasca dei pantaloni, occupato con qualcosa che sfuggiva a Tomás. Sbalordito dal voltafaccia degli eventi, lo studioso non cercava nemmeno di capire cosa stesse facendo.

La sua attenzione era tutta rivolta all'ispettrice, che guardava con aria confusa, come se nessuna delle parole che lei aveva appena pronunciato avesse il minimo senso. Aveva l'impressione di non riconoscerla, o che non si trattasse nemmeno della stessa persona. Lo stesso corpo, ma una persona diversa.

«Ma... cosa sta succedendo? Che assurdità è questa? Da quando è che... che...».

«Fin dall'inizio».

«Come?».

Valentina spostò lo sguardo sull'israeliano, che in quell'istante affilava qualcosa che sembrava un coltellino svizzero.

«Io e Arnie ci conosciamo da tempo», rivelò. «Siamo entrambi poliziotti e abbiamo ben presente il concetto dei limiti della legge. Per questo facciamo parte di società segrete destinate a risolvere quei problemi che per vie legali non possono trovare soluzione. Lui ha rifondato a Gerusalemme i *sicarii*, io appartengo all'area operativa di sicurezza di una loggia massonica chiamata P2, non so se ne hai sentito parlare...».

Tomás era a bocca aperta: quella donna non era decisamente la persona con cui aveva condiviso l'ultima settimana.

«Cosa?»

«P2», ripeté lei. «Una sigla che significa...».

«Propaganda due», disse il professore molto lentamente, riconoscendo la designazione e pronunciando il nome in italiano. «So benissimo cos'è: la P2 ha legami con il Vaticano, è stata coinvolta nello scandalo del riciclaggio di denaro della mafia tramite il Banco Ambrosiano e risulta che non sia estranea alla morte di papa Giovanni Paolo I, che era sul punto di denunciarne gli intrighi ma non fece in tempo a farlo».

A quest'ultimo riferimento, Valentina sorrise.

«Dicerie», ribatté con una smorfia di disprezzo. «Ma vedo che conosci la nostra piccola organizzazione».

«La triste fama della P2 vi precede», rispose lo studioso. La guardava ancora incredulo. «E tu appartieni proprio a questo branco di farabutti?».

Lei fece un gesto con la pistola.

«Come vedi, ho in mano un'arma».

Tomás si arrese all'evidenza: era palese che stavolta diceva la verità. Sembrava incredibile che Valentina lo avesse ingannato e manipolato per tutto quel tempo. Il modo in cui era stato reclutato per l'investigazione, come era arrivato sulla pista degli enigmi, disposti ad arte per condurlo in Israele e aiutarlo a penetrare all'interno della Fondazione Arkan, fino all'aggressione che aveva subìto nella camera d'albergo e alla compassione di lei... Non era che una finzione!

Il professore scosse la testa. Non era ancora arrivato il momento giusto per ripercorrere i dettagli del raggiro della poliziotta. Prima di tutto, aveva bisogno di ottenere informazioni per capire come erano giunti fino a quel punto, e solo dopo si sarebbe preoccupato del resto.

«Che cosa c'entra la P2 in tutta questa storia?».

Valentina indicò un indaffarato Grossman.

«Tutto è cominciato quando Arnie, tramite i canali giusti, ci ha contattato per informarci su questo progetto della Fondazione Arkan. Ci ha rivelato che l'istituzione aveva isolato delle cellule con il DNA di Gesù e che progettava di farlo nascere appena la clonazione di esseri umani fosse stata realizzabile. All'inizio, ci è sembrata una storia troppo fantasiosa e non ci abbiamo creduto, ma poi abbiamo verificato l'informazione e, con nostra grande sorpresa, tutto è stato confermato. Abbiamo pensato che fosse un'idea folle, naturalmente. Folle e pericolosa».

«Pericolosa? Perché?».

Valentina piegò la testa di lato.

«Ma dài, Tomás! Clonare Gesù? Non capisci le conseguenze

di una cosa simile? Come reagirebbe Gesù se un giorno arrivasse in Vaticano e vedesse tutta quella opulenza? E se facesse a Roma quello che fece quando visitò il Tempio di Gerusalemme?». Abbozzò un gesto teatrale e citò le sue parole: «"Non sta forse scritto: 'La mia casa sarà chiamata casa di preghiera per tutte le genti?'. Voi invece ne avete fatto un covo di ladri"». Fissò Tomás. «Te la vedi la scena? Gesù che attacca il Vaticano e mette tutto in vendita per aiutare i poveri? Credi che avremmo potuto tollerare una cosa simile?».

Lo studioso sospirò.

«Capisco», disse. «Il ritorno di Gesù potrebbe mettere in discussione il potere costituito!».

«Dovevamo impedire questa follia», esclamò Valentina. «La P2 ha convocato una riunione speciale per discutere la questione e si è deciso che ci saremmo alleati con i *sicarii*. Era necessario porre fine a questa buffonata. Il fatto è che la Fondazione Arkan manteneva sul progetto la più stretta riservatezza e i nostri tentativi di infiltrazione non hanno avuto buon fine. Nel frattempo, abbiamo identificato alcune figure-chiave legate al progetto e delineato un piano che prevedeva il reclutamento di uno dei più prestigiosi storici del mondo». Sorrise. «Tu».

La rivelazione lasciò Tomás attonito.

«Io?»

«Il piano era semplice», spiegò Valentina. «I *sicarii* avrebbero giustiziato tre personalità legate al progetto, lasciando piccoli indizi che solo uno storico esperto in crittografia e lingue antiche avrebbe saputo decifrare. Intanto siamo stati informati che la professoressa Escalona aveva fatto richiesta alla Biblioteca Vaticana per consultare il *Codex Vaticanus* e abbiamo saputo che era una tua amica. Ci è sembrato perfetto. Grazie a un contatto dentro il ministero per i Beni e le attività culturali, abbiamo fatto in modo che le autorità sollecitassero la Fondazione Gulbenkian perché tu fossi coinvolto nel restauro del foro Traiano nei giorni in cui la storica galiziana sarebbe stata a Roma. Una volta disposte tutte le pedine sulla scacchiera, c'era solo da far decollare l'operazione. La professoressa Escalona è arrivata a Roma nella data prefissata e un nostro collaboratore le ha comunicato che anche tu eri in città. Come avevamo previsto, ti ha telefonato immediatamente».

«Canaglie!», ringhiò Tomás a bassa voce, lottando per contenere la furia che lo assaliva man mano che si rendeva conto di com'era stato manipolato fin dall'inizio. «E se lei non mi avesse telefonato? Come avreste fatto a coinvolgermi nel vostro complotto?»

«Il braccio destro di Arnie avrebbe fatto una chiamata al tuo numero dal cellulare della professoressa. Ma non è stato necessario. Lei ti ha telefonato e poi si è diretta alla Biblioteca Vaticana, dove la stava aspettando uno dei *sicarii*. Quando sono stata convocata sul posto per fare le prime verifiche sull'omicidio, ho solo dovuto controllare l'elenco delle chiamate sul cellulare della vittima e convocarti immediatamente in Vaticano. Era il pretesto ideale per coinvolgerti nell'indagine».

«Ma perché proprio io?»

«Perché tu conoscevi una delle vittime e perché avevamo bisogno di qualcuno che fosse abile a seguire le piste e ci portasse al cuore del progetto». Alzò la mano, mostrando la provetta con il DNA di Gesù. «Il fatto che ora sono in possesso di questo materiale genetico è la prova sufficiente che il piano è stato ben architettato». Inarcò le sopracciglia, soddisfatta di se stessa. «E, perdona la modestia, ben eseguito».

Nuove esplosioni scossero la sala. L'incendio dilagava e si avvicinava. Capendo di non avere molto tempo a disposizione, Grossman interruppe la conversazione.

«Perché gli stai raccontando tutto?»

«Perché sono una buona cristiana», replicò l'italiana con un tono sarcastico. «Dato che morirà, ha almeno il diritto di sapere per quale motivo».

«Ma prima c'è una cosa che deve fare», disse l'israeliano, indicando la porta blindata. «Deve dirci qual è la parola d'ordine».

Con un movimento improvviso, Grossman afferrò lo studioso per le spalle e gli sferrò un colpo di judo, facendolo cadere a terra bocconi.

«Che succede?», esclamò Tomás, con il volto incollato al pavimento. «Che stai facendo?».

Il poliziotto gli afferrò il braccio e lo distese con forza, obbligandolo ad aprire la mano. Gli immobilizzò il polso a terra e gli mise il coltellino svizzero alla base del mignolo.

«Voglio mostrarti una tecnica di interrogatorio che ha una percentuale di successi vicina al cento percento», annunciò. «La tecnica consiste nell'amputare le dita dei sospettati finché non cominciano a parlare. Semplice, non è vero? Semplice ed efficace. Ti garantisco che tutte le persone con cui ho usato questo metodo hanno finito per cantare come uccellini. Proprio come farai tu».

«Sei impazzito?»

«Ti do l'ultima possibilità di evitare tanta inutile sofferenza, se saprai sfruttarla», dichiarò. «Qual è la parola d'ordine per sbloccare la porta?».

Il professore sentì la lama appoggiata sul dito e ponderò la situazione. Non era entusiasmante. Ma che alternative c'erano? Aveva l'occhio sinistro tumefatto, la mano destra ingessata, si sentiva esausto e tradito, si trovava in una stanza che stava andando a fuoco, con una donna che gli teneva una pistola puntata addosso e un pazzo che lo schiacciava per terra minacciando di tagliargli un dito. La parola che permetteva di aprire quella porta, la salvezza per tutti, era il suo unico asso nella manica. Cosa doveva fare?

«Perché diavolo dovrei dirti la parola d'ordine?», domandò, alla disperata ricerca di una via d'uscita da quella situazione. «Perché così tu mi possa ammazzare subito dopo?»

«Presto o tardi moriremo tutti», replicò Grossman con tono quasi paternalista. «L'unica cosa che non sappiamo è come. Velocemente e senza soffrire, oppure in modo atroce, nel dolore e nell'angoscia? Sono queste le opzioni che ti sto offrendo. Adesso scegli». La voce si fece fredda e dura. «Qual è la parola d'ordine?»

«Vaffanculo!».

L'israeliano inspirò profondamente: la sua pazienza, già poca di solito, era arrivata al limite.

«L'hai voluto tu!».

Un dolore acuto invase in quell'istante il dito mignolo di Tomás, come se l'intero universo si concentrasse in tal punto. Lo studioso sentì gli occhi riempirsi di lampi di luce ed emise un grido di pura agonia. Grossman aveva cominciato a tagliare con il coltellino e il dolore provocato dalla lama era indescrivibile. Tomás tentò di implorarlo di smettere, di avere pietà, che era troppo, ma le parole si confusero e furono inghiottite dall'urlo di dolore che gli riempiva la gola, come se il grido, da solo, fosse capace di liberarlo dalla barbarie che stava subendo.

Grossman gli stava amputando il dito.

LXXVI

Accadde qualcosa.

All'apice del dolore, quando tutto sembrava perduto e la confessione diventava inevitabile, Tomás sentì la stretta salda del suo aggressore allentarsi all'improvviso e, subito dopo, il braccio che si liberava.

Lo ritrasse con un movimento istintivo e si contorse sul pavimento, afferrando la mano ferita per tentare di alleviare l'agonia. Non capì cosa era successo, l'importante era che fosse successo. Il dolore al mignolo era tremendo, ma si attenuò quel tanto perché potesse aprire l'occhio destro cercando di capire per quale motivo Arnie Grossman gli aveva lasciato andare il braccio.

Vide il poliziotto in ginocchio davanti a lui con una bizzarra espressione disegnata sul volto paonazzo, gli occhi sbarrati e rovesciati indietro, la lingua a penzoloni in un rantolo di asfissia e la punta di una lama che fuoriusciva vicino al pomo d'Adamo fra fiotti intermittenti di sangue.

Pum.

Pum.

Risuonarono con fragore due colpi, come se fossero stati sparati di fianco al suo orecchio. Tomás ne fu quasi assordato. Si accorse in quell'istante che una figura si stava muovendo alle spalle di Grossman e, guardando in quella direzione, la identificò. Era Arpad Arkan. Il presidente della fondazione crollò a terra come un sacco e rimase disteso bocconi, con fili di fumo che si sprigionavano da due buchi neri nella schiena, come soffi esalati dal cratere di un vulcano in attività.

Tomás guardò di lato e vide Valentina in assetto di tiro, mentre il fumo fuoriusciva fluttuando dalla canna della pistola. In mezzo a tutta quella confusione, il portoghese comprese quanto stava vedendo e, come in un sogno, riuscì a ricostruire a grandi linee l'accaduto.

Dopo aver ripreso i sensi, Arkan si era estratto dal braccio il coltello che vi era conficcato. Accorgendosi del fuoco che si diffondeva nel *Sancta sanctorum*, era fuggito attraverso la porta e aveva visto Tomás torturato da Grossman. Avendo capito cosa stava succedendo, non aveva perso tempo e aveva conficcato la daga dei *sicarii* nella gola del poliziotto. Il punto era che non doveva aver visto Valentina, o forse non aveva ben compreso il suo ruolo in quella situazione, ed era stato colpito alle spalle.

«Sei impazzita?», chiese furioso il professore con voce roca, strisciando verso Arkan. «Un altro voltafaccia?».

Valentina diresse verso di lui il mirino della pistola fumante.

«Stai calmo».

Tomás esaminò il volto del presidente della fondazione. Aveva gli occhi semichiusi e vitrei, con un'espressione vacua che lasciava ben pochi dubbi.

Il professore si girò verso la poliziotta.

«Hai idea di quello che hai appena fatto?».

Valentina lanciò uno sguardo atterrito alle fiamme che avanzavano: le vampate si trovavano a non più di cinque metri e si preparavano ad avvolgere gli scaffali più vicini alla zona in cui stavano loro.

«Apri la porta!», ordinò lei, battendo con il palmo della mano sulla placca metallica che gli impediva la fuga. «Non c'è tempo per stare qui a discutere i dettagli! Apri questa maledetta porta!».

Tomás trascinò il corpo di Arkan vicino all'entrata, passando accanto al cadavere di Grossman.

«Era lui a sapere la parola d'ordine!», gridò. «Vuoi uscire di qui? Allora perché hai ucciso l'unica persona che conosceva la parola in codice? A cosa è servito?».

Lei fece un'aria sconcertata, mentre gli occhi rimbalzavano da Tomás al corpo inerte di Arkan.

«Che vuoi dire con questo? Pensavo che tu sapessi la parola d'ordine!».

«Io presumo di saperla!», ribatté lo studioso, furibondo. «*Presumo*! Ma... e se il mio presentimento fosse sbagliato?». Indicò il corpo che aveva appena trascinato vicino alla porta. «L'unico che conosceva con sicurezza la parola d'ordine era Arkan! E l'hai appena eliminato!». Scosse la testa. «Brava! E anche furba, non c'è dubbio!».

Il calore opprimente pose fine all'incertezza che in quel momento tormentava Valentina. Prese coscienza di essere stata precipitosa e di aver evidentemente commesso un errore, ma non c'era modo di disfare quanto era stato fatto e il fuoco aveva già cominciato a propagarsi fino all'ultimo scaffale. Avevano ancora un minuto, forse due, per uscire da lì. Non di più. Dopo di che tutta quella zona sarebbe stata ingoiata dalla tempesta di fuoco che avvolgeva il *Kodesh Hakodashim*.

«Apri la porta!» gridò, fuori di sé. «Apri immediatamente questa porta!»

Lo studioso lanciò un'occhiata alle fiamme che si avvicinavano. In effetti, non c'era molto tempo per agire.

«Io la apro», disse. «Ma prima devi gettare la pistola tra le fiamme».

«Apri la porta!».

«Non hai sentito quello che ho detto?». Le indicò il fuoco. «Butta la pistola là dentro, e io aprirò la porta! Se non lo farai, non contare su di me. Non ho intenzione di farmi sparare dopo averla sbloccata!».

Valentina lo guardò in volto, cercando di capire se parlava sul serio. Non riuscì a interpretare la sua espressione, ma non era difficile capire il punto di vista di Tomás. Per quale motivo avrebbe dovuto aprire la porta, se si aspettava subito dopo di beccarsi una pallottola in testa? Grossman aveva cercato di strappargli la parola d'ordine con l'aiuto del coltellino, ma quell'idiota di Arkan era apparso di colpo e aveva rovinato tutto. Ora lei era totalmente nelle mani del professore.

«E va bene!», si arrese. Prese la pistola per la canna e la buttò in mezzo alle fiamme. «Ecco fatto!».

«Brava bambina!».

Subito dopo, l'italiana afferrò la provetta con il materiale genetico, la baciò e la lanciò nel fuoco.

«Addio, Signore!».

«Ma che diavolo hai fatto?», chiese Tomás, scandalizzato da quello che aveva appena visto. «Hai distrutto il DNA di Gesù?!».

Valentina sospirò.

«Era questa la mia missione, ricordi?», gli ripeté. «Adesso apri questa maledetta porta! E in fretta!».

Sapendo che il tempo stringeva, che il calore stava diventando soffocante e in meno di un minuto il fuoco li avrebbe divorati, Tomás si girò verso la porta e aprì lo sportellino che nascondeva la tastiera dove bisognava inserire la parola d'ordine. Poi guardò la poesia riportata sull'oblò al centro della porta.

> Über allen Gipfeln ist Ruh,
> in allen Wipfeln spürest du kaum einen Hauch;
> Die Vögelein schweigen im Walde.
> Warte nur, balde. Ruhest du auch.

«Arkan ha detto che la parola d'ordine che sblocca la porta è collegata a questa poesia, il motto della fondazione», mormorò, parlando più con se stesso che con Valentina. «L'ha fatta imprimere sul vetro per non dimenticarsi mai della parola d'ordine. Quando l'ha inserita sulla tastiera per farci entrare, i tasti hanno fatto un suono che mi ha permesso di contare il numero di lettere. Erano sei». Guardò Valentina. «Quale parola di sei lettere è collegata a questa poesia?».

Gli occhi terrorizzati della donna erano abbagliati dalle fiamme a due metri da loro, e nemmeno lo sentì. O se lo sentì, non comprese.

«Sbrigati!».

«Goethe», disse Tomás, rispondendo alla propria domanda. «È Goethe l'autore della poesia e il suo nome è di sei lettere».

Premette le lettere sulla tastiera.

G–O–E–T–H–E.

Poi aspettò che la porta si sbloccasse.

«In fretta!», gridò Valentina, già in preda al panico. «Apri la porta! Per l'amor di Dio, apri la porta!».

Non successe nulla.

Non si aprì. Tomás tentò un'altra volta e il risultato fu lo stesso. Lo sconforto si impossessò di lui. Doveva arrendersi all'evidenza. Si era sbagliato: non era "Goethe" la parola l'ordine.

Il calore era diventato infernale e Valentina cominciò a piangere. Se avesse avuto a disposizione dieci minuti in più, era convinto di riuscire ad arrivare alla parola in codice. Ma non così. Le condizioni erano troppo scoraggianti e il tempo poco. Restava solo qualche secondo. Il fuoco avvolgeva già il corpo di Grossman e in pochi istanti avrebbe inghiottito anche loro.

«Apri la porta!».

Pensa, Tomás. Quale parola di sei lettere era in relazione con la poesia? Il professore chiuse gli occhi e fece uno sforzo sovrumano per concentrarsi. Torniamo al punto di partenza, rifletté, tentando di mantenere la calma. Qual è il soggetto della poesia?

«"Su ogni cima è pace"» recitò a voce bassa, «"in ogni chioma senti appena un alito. Nel bosco anche gli uccelli, tutto tace. Aspetta: presto anche tu avrai pace"».

Pace.

Poteva essere quella la parola-chiave? Tomás ebbe un tuffo al cuore. *Peace*! Era *peace*! Poteva essere solo *peace*! Contò mentalmente le lettere. Uno-due-tre-quattro-cinque.

Cinque.

455

«Merda!».

Cinque lettere! Una in meno! Una fottuta lettera in meno! Scosse la testa. Non era *peace*.

Valentina era in lacrime, nella disperazione di chi si sente perduto, e le fiamme cominciavano già a lambirli, bruciando la loro pelle.

«Apri!», lo implorò tra i singhiozzi, con le due mani unite in gesto di preghiera. «Per favore, apri! Dio mio!».

Se non era *peace*, quale altra parola poteva essere? Tomás tornò a concentrarsi. La Fondazione Arkan era un'organizzazione israeliana, con la sede a Gerusalemme e il centro di ricerca a Nazaret. Che lingua sarebbe stato naturale che utilizzasse? L'inglese? Naturalmente no. L'ebraico! Tomás ebbe un altro tuffo al cuore. Come si diceva "pace" in ebraico?

Era l'ultimo tentativo. Lo studioso si slanciò con impazienza sulla tastiera e, mentre la mano gli tremava in maniera quasi incontrollata, digitò la parola di sei lettere.

S–H–A–L–O–M.

Bip.

La porta si aprì.

Epilogo

I raggi del sole si riversavano dalla finestra come una tenda trasparente, quando la donna in camice bianco entrò nella stanza e rivolse al paziente un sorriso professionale. Puntata al petto, vicino allo stetoscopio appeso al collo, portava una fascetta con il nome in blu: "Dott.ssa Lesley Koshet".

«Buongiorno!», lo salutò cordialmente. «E allora, come si sente questa mattina il nostro eroe?».

Per tutta risposta, Tomás emise un grugnito sofferente. «Ho avuto giorni migliori...».

La dottoressa israeliana sorrise.

«Vuole un altro analgesico o pensa di poter sopportare il dolore?».

Lui fece una smorfia.

«Un altro non farebbe male, no di certo. Sarebbe così gentile da darmelo?».

Lesley rispose con un'altra smorfia.

«Non credo», rispose. «È ora di disabituarsi a queste droghe. E lei è grande abbastanza per sopportare qualche dolorino senza piagnistei, no?».

Tomás si mise seduto sul letto e si piegò in avanti, in modo da potersi riflettere nello specchio appeso alla parete.

«Guardi la mia faccia, dottoressa», piagnucolò. «Ha mai visto una cosa simile? Non pensa che mi meriti un altro analgesico?».

L'immagine riflessa mostrava una testa quasi completamente avvolta da bende bianche. La parte sinistra era tutta coperta da una medicazione che proteggeva lo zigomo fratturato e l'occhio gonfio. Quindi lo studioso le mostrò le mani: la destra era ingessata, mentre il mignolo della sinistra era tutto fasciato. E poi, naturalmente, c'era anche la medicazione al collo.

«Sembra una mummia», lo schernì la dottoressa. «Ramsete II!».

«Oh, non scherzi!».

«Su, non faccia il fifone!», riprese lei. Consultò la cartella clinica ai piedi del letto. «Ancora un po' e si mette a frignare!».

«Scherzi, scherzi pure!», protestò Tomás facendo il broncio. «Non è mica una barzelletta! Mi rimarrà la faccia tutta piena di cicatrici, non vede?»

«Non ricominci...».

«Ma lo sa come mi soprannomineranno i miei studenti all'università? *Scarface*! Mi prenderanno in giro e mi chiameranno *Scarface*! Oppure *Frankenstein*! Già me li vedo!...».

Quell'atteggiamento melodrammatico strappò una risata a Lesley.

«E lo sa come mi hanno soprannominato qui in ospedale?», chiese. «Mani di fata! E sa perché? Perché in sala operatoria faccio magie! Le garantisco che uscirà di qui con una pelle liscia come un bambino! Non le resterà neppure un graffio! Ritornerà belloccio come prima».

«Me lo giura?».

La dottoressa si portò la mano sul cuore, coprendo la fascia con il nome ricamato, e fece un'aria solenne.

«*Cross my heart!*».

La promessa tranquillizzò leggermente Tomás. Si appoggiò al guanciale e si mise comodo. Non sapeva perché ma, ogni volta che si ammalava, tendeva a diventare lamentoso. Era così sin da bambino, ed evidentemente non era cambiato.

«Se mi resterà anche il minimo graffio in faccia, lei si ritroverà un reclamo sul groppone», l'avvisò. «Andrò dritto dritto all'Ordine dei medici!».

«Uh, che paura!».

«Ha ragione ad averne. Guardi un po' come mi tratta!».

La dottoressa terminò di consultare la cartella clinica e la rimise al suo posto, ai piedi del letto. Alzò lo sguardo verso il paziente e il suo sorriso bonario si spense, come se fosse arrivato il momento di parlare di cose serie.

«Il signor Arkan vuole vederla».

Quell'annuncio sorprese Tomás.

«Come sta?»

«Secondo lei?», rispose Lesley con una punta di sarcasmo. «Si è beccato due colpi di pistola alla schiena e ha ancora una pallottola conficcata nei polmoni. Sto per operarlo di nuovo per asportargliela».

«Crede che se la caverà?».

La dottoressa annuì.

«Certamente», disse. «Poco fa gli abbiamo somministrato la preanestesia, ma ha chiesto di dirle due parole prima di iniziare i preparativi per l'operazione». Guardò il corpo di Tomás, disteso a letto. «Se la sente di camminare fino al blocco operatorio, o preferisce che le chiami un'infermiera e le faccia portare una sedia a rotelle?».

Con un gesto brusco, Tomás spinse via il lenzuolo e poggiò i piedi sul pavimento. Lesley si sporse per aiutarlo, ma lui la respinse con la mano ingessata.

«Faccio da solo», disse. «Vedrà».

Seduto sul bordo del letto, lo studioso spostò il baricentro trasferendo il peso sulle gambe. Si sentiva debole e gli tremavano le cosce, ma resistette. Lentamente lasciò l'appoggio delle mani e si raddrizzò, tenendosi in equilibrio da solo.

«Bravo!», esclamò la dottoressa, applaudendo con entusiasmo. «Benissimo! Questo sì che è un uomo!».

Quest'ultima frase suonò un tantino condiscendente all'orecchio di Tomás, ma non le diede peso. Si era messo in piedi da solo e ne era orgoglioso. Dopo tutto quello che aveva passato nell'inferno del *Sancta sanctorum*, la convalescenza procedeva rapidamente. Un giorno o l'altro, lo avrebbero dimesso e sarebbe uscito da lì.

Ah, che bello essere vivi!

«Andiamo?».

Vedendolo in piedi, Lesley lo precedette e uscì in corridoio, facendogli strada.

«Da questa parte».

Ancora in pigiama, Tomás seguì la figura in camice bianco lungo il corridoio dell'ospedale. Non era agile nei movimenti e i muscoli delle gambe gli sembravano flaccidi, quasi gelatinosi: era la conseguenza dei due giorni trascorsi disteso a letto. Nonostante l'evidente fragilità, però, il fatto era che si sentiva molto meglio e abbastanza forte da camminare. E poi, un po' di esercizio non avrebbe potuto che fargli bene.

Il cellulare squillò nella tasca del pigiama. Lo tirò fuori e guardò il display: c'era scritto "Mamma". Premette il tasto verde e rispose.

«Buongiorno, mamma!», la salutò. «Stai bene?»

«Ah, figlio mio!», rispose la voce dall'altra parte. «Mi sono così preoccupata per te!».

Il cuore di Tomás ebbe un balzo. Non le aveva raccontato nulla di quanto era successo, per non farla agitare, ma evidentemente qualcuno l'aveva messa al corrente.

«Sto benissimo», si affrettò a rassicurarla. «Non è niente».

«Non è niente?», s'indispettì lei, quasi indignata. «Mi hanno detto che sei in viaggio in quei Paesi dove c'è la guerra e i pazzi mettono le bombe, e non so che altro! Santa Vergine! Non puoi immaginare come sono rimasta quando ho telefonato all'università e mi hanno detto che eri andato da quelle parti! Sono andata subito a messa! Gesù mio, mi sento come un cane bastonato! Non smetto un attimo di pregare per te!».

Allora non era così grave, capì lo studioso. Evidentemente la madre era stata informata del suo viaggio in Medio Oriente, ma nessuno le aveva raccontato cos'era successo negli ultimi giorni. Meno male! Se lo avesse saputo, le sarebbe venuto un colpo!

«Va tutto bene», mormorò dolcemente, con il tono più adeguato per tranquillizzarla. «Sai dove mi trovo in questo momento? A Gerusalemme!».

La voce all'altro capo ebbe un'esitazione.

«Gerusalemme?», chiese, come se si volesse accertare di aver sentito bene. «Sei a Gerusalemme? In Terrasanta? Il luogo dove è stato Gesù?»

«Proprio lì!».

«Ah, figlio mio! Che fortuna! Che fortuna!».

Sua madre aveva completamente cambiato voce: era svanita ogni traccia di ansia e preoccupazione e traboccava di entusiasmo.

«È vero. È un Paese molto interessante».

«Interessante?», si scandalizzò lei. «Ma sei nella terra del Signore, figliolo! La terra del Signore! Senti, sei già andato alla Via Dolorosa, dove quei... quei boia hanno torturato Gesù? E sei stato al Santo Sepolcro, dove l'hanno crocifisso, poverino?»

«Ci vado domani... o dopo».

«Ah! Quando andrai al Santo Sepolcro, accendi una candela per me! Me l'accendi? Non dimenticarti che Gesù è morto per salvarci, figliolo! Dobbiamo essergli grati, capito? È morto per noi! È lassù, alla destra di Dio, che ci guarda e prega per noi».

«Proprio così», rispose Tomás. «Ti... Ti accenderò una candela».

«Accendine una per me, una per tuo padre e un'altra per te, figliolo», si raccomandò la madre. «Sei cristiano anche tu, non dimenticarlo! Anche tu hai diritto alla salvezza!».

«Certo. Ne accenderò tre».

La madre sospirò soddisfatta, come se avesse appena compiuto la buona azione quotidiana.

«Bravo, Tomás». Cambiò tono, improvvisamente frettolosa. «Senti, sto per andare a messa. Ne approfitto per fare un salto alla chiesa di San Bartolomeo e raccontare di te a padre Vicente. Sarà contentissimo di sapere che sei in Terrasanta, circondato da tutti i sant'uomini che ci sono da quelle parti. Abbi cura di te, figliolo! Non dimenticarti delle candele al Santo Sepolcro. Gesù è morto per salvarci!».

Tomás la salutò e chiuse la comunicazione, rimettendo il cellulare nella tasca del pigiama. Camminava lungo i corridoi dell'ospedale, sempre seguendo la dottoressa, che lo accompagnava verso il blocco operatorio. Ma aveva ancora in mente le parole della madre e non riusciva a smettere di pensare al loro significato.

Sua madre aveva fede. Ma che cosa significava? Aveva senso avere fede in Cristo conoscendo già la vera storia di Gesù e della trasformazione dei suoi insegnamenti ebraici in qualcosa di completamente diverso? Tomás aveva sempre pensato che fosse una sciocchezza credere in una qualsiasi cosa che presentasse dati insufficienti. Erano la ricerca, la scienza e la conoscenza che riportavano alla fede, non la repressione dei dubbi, l'ignoranza e i dogmi. La fede non poteva essere cieca: doveva essere informata. Nessuna verità poteva essere indiscutibile. Le persone che credevano senza sufficienti informazioni, pensava lui, non erano che sempliciotti, sprovveduti e superstiziosi, disposti ad abboccare alla prima stupidaggine che veniva raccontata loro. La fede era valida soltanto se si basava sul sapere.

Ma Tomás sapeva che vi erano situazioni in cui, in assenza di dati sufficienti, la fede era inevitabile. Per esempio, nell'amicizia. Per essere amico di qualcuno, bisogna credergli, credere che è degno di fiducia. È chiaro che spesso si rivela infondata. Bastava vedere il caso di Valentina: le aveva creduto senza avere informazioni sufficienti, ed era successo quello che era successo. L'italiana si era rivelata una doppiogiochista e lo aveva quasi ucciso. Adesso, ovviamente, era in carcere e avrebbe pagato per i suoi reati, ma il problema non era quello. Il problema era che lui le aveva creduto senza saperne abbastanza, ed era andata a finir male.

Ma che alternativa aveva? Non credere a nessuno finché non fosse stato sicuro che fosse degno di fiducia? Ma allora come avrebbe fatto a fare amicizia? Doveva sottoporre ogni potenziale amico a una rigorosa inchiesta preliminare? Presentargli un questionario da compilare? Indagare su tutta la sua storia in maniera dettagliata? Non aveva senso! Nella vita, c'erano situazioni in cui bisognava credere in assenza di informazioni sufficienti. Quelle sarebbero venute dopo, chiaro. Ma prima bisognava avere fede. Fede nel fatto che quella persona fosse degna di fiducia e potesse essergli amica. I dati successivi avrebbero confermato se tale fiducia era fondata. Ma il primo passo restava la fede. Valentina poteva essere la conferma della fallibilità del processo, ma Arkan, d'altra parte, era la prova vivente del fatto che quel metodo non era necessariamente sbagliato. Non era stato il presidente della fondazione, in cui peraltro non aveva mai avuto fiducia, che aveva finito per salvarlo?

Se funzionava così nei rapporti tra persone, perché non poteva essere lo stesso in quelli con il divino e il sacro? Tomás era perfettamente consapevole della necessità, da parte degli esseri umani, di credere in qualcosa di trascendente. Gesù poteva essere semplicemente umano, ma agli occhi dei fedeli, come sua madre, era diventato un dio. Che cosa c'era di male, se quella fede la aiutava ad affrontare i propri problemi e a essere una persona migliore? Non serve forse fede per fare le cose? Non sarebbe crudele spogliare Gesù della divinità che gli era stata attribuita? La vita è fatta di incertezze e di un rapporto permanente con l'ignoto. Quante volte prendiamo una decisione senza avere...

«Professor Noronha?».

... tutte le informazioni? Dopotutto, non è questo il salto nel buio in cui consiste la nostra esistenza? Quanti piccoli salti nel buio dobbiamo fare ogni giorno? E che cosa...

«Professor Noronha?!».

Quel richiamo interruppe le divagazioni mentali di Tomás, che girovagava per l'ospedale come un automa, gli occhi incollati al camice bianco della dottoressa Koshet al pari di un cane che segue il padrone, mentre rifletteva sulla fede della madre e ciò che implicava sulla base di quanto aveva scoperto lui sulla figura storica di Gesù.

«Sì?».

Era la dottoressa a chiamarlo.

«Siamo arrivati al blocco operatorio», gli annunciò, indicando due porte sulla destra. «Il signor Arkan è qui, in infermeria».

Le porte si aprivano in contemporanea, come quelle dei saloon nei film western. Tomás entrò in infermeria e vide una barella ferma in mezzo alla sala, con una flebo e un tubicino lungo e stretto che spuntava da sotto le lenzuola. Seduti in un angolo, due infermieri conversavano a bassa voce.

Si avvicinò e vide il volto macilento di Arpad Arkan che faceva capolino dalle lenzuola. Non appena lo scorse, il paziente si rianimò.

«*Shalom*!», lo salutò il presidente della fondazione con un sorriso incerto. «Sono felice di vederla in salute!».

«Ah, *shalom*!», rispose Tomás, prendendogli la mano inerte. «Che parola bellissima! Ci ha salvato la vita all'ultimo momento, eh?»

«Non è stata la parola a salvarci, professor Noronha». Si batté sulla fronte con un dito. «È stata la sua intelligenza».

«Non sarebbe stato possibile se lei non fosse intervenuto quando quell'animale mi stava amputando il dito», ribatté il portoghese, stringendo con forza la mano di Arkan in segno di riconoscenza. «Ha avuto un grande coraggio!».

«Nelle stesse circostanze, chiunque avrebbe fatto lo stesso».

«Non credo, sa».

Il presidente scoppiò in una risata inaspettata, ma così allegra e sonora da risultare contagiosa.

«Sarà meglio smetterla con queste reciproche smancerie!», esclamò. «Sono rivoltanti! E poi, sembriamo due vecchie rimbambite. L'importante è che siamo ancora vivi!».

«Senza dubbio. Quando eravamo là dentro e l'ho vista priva di sensi dopo aver sparato, pensavo che lei fosse morto».

Altra risata.

«Come vede, sono resuscitato!»

«Un vero e proprio Cristo, come no».

Arkan lanciò un'occhiata verso la porta dell'infermeria, dove lo aspettava la dottoressa Koshet. Vi fu una breve pausa e Tomás lo guardò con aria di attesa, come per sapere il motivo per cui lo aveva fatto chiamare.

«Non so se la Koshet gliel'ha detto, ma tra poco mi opereranno», fu la premessa. «È un intervento delicato, perché ho ancora una pallottola nel polmone. La dottoressa dice che non è un'estrazione problematica e non ho motivo di preoccuparmi, ma io sono vecchio e sfiduciato. E poi li conosco, questi dannati medici: ripetono sempre che è una cosa da niente e roba del genere e poi, quando ci sei in mezzo, ti ritrovi nei guai. Perciò voglio prepararmi a ogni eventualità. Ecco perché l'ho mandata a chiamare».

Tacque per un istante, come se stesse valutando il modo migliore per affrontare l'argomento.

«Che succede?».

Questa volta fece un sospiro malinconico.

«Succede che non so se uscirò vivo dalla sala operatoria».

«Oh, che sciocchezza!», protestò Tomás. «Ma certo! Uno che se l'è cavata dopo due pallottole alla schiena, se la cava anche con una piccola operazione priva di importanza! Sa che le dico? Tra una settimana, ce ne andiamo alla città vecchia a bere qualcosa insieme! Mia madre mi ha chiesto di accendere qualche candela al Santo Sepolcro. Lei mi farà compagnia».

Arkan alzò la mano destra, facendo segno al suo interlocutore di non interromperlo.

«Anch'io penso che andrà tutto bene», sottolineò. «Questa conversazione è solo in caso di... insomma, nel caso che Dio decida diversamente. Ho riflettuto bene e ho già parlato con alcuni membri del consiglio dei saggi della fondazione, che sono venuti a trovarmi ieri, e con il professor Hammans. Se dovesse succedermi qualcosa, vorrei che fosse lei ad assumere la direzione del *Progetto Yehoshua*. Mi sembra la persona più indicata per condurre a termine questa importantissima missione. La pace nel mondo può dipendere dalla sua riuscita!».

Nel sentire queste parole, il portoghese fece uno sforzo per mantenersi impassibile. Alzò il viso verso la porta e incontrò lo sguardo leggermente interrogativo della dottoressa, cercando di capire cosa fosse stato rivelato o meno ad Arkan. Quest'ultimo era ancora sotto choc per le ferite alla schiena ed era evidente che avevano deciso di non raccontargli tutto quello che era successo al *Kodesh Hakodashim*.

«Io... insomma», esitò Tomás, senza sapere cosa rispondere. «È un grande onore e... è ovvio che mi piacerebbe accettare. Il problema è che non so se... se questo progetto sia... come dire? Se sia... recuperabile».

Il volto di Arkan si contrasse in un'espressione smarrita e le sopracciglia folte gli tremarono.

«Come sarebbe?», si stupì. «Non sa se il progetto sia recuperabile? Cosa intende?».

Lo studioso non sapeva da che parte voltarsi. Lanciò un'altra occhiata alla dottoressa Koshet, quasi chiedendo aiuto, ma infine decise di affrontare il problema direttamente. Forse il momento non era dei più indicati per le grandi rivelazioni, ma se nessuno aveva ancora avuto il coraggio di raccontare tutto ad Arkan, lo avrebbe fatto lui.

Gli strinse ancor più la mano, quasi chiedendogli di essere forte, e lo guardò negli occhi.

«Devo dirle una cosa», lo avvisò. «Una cosa... molto seccante. Non so se mi capisce».

Lo disse con tale gravità che il presidente della fondazione sbarrò gli occhi, preoccupato, comprendendo dal tono che stava per rivelargli una faccenda serissima.

«Cosa?», si allarmò. «Che succede?».

Tomás si schiarì la voce, incerto sul da farsi. Ma sapeva di dover andare fino in fondo. Per quanto potesse costargli, era suo dovere.

«Il *Progetto Yehoshua* non è più realizzabile». Abbassò gli occhi, imbarazzato di essere lui il latore di quella notizia. «Mi dispiace».

«Perché? Cos'è successo?».

Lo studioso gonfiò i polmoni d'aria, chiamando a raccolta tutto il proprio coraggio. Non era facile distruggere con poche parole il sogno di un'intera vita.

«Ricorda la provetta con il materiale genetico di Gesù?»

«Sì, certo», rispose Arkan. «È lì che sta il segreto del *Progetto Yehoshua*! È quel DNA che ci consentirà di clonare Gesù e di riportarlo sulla terra!». Serrò le palpebre. «Ci sono problemi?».

Tomás tentò di guardarlo in faccia, ma non ne fu capace. La notizia che doveva trasmettergli era troppo penosa, persino crudele. Pensò di nuovo di fare marcia indietro, rimandando quella conversazione a dopo l'operazione, ma considerò che sarebbe stata una vigliaccheria. Per quanto fosse dura, doveva arrivare fino in fondo.

«La provetta è andata distrutta».

Nella stanza calò un improvviso silenzio. Persino gli infermieri, che avevano continuato a chiacchierare sottovoce in un angolo, tacquero e rimasero col fiato sospeso.

«Distrutta?», domandò Arkan, senza comprendere l'intera portata di quell'affermazione. «Come, distrutta?».

Lo studioso si strinse nelle spalle, con una smorfia di assoluta impotenza e avvilimento.

«Distrutta». Si soffiò sul palmo della mano, come se fosse coperta di polvere. «Puff! *Kaputt*. Finito. La provetta non c'è più». Fece un gesto definitivo con le braccia. «È andata distrutta!».

Il presidente lo guardava stupefatto, aprendo e chiudendo la bocca come un pesce, sforzandosi di trarre un senso da quanto aveva appena sentito.

«Il materiale genetico di Gesù è andato distrutto? Proprio distrutto? Ma come? Come?».

«È stata l'italiana», disse Tomás. «In quegli attimi finali, quando il fuoco ormai si avvicinava e io cercavo di aprire la porta per uscire, lei ha lanciato la provetta in mezzo alle fiamme».

«Cosa?».

Tomás abbassò nuovamente lo sguardo.

«Mi rincresce doverle dare questa notizia», sussurrò. «Non ho potuto farci niente. Il DNA di Gesù è andato perduto. Il *Progetto Yehoshua* è terminato. Non è più possibile clonare il Messia».

Nell'infermeria, tornò il silenzio più totale. La tensione era tangibile. Si sentivano solo i respiri cadenzati dei presenti, i due impegnati nella conversazione e quelli che aspettavano che la conversazione terminasse, chiedendosi cosa sarebbe successo dopo.

Arpad Arkan si riappoggiò lentamente sulla barella, voltò la testa sul cuscino, fissando il soffitto mentre cercava di assimilare quelle informazioni. Era un momento di doloroso raccoglimento e Tomás, sentendosi improvvisamente di troppo, gli diede le spalle allontanandosi con passo leggero ed evitando di fare rumore.

«Professor Noronha?».

Il portoghese si fermò e si guardò indietro.

«Sì?».

Steso sulla barella, Arkan guardava da un lato con espressione indefinita.

«Sa che cos'è una PCR *Machine*?».

Tomás scosse la testa.

«Non ne ho la minima idea».

Il presidente della fondazione gli fece segno di riavvicinarsi, come se avesse ancora qualcosa dirgli. Lo studioso obbedì.

«Si chiama PCR *Machine*, o macchina RCP», disse Arkan in tono quasi confidenziale. «È sicuro di non averne mai sentito parlare?».

Tomás fece uno sforzo di memoria.

«Macchina RCP?», chiese. Alla fine increspò le labbra con aria inconsapevole. «No. Non lo so».

«RCP significa "reazione a catena di polimerasi"», chiarì Arkan. «Grazie a questa tecnologia, è possibile prendere un piccolo quantitativo di DNA e, ricorrendo agli enzimi, farne molte copie. Ossia, basta mettere il DNA di un'unica cellula in una macchina

RCP e si può replicare questo materiale genetico per milioni di volte».

«Ah, curioso!», acconsentì Tomás, fingendosi impressionato. «È incredibile cos'è capace di fare oggi la tecnologia, eh?».

Arkan fissò lo sguardo sul suo interlocutore, come se lo invitasse a cogliere le conseguenze di quanto gli aveva appena detto.

«Nel caso degli ossari di Talpiot, siamo riusciti a estrarre dai resti di un osso di Gesù due cellule con il nucleo praticamente intatto. Queste sono state messe nella macchina RCP che abbiamo acquistato per i nostri laboratori di Nazaret. Abbiamo prodotto così milioni di cellule identiche, che abbiamo diviso in tre parti. Una l'abbiamo messa in una provetta custodita nel *Kodesh Hakodashim* del nostro Centro di ricerca molecolare avanzata: la provetta che evidentemente è andata distrutta. Le altre due parti sono state collocate in due diversi contenitori: uno custodito dal professor Vartolomeev nel laboratorio dell'Università di Plovdiv, e l'altro è stato spedito da Hammans al Laboratorio europeo di biologia molecolare, a Heidelberg, in Germania». Fece una pausa e lo scrutò in viso, come in cerca di una reazione. «Ha capito quello che le ho detto?».

Attonito per quanto aveva appena saputo, Tomás restò imbambolato e continuò per lunghi attimi ad annuire, mentre traeva le conclusioni del caso.

«Mi sta dicendo che esistono altre due provette?»

«Esatto».

«Con lo stesso materiale genetico?».

Il volto di Arpad Arkan si aprì in un sorriso pieno di felicità, come se il suo sguardo allegro fosse già una risposta e non fosse necessario aggiungere altro. Alzò la mano per comunicare alla dottoressa Koshet che era pronto per l'anestesia. Il medico aprì la porta dell'infermeria e i barellieri iniziarono a spingere la lettiga verso il blocco operatorio.

Come se fosse stato colpito da un fulmine, Tomás rimase completamente immobile, gli occhi persi sulla barella in movimento, la mente ancora impegnata a rimuginare sul significato di quanto gli era stato detto. Esistevano altre due provette, gli ripeteva una voce nell'orecchio.

Esistevano altre due provette.

Mentre varcava la porta, il presidente della fondazione fece cenno di fermarsi e, benché coricato, riuscì a voltare la testa all'indietro e a guardare il portoghese un'ultima volta.

«Com'è che si dice *buona novella* in greco, professore? *Euanghèlion*, no? E allora adesso è questo il nostro vangelo».

Lo studioso lo fissò con aria inebetita.

«Eh?».

Prima che i due infermieri riprendessero a spingere la barella e le porte si chiudessero, vide Arpad Arkan con un ampio sorriso da bambino. Tomás rimase solo nella stanza, intontito dalla sorpresa, con il silenzio appena rotto dalla voce del presidente che, ormai nel corridoio, rivelava in tono trionfale il suo ultimo segreto.

«Gesù tornerà a camminare sulla terra».

Nota conclusiva

Ancora più scioccante di alcune delle rivelazioni che compaiono in questo romanzo è il fatto che nulla di ciò che raccontano sia veramente nuovo. Nulla. Quanto riportato è il risultato del lavoro degli storici. L'applicazione del metodo di analisi storica ai testi biblici risale del resto al XVIII secolo e, nel corso del tempo, ha dato in questo campo risultati sorprendenti. Il Gesù storico emerso da quegli studi si è rivelato ben diverso dalla costruzione divinizzata che ci viene presentata al catechismo, a messa e nei testi religiosi.

Non è mai stata mia intenzione mancare di rispetto od offendere qualunque fedele di quella grande religione che è il cristianesimo, la principale del pianeta. Ma è su questa che si fonda la nostra morale. Forse non ce ne accorgiamo, ma il cristianesimo sta dietro al nostro concetto di bene e di male, di giusto e sbagliato, di onestà e corruzione. Anche se non lo sappiamo, siamo intrisi di cristianesimo e di etica cristiana.

Perciò mi sembra importante conoscere meglio tale religione. Chi era davvero il suo fondatore? Quali erano le sue convinzioni? Era un dio o semplicemente un uomo? Se per caso ritornasse sulla terra, sarebbe salutato come il Messia o denunciato come un eretico? Che affinità avrebbe avuto Gesù con la religione che oggi si pratica nel suo nome?

Le risposte ci sono state fornite nel corso degli anni da numerosi studi di analisi storica applicata al Nuovo Testamento. È su di essi che mi sono basato per scrivere questo romanzo. Il lavoro pionieristico si deve a Hermann Reimarus, autore di *Von dem Zwecke Jesu und seiner Jünger*, un libro pubblicato nel 1778 che inaugurò un periodo prolifico dominato dalla storiografia tedesca. Tra le opere più importanti, che ho consultato in traduzione inglese, i classici *The Quest of the Historical Jesus* di Albert Schweitzer (*Storia della ricerca sulla vita di Gesù*, Paideia, Brescia 1986); *The Formation of the Christian Bible* di Hans von Campenhausen; e *Orthodoxy and Heresy in Earliest Christianity* di Walter Bauer.

Fra gli storici e i teologi contemporanei, i più importanti sono E.P. Sanders, autore di *The Historical Figure of Jesus* (*Gesù: la verità storica*, CDE, Milano 1996) e di *Jesus and Judaism* (*Gesù e il giudaismo*, Marietti, Genova 1992), e soprattutto Bart Ehrman, che ha scritto varie opere, come *Misquoting Jesus. The Story Behind Who Changed the Bible and How* (*Gesù non l'ha mai detto*, Mondadori, Milano 2007); *Jesus, Interrupted. Revealing the Hidden Contradictions in the Bible; Lost Christianities. The Battles for Scripture and the Faiths We Never Knew; Lost Scriptures. Books That Did Not Make It into the New Testament*; e *Jesus. Apocaliptic Prophet of the New Millennium*.

Altre opere di riferimento su cui si basa questo romanzo sono *The Canon of the New Testament. Its Origin, Development, and Significance* di Bruce Metzger (*Il canone del Nuovo Testamento: origine, sviluppo e significato*, Paideia Brescia 1997); *The Text of the New Testament. Its Transmission, Corruption, and Restorations* di Bruce Metzger e Bart Ehrman (*Il testo del Nuovo Testamento: trasmissione, corruzione e restituzione*, Paideia, Brescia 1996); *The Evolution of God* di Robert Wright (*L'evoluzione di Dio*, Newton Compton, Roma 2010); *Who Wrote the New Testament. The Making of the Christian Myth* di Burton Mack; *Jesus Was Not a Trinitarian. A Call to Return to the Creed of Jesus* di Anthony Buzzard; *The Misunderstood Jew. The Church and the Scandal of the Jewish Jesus* di Amy-Jill Levine; e *The Historical Jesus in Context*, un'ampia raccolta di testi a cura di Amy-Jill Levine, Dale Allison e John Dominic Crossan.

Tra le opere apologetiche, vanno ricordate *The Historical Reliability of the Gospels* di Craig Blomberg; *Reinventing Jesus. How Contemporary Skeptics Miss the Real Jesus and Mislead Popular Culture* di Ed Komoszewski, James Sawyer e Daniel Wallace; *Fabricating Jesus. How Modern Scholars Distort the Gospels* di Craig Evans; e *Misquoting Truth. A Guide to the Fallacies of Bart Ehrman's Misquoting Jesus* di Timothy Paul Jones.

Anche tutte le informazioni relative al processo della clonazione, compresa quella umana, sono veritiere e possono essere verificate in tutta la letteratura scientifica correlata all'argomento.

Il sepolcro di Talpiot esiste, e possiede la storia e le caratteristiche esposte nel romanzo. L'ossario contrassegnato con il nome *Yehoshua bar Yehosef*, o "Gesù figlio di Giuseppe", è conservato nel deposito di Bet Shemesh, appartenente alla Israel Antiquities Authority, insieme agli altri di Talpiot, come quelli di *Marya, Mariamn-u eta Mara, Yehuda bar Yehoshua, Matya* e *Yose*. Un processo ha stabilito altresì che l'ossario di *Ya'akov bar Yehosef akhui di Yeshua* non è falso, benché non vi sia la certezza della sua effettiva appartenenza al gruppo di Talpiot.

L'unico elemento romanzesco della parte genetica riguarda la scoperta di due nuclei provvisti di DNA nell'ossario di Gesù. In realtà, vi è stato identificato del DNA mitocondriale con caratteristiche comuni alle popolazioni mediorientali, ma tale materiale non è utilizzabile ai fini di una clonazione. Tuttavia, pur essendo difficili da trovare, la verità è che nuclei provvisti di DNA non sono neppure mai stati ricercati con continuità, e la maggior parte dell'ossario rimane ancora da esplorare sotto il profilo dell'analisi genetica.

Le informazioni sul sepolcro di Talpiot e sugli ossari in esso identificati si trovano in *The Jesus Family Tomb. The Evidence Behind the Discovery No One Wanted to Find* di Simcha Jacobovici e Charles Pellegrino. Notizie importanti su questa scoperta sono contenute anche in *The Jesus Tomb. Is It Fact or Fiction? Scholars Chime In* di Don Sausa. Altre fonti sono gli articoli sulla sentenza di autenticità dell'ossario di "Giacomo, figlio di Giuseppe, fratello di Gesù", secondo i quali il giudice ha stabilito che non fosse stata dimostrata alcuna falsificazione.

Ringrazio il professor Carney Matheson per le delucidazioni sui test del DNA da lui effettuati nel laboratorio di Paleo-DNA dell'università di Lakehead, in Canada, e Miguel Seabra, ordinario di Biologia cellulare e molecolare della Facoltà di medicina della Università Nova di Lisbona e consulente scientifico per questo romanzo. I miei ringraziamenti vanno anche a Eliezer Shai di Martino, rabbino capo di Lisbona, e a Teresa Toldy, laureata in teologia presso l'Universidade Católica Portuguesa e con un dottorato di ricerca nella stessa materia presso la Philosophisch-theologische Hochschule Sankt-Georgen, entrambi consulenti editoriali per il romanzo. Mi hanno tutti aiutato a garantire il rigore delle informazioni storiche, scientifiche e/o teologiche contenute nel libro, benché naturalmente nessuno di loro sia responsabile delle tesi sostenute dai personaggi.

Un grazie anche a Fernando Ventura e Diogo Madredeus, che mi hanno aiutato a muovermi nei labirinti del Vaticano; a Irit Doron, mia devota guida in Galileia, a Qumran e a Gerusalemme; come pure a Ehud Gol, ambasciatore israeliano a Lisbona, e a Suzan Klagesbrun, del Ministero del Turismo israeliano, per le porte che mi hanno aiutato ad aprire nel loro Paese. Ringrazio anche le case editrici che mi pubblicano in tutto il mondo per il loro impegno e la loro dedizione. Infine, particolare gratitudine va ai numerosi lettori che mi seguono in ogni mia avventura.

L'ultimo ringraziamento è per Florbela, come sempre la mia prima lettrice.

INDICE

p.				
11	Prologo		181	Capitolo 29
17	Capitolo 1		183	Capitolo 30
22	Capitolo 2		189	Capitolo 31
27	Capitolo 3		194	Capitolo 32
29	Capitolo 4		200	Capitolo 33
38	Capitolo 5		204	Capitolo 34
41	Capitolo 6		209	Capitolo 35
48	Capitolo 7		219	Capitolo 36
51	Capitolo 8		222	Capitolo 37
61	Capitolo 9		231	Capitolo 38
65	Capitolo 10		239	Capitolo 39
71	Capitolo 11		245	Capitolo 40
74	Capitolo 12		252	Capitolo 41
83	Capitolo 13		257	Capitolo 42
86	Capitolo 14		259	Capitolo 43
98	Capitolo 15		271	Capitolo 44
104	Capitolo 16		274	Capitolo 45
106	Capitolo 17		282	Capitolo 46
114	Capitolo 18		284	Capitolo 47
116	Capitolo 19		298	Capitolo 48
125	Capitolo 20		300	Capitolo 49
128	Capitolo 21		306	Capitolo 50
135	Capitolo 22		308	Capitolo 51
138	Capitolo 23		312	Capitolo 52
148	Capitolo 24		319	Capitolo 53
150	Capitolo 25		321	Capitolo 54
156	Capitolo 26		329	Capitolo 55
166	Capitolo 27		332	Capitolo 56
174	Capitolo 28		340	Capitolo 57

343	Capitolo 58	408	Capitolo 69
349	Capitolo 59	410	Capitolo 70
351	Capitolo 60	420	Capitolo 71
357	Capitolo 61	425	Capitolo 72
360	Capitolo 62	431	Capitolo 73
369	Capitolo 63	438	Capitolo 74
371	Capitolo 64	444	Capitolo 75
382	Capitolo 65	451	Capitolo 76
386	Capitolo 66	457	Epilogo
399	Capitolo 67		
401	Capitolo 68	471	*Nota conclusiva*

Nuova Narrativa Newton

Ultimi volumi pubblicati

FRANCO MATTEUCCI, *Il profumo della neve*
NAGIB MAHFUZ, *Il Settimo Cielo*
JAMES VANORE, *Il vangelo dei vampiri*
NAGIB MAHFUZ, *Karnak Café*
NAGIB MAHFUZ, *Autunno egiziano*
LISA JANE SMITH, *Il diario del vampiro. Il ritorno*
LISA JANE SMITH, *Il diario del vampiro. Scende la notte*
L'ultima scalata, a cura di HAMISH MACINNES
LISA JANE SMITH, *Il diario del vampiro. L'anima nera*
FRANCO MATTEUCCI, *Lo show della farfalla*
RAYMOND KHOURY, *Il segno di Dio*
LISA JANE SMITH, *Il diario del vampiro. L'ombra del male*
MICHAEL WHITE, *L'anello dei Borgia*
JENNIFER JORDAN, *La scalata impossibile*
MARTÍ GIRONELL, *L'archeologo*
PIERO DEGLI ANTONI, *Blocco 11. Il bambino nazista*
DAVIDE MOSCA, *Il profanatore di biblioteche proibite*
Alla fine del mondo. Le grandi avventure polari, a cura di JON E. LEWIS
FEDERICO GHIRARDI, *Bryan di Boscoquieto e la Maledizione di Morpheus*
VITO BRUSCHINI, *Vallanzasca*
LORENZO BORGHESE, *I segreti di una principessa*
PATRICK WOODHEAD, *Il tempio degli eterni*
LOREDAN, *La spia del Doge. Leonora e i misteri di Venezia*
ROSS LECKIE, *Hannibal. Il conquistatore*
LISA JANE SMITH, *Il diario del vampiro. La genesi*
GRAHAM BROWN, *La profezia della pioggia maya*
LAURA J. SNYDER, *Il club dei filosofi che hanno cambiato il mondo*
CHARLENE LUNNON - LISA HOODLESS, *Le bambine silenziose*
NELSON JOHNSON, *Boardwalk Empire*
GÓMEZ RUFO, *Il monastero maledetto*

DANIEL DEPP, *La città dei senza nome*
PHIL RICKMAN, *I pilastri di Camelot*
CHRISTIAN CAMERON, *Il Tiranno*
KATIE ALENDER, *Le cattive ragazze non muoiono mai*
STUART MACBRIDE, *Sangue nero*
FABIO DELIZZOS, *La cattedrale dell'Anticristo*
GERARD O' DONOVAN, *Il crocifisso*
HARRY SIDEBOTTOM, *Il guerriero di Roma. Sole bianco*
ANDREA FREDIANI, *Marathon. La battaglia che ha cambiato la storia*
LISA JANE SMITH, *Il diario del vampiro. Sete di sangue*
FRANCESCO FIORETTI, *Il libro segreto di Dante*
BASHARAT PEER, *Il sogno del soldato bambino*
ROBERTA GATELY, *Le ragazze di Kabul*
ALI KNIGHT, *Sangue, vendetta e sacrificio*
NAGIB MAHFUZ, *Il viaggio di Ibn Fattouma*
FRANCESCA BERTUZZI, *Il carnefice*
ANTONIO SALAS, *L'infiltrato*
LISA JANE SMITH, *Il diario del vampiro. Strane creature*
DAVID GIBBINS, *Il vangelo proibito*
JON TRACE, *La profezia vaticana*
SIMON RICH, *Il compagno di banco*
DOUGLAS JACKSON, *Il segreto dell'imperatore*
ANNA JANSSON, *Il sacrificio*
DANA STABENOW, CSI *Alaska. Primavera di ghiaccio*
RAZAN MOGHRABI, *Le donne del vento arabo*
SIMON SCARROW, *La legione*
CHRIS PALING, *Il pittore che visse due volte*
LEE MARTIN, *Che fine ha fatto Miss Baby?*
JOHN UNDERWOOD, *Il libro segreto di Shakespeare*
MARCELLO SIMONI, *Il mercante di libri maledetti*
C.M. PALOV, *La città perduta dei Templari*
ADAM JAY EPSTEIN – ANDREW JACOBSON, *The Familiars*
SCARLETT THOMAS, *Il giro più pazzo del mondo*
ANN FEATHERSTONE, *La giostra degli impiccati*
TORSTEN PETTERSSON, B *Il burattinaio*
LISA JANE SMITH, *Il diario del vampiro. Mezzanotte*
CHRISTOFFER CARLSSON, *La casa segreta in fondo al bosco*
RICHARD E RACHAEL HELLER, *Il segreto del tredicesimo apostolo*
Millennium Thriller, a cura di J. ELLROY e O. PENZLER
JOSS WARE, *I diari delle tenebre. Il bacio della notte*
FRANCISCO J. DE LYS, *Il labirinto sepolto di Babele*

LIN ANDERSON, *L'incendiario*
CHARLES DE LINT, *La mappa del dragone*
TED DEKKER, *Il cimitero dei vangeli segreti*
JULIET GREY, *Il diario proibito di Maria Antonietta*
LISA JANE SMITH, *Il diario del vampiro. L'alba*
IRFAN MASTER, *La biblioteca dei mille libri*
CRAIG SMITH, *I custodi del talismano*
LORENZA GHINELLI, *La colpa*
ANTHONY RICHES, *L'impero. La spada e l'onore*
VARG GYLLANDER, *Il cadavere*
TOM HARPER, *La cripta*
SHARON DOGAR, *La stanza segreta di Anna Frank*
MASSIMO LUGLI, *Il guardiano*
ROBERTO FABBRI, *Il tribuno*
UNNI LINDELL, *L'ultima casa a sinistra*
JEFFERSON BASS, *Il cannibale*
MAREK HALTER, *Il cabalista di Praga*
STUART MACBRIDE, *La stanza delle torture*
SUSANNE STAUN, *Il bosco della morte*
VITO BRUSCHINI, *La strage*
SIMON SCARROW, *Roma o morte*
ADRIANA KOULIAS, *Il segreto della sesta chiave*
FRANCESCO FIORETTI, *Il quadro segreto di Caravaggio*
ANDREA FREDIANI, *La dinastia*
ROBERTO GENOVESI, *La mano sinistra di Satana*
ROBERTO MASELLO, *333. La formula segreta di Dante*